KNAUR

HANNA
CASPIAN

SCHLOSS LIEBENBERG

Hinter dem falschen Glanz

Roman

KNAUR

Besuchen Sie uns im Internet:
www.knaur.de

Aus Verantwortung für die Umwelt hat sich die Verlagsgruppe Droemer Knaur zu einer nachhaltigen Buchproduktion verpflichtet. Der bewusste Umgang mit unseren Ressourcen, der Schutz unseres Klimas und der Natur gehören zu unseren obersten Unternehmenszielen. Gemeinsam mit unseren Partnern und Lieferanten setzen wir uns für eine klimaneutrale Buchproduktion ein, die den Erwerb von Klimazertifikaten zur Kompensation des CO_2-Ausstoßes einschließt. Weitere Informationen finden Sie unter: www.klimaneutralerverlag.de

MIX
Papier | Fördert gute Waldnutzung
FSC® C083411
FSC www.fsc.org

Eigenlizenz März 2023
Knaur Taschenbuch
Originalausgabe März 2023
Knaur Paperback

Dieses Werk wurde vermittelt durch die
Michael Meller Literary Agency GmbH, München.
Redaktion: Clarissa Czöppan
Covergestaltung: FAVORIT BÜRO, München
Coverabbildung: Collage von FAVORIT BÜRO unter Verwendung von Motiven von Shutterstock.com, Arcangel und Trevillion Images
Satz: Sandra Hacke, Dachau
Druck und Bindung: CPI books GmbH, Leck
ISBN 978-3-426-52848-8

2 4 5 3 1

Niemand ist so reich,
daß er die Vergangenheit zurückkaufen kann.
Oscar Wilde

Dienstboten

Adelheid Schaaf – Zweites Hausmädchen
Hedda Pietsch – Zweites Stubenmädchen
Viktor Novak – Erster Diener
Oswald Opitz – Haushofmeister, also Butler und höchster Diener
Diedrich Budde – Zweiter Diener
Henriette Reineke – Mamsell
Martha Petzold – Erstes Stubenmädchen
Lydia Keller – Drittes Stubenmädchen
Gerda Altvater – Erstes Hausmädchen
Moritz Lüdke – Hausbursche
Hubertine Möckel – Köchin
Irene Böhme – Unterköchin
Liesel – Küchenmädchen
Anni – Spülmädchen
Herr Hartwich – Kutscher / Chauffeur
Arthur Schneider – Kammerdiener in Berlin

Sonstige Personen

Constanze Maiwald – Gesellschafterin von Ruth Mandelbaum
Ruth Mandelbaum – jüdische Witwe
Hugo Mahlzahn – Constanzes Verlobter
Karl Schaaf – Vater von Adelheid
Friedel, Bernhard, Edeltraud, Gundula und Gunther – Geschwister von Adelheid
Justus und Anna Novak – Eltern von Viktor
Ricarda, Theodora und Leander – Viktors Geschwister
Edgar – Heddas Bruder

Historische Persönlichkeiten

Die Fürstin, Gräfin von Sandels – Gattin des Fürsten zu Eulenburg
Alexandrine, Augusta und Viktoria – Töchter des Fürstenpaares

Politische Figuren

Philipp Fürst zu Eulenburg und Hertefeld – langjähriger bester Freund von Kaiser Wilhelm II.
General Kuno von Moltke – Stadtkommandant von Berlin, ehemaliger Flügeladjutant des Kaisers
Maximilian Harden – Journalist und Begründer der Zeitschrift *Die Zukunft*

Kapitel 1

Anfang Juni 1907

»Unfassbar. Mich in dieser Situation auch noch mit so etwas zu belasten.« Das hatte die Fürstin entrüstet gesagt und Adelheid stehen gelassen. Und dann hatte das Unglück seinen Lauf genommen.

Jeden Morgen passierte nun das Gleiche – mittlerweile als ungeliebtes Ritual. Der Wecker klingelte, und Adelheid schlug die Augen auf. Dann dachte sie daran, dass ihr Vater das mit dem Wecker erst gar nicht hatte glauben wollen. Ein Wecker war eine Uhr. Und Uhren besaßen nur reiche Menschen. Sobald sie an ihren Vater dachte, dachte sie an ihre Mutter. Ihre Mutter, die nun tot war. Gestorben, weil die Fürstin sich geweigert hatte, einen Arzt zu holen. Und sobald sie daran dachte, gab es nur noch eins, worum ihre Gedanken die restlichen Stunden des Tages kreisten – Rache!

Nur allzu gerne würde sie der Fürstin und dem Fürsten diesen Schmerz und diesen Verlust mit gleicher Münze heimzahlen. Doch je länger sie über einem möglichen Gegenschlag brütete, desto deutlicher wurde ihr bewusst, wie machtlos sie war. Sie war so unwichtig, dass sie praktisch nichts tun konnte, was die Aufmerksamkeit des Fürstenpaares mehr als fünf Minuten erregte. Selbst wenn sie beispielsweise eine kostbare Vase umgeworfen hätte, hätte sie nicht einmal mehr mitbekommen, ob und wie sehr sich die Fürstin ärgerte. Sie wäre einfach hinausgeworfen worden. Bei kleineren Unfällen würde ihr lediglich etwas vom Lohn abgezogen. Sie war nur geduldet im luxuriösen Leben der anderen. Sie besaß den Wecker ja auch nicht. Er stand nur auf ihrem Nachttisch, weil sie die Erste war, die im Schloss aufstehen musste. Ihre Rachegedanken hatten sich wie Flöhe bei ihr eingenistet und juckten sie den ganzen Tag über. Sie waren so stark, dass sie sogar ihre romantischen Tagträume von Viktor Novak, dem ersten Diener, verdrängten.

Kaum eine Viertelstunde nach dem Aufstehen schleppte Adelheid den Blecheimer, die Kehrschaufel mit Besen, Zeitungspapier und den Korb mit den kleineren Holzscheiten in den Salon, in dem die Familienessen stattfanden. Auch Liesel, das Küchenmädchen, war schon zugange und polierte wie jeden Morgen den kalten Herd, der am Abend zuvor mit Scheuersand geschrubbt und mit Eisenschwärze eingerieben worden war. Danach würde sie ihn anfeuern und alles für das Frühstück der Dienstboten vorbereiten. Alle anderen schliefen noch.

Sie selbst würde nun die Kamine in den herrschaftlichen Salons säubern und zum Anfeuern vorbereiten. Vom Herbst bis zum späten Frühjahr musste sie die Feuer direkt anfachen. Aber bei einer Wetterlage wie jetzt wurde es von Tag zu Tag entschieden. Bis in den Juni sitze noch die Kälte des Frühlings in den Mauern, hatte Hedda ihr gestern erklärt. Die letzten zwei Wochen war es zwar schon so warm gewesen, dass einzelne Kamine erst am Abend angemacht worden waren. Doch wann sie heute entzündet wurden, würde die Mamsell entscheiden, sobald sie runterkam. Bis die Herrschaften hier unten wären, war immer noch genug Zeit, damit ein Feuer den Raum mit behaglicher Wärme durchströmte.

Sobald die Standuhr im Vestibül sechs schlug, musste Adelheid nach oben und die anderen Frauen wecken. Dann würde sie hier weitermachen, bis es Essen gab. Nach dem Frühstück der Dienstboten waren die ersten Herrschaften wach, und sie musste sich um die Abortpfannen kümmern. Mittlerweile hatte Adelheid einen regelrechten Hass auf diese Porzellanschüsseln entwickelt. Wie konnte es sein, dass sie den Dreck dieser Leute wegmachen musste, die sich selbst einen Dreck um ein Menschenleben scherten?

Rache, dieses Gefühl hatte Adelheid fest im Griff. Sie konnte an nichts anderes mehr denken. Es war, als hätte sich ein Bilderrahmen vor die Welt geschoben, und sie betrachtete nun alles und jeden auf dem Schloss durch diesen Rahmen. All der Glanz und die Pracht und Herrlichkeit – alles so falsch. Ihre angebliche Gnade und Christlichkeit – alles so verlogen.

Der Tierarzt war letzte Woche zwei Mal aufs Schloss gekommen, weil eins der Pferde an einer Kolik litt. Für die Tiere des Guts war kein Aufwand zu groß. Moritz, der Hausbursche, brachte jeden Tag Essensreste zum Schweinestall. Jedes Mal, wenn Adelheid es sah, traf es sie in ihren Eingeweiden. Das gute Essen, häufig Kartoffelschalen, manchmal etwas nicht mehr ganz knackiger Kohl, selten trockenes Brot – alles wurde den Schweinen zum Fraß vorgeworfen. Nichts von alledem hätten ihre Geschwister verschmäht. Sie hätten sich darum gerissen. Pferde und Schweine und all das andere Getier wurden von der Fürstenfamilie als wertvoll angesehen. Wertvoller als das Leben ihrer Mutter.

Als Adelheid mit dem Kamin im Frühstückssalon fertig war, ging sie rüber in die Bibliothek. Sie stellte den Blecheimer und das andere Zeug an die Seite, griff nach dem Funkenschutz aus Metall und stellte ihn zur Seite. Mit Kehrblech und Bürste lehnte sie sich vor, um die kalte Asche aufzufegen.

Sie trug die dunkle Kaminschürze, die dreckig werden durfte. Später würde sie diese gegen den Frühkittel austauschen, den sie trug, wenn sie die Abortpfannen säuberte. Erst danach würde sie ihre richtige Arbeitsschürze anziehen. In ihren ersten Wochen als Hausmädchen hatte sie es bemerkenswert gefunden, dass sie mehr unterschiedliche Schürzen gestellt bekam, als sie vorher an Kleidung besessen hatte. Damals hatte sie sich noch über all das gefreut.

Doch nun war es ihr bitter geworden. Bitter und schal. Ihre Mutter war vor vier Wochen gestorben, wenige Stunden, nachdem sie noch ein Mädchen geboren hatte. Am liebsten wäre Adelheid gegangen. Weggegangen, wieder zurück zu ihrer Familie. Edeltraud kam mit ihren neuen Aufgaben nicht zurecht. Statt in die Schule zu gehen, musste sich die jüngere Schwester nun um das mutterlose Baby und den Haushalt kümmern. Dabei wäre schon eine der beiden Aufgaben fordernd genug gewesen. Als Adelheid nach der Beerdigung ihre Familie besucht hatte, herrschte Chaos. Sie musste Edeltraud Dinge erklären, die sie nicht wusste oder noch nie selbst erledigt hatte. Am liebsten wäre Adelheid gleich dortgeblieben, um für die Geschwister zu sorgen. Wenn sie es sich doch nur leisten könnte, im Schloss aufzuhören. Doch daran war nicht zu denken.

Deshalb erledigte sie ihre Arbeit so gewissenhaft wie zuvor. Adelheid häufte die angekokelten Holzstücke, die nicht ganz verbrannt waren, in der Mitte des Kamins aufeinander. Vorsichtig, sodass kein Dreck aufgewirbelt wurde. Zwar würden sie und Gerda Altvater noch vor dem Eintreffen der Herrschaften hier unten durchfegen, eventuell sogar feucht wischen, aber sie musste ja keinen unnützen Schmutz auf den Steinplatten verteilen. Als Nächstes beugte sie sich über die kalte Glut und fegte langsam, aber kräftig das, was das Feuer hinterlassen hatte, nach vorne. Die erste Blechschaufel Asche ging in den Eimer. Sie fegte weiter und hörte ein anderes Geräusch, wie ein leises Schleifen, wenn man Papier über einen Steinboden schob.

Was war das? Tatsächlich hing ein Stück Papier unter dem Besen. Adelheid griff danach und schüttelte Aschereste ab. Es war ein Briefumschlag. Nun erkannte sie in der Asche noch mehr Papierreste. Ein kleines Stück, auf dem nur noch eine angekokelte Briefmarke zu sehen war, hatte die Flammen überlebt. Jetzt, da sie genauer hinsah, erkannte sie überall kleine Reste von Briefen und Umschlägen, von denen aber nichts größer war als ein altes Dreimarkstück. Jemand hatte gestern Abend wohl etliche Papierstücke den Flammen überantwortet. Nur der eine Brief, den sie in Händen hielt, war in Gänze erhalten geblieben, etwas braun an den Rändern. Adressiert war der Brief an den Fürsten. Vermutlich hatte er ihn ins Feuer geworfen, und das Papierstück war neben die Flammen gefallen.

Der Fürst war gestern Abend in der Bibliothek gewesen. Adelheid wusste das, weil sie mitbekommen hatte, dass er sich spätabends von Viktor Novak noch einen Portwein hatte bringen lassen. Warum hatte der Fürst alte Briefe verbrannt? Er war jemand, der außerordentlich viele Briefe schrieb und bald genauso viele bekam. Durch Gespräche der männlichen Diener wusste sie sogar, dass er manchmal Briefe, die er verschickte, kopieren ließ, um sie zu archivieren. Und nun hatte er etliche dem Feuer übergeben. Warum?

Die Uhr im Vestibül erklang mit einem sonoren Schlagen. Bevor sie zum sechsten Mal geschlagen hatte, war der Brief bereits in der Tasche ihres Kittels verschwunden. Adelheid stand auf, ließ alles liegen und ging schnell runter zum Händewaschen. Sie musste nun oben an den Schlafkammern der anderen Frauen klopfen.

* * *

Die ganze Zeit über war ihr fast schwindelig gewesen bei der Vorstellung, jemand könnte entdecken, dass sie den Brief an sich genommen hatte. Stundenlang hatte Adelheid den Brief mit sich herumgetragen – zunächst in der Tasche der Kaminschürze, dann in der Tasche des Frühkittels und zum Schluss in der Tasche ihrer normalen Hausmädchenschürze. Erst am späten Vormittag hatte sie Zeit gefunden, das Papier eilig in das Leinen ihres Kopfkissens zu stopfen.

Den ganzen Tag über war sie gespannt, was ihr der Brief offerieren würde. Vielleicht nichts, was für sie von Wert sein könnte. Vielleicht die Besprechung einer Opernaufführung. Oder die Erzählung eines Besuches an einem der Fürstenhöfe. Oder es war einer der Bittbriefe, die der Fürst angeblich so hasste. Als bester Freund des Kaisers bekam er jede Menge solcher Bittbriefe, deren Adressaten ihn baten, eine bestimmte Sache dem Kaiser zur Kenntnis zu bringen. Adelheid ahnte, dass es nicht so ein Brief war. Unwichtige Briefe konnte man einfach in den Papierkorb werfen. Man musste sie nicht verbrennen.

Jetzt hatte sie endlich Feierabend, und sie saß wie auf glühenden Kohlen. Die Tür einen Spalt geöffnet, wartete sie darauf, dass Lydia Keller endlich die Badestube der Dienstbotinnen freigab. Lydia besaß einen boshaften, gehässigen Charakter. Sie genoss es, wenn die anderen warten mussten. Hedda, ihre Stubengenossin und Freundin, war schon fertig, lag im Bett und las einen Brief vor, den sie heute von ihren Brüdern aus der Kolonie Deutsch-Südwestafrika erhalten hatte. Diese äußerten sich begeistert darüber, dass die Regierung nun endlich ein Kolonialministerium einrichtete.

Endlich sah sie Lydia auf dem Flur. Schnell eilte sie rüber in die Badestube, bevor Gerda Altvater sie blockieren würde, und schloss ab. Neben der Waschschüssel war Wasser verschüttet worden. Auch das machte Lydia mit Absicht. Sie hätte nun Mamsell Reineke rufen müssen, damit Lydia selbst aufwischte. Aber natürlich tat sie das nicht. Wenn sie es aber so ließ, und das nächste Mädchen rief dann die Mamsell, blieb alles an ihr hängen. Lydia fütterte Adelheids Hass gegen sie fast täglich.

Sie zog einen kleinen Schemel unter die elektrische Glühbirne. Dann holte sie den Umschlag hervor, den sie zwischen ihrem zusammengefalteten Nachthemd versteckt hatte.

Das Umschlagpapier fühlte sich spröde an, so, als könnte es jeden Moment zu Staub zerfallen. Vorsichtig faltete Adelheid den Brief auseinander. Genau in der Mitte des Papiers lag die braune Stelle, die Ecke, die dem Feuer vermutlich am nächsten gewesen war. Doch das Papier war dick und hatte das Feuer überstanden. Es war gutes Papier, Büttenpapier. Ihr Blick flog über die Zeilen.

Meine liebste Philine, ...

Meine liebste Philine – welche Dame war damit gemeint? Die Fürstin hieß Augusta. Die Komtessen konnten nicht gemeint sein – Alexandrine, Augusta und Viktoria. Von all den herrschaftlichen Namen passte zu Philine nur Fürst Philipp zu Eulenburg – ein Mann. Aber wieso sollte jemand den Fürsten wie eine Frau anreden? Das wäre gänzlich unangebracht. Und doch lag es nahe, dass es ein Brief aus der fürstlichen Korrespondenz war. Vielleicht ein missratener Scherz? Doch dem weiteren Inhalt nach zu urteilen, kannten sich der Absender und der Adressat äußerst gut.

… deine köstliche Beschreibung in deinem letzten Brief hat mein Blut in Wallung gebracht. Nur zu gerne wäre ich mit auf eurem Boot gewesen, auf dem Starnberger See mit dem frivolen und willigen Jakob Ernst. Der Fischer mit den schnellen Händen und der geschickten Zunge. Wie sehr beneide ich dich um das Vergnügen. Deine Erzählungen lassen mein Herz klopfen und meine Hose prall werden …

Herrje, was war das denn?! Adelheid schoss die Röte ins Gesicht. Fast hätte sie den Brief fallen gelassen, so heiß brannten die verräterischen Zeilen zwischen ihren Fingern. Sie musste tief durchatmen. Egal, was sonst noch dort geschrieben war – das war mehr als deutlich.

Ich kann es gar nicht sagen, wie sehr ich mich nach dir verzehre. Wenn wir uns das nächste Mal treffen, dann musst du mir genau zeigen, wie der Fischer das gemacht hat. Ich …

Um Himmels willen, wollte sie wirklich noch mehr von den Schmutzereien lesen? Adelheids Blick lief ans Ende des Briefes. *Dein Tütü*, stand dort nur. *Tütü?* Das war doch ein Ballettröckchen. Dann hatte es vermutlich eine Frau geschrieben. Aber müsste es dann nicht heißen *Deine Tütü? Lässt meine Hose prall werden …*

Zudem – irgendein Fischer hatte eine geschickte Zunge. Ein Fischer vom Starnberger See, wo die Familie ein Feriendomizil hatte. Was bedeutete das? Dass er gut reden konnte? Ein Fischer? Wie auch immer erklärte es, was ihr Vater angedeutet hatte – dass der Fürst sich zu Männern hingezogen fühlte. Dann erklärte es vielleicht auch, warum Adelheid den Fürsten frühmorgens aus dem Zimmer eines fremden Mannes hatte kommen sehen. Wenn sie das nun in Verbindung brachte mit dem, was Hedda ihr vor wenigen Tagen im Geheimen erzählt hatte, dann war klar, weswegen der Fürst diesen Brief hatte verbrennen wollen. Plötzlich war sie sich sicher, dass der Brief von einem Mann war – an einen Mann. An den Fürsten! Der ihn hatte vernichten wollen, aus gutem Grund.

Schließlich hatte er sich selbst angezeigt, gerade erst vor wenigen Tagen, um sich von jedem Verdacht reinzuwaschen. Ein Journalist aus Berlin hatte den Fürsten und einen guten Freund – und zwar genau jenen Mann, aus dessen Schlafzimmer Adelheid den Fürsten hatte kommen sehen – unzüchtiger Dinge bezichtigt. Sie seien homosexuell. Ein Umstand, dessen Ausübung strafbar war. Der Umstand, dass der Fürst einer der besten Freunde des Kaisers war und zudem Hausherr der sogenannten Liebenberger Tafelrunde, einer Gruppe angeblich ebenfalls homosexueller Männer aus Politik, Diplomatie und Militär, verlieh der ganzen Sache ungeahnte Brisanz. Der deutsche Kaiser, umringt von Beratern, die alle, wie es hieß, *widernatürlich* veranlagt waren, nicht auszudenken! Der engste Kreis des Kaisers – manipulierbar und erpressbar!

Schlagartig wurde ihr klar, dass sie ein Vermögen in Händen hielt. Unfassbar. Der Brief konnte etwas ganz Ungehöriges beweisen. Mit diesem Brief könnte sie den Fürsten, und damit auch die Fürstin und seine ganze vermaledeite Familie, ins Unglück stürzen. Auf dem Hocker sitzend, lief ihr Blick hoch zum warmen Licht der elektrischen Glühbirne. Sie blinzelte, aber sonnte sich in dem goldgelben Licht. Wie flüssiges Glück lief es über ihren Körper. Dieser Brief versprach ihr das Maß an Rache, nach dem es sie verlangte.

Mitte Juni 1907

Hedda huschte über den Flur. Bloß jetzt nicht den Fürsten stören. Er lag noch immer im Bett, wie so häufig in letzter Zeit. Bisher hatte Hedda nicht gewusst, was eigentlich los war. Warum er sich immer öfter und immer länger ins Bett zurückzog. Und warum der Doktor immer häufiger erscheinen musste. Nun endlich wusste sie es. Es ging nicht einfach nur um eine politische Unwegsamkeit, um den altbekannten Vorwurf der Kamarilla, der Geheimregierung, der seit Jahren immer mal wieder ertönte. Nein, Viktor Novak hatte ihr Sachen erzählt, die sie kaum glauben mochte. Und doch erklärten sie den Aufruhr der letzten Monate.

Wenn Novaks Erklärungen stimmten – und vieles sprach dafür –, dann war es kein Wunder, dass der Fürst sich quälte, als wäre er in den siebten Höllenkreis verbannt. Die ungeheuren, und nun in aller Öffentlichkeit ausgebreiteten Vorwürfe peitschten auf seine Seele ein. Ein Martyrium, aus dem er sich anscheinend nicht zu befreien wusste, wie Novak ihr mit belegter Stimme erklärt hatte. Welche Konsequenzen hätte das für ihr Haus, für die Dienerschaft? Diese Überlegung machte selbst Hedda nervös.

Die Fürstin war schon wach und in der Schlafkammer ihres Mannes. Offensichtlich redete sie ihm gut zu. Leise lief Hedda rüber ins Schlafgemach der Dame, öffnete die Fenster, legte jeweils ein Laken auf die Fensterbretter und griff sich das Kissen. Sie schlug es kräftig aus, bevor sie es zum Lüften auf die Fensterbank legte. Das Gleiche machte sie mit dem Federbett. Sie erledigte ihre Aufgaben so routiniert, dass ihr Zeit für eigene Gedanken blieb.

Gestern hatte der Kronleuchter im großen Salon seinen Dienst versagt. Er hatte kurz geflackert, dann gingen alle Lichter aus. Die Familie saß plötzlich im Dunkeln. Man hatte jemanden aus Oranienburg bestellt, der hoffentlich heute kommen und alles reparieren würde. Irgendwie erschien es Hedda passend. Sie konnte es gar nicht so genau sagen, seit wann diese beklemmende, düstere Atmosphäre das Schloss im Würgegriff hatte. Schon letztes Jahr im Mai waren die ersten dunklen Gewitterwolken aufgezogen. Nach ein paar Wochen hatten sie sich aufgelöst, vorerst. Dann, im letzten November, hatte sich die quälende Atmosphäre wieder über das Schloss gelegt, und zwei Wochen vor Weihnachten war die Familie fluchtartig abgereist. Und als sie im Januar wiedergekommen waren, war die Aufregung groß gewesen. Eine Tochter, Augusta, hatte heimlich und unerlaubt den bürgerlichen Sekretär des Fürsten geheiratet. Einmal noch war Augusta mit ihrem Mann hier aufgetaucht, aber nun waren sie nicht mehr gerne gesehen.

In diesem Frühjahr schien es, als würde sich endlich wieder alles beruhigen. Als könnte es bald wieder wie früher werden, als sie jede Menge Besuch empfangen und große Diners ausgerichtet hatten. Doch plötzlich, schon zu Anfang April, war man wie von der Welt abgeschnitten gewesen. Seitdem war nichts mehr so wie vorher. Die Gewitterwolken waren zurück, größer als je zuvor. Eine beklemmende Stimmung lag auf den Herrschaften und sickerte wie warm gewordenes Pech in die Dienstbotenetage. Lange hatte Hedda nicht verstanden, was die Ursache dafür war. Bis Viktor Novak ihr vor wenigen Tagen endlich die Erklärung dazu geliefert hatte: Ihr Fürst und einige der Männer, die hier ins Schloss zu Besuch kamen, wurden beschuldigt, eine ungesunde *Vita sexualis* zu haben. Was nichts anderes bedeutete, als dass sie sich für Männer interessierten. Was natürlich totaler Kokolores war. Eine lachhafte Anschuldigung, und doch ...

So, wie Viktor Novak es ihr erklärt hatte, ging die ganze Geschichte weit über eine moralische Empörung hinaus. Es schien eine gewisse politische Brisanz mitzuschwingen. Novak wurde nicht recht schlau aus dem Verhalten des Fürsten, wie er sagte. Und ihr ging es nicht anders.

Fürst zu Eulenburg war seit über zwanzig Jahren der beste Freund des Kaisers. Wann immer er in Berlin war, frühstückte oder dinierte er mit dem Kaiser. Er besaß immensen politischen Einfluss, ohne eine politische Stellung innezuhaben. Das gefiel nicht allen. Aber das war ja schon seit über zwanzig Jahren so. Was war nun anders als früher? War etwas vorgefallen? War es ausgelöst durch die nicht standesgemäße Hochzeit der Tochter? Oder was war die Ursache? Der Fürst stand – so hatte Novak es ihr erklärt – im Mittelpunkt einer Hexenjagd. Und wehrte sich nicht. Das allein schon war in höchstem Maße beunruhigend.

Für Hedda kam hinzu, dass es ihr an Gelegenheiten für ihre kleinen Gaunereien mangelte. Nur noch selten kam Besuch. Der Doktor, der beinahe jeden zweiten Tag hier aufkreuzte, zählte nicht. Die Komtessen gingen seltener aus. Also gab es weder Manteltaschen der Besucher noch gefüllte Samtbeutel der jungen Damen, in denen sie nach schimmernden Münzen fischen konnte. Sie hoffte sehr darauf, dass sich alles ganz bald wieder normalisierte.

Lange Zeit hatte sie sich hier wohlgefühlt. Doch nun, mit all dem Wissen um das, was vor sich ging, war sie verunsichert. Außerdem fragte sie sich, wie lange sie sich noch gegen Oswald Opitz wehren konnte. In den letzten Wochen hatte sie den heimlichen hinterhältigen Blick des Butlers immer wieder bemerkt. Dass sie nun mit Adelheid auf einem Zimmer schlief, würde sie nicht ewig vor seinen Übergriffen schützen.

Hedda hatte das Bettzeug der Fürstin zum Lüften rausgelegt und ging rüber in das Zimmer der ältesten Komtess. Das Bett sah noch genauso aus, wie Komtess Alexandrine es verlassen hatte. Eigentlich hätte Lydia Keller sich darum bereits kümmern müssen. Hedda ging über den Flur und öffnete ganz leise die Tür zum Schlafgemach der Komtess Viktoria. Auch dieses Zimmer war leer, und das Bettzeug lag noch wild verteilt auf der Matratze. Auf Zehenspitzen huschte sie zum Ankleidezimmer. Ganz, wie sie es sich gedacht hatte. Lydia stand vor einem großen Standspiegel, hatte sich ein Kleid vorne über den Körper gelegt und probierte einen passenden Hut dazu.

»Fräulein Keller, wieso sind die Federbetten noch nicht ausgelüftet?«

Lydia erschrak. Eilig riss sie sich den Hut von ihren aschblonden Haaren und das Kleid vom Körper. »Ich … ähm …« Sie lächelte Hedda zuckersüß an. »Das nennt man wohl erwischt. … Aber so was machen Sie doch bestimmt auch gelegentlich?«, fragte sie in einem freundschaftlich verschwörerischen Ton.

Hedda wusste, was sie von diesem Ton, vor allem aus Lydias Mund, zu halten hatte. »Dazu habe ich keine Zeit. Und Sie auch nicht«, sagte sie schroff.

»Ich hatte das Kleid auch nur genommen, weil hier ein großer Fleck drauf ist. Sehen Sie?« Sie hielt Hedda das Kleid hin.

»Das ist … ich glaube, es ist Fett. Wissen Sie, wie man Fettflecken entfernt?«

Lydia Keller nickte.

»Gut. Dann nehmen Sie das Kleid später mit runter und machen Sie den Fleck weg. Und jetzt lüften Sie die Betten. Ich gehe runter und helfe Fräulein Petzold.«

Noch eine, die weniger arbeitete als sie. Auch Martha drückte sich gerne vor den unangenehmen Aufgaben. Wenn das so weiterging, würde es bald ein Donnerwetter der Mamsell geben. Andererseits, Mamsell Reineke war im Moment schwer beschäftigt. Seit man Fräulein Maiwald, die Gouvernante der Fürstentöchter, rausgeschmissen hatte, musste sie sich häufig um die Komtessen kümmern. Natürlich konnte sie nicht mit ihnen im Salon Tee trinken, aber ständig wurde sie wegen diesem oder jenem gefragt. Hedda hatte schon bemerkt, dass ihr bestimmte Nachlässigkeiten nicht mehr auffielen.

Anscheinend ging alles den Bach runter. Auch bei den Männern. Der strenge Opitz schien sich auf Viktor Novak eingeschossen zu haben. Plötzlich konnte der erste Diener ihm nichts mehr recht machen. Ständig rügte er Novak, gab ihm Strafarbeit oder die unliebsamen Aufgaben. Andererseits fragte der Fürst nun oft ausdrücklich nach Novak für Tätigkeiten, die er vorher Opitz aufgegeben hatte. Was dieser mit noch mehr Nickeligkeiten quittierte.

Überall schien es schlechter zu laufen als noch vor einem halben Jahr. Der Kammerdiener musste nun noch zusätzliche Aufgaben übernehmen, die vorher der Privatsekretär erledigt hatte. Anscheinend wollte der Fürst in dieser Situation keinen neuen Mitarbeiter einstellen. Andererseits hatte der Kammerdiener ohnehin mehr Zeit, da er keine Reisen mehr für den Fürsten organisieren musste.

Die Kammerzofe der Fürstin dagegen musste sich nun als Gesellschafterin für die beiden Komtessen beweisen. Ein Umstand, der ihr zu schaffen machte. Wenngleich die Fürstin weniger reiste und weniger Besuch empfing, musste Fräulein Grooten sich zwischen all den zusätzlichen Aufgaben zerreißen. Sie war eine ältere Frau, bestimmt schon Mitte fünfzig, und befand, einige der Aufgaben lägen außerhalb ihres Aufgabengebietes. Es hatte bereits Diskussionen darüber gegeben, dass sie jeden Morgen mit Komtess Viktoria ausreiten sollte. Zwei Mal war die Komtess mit ihr ausgeritten, dann hatte sie sich geweigert, die Kammerzofe mitzunehmen. Sie sei zu langsam, und überhaupt wolle sie ja gar nicht reiten. Was stimmte. Fräulein Grooten machte auf dem Pferd eine urkomische Figur. Hedda hatte sie mal aus dem Fenster beobachtet.

Also sollte Komtess Alexandrine ihre jüngere Schwester Viktoria begleiten. Aber auch die konnte Fräulein Maiwald nicht ersetzen. Alexandrine stand nicht gerne früh auf. Und überhaupt, frühmorgens als Erstes auszureiten, danach stand ihr nicht der Sinn. Also waren auch die Komtessen schlecht gelaunt. Wenn man jemanden lächeln sehen wollte, musste man dieser Tage schon das Schloss verlassen.

Natürlich, Wolfram Neumann, einer der Stallburschen, lächelte ihr immer noch zu, wenn sie sich zufällig hinten bei den Wirtschaftsgebäuden sahen. Keine Ahnung, was er sich davon versprach. Er hatte sie bedrängt, und sie war dafür abgestraft worden. Er sollte sich nicht einbilden, dass sie ihm verzeihen würde. Die von den Pferden verschmähten Pralinen durfte er gerne selbst essen.

Gedankenverloren ging Hedda runter in die unterste Etage. Sie wollte in die Stiefelstube. Im Vorbeigehen sah sie noch, wie Opitz die Tür der Waschküche hinter sich schloss. Adelheid hatte dort am Wasserhahn gestanden und füllte ihren Putzeimer. Die Arme, sie putzte den lieben langen Tag. Kaum eine Stunde verging, in der sie sich nicht die Hände nass machte. Aber das hatten sie alle durchgemacht. Es war etwas anderes, das Hedda irritierte: Was machte Opitz in der Waschküche?

Sie blieb kurz stehen und sah sich um. Auf dem Flur war niemand. Sie horchte. Die Stimmen waren kaum durch die geschlossene Tür zu hören. Die arme Adelheid. Wie würde sie reagieren? Sie, die sich noch viel weniger wert vorkam als alle anderen. Würde sie Opitz einfach das machen lassen, was er wollte? Oder würde sie sich wehren? Hedda konnte sich das kaum vorstellen. So gewitzt und clever die Kleine war, so beeindruckt und eingeschüchtert war sie immer noch von allem und allen. Nein, sie war ein gehorsames Mädchen. Viel zu gehorsam.

Mit pochendem Herzen, aber entschlossen, riss sie die Tür auf. »Hallo.«

O ja. Opitz stand verdächtig nah an dem Hausmädchen, das ungewöhnlich rot im Gesicht war. Hedda ging zu dem Regal, auf dem die alten Lappen gesammelt wurden, und nahm sich einen, als hätte sie genau das vorgehabt.

»Ach, Adelheid. Du sollst bitte sofort zur Mamsell kommen.«

»Was will sie denn?«, blaffte Opitz sie an.

Hedda zog die Schultern hoch. »Ich glaube, es geht um die Fenster im Speisesalon.« Am liebsten wäre sie nun hinausgeschossen und weggerannt. Aber sie blieb stehen und schaute Adelheid auffordernd an. Die ließ es sich nicht zweimal sagen, stellte den Putzeimer beiseite und ging gemeinsam mit ihr hinaus. Hedda zog sie um die Ecke und legte ihren Zeigefinger vor den Mund.

»Sag nichts. Die Mamsell hat nicht nach dir gefragt. Ich wollte dich nur aus Opitz' Klauen retten.«

»Er hat ...«, Adelheid schaute verschämt auf den Boden.

»Ich weiß. Lass uns heute Abend darüber sprechen«, flüsterte sie. Dann schaute sie um die Ecke. Opitz ging nach vorne.

»Die Luft ist rein. Schau, dass du schnell nach oben kommst, zu Gerda.«

»Danke!« Adelheid nickte mit ihrem goldblonden Schopf und ging.

Hedda wusste nicht, ob Opitz das geschluckt hatte. Wenn er mitbekam, dass das eine Finte gewesen war, würde er sich an ihr rächen. Es war dumm, Adelheid zu helfen. Andererseits konnte Opitz das, was er tat, doch nur genau deswegen ungestört tun – weil sie sich nicht gegenseitig deckten und halfen.

Sie lief zur Stiefelstube. Martha Petzold war dabei, die Schnürstiefel der Komtessen zu putzen. Eine Arbeit, die alle gerne machten, weil man währenddessen sitzen konnte.

»Ich habe die Schuhwichse schon angerührt. Hier, bedien dich.«

Für braunes Leder rührte man Olivenöl, Essig und Rübensirup zusammen. Im Herbst und Winter kam immer noch etwas Wachs dazu, damit die Nässe nicht eindringen konnte. Waren die Schuhe schwarz, nahm man statt des Sirups entweder fettiges Lampenruß oder Beinschwarz – Kohle aus verbrannten Tierknochen.

Die Mamsell hatte Herrn Opitz letztens vorgeschlagen, man solle doch auf fertige Schuhcreme ausweichen, die es neuerdings zu kaufen gab. Aber davon wollte er nichts wissen. Erstens fetteten die das Leder zwar, aber färbten abgeriebene Stellen nicht wieder ein, so sagte er. Und zweitens, und das hatte er über den ganzen Flur gedröhnt, sei er es leid, dass alle versuchten, es sich so einfach und so bequem wie möglich zu machen. Fertig gekaufte Schuhcreme – das komme ihm nicht ins Haus. Die Dienerschaft solle auch für ihr Geld arbeiten, und nicht nur faulenzen. Punktum.

Faulenzen, als kämen sie hier je zum Faulenzen. Hedda zog sich eine Schürze mit langen Ärmeln über, die ihre weiße Schürze komplett bedeckte. Ihr Herz pochte noch immer. »Lydia hat wieder Komtess gespielt.«

Martha Petzold lächelte. »Na ja, das haben wir doch alle mal gemacht.«

Die Sache mit dem Seidenpapier auf der Treppe hatte Martha dem untersten Stubenmädchen längst vergeben. Kein Wunder. Drei Tage hatte sie mit ihrem geprellten Knie nicht auftreten können und durfte in der Leutestube sitzen und Kleidung ausbessern. Hedda dagegen hatte zwar einen riesigen blauen Fleck an der Hüfte gehabt, aber trotzdem für Martha mitarbeiten müssen. Noch immer war Hedda der Ansicht, dass die Geschichte mit dem verlorenen Seidenpapier auf den Steinstufen von Lydia Keller beabsichtigt gewesen war. Als hätten sie hier nicht schon genug Probleme.

Martha polierte die Reitstiefel der jüngsten Komtess. Hedda warf ihr einen Seitenblick zu. Vergriff Opitz sich auch an ihr? Martha war dürr und wenig lieblich anzusehen. Aber das war die Mamsell schließlich ebenfalls, und an ihr vergriff Opitz sich auch. Was war mit Lydia und Gerda? Mit den Frauen aus der Küche? Versuchte er es letztendlich bei allen? Sollte sie Martha darauf ansprechen, was sie gerade gesehen hatte? Sie kamen ganz gut miteinander aus. Doch obwohl sie schon so lange zusammenarbeiteten, war ihr Verhältnis nicht freundschaftlich. Es war nicht so wie mit Adelheid.

Hedda entschied sich dagegen. Sie würde Martha sonst verraten, dass er es schon bei ihr versucht hatte. Was letztlich einer ungehörigen Anklage gleichkam, die sie nicht beweisen konnte. Nicht auszudenken, Martha würde gegenüber jemand Falschem ein Wort darüber verlieren. Nein, bei ihr war sie sich nicht sicher, was sie erzählen konnte. Also erzählte sie lieber gar nichts.

Wütend verteilte sie die Schuhwichse mit einem Lappen auf einem Paar Sommerschuhe der ältesten Komtess. Opitz und seine Kartei der Verfehlungen. So hatte es die Mamsell genannt, als Hedda an der Tür gelauscht hatte. Was sollte sie sich darunter vorstellen? Eine Sammlung von Sünden und Fehlern und Vergehen der Dienstboten? Liebend gern hätte Hedda eine eigene Kartei nur für seine Verfehlungen angelegt. Am liebsten würde sie den Dreckskerl über die Klinge springen lassen. Nur wie? Sie hatte keine Ahnung.

Nachdem sie die Schuhe überall eingeschmiert hatte, griff sie sich eine weiche Bürste und fing an, das Leder auf Hochglanz zu polieren. Nein, mit Martha durfte sie nicht rechnen. Aber was, wenn sie sich mit Adelheid zusammentat? Möglicherweise sogar mit Adelheid und Viktor Novak?

Adelheid hatte ganz sicher nichts dagegen, sich mit Novak zu verschwören. Viktor Novak sah gut aus und hatte hervorragende Manieren. Aber für Heddas Geschmack war er zu einsilbig, und er schien etwas gegen Spaß jeglicher Art zu haben. Sie wusste nicht, ob sie ihn jemals hatte lachen sehen. Na ja, ganz so schlimm war es nicht, aber fast. Er schien immer in sich gekehrt, war aber dennoch sehr aufmerksam. Wusste sich auszudrücken, hielt aber meistens den Mund. Wurde von den jungen Damen hier angeschwärmt, schien aber nicht das geringste Interesse daran zu haben. Hätte sie gehört, dass es Novak sei, der nicht am weiblichen Geschlecht interessiert sei, hätte sie das sofort geglaubt. Wobei, er schien eher an gar niemandem interessiert zu sein.

Sie war überrascht, dass es zu dieser denkwürdigen Begegnung mit ihm gekommen war, bei der er ihr Dinge erzählt hatte, die man besser nicht aussprach, wenn man an seiner Stellung interessiert war. Vermutlich hatte er das auch nur getan, weil sie ihm zuvor von Dingen erzählt hatte, die man hier im Schloss ebenfalls besser nicht laut aussprach.

Das war riskant. Schließlich musste sie noch einige Jahre hier arbeiten, um das Geld für Amerika zusammenzusparen. Sie wollte nirgends anders anfangen. Sie wusste doch bereits, dass das Gras auf der anderen Seite des Zauns nicht grüner war. Natürlich, es herrschte Dienstbotenmangel. Trotzdem war es kaum wahrscheinlich, dass sie eine neue Stelle in einem gleich großen Haushalt fand. Eher würde sie nur irgendwo als Hausmädchen landen, wo sie wieder putzen und schrubben und Nachttöpfe reinigen durfte. Nein. Darauf hatte sie wirklich keine Lust mehr. Besser, sie versuchte hier, ihre Situation zu verändern.

Was, wenn sie sich zu dritt zusammentaten? Ob sie dann mehr gegen Opitz ausrichten konnten? Adelheid wusste spätestens jetzt, was sie erwartete. Und Novak ... So, wie Opitz sich im Moment ihm gegenüber verhielt, sollte es doch wohl möglich sein, ihn mit ins Boot zu holen.

Ins Boot holen, wofür eigentlich, dachte Hedda. Ihr kam nur eine Sache in den Kopf: Natürlich, um Opitz die Kartei der Verfehlungen abspenstig zu machen und ihn schachmatt zu setzen.

13. Juni 1907

Constanze half Ruth Mandelbaum auf den Bahnsteig. Sie kamen gerade aus der Stadt zurück. Der Besuch des Deutschen Kolonialhauses in Berlin Tiergarten hatte die alte Dame doch arg strapaziert. Dort hatten sie eingekauft und einen früheren Geschäftspartner ihres Mannes besucht. Die Verbindung reichte zurück bis in die Zeit, als Herr Mandelbaum bei deutschen Pflanzern und Händlern, die sich an fremden Gestaden niedergelassen hatten, Kolonialwaren ankaufte und mit gutem Gewinn weiterverkaufte. Das war schon in der Zeit gewesen, als Deutschland noch gar keine eigenen Kolonien gehabt hatte.

Heute war das anders. Deutsch-Südwestafrika, Deutsch-Ostafrika, Kamerun und Togo waren die wichtigsten Kolonien in Afrika. In Asien und Ozeanien gab es Kaiser-Wilhelm-Land, Dutzende größere und kleinere Inseln und natürlich die Vorzeige-Kolonie Deutsch-Samoa – die einzige Kolonie, die wirklich Gewinn abwarf, zumal für das Deutsche Kaiserreich. Die Händler aber machten alle Profit, damals wie heute. Und Ruth Mandelbaums verstorbener Mann war einer von ihnen gewesen.

Constanze hatte sich gar nicht sattsehen können. Schon das prächtige Haus selbst, erst vor wenigen Jahren erbaut, war eine echte Sensation. Koloniale Motive wie steinerne Elefanten, Löwen und afrikanische Krieger schmückten die hohe Fassade. Doch das war nichts gegen den Anblick, der sich ihr drinnen geboten hatte. Die schier nicht enden wollenden Verkaufsauslagen waren bunt, exotisch, fremdartig und manchmal geradezu wild.

Frau Mandelbaum hatte Constanze eine echte Straußenfeder gekauft. Die solle sie sich von einer Putzmacherin auf einen Hut machen lassen. Constanzes Protest half nichts. Keiner ihrer Hüte war elegant genug für die teure Feder. Das komme schon noch, sagte die alte Dame verschmitzt. Und hatte weiter eingekauft – Schokolade aus Kamerun, Kakao und Pfeffer aus Togo, deutschen Kaffee aus Ostafrika, echten chinesischen Tee, Reis aus Indien, und sogar ein paar Bananen bestellte sie. Alles würde ihr noch heute Abend in den Grunewald geliefert.

Am faszinierendsten fand Constanze die Ecke mit den Gewürzen: Muskatnüsse und Safran, Kardamom und Kurkuma, frische Vanilleschoten und Curry-Abmischungen – ein buntes Potpourri der Düfte.

Nach dem Einkaufen begrüßte Ruth Mandelbaum den Besitzer des Hauses überschwänglich, und er lud sie nach oben in seine Räumlichkeiten ein. Bei türkischem Mokka und exquisiten Kokosnussmakronen saßen sie über den Dächern der Stadt. Nachdem sie köstliche Geschichten und unglaubliche Anekdoten aufgewärmt hatten, war Constanze mit der alten Dame zurück nach Grunewald gefahren.

Ruth Mandelbaum schnaufte laut. »Ich fühle mich etwas schwach. Lassen Sie uns eine Pause einlegen!«, bestimmte sie.

Constanze nahm sie am Arm und führte sie zu der kleinen Kaffeeküche, die direkt am Grunewalder Bahnhof lag, idyllisch unter Bäumen. Sie setzten sich und bekamen einen Kaffee serviert. Erst jetzt, da sie noch den Geruch von frisch gebranntem Kaffee und den Geschmack von starkem Mokka im Mund hatte, wurde ihr bewusst, wie dünn der deutsche Kaffee schmeckte. Auch Frau Mandelbaum verzog ihr Gesicht und stellte den Kaffee beiseite.

»Heute Abend erzähle ich Ihnen, wann und wo ich den besten Mokka meines Lebens getrunken habe. Beim Sultan von … Ach, schauen Sie, wer dort kommt.«

Constanze sah, wie Maximilian Harden aus der Bahn stieg. Mehrere Zeitungen unter dem Arm, schien er in Gedanken versunken.

»Maximilian!«, rief ihre Arbeitgeberin.

Er sah auf, sein Blick klärte sich, und er kam sofort zu ihnen rüber und setzte sich.

»Ruth. Und Fräulein Maiwald. Wie schön. Seid ihr spazieren gewesen?«

»Nein, wir waren in der Stadt. Im Kolonialwarenhaus. Schade. Ich habe extra ein paar Herero-Zigarren gekauft. Die magst du doch so gerne. Aber sie werden erst heute Abend geliefert.«

»Macht ja nichts. Dann habe ich mal wieder einen guten Grund für einen Besuch.«

»Allerdings. Du machst dich rar in letzter Zeit«, sagte Ruth Mandelbaum gespielt empört.

»Ich habe viel um die Ohren.« Bei diesen Worten wandte Harden sich zu Constanze. »Haben Sie mal wieder was aus Liebenberg gehört?«

Harden hatte einen Privatdetektiv engagiert, der um das Schloss Liebenberg herumgeschnüffelt hatte. Und so auch mitbekommen hatte, dass Constanze entlassen worden war. Er hatte ihr die Stelle bei Ruth Mandelbaum vermittelt, die sehr gut war, aber auch ihren Preis hatte. Herr Harden wohnte in der Nachbarschaft und sah in Constanze eine sprudelnde Quelle vertraulicher Informationen über den Mann und seinen Freundeskreis, mit dem er sich gerade öffentlich angelegt hatte: Constanzes ehemaligen Brotherrn – dem Fürsten. Ihr war es unangenehm, auch wenn sie keinen Grund mehr sah, noch loyal gegenüber der fürstlichen Familie zu sein. Nicht nachdem man sie so schändlich behandelt hatte.

»Nein. Eigentlich nichts, was für Sie von Interesse wäre.« Hedda Pietsch hatte ihr geschrieben. Dass der erste Besuch der ehemaligen Komtess Augusta auch ihr letzter gewesen sein sollte, weil sie nun als *Persona non grata* galt. Und dass Adelheid Schaafs Mutter gestorben war. Aber dann fiel ihr doch noch etwas ein. »Dem Fürsten geht es gesundheitlich nicht gut. Er soll viel im Bett liegen und leiden.«

»Er leidet sicher nicht genug, wenn Sie mich fragen. Aber ja, alle verstecken sich. Kuno von Moltke hat sich nach Breslau zurückgezogen.«

»Aber er ist doch der Stadtkommandant von Berlin.«

»Nicht mehr. Er hat um seinen Rücktritt gebeten, der ihm gewährt wurde. Übrigens genau wie Ihrem ehemaligen Dienstherrn: Der Fürst hat ebenfalls um Rücktritt aus dem diplomatischen Korps gebeten. Und er wurde vorgestern bewilligt.«

»Ach ja?« Da war ja interessant. »Dann hat er nun also gar keine offizielle Funktion mehr.«

»Um seine offizielle Funktion ist es mir auch nie gegangen. Seine inoffizielle Einflussnahme ist, was ich kritisiere.« Harden winkte der Bedienung und bestellte ebenfalls einen Kaffee. »Ich habe ein paar Wochen lang nichts über die beiden veröffentlicht, und schon schreiben all meine werten Kollegen, ich würde mich zurückziehen. Natürlich nur, weil ich im Unrecht sei. Moltke hat mich ja sogar zum Duell gefordert.«

»Du hast aber doch wohl nicht zugesagt?!«, warf Ruth erschrocken ein.

»Nein. Ich habe es aus formellen Gründen abgelehnt. Man duelliert sich nicht erst Monate nach einer Beleidigung. Entweder sofort oder gar nicht. Aber Moltke war zu zögerlich.«

»Herrje, da hast du aber Glück gehabt.«

»Na ja. Stattdessen hat Moltke gerade Strafanzeige gegen mich gestellt. Nun wird es hässlich.« Seine Worte klangen gallig.

Constanze war überrascht. Sie hätte gedacht, das wäre genau das, was Harden mit seinen Anschuldigungen bewirken wollte.

»Jetzt, wo der Korken endlich aus der Flasche ist, kennt plötzlich keine Zeitung mehr Zurückhaltung. In allen Pressehäusern laufen die Maschinen heiß. Jetzt will jeder schon immer von der Kamarilla, der Liebenberger Tafelrunde gewusst haben. Und was das … andere angeht: Die Presse im ganzen Kaiserreich, ja sogar in Österreich und Großbritannien, überschlägt sich. Können Sie sich vorstellen, mit welchem Genuss die französischen Zeitungen über den Skandal berichten? Homosexuelle in der direkten Nähe des Kaisers – ein gefundenes Fressen für alle, denen Deutschland schon immer ein Dorn im Auge war.«

»Und der Fürst? Hat er auch Anzeige gegen Sie erstattet?«, wollte Constanze wissen.

»Er hat Anzeige erstattet. Aber wissen Sie, gegen wen?« Harden schüttelte schnaufend seinen Kopf. »Er ist so ein gerissener Hund.«

»Gegen wen?«, fragte Ruth Mandelbaum neugierig nach.

Harden beugte sich vor. »Gegen sich selbst. Wegen Verstoß gegen den Paragrafen 175. … So gerissen. Da er nun selbst der Beklagte ist, darf er lügen, was das Zeug hält.« Harden bekam seinen Kaffee und tat etwas Zucker hinein.

Ruth Mandelbaum legte ihm die Hand auf den Arm. »Maximilian, hast du denn das Geld, um dich einer gerichtlichen Auseinandersetzung zu stellen?«

»Zähneknirschend. Das hab ich doch nie gewollt. Als wäre ich daran interessiert, was die beiden im Bett machen. Aber darüber schreiben sich nun alle die Finger wund. Und ich stehe da wie ein … wie ein Schmieren-Journalist.« Wütend schlug er sich auf den Oberschenkel.

Constanze fragte sich, was er denn eigentlich mit seinen Enthüllungen hatte bezwecken wollen, wenn nicht eine gerichtliche Auseinandersetzung über pikante Bettgeschichten. »Ich muss noch mal fragen: Der Fürst hat sich also selbst angezeigt. Warum … Also wieso … Welche Absicht steckt dahinter?«

Harden zog die Schultern hoch. »Damit er sich äußern kann, ohne die Wahrheit sagen zu müssen.«

»Wer ermittelt denn gegen ihn?«

»Der Staatsanwalt aus Prenzlau ist für den Fall zuständig.«

»Staatsanwalt Neuötting etwa?«

Harden nickte.

Constanze lachte laut auf. »Staatsanwalt Neuötting ist ein guter Bekannter des Fürsten.«

Harden fluchte laut und vernehmlich. »Vermaledeiter … Das hätte ich wissen sollen! … Mir schwimmen langsam die Felle davon.« Wütend trank er seinen Kaffee aus und knallte die Tasse auf den Unterteller zurück. »Das Dumme ist: Bei Gericht und in den Polizeistationen kennen alle meine Männer. Ich bräuchte jemanden, der gut ermitteln kann. Einen offiziellen Pressevertreter, der recherchiert, ohne dass man ihn mit mir in Verbindung bringt.«

Constanze fiel sofort jemand ein. War das eine gute Idee? Oder war sie besonders dumm? Doch dann sagte sie: »Ich wüsste da jemanden für Sie. Einen geschulten Journalisten. Er arbeitet bei der *Leipziger Volkszeitung*.«

»Bei der *Leipziger*? Ein Sozi etwa?«

»Nein, kein Sozi. Nur einer, der sich sein Brot hart verdient.«

Was stimmte. Hugo war weniger ein Sozialist als ein liberaler Freigeist.

»Hm, so einer würde sicher nicht mit mir in Verbindung gebracht. Und er wäre verfügbar?« Harden schien interessiert.

»Das weiß ich nicht. Er ist … der Bruder einer guten Freundin. Aber ich könnte ihn anschreiben. Letztendlich wird es wohl darauf ankommen, was Sie ihm bieten.«

Harden sah sie an. »Ja, darauf kommt es letztendlich immer an. Auf den schnöden Mammon«, er verzog sein Gesicht beim letzten Schluck Kaffee. »Dann stellen Sie doch bitte einen Kontakt her. Gerne zügig. … Da fällt mir gerade ein: Sie erwähnten in einem früheren Gespräch, dass Rittmeister zu Lynar des Öfteren zu Gast auf Schloss Liebenberg war.«

Constanze nickte, etwas überrascht von dem prompten Themenwechsel.

»Und wissen Sie zufällig, ob der Fürst auch ihn besucht hat? In Potsdam, wo er wohnt?«

Eine harmlose Frage. »Das ist möglich. Der Fürst war ja auch oft zu Gast im Potsdamer Marmorpalais, bei der kaiserlichen Familie.«

»Ach ja, … das Marmorpalais.« Harden sann kurz über das Gesagte nach. »Und hat der Fürst zufällig mal die Villa Adler erwähnt?«

»Die Villa Adler?«

»Die Villa Adler, am Heiligen See. Genau auf der anderen Seeseite, gegenüber dem Marmorpalais.«

Das war nun eine sehr konkrete Frage, die irgendwie bedeutsam klang. Aber tatsächlich hatte Constanze keinerlei Erinnerung an den Namen. »Es tut mir leid, aber nein, an eine Villa Adler kann ich mich nicht erinnern.«

Harden beugte sich vor. Sein Gesicht kam ihrem näher. »Bitte denken Sie noch mal gründlich nach. Villa Adler … Rittmeister zu Lynar … das ist immens wichtig. Außergewöhnlich wichtig sogar«, sagte er eindringlich.

»Nun … zu Potsdam und dem Heiligen See fällt mir allerdings etwas ein. Hat Graf von Moltke dort nicht auch ein Anwesen, gegenüber dem Marmorpalais? So meine ich es einmal gehört zu haben.«

»Ach wirklich? Das ist ja außerordentlich interessant. Das werde ich sofort überprüfen lassen. Wenn Ihnen noch mehr einfällt, dann müssen Sie mich unbedingt sofort anrufen, ja?! Sie dürfen dann bestimmt Frau Mandelbaums Telefon benutzen.«

»Ach, dieses komische Ding. Ich weiß gar nicht, wofür ich das angeschafft habe. Ich bin ja froh, wenn mal jemand das Ding entstaubt«, sagte Ruth Mandelbaum.

Constanze musste lächeln. »Ich könnte versuchen, mit dem Bruder meiner Freundin telefonischen Kontakt aufzunehmen.« Was würde Hugo sich wundern, wenn sie ihn in der Redaktion anriefe.

»Sehr gerne. Je schneller, desto besser«, sagte Harden und stand auf. Mit einem Nicken verabschiedete er sich und eilte davon.

4. August 1907

»Wir sind sogar ein kleines Stück mit der Untergrundbahn gefahren. U-Bahn sagen die in Berlin dazu. Die gibt es ja erst seit 1902. Mein Gustav wollte immer mal nach Berlin, nur, um einmal damit zu fahren. Sensationell! Wirklich. Aber ich würde das nicht noch mal machen. Habe ich einen Schreck bekommen, als wir in den Tunnel reinfuhren! So eng, das können Sie sich gar nicht vorstellen. Und dieses Gefühl, als würde man jeden Moment gegen eine Mauer fahren. Die ganze Zeit über hatte ich Angst, dass die Erde über uns zusammenfällt.«

»Das muss wirklich sehr aufregend gewesen sein«, bekräftigte Adelheid Frau Lehmanns Erzählung lächelnd. Als würde sie jemals nach Berlin reinkommen oder mit einer Untergrundbahn fahren. Trotzdem nickte Adelheid verständnisvoll, ganz so, als wüsste sie, was die Krämersfrau ihr da erzählte. Eigentlich hatte sie gar keine Lust, lange mit ihr zu reden. Andererseits war es natürlich eine Ehre, dass sie überhaupt mit ihr sprach. Mit ihr, der Tochter eines

Tagelöhners. Aber wenn sie alle zwei Wochen in den Krämerladen ging, um die notwendigsten Lebensmittel zu kaufen, dann musste sie das eben über sich ergehen lassen. Das Ehepaar hatte für drei Tage einen Ausflug nach Berlin gemacht. Und offensichtlich gab es nun nichts Spannenderes, als darüber zu erzählen.

»Dann waren wir noch im Tiergarten auf der Siegesallee spazieren. Wissen Sie, da, wo nun all die Denkmäler stehen. Roon und Moltke und Bismarck und so weiter. Wissen Sie, wie die Berliner die Allee nennen?«

Adelheid schüttelte ihren Kopf. Woher sollte sie das wissen?

»Puppenallee. Sie nennen sie Puppenallee. Und sagen, man geht bis in die Puppen spazieren«, gab die Krämersfrau mit leuchtenden Augen zum Besten.

»Ich hoffe, ich komme auch mal nach Berlin.«

»Sie sind ja noch jung. So schnell, wie sich diese modernen Zeiten ändern, bekommen Sie bestimmt irgendwann die Gelegenheit.« Frau Lehmann schob ihr Papierbeutel und Päckchen über den Tresen. »Soll ich das Wechselgeld verrechnen? Es ist ja nicht viel, aber immerhin.«

»Ja, das wäre nett.« Ihre Familie ließ häufig anschreiben. Sie hoffte nur, dass Frau Lehmann ihrem Vater kein Bier auf Pump verkaufte. Aber sie traute sich nicht zu fragen. Sie würde es ohnehin gleich erfahren. Eilig packte sie alles in ihr Einkaufsnetz und wollte sich gerade verabschieden, als die Krämersfrau sich über den Tresen beugte.

»Ich wollte noch etwas fragen. ... Ihre Familie kauft ja keine Milch mehr bei mir.«

Adelheid schluckte. Sie kauften die Milch nun direkt beim Gut. Dort bekamen sie die frisch gemolkene Milch billiger. Hatte die Krämersfrau kein Verständnis für ihre Lage? Verhalten antwortete sie: »So ist es. Wir müssen sparen, wo wir können.«

»Ich wollte Ihnen nur sagen, ... für den Fall, dass Sie es nicht wissen, ... Sie müssen die Milch unbedingt abkochen.«

»Danke, aber das ist nicht nötig. Die Milch wird immer am gleichen Tag noch verbraucht.« Es war ja nicht so, als würde die Milch lange rumstehen und sauer werden können.

»Trotzdem. Wegen der Tuberkulose-Erreger. Die Kühe können das übertragen, ausgelöst durch die Rohmilch.«

»Tuberkulose? … Wirklich?« Adelheid erschrak.

Die Frau hinter der Ladentheke nickte ernst. »Unsere ist ja schon einmal abgekocht. Das macht die Molkerei nicht nur, damit sie sich länger hält.« Es lag ein mitleidiger Ausdruck auf ihrem Gesicht.

»Danke. Das ist sehr freundlich, dass Sie mir das sagen.«

Das könnte natürlich erklären, wieso Gunther selbst jetzt im Sommer nicht mit dem Husten aufhörte. Bisher hatte sie es auf den schlechten Sommer geschoben.

»Das wusste ich nicht. Ich werde es meinen Geschwistern weitergeben.« Adelheid verabschiedete sich freundlich.

Nachdenklich trat sie raus auf die Dorfstraße. Endlich blieben die Wolkenschleusen verschlossen. Es war schon Hochsommer, aber man konnte das Gefühl bekommen, es wäre April. Es war zwar wärmer, aber es regnete viel zu viel.

Die Milch aufkochen – das würde ihnen nicht gefallen. Sobald das Wetter einigermaßen erträglich war, wurde nicht mehr geheizt. Und höchstens zwei oder dreimal die Woche etwas Warmes gekocht. Feuerholz oder Kohle für den Ofen mitten im Sommer konnten sie sich nicht leisten.

Die Tagelöhnerhütte lag abseits, als würde das Dorf sich ihrer schämen. Niemand kam ihr entgegen. Normalerweise waren ihre Geschwister draußen vor der Hütte. Aber der Boden war matschig. Außerdem sah sie nun, als sie näher kam, dass ihr Vater links von der Hütte saß. Ein ungutes Gefühl kroch über ihren Schädel. Früher hatte er dort gesessen und ihrer Mutter zugeschaut, wie sie im Garten Unkraut gejätet oder Pflanzen hochgebunden hatte. Wenn er jetzt dort saß, dann trank er.

Er schaute nicht in ihre Richtung. Am liebsten wäre sie einfach unbemerkt in die Hütte hineingehuscht. Aber das ging natürlich nicht.

»Guten Tag, Vater.«

Gerade wollte er einen Schluck nehmen, drehte seinen Kopf, ohne die Bierflasche vom Mund zu nehmen, sah sie böse an und trank. Adelheid betete inständig, dass er nicht mit der mittlerweile üblichen Diskussion anfing. Ob sie ihm Bier mitgebracht habe? Seit der Beerdigung war keiner ihrer Besuche vergangen, ohne dass sie sich darüber gestritten hätten. Dreimal schon hatte er sie geschlagen. Adelheid würde trotzdem nicht nachgeben. Lieber ließ sie sich schlagen, als dass ihre Geschwister hungern mussten. Heute schien er gnädig zu sein. Als wäre sie gar nicht da, trank er weiter und starrte in den Garten hinaus. Von drinnen war Geschrei zu hören. Die Tür flog auf, und ihre Brüder Friedel und Bernhard traten heraus.

»Da bist du ja endlich!«, sagte Friedel vorwurfsvoll.

Bernhard griff sofort nach ihrer Tasche und ging wieder hinein.

»Wie geht es euch?«, fragte Adelheid leise. Vater sollte sie nicht hören. Sie wusste schon, dass sie alle zwei Wochen an ihrem freien Nachmittag die neuesten Katastrophenmeldungen bekam.

»Edeltraud kommt einfach nicht klar mit der Kleinen.«

»Babys schreien nun mal.«

»Ja, mal. Aber die Kleine hört überhaupt nicht auf.«

Adelheid biss sich auf die Lippe. Vermutlich hatte das Baby einfach beständig Hunger. »Ihr holt aber doch regelmäßig die Milch vom Gut, oder?«

»Ja, sonst wäre sie vermutlich schon verhungert. Gunther bekommt auch immer etwas ab.«

Sie sah ihren Bruder an. Schmal war er geworden, noch schmaler als sonst. »Frau Lehmann hat mir gerade gesagt, dass die Milch unbedingt abgekocht werden muss. Sonst kann man davon Tuberkulose bekommen.«

»Die spinnt doch wohl! Wir können nicht jeden Tag den Herd feuern!«, gab Friedel entrüstet von sich.

Adelheid senkte ihre Stimme noch weiter. »Hat Vater Arbeit gefunden?«

Ihr Bruder schüttelte den Kopf.

»Hat er sich wenigstens bemüht?«

Nun schaute er verschämt auf den Boden. Also nicht.

»Wo soll das noch hinführen?«

»Weiß nicht. Aber lange mache ich das nicht mehr mit«, gab Friedel trotzig von sich.

Adelheid presste die Lippen aufeinander. Auch diese Diskussion hatte sie bereits mehrere Male mit Friedel und Bernhard geführt. Sie wollten weg. Sie wollten sich ein besseres Leben suchen. Adelheid hatte sie beschworen, nicht zu gehen. Sie beide waren das letzte Bollwerk gegen die komplette Verelendung ihrer jüngeren Geschwister.

Sie ging hinein. Gundula zerriss eine alte Zeitung in kleine Vierecke. Auf einen Draht gespießt würde es als Toilettenpapier ins Aborthäuschen gehangen. Adelheid hatte sich schon an richtiges Klosettpapier gewöhnt. Aber es war viel zu teuer, um es zu kaufen. Eine Rolle kostete mindestens dreißig Pfennige. Dafür musste Adelheid fast einen ganzen Tag arbeiten. Edeltraud schockelte das Baby auf dem Arm, das abwechselnd schrie und hustete. Noch bevor Adelheid etwas sagen konnte, berichtete sie vorwurfsvoll: »Sie hat erst vor einer halben Stunde etwas bekommen. Ich weiß wirklich nicht mehr, was ich machen soll.«

»Vielleicht hat sie Koliken.« Die ersten Zähne konnten es nicht sein. Dafür wäre es zu früh.

»Wenn ich mich nicht um die Kleine und den Haushalt kümmern müsste, könnte ich drüben bei Großmanns beim Heumachen helfen.«

Natürlich, bestimmt würde Edeltraud zehnmal lieber jetzt Heu machen gehen, als sich hier um den Haushalt zu kümmern. Und kaum etwas zu essen bekommen. Wie hatte sie von den dicken Schmalzstullen geschwärmt, die sie letztes Jahr jeden Tag von der Bauersfrau bekommen hatte.

Adelheid atmete tief durch. »Wieso nimmt Großmann nicht Bernhard und Friedel?«

»Weil sie mehr Geld bekommen würden als ich.«

Vor vier Jahren hatte man ein Gesetz zur Kinderarbeit erlassen, das regelte, ab wann Kinder wo arbeiten durften. Aber nach und nach war es verwässert worden, und seit zwei Jahren durften Kinder ab neun Jahren wieder in der Landwirtschaft eingesetzt werden. Und sie wurden gerne eingesetzt, schließlich waren sie die billigsten Arbeitskräfte. Letztes Jahr noch hatte Edeltraud beim Heumachen geholfen. Es gab nicht viel Geld dafür, aber immerhin wurde sie versorgt und bekam ein paar Groschen.

Adelheid wurde abgelenkt von Gunther, der im Nachbarzimmer hustete. Sie ging rüber und setzte sich an sein Bett. Seine Augen wurden groß, weil er sich über Adelheids Besuch freute. Aber er war so matt, dass er sich nicht einmal aufrichtete.

»Heidi!«, rief er sie erfreut bei ihrem Kosenamen und fing sofort wieder an zu husten.

»Wie geht es dir, mein Schatz?« Sie strich ihm die Haare aus der Stirn. Er wäre auch mal wieder dran mit Haareschneiden. Sie alle, wie sie gerade gesehen hatte. Aber dafür hatte Edeltraud nun wirklich keine Zeit.

Natürlich war es das Beste, ihnen mit Geld zu helfen. Der Anblick ihrer Geschwister zerriss ihr jedes Mal aufs Neue das Herz. Es wurde nicht besser, sondern schlimmer.

Geld, mehr Geld, war das Einzige, was ihren Geschwistern wirklich helfen würde. Sie bezweifelte, dass Friedel und Bernhard, wenn sie erst einmal in einer großen Stadt arbeiten würden, noch Geld abgeben konnten. Man verdiente zwar mehr, aber das Leben war auch teurer. Wenn die beiden fortgingen und Vater weiterhin soff, dann war sie die Einzige, die für ihre jüngeren Geschwister noch Essen heranschaffte.

Letzte Woche hatte sie etwas Interessantes in der Zeitung gelesen: Wenn man genug Geld hatte, dann konnte man Tuberkulose und andere Lungenkrankheiten sehr wohl behandeln. Hätte sie Geld, dann würde sie Gunther in die Beelitzer Heilstätten schicken. Oder besser noch nach Hohenlychen, einer Kinderheimstätte zur Bekämpfung von Tuberkulose. Zudem müsste ein Arzt natürlich erst einmal untersuchen, ob er überhaupt daran erkrankt war. Doch sie waren so arm, dass sie sich nicht einmal den Besuch eines Arztes leisten konnten. Und die, die es sich leisten konnte, war nicht bereit, ihnen zu helfen – die Fürstin.

»Ach, mein Kleiner.« Sie stand auf. Sicher gab es genug Arbeit, die liegen geblieben war. Wäsche waschen, kaputte Hosen flicken und andere Dinge, die Edeltraud einfach noch nicht so gut hinbekam. »Ich komm nachher noch mal.«

* * *

Am frühen Abend ging Adelheid wieder heim. Viktor Novak stand draußen vor der Tür. Diedrich Budde stand öfter draußen, weil er rauchte. Novak rauchte nicht. Er schien einfach nur ein paar Minuten in der Sonne zu genießen. Die Sonne, die im Moment selten genug herauskam.

Seit ein paar Wochen veränderte sich ihr Verhältnis. Nicht, dass es herzlich oder freundschaftlich geworden wäre, aber Adelheid hatte nicht mehr das Gefühl, dass er so offensiv abweisend war. Manchmal schaffte er es sogar, sie anzulächeln, wenn sie sich auf der Treppe begegneten. Das war schon mehr, als sie je zu hoffen gewagt hatte. Und es jagte ihren Puls jedes Mal in ungeahnte Höhen.

Sich in Träumereien über Viktor Novak zu ergehen, war der einzige Luxus, den sie sich leisten konnte. Der einzige Lichtblick in ihren dunklen Tagen. Das einzig Schöne, das sie von den niederdrückenden Gedanken an ihre Familie und den Tod ihrer Mutter ablenkte. Dass sie nun besser miteinander auskamen, hatte allerdings zur Folge, dass Adelheid wieder nervöser wurde. So wie in ihren ersten Tagen, als sie im Schloss angefangen hatte. Immerzu musste sie aufpassen, dass sie nicht rot wurde. Oder dass ihre Hände nicht anfingen zu zittern, wenn er in ihrer Nähe war. Und nun sprach er sie sogar an.

»Der Herr, der seit gestern zu Besuch ist, ist übrigens ein Kriminalkommissar, der gegen unseren Fürsten ermittelt«, sagte er leise, als wollte er sie warnen.

Sie schluckte. Ein Kriminalkommissar! »Am Sonntag?«

Viktor Novak zuckte mit den Schultern. »Ich vermute, er will den Fürsten offiziell befragen.«

»Danke.« Sie zögerte. Am liebsten hätte sie sich noch etwas mit ihm unterhalten, wusste aber nicht, worüber. Und er war kein Mensch, mit dem man einfach so ein Gespräch anfangen konnte. Ihre Lippen zuckten, dann ging sie hinein.

Ein echter Kommissar. Ein Kriminalkommissar ermittelte gegen Angeklagte. Der Fürst hatte sich selbst angezeigt. Der Besucher war nun also hier, um herauszufinden, ob etwas an diesen Vorwürfen dran war. Adelheid wusste nicht genau, was alles vor sich ging. Ein paar Dinge waren jedoch klar geworden. Der Fürst konnte sich nur selbst angezeigt haben, weil er sich sicher war, freigesprochen zu werden. Was aber nicht bedeutete, dass er unschuldig war, wie Adelheid wusste. Es bedeutete nur, dass er sich ausrechnete, mit seinem Bild der Wahrheit durchzukommen. Er war der beste Freund des Kaisers, ein hochgestellter Fürst, und solche Leute wurden normalerweise nicht verurteilt.

Es hatte etwas gedauert, bis Adelheid dahintergekommen war. Die ganze Geschichte war eine Farce, ein Theaterspiel, das gezeigt wurde, um dem werten Publikum vorzuführen, dass er gänzlich unschuldig war. Nur wusste Adelheid es besser. Sie hatte gesehen, wie der Fürst frühmorgens aus dem Schlafzimmer eines seiner männlichen Besucher gekommen war. Das alleine würde natürlich überhaupt nichts beweisen. Das hätte sie sich genauso gut auch ausdenken können. Sie hatte es ja lange genug selbst nicht geglaubt. Doch mit dem Brief, den sie gefunden hatte, war alles anders geworden. Mit dem Brief konnte sie beweisen, dass die Dinge, die man dem Fürsten vorwarf, sehr wohl wahr waren. Nur musste sie den Brief jemandem übergeben, der seinen Inhalt entsprechend nutzen würde.

Adelheid hatte schon überlegt, ob sie ihn nicht nach Berlin zur Polizei schicken sollte. Aber weder kannte sie irgendeine Adresse noch einen Ansprechpartner. Berlin war riesig. Mehr als zwei Millionen Menschen lebten dort. Und den Brief einfach anonym an die Berliner Polizei zu schicken, hieß, das Risiko einzugehen, dass er verloren ging.

Nein, sie musste jemanden finden, der ganz sicher wusste, was der Inhalt des Briefes zu bedeuten hatte. Dass es ein Beweisstück erster Güte war. Ein Beweis gegen den Fürsten. Ein Kriminalkommissar war doch jemand, der solche Sachen herausfinden sollte. Und nun war er sogar nach Liebenberg gekommen. Das war ihre Gelegenheit!

Eilig lief sie nach oben in ihre Schlafkammer und griff zwischen Bettlaken und Matratze. Dort hatte sie den Umschlag deponiert. Dort, wo ihn niemand finden konnte. Bis auf die Kammerzofe, den Kammerdiener, Herrn Opitz und die Mamsell mussten alle ihre Betten selbst beziehen. Adelheid stopfte das Bettlaken wieder schön gerade unter die Matratze. Sie hatte noch immer den Rest des Tages frei. Übervorsichtig steckte sie den Brief in die Seitentasche ihres langen Rockes. Mehrmals prüfte sie, ob er auch nicht herausschaute. Was jetzt?

Wo würde sie den Kommissar abfangen können? Irgendwo, wo weder der Fürst noch jemand anderes aus dem Schloss sie sehen konnte. Sie lief die Hintertreppe hinunter und wieder hinaus. Viktor Novak stand nicht mehr vor dem Dienstboteneingang. Adelheid hielt sich nicht lange auf. Sie ging zu den Wirtschaftsgebäuden, dann weiter dort hinaus, wo die Gutsangestellten die Kühe zur Weide führten.

Über einen kleinen Schlenker lief sie zurück Richtung Löwentor, blieb aber ein paar Meter davon entfernt hinter einem knorrigen alten Baum stehen. Wie lange der Kommissar wohl noch brauchte? Wenn er überhaupt heute zurückfuhr. Außerdem war heute Sonntag. Er war ein Staatsbeamter, und die arbeiteten sonntags eigentlich nicht. Ganz so stimmte es nicht. Die Eisenbahner arbeiteten ja auch sonntags, genau wie die Polizei, dachte Adelheid.

Wie auch immer, sie fühlte sich unwohl. Von der Straße aus

könnte man sie sehen, wie sie sich hier hinter einem Baum versteckte. Sie überlegte sich schon eine gute Antwort, falls irgendjemand auf die Idee kam, sie zu fragen, was sie hier tat. Aber niemand kam vorbei, und niemand fragte sie. Sie stand dort sicher eine ganze Stunde und überlegte, wie sie die Übergabe des Briefes am geschicktesten anstellen würde.

War der Beamte mit einer Kutsche vom Löwenberger Bahnhof gekommen, oder war er gelaufen? Sie hatte keine Kutsche warten sehen, und in der Leutestube hatte auch niemand gesessen. Dann war er hoffentlich gelaufen. Das wäre ihr natürlich am liebsten, denn so könnte sie ihn am leichtesten abfangen. Sie würde ihm einfach ein paar Hundert Meter folgen, und wenn sie weit genug vom Dorf entfernt wären, würde sie ihm den Brief übergeben.

Endlich tat sich etwas am Haupteingang. Die Tür ging auf, und ein Mann mit einem dunklen Anzug und Hut trat heraus. Das musste er sein. Er sah schon aus wie ein höherer Beamter. Doch hinter ihm trat der Fürst hinaus. Er sagte etwas, und die beiden lachten.

Adelheid hatte den Fürsten lange nicht mehr lachen hören. Aber jetzt im Moment schien er gut gelaunt und sehr gelöst. Er beugte sich vor und erzählte noch etwas. Wieder lachte der Kommissar. Es kam Adelheid merkwürdig vor. Das sah nicht so aus wie ein Staatsbeamter, der Ermittlungen gegen einen fremden Mann, gegen einen Angeklagten, anstellte. Die beiden wirkten so, als würden sie sich gut kennen und wären miteinander befreundet. Und tatsächlich schüttelten sie sich nun zum Abschied die Hand, sehr lange, und der Fürst tätschelte dem Fremden vertraulich die Schulter. Wieder steckten sie die Köpfe zusammen, erzählten sich etwas und nickten sich dann wohlwollend zu.

Nun fuhr Herr Hartwich mit der Kutsche vor. Damit war ihre Chance vertan. Der Mann stieg ein, und das Pferdegespann fuhr in ihre Richtung. Der Brief in ihrer Rocktasche brannte wie Feuer. Alles, was Adelheid sich in den letzten Stunden überlegt hatte, war wie weggewischt. Die Aufregung schüttelte ihren Körper. Sie war fast panisch.

Verstohlen drückte sie sich hinter den massiven Baumstamm. Durch die Fenster konnte sie erkennen, dass das kein kleiner Beamter sein konnte, dafür war sein Anzug viel zu gut. Nein, ihm hätte sie den Brief ohnehin nicht übergeben dürfen. Die ganze Geschichte war viel zu heikel. Mit einem Schlag wurde ihr klar, um was sie sich bringen könnte: ihren wöchentlichen Lohn, die Stellung im Schloss, das Einzelbett, das regelmäßige Essen. Fieberhaft wurde ihr klar, dass sie sogar dafür ins Gefängnis gehen könnte, wenn der Kommissar verriet, dass sie einen Besitz des Fürsten heimlich an sich gebracht hatte. Was hatte sie sich nur dabei gedacht?

Sie konnte doch sehen, wie gut die beiden Männer miteinander auskamen. Jetzt wurde ihr klar, wieso der Fürst sich selbst angezeigt hatte. Bisher hatte sie immer gedacht, weil niemand ihm etwas nachweisen könnte. Doch nun wurde ihr auch klar, dass jemand wie er sich seiner Stellung sicher sein konnte. Und seiner guten Verbindungen. Vermutlich kannte er den Beamten und hatte früher schon einmal mit ihm zu tun gehabt. Ganz sicher. So herzlich und freundschaftlich ging man nicht miteinander um, wenn man sich gerade kennengelernt hatte. Der Fürst hatte von Anfang an gewusst, dass der Kriminalkommissar nichts herausbekommen würde, weil er nichts herausbekommen wollte. Wie dumm sie war. So dumm und naiv!

Kapitel 2

Mitte August 1907

Der Feind meines Feindes ist mein Freund, so sagte man doch, dachte Hedda. Opitz wurde allmählich unerträglich gegenüber Viktor Novak. Keine Ahnung, was bei den beiden in letzter Zeit schieflief, aber es war für alle offensichtlich. Opitz machte dem Diener das Leben schwer.

Dummerweise schien Diedrich Budde kein geeigneter Ersatz für den ersten Diener zu sein. Er bekam zwar nun öfter die angenehmeren Aufgaben zugeteilt, war aber anscheinend nicht in der Lage, sie so zufriedenstellend und mit so viel Grazie wie Novak zu erledigen. Der Fürst beschwerte sich über kalte Handtücher nach dem Bad und über lauwarmen Kaffee am Nachmittag. Und die Fürstin rügte, dass Budde schniefe und zu laut atme, wenn er stundenlang im Salon stand und auf Anweisungen wartete.

Hedda befand, das waren gute Voraussetzungen für ihr Vorhaben. Viktor Novak hatte beim Abendessen die Herrschaften bedient, und nun war Budde für den Abenddienst im Salon dran. Weiterhin gab es wenig zu tun. Noch immer blieben die Besucher aus. Heute hatte Hedda alle Spiegel im Schloss poliert, die merkwürdig stumpf geworden waren. Oder vielleicht war es auch nur ihr Eindruck, dass der sonst so helle Widerschein getrübt war.

Allerdings war es auch erst wenige Tage her, dass der Fürst von all den absurden Vorwürfen freigesprochen worden war. Das Verfahren gegen ihn war ergebnislos eingestellt worden. Im Schloss lief das Gerücht, dass die Herrschaften überlegten, ob sie denn nun wieder zur Jagd einladen sollten. Und wenn ja, wen? Den Kaiser?

Würde er kommen? Der Fürst hatte den absurden Vorwurf gegen sich abgeschmettert. Damit mussten doch nun alle Wogen geglättet sein, vermutete Hedda. Sie war nicht so dumm zu glauben, sie wüsste auch nur annähernd, was da hinter den Kulissen ablief. Irgendwann würde sie über die Pläne der Herrschaften in Kenntnis gesetzt, oder auch nicht. Trotzdem hoffte sie, dass es nun ganz bald mit dem üblichen Besucherandrang weitergehen würde.

Was sie aber wusste, war, dass es in der Dienstbotenetage so nicht weiterging. Erst letzte Woche hatte sie ein mehr als unschönes Zusammentreffen mit Opitz gehabt. Er hatte sie praktisch überfallen, als sie alleine einen Korb mit benutzter Bettwäsche ins Waschhaus gebracht hatte. Irgendwie war er ihr hinterhergeschlichen. Sie hatte ihn erst bemerkt, als er die Tür zuzog. Plötzlich stand sie ganz allein mit ihm im Waschhaus, weit weg von allen anderen Bediensteten. Und die Mamsell war in ihrem Zimmer und würde in der nächsten halben Stunde vermutlich auch nicht nach ihr suchen.

Hedda dachte schon, nun wäre alles aus. Sie war starr, konnte sich nicht bewegen, sich nicht wehren. Opitz packte sie und fingerte bereits an ihrer Schürze herum, als plötzlich jemand ihren Namen rief. So lange schon hatte sie nicht mehr mit Wolfram Neumann gesprochen, aber noch nie war sie so froh gewesen, ihn zu hören. Er musste unmittelbar vor der Tür des Waschhauses stehen. Hedda antwortete, riss sich los und stürmte raus. Es war ihr sogar egal, dass sie sich erst draußen ihre Schürze wieder zubinden konnte.

Neumann nickte ihr wissend zu. Er war ein Mann. Ganz sicher wusste er über die Abgründe männlicher Sexualität besser Bescheid als sie. Draußen fragte er Hedda etwas Unverfängliches, lautstark. Ob sie denn noch Schlämmkreide hätten, die er sich ausleihen dürfe. Er wolle die Messing-Steigbügel polieren. Danach hatte er sie zurück zum Hintereingang begleitet, ohne einen Ton über den Vorfall zu verlieren. Hedda wusste, dass er ahnte, was Opitz vorgehabt hatte. Sie war ihm dankbar für sein Eingreifen, und dass er sie nicht weiter in Verlegenheit gebracht hatte. Nach all den stummen Monaten versöhnte es sie mit ihm.

Aber dieser Vorfall zeigte ihr, dass etwas geschehen musste. Das war der Moment gewesen, als ihre tollkühnen Träume und vagen Vorstellungen zu einem Plan geworden waren. Na ja, nicht ganz ein Plan, aber doch ein Vorhaben. Deswegen hatte sie Viktor Novak und Adelheid heute zur Blauen Stunde hier auf die Rosenburg bestellt.

Die Rosenburg, das Miniaturschloss der Fürstenkinder, lag verwaist am Rande des Parks. Der erste Enkel war gerade erst geboren. Es würde noch Jahre dauern, bis hier wieder Kinder spielten. Der Himmel erstrahlte in einem tiefen Kaiserblau, aber hier unter den Bäumen war es schon ein wenig düster.

Hedda stieg die wenigen Stufen hoch. Novak und Adelheid waren bereits da, schwiegen sich aber gehaltvoll an. Hedda würde einen Wochenlohn darauf verwetten, dass Adelheid in den Diener verschossen war. Aber der gut aussehende Novak mit seinen hellbraunen Haarwellen, die ihn so elegant erscheinen ließen, zeigte allen Dienstbotinnen nur die kalte Schulter. Die arme Adelheid, sie würde auch noch dahinterkommen, dass ihre Gefühle verlorene Liebesmüh waren.

»Hallo. Ich möchte mich erst einmal bedanken, dass Sie und dass du gekommen bist.«

Novak nickte, ebenso wie Adelheid.

»Sie fragen sich sicher, ob das hier eine Verschwörung werden soll. Und … ähm … ich muss das leider bejahen.«

Novak zog seine Brauen zusammen. Eine Sorgenfalte bildete sich auf seiner Stirn. Adelheid dagegen machte große Augen.

Vor lauter Nervosität rieb Hedda sich die Arme, als wäre ihr kalt. »Sie beide wissen bereits von der Kartei der Verfehlungen.«

Hedda hatte es auch Adelheid schon erzählt, nachdem sie sie vor Opitz gerettet hatte. Sie musste wissen, was hier im Schloss vor sich ging.

»Ich bin mir sehr sicher, dass die Kartei, beziehungsweise die nötigen Beweise, also die Druckmittel, mit denen Opitz die Mamsell und vermutlich auch noch andere erpresst, im Panzerschrank sind.«

Novak nickte, als hätte er sich so was schon gedacht. Adelheid hörte aufmerksam zu. Sie war erschüttert gewesen, davon zu hören. Ihr war sofort klar geworden, was es zur Folge haben könnte, wenn Opitz sich an ihr verging. Welch weitreichende Konsequenzen das haben könnte, für sie, für ihre Familie.

»Um es kurz zu machen: Ich will die Beweise dort rausholen. Und ich brauche dabei Hilfe.«

Auf Novaks Gesicht tauchte ein ungläubiges Staunen auf. »Das meinen Sie nicht ernst?!«

»O doch!«

Adelheid blieb stumm und schüttelte ängstlich ihren Kopf.

»Wir müssen es sogar. Es gibt keine Alternative!« Hedda wandte sich an Novak. »Was Sie vermutlich nicht wissen, ist, dass Herr Opitz uns Frauen nachstellt. Mir, Adelheid, ich nehme an, bei den anderen passiert Ähnliches. Ganz sicher aber hat er die Mamsell mit irgendeinem Druckmittel in der Hand.«

Novak sah nicht mal überrascht aus. Ganz so, als hätte er bereits so etwas vermutet. »Selbst wenn Sie ihm das Druckmittel der Mamsell entwenden: Was sollte das für die Zukunft ändern? Für Ihre Situation?«

Mit diesem Argument hatte Hedda gerechnet. »Dann kann die Mamsell zur Fürstin gehen. Ich habe sie nämlich über die Übergriffe des obersten Hausdieners unterrichtet. Ihre Antwort war sehr verräterisch: Ihr seien da leider die Hände gebunden. Sie würde also gerne gegen Opitz vorgehen, kann es aber nicht. Opitz muss etwas gegen sie in der Hand haben, was das verhindert. Kartei der Verfehlungen, so hat es die Mamsell genannt. Es klingt, als habe er alles notiert, oder schlimmer noch, handfeste Beweise. Und die müssen wir uns holen.«

»Und wenn sie es dann trotzdem nicht tut?«, fragte nun Adelheid nach.

»Dann geh ich zur Fürstin. Die würde dann ja sicher die Mamsell als Erste befragen. Spätestens dann würde sie doch die Wahrheit sagen, weil sie nicht mehr unter Druck gesetzt werden kann.«

»Die Fürstin …«, spie Adelheid verächtlich aus.

Viktor Novak schüttelte den Kopf. »Ich glaube nicht, dass es so einfach wird.«

»Die Herrschaften können ihm doch nicht alles durchgehen lassen. Merkwürdig genug, dass sie so lange an einem unfähigen Haushofmeister festhalten.«

Die anderen sahen nicht so aus, als wären sie auch nur annähernd überzeugt. Beide blieben stumm.

»Eine Kartei der Verfehlungen … Das muss mehr sein als nur ein einziger Beweis gegen die Mamsell.«

Ausgerechnet die schüchterne und zurückhaltende Adelheid fragte: »Wie willst du das überhaupt anstellen – den Panzerschrank ausräumen?«

»Deswegen brauche ich ja euch. Als Aufpasser. Ich weiß, wo Opitz den zweiten Schlüssel versteckt hat.«

»Und wennschon. Den einen trägt er immer mit sich herum. Da kommen Sie nicht ran«, wandte Novak ein.

Hedda nickte. Genau das war der wunde Punkt in ihrer Überlegung. »Ich dachte, wir machen es, wenn er mal wieder gesoffen hat.«

Novak schnaubte ungläubig auf. »Das ist viel zu riskant. Ist Ihnen klar, was passiert, wenn er wach wird?«

»Dann müssen wir uns eben besonders geschickt anstellen. Leise und vorsichtig. Wenn die Beweise weg sind, hätte es ja schließlich jeder sein können.«

»Leise und vorsichtig? Tse … Sie wollen ihm einen Schlüssel praktisch aus der Hosentasche stehlen. Er mag ja öfter angetrunken sein, oder sogar besoffen. Aber bei so einer Aktion würde er aufwachen. Und was dann?«

Das war genau der Punkt, bei dem Hedda nicht weiterwusste. Und auf eine zündende Idee der anderen hoffte. Adelheid schien etwas zu überdenken, blieb aber stumm. Ein letzter Versuch.

»Opitz könnte sogar Sie verprügeln, so wie er es mit Moritz immer macht. Wollen Sie warten, bis das passiert? Haben Sie jemals darüber nachgedacht, wie unser Leben sein könnte, wenn wir einen guten Butler, einen fähigen obersten Hausdiener hätten?«

Dieses Argument schien Novak nicht zu beeindrucken. Seine Stimme klang abschließend. »Das ist alles zu vage. Zu unabsehbar. Viel zu riskant! Und wofür? Ob es danach wirklich besser wird, steht in den Sternen.«

»Aber wenn er zum Beispiel gegen den Kammerdiener oder die Zofe auch ein Druckmittel aufbewahrt, dann würden die sich auch für uns verwenden.«

»Wieso sollten sie? Die würden doch einfach nur froh sein, wenn sie die Druckmittel zurückbekämen, ohne dass die Herrschaften davon erfahren«, wandte Novak ein.

»Dann geben wir sie ihnen eben nicht bedingungslos zurück.«

Novak schüttelte den Kopf. »Was ist mit den anderen: mit Martha Petzold, mit Lydia und Gerda? Den Küchenmädchen? Und Moritz? Werden die auch eingeweiht?«

»Um Himmels willen, nein!«, sagte Hedda nachdrücklich.

Der erste Diener sah aus, als wollte er jeden Moment gehen. »Ob Opitz wirklich Abschied nehmen müsste, bezweifle ich.«

»Wieso?«, hakte Hedda nach.

Novak sah unentschlossen aus, als wüsste er etwas, was er nicht sagen wollte.

»Wir müssen uns vertrauen. Deswegen auch ... bin ich so offen. Wenn einer von Ihnen beiden ...«

Er unterbrach sie barsch. »Ich werde Sie nicht verraten, wenn Sie das meinen.«

Wenigstens. Damit hatte Hedda zwar auch nicht gerechnet, aber es noch einmal ausdrücklich zu hören, beruhigte sie. Adelheid würde sie eh nicht verpetzen, das wusste sie.

»Es sind unhaltbare und gefährliche Zustände. Zumindest für uns Frauen. Und wir kriegen doch alle mit, wie er Sie behandelt. Was, wenn er längst etwas gegen Sie in der Hand hat?«

»Was sollte er denn gegen mich in der Hand haben?« Novaks Stimme klang plötzlich unangenehm schrill.

»Was weiß ich? Ich habe mir schließlich auch nichts zuschulden kommen lassen. Und trotzdem …«

»Tut mir leid. Aber ich mache da nicht mit.« Viktor Novak ging Richtung Treppenstufen.

»Wollen Sie wirklich warten, bis Herr Opitz Sie derart vor dem Fürsten blamiert, dass Sie gehen müssen? Er hat Sie doch schon genötigt, Ihre private Post zu lesen, in Anwesenheit des Fürsten.«

Der Diener drehte sich um und sah Hedda mit eigentümlichem Blick an. Was lief da? Irgendwas war da doch. Etwas, das Novak Hedda vorenthielt. Stattdessen sagte er: »Es ist zu gefährlich. Wir würden mehr als nur unsere Stellungen verlieren.«

»Nicht, wenn wir uns geschickt genug anstellen!«

»Sie kommen nicht an den ersten Schlüssel ran. Er wird aufwachen«, rief er nun erbost. Und schaute sich sofort um, ob eventuell jemand anderes in der Nähe war.

Plötzlich trat Adelheid vor. »Ich weiß, wie wir es schaffen könnten.«

Hedda und auch Novak schauten sie verdutzt an.

»Ich hab noch das Schlafpulver, das Lydia Keller und Gerda Altvater mir am Anfang immer in den Abendtee gemischt haben. Damit ich verschlafe. Jede Menge hab ich davon.« Sie schaute die beiden abwechselnd an. »Wir müssten ihm nur genug in den Wein geben. Dann schläft er wie ein Baby.«

Für einen Moment schien Novaks Entschluss zu wanken. Doch dann trat er zurück.

»Nein. Ich mach das nicht. Ist Ihnen klar, dass wir alle drei im Gefängnis landen könnten? Ziemlich sicher sogar.« Er schüttelte seinen Kopf so vehement, dass man glauben könnte, er wollte sich selbst überzeugen. Dann drehte er sich um und lief die Treppen hinunter. Unten blieb er stehen.

»Wenn Sie das wirklich durchziehen, was ich nicht hoffe, dann lassen Sie mich bitte aus dem Spiel. Ich kann es mir nicht leisten, auch nur in Verdacht zu geraten. Selbst wenn ich nur meine Stelle verlieren würde …«

»Versprochen. Versprochen, wenn Sie nichts sagen.«

Er nickte, und nun ging er wirklich. Erst jetzt bemerkte Hedda, dass es schon dunkel war. Sie wartete stumm, bis er vorgelaufen war.

»Komm, lass uns gehen.«

»Und? Machen wir es denn jetzt?«, fragte Adelheid zu ihrem größten Erstaunen. Ausgerechnet die zurückhaltende Adelheid.

»Ich hätte nicht gedacht, dass ausgerechnet du sofort dabei bist«, sagte Hedda erstaunt.

Adelheid zuckte nur mit den Schultern. »Was glaubst du, wenn Herr Opitz mir etwas antun würde – wem würden sie wohl glauben: mir oder dem obersten Diener? Ich hätte keine Chance. Nie wieder. Nirgendwo. Außerdem weiß ich ja, wie stark das Schlafpulver ist. Herr Opitz wird schlafen wie ein sattes Baby.«

Mitte August 1907

Viktor betrat den Speisesaal. Es war später Nachmittag, und er deckte den Tisch. Heute aß die Familie in einer größeren Runde, wenngleich es nur Familienangehörige waren, die zu Besuch kamen. Noch immer hatte sich die dunkle Wolke, die über dem Schloss schwebte, nicht verzogen.

Er deckte neun Couverts, Gedecke mit je einem Glas Rotwein, Weißwein, Sektgläser und einem Glas für Wasser. Budde polierte das Silber. Etwas, das Viktor früher aufgetragen worden war, wenn Opitz es nicht selbst machen wollte. An den Schrank mit dem teuren Silberbesteck durfte nicht jeder ran. Es war ein Vertrauensbeweis. Und er war aus Opitz' Vertrauen herausgefallen.

Mit einer Damastdecke bedeckte er die Kredenz, den Tisch, auf dem die Tabletts abgestellt wurden. Sorgfältig strich er den Stoff glatt. Keine Falte durfte zu sehen sein. Sicher würden er und Budde heute Abend servieren.

Jetzt erst bemerkte er, dass er es ein wenig vermisst hatte, dieses Vorbereiten, die kleine Aufregung, wenn Gäste eintrafen. Die Sorge, dass bloß auch alles gut lief. Dass man sich von seiner besten Seite zeigen konnte. Schon ewig hatte er keine Tisch- und Menükarten schreiben müssen. Etwas, was er wegen seiner schönen Handschrift immer übertragen bekommen hatte. Aber dieser Aufwand wurde nur für offizielle Gelegenheiten betrieben.

So oft kreisten seine Gedanken um seine Zukunft. Sollte er sich doch nach einer anderen Stelle umsehen? Und wenn ja, wo? Berlin war zu nahe an Charlottenburg. Früher oder später würde jemand ihn dort als den Sohn von Justus Novak erkennen. Nein, Berlin und vor allem Charlottenburg kamen nicht infrage, und auch Potsdam war noch zu nahe dran. Und wollte er wirklich ins Rheinische oder nach Süddeutschland gehen? Noch war er nicht bereit zu einem solchen Schritt. Lange hatte er den Untergang von Oswald Opitz näher kommen sehen, ohne dass er dafür auch nur einen Finger hatte krummen müssen. Aber anders als noch vor einigen Monaten war er nicht mehr davon überzeugt, dass der Fürst ihn bald fallen lassen würde.

Viktor war fertig. Noch einmal kontrollierte er mit dem Maßstab den Abstand der Teller, des Bestecks und der Stühle zueinander. Fehlte etwas? Warf die Tischdecke Falten? Nach einem abschließenden Blick war er zufrieden mit dem Ergebnis. Er ging hinunter, wo es schon herrlich roch.

Hedda Pietsch und Lydia Keller saßen in der Leutestube und trennten Kleider der Komtessen auf. Gelegentlich gab es miteinander vernähte Stoffe, die nicht zusammen gewaschen werden durften. Dann mussten Teile abgetrennt, separat gewaschen und wieder angenäht werden. Eine elendige Arbeit. Hedda Pietsch kontrollierte, was die andere tat. Viktor hatte schon mitbekommen, dass Lydia nicht ganz so gründlich arbeitete wie gefordert. Als er eintrat, schaute Fräulein Pietsch nur kurz auf. Sie schien maßlos enttäuscht von ihm zu sein.

Die ganze Nacht hatte er über ihre Worte nachgedacht. *Unhaltbare und gefährliche Zustände.* Für die Frauen war es natürlich schlimmer als für ihn. Er verachtete Opitz, aber nun spürte er außerdem eine auflodernde Wut bei der Vorstellung, der Haushofmeister könnte sich an Adelheid Schaaf vergehen. Könnte die Haut begrapschen, die er in seinen Tagträumen zärtlich streichelte. Und dennoch zögerte er, dem Vorschlag von Fräulein Pietsch zu folgen. Der Fürst wusste, dass Opitz nicht koscher war. Er wusste, dass der Haushofmeister log und stahl. Und trotzdem war Opitz immer noch da.

War es dem Fürsten denn egal, wer in seinem Haus arbeitete? Sicher nicht. Gestern Abend im Bett war ihm ein Gedanke gekommen: Konnte es sein, dass der Butler in seiner Kartei der Verfehlungen auch etwas gegen den Fürsten in der Hand hatte? Immerhin wäre das eine Begründung, warum der Fürst an Opitz festhielt.

Dessen ungeachtet war ihm die ganze Geschichte zu brenzlig. Die Gefahr, was passieren würde, wenn es schiefging, wenn jemand sie entdeckte, während sie den Panzerschrank ausräumten. Nein! Er würde alles aufs Spiel setzen, was er sich bisher erarbeitet hatte. Alles. Und er würde im Gefängnis landen, genau wie sein Vater. Und danach wäre er selbst ein Tagelöhner. Das durfte er nicht riskieren.

Mit einer Zeitung setzte er sich den Frauen gegenüber. Sein Blick flog über die Artikel. Die nachmittägliche Vorlesestunde mit Opitz und Budde wurde immer seltener praktiziert. Gelegentlich zogen sich Diedrich Budde und Herr Opitz nun in Opitz' Dienststube zurück, wo Budde ihm vorlesen musste.

Ganz unmissverständlich strafte Opitz ihn ab. Nur wofür? Er hatte sich eigentlich nichts zuschulden kommen lassen. Offensichtlich war Opitz der Meinung, dass Viktor seine einstmals unausgesprochene Unterstützung in der letzten Zeit absichtlich unterließ. Was allerdings auch stimmte. Der oberste Hausdiener konnte nicht davon ausgehen, dass Viktor für dessen Fehler und Versäumnisse seinen eigenen Kopf hinhalten würde. Aber nichts davon war je versprochen, je ausgesprochen worden.

Oft genug hatte Viktor Opitz aus der Patsche geholfen und musste nun erfahren, dass er dafür überhaupt keinen Dank bekam. Im Gegenteil, die Geschichte mit den Weinflaschen, die Viktor angeblich hatte fallen lassen, zeigte ihm, wie Opitz agierte. Er konnte nicht mehr darauf vertrauen, dass Opitz dem Fürsten gegenüber ein angemessenes Bild seiner Person und seiner Arbeit zeichnete. Zwar war der Fürst von ganz allein hinter die Wahrheit mit den angeblich kaputten Weinflaschen gekommen. Aber seit diesem Vorfall fragte Viktor sich, wie oft Opitz ihm bereits einen Fehler oder eine Schuld angedichtet hatte.

Dass er nun allerdings nachmittags nicht mehr die Zeitung laut vorlesen musste, tat Viktor überhaupt nicht leid. Er genoss es sogar. So konnte er die Artikel lesen, für die er sich selbst wirklich interessierte.

Vor ein paar Tagen hatte es einen Ministerial-Erlass gegeben, der die körperliche Züchtigung der Volksschüler einschränken sollte. Die Lehrer mussten nun Buch führen über ihre Strafen. Damit sollte die rigide Prügelkultur in den Schulen besser kontrolliert werden. Die Stockschläge seines Volksschullehrers waren damals ein gewichtiger Grund gewesen, warum er die letzten zwei Jahre kaum noch zur Volksschule gegangen war. Er war auf eine private Volksschule gegangen, bevor er zum Gymnasium gekommen war, welches er allerdings nach der siebten Klasse hatte verlassen müssen, weil seine Eltern die Schulgebühren nicht mehr hatten bezahlen können. Da war er zwölf gewesen, und hätte eigentlich noch weitere zwei Jahre die Volksschule besuchen sollen. Doch mit einem Gymnasiallehrer als Vater wusste er bereits mehr als alle Schüler der Volksschule, und manchmal wusste er es sogar besser als sein Lehrer. Aber wann immer er zu spitzfindig gewesen war oder zu intelligente Antworten gegeben hatte, hatte der Lehrer ihn geprügelt. Er hatte nicht wahrhaben wollen, dass sein Schüler so belesen war.

Diese Lektion hatte Viktor seinem Bruder Leander mit auf den Weg gegeben: Selbst wenn er mehr wusste als der Lehrer, sollte er es nicht laut sagen. Letztendlich kam niemand in der Volksschule drum herum, gelegentlich geprügelt zu werden. Aber alle paar Wochen Schläge auf die offene Hand zu kriegen, war noch mal etwas anderes, als stundenlang auf Holzscheiten knien zu müssen oder mit roten, gelegentlich sogar blutigen Striemen auf dem Po oder dem Rücken nach Hause zu kommen. Eine Strafe, die sein damaliger Volkslehrer mit Begeisterung angewandt hatte.

Leander lernte mittlerweile mit seinem Vater zu Hause weiter. Übernächstes Jahr zu Ostern könnte er die Abiturientenprüfung ablegen. Wenn sein jüngerer Bruder die bestand, könnte er sich zum Studium anmelden. Oder wenigstens zu einer höheren Handelsschule. Mit einem solchen Schulabschluss würde er sich auch für den Einjährig-Freiwilligen Militärdienst eignen. Nur ein Jahr Militärdienst statt drei Jahre, das wäre schon schlimm genug. Falls Leander keinen Studienplatz bekäme, wäre es immerhin eine Option, wenn auch eine, die es unbedingt zu vermeiden galt.

In der Aussicht auf eine bessere Ausbildung lagen alle Hoffnungen seiner Familie. Leander sollte einen bürgerlichen Beruf ergreifen können. Dann würde er die Schwestern und vielleicht auch die Eltern versorgen können. Das Leben wäre wieder ein wenig so, wie es früher gewesen war. Wie es eigentlich hätte bleiben sollen. Und dann würde die Verantwortung für das Glück und das Wohlergehen der Familie auf Leander übergehen. Und Viktor wäre endlich frei, ein eigenes Leben zu führen. Aber es würde noch Jahre dauern, bis es so weit war.

Viktor las weiter. Heute stand nichts über den Fürsten in der Zeitung. In den letzten Wochen hatte man viel über Schloss Liebenberg und Fürst Philipp zu Eulenburg und Hertefeld lesen können. Neuestes Thema war der Spiritismus, der hier von der geheimen Tafelrunde angeblich praktiziert würde. Schloss Liebenberg war abwechselnd entweder ein Spiritistennest oder ein Spukschloss. Es wurde davon berichtet, dass in den Liebenberger Séancen politische Entscheidungen gefällt würden, welche die Reichsregierung dann durchzusetzen habe. Ein geradezu unglaublicher Verdacht: Politik für die große deutsche Nation, die sich nach Weissagung aus dem Jenseits richtete.

Immerhin war der Fürst vor einer Woche von diesem anderen ungeheuren Vorwurf freigesprochen worden. Viktor hatte aufgeatmet. Damit war eine große Sorge von seinen Schultern genommen worden. Lange war er unsicher gewesen, was diese Vorwürfe anging. Doch nun musste er dem Fürsten zugestehen, dass er nicht schuldbewusst gezögert, sondern letztlich nur sehr geschickt taktiert hatte. Der Dreck war nun abgewischt. Der Rest würde sich von alleine beruhigen.

Und da der Fürst offensichtlich unschuldig war, könnte er sich in Ruhe nach einer neuen Stelle umschauen, zumal, wenn Opitz so weitermachte. Denn Hedda Pietsch hatte mit einem recht – es waren unhaltbare Zustände. So, wie es hier im Moment im Schloss lief, würde er nicht noch jahrelang bleiben wollen. Alle waren gereizt, und eine merkwürdige Unruhe lag über allem. Und es gab kaum noch einen Tag, an dem Opitz nicht laut wurde wegen irgendetwas.

Gerade jetzt hörte er Opitz' Schritte. Er kam geradewegs zur Leutestube und trat ein.

»Herr Novak, ich hätte da doch mal eine Frage.«

Viktor faltete die Zeitung zusammen und legte sie auf dem Tisch ab. Er blieb gefasst und gewohnt freundlich. »Ja, bitte?«

Nun holte Opitz etwas hervor, das er hinter dem Rücken versteckt hatte. Ein Gesindebuch. Sein Gesindebuch, fragte Viktor sich sofort. Hoffentlich nicht. Hoffentlich merkte Opitz nicht, wie sich ihm alleine bei dem Gedanken daran die Haare sträubten.

Sein Gesindebuch war gefälscht, gut gefälscht. Es hatte ihn damals verdammt viel Geld gekostet. Als Sohn eines wegen Majestätsbeleidigung Inhaftierten hätte er niemals eine erste Stelle gefunden. Aber mit einem Eintrag in einem bereits vorhandenen Gesindebuch fragte niemand so genau nach dem Elternhaus.

Angeblich war er mit vierzehn im Haushalt einer begüterten Bürgersfamilie in Brandenburg in Stellung gegangen. Dort habe er so gut gearbeitet, dass er innerhalb von drei Jahren vom Hausburschen zum Hausdiener aufgestiegen war. Von dem nicht existenten ehemaligen Dienstherrn gab es ein ebenfalls gefälschtes Zeugnis. Mit dem er sich nochmals abgesichert hatte. Das Dienstverhältnis war nur aufgelöst worden, weil der Kaufmann Suurbier sich eine Farm in Deutsch-Ostafrika gekauft habe, so hieß es in dem Zeugnis. Sein überaus geschätzter Diener Viktor Novak aber wolle aus Liebe zur Heimat und dem Vaterland leider nicht mit übersiedeln. Ansonsten könne er nur das Allerbeste über Novak berichten. Kontakt mit dem Mann aufzunehmen, würde allerdings jedem neuen Dienstherrn schwerfallen.

Mittels dieser hervorragenden Referenz hatte er seine erste Stellung als Hausdiener bei einem Industriellen in Spandau bekommen. Dort war er Hausdiener, Butler und Kammerdiener in einem gewesen. Von dort war der Sprung zum Liebenberger Schloss erfolgt, wo er erst als zweiter Hausdiener angefangen hatte und nun seit anderthalb Jahren erster Hausdiener war. Seine glorreiche Karriere war auf einer Lüge aufgebaut. Wehe, jemand würde das hinterfragen.

Budde schob sich hinter Opitz in die Leutestube und zwirbelte aufgeregt seinen Kaiser-Wilhelm-Schnauzbart.

»Herr Suurbier …«, ließ Herr Opitz verlauten.

Viktor wurde panisch. Es *war* sein Gesindebuch! Unmerklich drückte er den Rücken durch und versuchte, flach zu atmen. Was wollte Opitz mit seinem Gesindebuch? Warum nahm er es jetzt, vier Jahre nach seiner Einstellung, zur Hand? Egal, wie der Grund lautete – Viktor war besser auf der Hut.

»Oh, Herr Suurbier, was ist mit ihm?« Hörte man, dass seine Stimme schwankte?

Opitz blätterte betont langsam in dem kleinen blauen Büchlein. »Ich habe mich gefragt, warum Sie eigentlich nie Post von ihm bekommen. Obwohl er doch so große Stücke auf Sie gehalten hat.«

Dünnes Eis. Ganz dünnes Eis. »Ich habe einige Briefe erhalten. Aber das war noch zu meiner Spandauer Zeit.« Nur nicht zu viel sagen. Sich nicht zu offensichtlich erklären. Das machte immer einen schuldigen Eindruck.

»Und danach nicht mehr?«

»Nein.«

»Wieso nicht? Waren Sie nicht neugierig, wie es Ihrem ehemaligen Dienstherrn und seiner Familie in der Ferne erging?«

Viktor versuchte, ein Schlucken zu unterdrücken. Jetzt bloß nicht räuspern. Stattdessen lächelte er etwas bekümmert. »Wenn ich mich recht erinnere, habe ich drei Briefe bekommen. Der erste war noch hoffnungsvoll, und er schrieb von Anfangsschwierigkeiten. Doch die beiden nächsten waren eher verhalten. Ich habe noch ein paar Mal geschrieben, aber keine Antwort mehr erhalten.« Er senkte seine Stimme. »Ich kann nur hoffen, dass es wirtschaftliche Gründe waren, warum er nicht mehr schrieb.«

»Dann haben Sie heute keinen Kontakt mehr zu ihm?«

»Leider nein. ... Aber wieso fragen Sie?«

»Ich habe mich vorhin mit Herrn Budde darüber unterhalten, dass die Grundlage einer guten Stellung hervorragende Arbeit ist. Nur so steigt man schnell auf. Und Sie sind ja überaus schnell aufgestiegen bei Herrn Suurbier. Fast schon zu schnell, um wahr zu sein.« Wieder klang seine Stimme doppeldeutig. Ahnte Opitz etwas? Wusste er gar von seinem Betrug?

Viktor schaute Opitz an. Was sollte er jetzt sagen? Wusste er, dass das Gesindebuch gefälscht war, und ließ ihn gerade ins gewetzte Messer laufen? Oder war das nur wieder eine seiner typischen Drohgebärden, um zu zeigen, dass er auch anders konnte?

»Ich weiß nicht genau, worauf Sie hinauswollen«, sagte er. Nun ließ es sich nicht mehr vertuschen, dass seine Stimme belegt war.

»Nur, dass ich es komisch finde, wie schnell Sie aufgestiegen sind. Und nun ist dieser Herr, der Ihnen dieses überaus gütige Zeugnis ausgestellt hat, nicht mehr aufzufinden.«

Viktor starrte ihn an. Opitz starrte zurück. Ihre Blicke duellierten sich, und Viktor wurde gewahr, dass er verlor. Er müsste nun etwas Belangloses, aber Cleveres sagen. Etwas, was die Schärfe des Angriffs milderte. Aber ihm fiel partout nichts ein. Plötzlich fühlte er unter dem Tisch einen leichten Tritt. Hedda Pietsch blickte ihn an, als wollte sie ihm mitteilen: Hab ich's nicht gesagt?

Noch ein Tritt. Was wollte sie von ihm? Himmel, er war gerade völlig vernagelt. Nein, natürlich. Es gab nur eins, was sie von ihm wollte. Er bewegte seinen Fuß, traf sie. Der Pakt war besiegelt. Er würde bei dem Plan mitmachen.

Plötzlich hob sie ihre Stimme. »Ist das etwa der Suurbier, der sich die Farm in der Nähe des Kilimandscharo gekauft hat? Die Kaffeeplantage?«

Die Blicke der anderen beiden Männer wechselten überrascht zum Stubenmädchen. Hedda Pietsch sah Viktor arglos an.

Der kapierte schnell, was sie vorhatte. »Ja, genau. Eine Kaffeeplantage.«

»Kennen Sie den Mann etwa?«, fragte Opitz überrascht nach.

Was würde sie nun antworten? Es war riskant. Woher sollte sie einen Mann kennen, den es nicht gab?

»Oh, ich war doch auch in Brandenburg in Stellung. Das ist ja schon Ewigkeiten her. Aber meine Herrschaft kannte einen Mann, der nach Ostafrika gegangen war. Kurz bevor ich bei ihnen angefangen habe. Wann, sagen Sie, ist er abgereist?«

»Im Jahr 1899.« Viktor schluckte.

»Ich habe Anfang 1900 in Brandenburg angefangen. Meine Herrschaften haben nämlich eine Postkarte bekommen, mit einem Bild vom Kilimandscharo. ›Der höchste Berg Deutschlands‹, stand darauf. Daran erinnere ich mich nämlich ganz genau. Das war in meinen allerersten Wochen.«

»Ja, das muss Herr Suurbier gewesen sein. So viele Männer sind sicher nicht von Brandenburg aus in dem Jahr nach Ostafrika gegangen«, versuchte Viktor, Opitz' Verhör zu beenden.

»Dann wissen Sie ja vielleicht, wie es Herrn Suurbier erging«, sagte Opitz provokant.

Hedda Pietsch ließ ihre Näharbeit sinken. »Nun, womöglich haben meine Herrschaften noch ein paar Briefe erhalten. Natürlich weiß ich nicht, was darin stand und wie es ihnen in Ostafrika ergangen ist. Aber aus den Erfahrungen meiner Brüder und meines Onkels kann ich nur sagen: Eine Farm in Afrika birgt immer ein großes Risiko. Man kann von Löwen gefressen oder von Elefanten niedergetrampelt werden. Dann gibt es Missernten oder Aufstände der Eingeborenen. Ich lese immer wieder, dass der Maji-Maji-Aufstand trotz der Schlacht von Mahenge bis jetzt nicht ganz befriedet ist. Afrika ist eben ein abenteuerlicher und gefährlicher Kontinent! Und zu all den Gefahren kommt noch: Es gibt viele Deutsche, die sich schlichtweg verkalkuliert haben. Die sich nicht als Farmer eignen, oder nicht genug kaufmännischen Verstand haben. Und dann aufgeben. Das ist natürlich nicht, womit man gerne hausieren geht.« Als wäre nichts weiter daran, nahm sie nun wieder die Näharbeit hoch und fuhr fort, die Naht aufzutrennen.

»Da mögen Sie recht haben«, gab nun auch Herr Opitz zu. Er ließ das Gesindebuch sinken, drehte sich um und ging hinaus.

Eilig griff Viktor nach der Zeitung, schlug sie irgendwo auf und hielt sie sich dicht vors Gesicht. Du meine Güte, da hatte er aber Schwein gehabt. Er versuchte, seinen Atem zu normalisieren. Das war gerade noch mal gut gegangen. Als er merkte, wie seine Hände zitterten, ließ er die Zeitung sinken.

Hedda Pietsch hatte ihren Kopf gesenkt, als würde sie intensiv auf die Naht schauen. Aber ihr Blick lief zu ihm. Eine Frage stand darin. Und er wusste, wie sie lautete.

Sein Nicken war so leicht, dass es vermutlich niemand anders bemerken würde. Aber auf das Gesicht von Fräulein Pietsch stahl sich ein zufriedenes Lächeln. Sie hatte gesiegt. Er würde mitmachen. Nicht nur, weil er ihr nun etwas schuldete. Er würde mitmachen, weil sie recht hatte. Opitz würde so lange weitermachen, bis er entweder die Macht über ihn hatte oder Viktor rausgeworfen wurde.

Und da war noch mehr. Zum ersten Mal, seit er hier arbeitete, empfand er eine Art Verbundenheit. Und es fühlte sich gut an.

29. August 1907

Hugo war für zwei Tage in einer Pension in Dahlem untergebracht, die von Grunewald aus gut zu erreichen war. Seit Constanze hier in Berlin arbeitete, konnten sie sich alle paar Wochen sehen. In Liebenberg wäre es schnell aufgefallen, wenn sie sich dort oder in den benachbarten Dörfern mit einem Mann getroffen hätte. Aber hier, hier konnte sie sich sehr einfach mit ihm treffen, ohne dass jemand von ihr und ihm Notiz nahm.

Constanze hatte Hugo versprochen, ihn hier abzuholen. Heute regnete es zur Abwechslung mal nicht. Bisher war der Sommer verregnet.

Maximilian Harden wollte sich mit Hugo besprechen, aber nicht in seiner Redaktion. Wenn Fürst zu Eulenburg das Gleiche tat wie er, nämlich Privatdetektive zu engagieren, dann sollte niemand Hugo Mahlzahn mit Maximilian Harden und seiner Wochenzeitschrift in Verbindung bringen. Also trafen sie sich zu Hause bei Harden, in unmittelbarer Nachbarschaft zu Constanzes neuer Wohnadresse.

Sie würde Hugo später zum Abendessen mitbringen, hatte sie Ruth Mandelbaum versprochen. Die war neugierig auf den Bruder ihrer besten Freundin. Und sie liebte Abwechslung und Besuch.

Doch bevor sie im Grunewald ihren Verpflichtungen nachkommen würden, freuten sie sich über ein wenig gemeinsame Zeit. Glücklich wartete Constanze, bis Hugo auf die Straße trat und sogleich zu ihr hinüberkam. Er schaute sich um, und als niemand zu sehen war, riss er sie in die Arme und küsste sie. »Da bist du ja.«

Schon wieder waren fünf Wochen vergangen, seit sie sich das letzte Mal gesehen hatten. Doch wenn alles gut lief, dann könnte sich das bald ändern.

Als sie sich aus ihrer Umarmung lösten, nahm Hugo ihre Hand. »In welche Richtung?«

Constanze wies zu einer Straßenkreuzung. »Immer da lang.« Sie gingen los.

»Wenn ich die Stellung bekomme, muss ich mir was anderes suchen. Für zwei Übernachtungen ist es okay. Aber halte schon mal Ausschau nach einem preiswerten Zimmer.«

Constanze nickte glücklich. Ja, darauf hofften sie beide. Hugo hatte mit Harden telefoniert. Der Verleger wollte ihn kennenlernen und hatte Hugo versprochen, wenn zwischen ihnen beiden die Chemie stimmte, dann würde er ein gutes Gehalt bekommen. Ein Gehalt, das fast fünfundzwanzig Prozent über dem lag, was er in Leipzig verdiente. Aber natürlich war der Wechsel aus Leipzig nur dann sinnvoll, wenn er hier nicht das ganze Geld ausgeben musste. Berlin war ein teures Pflaster.

»Ich habe mich schlaugemacht. Ganz wie du gesagt hast, war Harden schon wegen Majestätsbeleidigung in Festungshaft. Er scheint partout nicht mit der Politik des Kaisers einverstanden zu sein.«

»Vermutlich kommt das durch seine Bekanntschaft mit Bismarck. Der hat bekanntlich nach seinem Rausschmiss als Reichskanzler jahrelang gegen den jungen Kaiser gewettert.«

»Das stimmt. Und tatsächlich hat Fürst Eulenburg wohl auch schon beim Rausschmiss Bismarcks eine Rolle gespielt. Aber wenn ich es richtig sehe, dann geht es Harden vor allem darum, dass Deutschland nun isoliert dasteht. Das wurde ja spätestens bei der Marokko-Konferenz deutlich. Wir haben niemanden mehr, der uns zur Seite steht, außer Österreich-Ungarn.«

»Ich dachte, wir haben noch Italien.«

»Italien schielt schon lange zur anderen Seite. Und alle maßgeblichen Nationen haben wir definitiv verloren: Frankreich ist von jeher unser Erzfeind. Aber England haben wir verloren, weil der Kaiser den Flottenbau so massiv vorantreibt. Und Russland, weil der Kaiser immer dachte, es würde sich eh niemand anderes mit ihnen verbünden. Tja, falsch gedacht. Nun steht der Zar in einem Bündnis mit Frankreich, und Russland kann nicht gleichzeitig deren und unser Verbündeter sein.«

»Also glaubst du Harden, wenn er behauptet, es geht ihm nicht ums Private, sondern er macht das nur wegen dem politischen Einfluss, den Fürst zu Eulenburg hat?«

»Zumindest glaube ich ihm, dass da mehr dahintersteckt als nur die Enthüllung eines Sex-Skandals. Wie du es mir selbst bestätigt hast, kennen der Fürst und der französische Botschaftsrat Raymond Lecomte sich schon seit Jahren. Und sie treffen sich regelmäßig.«

»Was soll daran schlimm sein? Der Sinn von Diplomatie ist doch genau das: über gute Verbindungen zu einem besseren Auskommen zweier Staaten zu finden.«

»Stimmt. Aber wenn die Regierung einen harten Kurs gegen Frankreich fährt und ein Diplomat, zumal einer, der keinen offiziellen Posten innehat, verrät, dass die deutsche Regierung nur blufft und nicht vorhat, wegen einem unbedeutenden afrikanischen Land wie Marokko einen Krieg zu beginnen, schwächt das die Verhandlungsposition enorm. Harden vermutet wohl nicht ganz zu Unrecht, dass Eulenburg Lecomte dieses Regierungsgeheimnis verraten hat. Obwohl er dieses Wissen eigentlich nicht mehr haben dürfte, schließlich ist er ja schon 1902 aus dem aktiven diplomatischen Dienst ausgeschieden. Doch durch den laufenden Skandal wurde nun öffentlich, dass auch Lecomte der Ruf anhängt, homosexuell zu sein. Besonders brisant wird die ganze Geschichte durch den Umstand, dass der Busenfreund von Eulenburg ausgerechnet im Sommer 1905, auf dem Höhepunkt der Marokkokrise, nach Berlin entsandt wurde. Das hat die französische Regierung ganz sicher nicht ohne Hintergedanken angeordnet.«

»Oh, das kann man nun wirklich nicht mehr Zufall nennen«, erklärte Constanze nachdrücklich.

»Ebenso ist es kein Zufall, dass die französische Regierung ihr trojanisches Pferd nun eiligst vom Spielfeld genommen hat. Lecomte wurde vor zwei Wochen unverzüglich abberufen.«

Constanze brauchte nicht lange, um sich alles zusammenzureimen. »Also gibt es tatsächlich eine Kamarilla. Eine Nebenregierung, die vom Hausherrn der Liebenberger Tafelrunde angeführt wird?«

»Genau dieser Eindruck drängt sich auf. Auch unser Reichskanzler, Fürst von Bülow, wurde von seinem langjährigen Freund Eulenburg erst auf den Kanzlerthron gehievt. Deshalb steht Bülow in seiner Schuld. Es gibt also niemanden, der Eulenburg auf die Füße tritt.«

»Also macht er, was er will. Und beeinflusst den Kaiser, der ihm aus der Hand frisst wie ein dressiertes Hündchen. Kein Wunder, dass da einige Leute wütend werden.«

»Exakt. Doch nun scheint Maximilian Harden dazu entschlossen, dieses Schattenspiel ans Licht zu bringen. Und ich bin äußerst gespannt, was Herr Harden noch alles weiß, was da im Hintergrund passiert«, sagte Hugo abschließend. Dann hob er seine Hand, in der ihre lag, und küsste sie. »Ich würde die Stellung gerne bekommen. Nicht nur mehr Geld, nicht nur eine spannende Aufgabe und die Möglichkeit, hinter die Kulissen zu blicken. Wir würden endlich in einer Stadt leben. Und nach Abschluss dieser Geschichte dann ja vielleicht auch ganz bald wirklich zusammen – als Mann und Frau.«

Constanze lächelte ihn selig an. Ja, alles schien auf einem guten Weg zu sein.

* * *

Die Villa war nicht so opulent und nicht so exotisch eingerichtet wie die von Ruth Mandelbaum, aber gemütlich. Harden selbst hatte ihnen die Tür geöffnet und sie in sein Arbeitszimmer geführt. Zeitschriften und Bücher, die auf den übervollen Regalen keinen Platz mehr gefunden hatten, stapelten sich auf dem Boden. Harden setzte sich auf einen Sessel einer kleinen Sitzgruppe. Kaffee wurde gereicht, und man tauschte einige belanglose Floskeln aus. Doch so, wie Constanze Harden kennengelernt hatte, würde er zum Thema kommen, sobald das Stubenmädchen den Raum verlassen hatte.

»Die *Leipziger Volkszeitung* steht bekanntlich eher den Sozialdemokraten näher. Das entspricht nicht meiner politischen Orientierung. Wieso wollen Sie nun für mich arbeiten?«

»Nun, erstens bin ich beileibe nicht mit allem einverstanden, was in der *Leipziger* steht. Und dann bin ich als Journalist in erster Linie der Wahrheit verpflichtet. Und dieses Thema rund um Eulenburg und seine Verbindung zum Kaiser erscheint mir außerordentlich spannend. Darin würde ich gerne tiefer eintauchen.«

»Aber durch Fräulein Maiwald wussten Sie doch schon von der Verbindung der beiden.«

Constanze nahm einen Schluck Kaffee. Sie hoffte, dass die Tasse jede Regung in ihrem Gesicht überdecken würde. Niemand durfte wissen, dass sie mit Hugo verlobt war. Aber der Privatdetektiv des Fürsten hatte es ja auch herausgefunden. Ob Harden ihr Leben und das von Hugo auch hatte durchleuchten lassen?

»Nun, die Verbindung zu Fräulein Maiwald besteht eher über meine Schwester. Natürlich habe ich nun durch Fräulein Maiwald noch ein paar interessante Hintergrundinformationen erfahren. Aber seien wir ehrlich«, Hugo beugte sich verschwörerisch vor, »niemand hätte es sich doch bisher getraut, Fürst zu Eulenburg, den engen Vertrauten des Kaisers, zur Rede zu stellen. Egal, wegen was. Alleine dieser Vorstoß reizt schon meine journalistische Neugierde enorm.«

Hugo war geschickt. In seine Worte war ein Kompliment für Harden eingebaut. Niemand traute sich das, was Maximilian Harden sich gerade traute.

Harden lehnte sich zurück. Ob er für die Schmeichelei empfänglich war, konnte Constanze nicht sagen. Er schien zu überlegen. Eine unangenehme Pause entstand. Wieder war es Hugo, der etwas Geschicktes sagte.

»Ich gehe mal davon aus, dass es Ihnen im Grunde nicht um den Aspekt der Homosexualität geht.«

Harden hob die Augenbrauen. »Wie kommen Sie zu dem Schluss?«

»1902, als die Zeitschrift der Sozialdemokraten enthüllte, dass Alfred Krupp homosexuell sei, und er sich eine Woche später umbrachte. Damals haben Sie sich zurückgehalten, was diesen Aspekt seines Lebens angeht.«

Harden nickte. »Wohl wahr. *Der öffentlich kontrollierbare Ehrbegriff reicht nur bis an den Nabel: Was darunter geschieht, geht links und rechts keinen Fremden an.* Das habe ich damals zur Causa Krupp geschrieben.«

»Und doch werfen Ihnen nun alle vor, Sie hätten eine Kehrtwende gemacht und würden nun das Recht der Persönlichkeit antasten. Und den Schutz von Familiengeheimnissen übergehen.«

Harden legte den Kopf schief. »Sie haben sich wirklich gut vorbereitet. Sie können recherchieren. Das sehe ich nun. Ja, unser Kaiser und seine Freunde sind schon ganz speziell.« Er fixierte Hugo mit seinem Blick. »Sie haben recht. Mir geht es einzig und allein um den Einfluss, den diese Männer auf den Kaiser ausüben.«

»Welche Art Einfluss meinen Sie da im Speziellen?«, fragte Hugo nach.

»Oh, da wäre zum einen der spiritistische. Wie mir Fräulein Maiwald schon erklärte, ist es noch ärger, als ich es mir in meinen wildesten Träumen ausgemalt habe. Da hat sich der deutsche Kaiser zur Gesundbeterei überreden lassen. Und hat sich bei einer Hellseherin die Zukunft vorhersagen lassen. Und entscheidet dann, wie es mit der Zukunft des Reiches weitergeht. Da wird mir angst und bange.«

»Ich muss schon sagen, das sind Tendenzen, die auch mir Sorgen machen würden.«

»Würden? Sie sollten sich die Sorgen machen!« Harden ließ seine Faust auf die Sessellehne knallen. »Und nicht nur darüber. Sehen Sie diese Informationen nun im Zusammenhang mit dem ›persönlichen Regiment‹ des Kaisers. Er schaltet und waltet, wie es ihm der Verfassung nach gar nicht zusteht. Er mischt sich überall ein, hat zu jedem Thema eine Meinung, weiß aber häufig nicht, wovon er spricht. Oft genug müssen die Regierungsvertreter den verbalen oder diplomatischen Scherbenhaufen hinter ihm aufkehren. Nur wieso macht er das? Weil er mehr als überzeugt davon ist, dass er als Monarch einen ganz besonderen Zugang zu Gott hätte. Und bekäme vom höchsten Wesen eingeflüstert, was er zu tun habe. Was richtig und falsch sei. Und wer sind wir anderen, dass wir uns Gottes Weisung und Gottes Ratschlag nicht fügen? Was der Kaiser also sagt, ist Gottes Bestimmung. Das glaubt er wahrhaftig.«

Hugo rutschte auf seinem Sessel ein Stück vor. »In Leipzig geht das Gerücht, dass der Kaiser gerne dem folgt, was er gerade von jemandem gehört hat und was sein Wohlfeil findet.«

»So ist es«, bestätigte Harden seine Aussage. »Bei Hof wissen das alle. Und ausgerechnet ein Spiritist und nicht vom Volk gewählter Vertreter hat seit Jahren schon das Ohr des Kaisers, flüstert ihm beständig Komplimente ein und bestärkt ihn in seiner Meinung, er, der Kaiser, wäre nur Gott verpflichtet, das Volk aber ihm!«

Constanze nickte bestätigend. »Ja, so kann man das durchaus zusammenfassen.«

»Kann man? Muss man!« Harden holte aus. »Also, sagen Sie mir: Bei der weltpolitischen Lage und dieser Konstellation mit Ratgebern *von zweifelhaftem Charakter* – würden Sie da nicht auch die Öffentlichkeit drauf aufmerksam machen wollen?«

Hugo nickte heftig. Und auch Constanze merkte, wie sich ihr Kopf bewegte. Maximilian Harden hatte sie schon so einige Male überrascht. Aber das hier war eine äußerst einleuchtende Erklärung für die gefährlichen Reibereien, die das Kaiserreich seit Jahren mit seinen Nachbarn hatte. Und ein triftiger Grund, sich einzumischen.

»So! Und wie nun würden Sie dagegen vorgehen?« Maximilian Harden lehnte sich zurück.

Hugo brauchte nicht lange für die Antwort. »Ich verstehe. Sie nutzen die Homosexualität nur als Aufmacher, als Hingucker. Als ein Thema, bei dem alle hellhörig werden. Und dann auch die ganze Geschichte erfahren wollen.«

»Nun, ganz so ist es nicht. Ich lehne schon grundsätzlich die Tatsache ab, dass heimliche wie auch bekennende Homosexuelle einen derart starken Einfluss auf den Kaiser haben. Mit dieser Unmoral bin ich grundsätzlich nicht einverstanden. Aber wären diese Herren irgendwo, und nicht bei Hofe in Berlin, dann würde ich ihnen keine einzige Zeile widmen.«

»Ich verstehe nun Ihre Beweggründe. Mir gilt dieses ständige Hin und Her des Kaisers auch als ein Zeichen von Schwäche. Ich sehe bei ihm weniger fehlende Entschlossenheit, sondern eher ein stürmisches Voranschreiten ohne ein geplantes Ziel. Erschwerend kommt dazu, dass er den Ruf hat, nicht gerade fleißig zu sein. Inwieweit das stimmt, können Sie vermutlich besser sagen.«

Harden trommelte ungeduldig mit den Fingern auf der Lehne. »Er legt keinen großen Wert auf Vorträge seiner Minister. Manches Mal müssen die ihm regelrecht hinterherlaufen, damit er zu bestimmten Dingen endlich eine Entscheidung trifft. Lieber vergnügt er sich. Einzig alles, was mit technischem Fortschritt zu tun hat, dafür kann er sich begeistern. Da scheint er eine exzellente Kenntnis zu besitzen und arbeitet sich tief in Themen ein.«

Hugo hörte interessiert zu. Auch Constanze fand das alles sehr spannend. In ihren Gedanken glich sie diese Informationen mit ihrem eigenen Wissen ab. Wie oft hatte der Fürst geseufzt, wenn wieder ein Brief oder eine Depesche des Kaisers gekommen war. Und er eine schnelle Antwort erwartete. Das eine oder andere Mal hatte der Fürst sogar die Abendtafel verlassen, weil der Monarch umgehend Antwort erwartet hatte. Häufig genug hatte er sich in bitterer Ironie darüber beklagt, dass man wichtige Ratschläge immer in ein Kompliment einkleiden müsse, damit sie auch wirklich Gehör beim Kaiser fänden.

»Aber nun zu Ihnen. Können Sie sich vorstellen, als eine Art Sonderermittler tätig zu werden? Sie scheinen den nötigen Biss zu haben, kennen die Verhältnisse des Fürsten ein wenig. Den Rest können Sie bei Fräulein Maiwald erfragen. Besonders, was die Zuordnung einzelner Personen angeht. Vor allem ist es mir aber wichtig, bei den anderen Pressevertretern Mäuschen zu spielen. Niemand soll Sie mit mir oder mit meinem Blatt in Verbindung bringen. Nicht bei der Presse, nicht bei den Ämtern, nicht bei der Polizei und nicht bei Gericht.«

Hugo sah besorgt aus. »Steht denn zu befürchten, dass Sie vors Militärgericht kommen?«

Zum ersten Mal wurde Constanze bewusst, was das letztendlich bedeuten könnte. Vor einem Militärgericht war man verraten und verkauft, gerade als Zivilist. Niemand wusste, was hinter deren Mauern passierte. Die Verfahren waren geheim und ein Ausgang häufig willkürlich, ungerecht und unabsehbar. Hier ging es nicht nach Recht und Wahrheit, sondern nur nach Herkunft und militärischem Rang von Beklagten und Anklägern.

»Das wollte Moltke natürlich. Er als Angehöriger des Militärs hätte eigentlich ein Recht darauf. Aber sie haben es ihm verweigert. Es liege kein Vergehen militärischer Art vor. Eulenburg und Moltke haben dann bei der Staatsanwaltschaft darauf gedrängt, dass sie Klage gegen mich erhebt. Aber der zuständige Staatsanwalt lehnte ab, weil angeblich kein öffentliches Interesse vorliege. Also hat Moltke nun Privatklage wegen Beleidigung und Ehrabschneidung gegen mich erhoben.«

»Dann wird etwa vor einem Schöffengericht verhandelt? Und ein Urteil gesprochen von Zivilisten, die noch nicht mal Juristen sind?«, fragte Constanze erstaunt nach.

»Ich gebe zu, das hat schon etwas Tragisches. Allerdings müssen Sie immer daran denken, dass eine gerichtliche Auseinandersetzung nie meine Absicht war. Mir hätte es gereicht, Eulenburg hätte sich einfach vom Kaiser zurückgezogen. Damit wäre auch Moltke weg gewesen. Und andere, die der Liebenberger Tafelrunde angehören.«

Hugo und Constanze sahen sich an. Beiden wurde bewusst, dass sich da etwas auf das Land zubewegte, das größer war, als sie es bisher angenommen hatten.

»Und so werde ich denn nun in ein Verfahren hineingezogen, das ich nicht gewollt habe. Ich habe sogar bei Reichskanzler Bülow interveniert. So ein öffentliches Verfahren wird am Ende nicht nur allen Beteiligten, sondern auch der deutschen Monarchie schaden. Doch er will sich nicht die Finger verbrennen. … Nun denn. Moltke will seine Ehre wiederherstellen. Und mir bleibt nur, das Beste daraus zu machen. Deshalb sichere ich mir an allen Ecken die bestmögliche Unterstützung. Und da kommen Sie ins Spiel.«

»Ich bin dabei«, sagte Hugo überzeugt. »Wenn Sie sich für mich entscheiden«, schob er schnell hinterher.

Constanze merkte, wie begierig er tatsächlich darauf war, als Sonderermittler in dieser Geschichte tätig zu werden. Vermutlich hätte er es sogar gemacht, wenn man ihm weniger bezahlt hätte. Das Ganze war so spannend. So eine Gelegenheit bekam man als Journalist nur einmal im Leben.

»Das tue ich«, bestätigte Harden nun. »Und Fräulein Maiwald, angesichts der nun auf mich zukommenden Verwicklungen wäre es sehr hilfreich, etwas mehr Interna aus dem Schloss zu erhalten. Ich weiß, Sie bekämen alles nur aus zweiter Hand. Zudem sind einige Dinge schlicht nicht dazu geeignet, in einem Brief festgehalten zu werden. Würde Ihnen jemand einfallen, der für Geld und gute Worte … sagen wir mal …«

»… spionieren würde?«, half sie ihm aus.

Harden lächelte. »Wenn Sie es so nennen möchten.«

Constanze legte den Kopf schief. Nein, sie konnte sich nicht vorstellen, wer das tun würde. »Sie kennen Dienstboten. Viele sind loyal. Und niemand kann es sich leisten, seine Stellung aufs Spiel zu setzen.«

»Vielleicht jemand, der noch ein Hühnchen mit der Familie zu rupfen hat?«

»Da fällt mir niemand ein. Nicht, wenn Sie nicht riskieren wollen, dass Ihre Anfrage nach einem Spitzel direkt vor den Füßen des Fürsten landet.«

Harden schnalzte ungeduldig mit der Zunge. Er schien sehr enttäuscht. Constanze hatte das Gefühl, dass sie ihn besser bei der Stange hielt. »Es gibt da aber ein Stubenmädchen, mit dem ich mich gut verstehe. Ich werde sie einladen, zum Kaffee. Wenn man erst einmal in intimer Runde plaudert, kommen ja doch noch mal interessante Neuigkeiten zum Vorschein.«

»Dann laden Sie sie ein. Von mir aus darf sie drei Stück Torte auf meine Kosten essen.«

1. September 1907

Adelheid starb fast vor Aufregung. Heute war es so weit. Der Tag war geradezu perfekt. Sie würden ihren Plan durchführen, sie und Hedda und Viktor Novak. Novak, der nun ihr Verbündeter war und mit dem sie schon zweimal länger zusammengestanden hatte, um außerdienstliche Dinge zu besprechen, war plötzlich viel zugänglicher. Was sie ungemein freute und gleichzeitig in höchste Aufregung versetzte. Aber aufgeregt war sie ohnehin.

Er war es auch gewesen, der den heutigen Abend vorgeschlagen hatte. Aus einem ganz einfachen Grund. Am ersten Wochenende des Septembers wurde der Jahrestag der Schlacht bei Sedan gefeiert – die entscheidende Schlacht des Deutsch-Französischen Krieges von 1870/71. Novak war sich sicher, dass Diedrich Budde in seiner besten Uniform wieder nach Berlin oder Potsdam fahren würde.

Noch vor ein paar Monaten hätten sie ihren Plan so nicht durchführen können. Aber nun war es oft gespenstisch still im Schloss. Der Fürst lag schon seit Tagen gichtgeplagt im Bett. Die Fürstin kümmerte sich aufopferungsvoll um ihren Mann. Die beiden Komtessen saßen in der Bibliothek und lasen. Eine geradezu beklemmende Ruhe lag über dem Schloss. Die Herrschaften würden keine größeren Probleme machen, dachte Adelheid.

Lydia Keller hatte heute ihren freien Nachmittag, genau wie die Mamsell. Beide waren außer Haus. Aber alle anderen Dienstboten könnten ihnen einen Strich durch die Rechnung machen. Deshalb musste jemand auf dem Flur Schmiere stehen.

Adelheid hatte heute ihren freien Nachmittag, war aber wie gewohnt zum Abendessen zu Hause. Es kam ihr vor, als würde sie nach jedem Besuch noch niedergeschlagener ins Schloss zurückkehren. Der Husten von Gunther war nicht verschwunden, und der des Babys war noch stärker geworden. Doch heute wurde sie schnell abgelenkt. Heute war der Tag ihres Plans.

Hedda hatte sich für den Abend vorgenommen, die Tischdecken zu kontrollieren. Sie war also in der Weißzeugkammer. Viktor Novak hatte dem obersten Hausdiener erklärt, dass er besser noch einmal die eleganten Halbschuhe des Fürsten polieren wolle. Zwar war der Fürst kaum vor die Tür gegangen, doch wenn, dann wären die Schuhe mit Matsch beschmutzt gewesen. Herr Opitz hatte das für eine vernünftige Idee befunden, und so saß Viktor Novak bei angelehnter Tür in der Stiefelkammer.

Schon beim Abendessen hatten sie Opitz etwas Schlafpulver verabreicht. Sie hatten einfach den Trick von Lydia Keller übernommen und ihm am Abendbrottisch eine reichliche Portion in den Tee gemischt. Die weitere Portion Schlafpulver bekam er, als er sich eine halbe Stunde nach dem Abendessen erleichtern musste. Da das immer schnell ging, schloss er seinen Raum oft nicht ab. Viktor Novak hatte ihm präparierten Rotwein in die Weinflasche gekippt, aus der Opitz sich gerade bediente.

Opitz hatte nun also eine ordentliche Menge Schlafmittel intus. Aber das war nur der leichte Teil des Plans gewesen.

Es kam Adelheid zu, den Gang zu beobachten, den man von der Leutestube ganz gut einsehen konnte. Martha Petzold saß ebenfalls mit am Tisch und las zwischen einzelnen Besorgungen für die hohen Damen in einem Kolportageroman. Liesel war in der Küche und pulte Erbsen. Und Anni spülte noch das Geschirr des Abendessens.

Adelheid hatte Moritz und Gerda dazu animiert, mit ihr Schwarzer Peter zu spielen. Einmal, als Moritz sich gerade freute, dass Adelheid wieder verlor, erschrak sie. Die Mamsell kam zurück, früher als erwartet. Doch nach einer kleinen Runde durch die untere Etage und Erkundigungen nach den Herrschaften beschloss sie, dass sie früh ins Bett gehen wollte.

Mit der Dämmerung kam Lydia Keller zurück, trank noch schnell eine Tasse kalten Tee und verabschiedete sich nach oben. Mit etwas Glück gingen auch Moritz und Gerda bald ins Bett.

Viktor Novak hatte Martha Petzold gebeten, ihn zu rufen, wenn der Fürst klingelte. Und wenn die Fürstin oder die Komtessen klingelten, dann war Martha sowieso begierig darauf, ihre Dienste anzubieten. Der Abend wurde immer älter, und sie warteten seit bestimmt einer Stunde auf den passenden Moment.

Adelheid selber wurde langsam müde. Sie gähnte herzhaft. Am liebsten wäre sie ebenfalls schon ins Bett gegangen. Ihr Gähnen steckte alle anderen an. Gerda Altvater verabschiedete sich ebenfalls. Moritz wollte noch weiter Karten spielen, aber als Adelheid sagte, dass sie keine Lust mehr habe, ging auch er bald hoch. Als er fort war, griff Adelheid nach den Karten und legte Patiencen. Martha würde noch so lange aufbleiben, bis auch die Herrschaften ins Bett gegangen waren. Sicher musste sie den Komtessen noch zur Hand gehen. Draußen war es mittlerweile dunkel.

Bald war es so weit! Adelheid war furchtbar aufgeregt und musste sich bemühen, dass es nicht auffiel. Die Karten zitterten in ihrer Hand. Sie warf einen Blick auf Martha Petzold. Himmel, bald würde es auffallen, dass sie selbst so müde war, aber nicht ins Bett ging. Adelheid schreckte regelrecht hoch, als es im Blauen Salon endlich klingelte.

Martha Petzold legte ihr Heftchen beiseite. »Hoffentlich gehen sie nun endlich schlafen«, seufzte sie. Sie wollte ebenfalls ins Bett. Schon war Fräulein Petzold aus der Tür.

Adelheid brachte einen leeren Becher rüber in die Küche. »Ist Anni schon nach oben?«

Liesel nickte. »Ich geh auch gleich, sobald ich sicher sein kann, dass die Komtessen nicht noch einen Schlaftrunk wollen.«

Adelheid tat so, als ginge sie zurück in die Leutestube. Doch ganz leise schlich sie sich auf den Flur, bis zur Weißzeugkammer. Gemeinsam mit Hedda huschte sie um die Ecke und ging in die Stiefelkammer.

»Und wenn er noch nicht schläft?«, fragte Viktor Novak sofort. Seine Sorgenfalte zwischen den Augenbrauen zeigte sich.

»Er muss schlafen wie ein geschlachteter Ochse, so viel, wie wir ihm gegeben haben.«

»Also dann.« Extra laut klopfte Viktor Novak an der Tür zu Opitz' Arbeitszimmer. Wenn der oberste Hausdiener nur leicht eingeschlafen wäre, dann sollte er besser jetzt aufwachen als später. Nichts rührte sich, und er öffnete die Tür.

»Herr Opitz?« Er trat ein, und als der Hausdiener sich nicht rührte, winkte er ihnen. Opitz lag schnarchend mit dem Kopf auf seinem Schreibtisch, die Hände neben sich.

»Herr Opitz!« Viktor Novak rüttelte sogar leicht an seiner Schulter. Opitz rührte sich nicht. Er schnarchte weiter. Viktor nickte.

Novak nahm seine Position als Wachposten an der Ecke ein. Hedda gab Adelheid ein Zeichen. Sie stellten sich hinter den Schlafenden und zogen ihn ganz sanft nach hinten. Opitz' Kopf wackelte hin und her und plumpste schließlich gegen Adelheids Oberkörper.

Hedda zog die Schreibtischschublade heraus, griff nach dem Veilchendöschen und holte den ersten Schlüssel hervor. Dann tastete sie ganz vorsichtig die Hosentaschen des Mannes ab. Auf der rechten Seite zog sie einen Schlüsselbund hervor.

Vorsichtig legten sie Opitz' Oberkörper wieder auf dem Schreibtisch ab und gingen zum Panzerschrank. Er hatte ein merkwürdiges Schloss, das darauf hindeutete, dass der Schlüssel an beiden Seiten einen Bart haben musste. Davon gab es nur einen am Schlüsselbund. Adelheid steckte den zweiten Schlüssel in das andere Schlüsselloch, dann drehte Hedda gleichzeitig beide Schlüssel. Das war wichtig, wie sie erklärt hatte.

Es klackte leise, und der Panzerschrank sprang auf. Vorne lagen ein Umschlag mit etwas Geld, mehrere Passkarten und der kleine Stapel mit den Gesindebüchern. Hedda nahm die oberen Papiere heraus, und Adelheid legte sie vorsichtig auf dem Boden ab.

Hedda griff zur ersten Kladde, blätterte sie durch und gab sie Adelheid. Sie schaute ebenfalls noch mal hinein. Irgendwelche Aufstellungen mit Quittungen und Ähnlichem. Opitz' Rentenheftchen, in das er monatlich die Marken klebte, die bewiesen, dass er eingezahlt hatte, fiel ihnen in die Hände. Jetzt griff Hedda nach hinten. Da war etwas – ein Kästchen aus Blech, in dem ein Schlüssel steckte. Sie holte es hervor und schloss auf. Darin lagen mehrere ältere Fotografien.

Hedda schaute sich die Fotografien an, machte einen erstaunten Gesichtsausdruck und nickte heftig. Also hatten sie gefunden, was sie suchten. Adelheid reichte Hedda den gesamten Inhalt aus dem Kästchen. Die verstaute noch mehr Fotografien, Zeitungsausschnitte, weitere Papiere und ein schwarzes Büchlein in ihren Schürzentaschen. Eilig verschloss sie das leere Blechkästchen wieder und stellte es zurück. Es gab noch ein zweites Fach im Panzerschrank. Doch dort lagen nur noch unbenutzte Gesindebücher und eine Art Block mit Vordrucken, auf dem Zeugnisse geschrieben werden konnten.

Sie legten alles wieder fein säuberlich zurück. Es sah aus wie vorher. Adelheid drückte die massive gusseiserne Tür in den Rahmen, und Hedda schloss gleichzeitig mit beiden Schlüsseln ab.

Sie zogen Opitz wieder nach vorne, und Hedda legte den zweiten Schlüssel zurück ins Veilchendöschen und schob die Schublade zu. Übervorsichtig versuchte Hedda nun, den Schlüsselbund in die Hosentasche zurückzustecken.

Opitz schreckte zusammen, schnarchte laut auf. Adelheid zuckte. Hedda war ganz starr, bewegte sich nicht. Endlich setzte wieder ein leises Säuseln ein. Hedda schob den Schlüsselbund tiefer. Opitz schnarchte laut auf und schnappte nach Luft, als würde er jeden Moment aufwachen.

Adelheid stellten sich die Haare zu Berge. Was tat sie hier nur? Bei Hedda hatte sich alles so einfach angehört. Doch jetzt riskierte sie Kopf und Kragen. Wenn Opitz nun wach wurde? Sie würden ins Gefängnis gehen. Hedda schaffte es nicht, den Schlüsselbund zurück in die Hosentasche zu schieben. Es klappte einfach nicht. Sie zuckte mit den Schultern, dachte nach, dann legte sie ihn leise auf den Boden unter dem Stuhl. Opitz würde denken, er wäre ihm aus der Hosentasche gerutscht. Besser so, als wenn er aufwachen würde.

Nun kam der letzte Akt. Übervorsichtig legten sie Opitz in die Position zurück, die er vorher gehabt hatte. Hedda packte die leere Rotweinflasche und hielt sie gegen das Schreibtischlicht. Offensichtlich kontrollierte sie, ob das Schlafmittel einen Bodensatz gemacht hatte.

Adelheid schaute zum Panzerschrank. Und erschrak. Etwas zur Seite gerutscht lag ein kleiner Schnipsel. Sie eilte dorthin, griff danach und steckte ihn schnell in ihre Schürze. Das Papier fühlte sich an wie eine Fotografie. Sie konnten den Panzerschrank jetzt nicht noch mal öffnen. Was immer es war, dann war es eben weg. Ihr Blick suchte den Boden ab. Noch etwas, was sie verraten würde? Nein, es lag nichts mehr herum.

Hedda kontrollierte nun ebenfalls den Raum mit eindringlichem Blick, dann traten sie auf den Flur, und Hedda zog die Tür leise hinter sich zu. Viktor Novak stand noch immer an der Ecke und hielt Ausschau.

»Ist jemand gekommen?«, fragte Hedda leise.

Er schüttelte den Kopf. »Fräulein Petzold ist gerade in die Küche. Ich vermute, eine der Komtessen will noch eine warme Milch oder eine Schokolade.«

»Wir sollten nicht alle gleichzeitig in die Leutestube zurückgehen«, flüsterte Adelheid.

»Ich geh sofort hoch in unser Zimmer«, sagte Hedda leise.

Novak nickte. »Ich komme in ein paar Minuten in die Leutestube. Gehen Sie zurück und setzen sich. Tun Sie das, was Sie vorhin getan haben«, sagte er an Adelheid gewandt. »Und morgen können Sie mir berichten …«

Adelheid und Hedda nickten gleichzeitig und gingen los. Heddas Schritte auf der Treppe waren kaum zu hören. Adelheid setzte sich wieder und griff nach den Karten. Keine Ahnung, ob Martha Petzold gesehen hatte, dass sie die Leutestube verlassen hatte. Aber wenn, dann würde sie vermuten, dass Adelheid kurz auf dem Abtritt gewesen war.

Sie setzte sich so, dass sie wieder einen guten Blick auf den Flur hatte. Martha Petzold stellte etwas in den Aufzug.

Viktor Novak kam gerade in den Flur und bot ihr an, das Tablett schon hochzuziehen. Bisher war alles glatt gelaufen. Niemand war ihnen in die Quere gekommen. Niemand hatte etwas Verdächtiges bemerkt. Alles war so gelaufen, wie sie es geplant hatten.

Na ja, fast alles. Was für ein Glück, dass sie noch die Fotografie auf dem Boden bemerkt hatte. Nicht auszudenken, Opitz würde in der Nacht oder morgen früh irgendwann aufwachen und dann direkt ein Foto entdecken, das eigentlich im Panzerschrank hätte sein sollen. Das wäre fatal gewesen. Dann wäre es nämlich sehr viel einfacher für ihn gewesen, einige mögliche Verdächtige auszusortieren.

Vorsichtig, falls Liesel jetzt gerade hereinkäme, zog sie die Fotografie hervor. Ihr klappte die Kinnlade herunter. Den einen Mann kannte sie nicht, den anderen schon. Es war der Fürst, nur etliche Jahre jünger. Und was sie dort sah, trieb ihr die Schamesröte ins Gesicht. Mit zittrigen Händen steckte sie das Foto in die Schürze zurück.

Ihr Herz pochte. Das war was. Das war ... eine Bombe. Opitz hatte ein Foto vom Fürsten mit einem anderen Mann. Dann waren all die Vorwürfe gegen den Fürsten wahr. Dagegen war der Brief, den sie gefunden hatte, nichts. Nein, von dieser Fotografie würde sie besser niemandem erzählen. Sie musste sich genau überlegen, was sie damit bewirken konnte. Diese kleine Fotografie hatte die Macht, den Fürsten in den Abgrund zu stürzen. Und mit ihm vielleicht sogar den Kaiser.

Kapitel 3

2. September 1907

Hedda war draußen im Park und servierte den Komtessen und der Fürstin den Nachmittagstee im Teepavillon. Das kleine rote Backsteingebäude war keine hundert Meter vom Schloss entfernt. Es machte dennoch immer Umstände, da draußen Tee und Gebäck zu servieren. Aber die Fürstin wollte etwas Abwechslung, und die Komtessen waren sofort auf ihren Vorschlag angesprungen.

Adelheid und Gerda hatten in aller Eile durchgefegt. Hedda hatte eine Tischdecke geholt und die Sitzkissen ausgelegt, da waren auch schon die Herrschaften aufgetaucht.

»Wirklich schade, dass Papa sich nicht überreden lässt herauszukommen«, sagte Komtess Alexandrine.

Es war das Einzige, was Hedda wirklich verstehen konnte. Die Damen unterhielten sich schon wieder mit gedämpfter Stimme, wie so oft in letzter Zeit. Sie tuschelten. Sicher ging es um die unselige Affäre. Niemand redete darüber, wenn sie im Raum waren. Das hatte Viktor Novak ihr bestätigt. Vermutlich war es ihnen peinlich, selbst vor gewöhnlichen Dienern und Dienstbotinnen. Hedda konnte verstehen, dass Menschen, die den ganzen Tag von einer großen Dienerschaft umgeben waren, sich auch mal privat austauschten. Dann sprachen die Herrschaften oft französisch, manchmal englisch, selten russisch. Oder eben mit gedämpfter Stimme, als würden sie über ein Geheimnis sprechen.

Aber dass die Dienstboten so beschränkt waren und gar nichts davon mitbekommen würden, konnten sie doch nicht wirklich glauben. Die Affäre verbreitete sich gerade in ganz Europa.

Die gesenkten Stimmen der hohen Damen verloren sich im Wind. Dieses schmerzliche Tuscheln, dieses empörte Wispern, das ungewohnte Leisetreten kam Hedda vor, als wäre es mittlerweile der normale Unterhaltungston. Jede Leichtigkeit und Fröhlichkeit war aus dem Schloss verschwunden.

Allerdings hatte auch sie neuerdings angefangen, mit gedämpfter Stimme zu sprechen, gelegentlich. Nun hatten auch die Dienstboten ungehörige Geheimnisse, die sie nicht mit jedem teilen wollten. Beständig liefen ihre Gedanken zu dem, was sie gestern Abend gestohlen hatten. *Die Kartei der Verfehlungen.*

Bei abgeschlossener Tür hatte sie nach der Tat mit Adelheid auf ihrem Bett gesessen und sich die Fundstücke angeschaut. Zwischen Umschlägen, in denen Opitz Dinge zu einzelnen Personen sammelte, hatte ein kleines schwarzes Büchlein gelegen, in dem er zu jedem Bediensteten etwas notiert hatte. Stichworte, Adressen, Umstände, bestimmte Daten, an denen Dinge passiert waren. Im Grunde genommen hatte er für jeden einzelnen Bediensteten ein paar Seiten reserviert.

Bei den meisten hatte er sich anscheinend nur Dinge notiert, von denen er annahm, dass sie möglicherweise irgendwann interessant werden könnten. Der Eintrag zu ihrer Person war schon sehr veraltet. *Bekommt häufig Post von Männern,* stand dort. Dann, vermutlich zu einem anderen Zeitpunkt notiert, denn die Tinte hatte eine andere Farbe: *Nur Brüder!*

Der letzte Eintrag ganz hinten bezog sich auf Adelheid. *Tochter eines Tagelöhners. Stiehlt bestimmt.* Doch eine Antwort darauf hatte Opitz offensichtlich nicht mehr gefunden.

Interessant war der Eintrag zu Viktor Novak. *Macht einen guten Eindruck. Fährt gelegentlich zu seiner Mutter, die verwitwet ist. Drei Geschwister.* Das war vermutlich der allererste Eindruck gewesen, den er sich vor vier Jahren notiert hatte. Offensichtlich gab es kaum etwas zu beanstanden, denn der nächste Eintrag stammte von diesem Jahr. *Bewirbt er sich woanders? Bekommt auffällige Briefe.*

Was das wohl bedeuten sollte – auffällige Briefe? Hedda hoffte, dass sie heute Abend ein paar freie Minuten haben würde, um mit ihm zu besprechen, was sie gefunden hatte. Vielleicht würde er es erklären, aber Hedda vermutete mal, eher nicht. Novak war ja ein recht schweigsamer Mensch.

Martha Petzold kam mit einem schweren Tablett. Hedda ging ihr entgegen und griff sofort nach der Etagere mit den Eclairs. Sie verteilten alles auf dem Tisch. Budde kam heraus, um den Damen aufzuwarten. Martha blieb in der Nähe, falls die Damen Sonderwünsche äußerten. Es war sonnig, trotzdem ging ein kühler Wind, der schon nach Herbst roch. Hedda war froh, als sie wieder ins Schloss kam.

»Fräulein Pietsch, kommen Sie bitte rein.« Das klang gar nicht freundlich. Die Mamsell beorderte sie in ihr Zimmer.

Mamsell Reineke, deren Erpressung erst alles ins Rollen gebracht hatte. In dem Packen aus der Blechdose hatten sie Fotografien von ihr gefunden. Eine zeigte eine deutlich fröhlichere Mamsell, noch als junge Frau, mit einem Baby auf dem Arm. Eine zweite Fotografie zeigte sie mit einem kleinen dunkelhaarigen Jungen auf dem Schoß. Er war der Mamsell wie aus dem Gesicht geschnitten. Und so lautete auch der Eintrag in dem schwarzen Büchlein: *Reineke: unehelicher Sohn. Ferdinand Reineke, geb. 1880, lebt in einem Waisenhaus in Schwerin. Reineke ist dort in der Nähe aufgewachsen, hat auf einem Gutshof gearbeitet. Erster Eintrag ihres neuen Gesindebuchs erst drei Jahre später, 1883. Schickt all ihr Geld nach Schwerin.* Und dann, ein Eintrag von 1897: *Sohn nun Schustergeselle in Parchim. Geburtsort von Reineke.* Aber natürlich. Das war ein Lebenslauf, mit dem Opitz leicht jemanden erpressen konnte.

Bei Frau Möckel, der Köchin, war eingetragen: *Siehe Kassenbuch und Lieferbuch von März 1905.* Zwischen den Seiten mit ihrem Eintrag hatten mehrere Quittungen gelegen. Und auf den Rückseiten der Quittungen war jeweils mit dünnem Bleistift eine Rechnung notiert. Neben den untersten Zahlen stand: *Ohne Lieferung abgerechnet.* Die Quittungen waren der Beweis, dass Hubertine Möckel das getan hatte, was viele Köchinnen taten. Sie ließen sich etwas liefern, bezahlten einen deutlich höheren Preis und teilten sich den Gewinn mit dem Lieferanten. Oder sie schrieben direkt Dinge auf, die sie nie gekauft hatten, und behielten das Geld ganz für sich.

Sogar beim Stallmeister hatte Opitz etwas notiert. *Sohn straffällig.* Auf der Seite hatten drei Zeitungsausschnitte gelegen, in denen über einen Einbruch in Stettin berichtet wurde. Mit dem Stallmeister hatte Hedda nie etwas zu tun gehabt. Aber sie würde mal bei Gelegenheit Wolfram Neumann fragen, woher Joseph Gebaur kam.

Nun wurde ihr auch klar, wieso Opitz auf diesem Ritual des Zeitunglesens bestand. Und warum er sich so gerne über Kriminalfälle, Diebstähle und Mord berichten ließ. War er immer auf der Suche nach Beweisen, mit denen er jemanden erpressen konnte? Hedda fragte sich, welchen Preis Frau Möckel zahlte. Musste Hubertine Möckel ihre Schuld auf die gleiche Weise begleichen wie Mamsell Reineke? Und was wohl würde Opitz von Joseph Gebaur verlangen? Geld? Oder noch mehr Geheimnisse, mit denen er dann noch jemanden erpressen konnte?

Den ganzen Tag schon schwankte Hedda zwischen Wut und Nervosität. Sie würden den dreien alsbald die Beweise zurückgeben. Je schneller sie alles loswurden, umso besser. Irgendwann in den nächsten Tagen oder Wochen würde Opitz dahinterkommen, dass er bestohlen worden war. Es war mehr als wahrscheinlich, dass er dann all ihre Zimmer aufs Penibelste durchsuchte.

Nicht nur die Beweise und das schwarze Büchlein mussten verschwinden. Auch alles andere, was niemand finden sollte. Farbige Lippencreme und andere Dinge, die nicht so gerne gesehen waren. Ihnen allen war klar, dass es ein Donnerwetter geben würde. Aber man würde ihnen nichts nachweisen können. Es hätte jeder sein können. Zudem konnte Opitz wohl kaum den Diebstahl von geheimen Unterlagen beklagen. Dennoch würde er fuchsteufelswild werden.

Nun kam die Mamsell um ihren Schreibtisch, auf dem ein Kleid der Komtessen lag. »Können Sie das erklären?« Sie hob es hoch und zeigte einen hellen Flecken mitten im dunkelgrünen Samt.

Oh, oh! Lydia Keller hatte das Kleid reinigen sollen. Und hatte wohl das falsche Mittel genommen. »Es sieht so aus, als hätte dort jemand Bleiche statt Weingeist verwendet.«

»Wie es aussieht, sehe ich selbst. Was sagen Sie dazu?«

»Fräulein Keller sollte das Kleid reinigen. Es hatte dort einen Fettfleck.«

»Fräulein Keller hat gesagt, Sie hätten ihr gesagt, sie solle dieses Mittel hier nehmen.« Sie hielt ihr eine Glasflasche hin.

»Javelwasser? Um Himmels willen, nein. Das nehmen wir doch nur bei Stockflecken.«

»Fräulein Keller hat aber gesagt, dass Sie ihr ausdrücklich diese Flasche gezeigt hätten.«

Hedda wurde wütend. »Das stimmt nicht. Fräulein Keller lässt sich überhaupt nur sehr ungern etwas zeigen. Sie weiß doch, wie wir Fettflecken beseitigen. Wir bügeln den Stoff mit Seidenpapier, und dann tupfen wir mit einem in Weingeist getränkten Stoffrest das restliche Fett ab. Sie sagte, sie wisse, was sie zu tun habe.«

»Welche Flasche haben Sie ihr denn gezeigt?«

Hedda überlegte. Es war Wochen her. Vermutlich hatte Lydia Keller ihren Irrtum bemerkt, als es zu spät gewesen war. Dann hatte sie das Kleid zurückgehängt in der Hoffnung, dass niemand etwas merken würde. Und wenn das Kleid dann wieder rausgeholt würde, wären Monate vergangen, in denen praktisch jede von ihnen dreien hätte schuld sein können.

»Gar keine. Fräulein Keller hat mir das Kleid mit dem Fettfleck irgendwann im Juni gezeigt. Tatsächlich wollte ich ihr erklären, was sie zu tun hat. Aber sie wollte sich nicht belehren lassen. Sie meinte, sie wisse schon Bescheid.«

»Fräulein Keller hat es aber ganz anders dargestellt. Sie hat gesagt, Sie hätten ihr ausdrücklich die Flasche mit dem Javelwasser, einem Bleichmittel, in die Hand gedrückt.«

»Sie lügt.« Sie lügt, sie betrügt, sie lästert, und sie stellt anderen eine Falle. Manchmal sogar lebensgefährliche Fallen, wie die Geschichte mit dem Seidenpapier.

»Das ist eine schwerwiegende Anschuldigung, die Sie da äußern.«

»Es ist ja auch eine schwerwiegende Anschuldigung, die Fräulein Keller gegen mich vorbringt.«

Die Mamsell starrte sie an. Sie sah müde aus. Man erkannte die Last der Jahre in ihrem strengen Gesicht. Eine Last, die deutlich größer war, als sie es gewusst hatte. Ein hageres Gesicht, in das sich tiefe Falten eingegraben hatten. Für einen Moment fragte Hedda sich, ob das Strenge in ihrem Gesicht nicht eigentlich Verbitterung war.

»Wenn Fräulein Keller keine Schuld trifft, wieso hat sie es Ihnen nicht sofort gesagt? Vermutlich hat sie doch das Kleid einfach in den Schrank zurückgehängt, oder?«

Die Mamsell nickte und überlegte, wie sie weiter vorgehen sollte.

Hedda würde ganz sicher nicht die Schuld für Lydia auf sich nehmen. Aber sie wusste, im Zweifel stand ihr Wort gegen das von Lydia.

Lydia Keller – bei ihrem Eintrag hatte nur ein Zeichen gestanden. Ein großes Ausrufezeichen, das mehrmals umkringelt war. Das konnte alles bedeuten.

»Wir sprechen noch darüber, zu dritt.«

Hedda war entlassen. Wütend verließ sie den Raum der Mamsell. Wütend auf Lydia, aber auch wütend auf die Mamsell. Eigentlich war sie auf alle wütend. Auf die ganze Welt. Letzte Woche erst hatte sie gelesen, dass nun in Ungarn das Züchtigungsrecht von Dienstboten aufgehoben worden war. Übergriffe gleich welcher Art wurden unter Strafe gestellt. Auch sollte die Unterbringung der Dienstboten verbessert werden, und es gab sogar Anspruch auf ärztliche Hilfe für die Angehörigen. Etwas, was Adelheids Mutter natürlich nicht geholfen hätte, weil nur die Frauen und Kinder der Dienstboten Anspruch darauf hatten. Trotzdem, andernorts wurde es beständig besser, nur hier im Kaiserreich nicht.

Wann würde sie endlich genug Geld haben, um nach Amerika zu gehen? Wann würde sie sich endlich solche Beschuldigungen nicht mehr gefallen lassen müssen? Sie hatte alles so satt. Für einen

Moment dachte sie patzig, dass sie der Mamsell die Beweise nicht zurückgeben würde. Doch dann kam ihr das Gesicht in den Sinn. Diese tiefen Falten, diese Gram, die darin eingegraben war. Henriette Reineke hatte viele Jahre eine schwere Bürde getragen. Sie hatte es verdient, Erleichterung zu erfahren. Sie alle hatten es verdient.

* * *

Gestern Abend hatten sie sich wieder auf der Rosenburg getroffen. Adelheid hatte ihren Eintrag ja schon am Abend zuvor gelesen. Und war in keiner Weise überrascht gewesen. Sie sagte Hedda, dass sie es gewohnt war, dass die Leute so dachten. Dass Tagelöhner schmutzig seien, faul und dass sie stehlen würden. Viktor Novak dagegen war eigenartig berührt, als er davon hörte, was Opitz über ihn geschrieben hatte. *Auffällige Briefe,* fragte er nach. Und machte, als Hedda das bejahte, ein verschlossenes Gesicht. Mehr nicht.

Hedda und Adelheid gingen alle Einträge durch. Bei den meisten war nichts Interessantes zu lesen. Viktor Novak schaute das Büchlein nur kurz an. Er las seinen eigenen Eintrag, und dann noch zwei oder drei andere. Hedda vermutete, dass er den Eintrag von Diedrich Budde gelesen hatte. Bei ihm stand auch nichts wirklich Interessantes. Opitz hatte sich notiert, dass er ehrgeizig sei, es aber an Eleganz vermissen lasse. Und dass er sehr militärversessen sei, mehr nicht. Nichts, was sie nicht schon wüssten.

Novak wollte im Grunde genommen so wenig wie möglich mit der ganzen Aktion zu tun haben. Er hatte nicht einmal nachgefragt, welche Schuld Frau Möckel und Herr Gebaur auf sich geladen hatten. Hedda hatte ihm von dem Sohn der Mamsell berichtet. Welche Gegenleistung Opitz von ihr für sein Schweigen verlangte, wusste er ja schon.

Sie waren übereingekommen, die Beweise samt Opitz' Notizen an die drei Dienstboten zurückzugeben. Das schwarze Büchlein sollte am besten verbrannt werden. Nicht auszudenken, Opitz würde es bei einem von ihnen finden.

Für die Beweise hatten sie einen Plan. Bei Frau Möckel war es am einfachsten. Die Köchin besaß ein Notizbuch, in das sie eintrug, was gekauft und nachbestellt werden musste. Fast jeden Tag notierte sie etwas darin. Adelheid hatte heute Morgen in aller Frühe die Quittungen und die herausgerissenen Seiten aus dem schwarzen Büchlein in das Notizbuch gelegt, noch bevor Liesel heruntergekommen war. Bei der nächsten Gelegenheit würde es der Köchin in die Hände fallen.

Der Mamsell hatte Hedda gestern noch spätabends die herausgerissenen Seiten und die Fotografie einfach unter der abgeschlossenen Tür durchgeschoben. Vorher hatte sie alles in ein gefaltetes Blatt Papier gesteckt, falls die Mamsell ihr Zimmer nicht alleine betrat, was gelegentlich vorkam. Heute Morgen würde die Mamsell es finden.

Hedda hatte auch schon einen Plan, wie sie dem Stallmeister die Zeitungsausschnitte zukommen lassen würden. Bei seiner Unterkunft vorbeizugehen, wäre viel zu auffällig. Aber sie hatte gerade einen Brief von Constanze Maiwald erhalten. Die ehemalige Gouvernante hatte sie überaus freundlich zu Kaffee und Kuchen in einem entzückenden Kaffeehaus in Berlin eingeladen. Sie fühle sich einsam. Sie wäre überaus froh, wenn Hedda sie besuchen komme. Also würde Hedda sie besuchen fahren. Von unterwegs konnte Hedda einfach einen Brief mit den rausgerissenen Zeitungsausschnitten und Opitz' Notizen zu Josef Gebaur einwerfen. Gebaur würde einen anonymen Brief bekommen, der weder aus Liebenberg noch dem Löwenberger Land kam. Der Poststempel würde auf Berlin hinweisen. Nichts würde zu ihr zurückführen. Bis dahin waren die wenigen Papierstücke in der Bibliothek versteckt, wo Adelheid sie heute Morgen in ein altes Buch gesteckt hatte.

Hedda musste nur noch das schwarze Büchlein verschwinden lassen. Opitz' Kartei der Verfehlungen durfte nicht bei ihnen gefunden werden. Ausnahmsweise war sie heute früher mit Adelheid aufgestanden und hatte ihren Kanonenofen angefacht, bald reichlich Holz nachgelegt und das Scharnier für die Luftzufuhr geöffnet.

Als sie wenige Minuten später die Klappe öffnete, loderte ein ordentliches Feuer. Geöffnet legte sie das schwarze Büchlein hinein und sah zu, wie die Flammen an den einzelnen Seiten leckten, und bald auch der Umschlag in Flammen stand. Einen Moment, dann noch einen, und vom Büchlein war nichts mehr zu sehen außer zerfallener Asche und ein dünner Kringel Rauch, der sich in nichts auflöste. Erleichtert verließ sie ihre Stube und lief nach unten.

Gerade als sie hinunterkam, wollte Adelheid die Dienstbotentreppe hoch. Hedda nickte ihr lächelnd zu. Auch Adelheid machte ein erleichtertes Gesicht. Plötzlich stand die Mamsell im Flur und sah sich um. Sie sah aufgeregt aus, aber nicht beunruhigt. Für einen Moment glitt tatsächlich ein Lächeln über ihr Gesicht. Dann ging sie weiter.

Hedda und Adelheid schauten sich an. Dann hatte die Mamsell gerade den Umschlag gefunden. Sie wussten, noch war nicht alles ausgestanden. Aber praktisch alles, was sie als Täterinnen hätte überführen können, hatten sie aus den Händen gegeben. Jetzt mussten sie nur noch ein großes Donnerwetter von Opitz über sich ergehen lassen, sobald er gemerkt hatte, dass er über keine Druckmittel mehr verfügte. Aber seine schlechte Laune würde alle treffen, nicht nur sie.

5. September 1907

Viktor stand am Flügel. Er war versucht, seine Finger über die Tasten fliegen zu lassen. Wenn sie überhaupt noch flogen. So lange Jahre hatte er nicht gespielt. Über zwölf Jahre hatten seine Finger keine Töne mehr hervorgezaubert, und zuvor hatte er nur sechs Jahre Unterricht gehabt. Doch er sah auf die Notenblätter und glaubte, mit etwas Übung würde er zu seinem alten Spiel zurückfinden können. Er hatte Begabung gezeigt für das Klavierspiel. Nicht so viel Begabung wie Leander, der musisch außerordentlich talentiert war. Doch seine Eltern hatten ihn oft gelobt. Nur der Klavierlehrer war streng gewesen. Von ihm hatte er kein Lob zu erwarten gehabt.

Damals hatte ihm das Klavierspielen bald keinen Spaß mehr gemacht, aber heute sehnte er sich danach zurück, wieder spielen zu können. Er sehnte sich nach allem aus seinem alten Leben. Letztes Jahr irgendwann war ihm klar geworden, dass er nun länger Arbeiter war, als er Bürgerlicher gewesen war. Und noch immer konnte er den Verlust seines Standes nicht verwinden. Seines Standes, des gehobenen und wohlbehüteten Lebens, der gut geheizten warmen Stube und all den anderen Annehmlichkeiten, die für ihn so normal wie Atmen gewesen waren. Dieses bürgerliche Leben, dem innerhalb von wenigen Tagen ein Ende gesetzt worden war.

Nachdem sein Vater ins Gefängnis gemusst hatte, konnten sie sich den Klavierunterricht nicht mehr leisten. Mama unterrichtete ihn noch weiter, aber sie war nicht so geschickt. Ohnehin war das Klavier eines der ersten Dinge, die sie in ihrer Not verkauften. Da saß sein Vater noch im Gefängnis. Das Klavier, das gute Besteck, Porzellan, tausend Dinge, die nach und nach aus dem Haus verschwanden und in den beheizten Stuben Fremder ein neues Zuhause fanden. Am schlimmsten aber war es gewesen, als sie die Bücher verkaufen mussten. Viktor hatte nächtelang geweint, nachdem seine Karl-May-Sammlung den Weg in die nächste Pfandleihe gefunden hatte.

Sanft strich er über die Elfenbeintasten und drückte sacht eine herunter. Der Anschlag war kaum zu hören. Er nahm seine Hand weg. Vielleicht war das alles auch nur Einbildung. Vielleicht würde er feststellen müssen, dass er es verlernt hatte. Irgendwann, nahm er sich vor, würde er herausfinden, ob noch etwas von seinem früheren Leben übrig geblieben war. Irgendwann, aber nicht heute.

Er griff zu den zwei Weingläsern, die auf der lackierten Oberfläche des Flügels abgestellt worden waren, und stellte sie auf das Tablett. Wie üblich sammelte er morgens alles an Geschirr und Gläsern ein, was vom Abend vorher stehen geblieben war.

Budde kam durch den Salon. Auch er machte seine gewohnte Runde, überprüfte, ob irgendetwas verlegt oder ob Möbelstücke verrückt worden waren. Der zweite Diener richtete zwei Stühle wieder aus und legte ein Modejournal vom Sofa auf den Tisch zurück.

Budde kam ihm merkwürdig still vor. So war er schon seit ein paar Tagen. Seit er aus Berlin zurückgekehrt war. Tatsächlich war er an besagtem Tag in seiner Uniform nach Berlin gefahren. Vielleicht war er auch nach Potsdam gefahren, wo das Garde-Korps des Kaisers den Sedantag gefeiert hatte. Viktor hatte ihn nicht danach gefragt. Und anders als im letzten Jahr hatte Budde auch kein Wort über seinen Ausflug verloren.

Es musste sehr spät gewesen sein, als Budde ins Schloss zurückgekehrt war. Viktor hatte ihn erst am nächsten Morgen wieder gesehen, da hatte er niedergeschlagen oder übernächtigt gewirkt. Vermutlich hatte er mit seinen alten Kameraden gezecht. Doch auch in den folgenden Tagen blieb er merkwürdig ruhig und zurückhaltend. Irgendetwas war passiert. Diedrich Budde, der sonst so mitteilungsfreudig war, sagte nichts. Aber ihr Verhältnis war nicht so, dass Viktor ihn fragen würde.

Er lief weiter durch den Blauen Salon, das Porzellanzimmer und das Japanische Zimmer und ging schließlich mit dem Tablett hinunter. Doch bevor er die Gläser in der Küche abstellen konnte, wurde er auf dem Flur abgefangen.

»Sie kommen gerade recht«, blaffte Opitz ihn an. »Stellen Sie das ab, und dann gehen Sie auf Ihren Platz in der Leutestube.«

»Sehr wohl.« War es nun also so weit? Hatte Opitz gemerkt, was ihm fehlte? Nach vier Tagen schon? Wann hatte Opitz wohl das letzte Mal seine Schätze begutachtet? Die Dinge, die Hedda Pietsch und Adelheid Schaaf da gefunden hatten, lagerten teilweise schon seit Jahren dort. Wie oft ergötzte Opitz sich an seinen erpresserischen Sammelstücken? Vielleicht aber wollte er heute Morgen einfach nur wieder etwas Verräterisches und Verleumderisches in seinem kleinen schwarzen Büchlein notieren.

Viktor ging in die Küche, die bereits leer war. Er stellte die Gläser ab, legte das Tablett an den vorgesehenen Platz und ging hinüber. Liesel, Anni und Moritz tuschelten miteinander. Tatsächlich waren bereits alle versammelt, nur Budde kam noch nach ihm. Opitz trat hinter ihm in die Leutestube und schloss die Tür.

Die Tür der Leutestube wurde nur selten geschlossen. Schon mal, wenn die Dienstboten freihatten und sich zu mehreren in der Leutestube vergnügten. Wenn sie spielten und es etwas lauter zuging. Oder wenn es bitterkalt war und der Wind durch alle Ritzen zog. Dann wurden die Türen auch geschlossen, damit es in den Räumen warm blieb. Dass Opitz nun die Tür zuschlug, sah Viktor als sicheres Zeichen dafür, dass er den Diebstahl bemerkt hatte.

Er setzte sich, schaute betont gelassen in die Runde und dann hinüber zu Hedda Pietsch und Adelheid Schaaf. Letztere saß in sich zusammengesunken und schaute auf ihre Finger. Sie wirkte am ehesten schuldbewusst, aber Viktor Novak wusste, dass sie oft so dasaß. Hedda Pietsch dagegen schien die Ruhe selbst zu sein. Ihr Blick wirkte völlig arglos, und auch, als sie seinen Blick erwiderte, änderte sich ihr Gesichtsausdruck nicht.

Budde nahm Platz, neugierig, worum es gehen würde. Dann saßen alle. Opitz blieb vorne vor seinem Stuhl stehen und ließ seinen Blick von einem zum Nächsten wandern. Mamsell Reineke zog ihre verschränkten Hände auf ihren Schoß und blickte leer vor sich hin. Frau Möckel rutschte auf ihrem Stuhl hin und her.

Opitz' Blick traf sie wie ein Blitz. »Sind Sie nervös, Frau Möckel?«

Doch die blickte ihm geradewegs ins Gesicht. »Natürlich bin ich nervös. Ich habe zwei Beinscheiben im Wasser, das jeden Moment überkochen kann.«

Viktor musste sich beherrschen, dass er nicht auflachte. Das war herrlich frech geantwortet.

»Also, worum geht es? Wenn die Herrschaften ihr Mittagsmahl pünktlich bekommen sollen, dann müssen wir zurück in die Küche.«

Es klang schnippisch, ungewohnt schnippisch. Solche Tonlage waren sie von Frau Möckel nicht gewohnt. Opitz' Gesicht lief rot an. Er war wütend, und er wurde von Sekunde zu Sekunde wütender. Sein Kopf ruckte herum, und sein Blick blieb auf Mamsell Reineke liegen.

Die bemerkte, dass sie angeschaut wurde. Sie legt ihren Kopf schief und blickte zu ihm hoch, ganz ruhig.

»Und Sie? Sind Sie auch nervös?«

»Eigentlich nicht. Aber natürlich haben wir alle wichtige Dinge zu erledigen. Deshalb wäre es mir lieb, Sie sagen, was Sie zu sagen haben.«

Stoisch, gelassen und doch aufrührerisch. Wieder presste Viktor seine Lippen aufeinander. Er gönnte Opitz diese Qual. Nicht zu wissen, was passiert war. Nicht zu wissen, wer es hatte passieren lassen. Überhaupt, die Gewissheit, dass jemand von seinen bösartigen Taten wusste!

Opitz schnaufte laut auf und sah nacheinander alle an. Dann blieb der Blick auf ihm liegen, ausgerechnet. Viktors Kragen wurde eng. Er schluckte.

»Ich habe Sie hierherbestellt, weil etwas Ungeheures passiert ist. ... Es gibt einen Diebstahl zu vermelden.«

Sofort merkte man, wie alle unruhig wurden. Ein Diebstahl, das war eine große Sache. Diebstahl wurde nicht auf die leichte Schulter genommen, selbst wenn es sich nur um Kleinigkeiten handelte. Dienstboten hatten absolut loyal und ehrlich zu sein. Ein Diebstahl kam einer Messerstecherei gleich. Der Dieb oder die Diebe stachen mitten ins Herz des Vertrauens der Herrschaften.

Und wurde ein Diebstahl nicht aufgeklärt, so herrschte über Wochen und Monate eine ungute Atmosphäre. Jeder bezichtigte jeden, und alle waren auf der Hut, nicht durch Zufall oder Missgunst unbegründet beschuldigt zu werden. Diebstahl war eine ganz große Sache. Deswegen traute sich nun auch niemand, etwas zu sagen. Viele drückten sich in ihre Stühle, machten sich klein, zogen die Schultern ein. Alle hofften, der Verdacht würde nicht auf sie fallen. Es konnte fatal werden, eines Diebstahls bezichtigt zu werden. Selbst wenn einem nichts nachgewiesen werden konnte, blieb doch ein Makel haften.

Viktors Haaransatz kribbelte. Opitz' Blick blieb auf ihm haften. Er konnte nichts dagegen tun. Er sollte aber etwas tun. Er schluckte, dann sagte er: »Wieso schauen Sie mich dabei an? Hegen Sie etwa den Verdacht, ich hätte etwas gestohlen?«

Endlich nahm Opitz seinen Blick von ihm und strafte alle anderen damit. »Ich habe jeden im Verdacht. Jeden!«

Viktor fragte sich, ob er wirklich hier, vor versammelter Mannschaft, darüber reden wollte, dass der Inhalt seiner Blechschatulle geleert worden war. Dann müsste er doch erläutern, was daran so wertvoll war. Natürlich fragte sich der größte Teil der hier Anwesenden, was eigentlich gestohlen worden war. Aber niemand war so dumm, das Wort zu ergreifen.

»Wollen Sie nicht wissen, was gestohlen wurde?«, donnerte Opitz nun über den Tisch hinweg.

Wenn es überhaupt möglich war, sanken die Schultern noch tiefer, die Köpfe wurden eingeholt, die Hälse waren nicht mehr zu sehen, alle machten sich so klein wie eben möglich. Auch Viktor. Und auch Hedda Pietsch und Adelheid, wie er gerade feststellte. Aber es machte sie nicht verdächtig, denn es gab niemanden bei Tisch, der sich anders verhielt.

Nun blieb sein Blick an Frau Möckel hängen. »Fragen Sie sich nicht, was gestohlen wurde, Frau Möckel?«

Sie räusperte sich, und ihre Stimme klang schwächer als vorhin: »Ich denke, Sie werden es uns sofort sagen.« Immer noch schnippisch, aber wesentlich verhaltener.

»Jawohl. So ist es.« Er machte eine kurze Pause. »Jemand hat Geld entwendet.«

Wieder sagte niemand etwas.

»Geld, das ich im Panzerschrank aufbewahrt hatte.«

Nun hoben sich einige Blicke, überrascht und ungläubig. Auch Viktor tat so, als wenn er ihn überrascht anschauen würde. Aus dem Panzerschrank – das war kaum zu glauben. Wie sollte da jemand rankommen?

»Da ich nicht annehme, dass sich der schändliche Dieb oder die Diebin von alleine stellen, frage ich Sie nun alle, ob irgendjemand von Ihnen etwas Ungewohntes bemerkt hat. Oder beobachtet hat.

Hat sich jemand in letzter Zeit auffällig benommen? Oder wissen Sie vielleicht, dass jemand sich etwas gekauft hat, was er sich eigentlich nicht leisten kann?«

Das war natürlich weit hergeholt. Aber irgendwie musste er glaubhaft machen, dass es um Geld ging.

Mamsell Reineke meldete sich. »Über wie viel Geld sprechen wir denn hier?«

Opitz' Blick wanderte zu ihr. Er sah aus, als wollte er ihr jeden Moment an die Gurgel. »Und wenn es nur eine einzige Mark wäre, Diebstahl ist Diebstahl!«

Die Mamsell nickte. »Da gebe ich Ihnen recht. Aber wenn ich wissen soll, ob sich jemand etwas kauft, was er sich eigentlich nicht leisten können dürfte, dann müsste ich schon wissen, über wie viel Geld wir reden.«

Opitz sah ein, dass das ein gutes Argument war. Wieder schaute er in die Runde, bösartig und lauernd. »Es war Ihr gesamter Wochenlohn. Alles, was Sie am Samstag bekommen hätten.«

»Hätten?«, meldete sich Budde spitz. »Was soll das heißen? Ich hab doch nichts getan. Ich bekomme doch wohl meinen Lohn.«

»Nicht, solange wir nicht denjenigen oder diejenige überführt haben, die für den Diebstahl zuständig sind.«

Unruhe entstand. Alle schauten sich an, empört, fragend, ob nicht jemand das Wort ergreifen wollte. Ob nicht jemand die Fahne der Gerechtigkeit schwenken wollte. Viktor schaute wie die meisten auf die Mamsell, die in der Hierarchie direkt hinter Opitz kam. Doch die blieb stumm. Sie grübelte anscheinend angestrengt über etwas nach.

Viktor dachte sich, dass ihm ein bisschen gespielte Empörung als Unschuldiger gut stehen würde. »Das können Sie nicht machen. Die meisten von uns haben doch sicher nichts mit dieser Tat zu tun, wenn es überhaupt jemand von uns war. Ich war es nicht. Aber ich habe die ganze Woche gearbeitet, und ich verlange meinen mir zustehenden Lohn.«

»Sie verlangen?!«, spie Opitz wütend über den Tisch.

»Natürlich. Er steht mir zu.« Seine Knie waren butterweich, doch er reckte sein Kinn nach vorne.

Frau Möckel sprang nun in die Bresche. »Er steht uns allen zu!«, bekräftigte sie Viktors Aussage.

»Wenn ich einen Vorschlag machen darf«, schlug Mamsell Reineke überraschend ruhig vor. »Herr Opitz, wir sollten die Angelegenheit unter vier Augen besprechen und uns überlegen, wie wir am geschicktesten vorgehen, um den Dieb oder die Diebe dingfest zu machen. Dann werden wir es beim Mittagstisch bekannt geben.« Sie sah Herrn Opitz vollkommen arglos an.

Er wirkte, als würde er sich am liebsten auf sie stürzen – verbal und körperlich. Doch er tat nichts dergleichen. Barsch sagte er: »So machen wir es. Aber ich weise nochmals ausdrücklich darauf hin, dass mir alles gemeldet wird, was Ihnen aufgefallen ist. Ansonsten könnten Sie sich selbst verdächtig machen«, donnerte er und verließ grollend die Leutestube.

Alle atmeten erleichtert auf. Sofort fing das Geschwätz an. Lydia tuschelte mit Gerda Altvater. Laut genug, damit alle hören konnten, dass sie natürlich sofort die Tochter des Tagelöhners bezichtigte.

»... hat bestimmt die zwei Schlüssel geklaut und den Panzerschrank aufgeschlossen. ... So was ist früher nie vorgekommen, bevor die hier angefangen hat.«

Adelheid Schaafs Kopf schoss herum. Lydia Kellers gehässiger Blick traf sie. Lydia lehnte sich wieder in Richtung Gerda Altvater und bestätigte: »Da, siehst du, wie schuldig sie aussieht?«

»Zwei Schlüssel, ja? Sie kennen sich aber erstaunlich gut aus, Fräulein Keller.« Es rutschte Viktor einfach so heraus. Er war empört darüber, wie Lydia sich Adelheid gegenüber verhielt.

Lydia Keller schaute ihn verdutzt an. »Ich hab aber doch nur ... Das denken doch alle.«

»Nein, Fräulein Keller, das denken hier nicht alle.« Hedda Pietsch stand auf und blickte auf sie herab. »Ich zum Beispiel denke das nicht. Ich denke, dass es hier ganz andere gibt, die die Schuld immer gerne auf andere schieben.«

Dass Hedda Pietsch aufgestanden war, veranlasste die anderen, ebenso aufzustehen. Überall wurden Stühle gerückt, und Frau Möckel verschwand schnell in der Küche. Fast alle gingen nun hinaus. Die Mamsell stand als Letzte auf und strich ihren dunklen Rock glatt.

Aus den Augenwinkeln beobachtete Viktor sie. Das Gespräch, das vor ihr lag, war sicher nicht einfach. Und doch, würde Opitz es wagen, ihr zu sagen, dass seine Beweise verschwunden waren? Oder war ihm durch Frau Möckels und Mamsell Reinekes Verhalten bereits deutlich geworden, dass die beiden das bereits wussten? Dass sie sich über ihre neu gewonnene Freiheit im Klaren waren? Nein, dazu war sie nicht aufrührerisch genug gewesen. Er interpretierte da sicher zu viel rein. Viktor hätte jetzt wirklich gerne vor Opitz' Raum Mäuschen gespielt. Aber das ging natürlich nicht.

Es klingelte in den Räumlichkeiten der Herrschaft. Er nickte Budde zu. »Geh du ruhig. Ich fange schon mal damit an, den Mittagstisch zu decken.« Es wäre ihm recht, jetzt alleine zu sein.

Ganz in Gedanken lief er in die Weißzeugkammer und holte eine Tischdecke. Obwohl er die Tür nicht zugemacht hatte, schloss sie sich plötzlich. Adelheid Schaaf stand im Raum. Ihre Hände verknoteten sich vor ihrem Körper. Sie blickte nicht zu ihm auf.

»Ich ... ich wollte Ihnen danken, für das, was Sie gerade da drinnen gesagt haben. Es bedeutet mir viel, ... dass Sie nicht, ... dass Sie nicht auch glauben, nur weil ich ... die Tochter ...«

Viktor legte ihr eine Hand auf ihre unruhigen Finger. »Alles gut. Ich halte sehr viel von Ihnen, viel mehr als von Lydia Keller oder Gerda Altvater. Das meine ich nicht nur in Bezug auf die Arbeit.«

Sie schaute überrascht auf. Ihre Blicke trafen sich. Es hatte plötzlich etwas sehr Persönliches, etwas sehr Gefühlvolles. Als hätte er sich verbrannt, ließ er von ihr ab und trat einen Schritt zurück. Er war über sich selbst erschrocken.

Auch sie schien völlig überrumpelt von dem, was gerade passiert war. Wieder verknoteten sich ihre Finger. »Ja, also ... Dann danke noch mal.« Hastig drehte sie sich um und flüchtete.

Adelheid Schaaf, du gehst mir unter die Haut, mehr, als es mir lieb ist. Mehr, als ich es mir leisten kann; als ich es mir leisten will. Viktor nahm sich vor, sich in Zukunft besser im Zaum zu halten. Und doch spürte er noch die Wärme ihrer Finger, und wie rau ihre Hände gewesen waren.

15. September 1907

Adelheid hob den Deckel von der Porzellanschüssel und kippte die braune, stinkende Masse, die in der Abortpfanne schwamm, in den Kübel, den sie gleich noch mit rausnehmen würde. Auch so eine Sache, wieso die Herrschaften nachts nicht wie sie alle auf den Abort gingen. Aber natürlich, nachts war es kalt auf den Fluren, auf dem Abort sowieso, weil er keinen Ofen und keinen Kamin hatte. Sowohl im Familientrakt als auch im Gästetrakt lagen die Abtritte in einer Ecke des Gebäudes, nachträglich angebaut und weit entfernt von den Schlafräumen. Man hätte ja frieren können. Man müsste sich anziehen, wenigstens einen Morgenmantel. Das war solch hohen edlen Menschen kaum zuzumuten. Nein, wie viel bequemer war es, sich einfach auf die Nachtpfanne zu setzen, in den meisten Räumen eingebaut in einen bequemen Holzstuhl. Und morgens, noch bevor sie aufstanden, war schon ein unsichtbarer Geist da und beseitigte alle Hinterlassenschaften. Warum sollte man solch große Bequemlichkeit aufgeben? Schließlich gab es Menschen, die man dafür bezahlte, dass sie sich darum kümmerten.

Aber das hier war gerade nun wirklich unverschämt. Komtess Alexandrine war manchmal so faul, dass sie selbst tagsüber gelegentlich die Porzellanschüssel benutzte. Dabei war es nicht einmal sehr kalt. Bevor Adelheid nun zu ihrer Familie gehen konnte, musste sie das erst noch erledigen. Ekelhaft.

Adelheid spülte die Porzellanschüssel, stellte sie zurück und wusch sich gründlich die Finger. Dann ging sie hoch in ihre Stube und warf sich ihre alte Kleidung über. Endlich konnte sie gehen. Sie zog noch einmal ihre Bettlaken stramm. Das Foto hatte sie gut versteckt.

Trotzdem sollte sie dringend etwas wegen der Fotografie unternehmen. Dieses verräterische Bild war purer Sprengstoff. Himmel, was darauf zu sehen war! Was sie da sah, das war ganz und gar unvorstellbar. Adelheid hatte sich nicht einmal mehr getraut, es zu betrachten. Zu sehr hatte es sie aufgewühlt. Und nun wusste sie auch, was in dem Brief gemeint war, als dieser Tütü von einer *geschickten Zunge* gesprochen hatte. Sie hatte sofort begriffen, dass diese Fotografie zehn Mal mehr wert war als der Brief. Einen Brief konnte man fälschen, eine Aufnahme nicht.

Es hatte sich also gelohnt, Heddas Plan zu verfolgen. Natürlich war die ganze Geschichte äußerst riskant gewesen. Aber erstens war Hedda ihre erste und einzige Freundin und sie wollte sie nicht verlieren. Und zweitens hatte Opitz ihr schon zwei Mal nachgestellt. Das eine Mal war Hedda dazwischengegangen. Das andere Mal war es reiner Zufall gewesen, dass Frau Möckel aufgetaucht war.

Hedda hatte ihr erzählt, was Opitz tat und wie er vorging. Und dass er es auch bei ihr versuchte. Und dass er nicht aufhören würde. Allein schon der Gedanke daran ... Igitt.

Hoffentlich machte ihr Raubzug ihm klar, dass er nicht unverwundbar war. Dass er nun nichts mehr in der Hand hatte. Andererseits hatte er bisher ja auch nichts gegen Hedda oder sie in der Hand gehabt. Und hatte sie trotzdem bedrängt.

Womit sie anfangs nicht gerechnet hatte, und was ihr immer noch wie ein Wunder vorkam, war, dass sie nun praktisch eine Verbündete von Viktor Novak war. Das veränderte alles zwischen ihnen. Sie hatten nun ein gemeinsames Geheimnis. Sie hatten zusammen eine Schlacht geschlagen. Und gewonnen.

Und dann hatte er sie berührt, auf eine überraschend innige Weise. Hatte seine Hand auf ihre gelegt. Wie ein Blitz war die Berührung durch sie hindurchgefahren. Derzeit gab es so viele Dinge zu bedenken – der Diebstahl, die Fotografie, was sie für ihre Familie tun konnte, ob sie es schaffte, den Brief gegen den Fürsten einzusetzen. Aber denken konnte sie eigentlich nur an eins: wie innig Viktor Novak sie berührt hatte.

So lange hatte sie gegen ihre Gefühle gekämpft. Wusste sie doch, wie lächerlich sie waren. Viktor Novak schaute auf sie herab, bestimmt. Alle schauten auf sie herab. Hatte sie gedacht. Aber Hedda schaute nicht auf sie herab, sondern betrachtete sie wie ihresgleichen. Und selbst der so elegante Viktor Novak schien sich nicht für etwas Besseres zu halten. Erstaunlicherweise. Aber wenn sie nicht schlechter war als alle anderen, dann wäre es doch gut möglich, irgendwann einmal, dass da was zwischen ihr und … Also bitte, schimpfte sie sich selbst. Was für lächerliche Gedanken.

Trotzdem, noch am gleichen Abend hatte sie Hedda gefragt, was sie gegen ihre rauen Hände machen könne. Im Nachhinein war es ihr überaus peinlich, dass Viktor Novak ihre immerzu roten und rauen Hände angefasst hatte. Zum ersten Mal hatte Adelheid das Verlangen danach, etwas für sich selbst zu tun.

Hedda hatte Adelheid geraten, die Hände in warmes Salzwasser einzutauchen und dann mit etwas Speiseöl einzureiben. Sie könne es auch mit einem Brei aus alten gekochten Kartoffeln, in den man etwas Mandelöl gab, versuchen. Aber niemals würde Adelheid gute Kartoffeln für so etwas verschwenden. Doch direkt am nächsten Tag hatte sie sich etwas Öl und Salz von der Köchin erbeten und es abends ausprobiert. Tatsächlich wurde ihre Haut etwas geschmeidiger. Adelheid hatte sich vorgenommen, nun alle paar Tage für ihre Hände zu sorgen. Nur für den Fall, dass Viktor Novak noch einmal auf die Idee käme, sie anzufassen.

Heute war wieder ihr freier Sonntagnachmittag. Adelheid hatte nur noch wenige Meter zur Hütte ihrer Familie. Es nieselte leicht, weswegen vermutlich niemand draußen war. Als sie ins Innere der Hütte trat, war nicht nur die Luft schlecht, sondern auch die Atmosphäre. Vater saß am Tisch, auf dem noch gebrauchtes Geschirr stand. Schlecht gelaunt brütete er vor sich hin. Alle anderen waren anscheinend nebenan.

»Guten Tag, Vater.«

»Was hast du mitgebracht?«

Wie immer war Adelheid im Krämerladen vorbeigegangen und hatte Essen gekauft. Sie streifte den Beutel von der Schulter und begann auszupacken. Mit jedem Teil, das sie auf den Tisch stellte, wurde Vaters Grummeln lauter. Als der Beutel leer war, schaute er sie giftig an.

»Wo ist das Bier?«

»Ich hab nur Geld für Essen übrig.«

»Du? Du hast Geld für Essen übrig?« Er klang wütend. »Als wäre es dein Geld!«

Ja, ihr Geld. Sie hatte doch dafür gearbeitet. Sie stand morgens früh auf und ging abends spät ins Bett. Arbeitete sich raue Hände und wunde Füße.

»Ich gebe meinen Lohn nur für notwendige Dinge aus.« Sie sagte es ruhig und leise, in der Hoffnung, ihn nicht noch wütender zu machen.

»Deinen Lohn? ... Dein Lohn gehört mir. Verstanden? Und ich bestimme darüber. Es ist das letzte Mal, dass du etwas eingekauft hast. Das nächste Mal will ich das Geld.«

Verhalten schüttelte Adelheid den Kopf. »Nein. Ich werde meine Geschwister nicht hungern lassen.«

»Wer hier hungert oder nicht, ist allein meine Entscheidung. Ich bin der Herr des Hauses!«

Edeltraud schaute ängstlich um die Ecke. Konnte es sein, dass sie noch dünner geworden war? Ihre Schwester war nur noch ein Schein ihrer selbst. Adelheid hatte das alles so satt. Sie war wütend über all das, was passierte. Über den Tod ihrer Mutter, über den Fürsten und die Fürstin, über Opitz, über all diese Ungerechtigkeiten, aber vor allen Dingen war sie wütend auf ihren Vater. Es rutschte ihr einfach so heraus.

»Wenn du Bier willst, dann such dir Arbeit. Tu was für deine Familie, statt hier rumzusitzen und zu saufen!«

Sie hatte das letzte Wort noch nicht ausgesprochen, da landete seine Faust schon in ihrem Gesicht. Sie torkelte gegen den Ofen, der kalt war. Schon war der Vater um den Tisch herum und packte sie am Kragen. Er hielt sie mit einer Hand fest und schlug ihr mit der flachen Hand ins Gesicht. Adelheid torkelte wieder und knallte gegen die Wand. Ganz benommen rutschte sie tiefer. Vater war schon über ihr, mit geballten Fäusten stand er vor ihr und holte aus.

»Nein!«, schrie sie. »Das darfst du nicht.« Sie hielt eine Hand hoch, um ihn zu stoppen.

»Du bist immer noch meine Tochter. Ich kann mit dir machen, was ich will.«

»Wenn ich blau geschlagen ins Schloss zurückgehe, kann ich direkt meine Sachen packen. Dann lassen sie mich dort nicht mehr arbeiten.«

Er packte sie an der Hand, die ihn stoppen sollte, und zog sie hoch. In einer fließenden Bewegung landete die Faust der anderen Hand zwischen ihren Rippen. Und noch ein Faustschlag in den Magen. Adelheid klappte zusammen. Sie ging auf die Knie, ihr Gesicht berührte beinahe den Boden. Die Luft blieb ihr weg.

»Ich sag es dir! Das nächste Mal bringst du mir das Geld.« Ihr Vater drehte sich weg und verließ die Hütte. Die Tür krachte zu.

Sie war nicht einmal in der Lage zu weinen. Sie starrte auf den schmutzigen Boden, versuchte, Luft zu holen. Was wehtat. Bewegen tat weh. Atmen tat weh. Sie spürte, wie jemand neben sie trat. Es war Gundula, ihre kleine Schwester. Sie legte ihre Hand auf ihren Rücken und streichelte sie, während sie selbst verhalten schluchzte. Das war der Moment, wo Adelheid wusste, sie musste stark sein. Ganz allmählich richtete sie sich auf und zog sich am kalten Ofen hoch.

Edeltraud stand an der Tür zum anderen Raum, das Baby im Arm. Gunther stand hinter ihr, versteckte sich hinter ihrem Rocksaum.

»Wo sind Friedel und Bernhard?«

»Weg«, sagte Edeltraud nur.

»Wann?«

»Vor drei Tagen. Direkt nachdem Vater sie verprügelt hat.«

»Weißt du, wohin?«

»Nein. Sie haben gesagt, sie melden sich, wenn sie was Festes finden.«

Das konnte dauern, wusste Adelheid. Also war die mittlerweile elfjährige Edeltraud nun das älteste Geschwisterkind und für alles zuständig. Und der Einzige, der noch Geld nach Hause bringen würde, war der Vater. Und sie. Aber es war nicht genug Geld da, und es war nicht genug Essen da. Was sie im Überfluss hatten, waren Hoffnungslosigkeit und jetzt auch Undank und Schläge. Gunther kam endlich heraus und lief in ihre Arme. Er hustete.

»Es ist nicht besser geworden?«

Edeltraud schüttelte ihren Kopf.

»Das Baby?«

Noch ein Kopfschütteln, als hätte sie nicht mal mehr die Kraft zu antworten.

»Kommt, esst was.« Adelheid trat an den Tisch und nahm das große Kastenbrot, das sie gerade gekauft hatte. Es war von vorgestern, weshalb sie es billiger bekommen hatte. Aber es war wirklich sehr groß. Bestimmt würde es für eine Woche reichen. Sie hatte auch Schmalz gekauft.

Eigentlich hatte sie gehofft, dass Moritz Lüdke ihr heute wieder etwas von dem Fallobst abgeben würde. Aber nach den aktuellen Vorkommnissen der letzten Tage vermieden alle auch nur die kleinste Grenzübertretung. Auch Moritz hatte an seinem freien Tag kein Fallobst, das er vom Gärtner bekam, zu seiner Familie mitgenommen. Das angedötschte Obst wurde den Schweinen gegeben. Nur was zu schlecht war, durfte Moritz mitnehmen. Doch im Moment tobte Opitz über jede noch so kleine Verfehlung.

Nacheinander hatten sie die Zimmer der Dienstboten durchsucht, Opitz und die Mamsell. Was Hedda Adelheid später mit einer gewissen Schadenfreude in der Stimme erklärt hatte, war: Opitz hatte den Diebstahl nicht den Herrschaften gemeldet. Sonst hätten sie nämlich alle oben antreten müssen. Das aber war nicht passiert. Offensichtlich war Opitz klar, dass er mit seiner Lüge nicht zu weit gehen durfte.

Also wurde die Durchsuchung der Dienstbotenzimmer dezent durchgeführt. Die Mamsell und Opitz standen in den Räumen, während sie den jeweiligen Bewohnern sagten, was sie zu tun hatten. Die Bettwäsche abziehen, die Kissen ausschütteln, die Schubladen aus den Nachttischen leeren und auch die Unterseite zeigen und dergleichen. Alle Kleidungsstücke mussten ausgeschüttelt werden. Herr Opitz tastete alles noch mal ab, selbst die Leibwäsche der Frauen.

Adelheid hatte Blut und Wasser geschwitzt. Eigentlich hatte sie den Brief und auch die Fotografie heute hier in der Hütte verstecken wollen. Doch das wäre fatal gewesen. Hätte Hedda sie nicht noch am Abend ihrer Tat darauf aufmerksam gemacht, dass Opitz sicher alles gründlich durchsuchen würde, wann immer es ihm auffiel, dann hätte sie diese zwei brisanten Fundstücke vermutlich einfach so lange unter ihrem Kissen versteckt.

Schon früh am nächsten Vormittag hatte sie eine Gelegenheit gefunden. Eine Etage tiefer gab es in einem der abgelegenen Räume ein schlichtes Piano, auf dem wohl früher die Fürstenkinder Klavierunterricht bekommen hatten. Heute spielten sie nur noch auf dem Flügel im Salon, das alte Übungspiano wurde nicht mehr benutzt. Hier hatte Adelheid die beiden Papierstücke versteckt. Einmal am Tag sah sie vorsichtig nach, ob sie noch in ihrem Versteck waren. Wie lange sie dortbleiben würden, wusste Adelheid nicht.

Sie hatte noch immer keine Idee, an wen sie sich wenden sollte. Die Ermittlungen gegen den Fürsten waren schon lange eingestellt. Hedda hatte ihr gesagt, wie wenig überraschend das war. Hochwohlgeborene wie der Fürst wurden nicht ins Gefängnis gesteckt. Das war einfach nicht möglich. Den besten Freund des Kaisers steckte man nicht mit anderen kriminellen Subjekten ins Gefängnis.

Ihre Chance, mit den beiden Fundstücken ihre Rache zu besänftigen, schwand dahin. Mittlerweile war ihr klar, dass es zu heikel war, sich damit an die Polizei zu wenden. Am Ende machte man sich so nur unbeliebt bei den einflussreichen Männern. Doch sie hatte Zeit. Irgendwann würde sie einen Weg finden. Bis dahin würde sie beide Stücke als Unterpfand behalten.

Doch wenn sie das Elend hier zu Hause sah, und wenn sie sah, wie sich ihr Vater verhielt, wusste sie nicht, welche Wut größer war: die Wut auf die Fürstin oder den Vater. Natürlich wäre es niemals so schlimm geworden, wenn ihre Mutter noch lebte. Aber dass der Vater sich nun so gehen ließ, das war eine Schande. Und das war etwas, was nicht in der mangelnden moralischen Verantwortung der Fürstin lag, sondern in der ihres Vaters.

Was sollte sie nun also in zwei Wochen tun? Dem Vater das Geld bringen? Oder vielleicht nur eine Flasche Bier kaufen und den Rest fürs Essen ausgeben? Oder gar nicht kommen? Nein, das konnte sie ihren Geschwistern nicht antun.

Wieso nur musste sie plötzlich ständig Entscheidungen treffen, die sie nicht treffen wollte? Sie schnitt ihren Geschwistern noch eine zweite Schnitte ab. Ihre hungrigen Augen starrten auf das Brot, als hätten sie schon länger nichts mehr zu essen bekommen. Eilig bestrich sie die Schnitten mit Schmalz.

»Gunther, iss langsam. Dann hast du mehr davon.«

Doch der Kleine verschlang das Brot eilig, als würde es ihm jemand wegnehmen wollen.

Ein Anblick, der Adelheid wehtat. Genau wie ihr Kiefer. Sie rieb sich über die Stelle, wo Vater sie erwischt hatte. Als sie den Unterkiefer hin und her bewegte, knackte es einmal. Bestimmt würde sie die nächsten zwei Wochen mit einem blauen Fleck herumrennen. Jeder würde wissen, was passiert war. Und so musste sie gleich ins Schloss zurückgehen. Sie schämte sich so sehr. Dann hatte die Zeit der Scham also doch nicht geendet. Sie hatte nur vorübergehend eine Pause eingelegt.

Kapitel 4

22. September 1907

Spürst du das Stampfen der Druckerpressen? Und dieser Duft nach heiß gelaufenem Papier und frischer Druckertinte. Ich liebe es«, sagte Hugo begeistert.

»Und ich liebe dich. Vor allem, wenn du so begeistert bist.« Constanze hakte sich bei ihm unter.

An ihrem ersten gemeinsamen freien Nachmittag wollte Hugo unbedingt nach Berlin reinfahren, um dort im Zeitungsviertel südlich der Friedrichstadt spazieren zu gehen. Er konnte sich gar nicht sattsehen. Natürlich war eigentlich nicht wirklich etwas zu sehen, außer großen Namenslettern auf massiven Mauern. Wie hier zum Beispiel, an dem riesigen Mossehaus, vor dem sie gerade standen.

»Hier wird das *Berliner Tageblatt* gedruckt.« Hugo zeigte auf die runde Fassade an der Ecke Schützenstraße und Markgrafenstraße. Sein Blick lief bewundernd an dem hoheitlichen Gebäude hoch, dann zog er sie weiter.

»Ist dir klar, dass es hier auf ein paar Hundert Quadratmetern die größte Pressekonzentration der Welt gibt?«, erklärte er.

»Ach ja? Nein, das wusste ich nicht«, gab Constanze wahrheitsgemäß von sich.

Sie liefen immer weiter, bis sie in der Kochstraße vor dem Ullsteinhaus stehen blieben. »Und hier, hier wird die *BZ* gedruckt. Die schnellste Zeitung der Welt.«

»Was bedeutet ›die schnellste Zeitung der Welt‹?«

»Sie haben ganz moderne Setz- und Druckmaschinen. Deshalb haben sie zwei oder drei Stunden länger Zeit bis zum Redaktionsschluss. Was in diesen drei Stunden passiert, können nur noch sie als Nachricht bringen. Damit bringen sie die aktuellsten Nachrichten. Schneller als andere, die erst abends oder am nächsten Tag darüber berichten können.«

»Spannend.« Constanze ließ sich von Hugos Begeisterung anstecken. Erst hier, als sie durch das Zeitungsviertel schlenderten, wurde ihr etwas bewusst. Die Zahl der Zeitungen wuchs beständig. Immer mehr Menschen lasen täglich die Nachrichten, waren informierter und hatten einen Einblick in die Politik, den man zwanzig oder gar dreißig Jahre zuvor nicht hatte haben können. Nicht als ein durchschnittlicher Mensch aus dem Volk. Erstens konnten damals viel weniger Menschen lesen. Und früher waren Zeitungen teurer, seltener und hatten einen exklusiven Charakter. Auch erschienen viele Blätter nur wöchentlich, andere nur monatlich. So hatten sich die Nachrichten deutlich langsamer im Land verbreitet. Und sollte man sich über etwas aufregen, was vor drei Wochen oder zwei Monaten passiert war? Aber jetzt konnte man schon fast das Gefühl haben, man wäre sozusagen mitten im Geschehen. Am Abend kamen die Blätter raus mit den Nachrichten des Tages. Und am Morgen konnte man nachlesen, was gerade zwölf Stunden zuvor geschehen war. Passierte etwas ganz Besonderes, wurden zudem Extrablätter gedruckt und von lauten Zeitungsjungen auf der Straße angepriesen.

Die Menschen wussten nun sehr viel mehr Bescheid – über Politik, über die Geschehnisse im Land und was die Herrschenden trieben. Nachrichten waren zu einem lukrativen Geschäft geworden. Der Handel mit Informationen brachte umso mehr Geld, je exklusiver eine Information war. Auch deswegen war Maximilian Harden so begierig darauf, interne Informationen aus dem Schloss zu bekommen.

Vorgestern hatte sie einen Brief von Hedda Pietsch bekommen. Das Stubenmädchen wollte schon an ihrem nächsten freien Sonntag zu Besuch nach Berlin kommen. Constanze sollte ihr noch schreiben, in welcher Kaffeestube sie sich treffen würden. Nur sehr verhalten deutete Fräulein Pietsch an, dass es unaussprechliche Vorkommnisse auf dem Schloss gab. Natürlich würde sie so etwas nicht in einem Brief verdeutlichen, was ja auch genau der Grund war, weshalb Constanze sie eingeladen hatte.

Das Gerichtsverfahren, das Kuno von Moltke, der nun nicht mehr militärischer Stadtkommandant von Berlin war, gegen Maximilian Harden anstrengte, würde in wenigen Wochen beginnen. Harden brauchte mehr Futter. Hugo war noch dabei, sich in die ausufernden Dimensionen des Themas einzuarbeiten. Was er bereits sagen konnte, war, dass dieser jetzt schon übergroße Skandal erst seinen Anfang nahm. Hugo erwartete die Veröffentlichung von Ungeheurem. Jeder Journalist in der Stadt und dem Umland fragte sich, was Maximilian Harden vor Gericht aus dem Hut zaubern würde. Denn dass er etwas zum Herauszaubern hatte, davon waren alle felsenfest überzeugt.

Es gab nicht einen einzigen Journalisten, der nicht neidisch auf Hardens Informationen gewesen wäre. Überhaupt war die Hauptstadt bevölkert von einer neidischen und gierigen Meute. Wie Hyänen kämpften sie um das Aas derer, die unfreiwillig in das Licht der Öffentlichkeit gezerrt wurden. Kein Journalist gönnte dem anderen etwas. Kein Reporter, der nicht versuchte, seinem Vordermann ein Bein zu stellen. Jeder wollte hier jedem an den Kragen oder auf dessen Posten.

»Es gibt schon die ersten Trittbrettfahrer«, erklärte Hugo nun auf dem Weg zurück zur Bahn.

»Wen denn?«

»Es gibt da einen Adolf Brand, der eine etwas zwielichtige Männerzeitschrift herausgibt. Er hat Reichskanzler Bernhard von Bülow beschuldigt, ebenfalls homosexuell zu sein.«

»Was!? Nein!« Constanze blickte Hugo bestürzt an. »Was sagt Harden? Weiß er etwas darüber?«

»Er war derjenige, der gesagt hat, Brand sei ein Trittbrettfahrer. Es ist ja bekannt, dass die Auflage seiner Zeitschrift enorm gestiegen ist. Auf diese Art wollen andere natürlich auch profitieren. Ob es sich am Ende lohnt oder ob man mehr fürs Gericht ausgeben muss, als man am Ende mit einer erhöhten Auflage einnimmt ... Harden bezweifelt das.«

»Nun scheinen sich alle auf dieses Thema der Männerliebe verlegt zu haben. Ich lese immer wieder Meldungen, die darüber berichten, wann und weshalb sich in den letzten zwei Jahren Offiziere selbst getötet haben sollen. Ein halbes Dutzend hat sich umgebracht, zwanzig andere sind angeklagt und mit Gefängnis bestraft worden. Der für den Paragrafen 175 zuständige Kommissar wird damit zitiert, dass das Militär in Potsdam und Berlin ganz *verseucht* sein soll.«

»Ja, es scheint fast so. In Potsdam, der Garnisonsstadt, muss es wohl ganz besonders hoch hergehen. Gegen die Grafen Lynar und Hohenau wird gerade wegen Verfehlungen gegen den Paragrafen 175 ein Verfahren vorbereitet. Das wirft natürlich kein gutes Licht auf das Regiment. Ich kann mir geradezu vorstellen, wie der Kaiser toben muss.«

»Entweder tobt er, oder er wird ohnmächtig und krank«, sagte Constanze. Sie wusste ja, dass der Kaiser sich gerne vor unliebsamen Themen drückte. Das hatte er übrigens mit seinem besten Freund Fürst zu Eulenburg gemein.

»Lynar und Hohenau, die kenne ich«, fuhr sie fort. »Sie verkehrten auch auf Schloss Liebenberg. Rittmeister Graf zu Lynar kam selten, meistens nur, wenn die Damen verreist waren und es Männerrunden gab. Auch von Hohenau, ehemaliger Flügeladjutant des Kaisers, kam gelegentlich. Beide sollen Mitglieder der Liebenberger Tafelrunde sein. ... Hohenau ist übrigens ein Onkel des Kaisers.«

»Ach was?«, gab Hugo überrascht von sich.

»Ja, Hohenau stammt aus einer Nebenlinie der Hohenzollern.«

»Ein Onkel des Kaisers, weitere Verwandte und diverse Männer der engsten Umgebung des Kaisers. Das zieht Kreise. Man fragt sich schon, ob das Zufall ist, oder ...«

»Oder?«, hakte Constanze nach.

»Na ja. Irgendwie liegt doch die Frage nahe, ob der Kaiser das wirklich nicht gemerkt haben will. Oder ob er selbst ...«

»Er ist verheiratet! Er hat sechs Kinder!«

»Genau wie Fürst zu Eulenburg.«

Constanze biss sich auf die Lippe. Das stimmte natürlich.

»Hier tut sich ein ungeahnter Sumpf auf.«

Jetzt schaute Constanze doch überrascht auf. Hugo war eigentlich liberaler in seinen Ansichten.

»Nein, ihre Neigungen meine ich nicht. Sondern das, was daraus folgt«, erklärte Hugo. »Ich habe ebenfalls über die Suizide der Offiziere gelesen. Die Gründe waren wohl immer ähnlich: Diese Männer wurden erpresst.« Er blieb stehen und unterstrich seine Worte mit Gesten. »Stell dir Folgendes vor: Drei kaiserliche Adjutanten, die jeden Tag mit dem Kaiser sprechen können; der beste Freund des Kaisers und innigste Ratgeber des deutschen Monarchen; der Stadtkommandant des Berliner Militärs und nicht zum Schluss weitere hohe Offiziere der kaiserlichen Garde – alle erpressbar. Regierungen fremder Länder zahlen viel Geld für solche Informationen. Und das zu Recht. Das sind quasi Gottesgeschenke, die ihnen da in die Hände gelegt werden. Wenn sie solche Leute erpressen, dann bekommen sie nicht nur unschätzbare interne Regierungsinformationen. Sie können die unmittelbare Umgebung des Kaisers auch gefügig machen für ihre politischen Vorstellungen und damit letztlich den deutschen Kaiser und die deutsche Regierung manipulieren.«

Constanze schaute Hugo an. Erst jetzt wurde ihr die wirkliche Dimension dieser Affäre bewusst. In dem anstehenden Prozess würde mehr verhandelt als die Ehrabschneidung eines hohen Offiziers. Weit mehr.

29. September 1907

Hedda traf sich mit Constanze Maiwald in einer Mokkastube in der Nähe des Stettiner Bahnhofs im Norden Berlins. Das hatte die Gesellschafterin gut gewählt, denn so brauchte Hedda nicht extra umzusteigen, als sie mit der Bahn aus Löwenberg kam. Fräulein Maiwald saß schon an einem Tisch und winkte ihr. Sie sah gut aus, erholt. Freundlich begrüßten sie sich, und Hedda nahm Platz.

Eine Tafel, auf der mit Kreide geschrieben stand, was es gab und was es kostete, erinnerte Hedda wieder daran, dass sie hier in der Hauptstadt war. Hier war alles viel teurer. Sie wählte einen einfachen Kaffee und etwas Sandgebäck aus. Doch Fräulein Maiwald erklärte ihr, sie sei eingeladen. Und sie solle sich bestellen, was immer sie wolle. Ein paar Minuten später bekamen beide tiefschwarzen Mokka und jede ein massiges Stück Torte serviert.

»Dann haben Sie es also gut angetroffen auf Ihrer neuen Stelle?«, fragte Hedda nach, erstaunt, dass Constanze so spendabel war. Sie goss reichlich Sahne in den Mokka und gab etwas Zucker hinein. Er schmeckte herrlich.

»O ja. Außerordentlich gut. Es ist allerdings etwas einsam. Nur die ältere Dame und zwei Dienstbotinnen, die beide schon alter sind. Und ich kenne niemanden in Berlin.«

»Oh, wie alt sind denn die Dienstbotinnen? Wird eine von ihnen demnächst aufhören?«, fragte Hedda hoffnungsvoll. Sie hatte sich eine Torte mit Schokoladenguss bestellt.

»Wollen Sie etwa weg aus dem Schloss? Ich hatte immer gedacht, Sie seien sehr glücklich mit Ihrer Stellung dort«, fragte Constanze Maiwald überrascht nach.

»Es ist im Moment ... ziemlich unruhig. Und man weiß nicht, was noch kommt.«

»Unruhig? Wegen der Vorwürfe gegen den Fürsten?«

Wie viel durfte Hedda sagen, um sich nicht selbst zu verraten? »Es geht eigentlich eher um Herrn Opitz. Er stellt uns Frauen nach. Und es wird immer schlimmer mit ihm. Er wird regelrecht tyrannisch.«

Was stimmte. Seit er gemerkt hatte, dass er nicht mehr über die Beweismittel verfügte, war er mehr als schlecht gelaunt. Er bellte seine Befehle, befand nichts für gut genug und schlug um sich, auch im wahrsten Sinne des Wortes. Meistens traf es den armen Moritz.

»Dann muss jemand, also die Mamsell, mit dem Fürsten sprechen. Oder Sie sagen es den Kammerbediensteten der Herrschaften.«

»Wenn das so einfach wäre. Die Herrschaften sind ja gerade mit anderen Dingen beschäftigt. Unsere kleinen Probleme sind ihnen bestimmt schnuppe.«

»Das ist wohl wahr. Wie nimmt die Dienerschaft denn generell dieses Thema, diese Vorwürfe gegen den Fürsten auf?«, fragte Fräulein Maiwald vorsichtig nach.

»Natürlich wird nicht öffentlich darüber geredet. Nicht mal in der Leutestube. Niemand will sich den Mund verbrennen. Überhaupt, wir wissen alle nicht so recht, was wir davon halten sollen. Wir bekommen ja ohnehin nur die Hälfte mit.« Sie schnalzte wütend mit der Zunge. »Würde auch nur die Hälfte von dem stimmen, was man in einigen Zeitungen so liest, ... ich wäre empört über diese Doppelzüngigkeit, diese Doppelmoral. Wir Dienstboten müssen eine einwandfreie Weste haben, auf der nicht einmal eine Fluse sitzen darf. Aber die Höhergestellten predigen oft Wasser und trinken Wein.«

Constanze Maiwald schaute sie erwartungsvoll an, als würde sie noch auf etwas warten. Deshalb sprach Hedda weiter.

»Sehen Sie zum Beispiel gerade die Kronprinzessin Luise von Sachsen. Stellen Sie sich vor, ich würde mich scheiden lassen und dann meinen Liebhaber heiraten.«

»Nun, es ist natürlich schon ein großer Skandal. Eine Frau, die sich scheiden lässt!«

»Ja, ein Skandal. Die Leute zerreißen sich die Mäuler, aber mehr auch nicht. Hat sie deswegen weniger Geld? Würde sie ihre Arbeit verlieren deswegen? Würde sie aus dem Dorf gejagt? Nein! Ich dagegen würde nie wieder irgendwo einen Fuß auf den Boden bekommen.«

»Und glauben Sie, dass an den Vorwürfen gegen den Fürsten und die anderen etwas dran ist?«, fragte Fräulein Maiwald nach.

»Nein«, beschied Hedda nachdrücklich. »Die Herrschaften haben natürlich auch ihre Fehler. Und gerade die Komtessen sind sehr verwöhnt. Aber nein, das wenige, was ich mitbekommen habe, glaube ich nicht. Oder liege ich falsch?«

Constanze Maiwald zögerte. Etwas in ihrem Gesichtsausdruck veranlasste Hedda, eine neugierige Frage zu stellen. »Darf ich Sie etwas fragen? Auf die Gerüchte, die im Haus kursieren, gebe ich ja nichts. Aber wieso sind Sie so überstürzt gegangen?«

Die Frage schien Fräulein Maiwald etwas unangenehm zu sein. Doch Hedda hatte das Gefühl, ihre Verbindung mit der ehemaligen Gouvernante würde eine solch persönliche Frage durchaus zulassen.

»Da war ja erst die unselige Geschichte mit der Komtess Augusta. Davon wissen Sie. Aber dann wurde mir noch vorgeworfen, ich hätte eine Smaragdgoldkette, die ihr gehörte, gestohlen.«

Hedda schreckte laut auf. »Nein!« Der Vorwurf des Diebstahls war mit das Schlimmste, was einer Angestellten passieren konnte. Man verlor nicht nur die Stellung. Man verlor auch die Aussicht darauf, je wieder woanders in Stellung gehen zu können. Und oft verlor man auch seine Freiheit, wenn man ins Gefängnis musste.

»Allerdings, eine schwere Anschuldigung. Was natürlich gelogen war. Komtess Augusta hatte die Kette in Oranienburg in einem Pfandleihhaus verkauft, vermutlich, um ihre Flucht damit zu bezahlen.«

Hedda verzog das Gesicht und stülpte die Unterlippe vor. Was für eine unfassbare Unverfrorenheit. Dagegen waren ihre kleinen Gaunereien Lappalien. Was sollte sie dazu sagen? Fräulein Maiwald kam ihr zuvor.

»Ich konnte es beweisen und habe so noch meinen ausstehenden Lohn und auch das mir zustehende Zeugnis bekommen. Das wollte man mir nämlich erst verweigern.«

»Hm«, gab Hedda nur von sich.

»Was bedeutet Hm?«, fragte ihr Gegenüber freundlich nach.

»Hm bedeutet, dass zumindest die Fürstin sich doch als ein anderer Charakter darstellt, als ich lange geglaubt habe. Ich hatte Ihnen ja schon geschrieben, dass die Mutter von Adelheid Schaaf gestorben ist. Was ich aber nicht geschrieben habe, ist, dass es ihr schon Tage vorher schlecht ging. Und Adelheid hat die Fürstin angefleht, einen Arzt zu schicken. Was diese verweigert hat. Adelheids Mutter ist vermutlich nicht an der Geburt gestorben, sondern an irgendetwas anderem.«

»Ach herrje!«, bedauerte die junge Frau.

»Der Tod ihrer Mutter hat Adelheid sehr mitgenommen. Die ganze Familie ist schwer betroffen. Der Vater fängt nun das Trinken an, die ältesten Brüder sind schon geflüchtet. Ihre jüngeren Geschwister hungern und sind krank.« Jedes Mal, wenn Adelheid nun von ihrem freien Nachmittag nach Hause kam, lag sie abends auf ihrem Bett und weinte. Hedda hätte ihr so gerne geholfen, wusste aber nicht, wie.

»Es ist schrecklich, das zu hören.«

»Ja, und Adelheid gibt natürlich der Fürstin die Schuld dafür. Sie ist furchtbar wütend. Furchtbar!«

Für einen kurzen Moment erhellte sich die Miene von Fräulein Maiwald. Als hätte sie gerade etwas Erfreuliches gehört. Oder als wäre ihr gerade etwas klar geworden.

»Adelheid Schaaf, das ist die Goldblonde, oder? Ist sie nicht die Tochter eines Tagelöhners aus Liebenberg?«

»Ja, aber sie ist wirklich sehr reinlich und fleißig«, verteidigte Hedda Adelheid sofort.

»Oh, daran habe ich keine Zweifel. Bestimmt kümmert sie sich aufopferungsvoll um ihre Geschwister und besucht sie, wann immer sie kann, oder?«

»Stimmt. Es sind noch vier Geschwister zu versorgen. Adelheid hilft ihnen, so gut es geht.«

Die ehemalige Gouvernante der Komtessen blieb plötzlich merkwürdig stumm. Sie aß ihre Torte auf, und Hedda tat es ihr nach. Das weitere Gespräch war seltsam schleppend, bis sie endlich auf das Thema Kolonien kamen. Als Hedda davon erzählte, dass ihre Brüder in Deutsch-Südwestafrika lebten, fing Fräulein Maiwald an, Geschichten ihrer Arbeitgeberin zum Besten zu geben. Zu ihrem großen Erstaunen bestellte sie noch einmal zwei Stücke Torte und weiteren Mokka.

* * *

Hedda steuerte auf das riesige Bahnhofsgebäude mit seinen hohen gemauerten Bögen zu. Vom Stettiner Bahnhof fuhren die Bahnen Richtung Stettin und Pommern. Vor einem Eingang der Nebenhallen, wo Nahverkehrszüge abfuhren, die ins Umland von Berlin fuhren, stand ein Mann, der Passanten ansprach. Bestimmt einer von den Losverkäufern, die anscheinend auf allen Bahnhofsvorplätzen des Reiches auf die Reisenden lauerten. Als er sie sah, kam er direkt auf sie zugesteuert. Sie wollte schon abwinken, als sie sah, dass er gar keinen Bauchladen mit Lotterielosen vor sich hertrug.

»Sie sind bestimmt eine Dienstbotin«, sagte er stattdessen freundlich.

Hedda nickte. Es war nicht schwer zu erraten. Sie sah nicht aus wie eine Bürgerliche oder Höhergestellte, und es war Sonntagabend. Genau die Zeit, zu der die Dienstmädchen aus dem Umland mit der Kleinbahn zu ihren Arbeitsstätten zurückfuhren.

Er drückte ihr ein Pamphlet in die Hand. »Kommen Sie doch mal auf eine unserer Versammlungen. Noch gibt es keine Gewerkschaft für uns Dienstboten. Aber das wollen wir ändern. Es ist dringend nötig, dass wir mehr für unsere Rechte zusammenstehen!«

Dem konnte Hedda nur zustimmen. Sie nahm das Pamphlet an sich und überflog es eilig.

Kommen Sie zur Versammlung des
Zentralverbandes der Hausangestellten.
Eckkneipe »Zum dicken Fass«,
zwei Minuten vom Stettiner Bahnhof entfernt.
Jeden 1. + 2. Sonntag im Monat.
- Gegen das Züchtigungsrecht,
- für das Streikrecht,

- für das Recht, eine Gewerkschaft zu bilden,
- für gerechte Bezahlung,
- für einen 8-Stunden-Tag,
- für eine 6-Tage-Woche.

»Das sind eine Menge Forderungen«, entfleuchte es ihrem Mund.

»Wir sind ja weitestgehend rechtlos. Eigentlich dürfen sie uns nicht mehr prügeln, tun es aber trotzdem. Und wir dürfen nicht einmal fortgehen, sondern müssen es ertragen. Das ist moderne Sklaverei!«

»Da bin ich ganz Ihrer Meinung«, stimmte Hedda zu.

»In vielen Ländern Europas ändert sich gerade etwas. Gesetze werden gemacht. Überall bekommen die Dienstboten mehr Rechte.«

»Mehr Rechte? Ich wäre schon froh, wenn ich einfach weniger arbeiten müsste«, sagte Hedda mit einem Lächeln.

»In Belgien wird gerade die Sechs-Tage-Woche eingeführt, auch in Frankreich ist ein ganzer Ruhetag pro Woche gesetzlich vorgeschrieben. Und in Norwegen bekommen die ersten Arbeiter einen Acht-Stunden-Tag.«

»Oh, und wann bekommen wir so was?«, fragte Hedda hoffnungsvoll nach. Vielleicht brauchte sie ja doch nicht nach Amerika zu gehen.

Der Mann sah sie verschmitzt an. »Wenn sich genug Menschen dafür engagieren.«

Na, das konnte dann ja noch dauern, dachte Hedda, so obrigkeitshörig, wie die Deutschen waren.

»Also, darf ich Sie erwarten in den nächsten Wochen?« Er sah sie auffordernd an. Er wirkte so, als würde er für die Sache brennen.

Hedda war unentschlossen. Sie hatte doch gerade gelernt, dass es Vorteil brachte, sich zusammenzuschließen. Wenn man solidarisch war mit seinem Stand. »Aber Frauen dürfen sich ja gar nicht politisch betätigen«, wandte sie ein.

»Das stimmt. Und solange das noch so ist, übernehmen wir Männer die Arbeit. Aber politisch informieren dürfen Sie sich.

Und wir hören Ihnen auch gerne zu, wenn Sie von den Umständen Ihrer Arbeit berichten. Wir machen es ähnlich wie die Handlungsgehilfen. Da sind zwar mehr Männer beschäftigt als Frauen, aber eins konnten wir bei ihnen abgucken: Wenn wir Arbeitsverbesserungen erringen wollen, dann müssen wir sie für alle durchsetzen. Sonst würde es nur dazu führen, dass man die Diener durch Dienerinnen ersetzt. Davon hätten wir dann keinen Vorteil.«

Hedda sah ihn zum ersten Mal genauer an. Er war nicht jung, nicht alt, noch keine dreißig, und trug einen Mantel und Hut, der zu ihm als Diener passte. Er sah sympathisch aus und konnte sich gewählt ausdrücken. Genau das, was man von einem Diener oder sogar Kammerdiener erwartete.

»Wo sind Sie beschäftigt?«

Er zögerte. »In einem gehobenen Industriellenhaushalt. Und Sie?«

Hedda wollte keine Unannehmlichkeiten. Deswegen sagte sie einfach: »Ich arbeite bei einem Grafen.«

»Dann sind Sie vermutlich kein Alleinmädchen?«

»Um Gottes willen, nein, nicht mehr«, stieß sie aus. »Das war wirklich Sklavenarbeit! Mir tun all die geschundenen Seelen leid, die heute noch als Alleinmädchen arbeiten müssen.«

»Ich sehe, Sie wissen, wovon Sie sprechen. So jemanden könnten wir gut gebrauchen.« Hedda antwortete nicht, und er setzte nach. »Wenn Sie nicht für Verbesserungen kämpfen, können Sie auch nicht erwarten, dass etwas besser wird. Niemand schenkt uns unsere Rechte, und niemanden kümmert unser Glück.«

Sie nickte. »Ich überlege es mir. Jetzt muss ich aber zum Zug.«

Der Mann trat zurück, bedachte sie mit einem letzten Lächeln und ging dann auf jemanden anderes zu. Sorgfältig faltete Hedda das Papierstück zusammen und steckte es in ihre Tasche. Es war nicht gelogen: Sie konnte sich gut vorstellen, einmal vorbeizuschauen. Andererseits, eigentlich wollte sie sich gar nicht politisch engagieren. Sie wollte einfach nur bessere Arbeitsbedingungen. Würde sie wirklich ihre wenige Freizeit investieren wollen, noch über Jahre für bessere Bedingungen kämpfen zu müssen? Eigentlich hatte sie doch vor, einfach dorthin zu gehen, wo die Rechte für alle Menschen, gleich welchen Standes, bereits besser waren – nach Amerika.

Doch allmählich ermüdete es sie, dass sie immer davon träumte, was in drei oder fünf oder acht Jahren wäre. Sie wollte es jetzt besser haben.

Wenn sie so wenigstens vor Opitz geschützt wäre. Was, wenn Opitz ihr tatsächlich Gewalt antun würde? Ob sie dann wenigstens zur Fürstin gehen konnte? Und was nutzte es ihr im Nachhinein? Eigentlich müsste sie es jetzt machen, bevor etwas Schlimmes passierte. Aber sie hatte viel zu viel Angst, dass sie entlassen würde. Das konnte und wollte sie sich nicht leisten.

Sie lief in die kleinere Bahnhofshalle und wandte sich zu den Bahnsteigen der Nebenstrecken. Genau neben der Tür war der Briefkasten der Reichspost angebracht, in den sie direkt nach ihrer Ankunft den anonymen Brief an den Stallmeister geworfen hatte. Damit waren nun alle Beweise, die sie Opitz gestohlen hatten, aus den Händen gegeben. Es gab nichts mehr, was sie jetzt noch überführen könnte. Außer natürlich, Viktor Novak oder Adelheid würden sich verplappern. Aber Hedda hielt beide für gescheit genug, dass ihnen das nicht passieren würde.

Plötzlich ging ihr ein Licht auf. Sie wartete doch gar nicht darauf, dass es von alleine besser wurde. Sie kämpfte schon für ihr Glück. Sie hatte bereits ihr Schicksal in die Hände genommen, nur eben nicht öffentlich. Sie agierte im Geheimen. Sie hatte ihren eigenen Hottentottenaufstand angezettelt, heimlich und unbemerkt. Endlich gab es die ersten Widerstände gegen das Regime des Butlers. Darauf konnte sie doch stolz sein, dachte Hedda und bestieg lächelnd die Bahn.

Anfang Oktober 1907

Wie sie gekuckt hatten, die Geschwister. Aber gegessen hatten sie die Bananen trotzdem. Sie waren schon überreif gewesen, und außen mehr braun als gelb. Und Edeltraud hatte auch erst darauf gewartet, dass Adelheid ein Stück abgebissen hatte. Doch stattdessen schnitt sie die matschigen Stücke weg und zerdrückte eine ganze Banane zu Brei. Damit fütterte sie das Baby. Maria war ganz begierig darauf. Edeltraud, Gundula und Gunther teilten sich den Rest der braunen Bananen. So süß, wie die überreifen Bananen waren, schmeckten sie ihren Geschwistern vorzüglich.

Opitz hatte eine Diskussion zwischen der Köchin und der Mamsell mitbekommen, ob man dieses exotische Obst, diese Bananen, den Schweinen geben dürfe oder nicht. Er hatte sich eingemischt, um zu zeigen, dass sie beide unrecht hatten, und hatte dann überraschenderweise Adelheid, die zufällig gerade vorbeikam, die braunen Bananen in die Hände gedrückt. Sie solle sie ihrer Familie geben. Nicht aus Mitleid, sondern weil er den beiden Frauen zeigen wollte, dass er das letzte Wort hatte.

Im Herbst letzten Jahres hatte Adelheid zum ersten Mal ein Stück Banane probiert. Es schmeckte so ganz anders als das heimische Obst, anders, aber lecker. Viktor Novak hatte ihr erklärt, woher die Bananen stammten und wo Südamerika lag. Er war so gescheit. Viel gebildeter als die meisten Dienstboten, die sie kannte. Noch etwas, was sie einschüchterte im Umgang mit ihm. Als würde ihre Schwärmerei nicht schon ausreichen, sie in seiner Nähe nervös werden zu lassen.

Vor ihrem Besuch hatte Adelheid wie immer eingekauft – Lebensmittel und eine Flasche Bier. Das immerhin schien Vater so weit zu beruhigen, dass er sie nicht wieder schlug. Er hatte das Bier genommen und war damit rausgegangen.

Es war schon Oktober, aber noch immer sehr mild. Tatsächlich war es fast sommerlich. Man konnte draußen noch gut sitzen. Sie hatte auch gehofft, dass Gunthers Husten endlich besser würde.

Aber nichts wurde besser, nicht sein Husten, nicht der Husten des Babys und auch nicht die ausgemergelten Gesichter ihrer Geschwister. Immerhin gab es heute keine neuen Katastrophenmeldungen. Adelheid war zwar nicht gerade bester Laune, als sie zurück ins Schloss ging, aber dennoch nicht so niedergeschlagen wie üblicherweise.

Die ärmliche Hütte war kaum außer Sicht, da sah sie einen Mann unter einer Kopfweide sitzen. Er war fremd, nicht aus dem Dorf. Als er sie sah, stand er sofort auf und stellte sich auf den Trampelpfad.

Adelheid bekam Angst. Sie blieb kurz stehen, schaute zurück Richtung Hütte. Doch dann gab sie sich einen Ruck und ging weiter. Fast schien es, als hätte er nur auf sie gewartet. Als sie sich ihm näherte, wurden ihre Schritte langsamer und ihr Blick skeptischer.

»Fräulein Schaaf, wenn ich richtigliege?«, sagte er freundlich und lüftete den Hut. »Adelheid Schaaf?«

»Ja!?« Adelheid blieb in deutlicher Distanz stehen.

Er sah sich kurz um, als befürchtete er, beobachtet zu werden. Was wollte er von ihr? Wenn er sie überfallen wollte, dann würde er doch ihren Namen nicht wissen. Außerdem, niemand, der gescheit war, überfiel jemanden, der aus dieser Richtung kam. Zumindest nicht für Geld und andere Wertgegenstände.

»Ich darf mich vorstellen, Anton Sibelius – Privatdetektei.« Er griff in seine Anzugtasche, holte eine Visitenkarte hervor und reichte sie Adelheid, die vorsichtig danach griff.

Da stand es: *Sibelius, Privatdetektei*. Er kam aus Berlin. »Und weshalb warten Sie hier auf mich?«

Wieder sah er sich vorsichtig um. »Ich würde gerne mit Ihnen über den Fürsten und die Fürstin zu Eulenburg sprechen.«

Als hätte sie sich verbrannt, ließ Adelheid die Visitenkarte fallen. »Ich habe Ihnen nichts zu sagen.« Mit energischen Schritten ging sie an ihm vorbei. Sie musste dicht an ihm vorübergehen, was ihr sehr unangenehm war.

Sehr schnell sagte er: »Finden Sie nicht auch, dass die Herrschaften ihren Aufgaben und Pflichten als Oberhaupt dieses Dorfes nicht ausreichend nachkommen?«

Abrupt blieb Adelheid stehen. Er kannte ihren Namen, und ganz offensichtlich wusste er Näheres über den Tod ihrer Mutter. Vorsichtig drehte sie sich um. »Was meinen Sie damit?«, fragte sie trotzdem.

»Nun, die Herrschaften tun immer so aufrichtig und als ständen sie unter Gottes Gnade. Doch wenn es darum geht, ihre gottgegebenen Pflichten zu erfüllen, dann versagen sie oft.«

Als könnte er in ihren Kopf schauen. Sie blickte ihn nur an. Was sollte sie von ihm halten? Was wollte er überhaupt von ihr? Als sie nichts sagte, sprach er weiter.

»Sehen Sie, Sie haben sicherlich schon mitbekommen, dass es jemanden in Berlin gibt, der bestimmte Verhaltensweisen des Fürsten zu Eulenburg nicht gerne sieht. Der findet, dass der Fürst sich falsch verhält.«

»Sind Sie von der Polizei? Ein Kriminaler?«

Er lachte verhalten. »Nein, ich bin wirklich ein Privatdetektiv. Ich bin im Auftrag von diesem Jemand hier. Dieser Jemand steht mit einem sehr guten Freund des Fürsten kurz vor einer gerichtlichen Auseinandersetzung. Sie kennen doch sicher Kuno von Moltke?«

Graf Kuno von Moltke, natürlich. Der Mann, aus dessen Zimmer der Fürst zu ungehöriger Stunde gekommen war. Sie nickte leicht.

»Deshalb hat dieser Jemand mich geschickt, um Ihnen ein Angebot zu machen. ... Ein äußerst lukratives Angebot«, schob er eilig nach.

Nicht von der Polizei. Im Auftrage eines Gegners des Fürsten unterwegs. Ein äußerst lukratives Angebot – was nur Geld bedeuten konnte! Nun verstand Adelheid, dass der Mann sich immer so vorsichtig umschaute, denn jetzt tat sie genau das Gleiche. »Ein lukratives Angebot, wofür?«

Er trat einen kleinen Schritt näher, als gäbe es Mithörer und er müsste die nächsten Worte leise aussprechen. Tatsächlich senkte er seine Stimme. »Sie sind eine Dienstbotin. Eine von denen, die man möglichst nicht sehen und nicht hören will. Und mein Auftraggeber schlägt Ihnen vor, genau diesen Umstand, eine Unsichtbare zu sein, zu versilbern.« Er legte den Kopf schief. »Wir hätten gerne jemanden im Schloss, der uns auf dem Laufenden hält.«

»Worüber?« Adelheid wusste doch überhaupt nichts.

»Über Besucher. Über ankommende und ausgehende Briefe, über …«

»Die Briefe bekomme ich nicht zu sehen. Die Post verteilt unser Butler, und die Diener bringen die Korrespondenz des Fürsten zur Post.«

»Aber gelegentlich werden Sie doch im Arbeitszimmer des Fürsten sauber machen müssen?«

Sie nickte.

»Ein kurzer Blick auf die Adressaten und das Datum der Briefe wäre uns eine Kleinigkeit wert. Und ein längerer Blick auf den Inhalt der Briefe wäre uns noch mehr wert. … Geheimnisse sind uns Geld wert. Je größer das Geheimnis, desto mehr Geld.«

Adelheids Augen wurden größer. Alleine, wenn jemand von diesem Gespräch wüsste, käme sie dafür bestimmt schon ins Gefängnis.

»Und was wir auch gerne wüssten: Wer kommt zu Besuch, Politiker, Beamte, aber auch alle anderen. Und wir müssten wissen, ob der Fürst plant zu verreisen. Und wenn ja, wann und wohin.«

Der Fürst würde so schnell nirgends hinreisen, dachte Adelheid. Er lag mit einer fiebrigen Bronchitis danieder. Zudem hatte sich eine Nervenentzündung in den Beinen verschlimmert.

Plötzlich zog der Mann ein Geldstück aus der Jackentasche und streckte es Adelheid hin. »Das wäre schon mal eine Anzahlung für Ihre Dienste.«

Ein Zehnmarkstück, das waren fast vier Wochenlöhne. Stocksteif blieb Adelheid stehen. »Wie stellen Sie sich das vor?«

»Auf der Visitenkarte steht eine Telefonnummer.« Er drehte sich um, nahm die fallen gelassene Visitenkarte aus dem Gras und hielt sie ihr mit dem Zehnmarkstück hin. »Am liebsten wäre mir, Sie würden mich anrufen, sobald Sie etwas wissen. Zur Not könnten Sie mir auch schreiben.«

Anrufen? Schreiben? Der stellte sich Sachen vor. »Ich besitze kein Briefpapier. Und wenn ich es hier im Dorf kaufe, fällt es auf. Wem sollte ich schon schreiben? Und dann noch mit einem Zehnmarkstück bezahlen …« Sie schüttelte den Kopf. Man würde ihr schneller auf die Schliche kommen, als sie das Restgeld kassieren könnte.

»Ich … Verzeihen Sie. Das habe ich nicht recht bedacht. Natürlich habe ich kein Briefpapier dabei, aber könnte ich Ihnen etwas zuschicken? Oder wäre das auch zu auffällig? Mir wäre es sowieso am liebsten, Sie würden mich anrufen. Es gibt doch Telefon im Schloss, oder?«

Jetzt musste Adelheid kurz auflachen. »Niemand, den ich kenne, kann sich ein Telefon leisten. Natürlich würde es auffallen. Und nein, Sie sollten mir besser kein Briefpapier schicken.«

»Aber grundsätzlich wären Sie schon bereit, uns unter die Arme zu greifen?«

Sie schaute ihn an. Würde sie es kategorisch ausschließen, wäre sie doch schon längst gegangen. Es war zu verlockend – die Aussicht, sich an der Fürstin rächen zu können. Die Aussicht, so viel Geld zu bekommen. Trotzdem zögerte sie. Was, wenn der Mann gar nicht der war, als der er sich ausgab? Vielleicht war das auch wieder so ein guter Freund des Fürsten, und sie würde mitten in eine Falle tappen.

Oder vergab sie sich hier gerade die Chance ihres Lebens? Hedda hatte ihr einmal gesagt, man bekomme solche Chancen nur einmal im Leben. Und dann müsse man zugreifen. War das jetzt ihre Chance? Eine doppelte Chance sogar? Rache und Geld?

Der Mann nutzte ihr Zögern. »Ich sag Ihnen was – Sie bekommen die zehn Mark einfach so, als Geste unseres guten Willens. Auch wenn Sie mir nicht schreiben, und auch, wenn Sie mich nicht anrufen.«

Zehn Mark, das war verdammt viel Geld. Mehr würde selbst Vater kaum in einer Woche verdienen. Er kam noch näher heran, ihre

Hand ging nach vorne und griff nach dem Geldstück und der Visitenkarte. Dann griff er in die Hosentasche und holte verschiedene Münzen heraus, die er in ihre andere Hand kullern ließ. Er drängte sich Adelheid geradezu auf.

»Überlegen Sie es sich. Ich werde in vierzehn Tagen, wenn Ihr nächster freier Sonntag ist, am Telefon sitzen und darauf warten, dass Sie mich anrufen. Hoffentlich. ... Dann besuchen Sie einmal nicht Ihre Familie, oder erst später. Fahren Sie mit dem Zug nach Oranienburg. Im Bahnhof dort gibt es auch ein öffentliches Telefon. Dort wird Sie niemand erkennen. Die zehn Mark sind für Sie. Und die zusätzlichen Münzen sind für den Zug nach Oranienburg, fürs Telefonat, und dort können Sie sich auch Briefpapier und Briefmarken kaufen. Sollten Sie sich entschließen, mich nicht zu kontaktieren, dann ist das auch in Ordnung.«

Er war so freundlich. Und so verständig. Diese Münzen wogen so angenehm schwer in ihren Händen. Ganz benommen stand sie da und schaute ihn an.

»Ich würde mich wirklich sehr darüber freuen, wenn Sie sich melden würden. Das ist natürlich Ihre Entscheidung. Sie dürfen das Geld auf jeden Fall behalten. Aber so viel darf ich Ihnen noch zum Abschied sagen: Es gäbe natürlich weiteres Geld, wenn Sie sich dazu entschließen, uns zu helfen.«

»Wem denn eigentlich? Wer ist Ihr Auftraggeber?«

Nun zögerte er.

»Wenn Sie mir nicht sagen, für wen Sie arbeiten, dann werde ich das auch nicht tun. So viel muss ich wenigstens wissen.«

Wieder zögerte er, doch dann sagte er: »Ich komme im Auftrag von Maximilian Harden.«

»Ist das der Journalist, der in seiner Zeitung behauptet, der Fürst wäre ... unnormal?«

»Genau der ist es.«

Jetzt wusste Adelheid wenigstens, worum es ging. Und jetzt glaubte sie ihm auch, dass er sie nicht reinlegen wollte. Er wollte wirklich Informationen haben.

»Und wenn es nun nichts zu erzählen gibt?«

»Glauben Sie mir, Fräulein Schaaf. Für uns ist gerade alles interessant. Selbst die Tatsache, dass es keine außergewöhnlichen Vorkommnisse gibt und keine Post.« Mit diesen Worten verneigte er sich kurz, drehte sich um und ging schnellen Schrittes davon.

Adelheid sah ihm nach, dann zählte sie rasch die Münzen, das Zehnmarkstück, weitere Markstücke, fünfzig und fünfundzwanzig Pfennige und ein paar Groschen. Fünfzehn Mark, sie hatte gerade fünfzehn Mark und zehn Pfennige bekommen! Das waren über sechs Wochengehälter. Ihr war bewusst, dass es nicht geschenkt war. Und dass es vermutlich nicht die letzte Begegnung sein würde, selbst wenn sie sich nicht mehr meldete. Er würde sie sicher noch mal an die fünfzehn Mark erinnern. Und daran, dass sie sie genommen hatte.

Jetzt gab es noch mehr, was sie verstecken musste, den Brief, das Foto und dieses Geld. Andererseits, sie sollte mit der Eisenbahn fahren, wie aufregend. Sie war noch nie in einem Zug gefahren. Und telefonieren. Sie hatte es schon mehrere Male bei den Komtessen gesehen. Hedda hatte ihr sogar gesagt, wie man das machte. Aber sie wäre nie auf die Idee gekommen, selbst zu telefonieren. Aber erst einmal musste sie entscheiden, ob sie das wirklich tun wollte. Und sollte.

Langsam folgte sie dem Weg ins Dorf hinein. Gedankenversunken ging sie am Krämerladen vorbei. Ihre Stimmung hellte sich sofort auf, als sie ausrechnete, was sie für diese fünfzehn Mark alles kaufen konnte. Zum Beispiel Holz und Kohle zum Feuern für den nächsten Winter. Dann brauchten die Geschwister sich nicht mehr zwischen Kälte und Hunger zu entscheiden.

Fünfzehn Mark dafür, dass sie sagen sollte, wer zu Besuch kam. Und wer dem Fürsten schrieb. Und wem der Fürst antwortete.

Fünfzehn Mark, das war ein kleines Vermögen. Maximilian Harden schien sehr spendabel zu sein. Was würde dieser Herr Harden wohl dafür zahlen, den verräterischen Brief in den Händen zu halten, den der Fürst versucht hatte zu verbrennen? Und wie viel für das Foto, mit dem sich eindeutig nachweisen ließ, dass er mit seinen Behauptungen recht hatte? Sicher wäre ihm beides ein größeres Vermögen wert.

20. Oktober 1907

Opitz stand an der Tür und dirigierte – diese Schuhe kamen mit, die Lackschuhe, die etwas gröberen, die neuen Halbstiefel. Viktor reihte die Paare nacheinander auf dem Tisch auf. Es war ein heilloses Durcheinander. Der langjährige und innige Freund des Fürsten, Generalmajor Kuno von Moltke, würde in wenigen Tagen vor Gericht stehen. Er hatte Harden verklagt. Da sich der Fürst den gleichen Angriffen ausgesetzt sah, war es für ihn von größter Wichtigkeit, wie dieser Prozess ausging. Würde Harden verurteilt, dann würden sich auch die Vorwürfe gegen den Fürsten in Luft auflösen. Würde er nicht verurteilt, dann stand der Fürst direkt neben Kuno von Moltke im Licht der Öffentlichkeit, als Homosexueller.

Deshalb hatte der Fürst beschlossen, trotz seines Leidens und seiner Krankheiten nach Berlin zu fahren, aber heimlich. Und nun packten sie für den dortigen Aufenthalt. Normalerweise wussten sie, was der Fürst benötigte. Doch dieses Mal war alles anders. Der Fürst würde nicht ausgehen, nicht mit dem Kaiser frühstücken, sich nicht mit anderen Männern im Herrenclub treffen, nicht zu geselligen Abendessen eingeladen sein und keine freundschaftlichen Besuche machen. Kein illustrer Abend in der Oper stand auf der Agenda, kein Theaterbesuch, gar nichts.

Stattdessen wurden Unmengen von Nachthemden, Leibwäsche, Pantoffeln, Morgenröcken, Extrakissen und Ähnlichem eingepackt. Die Fürstin war ganz aufgeregt, weil sie es für eine riskante Idee hielt, dass ihr Mann nach Berlin fuhr. Mitten rein ins Sodom und Gomorrha der Intrigen.

Die Komtessen waren halb aufgeregt darüber, was mit ihrem Vater geschah, und halb wütend darüber, dass sie nicht mit in die

Hauptstadt durften. Aber in Tagen wie diesen wäre es nicht schicklich gewesen, wenn die Töchter des Gastgebers der Liebenberger Tafelrunde sich abends auf Gesellschaften amüsiert hätten. Selbst Martha Petzold hatte sich schon über die unerträgliche Gemütsverfassung der Komtessen aufgeregt, was sie sonst nie tat.

Seit Wochen waberte schlechte Laune durchs Schloss. Hier unten waren alle froh, wenn es nur schlechte Laune war. Schlimmer wurde es für die Dienerschaft bei hysterischen Anfällen, Panikattacken, Ohnmachtsanfällen oder cholerischen Wutausbrüchen. Mit jedem Tag, den das Gerichtsverfahren näher rückte, wurde es schlimmer. Alle Bediensteten schlichen durch die Gänge, mehr denn je darauf bedacht, nicht von den Herrschaften entdeckt zu werden.

»Doch nicht die Reitstiefel! Was soll der Fürst denn mit Reitstiefeln? Hörst du nicht zu? Er hat schwere Beine!«, maulte Opitz Diedrich Budde an. Und plötzlich, ehe er sichs versah, bekam Budde eine schallende Backpfeife vom obersten Diener. Die eine Wange wurde flammenrot.

Viktor wusste nicht, ob Budde je eine Ohrfeige von Opitz bekommen hatte. Er selbst hatte noch nie eine bekommen. Aber im Moment hatte man das Gefühl, dass bei Opitz alles aus dem Ruder lief. Kopflos scheuchte er die Bediensteten durch das Schloss, vergab Aufgaben, machte Anordnungen, schmiss zwei Stunden später alles wieder um und wütete durch die unteren Räume.

Gestern hatte er Moritz Lüdkes Kopf in die Schüssel mit altem Waschwasser getunkt und festgehalten. Nur, weil Moritz vor lauter gegensätzlicher Aufgaben die Schüssel irgendwo hatte stehen lassen. Moritz hatte schon wie eine ertrinkende Katze um sich geschlagen und nach Atem gejapst, als er ihn endlich losgelassen hatte.

Es war Viktor heiß und kalt den Rücken runtergelaufen, als er das hatte mit ansehen müssen. Er war versucht gewesen dazwischenzugehen, und schämte sich nachher, es nicht getan zu haben. Eine neue Art Scham, die er da kennenlernte. Seine Scham bisher war immer eine, die aus Peinlichkeiten entstand. Diese Scham hier war neu. Sie war mit Wut behaftet, mit Entsetzen über seine Untätigkeit. Und doch waren ihm die Hände gebunden. Jetzt hieß es: er oder Moritz, er oder Budde, er oder jemand anderes.

Solange Opitz außer Hörweite der Herrschaften war, schrie er alles und jeden an. Viktor betete innerlich, dass er derjenige sein würde, der mit nach Berlin durfte. Der Kammerdiener des Fürsten werde mitfahren und noch jemand, hieß es. Opitz genoss es sichtlich, wie Budde und er darum buhlten mitzudürfen. Er kostete es genüsslich aus, wie sehr sie sich bemühten, vorauseilenden Gehorsam zu zeigen. Vielleicht würde am Ende sogar Opitz selber fahren, aber das glaubte Viktor eher nicht. Jemand war in seinen Raum eingebrochen, hatte seinen Panzerschrank ausgeräumt. Ganz sicher würde er hier die Stellung halten wollen.

»Wo sind die Winterpantoffeln von eurer Durchlaucht?«

Oben, dachte Viktor. Oben in der Kleiderkammer.

Budde, der sich noch immer verwundert die Wange rieb, wusste es bestimmt auch. Doch jede harmlose Antwort wurde mit einem Anblaffen bestraft. Also schwiegen sie beide.

»Wo die Winterpantoffeln sind, will ich wissen?«, schrie Opitz nun mit seinem typischen Veilchenpastillenatem durch die Stiefelstube.

»Oben im Schrank«, sagte Viktor nun doch. Die Reisekoffer wurden ohnehin oben gepackt.

»Dann holen Sie sie gefälligst. Ich will alle Schuhe sehen, die mitgenommen werden. Ich muss mir einen Überblick verschaffen.« Opitz' Kopf war ganz rot angelaufen. Man könnte meinen, er würde jeden Moment explodieren.

Viktor wollte zur Tür hinaus und blieb stehen. Opitz machte ihm keinen Platz. Stattdessen schaute er ihn an, als wüsste er nicht, was Viktor wollte. Dann trat er beiseite und schubste Viktor grob zur Tür hinaus. Er knallte fast auf der anderen Seite des Flures gegen die Mauer.

»Beeil dich gefälligst!«

Das war auch so was, dass er sie nun immer öfter duzte. Eigentlich hatten sie ein Recht darauf, gesiezt zu werden. Und mit Herr Budde und Herr Novak angeredet zu werden. Aber in seiner großen Wut, die Opitz nun auf alle verteilte, kamen auch solche Feinheiten unter die Räder.

Vermutlich machte es ihn wahnsinnig, dass er einfach nicht herausfand, wer ihm den Panzerschrank ausgeräumt hatte. Alle paar Tage hatte man den Eindruck, er hätte jemand anderen im Visier. Mal dachte er, es müsse die Mamsell mit der Köchin gewesen sein. Mal hatte er Moritz im Verdacht, weil der ihm einfach nicht wohlgesonnen sein konnte, so viel, wie er geschlagen wurde. Mal hatte er Budde im Verdacht, mal ihn, mal sie beide. Seine Unwissenheit und das Bewusstsein über seinen herben Verlust trieben Opitz in den Wahnsinn. Und sein Wahnsinn trieb sie alle in den Wahnsinn.

Ihren Lohn hatten sie dann aber ganz normal bekommen, so als wäre er nie gestohlen worden. Was ja auch nicht der Fall war. Die Herrschaften hätten sich großzügig gezeigt, dieses Mal, hatte Opitz gemahnt. Und die meisten nahmen seine Lügen für bare Münze; wieso auch nicht?

Viktor lief die Hintertreppe hoch, in die Kleiderkammer des Fürsten. Hier warteten schon zwei Reisekoffer geöffnet darauf, gepackt zu werden. Und die Winterpantoffeln waren sogar schon rausgestellt worden. Natürlich mussten noch diverse Anzüge und Kleidungsstücke aus dem Ankleidezimmer des Fürsten geholt werden. Kleidungsstücke und andere Accessoires, die man nicht ganzjährig nutzte, wurden in der Kleiderkammer aufbewahrt.

Viktors Blick lief über die Wintermäntel. Das würde auch noch auf sie zukommen. Für Mitte Oktober war es immer noch relativ warm. Opitz würde vermutlich bei der Frage, welchen Mantel man mitnehmen sollte, eine erneute Szene machen. Aber die Mäntel waren erst ganz zum Schluss dran. Er nahm die mit Pelz gefütterten Pantoffeln und ging zurück auf den Flur. Doch bevor er die Hintertreppe erreicht hatte, wurde er zurückgerufen. Die Fürstin trat gerade aus dem Schlafzimmer des Fürsten.

»Nehmen Sie die mit runter.« Sie drückte ihm drei Tageszeitungen in die freie Hand und verschwand wieder im Schlafzimmer. Immerhin keine Szene. Immerhin kein eiliges Schicken nach einem Riechfläschchen, einer Bettpfanne oder einem heißen Kirschkernkissen. Immerhin keine Beleidigung oder Beschimpfung.

Viktor lief die Hintertreppe runter, blieb aber auf dem Podest neben dem Vestibül stehen. Eine Überschrift der oberen Zeitschrift hatte seine Aufmerksamkeit erregt.

Karl Liebknecht, ein sozialdemokratischer Rechtsanwalt, war zu anderthalb Jahren Festungshaft verurteilt worden. Viktor hatte den Prozess und die Reaktionen auf das unangemessene Urteil genau verfolgt. Er hatte das Gefühl, dass sein ganzes Leben um dieses Thema kreiste – die ungerechte Behandlung der unteren Schichten. Deshalb sparte Viktor seinen Lohn so eisern – um Leander die Schinderei der Vorgesetzten beim Militär zu ersparen. Sein zartbesaiteter Bruder würde daran zerbrechen. Viktor musste unbedingt verhindern, dass Leander zum Militär eingezogen wurde. Deshalb begrüßte er es, dass diese menschenverachtenden Schindereien der Untergebenen, meist ausgeführt von adeligen Offizieren an bürgerlichen Rekruten, endlich öffentlich gemacht wurden.

Die Anklage wegen Vorbereitung von Hochverrat war geradezu lächerlich. Liebknecht hatte im Frühjahr lediglich eine Schrift herausgegeben – *Militarismus und Antimilitarismus*. Viktor hatte sie nicht gelesen, aber Auszüge und Zitate waren in vielen Zeitungen zu finden. Liebknecht hatte sich gegen den Kriegsdienst im Allgemeinen und den überbordenden Militarismus in Preußen im Besonderen ausgesprochen. Und gefordert, sich dagegen zu wehren. Als wäre der Hauptmann von Köpenick nicht der beste Beweis für die Wahrhaftigkeit seiner Aussage. Doch das Reichsgericht schien es anders zu sehen. Seine Schrift wurde als Aufruf zum Hochverrat gewertet. Eine echte Schande für die preußische Justiz.

Viktor ärgerte sich, weil er immer öfter seinem Vater recht geben musste. Gesetz und Richter standen auf der Seite der Reichen, der Adeligen, der Wohlbetuchten. Den Armen, ja, noch nicht einmal den ganz Armen, auch den Bürgerlichen wurde Gerechtigkeit vorenthalten. Wer am Ende als Schuldiger oder Unschuldiger das Gericht verließ, hing vom gesellschaftlichen Stand ab, nicht von der Wahrheit und nicht von Gerechtigkeit. Und der Kaiser schaute zu und unternahm rein gar nichts dagegen.

Genauso war es schließlich auch beim Fürsten gewesen. Er hatte sich selbst angeklagt, wissend, dass er so nicht gegen sich selbst aussagen musste. Der untersuchende Staatsanwalt hatte den Fall nach wenigen Wochen ergebnislos zu den Akten gelegt. Der Fürst hatte sich selbst reingewaschen.

Sein guter Freund allerdings, Kuno von Moltke, hatte es nicht geschafft, sich so geschickt herauszuwinden. Der hohe Militärangehörige würde in wenigen Tagen vor Gericht stehen. Eigentlich sollte auch Fürst zu Eulenburg vor Gericht vernommen werden, aber er hatte sich aus gesundheitlichen Gründen entschuldigen lassen. Deswegen ließ er sich, seiner angeschlagenen Gesundheit zum Trotz, nur heimlich nach Berlin kutschieren. Persönlich vor Gericht auszusagen, stand nämlich nicht in seiner Absicht. Doch offensichtlich wollte er mit seiner Anwesenheit in der Hauptstadt seinem guten Freund seelische Unterstützung bieten. Und natürlich konnte er sich dort viel aktueller über den Fortgang des Verfahrens unterrichten lassen.

Es würde Viktor wirklich sehr freuen, mit nach Berlin fahren zu dürfen. Nicht nur, weil er damit Opitz' Wutattacken entgehen könnte. Auch weil er sehr gespannt war auf die Gerüchteküche, die in Berlin brodeln musste. In der Hauptstadt musste man nur zur nächsten Straßenecke gehen und bekam an den Zeitungsständen die brandneuen Nachrichten.

Als er die letzte Treppe hinunterging, standen die Köchin, die Unterköchin und Liesel vor der letzten Stufe zusammen und tuschelten. Budde befand sich hinten an der Ecke und linste rüber. Herr Opitz stand ein Stück weiter, direkt neben Adelheid Schaaf, die auf dem Boden kniete, das Gesicht nahe der Erde, und schmerzverzerrt mit ihrem Oberkörper wippte. Merkwürdige greinende Laute kamen aus ihrem Mund.

Um Himmels willen, was war passiert? Hatte Opitz etwa Adelheid Schaaf geschlagen, so wie er immer Moritz schlug? Der oberste Butler stand pikiert daneben, sah die Köchin an, sah ihn an, sah wieder auf die Kniende, die sich wie unter Schmerzen wand.

»Kann mal jemand etwas machen?«, herrschte Opitz die anderen an. »Fräulein Schaaf, reißen Sie sich zusammen.«

Ein merkwürdiger Ton kam aus ihrem Mund. Sie legte die Hände vor sich auf den Boden, als wollte sie sich hochstützen. Aber dazu fehlte ihr offensichtlich die Kraft. Sie sank wieder völlig in sich zusammen und gab tierische Laute von sich.

Opitz musste sie geprügelt haben. Warum sonst sollte sie da unten auf dem Boden hocken? Ein kleines Häuflein Mensch, in sich zusammengesunken. Sie machte sich so klein, als wollte sie einfach im Erdboden verschwinden. Anni, das Spülmädchen, kam mit einem Glas Wasser aus der Küche und blieb neben Adelheid Schaaf stehen.

»Hier. Trink«, sagte sie. Aber die arme Geschundene kam der Aufforderung nicht nach. Möglicherweise bemerkte sie das Spülmädchen nicht einmal. Adelheids Atem ging schnell, als wäre sie kurz vor einer Panikattacke.

Viktor fand den Blick der Köchin, die sich ihm entgegenneigte, und flüsterte: »Die Arme hat gerade die Nachricht bekommen, dass das Baby gestorben ist.«

»Das Baby, ihr jüngstes Geschwisterchen?«, fragte er leise nach.

Die Köchin nickte nur. »Eine ihrer Schwestern war gerade da.«

Mit Erleichterung registrierte er, dass sie nicht von Opitz verprügelt worden war. Trotzdem, erst die Mutter und jetzt auch das Baby. Adelheid blieb auch nichts erspart. Viktor wusste, wie sehr sie sich darum bemühte, dass es ihrer Familie besser ging.

Opitz schaute wieder hilflos in die Runde. »Holt mal jemand die Mamsell?!«, blaffte er.

Die Köchin stupste Liesel an, die sofort die Treppe hochstieg.

Viktor konnte es nicht weiter mit ansehen. Er stellte die Pantoffeln auf die Treppe, legte die Zeitung ab und ging zu ihr. Er beugte sich über Adelheid Schaaf und drückte seine Hand beruhigend auf ihren Rücken.

»Fräulein Schaaf, kommen Sie, ich bring Sie in die Leutestube.« Beruhigend strich er ihr über den Rücken.

Es schien zu wirken, denn ihre merkwürdigen Laute wurden leiser. Sie hörte auf, vor und zurück zu wippen. Viktor packte sie an einem Arm, mit gesenktem Blick ließ sie sich hochziehen. Sie strauchelte, ihre Beine knickten ein, und Viktor packte sie fester. Ihr Gesicht verbarg sie mit ihren Händen, aber so gestützt von Viktor, ließ sie sich in die Leutestube führen. Die ganze Zeit über murmelte sie Entschuldigungen, eine und noch eine und noch eine. Und immer wieder wischte sie sich mit einem Ärmel übers Gesicht.

Viktor führte sie nach ganz hinten, wo sie nicht von allen gesehen werden konnte. Dann zog er einen Stuhl heran und drückte sie quasi darauf. Noch immer war ihr Gesicht in ihren Händen verborgen, und jetzt fing sie auch wieder an, vor und zurück zu wippen. Verzweifelt versuchte sie, ihr Weinen zu unterdrücken, aber es gelang ihr nicht.

»Es tut mir sehr leid für Sie«, sagte er und ließ seine Hand auf ihrer Schulter liegen. Sie schien eine Stütze zu brauchen. Vielleicht war es auch einfach nur sein eigenes Bedürfnis, dass er sie nicht ganz ohne Beistand dort sitzen lassen wollte. So sehr hätte er ihr ein besseres Schicksal gewünscht. Mehr als jedem anderen hier im Haus. Endlich kam die Mamsell, gefolgt von Hedda Pietsch. Hedda stürzte sofort vor ihr auf die Knie.

»Adelheid, was ist passiert?«

Adelheid Schaaf heulte auf und verbarg ihr Gesicht nochmals tiefer in der Armbeuge. Sein Blick traf den von Hedda Pietsch, die ihn fragend anschaute.

»Das Baby ist gestorben«, sagte er so leise wie möglich. Als wenn Fräulein Schaaf die schreckliche Nachricht nicht noch einmal hören dürfte.

»Ach Adelheid … arme Adelheid«, sagte Fräulein Pietsch und nahm sie fest in den Arm.

Dieser Anblick hatte etwas Tröstliches. Sie war nicht ganz allein. Für einen Moment fragte Viktor sich, ob es wohl jemanden gab, der ihn in den Arm nehmen würde, wenn er eine solch schreckliche Nachricht bekommen würde. Er merkte, dass er sich Hedda Pietsch und auch Adelheid Schaaf mittlerweile verbunden fühlte. Als wären sie eine Einheit, wobei die beiden sich natürlich noch deutlich näherstanden. Inzwischen fühlte er so etwas wie Verantwortung für die beiden jungen Frauen.

Viktor spürte eine Berührung und drehte sich um. Die Mamsell nickte und machte eine Geste, dass er den Raum verlassen sollte. Bestimmt war es besser so. Denn er fühlte sich vollkommen hilflos, genauso hilflos, wie Opitz sich gerade gefühlt haben musste. Draußen nahm er Anni das Glas Wasser ab, das sie noch immer in Händen hielt, stellte es schnell auf dem Tisch in der Leutestube ab, ging hinaus und schloss hinter sich die Tür.

Wie immer er sich fühlte – ungerecht behandelt, unterbezahlt und nicht angemessen angesprochen –, er musste sich immer vor Augen führen, dass es andere gab, denen es deutlich schlechter ging.

Opitz schaute ihn mit einem merkwürdigen Blick an. Hatte er ihm so viel Mitgefühl einfach nicht zugetraut? Oder fand er es unangemessen, dass er Fräulein Schaaf fast zärtlich in die Leutestube geführt hatte? Oder war Opitz einfach nur froh, aus dieser unangenehmen Situation gerettet worden zu sein? Auf jeden Fall sagte er jetzt: »Herr Novak, Sie begleiten den Fürsten und den Kammerdiener nach Berlin.«

Sosehr Viktor eigentlich auf diese Entscheidung gehofft hatte, konnte er sich im Moment trotzdem nicht so recht freuen. Merkwürdigerweise hatte er das Gefühl, er würde Adelheid im Stich lassen.

Kapitel 5

23. Oktober 1907

»Unglaublich. Einzig und wahrhaftig unglaublich«, erklärte Hugo. Am Abend noch war er raus in den Grunewald gekommen, um Constanze zu berichten. Heute, am ersten Prozesstag, hatte er im Gerichtssaal in Moabit gesessen und dem Auftakt des Verfahrens beigewohnt. »Schon draußen herrschte ein einziges Gedränge und Geschiebe. Eine riesige Meute an Leuten, Reportern, aber auch Bürger und Arbeiter, wollten rein. Ich hatte Glück, dass ich so früh da war. Wäre ich eine halbe Stunde später gekommen, hätte ich keinen Platz mehr gefunden.«

Er kickte einen Stein, der auf dem Weg lag. Sie gingen am Herthasee spazieren, der vor vierzig Jahren, bevor man mit der Bebauung des Geländes mit der Villenkolonie angefangen hatte, mehr Moor als See gewesen war und damals Rundes Fenn genannt worden war. Das hatte Ruth Mandelbaum, die damals eine der Villen der neu erbauten Villenkolonie bezogen hatte, Constanze erzählt. Hugo sprach weiter. Was er sagte, stand in einem gravierenden Widerspruch zur Idylle des Sees.

»Was da für ein Schmutz ans Licht kommt. Unbegreiflich. Man kann mit Fug und Recht behaupten, dass der ruhmreiche Name Moltke mit Füßen getreten wird. Der größte deutsche General, der das Kaiserreich mitgegründet hat, würde sich im Grabe umdrehen, wenn er wüsste, was heute gegen seinen Familiennamen vorgebracht wurde.«

»Wird der Fürst auch als Zeuge aufgeführt?«

»Ja, aber anscheinend ist er viel zu krank, um bei Gericht zu erscheinen. Er sei nicht reisefähig, bezeugt sein Arzt, Dr. Genrich. Er war heute da. Der Arzt bescheinigt offiziell, es gehe dem Fürsten ganz besonders schlecht. Und er müsse unbedingt größere Aufregungen vermeiden. Sonst könnten sie den Tod seines Patienten zur Folge haben.«

Constanze lachte auf. »Nicht reisefähig? Ich habe zufällig heute einen Brief von Hedda Pietsch, dem Stubenmädchen, bekommen. Der Fürst hat sich schon vor ein paar Tagen heimlich in seine Stadtwohnung in Berlin bringen lassen.«

»Was?! Das ist ja ungeheuerlich! Das werde ich Harden morgen früh noch vor Prozessbeginn erzählen.«

»Tu das. Dann brauche ich nicht noch rüberzugehen und ihn heute Abend zu stören. Aber sag ihm, dass die Information von mir kommt.«

Constanze wollte Harden beweisen, dass er sie als Informationsquelle weiterhin brauchte. Harden hatte ihre Information, warum das Hausmädchen Adelheid Schaaf sehr wütend auf die Fürstin war, mit Interesse aufgenommen. Und dass der jungen Dienstbotin jede finanzielle Unterstützung bestimmt sehr entgegenkommen würde. Wenn Harden nach einem Spitzel im Schloss suche, dann wäre sie genau die Richtige, hatte Constanze ihm erklärt.

Sicher hatte sein Privatdetektiv schon etwas in die Wege geleitet. Maximilian Harden informierte sie nicht über seine Schritte.

Hugo nickte. »Natürlich, ich sag's ihm. ... Du müsstest mal Hardens Anwalt miterleben. Potzblitz, das ist vielleicht eine Marke. Der ist mit allen Wassern gewaschen. Justizrat Max Bernstein, ein äußerst charismatischer Münchner, der das gesamte Geschehen bestimmt. Der hiesige Amtsrichter ist Bernstein nicht gewachsen. Viel zu jung, viel zu unerfahren. Und die Schöffen erst recht nicht. Der eine ist ein Milchhändler, der andere ein Schlachtermeister. Eben ein echtes kleinbürgerliches Schöffengericht. Bernstein kann praktisch tun und lassen, was er will. Niemand weiß besser Bescheid, was vor Gericht zugelassen ist und was nicht, als er. Moltke ist so gut wie erledigt.«

»Man würde doch meinen, Moltkes einflussreiche Freunde würden ihm aus der Patsche helfen. Und dass der Kaiser ihn doch wohl nicht gänzlich fallen gelassen hat«, wandte Constanze nachdenklich ein.

»Ob der Kaiser ihm wirklich noch gnädig ist, ich weiß nicht. Dann hätte er doch bestimmt sein Verfahren vor dem Militärgericht bekommen. Aber so … Stell dir vor, er kam nur in Mantel und Zylinder, wie ein Zivilist. Eigentlich ein ungehöriger Vorgang für jemanden wie ihn, nicht in Uniform zu erscheinen. Das wurde sogar thematisiert, und er sagte, er würde den ›Rock des Kaisers‹ nicht durch den Dreck, mit dem er gerade beworfen werde, verschmutzen wollen. Eine schwache Ausrede, wenn du mich fragst.«

Constanze zog fragend die Augenbrauen hoch. Das war allerdings ungewöhnlich für einen so hohen Militärbeamten, in Zivil vor Gericht zu erscheinen. Aber an diesem ganzen Verfahren gab es ohnehin nichts, was nicht unglaublich oder bemerkenswert gewesen wäre.

»Erzähl weiter! Erzähl mir jede Kleinigkeit. Ich bin schon so gespannt«, forderte Constanze neugierig.

»Also gut. Nach den üblichen Formalitäten ging es zur Beweisaufnahme. Dieses unsägliche Thema, ob Moltke homosexuell sei, und was er getrieben haben könnte, sah das Gericht nicht für die Ohren der Öffentlichkeit geeignet. Was bedeutet, die normalen Leute wurden ausgeschlossen. Wer aber bleiben durfte, waren Juristen und samt und sonders alle Pressevertreter.«

Constanze lachte erstaunt auf. »Also die Zivilisten mussten raus, um den Reportern Platz zu machen? Mit jedem Reporter mehr gibt es doch direkt tausend Zivilisten, die am nächsten Tag alles nachlesen können. Was für eine krude Begründung.«

»Da kann ich dir nur recht geben. Der Gerichtssaal war bis auf den letzten Platz besetzt. Dicht gequetscht saßen die Reporter aus aller Welt und schrieben sich die Finger wund. Ständig ging die Tür des Gerichtssaals auf, und Boten erschienen. Seitenweise nahmen sie die hingekritzelten Berichte von den Reportern entgegen und brachten sie in die Redaktionen der Berliner Tageszeitungen. Niemand wollte auch nur ein einziges empörendes Zitat oder die Andeutung einer Schmutzerei verpassen. Draußen vor dem Amtsgericht hörte man die Motorräder der Boten. So was hab ich noch nie erlebt!«, erzählte Hugo aufgeregt. »Und Harden ist wirklich ein gewiefter Fuchs. Er habe nur behauptet, dass Graf Moltke sexuell abnorm veranlagt sei, schränkte aber gleich ein, dass er niemals behauptet habe, der Graf habe sich tatsächlich geschlechtlich strafbarer Handlungen schuldig gemacht.«

»Muss ich das verstehen?«, fragte Constanze nach.

»Das ist ein wichtiger Unterschied. Ich vermute, Harden hat keinen glaubhaften Zeugen gefunden, der mit Moltke sexuellen Verkehr hatte. Aber er hat sicherlich genug Beweise dafür, dass Moltke diese Neigung besitzt.«

»Also geht es nicht darum, was Moltke oder Eulenburg getan haben, sondern welcher Gesinnung oder Neigung sie sind?«

»Exakt. Moltke war komplett in der Defensive. Moltkes Verteidiger ist schwach und wirkte ebenso gequält wie sein Mandant. Doch das war alles erst der Auftakt. Der Auftakt für den wirklich großen Dreckshaufen.«

»Das wäre?«, fragte Constanze neugierig nach.

»Moltkes Scheidung vor fünf Jahren. Am Nachmittag war Lily von Elbe, seine damalige Ehefrau, als Zeugin dran.« Ungläubig schüttelte er seinen Kopf. »Das glaubst du nicht. Du glaubst es nicht. Was da auf den Rängen der Reporter los war, das kannst du dir gar nicht vorstellen.«

»Nun sag schon. Rede, Mann«, Constanze packte ihn am Ärmel und schüttelte ihn, halb drängend, halb lachend.

»Sie sagte ganz offen, dass ihr Ex-Mann dem weiblichen Geschlecht abgeneigt sei. Sie hat etliche sehr hässliche Streitereien sehr eingehend beschrieben. Am schlimmsten waren ihre Zitate. Sie sagte, Moltke habe die Ehe als ›reine Notzuchtanstalt‹ empfunden. Einmal, als er von einer Nordlandreise mit Kaiser Wilhelm zurückkam, habe er ausgerufen: ›Wochenlang habe ich, Gott sei Dank, keine Weiber gesehen!‹ Aber am schlimmsten war wohl die eine Äußerung, die er getätigt haben soll: ›Eine Frau ist für ihren Mann nicht mehr als ein Klosett, was bist du denn anderes?‹«

»Was?! Damit hätte er ja alle Ehefrauen im ganzen Land beleidigt. Jede deutsche Frau wird sich nun entehrt fühlen.«

»Ich sagte ja: Es sieht nicht gut aus für ihn. Frau von Elbe sagte ebenfalls aus, dass Moltke zwei Tage nach ihrer Hochzeit den ehelichen Verkehr aufgegeben habe. Er habe ihr selbst einmal gesagt, dass ihre Verbindung eine reine Zweckehe sei, als Tribut an die gesellschaftlichen Konventionen.«

»Also eine Ehefrau, damit er nicht in den Verdacht geriet, homosexuell zu sein.«

»Das alles war aber immer noch nicht das Schlimmste.«

»Das war noch nicht das Schlimmste?! Mein Gott, was könnte denn jetzt noch kommen?«, fragte Constanze staunend.

Hugo blieb extra stehen, um ihr das ins Gesicht zu sagen. »Du kannst dir vorstellen, dass die Frau von den Vorgängen und Äußerungen nicht gerade begeistert war. Zudem muss er sie wohl auch geschlagen haben. Und was tut sie?« Hugo schaute sie herausfordernd an.

Constanze zuckte mit den Schultern. Ein Mann durfte seine Ehefrau schlagen. Was sollte sie schon dagegen tun können?

»Lily von Elbe hat ihren Mann ebenfalls verprügelt.«

Constanze riss die Hände vor den Mund. Ein ungläubiger Ton entfleuchte ihr. »Das ist nicht wahr!«

Hugo nickte nachdrücklich. »Sie hat ihn grün und blau geschlagen. Manchmal war es so arg, dass er sich vom Dienst als Stadtkommandant beurlauben lassen musste.«

Constanzes Mund öffnete sich, ihre Lippen bewegten sich, es kam kein Ton heraus. Das war wirklich nicht zu glauben. Ein hoher preußischer General, der sich von seiner zwanzig Jahre jüngeren Ehefrau verprügeln ließ? »NEIN!«, kam es ihr nun doch ungläubig über die Lippen. »Ein Moltke, der sich von seiner Frau verprügeln lässt?!«

Hugo bekräftigte seine Worte mit einem Nicken. »Anscheinend

hat er sich des Öfteren aus Furcht vor ihr im Schlafzimmer eingeschlossen.«

»Er ist ein Generalmajor. Er hat in der Schlacht von Sedan gekämpft. Er war Stadtkommandant von Berlin. Und so einer flüchtet vor einer zarten Frau? Das ist doch gelogen!«

»Anscheinend nicht«, bekräftigte Hugo seine Aussage. »Moltke und auch sein Verteidiger haben dagegen nicht Einspruch erhoben. Ganz offensichtlich scheint es die Wahrheit zu sein.«

Constanze schluckte. Das war schwer zu verdauen. Wenn nun alles andere auch wahr war? Wenn nun das Unglaubliche wahr war? Sie zog sich ihr wollenes Tuch enger um die Schultern. Es wurde allmählich schattig.

Eine heimliche Kamarilla rund um den Kaiser, Männerliebschaften, der Mann, für den sie jahrelang gearbeitet hatte, sollte homosexuell sein, und ein preußischer Generalmajor, der sich vor seiner Ehefrau ins Schlafzimmer flüchtete. »Jetzt weiß ich, was du meinst, General Helmuth von Moltke würde sich in seinem Grabe umdrehen.«

»Und zu deinem Fürsten hat Frau von Elbe auch etwas zum Besten gegeben.«

»Ach ja?« Als würde ihr ganz schwach werden bei der Vorstellung, was sie nun zu hören bekommen würde, hakte sie sich bei Hugo unter.

»Der Fürst soll wohl einmal ein Taschentuch bei Moltke vergessen haben. Und Lily von Elbe erzählte, dass ihr Mann damals das Taschentuch inbrünstig an die Lippen gepresst und dabei ausgerufen habe: ›Meine Seele, meine Liebe!‹ Sie sagte, dass deren vorgespielte normale Freundschaft eigentlich eine Liaison war, die mit vielen Ausreden, Lügen und vorgetäuschten Dienstreisen übertüncht wurde. Ihr sei damals nur nicht klar gewesen, dass es so etwas wie Männerverkehr überhaupt gebe.«

Was sollte Constanze noch sagen? Was gab es da noch zu sagen? Ständig gingen ihr Erlebnisse aus dem Schloss mit dem Fürsten durch den Kopf. Als hätte sie bei einem anderen Mann gearbeitet.

»Fürst zu Eulenburg soll damals wohl von ihr gefordert haben, seinen Freund freizugeben. Da war er noch Diplomat in Wien. Dem ist Moltke anscheinend gefolgt. Er habe es mit den Worten: ›Du bist mir nicht als Mensch zuwider, sondern nur, weil du ein Weib bist‹, begründet.«

Was für ein Schwachsinn, dachte Constanze. Was für eine unverschämte Haltung. Sucht sich erst eine deutlich jüngere Frau, ehelicht sie, lügt sie an, verprügelt sie, beschimpft sie als Kloake und wundert sich anschließend, dass sie es sich nicht gefallen lässt.

Was da an Unrat zum Vorschein kam. Unfassbar! Schmutz, so viel Schmutz, der so hoch spritzte, dass er sich sogar über die Person des Fürsten zu Eulenburg ergoss. Der versteckte sich stumm und heimlich in seiner Stadtwohnung. Was sagte das über ihn als guten Freund aus?

Constanze wusste nicht so recht, was sie von alldem halten sollte. Ja, sie war der Familie des Fürsten gram. Sie hatten sie schlecht behandelt, falsche Behauptungen aufgestellt und sie des Diebstahls bezichtigt. Anfangs hatte sie gedacht, dass es ihr gefallen würde, wenn die Fürstin und ihr Mann einen Dämpfer bekämen. Aber das hier gestaltete sich zu deutlich mehr als nur einem Dämpfer. Das hier entwickelte sich zu einer regelrechten Schlammschlacht.

Hugo und Constanze hatten schon den Rückweg zur Mandelbaumschen Villa eingeschlagen und gingen nun am herrschaftlichen Löwenpalais vorbei, aus dessen Fenster goldgelbes Licht drang. Es wirkte so unangebracht heimelig. Dieses warme Licht, das immer auch aus den Fenstern von Schloss Liebenberg strömte. War es überall so falsch, so verlogen? Der helle Schein überstrahlte den falschen Glanz.

»Harden wäscht da verdammt viel schmutzige Wäsche«, sagte sie mit leichter Empörung in der Stimme.

»Wenn du nun glaubst, der Dreckhaufen könne nicht noch höher wachsen, dann muss ich dich eines anderen belehren.«

»Es kann doch kaum noch schmutziger werden.«

»O doch, noch schmutziger, glaub mir. Harden hat noch einen echten Knaller in der Hand. Es gibt einen Zeugen, einen Kronzeugen. Jemand, der sich aufgrund seiner Artikel bei ihm gemeldet hat. Er könne brisante Aussagen machen. Harden sagte, er sei erst sehr misstrauisch gewesen. Doch dann hat der Mann ein paar Namen und ein paar Orte genannt, die Harden sehr schnell davon überzeugt haben, dass er aus der Mitte des Geschehens berichten kann.«

»Aus der Mitte des Geschehens – heißt das etwa, er hat mit Moltke verbotene Dinge praktiziert?«

»Das kann ich nicht beantworten. Noch nicht. Aber der Zeuge will wohl über Orgien in der Villa Adler erzählen. Orgien, bei denen Moltke und vermutlich auch Eulenburg anwesend gewesen sein könnten. Dein Fürst sollte sich besser warm anziehen.«

Warm anziehen … Auf der einen Seite gönnte sie es dem Fürsten, dass er in seiner eitlen Arroganz mal einen Dämpfer bekam. Andererseits, wenn sie wirklich darüber nachdachte, machte Harden doch genau das, von dem er behauptete, es interessiere ihn nicht: der Blick durchs Schlafzimmerfenster. So eine Hexenjagd hatte der Fürst wirklich nicht verdient.

25. Oktober 1907

Von einem Fürsten hätte man vermutlich erwartet, dass ihm das gesamte Stadtpalais gehörte. Aber Fürst zu Eulenburg residierte hier nur in einer Wohnung, wenngleich diese herrschaftlich genug war. Aber Fürst zu Eulenburg war ja auch erst seit sieben Jahren Fürst. Geboren worden war er als Graf in äußerst bescheidenen Verhältnissen. Nur eine unerwartete Erbschaft seiner Mutter hatte Wohlstand in die Familie gespült. Plötzlich gehörte ihnen Schloss Liebenberg mitsamt dem Gut und allen dazugehörigen Waldflächen.

Die Bekanntschaft mit dem damaligen Kronprinzen Wilhelm brachte ihm immerhin eine passable Karriere als Diplomat mit entsprechendem Einkommen. Wie ein Fürst aus einer alteingesessenen Dynastie konnte er trotzdem nicht residieren, nicht auf Liebenberg, und auch nicht hier in der Kaiserin-Augusta-Straße in Berlin Tiergarten. Trotzdem war es eine vornehme Adresse, und um die Ecke die größte Parkanlage der Hauptstadt. Es war fußläufig zum Potsdamer Platz, noch näher an der Kurfürstenstraße. Zum Gendarmenmarkt, zu einem Spaziergang Unter den Linden oder gar zum Schloss ließ man sich mit der Droschke bringen.

Doch der Fürst ließ sich nirgendwo hinbringen. Er lag in seinem Bett, weiterhin leidend. Viktor war gerade geschickt worden, noch mehr Trional zu holen. Der Fürst trank dieses starke Beruhigungsmittel, als wäre es lieblicher Portwein. Deshalb sollte er es nicht hier in Tiergarten holen, sondern es in Schöneberg in einer Apotheke besorgen. Im Moment wusste ja keiner davon, dass Eulenburg in Berlin war. Und dabei sollte es auch bleiben. Ihre Anreise war sehr heimlich vonstattengegangen.

Hier in der Hauptstadt litt der Fürst noch stärker unter der Abwesenheit und der Kälte des hohen Monarchen, der sich offensichtlich gänzlich von ihm abgewandt hatte. Seit Wochen schon war kein Brief, keine Depesche, kein Telegramm mehr von Seiner kaiserlichen Hoheit gekommen, wusste Viktor. Opitz hatte es kurz vor ihrer Abreise erwähnt.

Vor zwei Tagen war das luxuriöse Hotel Adlon am Pariser Platz eröffnet worden. Der Kaiser war der Erste gewesen, der durch die Lobby geschritten war. Ein Ereignis, das sich Fürst zu Eulenburg unter normalen Umständen niemals hätte entgehen lassen. Er wäre da gewesen, wenige Meter hinter dem Kaiser, als einer der Ehrengäste. Wer, wenn nicht er, zelebrierte die Kunst des Luxus mondäner? Sicher hatte er sich darauf gefreut, und war doch nicht mehr eingeladen worden.

Ohne Zweifel hatte der Kaiser ihn fallen gelassen wie eine heiße Kartoffel. Über zwanzig Jahre lang hatte sich durch die enge Freundschaft zum Monarchen und anderen wichtigen und schillernden Charakteren des Kaiserreiches sein Ansehen als bedeutsame Persönlichkeit verfestigt. Alle Welt kannte ihn, hofierte ihn. Alle buhlten darum, ihn als Gast empfangen zu dürfen oder seine exklusiven Einladungen zur Jagd zu erhalten. Und plötzlich wollte ihn niemand mehr kennen. Niemand lud ihn mehr ein. Alle warteten ab, wie sich die ganze Sache entwickeln würde. Doch ohne all diese Freundschaften war er nur ein armer Fürst mit einem gewöhnlichen Landgut. Die Nähe zum höchsten deutschen Monarchen war sein Lebensinhalt, dessen Fürst zu Eulenburg nun beraubt war. Viktor wusste nicht, ob der Fürst mehr unter den Vorwürfen und Beleidigungen litt oder vielleicht doch mehr unter dem gänzlichen Entzug der Verherrlichung und Aufmerksamkeit, von der er so radikal abgeschnitten worden war.

Auf jeden Fall aber litt der Fürst lautstark und beständig. Während sich der Kammerdiener aufopfernd um die Gesundheit und Befindlichkeiten des Fürsten kümmerte, war Viktor den ganzen Tag damit beschäftigt, Zeitungen zu beschaffen, Essenslieferungen abzuholen, eilige Briefe aufzugeben und eben alles zu besorgen, was fehlte.

Er hatte eine Flasche Trional erstanden, die schwer in seiner Manteltasche steckte, und war auf dem Heimweg. Kurz vor dem Landwehrkanal war ein Zeitungsstand aufgebaut. Viktor trat näher. Die Zeitschriften ergingen sich in sensationslüsternen Artikeln über jedes Detail aus dem Prozess, der erst seit zwei Tagen lief.

Noch immer wusste Viktor nicht, was er von der ganzen Geschichte halten sollte. Auf der einen Seite fand er es schier unglaublich, was dem Fürsten und Graf von Moltke da alles vorgeworfen wurde. Orgien, nur mit Männern, in Potsdam am Heiligen See – direkt gegenüber vom Marmorpalast, wo der Fürst häufig mit dem Kaiser speiste. Die Vorwürfe waren schlicht unfassbar. Andererseits musste Viktor zugeben, dass er den Fürsten gerade mal fünf Jahre kannte. Er war im Frühjahr sechzig Jahre alt geworden. Woher sollte Viktor wissen, was er mit zwanzig, mit dreißig oder vierzig getan hatte?

Er wandte sich vom Kiosk ab. Noch war keine neue Zeitung erschienen. Heute Morgen hatte er einen dicken Packen gekauft. Vermutlich würde er am Abend noch einmal geschickt, um die Abendblätter zu holen, die über den heutigen Prozesshergang berichten würden.

Vor ihm liefen ein junger Mann und eine junge Frau. Sie scherzten leichtherzig miteinander. Seine Gedanken liefen zu Adelheid Schaaf. Die Ärmste. So gerne wäre er in Liebenberg geblieben. Doch was dann? Es stand ihm nicht zu, sie zu trösten. Vermutlich hatten es alle anderen schon merkwürdig gefunden, dass er sich so um sie gekümmert hatte, als sie da auf dem Boden gehockt hatte. So etwas tat er sonst nie. Hatte er sich damit schon verraten? Hatte er schon gezeigt, dass er für das Hausmädchen mehr fühlte als für jeden anderen Menschen im Haus? Er sollte demnächst besser vorsichtiger sein. Trotzdem tat es ihm nicht leid, ihr geholfen zu haben. Sie hatte sein Herz berührt, und er hätte es sich nicht verziehen, sie so einfach auf dem kalten Boden hocken zu lassen, mit all den anderen drum herum, die sie nur angegafft hatten.

Eilig lief er über die Herkulesbrücke. Sie hieß so, weil auf den Brückenpfeilern zwei schmückende Sandsteinskulpturen standen: *Herkules im Kampf mit einem Zentauren* und *Herkules im Kampf mit dem nemeischen Löwen*. Es kam ihm wie ein Omen vor. Es käme einer Herkules-Anstrengung gleich, den Ruf des Fürsten wiederherzustellen.

Viktor ging durch eine Toreinfahrt nach hinten, von wo aus er durch den Dienstboteneingang das Haus betreten konnte. Die Kutsche des Fürsten stand im Hinterhof, wo auch die Pferde untergebracht waren, um die sich Herr Hartwich kümmerte. Aber im Moment war nichts von ihm zu sehen. Viktor schloss die Tür zur Hintertreppe auf und lief hoch.

»Da sind Sie ja endlich! Wo waren Sie so lange?«, herrschte Kammerdiener Theurich ihn an.

»Sie haben mich doch extra nach Schöneberg geschickt. Ich sollte doch hier um die Ecke nichts einkaufen.«

»Ja, ja, ja. Ist jetzt auch egal.« Er schob Viktor den Flur entlang. »Wir bekommen gleich Besuch; aus dem Gericht. Ein Kriminalkommissar kommt in Begleitung eines Zeugen.«

»Ich dachte, niemand wüsste, dass der Fürst in Berlin ist.«

»Keine Ahnung, wie das Gericht davon erfahren hat, aber Herr Harden wusste davon, dass der Fürst sich hierher hat bringen lassen. Und nun wollen sie ihn hier befragen. Und ein Zeuge soll den Fürsten identifizieren.«

»Identifizieren? Als was?«

Der Kammerdiener packte ihn am Ärmel und zog ihn weiter. »Egal ... Was ich Ihnen jetzt sage, bedarf größter Diskretion. Dr. Genrich kommt just aus dem Gericht in Moabit. Jeden Moment können die Männer hier auftauchen. Dr. Genrich hat vor Gericht ausgesagt, dass der Fürst nicht transportfähig sei. Dass es ihm immens schaden könne, ja sogar Todesfolgen haben könne. Wenn Sie jemand fragt, dann sagen Sie, er sei sehr krank. Und kein weiteres Wort.«

Viktor nahm stumm die Anweisungen entgegen.

»Wichtig ist, dass der Fürst auf gar keinen Fall fähig ist aufzustehen. Dass er sehr angegriffen ist. Und nicht die geringste Aufregung erfahren darf. Gleich wird es klingeln, dann gehen Sie zur Tür und öffnen den Herrschaften. Es wird ein Kommissar von Tresckow kommen, und der Zeuge, Bollhardt heißt er. Ein windiges Subjekt. Seien Sie bloß vorsichtig mit ihm. Wie auch immer, ich werde mich mit Dr. Genrich hier am Anfang des Flurs postieren. Und weiter sollen die Herrschaften auch nicht kommen. Dr. Genrich wird dann erklären, warum der Zeuge nicht zum Fürsten vorgelassen werden darf. Unter keinen Umständen, und ich wiederhole es noch mal in aller Schärfe: Unter keinen Umständen darf dieser Mann ins Schlafzimmer des Fürsten gelassen werden. Haben wir uns da verstanden?«

»Sehr wohl!«

Der Kammerdiener lief Richtung Schlafzimmer, das weiter nach hinten raus lag. Viktor hängte seinen Mantel weg und begab sich in einen der Salons.

Der ehemalige Garde-Kürassier Johannes Bollhardt – den Namen hatte Viktor heute in allen Zeitungen gelesen. Gestern hatte er in aller Ausführlichkeit beschrieben, was auf den Champagnerfeiern von Rittmeister Lynar in der Potsdamer Villa Adler vor sich gegangen war, denen Bollhardt selbst des Öfteren beigewohnt hatte. Selbst die Vertreter der Presse waren vor diesen Beschreibungen hinausgeschickt worden. Durchgedrungen war aber trotzdem jede Menge, vermutlich, weil es derart sensationell war.

Zu den Lustbarkeiten in der Villa von Rittmeister Lynar, die direkt vis-à-vis des kaiserlichen Marmorpalais lag, waren nur Männer geladen. Es gab wohl jede Menge Alkohol, und es gab jede Menge Sex. Der Rest wurde der eigenen Fantasie überlassen. Und Viktor konnte sich denken, was dieser Bollhardt hier sollte: den Fürsten identifizieren – als ein Mitglied dieser Orgien!

Während Viktor hinter den Gardinen stand und auf die Straße schaute, fragte er sich, woher dieser Maximilian Harden wohl erfahren hatte, dass der Fürst sich nach Berlin hatte bringen lassen. Ein geschwätziger Nachbar links oder rechts vom Stadtpalais? Oder hatte Harden eine Quelle in Liebenberg?

Schon sah er eine Droschke vorfahren und mehrere Männer aussteigen. Einer der Männer klingelte. Viktor lief die Haupttreppe hinunter und öffnete die Haustür. Der ältere Herr mit Kinnbart stellte sich vor.

»Kriminalkommissar von Tresckow. Ich komme mit dem Zeugen Johannes Bollhardt. Wir möchten zu Fürst zu Eulenburg und Hertefeld.«

»Wenn Sie mir folgen mögen.« Viktor machte eine einladende Geste, schloss die Tür hinter ihnen und zeigte nach oben. »Bitte sehr.« Er lief zügig die Treppe hoch und blieb wiederum an der Wohnungstür stehen. Er ließ sie eintreten und schloss die Tür hinter ihnen.

Dr. Genrich und der Kammerdiener standen bereits vorne im Flur. Ein Stück dahinter entdeckte Viktor Herrn Hartwich, den Kutscher, mitten im Flur.

»Herr von Tresckow, willkommen. Leider muss ich Ihnen wiederholt mitteilen, dass es nicht möglich sein wird, den Fürsten persönlich zu sehen.« Der Arzt übernahm die Wortführung.

»Wie Sie wissen, wurde ich vom Gericht mit einem ausgewiesenen Auftrag hergeschickt«, protestierte der Kommissar höflich.

Der Hausarzt blieb ebenso höflich. »So leid es mir tut, ich muss im Sinne meines Patienten handeln. Er darf keinerlei, und ich kann es gar nicht genug betonen, keinerlei Aufregung ausgesetzt werden.«

»Nun, wir wollen die Geduld Ihres Patienten nicht über Gebühr strapazieren. Ein kurzer Blick, möglicherweise eine Minute lang, würde uns ja reichen. Die Herren müssten nicht einmal miteinander sprechen.«

Mitleidig lächelnd entgegnete der Arzt: »Und doch muss ich Ihre Bitte abweisen. Ich habe den Auftrag Seiner Durchlaucht noch einmal vorgetragen. Allein das erregte ihn schon über alle erträgliche Maße. Er sieht sich nicht imstande, den Mann in sein Gemach zu lassen. Denn würde er behaupten, er würde ihn erkennen, dann hätte der Fürst gerade keinerlei Möglichkeit, sich selbst vor Gericht zu verteidigen. Dieses Recht muss ihm aber zugestanden werden. Deshalb kann jegliche Identifizierung nur vor Gericht stattfinden.«

Der Zeuge gab ein unzufriedenes Grummeln von sich. Viktor schaute betont neutral, doch er hatte ihn scharf im Visier.

»Und wann dürfen wir mit dem Erscheinen des Fürsten bei Gericht rechnen?«, fragte der Kommissar nach.

»Das kann ich nicht beurteilen. Ich gehe allerdings nicht davon aus, dass sich in den nächsten Tagen der Zustand meines Patienten so schnell bessern wird, dass er kommen könnte.«

»Was soll ich also nun dem Gericht sagen?«

»Der Fürst sei betrübt, nicht helfen zu können, und würde jederzeit gerne helfen, sobald er sich in der körperlichen Lage dazu sehe.«

»Das ist ja lächerlich«, sagte Bollhardt und wollte einfach an ihnen vorbeigehen.

Viktor packte ihn schnell an beiden Oberarmen. Er würde ihn nicht durchlassen.

»Ich gehe kurz zu ihm, dann werden wir ja sehen, ob er der ist, den ich damals gesehen habe«, erklärte Bollhardt, während er sich gegen Viktor stemmte.

Doch der ließ nicht los. Der Kommissar trat hinzu.

»Herr Bollhardt, wir wollen uns hier doch alle zivilisiert verhalten. … Ich bitte Sie.«

»Sie lassen ihm das einfach durchgehen?«, sagte der Mann zornig.

»Ihm muss Gelegenheit gegeben werden, sich zu verteidigen. Und da hat Dr. Genrich recht: Das ist dem Fürsten anscheinend im Moment nicht zuzumuten.«

Der Mann gab Viktor einen Schubs, trat aber zurück. Er schien unzufrieden. »Klassenjustiz«, spie er aus.

Und doch musste Viktor dem Mann recht geben. Diese Art der großzügigen Rücksichtnahme wurde wohl nur einem Fürsten gewährt. Andere schleifte man am Revers aus dem Haus. So wie damals seinen Vater, der, völlig überrumpelt von der Brutalität der Beamten, aus dem Haus gezerrt worden und mit zerrissener Jacke auf der Straße gelandet war.

»Dann werde ich es vor Gericht so ausrichten. Entschuldigen Sie bitte die Störung.« Der Kommissar drehte sich zu Bollhardt und machte eine Geste. Sofort war Viktor an der Tür und riss sie auf. Er ließ die beiden Herren durchgehen, lief dann eilig die Treppe hinunter und öffnete ihnen auch noch die Haustür.

Der Kommissar nickte ihm höflich zu. Der Blick des anderen lief an Viktor hoch und runter. »Sie scheinen Ihrem Dienstherrn ja aufs Innigste ergeben zu sein.« Er grinste anzüglich und ging.

Viktor standen die Haare zu Berge. Zum ersten Mal begriff er, was es für ihn persönlich bedeuten könnte, wenn man dem Fürsten tatsächlich etwas nachweisen könnte. Jeder würde denken, er wäre ebenfalls ein Bettgenosse des Fürsten. Laut ließ er die Tür ins Schloss fallen. Dann ging er zurück in die Wohnung. Der Flur war bereits wieder leer. Vermutlich waren beide Männer zurück ins Schlafzimmer gegangen, um zu berichten, wie es gelaufen war.

Ganz hinten in der Wohnung lag die Teeküche. Viktor setzte einen Kessel mit Wasser auf. Es konnte nicht lange dauern, bis der Fürst entweder eine Bettpfanne, ein warmes Fußbad oder einen Tee ordern würde. Er stellte sich oben an das kleine Fenster, das allerdings nur nach hinten hinausging. Grau in grau hing der Himmel über ihnen, und grau in grau waren auch die Wände der Hinterhöfe.

Der Blick von diesem frechen Kerl gerade ging ihm nicht aus dem Kopf. Sofort fragte er sich, was seine Familie dazu sagen würde. Ob sie auch glaubten, dass sich der Schmutz des Fürsten auf ihn übertrug? Nein, vermutlich nicht. Aber Vater würde sich ganz sicher über dieses Gerichtsverfahren aufregen. Obwohl es anscheinend doch schlecht aussah für den Generalmajor von Moltke, glaubte Viktor allmählich, er könne trotz allem doch noch den Beleidigungsprozess gegen Harden gewinnen.

Er musste sich doch nur anschauen, wie das hier gerade gelaufen war. Der Fürst lehnte etwas ab, und das Gericht gehorchte. Man stelle sich vor, das wäre damals bei seinem Vater so gelaufen. Dass er einfach die Aussage verweigert hätte. Oder verweigert hätte, dem Verfahren beizuwohnen, oder das Urteil anzunehmen. Lachhaft. Aber hier, in dieser luxuriösen Wohnung in einem Stadtpalais, schien niemand etwas Merkwürdiges daran zu finden, dass ein Kriminalkommissar den Auftrag des Gerichts einfach nicht ausführte. Er hätte einfach durchmarschieren sollen, zum Schlafzimmer, die Tür aufmachen und sagen: »Hier ist der Fürst. Erkennen Sie ihn?« Stattdessen hatten die Männer hoheitsvoll Höflichkeiten ausgetauscht, und der Kommissar und der Zeuge waren unverrichteter Dinge wieder abgezogen. Das war des Kaisers Gerechtigkeit. Viktor hasste es, dass sein Vater anscheinend doch recht hatte.

27. Oktober 1907

Ob man ihr ansah, dass sie zum allerersten Mal in ihrem Leben mit dem Zug fuhr? Vor zwei Jahren hatten Mama, Adelheid und ihre Geschwister Vater zum Bahnhof nach Löwenberg begleitet. Er war in den Zug nach Templin gestiegen, wo er nach Arbeit gesucht hatte. Vermutlich waren auch Friedel und Bernhard mit der Eisenbahn gefahren, als sie Liebenberg auf der Suche nach Arbeit verlassen hatten. Sie wusste es nicht, denn in den letzten sechs Wochen hatten sich ihre Brüder nicht gemeldet. Hoffentlich ging es ihnen gut. Ihre jüngste Schwester war gestorben, und sie wussten es nicht einmal.

Am Schalter wartete Adelheid hinter einer fremden Frau, die sich ein Billett kaufte, vierter Klasse, aber nach Berlin. Als sie dran war, kaufte sie sich ebenfalls ein Billett für die billigste Klasse und zahlte vierunddreißig Pfennige, stolze zwei Pfennige pro gefahrenem Kilometer nach Oranienburg. Für die Rückfahrt würde sie noch mal das Gleiche zahlen müssen.

Sie dachte daran, dass der Privatdetektiv ihr zu den zehn Mark noch weitere fünf Mark und zehn Pfennige zur freien Verfügung gegeben hatte – für die Bahnfahrt, fürs Telefonieren, für Briefpapier und Marken. Sie hatte also noch reichlich Geld übrig.

Umsichtig steckte sie die kleine Pappkarte weg. Danach folgte sie der Frau raus auf den Bahnsteig. Die wartete. Also wartete Adelheid auch. Wenige Minuten später kam der Bahnhofsvorsteher heraus. Der Zug aus Prenzlau näherte sich und fuhr schnaufend ein. Der eiserne Koloss hielt, und die Türen öffneten sich. Adelheid war furchtbar aufgeregt, aber freudig erregt. Sie würde nun zum allerersten Mal mit der Eisenbahn fahren. Was für ein Moment! Sie kam sich so erwachsen vor. Endlich wusste sie, wovon Novak oder Budde oder Hedda sprachen, wenn sie über ihre Fahrten nach sonst wohin berichteten, als wäre es das Normalste der Welt.

Direkt hinter der anderen Frau stieg sie hoch und trat in den Waggon der vierten Klasse. An beiden Seiten stand eine Holzbank, auf der man mit dem Rücken zu den Außenwänden saß. Zwischen den Bänken gab es Stehplätze, aber es waren auch noch etliche Sitzplätze frei. Sie setzte sich, ein Pfiff ertönte, und als die Bahn anfuhr, drehte sie sich zum Fenster um.

Aufgeregt schaute sie hinaus, wie die Welt an ihr vorbeiflog. Sie war überhaupt erst zwei Mal in ihrem Leben mit einer Kutsche gefahren. Damals war sie noch sehr klein gewesen und erinnerte sich kaum daran. Einmal war sie auf einer Kuh geritten, die aber nur sehr gemächlich geschritten war. Dieses Tempo, mit dem sie sich plötzlich durch die Welt bewegte – unglaublich. Plötzlich konnte sie die Worte der Ladenbesitzerin nach deren Berlinbesuch nachvollziehen. Die moderne Welt sei so schnell. Und dass es ihr gar nicht geheuer sei. Adelheid dagegen liebte es. Es schien ihr fast, als würde sie durch die Welt fliegen. Famos!

Beinahe übertünchte dieses Gefühl ihre Trauer um ihre kleine Schwester. Sie hatte schon zwei Geschwisterchen verloren. Auch diesen dritten Verlust schloss sie wieder in einer versteckten Kammer ihrer Seele weg. Sie hatte gelernt, ihr Herz für die Trauer zu verschließen, half es doch nichts. Es war nichts Außergewöhnliches, dass kleine Babys starben, zumal Babys von armen Menschen. Umso wichtiger war, dass sie heute Erfolg hatte.

Die Fahrt dauerte laut Aushang zwanzig Minuten. In Oranienburg am Bahnhof wollte sie telefonieren. Allzu lange konnte das nicht dauern. Dann konnte sie hoffentlich schon den nächsten Zug zurück besteigen. Natürlich musste sie auch wieder von Löwenberg nach Liebenberg zurücklaufen. Sie würde also heute sicher zwei oder zweieinhalb Stunden später bei ihrer Familie ankommen. Vater gegenüber würde sie einfach behaupten, sie sei heute leider erst später aus dem Schloss herausgekommen. Er konnte das kaum überprüfen. Vorher würde sie noch einkaufen gehen, mehr als sonst, üppiger. Und er würde wieder eine Flasche Bier bekommen. Das linderte seine schlechte Laune immer ein bisschen. Und hoffentlich auch ein wenig seine Trauer um das Baby.

Die Tür des Waggons ging auf, und ein Schaffner in tadelloser Uniform trat ein. »Noch zugestiegen? Jemand noch zugestiegen?«, hallte es durch den Waggon.

Die Frau zeigte ihr Billett vor, und Adelheid holte ihres ebenfalls schnell aus der Tasche. Der Schaffner knipste ein Loch in die kleine Pappkarte der Frau und gab sie ihr zurück. Dann kam er zu Adelheid. Wieder knipste er ein Loch, sah sich um, ob noch jemand neu war, und verließ den Waggon.

Gespannt wandte Adelheid sich wieder der Landschaft zu. Drei Mal hielt der Zug. Beim vierten Mal, als der Zug zum Stehen kam, verriet ihr ein großer Schriftzug am Bahnhofsgebäude, dass sie in Oranienburg angekommen war.

Eilig stieg sie aus und sah sich um. Der Bahnhof war deutlich größer als der von Löwenberg. Ein breites zweistöckiges Gebäude ragte vor ihr auf.

Sie ging in die Schalterhalle. Auf der einen Seite gab es drei Schalter. Große Aushängetafeln hingen an den Wänden. Auf der anderen Seite die Türen zu den Wartehallen.

Sibelius hatte ihr gesagt, dass es im Bahnhof ein Telefon gebe. Sie entdeckte es. Etwas abgetrennt in einer Wandnische hing ein Apparat an der Wand, darüber eine Art Holzhaube. Das Gerät aus Messing und Holz sah anders aus als die beiden Telefone im Schloss. Als sie näher kam, wurde ihr bewusst, dass sie keine Ahnung hatte, was sie nun tun musste.

Gerade wurde einer der drei Schalter frei. Adelheid trat vor und fragte den Bahnbeamten: »Ich würde gerne telefonieren, weiß aber nicht, was ich machen muss. Könnten Sie mir das bitte erklären?«

Der Mann mit der runden Brille lächelte sie milde an. Sicher war sie nicht die Erste, die noch nie telefoniert hatte.

»Sie werfen eine Münze ein, oder mehrere. Wohin möchten Sie denn telefonieren? Und wie lange?«

»Nach Berlin«, sagte Adelheid schnell. »Und ... vielleicht, ein paar Minuten? Drei oder vier ...«

»Das wäre dann im Nachbarverkehr. Abgerechnet wird im Drei-Minuten-Takt. Die kosten zehn Pfennige, jeweils. Ob Sie vier oder fünfeinhalb Minuten telefonieren, ist dann egal. Nach drei Minuten kostet es wieder zehn Pfennige, nach der sechsten Minute wieder.«

»Herzlichen Dank.«

»Haben Sie genug Zehn-Pfennig-Stücke?«

Adelheid schaute schnell in ihren Beutel. Fünf Stück lagen dort darin. Das würde ja wohl reichen. »Ähm, ja ...Ich glaub schon. ... Und, ähm ... Und wie telefoniere ich?«

Er lachte. »Sehen Sie da links das Ding, was daneben hängt? Das ist die Hörerdose. Auf der anderen Seite ist die Kurbel. Sie nehmen den Hörer ab, drehen die Kurbel zwei, drei Mal und halten sich den Hörer ans Ohr. Und in die runde Metalldose mit den Löchern, die im Wandtelefon eingelassen ist, da hinein sprechen Sie.«

»Ah.« Das schien ihr doch ganz leicht zu sein. »Und ... Ähm, ... Verkaufen Sie zufällig auch Briefpapier?«

Der Mann schaute sie überrascht an, sagte dann aber: »Nein, wir verkaufen nur Fahrscheine. Aber wenn Sie Richtung Stadt rausgehen, liegt weiter links ein kleiner Laden. Dort werden Sie etwas Passendes finden.«

»Danke.« Adelheid nickte höflich und ging zu dem Telefonapparat zurück. Sie legte die fünf Zehn-Pfennig-Stücke nebeneinander und daneben die Visitenkarte. *Sibelius. Privatdetektiv.* Jetzt wurde es ernst. Tausend Mal hatte sie überlegt, ob sie ihn anrufen sollte. Und was sie sagen würde.

Sie hatte kaum Informationen, die er nicht auch haben würde. Überhaupt, der Fürst weilte schon seit Tagen in Berlin. Was an Briefen in Liebenberg ankam, wurde umgehend weitergeschickt. Was sie hatte, war eigentlich viel besser als jede Information. Sie hatte einen verräterischen Brief, und sie hatte ein Foto, das jeden Zweifel ausräumte. Die letzten zwei Wochen hatte sie praktisch jede Minute daran gedacht, ob sie beide Beweisstücke verkaufen sollte. Und wenn ja, zu welchen Bedingungen.

Würden ihre Machenschaften auffliegen, würde sie nicht nur nicht mehr im Schloss arbeiten können. Auch würde sie kein Geld mehr als Spionin verdienen können. Das Schlimmste wäre, dass ihre Familie aus Liebenberg vertrieben würde – so sicher wie das Amen in der Kirche. Und wie sollten sie in der Fremde überleben? Kein Laden schrieb Schulden für Fremde an. Ihre Familie würde in kürzester Zeit verhungern, während sie im Gefängnis schmachtete.

Lange hatte sie überlegt, was sie tun sollte. Besser nichts unternehmen? Doch beide Beweise verkaufen? Ihre Zweifel und Hoffnungen zerrissen sie förmlich. Dann war das Baby gestorben, und ihr Verlangen nach Rache war wieder erstarkt. Da endlich wusste sie, was sie tun sollte.

Wenn Harden den Brief oder das Foto vor Gericht als Beweis vorlegte, würde klar sein, dass nur jemand aus dem Schloss es beschafft haben könnte. Andererseits wäre es wie beim Raubzug in Opitz' Panzerschrank: Es hätte jede und jeder sein können. Vielleicht würde der Verdacht beim Brief auf sie fallen, weil sie die Kamine säuberte. Andererseits hätte auch jeder andere Schlossbewohner den Brief in der Nacht aus dem Kamin fischen können. Die Räumlichkeiten waren ja jederzeit zugänglich. Ohne einen handfesten Beweis konnte also niemand etwas gegen sie unternehmen, zumal es kaum glaubhaft war, dass ausgerechnet sie, die dumme Tochter eines Tagelöhners, so etwas Cleveres schaffte und mit einem unbekannten Berliner Journalisten Kontakt aufnahm.

Dennoch sollte sie besser vorsichtig sein. Das Foto könnte sie vor Schlimmerem bewahren. Würde sie auffliegen, und würde der Fürst sie anzeigen wollen, war das Foto ihre Rückversicherung. Deshalb würde sie erst einmal nur den Brief anbieten. Das Foto konnte sie später immer noch verkaufen, vermutlich sogar für viel mehr Geld als den Brief.

Geld – auch das war so eine Sache. Sie hatte sich den Kopf zerbrochen, wie viel sie für den Brief fordern durfte. Wenn diesem Herrn Harden schon die Information darüber, wer wann einen Brief an den Fürsten schrieb, zehn Mark wert war, wie viel dürfte sie dann für den verräterischen Brief verlangen? Zwanzig Mark? Nein, bestimmt war er mehr wert als das Doppelte. Fünfzig? Noch mehr? Am Ende das Zehnfache?

War sie unbeobachtet, las sie die Tageszeitungen, die im Schloss ankamen. Opitz sah es nicht gerne, dass die Frauen lasen. Gelegentlich hatte sie sich ein Presseblatt aus dem Altpapierstapel gefischt und abends heimlich in der Badestube gelesen. Bisher kannte sie nur die knappen Informationen, die Novak ihnen weitergegeben hatte. Seit Prozessbeginn des guten Freundes des Fürsten waren allerdings die Blätter voll mit Artikeln. Vieles verstand sie nicht.

Was sie las, konnte sie oft nicht in einen Zusammenhang bringen. Es war ihr aber klar, dass dort die Messer gewetzt wurden. Es ging um etwas. Es ging um viel. Und wenn es um viel ging, dann musste dieser Brief etwas wert sein.

So viel, dass sie ihre Familie wieder auf einen guten Weg zurückbringen konnte. So viel, dass kein weiteres Geschwisterkind an Hunger sterben musste. Adelheid wollte wenigstens so viel Geld, dass es für Essen reichte. Und vielleicht ja sogar noch, um Edeltraud und Gundula gute Schuhe kaufen zu können, damit sie gleichzeitig zur Schule gehen konnten. Und für Gunther sollte es auch Schuhe geben, vor allem aber Medizin. Richtige Medizin. Und womöglich reichte es sogar, damit Vater mit Gunther zu einem Arzt gehen konnte. Vielleicht würde Vater, wenn er sah, es ging wieder bergauf, sogar mit dem Saufen aufhören. Nur deswegen, allein deswegen, ging sie das Risiko ein. Ihre Rachegefühle gegen den Fürsten und seine Frau wüteten noch in ihr, doch sie wurden schwächer. Aber fünfzig Mark oder gar ein Jahresverdienst könnten an ihrer Familie Wunder vollbringen.

Sie schaute hoch zur Bahnhofsuhr. Drei nach vierzehn Uhr. Sie gab sich einen Ruck, warf eine Münze ein und nahm den Hörer von der Gabel, die links vom Gerät angebracht war, drehte die Kurbel und horchte.

»Hallo, wer ist da? Mit wem darf ich verbinden?«

»Guten Tag.« Adelheid war etwas verwirrt. Sollte sie nun erst mit der Dame sprechen? Oder direkt die Nummer durchgeben?

»Sagen Sie mir bitte, mit welcher Nummer Sie verbunden werden wollen«, kam es etwas barsch zurück.

»Ja … Entschuldigung. Ich wusste nicht … Die Nummer lautet …« Sie diktierte die Nummer, dann hörte sie ein knappes »Sie werden verbunden«, dann ein Tuten.

»Privatdetektei Sibelius. Mit wem spreche ich?«

»Ja … ähm … Herr Sibelius?«

»Ebenjener«, sagte der Mann, dessen Stimme sie wiedererkannte.

»Hier ist Adelheid Schaaf.«

»Fräulein Schaaf. Das ist … wunderbar. Dann haben Sie sich also dazu entschlossen, uns zu helfen.«

Zu helfen? Na ja, so würde sie es nicht nennen wollen. »Ich bin in Oranienburg. Und ich … Ich hätte da was für Sie.«

»Fantastisch. Ich bin ganz Ohr.«

Sie drehte sich um, um zu überprüfen, ob auch wirklich niemand in der Nähe stand und zuhörte. »Der Fürst, … er ist schon vor einigen Tagen nach Berlin gereist. Heimlich.«

Man hatte die gesamte Dienerschaft angewiesen, niemandem zu erzählen, dass der Fürst außer Haus war. Niemandem! Es schien ein großes Geheimnis zu sein. Wieso, verstand Adelheid nicht. Aber nun gut. Herr Harden bezahlte für Geheimnisse, und das war eins.

»Das wissen wir bereits«, sagte Sibelius.

»Oh, dann …« Sie hatte gehofft, allein schon für diese Information Geld zu bekommen. Dann fiel ihr etwas ein. Würde er nun bei allem, was sie sagte, einfach behaupten, dass er es schon wisse? Damit er nichts mehr bezahlen musste?

»Aber ich habe es Ihnen gesagt, obwohl ich das nicht darf. Sie haben gesagt, Geheimnisse wären Ihnen Geld wert. Und das ist ein Geheimnis.«

Am anderen Ende der Leitung blieb es stumm. Ängstlich warf Adelheid einen Blick zur Uhr. Mehr als die Hälfte der ersten drei Minuten war schon vergangen.

»Herr Sibelius?«

»Ja, ich muss noch überlegen.«

Himmel, was überlegte der denn? Zahlte er nicht, würde sie vielleicht nie wieder anrufen. Andererseits konnte es natürlich sehr wohl sein, dass er das schon wusste. In Berlin wurde viel getratscht, das sagte Hedda immer. Wieder lief ihr Blick hoch zur Uhr. Sollte sie jetzt schon die nächste Münze einwerfen?

»Wir können so verbleiben, dass ich Ihnen etwas gebe. Aber nicht so viel wie für eine Information, die nur ich habe.«

»Das kann ich doch gar nicht nachprüfen.«

»Aber Sie können nachprüfen, dass ein Kommissar und ein Zeuge in der Stadtwohnung des Fürsten waren. Und zwar schon vor zwei Tagen.«

»Oh!« Das hörte sich glaubwürdig an. Wieder wurde ihr klar, wie wenig sie eigentlich von den Vorgängen und von dem Geschehen in der Hauptstadt wusste. Trotzdem würde sie versuchen, das zu überprüfen. Vielleicht würde ja Viktor Novak etwas erzählen, wenn er wieder zurück war. »Also, …« Jetzt galt es. Jetzt wurde es bitterernst. »Ich hätte da noch was, was wirklich exklusiv ist.«

»Was denn?«

»Einen alten Brief, an den Fürsten adressiert. Und er hat einen …« Adelheid atmete durch. Wie sollte sie das formulieren? In all ihren Überlegungen war das der schwierigste Punkt. »… er hat einen obszönen Inhalt.«

Obszön, dieses Wort hatte sie gerade erst vor drei Tagen gelernt. »Das wäre ja geradezu obszön«, hatte sie die Fürstin auf dem Flur schimpfen hören. Anscheinend nach der Morgenlektüre. Abends dann hatte sie Hedda gefragt, und sie hatte es ihr erklärt. Etwas äußerst Unanständiges sei es. Etwas, worüber man nicht sprechen konnte, ohne vor Scham rot zu werden.

»Wie obszön?«, fragte aber nun Herr Sibelius unbedarft nach.

»Sehr.« Ihr Kopf war hochrot. Das war ein weiterer Vorteil dieser Telefonapparattechnik. Ihr Gesprächspartner konnte sie nicht sehen. »Es … es wird davon berichtet, dass ein Mann … mit einem anderen Mann … etwas macht.«

»Was denn macht?«

Adelheids Blick lief hoch zur Uhr. Erschrocken griff sie nach einer Münze und warf nach. »Dass er was … was mit den Händen … und der Zunge … macht.«

Stille am anderen Ende. »Und der Brief ist an den Fürsten adressiert?«

»Das denke ich. *Liebste Philine* steht in der Anrede.«

Adelheid konnte durch den Telefonapparat hören, wie Sibelius anerkennend durch die Zähne pfiff. Dann: »Von wem?«

»Drunter steht: *dein Tütü*«, erklärte Adelheid.

»Ach, sieh an. Dann weiß ich, wer gemeint ist.«

Ach ja? Mal wieder hatte sie keine Ahnung. »Wer denn?«

»Das ... wollen wir am Telefon lieber nicht besprechen. Und der schreibt dem Fürsten, was die beiden gemacht haben?«

»Nein, der Fürst hatte ihm wohl zuvor in einem Brief von einem dritten Mann geschrieben. Was er mit ihm beziehungsweise der dritte Mann mit dem Fürsten gemacht hat.« Ihre Stimme wurde immer leiser, so sehr schämte sie sich, den Inhalt des Briefes wiedergeben zu müssen.

»Pikant!« Wieder Stille. »Und wer ist dieser dritte Mann?«

Adelheid öffnete schon ihren Mund, doch dann stockte sie. »Das verrate ich Ihnen nicht. Sonst sagen Sie wieder, das wissen Sie schon.«

Ein leises Lachen erklang aus dem Hörer. »Na gut. Das klingt nach etwas, was Herrn Harden wirklich interessieren könnte. Aber das, was dort beschrieben ist, ist verboten, ja?«

»Ich ... Ja. Da bin ich mir sicher.«

»Ich werde kommen und den Brief holen. Am besten noch heute.«

Bei ihrem ersten Aufeinandertreffen hatte Sibelius gesagt, dass Geheimnisse ihnen Geld wert seien. Und je größer das Geheimnis sei, desto mehr Geld sei es ihnen wert. Lange hatte sie nachgedacht, immer wankend zwischen mangelndem Mut, fehlender Frechheit und der Einsicht, dass dies die Chance ihres Lebens war. Vielleicht die einzige Chance, die sie je in ihrem Leben bekommen würde. Jetzt galt es. Es platzte aus Adelheid heraus. »Ich will hundert Mark.«

»Hundert Mark ... Das ist verflucht viel Geld.«

Das wusste sie selbst. Es war fast ein Jahreslohn für sie.

»Das ist viel zu viel. ... Das kann ich Ihnen nicht so einfach geben. Das muss ich mit Herrn Harden besprechen. ... Wie ... Hm. Könnten Sie morgen am frühen Vormittag ins Dorf kommen?«

»Ich kann nicht einfach so das Schloss verlassen.«

»Dann lassen Sie sich was einfallen.«

»Das ist nicht so leicht.«

Wieder Stille in der Leitung. Ihr Blick ging hoch zur Uhr. Schon viereinhalb Minuten. Aber was waren zehn Pfennige, wenn es um hundert Mark ging?

»Passen Sie auf. Ich komme noch heute, und ich biete Ihnen die Hälfte. Fünfzig Mark.«

Nun war Adelheid still. Er versuchte zu handeln. Fünfzig Mark waren ebenfalls verdammt viel Geld. Aber hundert Mark waren das Doppelte von verdammt viel Geld.

Einmal im Leben kommt eine Chance, hatte Hedda gesagt. Nur einmal. Dann musst du zugreifen. »Nein. Hundert Mark.«

»Brauchen Sie noch lang?«, fragte plötzlich hinter ihr ein älterer Herr laut.

Adelheid erschrak. Ein Mann in dunklem Anzug stand viel zu dicht neben ihr, einige Münzen in der offenen Hand, und sah sie unfreundlich an. Sie schüttelte den Kopf. Und drehte sich zur Wand.

»Ich kann nicht einfach rauskommen. Ich ...«

»Fräulein, geht das nicht schneller? Ich muss dringend telefonieren!«

Wieder dieser Kerl. Sie telefonierte doch gerade erst seit wenigen Minuten. Trotzdem zuckte Adelheid zusammen. Sie warf dem Mann einen bösen Blick zu, drehte sich wieder weg und legte eine Hand über die Sprechmuschel. »Ich kann nicht weitersprechen. Hier ist jemand ...«

»Hören Sie, ich werde mit Herrn Harden sprechen. Wenn er dem Handel zustimmt, komme ich morgen. Schauen Sie aus dem Fenster Richtung Chaussee. Dort werden Sie mich sehen können. Dann müssen Sie nur schnell zum Zaun kommen.«

»Sind Sie verrückt? Ich kann mich doch nicht vor den Augen aller mit Ihnen treffen.«

»Dann erfinden Sie was. Dass Sie zum Laden müssen. Oder dringend zu Ihrer Familie.«

»Ich, ich versuche es ...«

»Wie lange dauert das denn noch?«, fragte der unverschämte Kerl.

Am liebsten hätte Adelheid ihn angefahren, aber erstens traute sie sich so etwas nicht, und zweitens sollte sie besser so wenig wie möglich auffallen.

»Ich werde sehen, was ich machen kann«, erklärte sie. Himmel, sie konnte nicht mehr klar denken. Nervös hängte sie die Hörerdose auf die Gabel. Mit zitternden Fingern schob sie sich die Visitenkarte und die drei Zehn-Pfennig-Stücke in die Hand.

»Na, hast lang genug mit deinem Liebsten gesäuselt«, dröhnte das Mannsbild und schob sich unhöflich an ihr vorbei unter die Holzhaube.

Blöder Kerl, dachte Adelheid und verließ die Schalterhalle schnurstracks. Mit ihrem Liebsten gesäuselt, als würde sie sich so was erlauben können. Viktor Novak fiel ihr ein, und auch, wie er ihr hochgeholfen hatte. Wie er sie am Arm in die Leutestube geführt hatte. In den letzten Tagen hatte sie sich solche Gedanken verboten. Ihre kleine Schwester war gestorben. Was war sie nur für ein schlechter Mensch, sich romantischen Tagträumen hinzugeben, statt an das Elend ihrer Familie und den Tod des Babys zu denken. Und doch, Novak hatte ihr geholfen, hatte sie sogar berührt. Es war fast wie ein zärtliches In-den-Arm-Nehmen gewesen.

Allein bei dem Gedanken daran lief ein wohliger Schauer durch ihren Körper. Oder war das gar nicht der Grund? Erbebte sie, weil die Aussicht bestand, hundert Mark zu bekommen? Ein Vermögen. Fast schon zu viel, als dass es wirklich wahr werden könnte.

30. Oktober 1907

»An die zwanzig Schutzleute standen vor dem Gericht, um die neugierige Meute zurückzuhalten. So viele waren gekommen, trotz des strömenden Regens. Wer weiß, wie es dort ausgesehen hätte, wenn es nicht so geschüttet hätte«, sagte Hugo. »Am ersten Tag ist sogar der Kronprinz gekommen. Und auch der zweite Sohn des Kaisers, Prinz Eitel Friedrich, soll einige Male inkognito im Zuhörerraum gesessen haben. Ich habe das leider erst hinterher erfahren. Hätte ihn mir gerne mal von Nahem angeschaut.«

Hugo war noch immer ganz aufgekratzt. Nach dem ersten Prozesstag vor einer Woche hatten sie sich nicht mehr gesehen. Gestern nun war das Urteil ergangen. Man hatte Maximilian Harden vom Vorwurf der Beleidigung freigesprochen. Und Moltke galt nun offiziell als homosexuell veranlagt.

Ruth Mandelbaum schüttelte den Kopf. »Die Prinzen sind von ihrem Vater geschickt worden. Bestimmt traut der Kaiser nun niemandem mehr. Wenn man ihm doch schon so lange vorenthalten hat, was da läuft.«

Die Witwe hatte Constanze gebeten, Hugo zu Tee, Kaffee und Gebäck einzuladen. Zu groß sei ihre Neugierde. Und in den Zeitungen würde sowieso nur die Hälfte stehen. Also hatten sie es sich heute im Salon gemütlich gemacht.

»Das hätte er mal besser schon früher so gehandhabt. Ich finde es beschämend, dass der Mann, der die Geschicke dieses Landes so maßgeblich beeinflusst, derart wenig darüber Bescheid weiß, was eigentlich vor sich geht. Und ich meine überall, nicht nur vor seiner Haustür«, schimpfte Constanze.

Allerdings war sie auch ein klein wenig empört über ihre eigene Blindheit. Ohne je Zweifel zu hegen, war sie dem gefolgt, was der Fürst über den Kaiser gesagt hatte. Er sei sprunghaft, launisch, stolz und eitel, gelegentlich besserwisserisch. Und ein wenig faul. Aber alles nicht tragisch. Doch nun musste sie erkennen, dass der Kaiser unglaublich uninformiert, mit hoher Wahrscheinlichkeit sogar desinformiert und auf jeden Fall leicht zu beeinflussen war.

»Also hat das Gericht den Grafen offiziell als homosexuell erklärt?«, fragte Frau Mandelbaum sicherheitshalber noch mal nach. Es war einfach unglaublich.

»So in etwa. Es ging ja nur darum, ob Herr Harden eine falsche Behauptung aufstellt und Moltke damit beleidigt, wenn er sagt, er sei homosexuell. Es ging nur um seine Veranlagung, nicht um homosexuelle Handlungen. Das Erste ist nämlich nicht strafbar, nur ehrenrührig.«

»Nur ehrenrührig. Bei einem Moltke? Da bricht eine Welt zusammen, nicht nur bei dem Beschuldigten. Für das gesamte preußische Militär bricht eine Welt zusammen«, erklärte Constanze.

»Was die Nachwehen angeht, wird sicher noch so einiges zutage treten. Aber erst einmal ist wichtig, dass Herr Harden freigesprochen wurde. Der Graf muss nun die Prozesskosten tragen.«

»Sicher wird er doch in Berufung gehen, oder was meinst du?«, fragte Constanze nach und nahm sich ein Törtchen mit Geleefrüchten.

»Das ist gut möglich. Gestern hat er ein mehr als bedröppeltes Gesicht gemacht. Der Himmel draußen vergoss die Tränen, die Moltke nicht zeigen durfte. Es war richtiggehend theatralisch«, erklärte Hugo.

»Ja, und was jetzt? Wie geht es nun weiter, nachdem es jetzt amtlich ist, welcher Fraktion Moltke anhängt?«

»Moltke und Eulenburg bekleiden ja schon keine Ämter mehr, also muss da nichts passieren. Aber natürlich muss sich der Kaiser nun dazu äußern. Und auch der Reichskanzler. Immerhin haben sie über lange Jahre Homosexuelle in ihrer engsten Umgebung geduldet. Wenngleich es bei Eulenburg nicht bewiesen ist, so muss dieser Umstand nun doch sehr viel mehr in Betracht gezogen werden.«

»Aber eine politische Konsequenz gibt es nicht?«, fragte Frau Mandelbaum nach.

»Nein. Niemand muss zurücktreten. Sicher wird es weitere Gerichtsverfahren geben. Die Anschuldigungen, die gegen Rittmeister Lynar und Generalleutnant Hohenau erhoben wurden, sind ja höchst brisant. Sie sollen sich an Untergebenen vergangen haben. Um diese beiden wird sich das Militärgericht kümmern müssen. Und es gibt weitere Verfahren. Da scheint gerade eine Welle durch das Militär zu spülen, die niemand für möglich gehalten hätte.

Aber sonst? Nein, kein Politiker muss zurücktreten. Das sind ja sozusagen zivile Vergehen.«

»Ja, und der Kaiser? Was sagt der?«

Hugo zuckte mit den Schultern. »Weiß man nicht. Die einen munkeln, er habe einen Zusammenbruch. Die anderen, er würde toben vor Wut. Teile der Presse fordern von ihm, dass sich die beschmutzte Ehre Deutschlands nur mittels eines Krieges wiederherstellen ließe!«

»Was?« – »Wie bitte?«, fragten Ruth Mandelbaum und Constanze gleichzeitig.

»Was würde denn ein Krieg gegen Frankreich oder Russland ändern?«, fragte die Witwe nach.

»Schließlich sei der deutsche Volkskörper beschmutzt, und nur ein frisch-fröhlicher Krieg könne die Nation gesunden lassen. Das stand gestern in der *Augsburger Abendzeitung*. Ganz Europa, ja die ganze Welt macht sich gerade lustig über uns. Immerhin haben wir einen Monarchen, der noch nie in eine echte Schlacht gezogen ist und von seinen Männern *Liebchen* tituliert wird.«

»Aber ein Krieg ... in dem Menschen sterben ...«

»... wird leider von vielen als einzige Möglichkeit erachtet, dem generellen Vorwurf der Homosexualität, der gerade das deutsche Militär überschattet, zu begegnen. Denn ein homosexueller Mann kann schließlich kein guter Soldat sein, so die allgemeine Auffassung.«

»Unglaublich!«, rief Ruth Mandelbaum aus.

»Herr Harden selbst hat im Prozess gesagt: ›Einen so zartsinnigen preußischen General hat es sicher noch nicht oft gegeben.‹ Immerhin reden wir hier über einen von Moltke! Beschmutzt man diesen Namen, beschmutzt man den Gründer des Deutschen Reiches, und damit die gesamte deutsche Nation.«

»Nicht zu vergessen den jetzigen Namensvetter, Helmuth von Moltke. Immerhin ist er Generalstabschef des deutschen Heeres. Höher geht es kaum«, ergänzte Constanze.

»Also könnte nun die politische Folge dieses Skandals ein Krieg sein?«, fragte Ruth Mandelbaum nach.

»Zumindest käme es vielen gelegen. Holstein, nach langjährigem Dienst aus dem Außenministerium entlassen, ist spätestens seitdem ein ausgewiesener Feind Eulenburgs und seiner, wie er es sagt, ›verweichlichten und weibischen‹ Politik. Holstein hätte es nur allzu gerne gesehen, dass Deutschland in der Marokkokrise gegen Frankreich das Schwert erhoben hätte. Aber anscheinend ist es dank der Verbindung Eulenburgs zu Lecomte nicht so gekommen. Holstein ist in der Marokkokrise gescheitert. Und diese Hexenjagd ist seine Rache. Aber natürlich ist es genau das Argument, das den Kriegstreibern in die Karten spielt. Zwei Homosexuelle haben den deutschen Kaiser bearbeitet, und der hat sich zu nachgiebig und weich gezeigt.«

»Päh, zu weich gezeigt. Ist man jetzt schon zu weich, wenn man keinen Krieg will?«, warf Ruth Mandelbaum verschnupft ein.

Hugo nickte nur.

»Also, die Liebenberger Tafelrunde, die Halbgötter, sind vom Olymp gestoßen. Da taucht doch unmittelbar die Frage auf, wer die frei gewordenen Plätze rund um den Kaiser besetzen wird?«, resümierte die ältere Frau.

Das war eine berechtigte Frage, dachte Constanze, als es vorne an der Haustür klingelte. Constanze schaute Ruth Mandelbaum fragend an. Sie hatte nichts von weiterem Besuch gesagt. Die Witwe zuckte mit den Schultern. Ein Bote oder ein Verkäufer würde zur Hintertür gehen. Es musste also offizieller Besuch sein. Schon wurde die Tür aufgerissen.

Maximilian Harden stand im Rahmen. Anscheinend war er eilig rübergekommen. Sein Gesicht zeigte Wut, Zorn, aber auch Empörung.

»Maximilian, was ist?« Ruth Mandelbaum kämpfte sich aus dem Sessel hoch. Auch Hugo und Constanze standen auf. Irgendetwas war. Irgendetwas sehr Schlimmes.

»Bernstein hat gerade angerufen. Es ist wirklich ungeheuerlich.«

»Was? Was ist denn passiert?«

»Moltkes Anwalt hat Berufung eingelegt. Damit habe ich gerechnet. Aber jetzt ...« Er holt tief Luft. »Jetzt sind sie gerade dabei, das

Urteil aufzuheben. Wegen eines lächerlichen Verfahrensfehlers. Nur weil ein Zeuge nach einer kleinen Pause nicht ein zweites Mal vereidigt wurde. Sie wollen den Prozess neu aufrollen. Sie wollen mich in die Knie zwingen, ganz sicher.«

»Sie? Wer sind *sie?*«, fragte Ruth Mandelbaum.

»Die Staatsanwaltschaft. Plötzlich sei das Verfahren doch von öffentlichem Interesse. Dieses öffentliche Interesse, das Moltke vorher explizit eingefordert hatte und was abgewiesen worden war. Das bedeutet, der nächste Prozess wird nicht vor einem Schöffengericht verhandelt, sondern vor einer Strafkammer. Vor einer weit höheren Instanz.«

Constanze nickte unmerklich. Irgendwie hätte es sie auch gewundert, wenn das so glatt gelaufen wäre. Das Urteil war einfach derart unglaublich, dass man es eben nicht glauben konnte. »Fürst zu Eulenburg sitzt also doch am längeren Hebel. So leicht lassen sich die Halbgötter anscheinend nicht vom Olymp stoßen.«

Hugo stimmte dem zu. »Vermutlich hat niemand damit gerechnet, was dort alles zutage treten wird. Und nun sind sie überrascht. Moltke ist gesellschaftlich erledigt, Eulenburg vermutlich ebenso, hohe Offiziere des preußischen Militärs sind beschmutzt. Es geht nicht nur um die Ehre dieser Männer. Es geht darum, was ihr Fehlverhalten ausstrahlte – eine ungeahnte Dekadenz in den Reihen der Mächtigen.« Hugo schnaufte laut auf. »Kein Wunder, dass die Sozialdemokraten immer mehr erstarken.«

Harden ließ sich auf einen freien Sessel fallen. »Nun werden sie sich rächen«, sagte er mit düsterer Vorahnung.

»Da haben Sie recht«, pflichtete Constanze ihm bei. »Eulenburg kennt Gott und die Welt. Jemanden, der vier Reichskanzlern auf den Thron geholfen hatte, den wird man schon vom Olymp runterzerren müssen.«

Kapitel 6

2. November 1907

Nachdem sie alle Böden in der Mansarde mit Scheuersand gereinigt, gefegt und dann geputzt hatten, schleppte Adelheid zwei Eimer mit Putzwasser und den Feudel die Treppen runter, während Gerda Altvater ihr mit dem Besen, Handfeger und dem Scheuersand folgte. Gerda ging in die Waschküche, sie nach draußen.

Hinten beim Waschhaus gab es eine Stelle, wo all das schmutzige Wasser weggekippt wurde. Für einen Moment blieb sie am Rand der kleinen Kuhle stehen und stellte die schweren Eimer ab. Wie viele Liter Wasser hatte sie schon die Stufen hoch- und runtergeschleppt? Wie viele Millionen Liter Wasser würden es sein, wenn sie eines Tages als Dienstbotin aufhörte? Am Abend schmerzten ihre Schultern und ihr Rücken.

Moritz Lüdke überquerte den Platz, den Eimer mit den Essensresten für die Schweine in der Hand. Wieder wanderten noch essbare Lebensmittel, über die sich ihre Geschwister sehr gefreut hätten, in den Schweinetrog. Moritz sah Adelheid nicht und verschwand im Stall. Der Hausbursche sprach wenig. Und er lachte nie. Das hatte er schon damals nicht getan, als sie noch gemeinsam die Schulbank der hiesigen Volksschule gedrückt hatten. Sein Kopf hing immer etwas herunter, sodass er jetzt schon wie ein vom Leben gezeichneter alter Mann vor sich hin schlurfte. Bestimmt würde er lieber im Stall arbeiten. Immerhin wäre er dort nicht mehr Opitz' regelmäßigen Prügelattacken ausgesetzt. Wie entsetzlich trist doch ihrer aller Leben war.

Sie schaute in Richtung der Mauer, die das Schlossgelände umgab. Am Montag hatte sie niemanden gesehen, und auch nicht in den folgenden zwei Tagen. Vielleicht war Sibelius gar nicht aufgetaucht. Vielleicht aber hatte sie ihn einfach nur nicht gesehen. Opitz hatte gestern wieder die merkwürdigsten Aufgaben verteilt. Wo sie putzen sollten, wo die Stubenmädchen aufräumen sollten, und dann doch wieder alles widerrufen. Als wollte er die Mamsell ärgern. Als wollte er partout ihre Autorität infrage stellen. Martha Petzold hatte sich sogar genötigt gesehen, die Mamsell zu fragen, was sie denn nun tun sollten – was Opitz ihnen aufgetragen hatte, oder was sie angeordnet hatte. Beides, war die schwache Antwort gewesen. Also waren alle im Schloss hin und her geflitzt. Gut möglich, dass sie in dem Durcheinander Sibelius einfach verpasst hatte. Allerdings war die wahrscheinlichste Erklärung, dass sie zu hoch gepokert hatte. Bestimmt waren die geforderten hundert Mark viel zu viel für Sibelius' Auftraggeber. Sie hätte direkt zugreifen sollen, als er fünfzig geboten hatte. Jetzt war es zu spät. Sie hatte sich die beste Chance ihres Lebens selbst versaut.

Trotzdem, noch immer war sie erstaunt über die Dreistigkeit, die sie bewiesen hatte. So viel Schneid hatte sie sich selbst nicht zugetraut. Einhundert Mark wollte sie haben. Hätte ihr das jemand vor einem Jahr gesagt, sie hätte ihn ausgelacht.

Nach dem Telefonat war sie vor den Bahnhof gegangen, rüber zu dem kleinen Laden mit dem Briefpapier. Sie hatte schlichtes Papier und einige Briefmarken gekauft. Wieder etwas, was sie noch nie in ihrem Leben getan hatte.

Auf dem Weg zurück ins Bahnhofsgebäude war ein Losverkäufer aufgetaucht und hatte sie bedrängt. Und als hätte der Übermut Besitz von ihr ergriffen, hatte sie ein Lotterielos gekauft. Eigentlich wollte Adelheid abwinken, doch dann sah sie, dass es ein Wohlfahrts-Los war, mit dem der Bau einer Badeanstalt in einem Schlafgebäude der Lungenklinik Hohenlychen finanziert werden sollte. Die Vorstellung, Gunther würde dort eines Tages zur Behandlung aufgenommen und sich unter einer richtigen Dusche waschen können, stimmte sie freudig. Tollkühn investierte sie fünfzig Pfennige in das kleinste Los. Und dann passierte ein Wunder – sie gewann fünf Mark. Fünf Mark Gewinn, den sie direkt in dem kleinen Laden einlösen konnte.

Dort hatte sie noch eine Dose gereinigtes Glyzerin für achtzig Pfennige erstanden, um ihre durch das Putzwasser, die Seife, die Sodalauge und den Scheuersand rau gewordenen Hände nachts einzucremen. Hedda hatte ihr abends ein paar abgelegte Ballhandschuhe der Fürstin gegeben. Natürlich zog sie sich die langen Handschuhe nicht bis zu den Oberarmen hoch. Ein merkwürdiges Gefühl war es trotzdem. Und tatsächlich, es half. Die Hände wurden nach und nach weniger rau. Zart wie die Hände der Komtessen würden sie natürlich nie werden. Aber falls Viktor Novak je wieder ihre Hände berühren würde, sollte er nicht von ihren rauen Händen abgestoßen werden.

Außerdem hatte sie sich noch zwei Paar gute Strümpfe gekauft, dünne für fünfundfünfzig Pfennige und dicke für fünfundsechzig Pfennige. Nun würde sie nicht mehr mit den ollen Strümpfen in den guten Schuhen herumlaufen müssen. Und sie hatte sich eine Nagelfeile mit einem Knochengriff gekauft. Frau Möckel sah es nämlich nicht gerne, wenn sie ein Messer zum Säubern der Fingernägel benutzte. Aber bisher hatte sie ja nichts anderes gehabt.

Es war das erste Mal in ihrem Leben, dass sie sich selbst etwas kaufte, was sie nicht essen konnte. Es war das erste Mal überhaupt, dass sie etwas für sich kaufte, nur für sich. Es fühlte sich gut an, so erwachsen. Plötzlich entstand in ihr der Wunsch, dass es ihrer Familie endlich so gut gehen würde, dass sie nicht mehr von ihr abhängig sein würden. Dann könnte sie sich tatsächlich ohne schlechtes Gewissen Dinge leisten – eine richtige Bürste, einen Schal, der nicht aus grober, alter Wolle war. Vielleicht sogar etwas so Überflüssiges wie einen schönen Zierkamm, mit dem sie ihre Frisur verschönern könnte. Einen eleganten Haarkamm aus hellem Horn, sodass man glauben könnte, er wäre aus Elfenbein. Würde es Viktor Novak überhaupt auffallen, wenn sie sich hübsch machte? Voller Träume trat sie die Heimreise an.

Vor vier Tagen noch hatte sie geglaubt, der Gewinn sei ein gutes

Omen. Mittlerweile glaubte sie, dass sie ihr Glück nicht hätte herausfordern sollen. Einmal ging es gut, ein zweites Mal nicht mehr. Sie hatte fünf Mark gewonnen und hundert verloren.

Dennoch, am Sonntag hatte sie ihrer Familie ordentlich aufgetischt. Eier, echte Butter, etwas mehr als die üblichen Lebensmittel für eine Woche und zwei Bier für den Vater. Sie habe noch etwas erledigen müssen, dafür aber auch reichlich Botengeld bekommen, erklärte sie dem Vater. Der nahm das hin. Am liebsten hätte sie natürlich noch viel mehr eingekauft, nur wie sollte sie das erklären? Es wäre aufgefallen. Wenigstens eine Sache, die sich erledigt hatte: Wäre Sibelius auf ihr Angebot eingegangen – wie zum Himmel hätte sie das viele Geld erklären sollen? Aber darüber brauchte sie sich jetzt nicht mehr den Kopf zu zerbrechen.

Adelheid ging wieder zum Hintereingang und brachte die Eimer in die Waschküche. Auf dem Flur lief sie der Mamsell in die Arme.

»Adelheid, der Kamin im Zimmer von Komtess Viktoria ist runtergebrannt. Geh und fach das Feuer wieder an. Sie ist ausgeritten, aber bestimmt bleibt sie bei diesem ungemütlichen Wetter nicht lang.«

»Jawohl, Mamsell Reineke.« Natürlich, wenn die Komtess wiederkam, musste das Zimmer wohlig warm sein. Wenn Adelheid abends nach getaner Arbeit in ihre Schlafkammer kam, dann war es eiskalt. Und wenn sie frühmorgens aufstand, dann auch. Das Leben war ungerecht. Waren der Ort und die Familie und der Stand, in den man hineingeboren wurde, nicht auch ein Lotteriespiel? Eines, das sie offensichtlich verloren hatte. Schon mit ihrer Geburt hatte sie eine Niete gezogen.

Adelheid packte sich Zeitungen sowie einen Korb voller Hölzer und legte einige Kohlestücke darauf. Oben angekommen, bemerkte sie direkt, dass das Feuer ganz aus war. Erst reinigte sie den Kamin, griff dann die Zeitungen und rupfte die Seiten auseinander. Bevor sie sie zusammenknüllen konnte, sah sie es. Es stand in der Zeitung von vor vier Tagen: Maximilian Harden war freigesprochen worden. Jetzt erklärte sich auch, warum der Privatdetektiv nicht mehr erschienen war. Jetzt, da der Journalist den Prozess gewonnen hatte, brauchte er den Brief nicht mehr.

Trotzdem suchte sie alle Zeitungsseiten nach Meldungen ab. Praktisch die gesamte Presse regte sich darüber auf, dass Harden freigesprochen worden war. Alle rechneten mit Moltkes Einspruch. Und tatsächlich sah sie auch einen Artikel darüber, dass Graf von Moltkes Anwalt diesen erhoben hatte. Doch was würde das ändern? Die gleichen Leute würden vor dem gleichen Gericht mit den gleichen Argumenten und Beweisen auftreten. Wahrscheinlich rechnete Harden sich aus, auch ein zweites Mal zu gewinnen.

Besser, sie beeilte sich. Nicht, dass die Mamsell noch mit ihr schimpfte. Jetzt, da das Schicksal ihr bewiesen hatte, dass es nicht auf ihrer Seite stand. Doch als sie nun eine weitere Seite zusammenknüllen wollte, fiel ihr noch eine Überschrift ins Auge.

Eingreifen des Staatsanwalts

Geschwind flog sie über die Zeilen. Der Artikel war noch länger. Der Prozess und damit das Urteil wurde für ungültig erklärt. Die Berufung im Privatklageverfahren wurde eingestellt. Jetzt übernahm ein richtiger Staatsanwalt das Verfahren. Jetzt wurde vor einer Strafkammer mit drei richtigen Richtern verhandelt und nicht mehr nur vor einem Schöffengericht. Es klang kompliziert, aber Adelheid begriff, dass nun eine höhere, weitaus wichtigere Instanz die Gerichtsbarkeit übernahm.

Sie riss den Artikel heraus, faltete ihn klein zusammen und steckte ihn tief in ihre Schürzentasche. Nachdenklich, fast mechanisch, richtete sie die Feuerstelle her und zündete sie endlich an.

Das Verfahren wurde wieder aufgerollt. Dieses Mal vor einer höheren Instanz. Mit einem Staatsanwalt, der nun gegen Herrn Harden ermittelte. Ob der Staatsanwalt genau wie der Kommissar damals wieder ein Freund oder guter Bekannter des Fürsten war, der mit ihm lachte und vertraulich tat? Sicherlich würde dieses Verfahren nicht einfach wegen Mangel an Beweisen fallen gelassen.

Bestimmt ließ der Kaiser es nicht zu, dass seine Freunde so beschmutzt wurden. Ganz sicher wollte niemand, dass die Ehre solcher hohen Herren beschmutzt wurde, denn was würde das im Umkehrschluss bedeuten: dass auch alle anderen hohen Herrschaften Dreck am Stecken haben könnten. Das würde nicht nur die Sicht auf zwei Männer ändern. Das würde die Sicht auf eine gesamte herrschende Klasse ändern. Hedda hatte recht. Im Grunde machten die da oben doch, was sie wollten.

Adelheid legte noch etwas Kohle nach und entzündete das Feuer. Dann sammelte sie ihre Gerätschaften ein und wollte gerade das Zimmer verlassen. Ihr Blick fiel aus dem Fenster.

Da war jemand, da unten. Da stand jemand, halb verdeckt durch einen Baum. Sie trat näher ans Fenster und erkannte ihn – Sibelius. Der Privatdetektiv stand draußen vor dem Löwentor. Dort, wo Adelheid sich versteckt hatte, um den Kommissar abzufangen.

Er war gekommen. Er wollte den Brief. Nun endlich begriff sie: Er brauchte den Brief! Der nächste Prozess würde viel mehr Aufmerksamkeit erfahren. Und offensichtlich war die Regierung nicht geneigt, diesem Journalisten Harden seine Angriffe gegen die guten Freunde des Kaisers durchgehen zu lassen. Deshalb brauchte Harden neue Munition. Deshalb stand Sibelius hier und wartete auf sie, draußen im Nieselregen.

Was sollte sie nur machen? Sie konnte nicht dorthin gehen, wo alle sie sehen konnten, so wie sie Herrn Sibelius sehen konnte. Das war viel zu riskant. Andererseits musste sie die Gelegenheit wahrnehmen. Sie beobachtete Sibelius kurz, dann trat sie näher ans Fenster und winkte. Endlich hatte sie seine Aufmerksamkeit. Sie bildete mit ihren Händen ein Dreieck über ihrem Kopf und winkte dann die Straße runter. Hoffentlich verstand er, was sie ihm sagen wollte. Dass er zu ihrer Tagelöhnerhütte gehen sollte. Oder wenigstens in die Richtung. Immerhin hatte er begriffen, dass er weggehen sollte. Er schaute sich um und lief in die entgegengesetzte Richtung.

Plötzlich ging die Tür auf. Adelheid sprang vom Fenster weg. »Was machst du denn? Wo bleibst du nur?«, fragte die Mamsell.

»Ich glaube, es ist etwas mit dem Abzug nicht in Ordnung. Es hat ewig gedauert, bis das Feuer brannte. Es zieht nicht gut.«

»Nun gut. Wenn die Komtess heute an der Abendtafel sitzt, dann reinigst du mit Moritz zusammen den Kamin.«

»Jawohl, Mamsell Reineke. ... Mir ist gerade etwas eingefallen. Ich möchte Sie um einen Gefallen bitten.«

»Ja? Was denn?«

»Ich hab am Sonntag meinen Lohn vergessen. Ich würde ihn gerne noch schnell meiner Familie bringen.«

Die Mamsell sah sie sehr skeptisch an. Natürlich war es nur eine Kleinigkeit, trotz alledem durfte so etwas nicht einreißen. Andererseits wusste die Mamsell genauso gut wie Adelheid, dass es im Moment sehr ruhig im Schloss war. Der Fürst war immer noch nicht zurück aus Berlin. Die Fürstin und die Komtessen saßen meistens ohne Besuch gelangweilt im Salon herum. Ihnen war so langweilig, dass Komtess Viktoria sogar bei diesem schlechten Wetter ausgeritten war.

»Es ginge wirklich sehr schnell. Ich würde nur das Geld abgeben und sofort zurückkommen.«

Die Mamsell drehte sich zum Fenster und schaute hinaus. Adelheids Herz machte einen Hüpfer. Wie gut, dass Sibelius schon weg war. Nicht auszudenken, die Mamsell hätte ihn entdeckt.

»Wenn du sogar bei diesem Wetter rauswillst, beeilst du dich sicher. Aber sei schnell wieder zurück. Auf jeden Fall, bevor die Herrschaften essen. Das mit dem Kamin muss ruckzuck gehen.«

»Herzlichen Dank. Das ist sehr gütig von Ihnen.« Es dauerte nur wenige Minuten, da hatte Adelheid die Gerätschaften zurückgebracht, sich ihr schweres Wolltuch geholt und drei einzelne Markstücke. Eilends verließ sie das Schloss.

Auf der Dorfstraße war kaum jemand zu sehen. Niemand ging bei diesem kalten, nassen Wetter vor die Tür. Sie schlug den ausgetretenen Pfad zur Tagelöhnerhütte ein. Ganz wie sie gehofft hatte, war Herr Sibelius nicht etwa zur Hütte gegangen, sondern stand dort, wo sie ihn das erste Mal getroffen hatte.

»Ich hab nicht viel Zeit. Ich muss sofort zurück ins Schloss!«

»Gut, dann machen wir es kurz. Haben Sie den Brief dabei?« Er kramte in seiner Hosentasche und holte fünf Zwanzigmarkscheine hervor. »Ich dachte, das ist Ihnen lieber als Münzgeld.«

Er kam hierher, Tage, nachdem sie sich eigentlich verabredet hatten. Er hatte die hundert Mark dabei und debattierte nicht darüber, ob es zu viel war. Er wartete stundenlang im Nieselregen und war mittlerweile vollkommen durchnässt. Für ihn war das Treffen also äußerst wichtig. Das hatte Adelheid sofort begriffen, als sie ihn von oben gesehen hatte. Nachdem sie den letzten Artikel gelesen hatte, wusste sie auch, wieso.

»Ich hab den Brief nicht dabei. Er ist gut versteckt. In Sicherheit.«

Sibelius zog seine ausgestreckte Hand mit den Scheinen wieder zurück. »Ich kann Ihnen das Geld nur im Austausch gegen den Brief geben.«

Adelheid nickte, als hätte sie verstanden. »Ich will nun das Doppelte!«

Sibelius sah sie ungläubig an. »Aber … Herr Harden hat den Prozess gewonnen. Es ist nur ein Zeichen unseres guten Willens, weil wir es Ihnen versprochen haben …«

»Ich weiß, dass Graf von Moltke Berufung eingelegt hat.« Sie unterbrach ihn mit einer Handbewegung, bevor er antworten konnte. »Und ich weiß, dass sich nun ein Staatsanwalt eingemischt hat. Und wir wissen beide, wie die Untersuchung durch die Staatsanwaltschaft beim Fürsten geendet hat. Die Selbstanklage wurde fallen gelassen.«

Sibelius sah sie verblüfft an. »Sie halten sich für sehr schlau!«

Ich bin sehr schlau, dachte Adelheid. Vielleicht zum ersten Mal in ihrem Leben dachte sie es mit echter Überzeugung. Sie wusste, es wäre ebenfalls schlau, nichts dazu zu sagen.

»Ich will zweihundert Mark. Und am besten nur in Münzen«, schob sie eilig nach.

»Zweihundert Mark, für einen einfachen Brief?!«

»Sie wissen, es ist kein einfacher Brief. Sie würden nicht hier stehen, wenn es nur ein einfacher Brief wäre. Ich gebe Ihnen eins zu bedenken: Die Klage von Graf von Moltke wurde abgewiesen, und er muss die Prozesskosten tragen. Ich habe gelesen, das geht in die Hunderte. Herr Harden muss sich nun fragen, ob er lieber mir zweihundert Mark für den Brief gibt, mit dem er sicherlich den Prozess gewinnen würde, oder vielleicht das Doppelte oder Dreifache zahlen, wenn er die Kosten für zwei Prozesse übernehmen muss. Und möglicherweise am Ende sogar wieder ins Gefängnis wandert.«

»Gut, gut. Ich gebe zu, Sie *sind* sehr schlau!« Er steckte das Geld weg. »Natürlich habe ich nicht so viel dabei. Bei dieser Summe ist klar, dass ich ohnehin erst Herrn Harden fragen muss.«

»Tun Sie das. Und bitte: Tauchen Sie nie wieder so nahe am Schloss auf. Wenn ich Sie vom Fenster aus sehen kann, dann können das auch andere.«

»Wo sollen wir uns also treffen? Falls Herr Harden dem Handel zustimmt.«

»Falls Herr Harden dem Handel zustimmt, treffen wir uns Sonntag in einer Woche mittags hier.«

Wieder wollte er etwas erwidern, und wieder redete Adelheid einfach weiter.

»Und ich würde Sie sehr bitten, nicht durchs Dorf zu laufen. Diesen Weg hier geht man nur, wenn man zur Tagelöhnerhütte will, oder weiter ins Moor. Und Sie sehen wirklich nicht so aus, als wollten Sie einen Spaziergang im Moor machen.«

Herr Sibelius presste seine Lippen zusammen. Alles, was Adelheid sagte, hatte Hand und Fuß. »Wir könnten uns auch in Oranienburg treffen. Ich kenne dort ein kleines Café in Bahnhofsnähe. Da kennt weder Sie noch mich jemand.«

Adelheid dachte kurz nach. »Sie haben recht. Das wäre besser.«

Sibelius erklärte ihr kurz, wo das Café war. »Nun gut. Ich denke, dann sehen wir uns in acht Tagen.« Mit grimmiger Miene ging er davon.

Adelheid dagegen eilte zur Tagelöhnerhütte. Wie vermutet saßen ihre Geschwister drin um den Ofen, der nur wenig Wärme ausstrahlte. Gunther und Gundula sprangen sofort auf und umarmten sie.

»Wo ist Vater?«

Edeltraud zuckte mit den Schultern. »Er sagt uns nichts. Er geht einfach.« Sie sah müde aus. Sie war nun die Große, die Verantwortung trug für alle. In ihren Händen war ein altes Kleid von Mama, das sie an den Nähten auftrennte. Vermutlich würde sie versuchen, sich oder Gundula ein Kleidungsstück daraus zu machen.

Solange er wenigstens immer wieder zurückkommt, dachte Adelheid angstvoll. »Hier, ich habe drei Mark für Botengänge bekommen. Kauft euch was zu essen. Ich muss sofort zurück ins Schloss.«

Edeltraud nahm das Geld an, und endlich glitt ein Lächeln über ihr Gesicht. »Deine Herrschaften sind in letzter Zeit aber wirklich freigiebig.«

»Ja, sind sie. Ich bin auch sehr froh darüber. Das kommt vermutlich daher, dass sie so viel Geld sparen, weil sie weniger reisen.« Sie drückte Gundula und Gunther je noch einen Kuss auf ihren Scheitel, dann ging sie wieder.

Noch eine Angst, die sie verspürte: Was, wenn Vater eines Tages einfach nicht mehr wiederkäme? Wenn er all das Elend hinter sich ließe und einfach abhaute? Das wäre eine Katastrophe für ihre Geschwister. Edeltraud war alt genug, um irgendwann zum Schloss zu kommen und ihr Bescheid zu sagen. Aber was dann? Adelheid konnte einfach nur hoffen, dass der Vater beständig auf der Suche nach Arbeit war.

3. November 1907

Martha hatte sich das Fassoneisen von Komtess Alexandrine geliehen. Sie wolle das Gerät ausprobieren, damit sie den Komtessen bessere Frisuren machen könne, hatte das erste Stubenmädchen gegenüber Mamsell Reineke argumentiert. Und nun lag es oben, und Hedda hatte Martha gefragt, ob sie es sich nehmen dürfe.

Zweimal hatte Hedda sich mit der Brennschere die Ohren versengt. Doch jetzt hatte sie tatsächlich so etwas wie zwei gekringelte Locken an den Schläfen hinbekommen. Ob das bis nach Berlin hielt, bezweifelte sie fast. Vor allem bei dem Wetter. Zwar regnete es jetzt gerade nicht, aber es war nasskalt.

Aus ihrer Kammer holte sie noch ihren Mantel, den Schal und eine Mütze. Liebend gern hätte sie sich mal einen Hut gekauft, aber sie hatte so wenige Gelegenheiten, damit herumzulaufen, dass es sich eigentlich nicht lohnte. Wenn sie erst einmal in Amerika war, eine gute Stellung hatte, dann würde sie sich viele Hüte kaufen. Das hatte sie sich versprochen. Doch Amerika war weit weg.

Mit dem Paket für ihre Brüder unterm Arm verließ sie das Schloss. Es waren nur Kleinigkeiten, die sie ihnen schickte. Sie hatte Adelheid überreden können, drei Paar dicke Socken für sie zu stricken. Zwar wusste sie, dass es in Deutsch-Südwestafrika meistens warm war, aber auch dort gab es kühlere Nächte. Außerdem war es etwas, was sie ihren Brüdern und dem Onkel schicken konnte, das erstens nicht so teuer war und zweitens nicht unterwegs verschwinden würde.

Sie hatte einen langen Brief dazugelegt. Vor drei Wochen war ein Brief aus der Kolonie gekommen. Beide Brüder hatten geschrieben, und ausnahmsweise sogar ihr Onkel. Es gab da einen Nachbarn, einen sehr gut situierten Mann mittleren Alters, der alleinstehend war. Und er habe ein Foto von ihr gesehen. Und sei nun ganz ergriffen von der Idee, sie zu ehelichen. Er sei reich, seine Farm doppelt so groß wie die des Onkels, und er sei ein sehr angenehmer Mensch. Sie würde Bedienstete haben und bräuchte nicht mehr selber zu putzen und zu waschen.

So verlockend das Angebot auf den ersten Blick auch war, hatte Hedda sich sehr viel Mühe gegeben, eine nette Absage zu formulieren. Sie wollte einfach nicht nach Deutsch-Südwestafrika. Es gehörte zwar zum deutschen Kaiserreich, aber es war immer noch Afrika. Es herrschten die gleichen Gesetze und der gleiche Standesdünkel. Außerdem würde sie auf einer einsamen und abgelegenen Farm eingehen wie eine Primel, die man nicht goss. Nein danke. Vermutlich wären die Bediensteten Afrikaner, was ihre Angst keineswegs schmälerte. In einem Land, das auch vor Sklavenhaltung keinen

Halt machte, würde sie nie zu einem freien Menschen werden. Kein Wunder, dass die Angriffe der Eingeborenen immer wieder aufflammten. Nein, sie wollte nicht in die Kolonien. Als Frau hätte sie dort genauso wenige Rechte wie hier. Vermutlich sogar noch weniger. Außerdem – ein Mann mittleren Alters. Das bedeutete im Zweifelsfall, dass er doppelt so alt war wie sie, oder älter.

Und so etwas Aufregendes wie heute würde sie dort wahrscheinlich nicht erleben. Zum allerersten Mal in ihrem Leben würde sie eine politische Versammlung besuchen. Sie hatte das Pamphlet des Mannes, den sie vor dem Stettiner Bahnhof in Berlin getroffen hatte, gut aufbewahrt. Anfang Oktober wäre viel zu kurzfristig gewesen, aber schon seit Wochen freute sie sich auf heute. Heute war ihr freier Sonntagnachmittag.

Im Dorf gab sie das Paket auf, lief zum Bahnhof Löwenberg und fuhr mit der Kleinbahn. Eine gute Stunde später stand sie in Berlin. Vor dem Bahnhof fragte sie einen Würstchenverkäufer, wo sie die Eckkneipe Zum dicken Fass finden würde. Er wies ihr den Weg, und tatsächlich war sie nur wenige Minuten entfernt.

Vor der Eckkneipe nahm sie ihre Mütze ab und versuchte zu richten, was von ihren Locken übrig geblieben war. Dann betrat sie das Etablissement.

Rauchgeschwängerte Luft schlug ihr entgegen, Essensgerüche, Gesprächsfetzen. Die Kneipe war gut besucht. Zu ihrer Erleichterung waren keine höheren Herrschaften anwesend. Und es waren noch mehrere Frauen dort. Es gab sogar zwei Familien, die an Tischen saßen und aßen. Doch den Mann, der ihr den Zettel in die Hand gedrückt hatte, entdeckte sie nirgendwo. Überhaupt sah das so gar nicht nach einer Versammlung aus. Ein Kellner mit einer dicken Schürze und einem vollen Tablett entdeckte sie und blieb stehen.

»Zur Versammlung?«

Hedda nickte schüchtern.

»Im Hinterzimmer. Da lang.« Mit dem Kopf wies er in eine Richtung und war schon wieder weg.

Mit einem etwas mulmigen Gefühl ging Hedda durch eine Tür,

trat auf einen leeren Flur und sah sich wiederum mehreren Türen gegenüber. Eine schwang auf, und ein anderer Kellner mit einem Tablett voll leerer Gläser kam hinaus.

»Sie wollen zur Versammlung? Ich hab gerade eine Bestellung aufgenommen. Darf ich Ihnen auch was bringen?«

»Einen … Kaffee«, sagte Hedda, die ein wenig durchgefroren war.

Dann endlich trat sie durch die Tür. Drei lange Tische waren gut besetzt. Nur wenige Stühle waren noch frei. Einzelne Köpfe drehten sich nach ihr um und schauten wieder nach vorne. Dort sprach gerade eine ältere Frau, die etwas erhöht auf einem Podest stand.

Einen Moment schaute Hedda sich um. Viele Frauen, die meisten im Alter von zwanzig bis Mitte dreißig. Es gab nur einige wenige, die älter waren. Sie entdeckte lediglich eine Frau, die jünger war als sie. Natürlich, die unerfahrenen, blutjungen Frauen waren die Dummen. Die Dummen, die irgendwo als Alleinmädchen schufteten, sich nichts trauten und über nichts Bescheid wussten. So war es ihr doch auch ergangen. Damals, als Alleinmädchen, wäre sie sicherlich nicht auf so eine Versammlung gegangen. Lieber hätte sie die wenigen freien Stunden genutzt, um zu schlafen.

Ihr Blick ging über die Männer, die in einem ähnlichen Alter waren. Sie alle waren etwas besser gekleidet als Arbeiter. Dennoch war es deutlich erkennbar, dass sie keine Bürgerlichen waren. Der Stoff ihrer Anzüge war nicht fein genug. Aber alle hatten adrette Frisuren, waren gut rasiert und wirkten wenig hemdsärmelig. Männliche Dienstboten verdienten besser und hatten mehr Umgang mit den Herrschaften. Mehr noch als die Dienstmädchen mussten sie achtgeben auf saubere Hände, frische Kleidung und anständiges Aussehen.

Wen sie nicht entdeckte, war der Mann, der ihr den Zettel gegeben hatte. Schade, sie hatte ihn wirklich sehr sympathisch gefunden. Und außerdem würde sie sich nicht ganz so verloren vorkommen.

Die Tür hinter ihr schwang auf und ihr beinahe in den Rücken. Sie sprang zur Seite. Da war er ja. Er wirkte, als hätte er sich beeilt. Eilig nahm er den Hut ab und strich sich die Haare zurück. Als sein Blick auf sie fiel, lächelte er.

»Dann sind Sie also doch gekommen. Wie schön.«

»Ich bin gerade erst angekommen.«

»Bei unserem letzten Treffen Anfang Oktober hatte ich Sie schon vermisst.«

Sie lächelte ihn an. Er hatte sie vermisst. Alle Zweifel waren vom Tisch gewischt. Natürlich wäre sie auch gekommen, wenn sie sich nicht so sehr auf ihn gefreut hätte. Aber vielleicht hätte sie dann nicht den Aufwand mit dem Fassoneisen betrieben.

»Kommen Sie. Setzen Sie sich.« Er nahm sie leicht am Arm und führte sie zu einem der Tische. Sofort rückte einer der Männer mit seinem Stuhl zur Seite, und eine Frau machte für sie Platz.

»Otto Bach, Kammerdiener«, stellte sich der andere Mann vor.

»Selma Pöter, Hausmädchen, hoffentlich bald Stubenmädchen«, sagte eine der Frauen.

»Ingeborg, noch lange Hausmädchen«, sagte eine andere Frau hinter ihr mit einem schiefen Lächeln.

»Siegfried Hausmann, zweiter Diener.«

»Arthur Schneider, Kammerdiener«, stellte der Zettelverteiler sich nun selbst vor.

Kammerdiener, ja, das passte zu ihm. »Hedda Pietsch, Stubenmädchen.« Sie begrüßte alle freundlich mit Handschlag.

»Willkommen in unserer illustren Runde«, begrüßte Arthur sie noch mal.

Der Kellner kam, verteilte Getränke, und Hedda bekam ihren Kaffee. Verschämt drehte sie sich zu ihrer Nachbarin um. »Fräulein Pöter, wie viel kostet hier ein Kaffee?«, fragte sie leise.

»Nenn mich Selma. Wir duzen uns hier alle. Wir sitzen doch alle im gleichen Boot. Und keine Angst, hier ist es nicht teuer. Das Bier kostet zwölf Pfennige, genau wie eine Tasse Kaffee. Brause gibt es für zehn Pfennige, aber nur im Sommer.«

Zwölf Pfennige, das war deutlich teurer als in Neuruppin. Aber nun gut, sie war schließlich in Berlin, dem Nabel des Kaiserreichs.

»Und wenn du Hunger hast, es gibt Soleier für fünfzehn Pfennige und Schmalzstullen für dreißig. Sind aber ordentlich dick und gut beschmiert. Die lassen sich hier nicht lumpen. Nur wenn du 'ne Bulette willst, dann musst du eine ganze Mark berappen.«

»Nein, nein, wo ich arbeite, bekomme ich gut zu essen.«

»Du Glückliche. Ich darf mich eigentlich auch nicht beschweren. Aber wenn ich meinen freien Nachmittag habe, dann muss ich auswärts essen.« Selma griff nach einem Stoffbeutel, der über ihrem Stuhl hing, öffnete ihn und ließ Hedda hineinschauen. »Aber unsere Köchin lässt mich morgens zwei Stullen schmieren«, erklärte sie grinsend.

Hedda machte große Augen. Ja, sie hatte es auf dem Schloss gut getroffen. Und dennoch, nicht gut genug. Nicht, solange Opitz noch sein Unwesen trieb. Arthur nippte an seinem Bier. Er lauschte interessiert dem Vortrag der älteren Dame. Sie erzählte gerade, dass sich Ende September die Dienstboten in Dänemark mit einer Eingabe an die Regierung gegen ihr altes Dienstleute-Gesetz gewandt hatten. Sie zitierte aus der Eingabe: *Es schicke sich nicht für ein freies Land, einen Sklavenstand zu haben.* In dem Moment ging ein zustimmendes Raunen durch den Saal. Einige klopften sogar auf die Tische.

Dann berichtete die Vortragende, dass der Zentralverband Deutscher Industrieller eine Kundgebung zur Sozialpolitik veranstaltet habe – hier in Berlin, Ende Oktober. Die Unternehmer hätten sich zwar zur Mitarbeit bereit erklärt, doch eine Arbeitszeitverkürzung auf acht Stunden gehe ihnen viel zu weit.

Nun hörte man leise Buhrufe, nur kurz, denn die Menschen, die hier saßen, schienen alle sehr gesittet zu sein. Arthur hielt sich vornehm zurück. Ganz sicher war er es seit Jahren gewohnt, seine Emotionen im Zaum zu halten. Er lauschte interessiert der Dame, die nun anfing, über die Schwierigkeiten der Durchführung eines Streiks zu sprechen.

Hedda war sofort verschreckt. Sie konnte sich nicht vorstellen zu streiken. Überhaupt war das eine ziemlich dämliche Idee. Sollte sie sich etwa alleine in die Leutestube setzen und nichts tun? Oder sich mit einem Plakat vor das Schloss stellen? Aber genau diese Schwierigkeiten waren wohl bekannt.

»… hat sich also der Vorstand dazu entschlossen, die Idee eines Streiks zu verwerfen. Noch nicht vom Tisch wäre eine mögliche Demonstration. Allerdings wissen wir ja, wie so etwas bei den Herrschaften ankäme. Im Moment sind wir noch fest entschlossen, zumindest nächstes Jahr am 1. Mai mitzumarschieren. Da sind viele Tausend Menschen auf der Straße, und es ist relativ unwahrscheinlich, in der Menge entdeckt zu werden.«

Ein Aufatmen ging durch den Raum. Anscheinend sah nicht nur Hedda eine demonstrative Einforderung von Rechten sehr kritisch. Alle wussten doch, wie rechtlos sie waren. Schon am nächsten Tag könnte man auf der Straße stehen, und es gab keine Institution, bei der man sich beschweren konnte.

»Deshalb haben wir beschlossen, das Beratungsangebot auszuweiten. Gerade für die Neulinge in unserem Metier ist es wichtig zu wissen, wohin man sich in der größten Not wenden kann. Wir werden also unser Büro an allen Nachmittagen für Beratungsgespräche öffnen. Damit alle Betroffenen davon erfahren, wollen wir mehrere Tausend Flugblätter drucken lassen und sie verteilen. Wir bräuchten also wieder Freiwillige, die die Zettel auf den Wochenmärkten, gezielt vor einigen Waschhäusern und besonders bei den Vermittlungsagenturen, den offiziellen wie den inoffiziellen, verteilen.« Der Blick der älteren Dame lief über die Köpfe.

Einige Hände gingen hoch, und sie nickte zufrieden.

Hedda hatte unbewusst den Kopf eingezogen. Sie wollte nicht für etwas verpflichtet werden, von dem sie noch nicht ganz überzeugt war. Dessen Inhalte sie nicht mal kannte. Überhaupt, es war ihre erste Versammlung. Und doch war sie sehr davon beeindruckt, wie hier miteinander umgegangen wurde. Alle waren höflich, aber locker. Es wurde gelacht, ein wenig geschwätzt, und alle schienen sich für das, was vorne mitgeteilt wurde, zu interessieren. Und außerdem hatte sie so Arthur kennengelernt.

»Ist es schwierig, solche Zettel an die Leute zu bringen?«, flüsterte Hedda.

Arthur beugte sich über den Tisch, um nicht zu laut zu reden.

»Die meisten Leute gehen desinteressiert vorbei. Allerdings ist es ja nicht so, als würde ich treffsicher erkennen können, wer eine Dienstbotin ist oder wer ein Diener. Mir ist das egal. Ich bleibe immer höflich, und wie du siehst, manchmal klappt es. … Du bist gekommen.« Er lächelte sie freundlich an.

Hedda lächelte zurück und nickte beipflichtend. Ganz sicher würden sie nicht morgen eine Arbeitszeitverkürzung, eine Lohnerhöhung und den Urlaubsanspruch in den Schoß gelegt bekommen. Es würde länger dauern, und man musste einen langen Atem beweisen. Das würde wohl nur funktionieren, wenn man Spaß an der Sache hatte. Und Arthur schien Spaß und Begeisterung mitzubringen.

Vielleicht, dachte sie plötzlich, nehme ich ja ein paar Zettel mit und verteile sie dann in Neuruppin. Das nächste Mal, wenn ich komme. Es gefiel ihr. Es gefiel ihr, hier zu sitzen, mit Arthur, aber auch mit den anderen. Es gefiel ihr, etwas Bedeutsames in ihrem Leben zu machen. Und wer weiß, vielleicht würde es eines schönen Tages tatsächlich eine richtige Gewerkschaft für Dienstboten geben. Und sie hätte daran mitgewirkt. Wäre das nicht famos?

»Nun kommen wir zu dem elendigsten Thema, das uns nach wie vor beschäftigt. Die Drangsal der Frauen durch ihre Herrschaften. … Wir haben nun endlich einen Arzt gefunden, der bereit ist, sich einmal im Monat kostenlos um die armen Geschwängerten zu kümmern.«

Hedda merkte, wie sie sich sofort verspannte. Es war ja schön und gut, dass es hier so kollegial zuging. Und dass sie Arthur wiedergetroffen hatte. Und dass sie glaubte, Selma könne eine Freundin werden. Letztendlich allerdings gab es vor allem ein Thema, weshalb sie hier war. Die Drangsal, aber nicht durch die Herrschaften, sondern durch einen Diener. Der Haushofmeister war tyrannisch, und alle litten unter ihm. Aber die Frauen waren einer zusätzlichen Gefahr ausgesetzt. Alleine konnte sie sich nicht gegen Opitz wehren. Ihr war klar: Wenn sie etwas ändern wollte, und das musste sie, dann brauchte sie Verbündete. Sie brauchte mehr Verbündete als nur die nette, aber in manchen Belangen doch reichlich naive Adelheid.

7. November 1907

Seit sie in Berlin waren, hatte der Fürst die Wohnung gestern zum allerersten Mal verlassen. Gestern war der erste Prozesstag gewesen gegen Adolf Brand, den Herausgeber einer kleinen, unbedeutenden Zeitschrift über die Männerliebe. Vor zwei Monaten hatte er dem Reichskanzler Bülow vorgeworfen, ebenfalls homosexuell zu sein. Und dachte, er würde damit etwas bewirken. Denn wenn nun doch so viele und so hohe Herrschaften und Amtsträger homosexuell seien, dann solle man das eben endlich mal als etwas Normales ansehen. Doch der Schuss war unverkennbar nach hinten losgegangen.

Erstens hatte Adolf Brand nicht annähernd das Kaliber eines Maximilian Harden. Und zweitens war der bezichtigte Fürst Bernhard von Bülow der amtierende Reichskanzler des Deutschen Reiches. Brand hatte also nicht nur eine bekannte Persönlichkeit angegriffen, sondern eins der höchsten Ämter des Kaiserreichs. Anders als Moltke und Eulenburg hatte Bülow nicht lange gefackelt und den Mann verklagt. Gestern war der Prozess eröffnet worden. Und wieder war der Fürst als Zeuge geladen – für heute. Dieses Mal konnte oder wollte er sich dem nicht entziehen. Dennoch war es für den Fürsten ein schwerer Gang, ein sehr schwerer Gang.

Dr. Genrich, der Kutscher Hartwich, Viktor selbst und Kammerdiener Theurich brachten den kränkelnden Fürsten mit Mühe und Not die Treppe hinunter zur Kutsche. Theurich und der Doktor setzten sich zu ihm. Viktor saß vorne mit auf dem Kutschbock. So fuhren sie zum Kriminalgericht nach Moabit.

Als wäre alles nicht schon schrecklich genug, musste sich der Fürst zwischen den Fotografen, Presseleuten und anderen Neugierigen seinen Weg ins Gebäude bahnen. Theurich und Dr. Genrich nahmen ihn zwischen sich. Viktor wimmelte mit ausgestreckten Armen hinter dem Fürsten die nachdrängenden Menschen ab, während Hartwich, der noch ein Stück größer und breiter war als Viktor, vorne den Weg freiräumte, teils in recht unhöflicher Art und Weise. Aber die Meute hatte es nicht anders verdient. Es war ein wahrer Spießrutenlauf.

Im Gebäude führte Viktor zusammen mit Theurich den Fürsten die Treppen hoch. Sie kamen in einem kleinen Nebenzimmer unter, in dem sich der Fürst erholen konnte, bis Reichskanzler Bülow seine Aussage getätigt hatte. Dann war es so weit. Der Fürst betrat mit seiner kleinen Entourage den Gerichtssaal und wurde bis zur Zeugenbank begleitet. Dort nahm er, flankiert von seinem Arzt, Platz. Viktor setzte sich mit Theurich direkt dahinter.

Nachdem das anfängliche Getuschel leiser geworden war, sah Viktor sich verstohlen um. Er hatte noch nie einen Gerichtssaal von innen gesehen, nicht einmal damals, als sein Vater verurteilt worden war. Da war er zwölf gewesen und hatte seine Mutter nicht begleiten dürfen. Stattdessen hatte er auf seine jüngeren Geschwister aufpassen müssen.

Hier war die Atmosphäre äußerst aggressiv und angespannt. Die Neugierigen im Saal und auf den Rängen saßen dicht gedrängt. Die Luft war zum Schneiden. Vorne all die hohen Herrschaften, die furchtbar wichtig und streng aussahen.

Adolf Brand, dessen verhängnisvoller Artikel vor zwei Monaten erschienen war, saß mit fahlgelblichem Gesicht zusammengesunken auf der Anklagebank. Wie Viktor von Theurich wusste, hatte Brand sich auf zwei Zeugen verlassen, die aber frühzeitig abgesprungen waren. Vermutlich hatte er darauf gehofft, genauso bekannt zu werden wie Maximilian Harden und dass seine eigentümliche Zeitschrift den gleichen enormen Auflagenzuwachs erfahren würde wie *Die Zukunft* von Harden. Nun saß er da, und das Desaster stand ihm ins Gesicht geschrieben.

Das Gericht fing an, die Zeugen aufzurufen. Graf Wilhelm von Hohenau, ein Onkel des Kaisers, befand sich anscheinend zurzeit auf Auslandsreise. Und Rittmeister Graf zu Lynar war unbekannt verzogen. Dann wurde Fürst Philipp zu Eulenburg und Hertefeld aufgerufen.

Theurich und Viktor hakten ihn unter, brachten den schlurfenden Fürsten zum Zeugenstand und halfen ihm, Platz zu nehmen. Dann setzten sie sich wieder.

Viktor war aufs Äußerste angespannt, wie wohl alle anderen hier im Saal. Nur war er im Gegensatz zu den meisten anderen nicht sensationsheischend. Er betete, dass der Fürst eine gute Figur machen würde. Nichts würde ihm schwerer fallen, als einen nicht nur körperlich, sondern auch seelisch gebrochenen Mann wieder herausführen zu müssen. Er hoffte, der Fürst würde zu seiner früheren Stärke zurückfinden. Wehe, er versagte. Wehe, jemand würde ihm einen Strick aus seinen Aussagen drehen. Wenn er sich nur nicht zu viel aufgebürdet hatte. Aber der Fürst wollte seinem einstmals so guten Freund Bülow beweisen, dass er ihn unterstützte.

Es wurde nach dem vollen Namen und seinen Titeln gefragt, und dann wurde der Fürst vereidigt. Eulenburg bekundete seinen Zeugeneid mit überraschend fester Stimme. Ein erster Hoffnungsschimmer erreichte Viktors Herz.

Nach einigen weiteren Nachfragen, die nicht weiter von Bedeutung waren und eher den Inhalt der Klage erklärten, ging es ans Eingemachte.

Der Richter stellte dem Fürsten die entscheidende Frage: »Der Angeklagte behauptet, Fürst Bülow sei homosexuell veranlagt und habe mit Euer Gnaden viel verkehrt. In Ihren Gesprächen mit dem Reichskanzler seien öfter homosexuelle Dinge erörtert worden, und der Kanzler habe bei diesen Gelegenheiten eine Hinneigung zum männlichen und eine Abneigung zum weiblichen Geschlecht an den Tag gelegt. Stimmen Sie mit dieser Aussage überein?«

Wieder fand der Fürst mit fester, überzeugender Stimme die passenden Worte. »Mir ist davon absolut nichts bekannt.«

Viktor atmete auf, als er den Fürsten so reden hörte. Ja, es würde alles gut gehen. Bestimmt. Er würde sich diese unlauteren Vorwürfe nicht weiter anhören. Und ganz bald würde es um diese unselige Geschichte still werden, und Schloss Liebenberg würde wieder zu seinem früheren Glanz zurückkehren.

Fürst Eulenburg verteidigte sich weiter. »Ich werde mich in meiner Aussage sehr knapp fassen und wäre sehr dankbar, wenn bei dieser Gelegenheit mir ein Wort darüber gestattet würde, da ich bei dem letzten Prozess durch eine schwere Erkrankung am Erscheinen verhindert war und der Gerichtshof mir keine andere Gelegenheit zur Aussage gab. Ich erkläre hiermit auf das Bestimmteste, dass ich mir in meinem Leben nie strafbare Handlungen in Bezug auf Paragraf 175 habe zuschulden kommen lassen.«

Das war der Moment, als eine unsagbare Last von Viktors Schultern fiel. Er atmete hörbar auf. Endlich! Endlich hatte der Fürst sich von der Schmach befreit! Hatte den abscheulichen Vorwurf mit einem Handstreich vom Tisch gefegt. Schließlich hätte er sich nie unter Eid zu einer Lüge herabgelassen. Nun durfte niemand mehr gegen ihn angehen. Viktor fragte sich nur kurz, warum er das nicht schon früher getan hatte, aber letztendlich war es egal. Nun war es passiert, damit war jeder weitere Angriff abgeschmettert.

Der Vorsitzende ergriff das Wort: »Es wird behauptet, dass bei Eurer Durchlaucht gesellige Abende abgehalten wurden, und da soll auch Geheimrat Scheefer in Begleitung des Fürsten Bülow erschienen sein, Zärtlichkeiten, Küsse und Umarmungen sollen ausgetauscht worden sein.«

Der Fürst donnerte: »Das ist die vollkommene Unwahrheit!«

Nach jeder seiner Antworten hörte man leises Stimmengemurmel im Saal, und der Richter ließ ein ums andere Mal seinen strengen Blick über die Ränge laufen.

Der Fürst ließ sich dadurch nicht irritieren. Im Weiteren ließ er sich darüber aus, dass Reichskanzler von Bülow schon lange und noch immer sein Freund sei. Und dass er es ablehne, dass eine innige Männerfreundschaft nun so derartig durch den Schmutz gezogen werde. Außerdem sei er mitnichten an der Amtsenthebung Bülows interessiert oder beteilige sich in irgendeiner Form an solchen Absichten. Und dass damit das gesamte Kamarilla-Geschwätz vom Tisch sei.

An dem Punkt wurde er vom Richter ermahnt, keine Politik mit ins Spiel zu bringen, denn darüber werde hier heute nicht verhandelt. Sondern nur über die Beleidigungsklage des Fürsten von Bülow gegen Brand. Also beteuerte der Fürst noch einmal, dass er keinesfalls hinter den Angriffen gegen Reichskanzler Bülow stehe, und beschloss damit seine Zeugenaussage. Die Befragung hatte nur wenige Minuten gedauert, und der Fürst wurde nun aus dem Zeugenstand entlassen. Wieder halfen Theurich und Viktor, den Fürsten aus dem Saal und runter zur Kutsche zu begleiten. Draußen war die Menschenmenge nun bedeutend kleiner. Vollkommen entkräftet fiel der Fürst in den Sitz. Hartwich wurde angewiesen, besonders rücksichtsvoll zu fahren.

Der Weg von der Kutsche hoch in die Stadtwohnung war nicht weniger beschwerlich als der Hinweg. Nachdem sie es endlich geschafft hatten, den Fürsten in sein Schlafzimmer zu bringen, blieb er dort in der Obhut von Dr. Genrich und Theurich. Hartwich ging, um sich um die Pferde zu kümmern. Viktor bekam die Kleidung hinausgereicht und hängte sie zum Lüften auf.

In den nächsten Stunden passierte nicht viel, außer dass er dem Arzt belegte Stullen machte und dem Fürsten Brühe und Tee zubereitete. Abends war Viktor losgeschickt worden, die Abendausgaben der Hauptstadt-Zeitschriften zu kaufen. Danach hatte er in einem benachbarten Restaurant ein durchaus opulentes Menü abgeholt für den Fürsten und den Arzt. Er selbst hatte aus ein paar gekauften Kleinigkeiten das Abendbrot für sich, den Kammerdiener und den Kutscher hergerichtet.

Theurich hatte sich beeilt mit dem Abendessen. Das Einzige, was er überhaupt erzählte, war, dass der Fürst aufs Äußerste betrübt war, dass es dieses Jahr keine Jagd auf Schloss Liebenberg geben würde. Natürlich war er selbst körperlich gar nicht in der Verfassung. Andererseits mutmaßte er, dass es ihm ohne diese öffentliche Schlammschlacht gar nicht so schlimm ergangen wäre.

Außerdem würde der Kaiser gerade gemeinsam mit der Kaiserin zu einer Englandreise aufbrechen und wäre vermutlich gar nicht gekommen. Nach einem Besuch auf Schloss Windsor würde der Kaiser nach Oxford reisen, wo er eine Ehrendoktorwürde verliehen bekäme. Viktor konnte nicht umhin festzustellen, dass dem Kaiser diese ausgiebige Englandreise sehr zupasskommen musste. Konnte er sich doch so mit gutem Grund weit weg von all dem Prozessgeschehen aufhalten. Natürlich sagte er das nicht laut.

Seit der Fürst gestern in seinem Schlafzimmer verschwunden war, hatte er ihn nicht mehr gesehen. Anscheinend hatte er das Bett nicht mehr verlassen. Heute Morgen war Viktor noch vor dem Frühstück zum nächsten Zeitungsstand gegangen und hatte alles gekauft, was an lokalen Blättern an diesem Morgen erschienen war. Jede Zeitschrift berichtete über den Prozess. In vielen Blättern wurde die Aussage des Fürsten zu Eulenburg wortwörtlich abgedruckt. Recht so. Sollten nur alle wissen, wie es stand. Des Weiteren ließen sich die Zeitungen hämisch über Adolf Brand aus. Aber noch war das Urteil nicht gefällt.

Den restlichen Tag verbrachte Viktor damit, praktisch stündlich zum Zeitungsstand zu gehen, um zu schauen, ob es Extrablätter oder vielleicht auch schon eine frühe Abendausgabe gab. Und dann war es endlich so weit. Die Abendblätter wurden angeliefert. In den *Berliner Neuesten Nachrichten* stand es direkt ganz oben.

> In dem Prozess wegen Beleidigung des Reichskanzlers ist der Angeklagte Brand zu 1 Jahr 6 Monaten verurteilt worden.

Dem Himmel sei Dank! Viktor merkte, wie er plötzlich freier durchatmete, als hätte er seit Wochen schon den Atem angehalten. Und erst jetzt war er überzeugt, dass der gute Freund des Fürsten, Graf Kuno von Moltke, den zweiten Prozess gegen Maximilian Harden gewinnen würde. Damit würde dann endgültig der letzte Schmutz von dem glanzvollen Namen Eulenburg weggewischt.

Der eigentliche Artikel war im Innenteil. Viktor las ihn noch am Zeitungsstand, während er darauf wartete, dass auch alle anderen Abendblätter angeliefert wurden. Das war eine sehr gute Nachricht, die den Fürsten aufmuntern würde. Obwohl doch alle davon ausgegangen waren, dass der Reichskanzler selbstverständlich gegen den kleinen Schmierfinken gewinnen würde. Trotzdem, seit dem vernichtenden Urteil gegen Moltke war man sich nicht mehr so sicher.

Zurück in der Wohnung, wurden ihm die Zeitungen praktisch

aus der Hand gerissen. Theurich hatte schon an der Tür gewartet und rannte damit nun ins Schlafzimmer. Viktor ging in die kleine Teeküche und setzte sich zum Kutscher. Hartwich stopfte sich gerade seine Pfeife. Dann entzündete er sie und paffte den Rauch in die Luft. Der süßliche Geruch der Pfeife war vielleicht das einzig Angenehme, das Viktor mit dem Kutscher verband. Er war harsch, und es war bekannt, dass er seine Frau und seine Kinder gerne und häufig schlug. Viktor versuchte immer, besonders wenig mit ihm zu tun zu haben. Aber hier in der kleinen Wohnung konnten sie sich nicht aus dem Weg gehen.

»Hätten Sie gerne Muckefuck oder Tee zum Abendessen?«

»Muckefuck, wenn's beliebt.«

Viktor war es egal. Er würde beides aufgießen.

»Was halten Sie von der ganzen Geschichte?«, fragte Hartwich ihn überraschend.

Viktor zuckte mit den Schultern, während er den Wasserkessel füllte. Es war eine ungewöhnliche Frage. Man diskutierte nicht über Dinge, die die Herrschaften betrafen. Nicht, solange sie nicht rein organisatorischer Art waren.

»Ich hoffe stark, dass diese ganze Unruhe und dieser böse Klatsch und Tratsch sich baldmöglichst legen.«

Hartwich brummte unzufrieden. Anscheinend war ihm die Antwort zu ausweichend. »Aber was glauben Sie?«

»Zu welchem Thema?« Der Herd in der kleinen Küche brannte von morgens bis abends. Viktor legte noch zwei Holzscheite und ein Kohlestück nach. Es war ihm unangenehm, hier nun hantieren zu müssen und nicht einfach den Raum verlassen zu können.

Hartwich lehnte sich vor und senkte seine Stimme. »Natürlich die Frage, ob unser gnädiger Herr ein warmer Bruder ist.«

»Wie bitte?!«, fragte Viktor empört nach.

Die Tatsache, dass es überhaupt so etwas gab, Männer, die so etwas machten, mit anderen Männern, was man nur mit einer Frau machte, war ihm erst vor Kurzem richtig bewusst geworden. Er konnte sich das gar nicht vorstellen, statt von einer liebreizenden

Person wie Adelheid Schaaf von so jemandem wie Diedrich Budde angezogen zu werden. Das erschien ihm so ... absurd. Niemals würde ein Mann bei ihm solche körperlichen Wallungen auslösen können, wie jede Begegnung mit der goldblonden jungen Frau es verursachte. Wie sollte das überhaupt gehen?

Hartwich stand auf und schloss die Tür. »Sie können mir doch nicht erzählen, dass Sie wirklich glauben, an dieser ganzen Geschichte sei nichts dran.«

Viktor drückte seinen Rücken durch, um möglichst gerade und aufrichtig zu wirken. »Aber genau so ist es. Ich glaube nichts von dem Schmutz.«

»Warum hat er dann so lange geschwiegen?«, fragte Hartwich unnachgiebig.

Viktor, der sich genau diese Fragen schon so lange gestellt hatte, hatte eine schnelle Antwort parat: »Euer Gnaden wollte den Kaiser und den Namen des Kaisers schützen. Er wollte keine größere Sache daraus machen. Das ist ihm zwar leider nicht gelungen, aber mit dem gestrigen Tag hat er jeden Zweifel ausgelöscht.«

»Warum hat er dann erst um Entlassung aus dem diplomatischen Dienst gebeten? Und warum hat der Kaiser, wenn er denn an seine Unschuld glaubt, dem Entlassungsgesuch stattgegeben?«

Darauf wusste Viktor allerdings auch keine Antwort. Der Posten im diplomatischen Dienst war gut bezahlt. Eulenburg erhielt dreißigtausend Mark im Jahr für seine diplomatische Stellung, auch wenn er gerade keinen aktiven Posten bekleidete. Wegen einer Kleinigkeit würde er sicher nicht auf diese Summe verzichten.

Hartwich sah ihn aufmerksam an, sagte aber nichts mehr. Als sollte er von alleine auf die Lösung dieses Rätsels kommen. Ein kalter Schauer lief Viktor den Rücken herunter.

Konnte es sein, dass Hartwich ihm etwas verschwieg? Immerhin bekam er deutlich mehr mit als Viktor. Zwar stand Viktor stundenlang mit den Herrschaften in einem Raum, aber nicht immer konnte er alle Gespräche mithören. Hartwich dagegen wusste, wohin er den Fürsten gebracht hatte. Hatte er den Fürsten jemals zu jener besagten

Villa von Rittmeister Lynar am Heiligen See gebracht? Dieser Villa, die in der Nähe der Villa von Graf Kuno von Moltke lag? Und wenn der Kutscher dann auf seinen Brotherrn wartete, saß er stundenlang mit den Kutschern der anderen Herrschaften zusammen. Man traf sich immer wieder und kannte sich häufig schon seit Jahren. Natürlich durften die Kutscher genauso wenig über ihre Herrschaften plaudern wie die Dienstboten. Aber Viktor wusste, dass sich nicht alle Bediensteten daran hielten. Sicher hatte Hartwich Zugang zu anderen Quellen. Außerdem war er schon deutlich länger beim Fürsten angestellt, fast so lange wie Opitz. Und noch etwas kam Viktor in den Sinn. Er kannte den Fürsten ja nur von seinem Leben auf dem Schloss und einigen Reisen mit der Familie. Wie er war, was er tat und mit wem er sich traf, wenn nicht seine Frau und Kinder mit dabei waren, davon wusste Viktor rein gar nichts.

»Er wäre ja nicht der Erste aus der Familie ...« Hartwich ließ seine Worte bedeutungsvoll ausklingen.

»Wie bitte? Was erzählen Sie denn da?«

»Wissen Sie nicht, dass der jüngere Bruder des Fürsten, Friedrich, 1897 bei einer Affäre mit einem Mann erwischt wurde? Fredi, wie man ihn nennt, lebt seit seiner Scheidung zurückgezogen von jeglichem gesellschaftlichen Leben.«

Viktor blieb der Mund offen stehen. Das war ... Also ... Wieso hatte er noch nie etwas davon erfahren? Friedrich zu Eulenburg kam selten zu Besuch und wurde auch nur selten besucht. Und doch hätte Viktor geglaubt, dass man ein solches Geheimnis nicht unter den Tisch kehren konnte. Und da war sie wieder, diese Unsicherheit. Gestern hatte er gedacht, die Geschichte hätte sich endlich erledigt. Doch nun war er sich nicht mehr sicher. Welche Geheimnisse kannte er noch nicht? War der Fürst ein anderer, wenn er alleine unterwegs war, unbeobachtet von seinen Familienmitgliedern? Oder war er etwa eine zwiegespaltene Persönlichkeit? Gab es Dr. Jekyll und Mr. Hyde wirklich?

»Was sagen Sie nun?«, fragte Hartwich schnaubend.

Was sollte er dazu sagen? Glaubte er den Worten Hartwichs? Ja, musste er sich eingestehen. Was also dann? Viktor suchte noch nach Worten, als auf dem Flur Schritte zu hören waren. Hartwich drehte sich um und öffnete die Tür. Theurich kam herein, um einen Wunsch des Fürsten zu äußern. Der Moment war vorbei. Aber die Unsicherheit war zurück, und sie war größer als zuvor.

17. November 1907

Dass sie zum zweiten Mal in ihrem Leben mit dem Zug fuhr, freute sie eher. Die unerträgliche Aufregung rührte von etwas ganz anderem. Während der Zugfahrt steigerte sich ihre Nervosität ins Unermessliche. Was, wenn Herr Sibelius nicht kam? Was, wenn er ihr einfach weniger Geld anbot? Was, wenn ... Himmel, sie machte sich wirklich verrückt. Und wenn sie das Geld hatte, dann musste sie es gut verstecken, sodass niemand es fand.

Ihr Zug hielt in Oranienburg, und so, wie Herr Sibelius es ihr erklärt hatte, ging sie an dem kleinen Krämerladen vorbei, in dem sie schon das Briefpapier gekauft hatte. Sie bog an der nächsten Straße links ab und ging nun geradewegs auf das Schloss Oranienburg zu. Kurz davor war eine kleine Nebenstraße, in der sich das Café befand, von dem Sibelius gesprochen hatte. Dort wollten sie sich um drei Uhr treffen. Sie hatte noch gute zehn Minuten Zeit. Spontan lief sie die Straße weiter und blieb an der Havel stehen, die ihre Straße vom Schloss Oranienburg trennte.

Dieses Schloss – das war ja riesig. Unfassbar. Wie viele Räume es haben musste. Und hinter dem einen Gebäude ging es noch weiter. Ein endloser Palast mit Dutzenden von Räumen. So sah also ein echtes Schloss aus: herrschaftlich und einschüchternd. Nun wusste sie, was Frau Möckel letztens damit gemeint hatte, Liebenberg sei doch gar kein richtiges Schloss. Und es fiel ihr wieder ein, was Hedda ihr erzählt hatte: dass der Kaiser von den Bürgern so viel Geld bekam. Bestimmt war dieses Schloss auch mit den Geldern von hart arbeitenden Leuten gebaut worden.

Dieser Gedanke versöhnte sie ein wenig mit ihrem Vorhaben. Angesichts dieser Pracht war es doch wirklich einfältig, sich ein schlechtes Gewissen zu machen. Adelheid drehte sich um, ging zurück an die Ecke und weiter bis zum Café.

Nur ungerne würde sie sich alleine an einen leeren Tisch setzen. Auch das war etwas, was sie noch nie zuvor getan hatte: in ein Café gehen. Sie wusste gar nicht, wie sie sich verhalten sollte. Als sie nun durch die Scheibe linste, entdeckte sie allerdings schon Herrn Sibelius. Mit weichen Knien betrat sie das Café.

»Fräulein Schaaf, wunderbar. Sehr pünktlich. Bitte setzen Sie sich.« Er stand sogar auf und rückte ihren Stuhl zurecht.

Sie brachte nur ein scheues »Guten Tag« heraus, nahm das Wolltuch ab und knüpfte ihren Mantel auf.

»Sie erlauben?« Er nahm ihr den Mantel ab und hängte ihn an einen Haken an der Wand.

Himmel, als wäre sie im Leben einer anderen gelandet.

»Was möchten Sie trinken?«

Adelheid war sich unschlüssig. Sie schaute sich um. Auf allen anderen Tischen standen Kaffeetassen oder Tee, bei den meisten auch Kuchenteller. Es sah verführerisch aus. Aber wollte sie wirklich so lange bleiben? Sie hatte gedacht, es würde nur eine einfache Übergabe werden.

»Sie hatten doch selbst gesagt, Sie wollten es nicht allzu auffällig gestalten. Wenn Sie jetzt direkt wieder gehen würden, dann wäre es auffällig«, sagte Sibelius, als er ihre Unentschlossenheit wahrnahm.

Wenn sie gleich wirklich so viel Geld bekam, dann könnte sie sich doch eine Tasse Kaffee leisten. »Dann … nehme ich einen Muckefuck.«

Er grinste. »Ich lade Sie ein. Sie bekommen natürlich eine Tasse Bohnenkaffee. Möchten Sie auch ein Stück Torte?«

Wollte er sie verunsichern? Adelheid atmete tief durch. Kuchen hatte sie in ihrem bisherigen Leben nur äußerst selten bekommen. Am Nachmittag gab es häufig Gebäck. Aber in ihrem ganzen Leben hatte sie noch nie Torte gegessen.

»Nehmen Sie denn auch ein Stück?« Und als er nickte, nickte sie ebenfalls scheu.

Er bestellte zwei Bohnenkaffee und zwei Stück Torte. Welche, war ihr vollkommen egal.

»Und den Brief? Haben Sie den nun dabei?«

Verstohlen legte sie ihre Hand auf die Rocktasche, wo sie ihn versteckt hatte.

»Darf ich ihn sehen?«

Sie zögerte. Sobald sie ihn aus den Händen gab, war ihr Verhandlungspfund weg.

»Sie können ihn rausholen und in den Händen behalten. Ich fliege einfach nur kurz über den Inhalt und vergewissere mich, dass er das Geld wert ist.«

Vorsichtig sah sich Adelheid um. Die Menschen an den anderen Tischen waren gänzlich mit sich selbst beschäftigt. Sie zog ihn aus der Rocktasche, nahm ihn aus dem Umschlag und hielt ihn mit beiden Händen Herrn Sibelius vor.

Der las. Sie hörte ein »Tse«, und er zog leise die Luft durch die Zähne. Dann lehnte er sich wieder in seinem Stuhl zurück. Er sah zufrieden aus. »Jede Mark wert.«

Vorsichtig steckte sie ihn zurück in den Umschlag und dann wieder in ihre Rocktasche. Sibelius hatte einen Beutel dabei. Er hob ihn hoch und reichte ihn Adelheid. Er war schwer.

»Schauen Sie nur hinein.«

Adelheid ließ sich nicht zweimal bitten. Sie zog die Schnüre auseinander und schaute hinein. Lauter Geldstücke. Noch nie in ihrem Leben hatte Adelheid so viel Geld gesehen.

»Hundert Mark in Zehnmarkstücken, der Rest in Fünfen und noch kleiner. Sie können gerne nachzählen.«

Die Zehnmarkstücke waren schnell gezählt. Sie pickte nacheinander weitere Fünfmarkstücke und Markstücke heraus und schätzte, dass das restliche Kleingeld auf Heller und Pfennig stimmte.

Der Kellner kam mit den Gedecken, und Adelheid zog die Bänder vom Beutel wieder zu. Sie gab ihn Herrn Sibelius zurück.

Schweigend bediente sie sich an Milch und Zucker und nahm die erste Gabel der Torte. Wie viel so ein Stück Torte wohl kostete? Ganz bestimmt mehr als eine Mark. Auf jeden Fall, wenn man den Kaffee dazurechnete. Es war echter Bohnenkaffee, den sie zwar mittlerweile schon dreimal im Schloss getrunken hatte. Aber sie hatte nur die übrig gebliebenen Reste aus der Kanne bekommen. Der hier war frisch aufgebrüht und noch richtig warm. Adelheid wusste, das war der beste Tag in ihrem Leben. Ein Besuch im Café, süße Torte und zweihundert Mark für ihre Familie.

»Wie ist die Stimmung auf dem Schloss?«

Genüsslich ließ Adelheid sich ihre Torte auf der Zunge zergehen. Schmeckte das köstlich! Sie schaute Sibelius mit großen Augen an. Sie wollte ihm ja antworten, aber erst einmal musste sie den Geschmack genießen. Sie schluckte.

»Was ist das für eine Torte? Was ist da drin?« Sie konnte sich einfach nicht zurückhalten. Ehrfurchtsvoll nahm sie den nächsten Bissen.

Sibelius lächelte leise. »Das ist eine Marzipantorte. Mit einer Buttercremefüllung.«

Ein wohliges Stöhnen entwich Adelheids Mund. Noch nie in ihrem ganzen Leben hatte sie so etwas Leckeres gegessen. Sibelius sah sie belustigt, aber auch neugierig an. Die Torte noch im Mund, hatte sie ein wenig Zeit, über die Antwort nachzudenken. Sie wollte sich zuvorkommend zeigen.

»Der Fürst ist zurück, aber es geht ihm immer noch sehr schlecht. Er bleibt häufig ganze Tage im Bett.«

»Und bekommt er Besuch?«

»Nur von seinem Arzt. … Und seine Söhne kommen immer mal wieder tageweise.«

»Irgendwelche interessante Post?«

Ihr Mund zuckte. »Ich hatte Ihnen ja bereits gesagt, dass ich die Post eigentlich nie zu sehen bekomme. Herr Opitz nimmt sie in Empfang, und er oder einer der Diener bringt sie hoch.«

»Die Diener, genau. Der Kammerdiener und noch jemand war

in Berlin dabei. Ich weiß es, weil sie den Fürsten in den Gerichtssaal begleitet haben.«

Sie nickte, während sie sich einen weiteren Bissen von der Torte nahm. »Der Kammerdiener, der erste Diener und auch der Kutscher waren mit in Berlin.«

»Und haben die nichts erzählt?«

Sie lachte leise auf. »Mit dem Kammerdiener habe ich überhaupt nichts zu tun, genauso wenig wie mit dem Kutscher. Der isst nicht einmal bei uns im Schloss. Er wohnt nebenan. Und der Kammerdiener speist mit der Kammerzofe zusammen in der Kammerstube. Er kommt nur sehr selten runter in unsere Etage. Und der erste Diener … der ist äußerst verschwiegen.«

Verschwiegen, ja, so konnte man Viktor Novak sicherlich beschreiben. Er hatte wirklich nichts über Berlin erzählt, außer, wie das Wetter dort gewesen war. Nur auf explizite Nachfrage der Köchin hatte er erzählt, dass sie sich einmal am Tag eine warme Mahlzeit hatten kommen lassen. Ob Opitz ihn nach dem Hergang des Prozesses gefragt hatte, wusste Adelheid nicht. Aber wenn, dann hatte er es nicht vor der versammelten Mannschaft gemacht. Allerdings hatte er sie angelächelt, als sie sich nach seiner Rückkunft das erste Mal wiedergesehen hatten. Das reichte schon, um ihre Fantasie zu befeuern. Ob er sie vermisst hatte? Denn sie hatte ihn auf jeden Fall vermisst.

Adelheid nahm das letzte Stückchen Torte und ließ es im Mund zergehen.

»Herr Harden lässt Ihnen seinen Dank ausrichten und fragen, ob es noch weitere Informationen oder Dinge gibt, die Sie ihm berichten können.«

Natürlich, das Foto. Aber das würde sie erst einmal behalten, zu ihrer eigenen Sicherheit. »Leider nein. Zumindest bisher nicht. Die Herrschaften halten sich seit Monaten sehr zurück, was ihre privaten Gespräche angeht. So sagen es zumindest die Diener und die Stubenmädchen. Ich bin ja Hausmädchen und habe deshalb so gut wie nichts mit den Herrschaften zu tun. Das Einzige, was ich überhaupt mitbekommen habe, war, dass die Komtessen sehr darüber enttäuscht waren, dass es dieses Jahr keine Jagdgesellschaft gab. Das habe ich auch nur zufällig mit angehört, als sie über den Flur liefen.«

Sibelius nickte verständig, sah sie aber scharf dabei an. »Aber wenn, dann würden Sie mich doch sicherlich informieren.«

Adelheid bejahte. »Ja, ich weiß ja, dass es eine neue Verhandlung geben wird. Was immer mir begegnet, werde ich an Sie weiterleiten.«

Sein Blick lag auf ihrem Gesicht, und er schüttelte unmerklich den Kopf. »Sie sind mir wirklich ein Rätsel. Eine Mischung aus vollkommener Naivität und Gerissenheit.«

Adelheid, die nicht wusste, ob das ein Kompliment oder eine Beleidigung sein sollte, sagte nichts. Stattdessen trank sie ihren letzten Schluck Kaffee. Nun gab es keinen Grund mehr für sie, noch länger zu bleiben. Wieder legte sie ihre Hand auf die Rocktasche.

»Sie haben es eilig?«

»Ich muss noch zu meiner Familie.« Was stimmte. Sie würde noch etwas im Krämerladen kaufen und dann ganz normal ihre Familie besuchen, wie jeden zweiten Sonntag. Nur dass sie heute ein ganzes Vermögen mit sich herumtragen würde.

Er stand auf, half ihr in den Mantel und gab ihr dann den durch das Wolltuch verdeckten Beutel. Fast genauso geschickt steckte sie ihm den Brief zu. Sie verabschiedeten sich höflich, und Adelheid verließ das Café.

Ihre Schritte wurden immer schneller, beinahe rannte sie. Sie wusste selbst nicht genau, wieso. Als wäre er hinter ihr her. Als würde er sich das Geld wiederholen wollen. Es war einfach zu unglaublich, dass er ihr so viel Geld gegeben hatte. Sei doch nicht wahnhaft, schalt sie sich. Sie zwang sich geradezu, langsamer zu gehen. Ihr Atem ging immer noch schnell, als sie den Bahnhof erreichte. Sie beeilte sich so sehr, dass sie beinahe den Aushang übersehen hätte, der draußen am Bahnhofsgebäude angeschlagen war.

Kräftige Männer gesucht für den Kanalbau

Sie las den ganzen Aushang. Es wurden Arbeiter gesucht. Der Finowkanal, der die Havel mit der Oder verband, war schon sehr alt. Nun wurde ein breiterer und tieferer Kanal gebaut, der bis nach Stettin führen sollte – der sogenannte Großschifffahrtsweg Berlin-Stettin. Sie wusste das, weil sich die Mamsell mit Fräulein Petzold darüber unterhalten hatte. Ihr Vater hatte mal erzählt, dass er als Junge auf dem Finowkanal mit dem Schiff von Liebenwalde nach Eberswalde gefahren war. Eine der wenigen Erinnerungen aus seiner Kindheit, die erzählenswert waren.

Das musste sie unbedingt Vater erzählen. Wenn er beim Kanalbau Arbeit fand, das wäre famos. Andererseits, Eberswalde – das war doch zu weit entfernt. Dann wäre er wohl kaum abends zurück bei den Geschwistern. Und er konnte sie ja nicht einfach tagelang alleine lassen. Besser, sie erzählte ihm nichts davon. Sonst kam er noch auf dumme Gedanken. Wenn nur die großen Brüder noch da wären. Sie hatten sich immer noch nicht gemeldet, was ein schlechtes Zeichen war. Offensichtlich hatten sie nichts Gutes zu berichten. Auf jeden Fall fehlte es ihnen an Geld für einen Brief. Das Gewicht des Geldbeutels zu spüren, gab Adelheid eine große Sicherheit.

Immer wieder war ihr der Gedanke gekommen, dass sie sich den Tod ihrer Mutter und des Babys bezahlen ließ. Und wie verwerflich das war. Doch so war es nicht. Das Geld war nur eine hilfreiche Nebenwirkung davon, dass sie den Brief verkaufte. Sie wollte die Familie der Fürstin unglücklich machen, so wie die Fürstin ihre Familie unglücklich gemacht hatte. Und es war eine gute Tat, mit dem Geld Essen für ihre Geschwister zu kaufen. Sie musste sich nur geschickt anstellen, dass es nicht auffiel.

Wieder kaufte sie sich ein Billett, wartete auf den Zug und stieg in die vierte Klasse ein. Sie war, wer sie war. So schnell würde sie sich nicht ändern. Sie saß auf den billigsten Plätzen. Nach wie vor würde sie sparsam leben.

In den letzten Tagen hatte sie sich bereits den Kopf zerbrochen, wo sie das Geld verstecken würde. Denn einfach ihrem Vater geben konnte sie es nicht. Erstens nicht, weil Vater nicht mehr der Mann war, den sie zu kennen geglaubt hatte. Und zweitens nicht, weil es unangenehme Fragen nach sich ziehen würde. Denn dass sie in Oranienburg gewesen war und was sie dort zu schaffen gehabt hatte, konnte sie ihm wohl kaum verraten.

Im Schloss gab es einen abgeschiedenen Raum, in dem die alten Möbel gelagert wurden. Die, die kaputt waren, oder die, die man gerade nicht in Gebrauch hatte. Dort gab es ganz hinten in der Ecke einen Sekretär, dem ein Bein fehlte. Er würde sicherlich nicht einfach in eins der Gästezimmer gestellt. Dort würde sie noch heute Abend alles verstecken – das Geld und das verräterische Foto.

Jetzt musste sie Vater nur noch eine glaubhafte Geschichte darüber erzählen, warum sie Gunther mit Arzt und Medikamenten helfen konnte. Und zu Weihnachten würde es tolle Geschenke geben. Schuhe für ihre jüngeren Geschwister, dicke Wollpullover und einen Wintermantel für Edeltraud. Und auch für Vater gute Schuhe. Bis Weihnachten waren es nur noch wenige Wochen, sie musste schauen, wo sie all die Sachen besorgen konnte.

Wenn es nur schon so weit wäre. Dieses Jahr war vermaledeit. Ihre Mutter war gestorben, Maria, das Baby, ebenso. Ihre älteren Brüder waren fortgegangen, und ihr Vater soff. Aber jetzt, jetzt würde sich alles wieder zum Besseren wenden. Sie drückte den Beutel mit dem Geld fest in ihren Schoß, als wollte sie ihn nie wieder loslassen. Ihre Hände umklammerten den vom Wolltuch verdeckten Beutel, als wäre er ein Brett auf hoher See und sie stünde kurz vor dem Ertrinken. Im Grunde war es ja auch so. Ihre Familie, ihre hungernden Geschwister sahen jeden Tag ihrem Untergang ins Auge. Was, wenn Gunther auch noch sterben würde, einfach nur, weil ihnen mal wieder das Geld für einen Arzt und Medizin fehlte? Ihre Finger spürten die harten Münzen. Nein, endlich würde sich alles zum Besseren wenden. Das hatten sie verdient. Sie hatte den Fürsten verraten, aus dem besten aller Gründe.

Kapitel 7

Mitte November 1907

Ausgerechnet im Wedding war Hugo untergekommen. Natürlich hatte er nach einer preiswerten Unterkunft gesucht, aber diese hier war nicht einfach nur preiswert, sie war billig. Billig und laut und schäbig.

»Was sehne ich mich nach meiner Bude in Leipzig zurück«, schnaufte Hugo entnervt. Von nebenan hörte man, wie ein Pärchen stritt. Nun schrien sie sogar.

»Es ist ja nur fürs Erste. Bis wir wissen, wie es weitergeht«, sagte Constanze verständnisvoll. In dieser runtergekommenen Kaschemme war es kein Problem, ihn zu besuchen. Niemand interessierte sich dafür, wer sich in den ausschließlich an Männer vermieteten Räumen noch so herumtrieb.

»Ich hab heute Nacht schon wieder kaum die Augen zugemacht. Es scheint, als würden alle die Nacht zum Tag machen wollen. Ständig schlagen irgendwelche Türen, lachen irgendwelche Leute auf dem Gang oder stürmen laut die Treppen hoch und runter. Vorgestern haben sich hier sogar zwei Männer geprügelt, genau vor meiner Tür, auf dem Gang.«

Constanze sah Hugo mitfühlend an. Was sollte sie sagen? Er hatte es sich selbst ausgesucht, aber natürlich hatte er nicht gewusst, was für ein Lärm hier herrschte.

»Wenn ich noch eine Nacht nicht schlafen kann, dann bringe ich jemanden um.« Hugo rieb sich die müden Augen. Er hatte es tatsächlich schlecht angetroffen. Doch alle anderen Kammern, die er sich angeschaut hatte, waren viel zu teuer gewesen.

»Also gut. Dann komm. Heute versuchen wir's.« Dann sollte es vielleicht heute der Tag sein, an dem sie das Risiko eingingen.

»Du bist ganz sicher? Nicht, dass du plötzlich ohne Stellung dastehst. Das wäre wirklich zu blöd, ich jetzt in Berlin und du müsstest dir irgendwo was suchen.«

»Ich riskiere es. Frau Mandelbaum schläft in spätestens einer Stunde tief und fest. Die Köchin ist schwerhörig, und Linda, das Mädchen, wird mich nicht verraten. Sie hat selbst einen Verehrer. Und wenn ich mich nicht irre, hat sie es selbst schon gemacht.«

Hugo schnaufte laut durch. »Na gut. Wie du meinst. Ich könnte wirklich eine Mütze Schlaf gebrauchen.«

Er packte ein paar Kleinigkeiten, und sie verließen seine Kammer, die etwas kleiner war als die in Leipzig, dafür aber fast das Anderthalbfache kostete. Es war eben Berlin, die Reichshauptstadt.

Als sie auf den Gang hinaustraten, schlug ihnen der Geruch noch Kohl, Schimmel und menschlichen Ausdünstungen entgegen. Hugo wohnte auf der zweiten Etage des fünfstöckigen Hauses. Unten am Hauseingang kam gerade wieder eine kleine illustre Gruppe an. Zwei Männer und im Schlepptau zwei Damen. Damen aus dem Freudenhaus, wie Constanze unschwer erkennen konnte. Sie waren grell geschminkt und schienen nicht annähernd so erfreut zu sein wie die Männer.

»Ob die lange ihre Freude daran haben werden, bezweifle ich. Gerade habe ich gelesen, dass knapp ein Drittel der Berliner Prostituierten Geschlechtskrankheiten haben«, sagte Hugo. Draußen vor der Haustür roch es nach Pisse. Sie schlugen den Weg Richtung Bahnhof ein.

»Ein Drittel? Dann wird sich das ja ausbreiten wie eine Epidemie.« Constanze war froh, diese schäbige Unterkunft hinter sich zu lassen.

»Hat es schon. Sechzehn Prozent der Handelsgehilfen sollen befallen sein, fünfundzwanzig Prozent der Studenten und neun Prozent der Arbeiter.«

»Es können eben nicht alle so viel Glück haben wie wir«, sagte

Constanze. Sie wollte Hugo unbedingt auf bessere Gedanken bringen.

»Auch die, die verheiratet sind, sind betroffen. Es soll in Berlin um die fünftausend Prostituierte geben. Und anscheinend werden ihre Liebesdienste ganz besonders gerne von Ministern und Politikern eingefordert. Nur würden die sich natürlich nie in einer Umfrage äußern.«

»Und zu Hause stecken sie ihre Frauen an. Ich sag doch, eine wahre Epidemie«, gab Constanze bitter von sich.

Es war nach acht Uhr abends und schon dunkel. Sie fuhren mit der Bahn nach Grunewald hinaus und liefen in die Villenkolonie. Wie Constanze vermutet hatte, sah man in keinem der unteren Fenster noch Licht brennen. Die Köchin ging so früh schlafen wie Frau Mandelbaum. Oben in der Mansarde ging gerade das letzte Licht aus. Offensichtlich hatte sich auch das Dienstmädchen schlafen gelegt.

»Pass auf, wir machen es so: Ich gehe rein, schließe nicht ab und lasse den Schlüssel innen stecken. Dann geh ich auf mein Zimmer. Du wirst sehen, wenn im Flur das Licht brennt. Wenn ich es nicht ausmache, dann komm nicht. Oder erst später. Dann ist die Luft noch nicht rein.«

Hugo nickte. Es war kalt draußen, und Constanze würde sich beeilen. Sie betrat die Villa durch den Dienstboteneingang, zu dem sie den Schlüssel hatte. Wie versprochen ließ sie den Schlüssel stecken, ging hoch, schaltete das Licht im Flur ein und horchte ins Haus hinein. Ganz leise schlich sie in Richtung des Schlafzimmers der Witwe und spitzte die Ohren. Alles war still.

Sie löschte das Licht im Flur und ging in ihr Zimmer. Der Raum ging zum Garten hinaus, der nun in vollkommener Dunkelheit lag. Es war wohlig warm. Vermutlich hatte Linda noch einmal Kohle nachgelegt, bevor sie ins Bett gegangen war. Das Leben hier bei Ruth Mandelbaum war so viel bequemer und erfreulicher als ihre letzten Jahre auf Schloss Liebenberg.

Tatsächlich würde sie nicht das Risiko eingehen, Hugo mit hierherzunehmen, wenn sie Bedenken hätte, erwischt zu werden. Diese Stelle war in jeder Hinsicht so viel besser als ihre vorherige. Sie würde sie nicht leichtsinnig aufs Spiel setzen. Sie war besser bezahlt, und auch das Essen schmeckte. Dafür hatte sie weniger Verpflichtungen, wenngleich sie nicht ganz so abwechslungsreich waren.

Abwechslung boten ihr nur die seltenen Abende mit Hugo. Meistens erzählte sie Ruth Mandelbaum, dass sie ins Museum ging oder in ein Theaterstück. Hugo kam nur ab und an ganz offiziell zum Nachmittagstee vorbei, vorwiegend, um sich mit Maximilian Harden zu treffen. Er mochte Ruth Mandelbaum, und er war auch ihr sympathisch. Trotzdem wusste Constanze nicht, wie sie reagieren würde, wenn man ihn hier in ihrem Bett erwischte.

Hugo kannte sich im Haus aus, und nach wenigen Minuten ging ihre Tür auf, und er schlich hinein.

»Herrlich«, flüsterte er. »Warm, gemütlich und vollkommen still.«

Constanze legt einen Finger vor den Mund. Mittlerweile war es kurz vor zehn Uhr, jetzt mussten sie natürlich sehr leise sein. »Willst du noch was Warmes trinken, oder hast du noch Hunger?«

Sie waren im Wedding in einer Eckkneipe gewesen, hatten ein Bier getrunken und kalte Buletten gegessen. Constanze hatte heute Mittag schon eine gekochte Mahlzeit gehabt. Aber sie wusste, Hugo hatte heute noch nichts Warmes gegessen.

»Vielleicht eine heiße Milch? Und noch eine Schmalzschnitte?« Er sah sie zweifelnd an. »Aber vielleicht besser doch nicht. Nachher fällt das noch auf.«

»Ach was. Ich mach mir gelegentlich etwas Warmes, wenn ich abends nach Hause komme. Der Köchin ist es egal. Und solange ich leise bin, kann nichts passieren«, flüsterte Constanze.

Sie ging allein hinunter, schürte den Herd noch einmal an, machte heiße Milch und mehrere Schmalzstullen. Mit einem Tablett fand sie sich eine Viertelstunde später wieder oben ein. Hugo hatte es sich auf dem Bett bequem gemacht und schien schon fast zu schlafen. Nun setzte er sich auf, und sie tranken ihre Milch. Hugo machte sich über die Stullen her.

»Haben Eulenburg und Bülow sich denn jetzt eigentlich wieder vertragen?«, fragte Constanze leise.

»Wissen wir nicht.« Wir, das waren Harden, dessen Rechtsanwalt Max Bernstein und Hugo. »Nachdem Bülow sich selbst reingewaschen hat, will er nun den Kaiser, das deutsche Volk und das Militär reinwaschen.«

Constanze nickte. »Ich hab's gelesen. Er tut so, als wenn Harden den Schmutz über alles und jeden ausgießen würde.« Sie zitierte: »*Aber ich wende mich gegen die Auffassung, als ob das deutsche Volk und das deutsche Heer nicht vollkommen gesund wären*. ... Wie pathetisch.« Sie redeten mit gedämpften Stimmen.

»Und doch notwendig. Dieses Thema der Homosexualität beim Militär, die ›Verseuchung‹ des angesehensten Militärverbands Garde du Corps, ist ja durch ihn erstmals überhaupt öffentlich geworden. Allein die hohe Zahl der Übergriffe von preußischen Offizieren macht zudem deutlich, dass Karl Liebknecht recht hatte, dass die Rekruten auf jede erdenkliche Weise drangsaliert werden. Wenn du die ausländische Presse lesen würdest, wüsstest du, dass im Moment das gesamte deutsche Heer, zumindest das preußische, unter Generalverdacht steht.«

»Ich hab gelesen, dass die Polizei nun auch massiv gegen die Treffpunkte der Männer vorgeht. Sie scheinen entschlossen zu sein, Berlin zu säubern.« Während Hugo noch aß, kleidete Constanze sich schon aus.

»Ja, dieser Adolf Brand hat seinen Schicksalsgenossen auf jeden Fall einen Bärendienst erwiesen. Wie dumm kann man sein? Das hätte er sich auch selbst ausrechnen können, dass die Gesellschaft noch nicht liberal genug ist, um den Paragrafen 175 abzuschaffen. Reformieren – vielleicht. Abschaffen – das wird noch Jahrzehnte dauern.«

Constanze nickte zustimmend. »Und wie geht es Herrn Harden?«

Hugo zuckte mit den Schultern. »Fast die gesamte deutsche Presse schlägt in die gleiche Kerbe: Sie werfen ihm jüdische Machenschaften vor. Harden wurde ja als Jude geboren, auch wenn er schon vor langer Zeit konvertiert ist. Dass man eben nichts Besseres von *so einem* erwarten könne. Und von seinem jüdischen Rechtsanwalt. Und dem jüdischen Gutachter Magnus Hirschfeld. Es ist wirklich eine Schande. Es kränkt ihn zutiefst. Gleichzeitig muss er sich natürlich auf den nächsten Prozess gegen Moltke vorbereiten. Dieses Mal erwartet er heftigen Gegenwind.«

»Meinst du, er wird den Prozess verlieren?«

»Vielleicht. Vielleicht auch nicht. Er sollte besser mit mehr Beweismitteln und Zeugen kommen. Gerade verfolgt er eine neue Fährte. Mehr hat er mir nicht verraten. Es könnte aber durchaus etwas Sensationelles sein.«

»Das wird er dann wohl auch brauch…« Constanze hatte sich gerade ihr Nachthemd übergeworfen und hielt nun inne.

Sie verstummte, und beide schauten zur Tür. Es hatte geklopft. Constanze machte ein entsetztes Gesicht. Hugo presste seine Lippen aufeinander. Das durfte doch wohl nicht wahr sein. Waren sie aufgeflogen? Waren ihre leisen Stimmen noch zu laut gewesen? Seit sie hier lebte, hatte noch nie jemand so spät abends an Constanzes Tür geklopft.

Mit einer Handbewegung scheuchte sie Hugo in eine Zimmerecke, gab ihm seine Tasse und nahm das Tablett mit einer Tasse und dem leeren Teller mit zur Tür. Sie öffnete sie vorsichtig.

»Fräulein Maiwald, ich dachte mir, dass Sie noch wach sind.« Ruth Mandelbaum stand in Morgenmantel und Pantoffeln vor ihrer Tür und blickte auf das Tablett. Sie stützte sich auf ihren Stock, was sie im Haus nur sehr selten tat.

Constanze erklärte: »Ich hatte noch etwas Hunger. Gerade wollte ich runtergehen und die Sachen wegstellen.«

»Das passt mir gut. Ich wollte das Mädchen nicht extra aufwecken. Würden Sie mir bitte eine warme Milch machen und etwas Aspirin hineinrühren? Das wäre wirklich sehr aufmerksam von Ihnen.«

»Macht die Hüfte wieder Schwierigkeiten?« Constanze schluckte. Das hier war nur ein dummer Zufall. Sie waren gar nicht aufgeflogen. Sie würde einfach hinuntergehen und noch eine Tasse warme

Milch machen. Und morgen würde Hugo in aller Früh hinausschleichen. Alles würde gut gehen.

»Ganz enorm. Vor lauter Schmerzen kann ich nicht schlafen.« Ruth Mandelbaum verzog ihr Gesicht. Schon drehte sie sich um und wollte gehen.

»Ich komme gleich zu Ihnen«, versprach Constanze genau in dem Moment, in dem etwas rutschte und dann klirrte. Constanze musste an sich halten. Sie blickte zur Seite. Hugo hatte sich so eng an die Wand gedrückt, dass er einen Bilderrahmen zum Fallen gebracht hatte.

»Nanu?«, sagte Frau Mandelbaum. Schon drehte sie sich zurück und legte ihre Hand auf das Türblatt, das sie aufdrückte.

Noch versperrte Constanze ihr den Weg, aber wollte sie wirklich der älteren Dame den Zugang in ihre eigenen Räumlichkeiten verwehren?

»Haben Sie etwa Besuch?« Das klang nun schon etwas säuerlich.

»Ich ...« Angstschweiß strömte Constanze aus allen Poren. Das durfte doch nicht wahr sein. Sie wusste nicht, ob die Wut auf Hugo überwog oder ihre Verzweiflung. Alles hatte sich so gut gefügt, und nun das.

»Würden Sie mich bitte in Ihr Zimmer lassen?« Es klang weniger wie eine Frage als wie eine Aufforderung.

Constanze trat zurück. Sie hätte heulen können. Wie konnte es sein, dass sie sich direkt beim ersten Mal so dämlich anstellten?

Ruth Mandelbaum setzte ihren Fuß über die Schwelle und schaute um die Ecke. »Herr Mahlzahn ... Guten Abend.«

Auch Hugo wusste offensichtlich nicht, was er sagen sollte. Immerhin hatte er noch seine Kleidung an, zumindest das meiste davon. Die Schuhe lagen hinter dem Bett, ebenso wie sein Mantel und seine Anzugjacke.

»Frau Mandelbaum ... ähm. ... Guten Abend.« Auch er wusste nicht, was er sagen sollte. »Entschuldigen Sie bitte. ... Ich ...«

»Wir ...«, versuchte Constanze ihm auszuhelfen, wusste aber auch nicht, wie.

Der Blick der älteren Dame wechselte zwischen ihnen beiden hin und her. Als niemand etwas sagte, erhob sie ihre Stimme: »Sie können sich gar nicht vorstellen, wie neugierig ich darauf bin, wie Ihre beiden Sätze weitergehen.« Ihr Blick blieb an Constanze hängen.

»Wir sind verlobt«, erklärte Constanze.

»Schon seit sieben Jahren«, ergänzte Hugo.

»Aber Sie sind noch nicht verheiratet.«

Constanze senkte betroffen ihren Kopf. »Nein, sind wir nicht.«

»Wir möchten uns entschuldigen. Wir wollten Sie keinesfalls ... in irgendeiner Form ... kompromittieren«, erklärte nun auch Hugo kleinlaut.

Ruth Mandelbaum sah ihn scharf an. »Ich nehme an, es geht noch ein Zug zurück in die Stadt?«

Hugo brauchte einen Moment, bis er begriff. »Ja. ... O ja. ... Natürlich.« Er lief um das Bett herum und fing an, sich seine Schuhe anzuziehen.

Dann fand der strafende Blick der Witwe zurück zu Constanze. »Wir unterhalten uns morgen. Und es wäre wirklich sehr nett, wenn Sie sich mit der Milch beeilen würden.« Sie drehte sich um und humpelte zurück in Richtung ihres Schlafgemachs.

Hugo hatte sich angezogen. Bedröppelt liefen sie zusammen die Treppe hinunter. Vor dem Dienstboteneingang nahm er sie in den Arm. »Wir kriegen das schon hin. Es wird schon werden. Und wenn nicht, dann müssen wir uns eben hier in Berlin etwas suchen«, versuchte Hugo, sie aufzumuntern.

»Dann müssten wir sofort heiraten. Und eine richtige Wohnung können wir uns hier nicht leisten.« Constanze standen die Tränen in den Augen.

Hugo küsste sie innig und drückte sie noch einmal. »Zusammen fällt uns schon was ein.«

»Vielleicht, wenn Maximilian Harden davon erfährt, wird er dich auch entlassen.«

»Das glaube ich nicht. Erstens bin ich ein Mann. Ich darf so was.

Und du weißt doch, dass er auch mit einer Frau zusammenlebt, mit der er nicht verheiratet ist.«

»Ja, aber er heiratet sie nicht aus ehrenhaften Gründen. Außerdem legt er doch anscheinend sehr viel Wert auf Sexualmoral.«

»Das glaube ich nicht einmal. Aber lass uns ein andermal darüber reden. Sag mir Bescheid, wie dein Gespräch morgen gelaufen ist. Schreib mir einen Brief, sodass ich es bald weiß.«

»Einen Brief? Vielleicht stehe ich schon morgen Abend vor deiner Tür. Dann können wir zusammen die Nächte wach liegen und kein Auge zumachen.«

1. Dezember 1907

Edeltraud hatte tatsächlich Zucker gekauft, um die gesammelten Schlehen einzukochen. Wie Adelheid es ihr erklärt hatte, hatten sie und Gundula und auch Gunther die Früchte nach dem ersten Frost gepflückt. Vater hatte für drei Tage Arbeit gefunden auf einem Gut eine Stunde entfernt von Liebenberg, wo er mitgeholfen hatte, die Gerätschaften zu reparieren. Da sie mit Adelheids Geld nun nur noch vier Münder stopfen mussten, hatte Vater von dem Geld Holz und Kohle gekauft. Sie konnten nun also die Hütte heizen und sogar einmal am Tag kochen.

Adelheid hegte die leise Hoffnung, dass Vater weniger soff. Zumindest war es draußen nun so kalt, dass er nicht mehr seinen Platz neben der Hütte aufsuchte.

Wie immer an ihrem freien Sonntagnachmittag hatte sie ordentlich eingekauft. Dieses Mal sogar mehr als normalerweise. Auch hatte sie bei Frau Lehmann im Krämerladen alle angeschriebenen Schulden bezahlt. Zudem würde gleich noch jemand kommen. Sie betete, dass ihre erfundene Erklärung dem Vater reichen würde.

Der hackte draußen Holz. Man hörte das beständige Geräusch der Hiebe und die dumpfen Schläge, wenn die Holzscheite auseinanderflogen. Es war ein beruhigendes Geräusch. Um die schlimmste Kälte aus der Hütte zu verbannen, brauchten sie zwanzig Holzscheite pro Tag. Nachts wurde nicht geheizt. Aber die drei Geschwister schliefen in einem Bett, sodass sie sich gegenseitig wärmen konnten.

Adelheid hatte die mitgebrachten Sachen ausgepackt und wusste, sie musste ihrem Vater nun einiges erklären. Leicht nervös ging sie hinaus. Sie bemerkte aber, dass sie früher nervöser gewesen wäre. Früher, als sie noch nie mit der Bahn gefahren war, noch nie telefoniert und noch nie Torte in einem Café gegessen hatte. Sie fühlte sich ein ganzes Stück erwachsener. Misslich war nur, dass sie niemandem davon erzählen konnte. Nicht einmal mit Hedda durfte sie darüber sprechen.

»Guten Tag, Vater.«

Er ließ die Axt sinken und sah sie an. Seine Augen schienen nun klarer zu sein, und es stand weniger Wut in seiner Miene. Vielleicht waren es ja tatsächlich nur die ersten Monate nach dem Tod der Mutter gewesen, in denen seine Verzweiflung überhandgenommen hatte. Vielleicht hätte sich alles auch ohne ihr zusätzliches Geld eingerenkt. Wie auch immer, es war nun da, und Adelheid wollte es sinnvoll einsetzen.

»Ich muss dir etwas erzählen. Von der Fürstin.«

Der Vater nickte stumm und stützte sich mit der Axt auf dem Holzblock ab. Mit wachen Augen sah er sie an.

»Sie hat anscheinend erst jetzt davon erfahren, dass ... Mama gestorben ist.«

Vater runzelte die Stirn. »Wie kann das denn sein?«

»Die Herrschaften interessieren sich nicht wirklich für die Vorgänge im Dorf. Und wie ich dir schon erklärt habe, spreche ich kaum jemals mit der Fürstin. Das letzte Mal war tatsächlich, als ich sie gebeten habe, einen Arzt zu rufen.«

Ein düsterer Schatten glitt über seine Miene. Doch er blieb stumm.

»Nun hat sie also davon erfahren und mich angesprochen. Und ich habe ihr erklärt, dass auch das Baby gestorben ist. Was ihr außerordentlich leidtut.« Wäre es doch nur so. Würde es der Fürstin doch wenigstens leidtun, dass sie Adelheid in ihrer Not so schändlich abgewiesen hatte. Aber bisher hatte die Fürstin kein einziges weiteres Wort mit ihr gewechselt. Und schien auch kein Interesse daran zu haben, sich nach dem Verlauf der Dinge zu erkundigen. Aber all das würde Vater nie erfahren.

»Es tut ihr so sehr leid, dass sie mir nun angeboten hat, einen Arzt für Gunther zu bezahlen.«

»Was?«, fragte Vater erstaunt. Es klang ungläubig. Als würde er sie der Lüge bezichtigen.

Tatsächlich war es ja auch eine Lüge. Eine Lüge, für die sie postwendend in den Vorhof der Hölle käme. Aber da sie mit dem Verkauf des Briefes bereits schwerere Schuld auf sich geladen hatte, war das nun egal.

»Er soll heute kommen. Ich habe die Fürstin darum gebeten, ihn zu schicken, wenn ich auch da bin.«

»Ein Arzt kommt und untersucht Gunther? Und wir müssen nichts dafür zahlen?« Vaters Stimme klang mehr als skeptisch.

Adelheid schüttelte ihren Kopf. »Nein, sie bezahlt den Arzt und eventuell auch Medizin.«

Vaters Augen wurden groß. Stumm sah er sie an, dann nahm er die Axt hoch und schlug sie in den Holzblock ein. Er trat an sie heran und nahm sie mit beiden Händen an den Schultern.

»Kind, ich muss dich was fragen. Und du musst wirklich ehrlich zu mir sein.«

Adelheid nickte beklommen.

»Das Geld, was du mitbringst. Also ich meine das zusätzliche Geld. Und auch diese Gefälligkeit nun, ... Sag mir, bist du am Ende einem Mann aus dem Schloss zu Willen?« Er klang gleichzeitig nachsichtig und streng.

Adelheid lief schlagartig rot an. »Nein! ... Das würde ich niemals tun, Vater!«, gab sie entrüstet von sich.

»Denn das musst du nicht. Nicht für uns. Wir kommen auch so klar.«

Adelheid wusste gar nicht, was sie jetzt sagen sollte. Dass sie ohne ihr Geld klarkommen würden, sah sie nun nicht.

»Man hört ja unfassbare Dinge aus dem Schloss. Auf dem Gut, auf dem ich letzte Woche gearbeitet habe, haben sie sich darüber unterhalten. Als ich dort erwähnt habe, dass meine Tochter auf Schloss Liebenberg arbeitet, kam sogar der Gutsherr persönlich in die Remise. Und hat mir Dinge erklärt …« Er schüttelte seinen Kopf. »Dinge, die kann ein normaler Mensch gar nicht glauben.«

»Ich weiß, was du meinst. Aber der Fürst hat sich nun vor Gericht erklärt. Unter Eid hat er ausgesagt, dass das alles nicht stimmt. Dass das alles nur ein abgekartetes Spiel ist, von einigen, die ihm politisch Böses wollen.«

»Das glaubst du?«

»Den Fürsten sehe ich noch seltener als die Fürstin. Und ich habe erst ein einziges Mal mit ihm gesprochen. Aber da war er außerordentlich freundlich. Und weder ich noch eine der anderen Dienstbotinnen, … ähm … auch nicht die männlichen Dienstboten klagen über ihn. Gar nicht.«

Vater ließ sie los, trat einen Schritt zurück. Er überlegte noch kurz, dann fragte er doch noch mal nach: »Und das stimmt wirklich, das mit der Fürstin?«

Adelheid brachte keine weitere Lüge über die Lippen. Deshalb nickte sie nur.

Vater drehte sich um. Just in diesem Moment sah man einen Mann mit einer dicken Ledertasche auf dem Weg zur Hütte.

»Das muss der Arzt sein«, sagte Adelheid erleichtert.

Letzte Woche war ein Arzt wegen Frau Möckel gekommen. Die Köchin hatte ein Furunkel am linken Unterarm, welches ihr große Probleme bereitete. Freitag vor einer Woche war er das erste Mal da gewesen, um sie zu behandeln. Es war ein anderer Arzt als der, der immer zum Fürsten kam. Er war jünger und sicherlich auch preiswerter. Natürlich musste die Fürstin den Arzt bezahlen, medizinische Behandlungen ihrer Dienstboten fielen unter ihre Obhutspflicht.

Adelheid ärgerte sich furchtbar, als sie viel zu spät mitbekam, dass ein Arzt im Haus war. Sie sah ihn noch, als er sich verabschiedete und hinausging. Wieder eine verpasste Chance. Aber tatsächlich war ihr sowieso erst im Nachhinein die Idee gekommen, ihn anzusprechen. Frau Möckel hatte eine Salbe bekommen, aber richtig besser wurde es nicht. Sie war ganz erstaunt und erfreut darüber, dass Adelheid sich nun täglich über ihr Befinden erkundigte. Und am letzten Donnerstag sagte sie, dass es nicht besser sei, dass sie wieder leichte Fieberschübe habe und der Arzt deswegen noch einmal komme.

Adelheid passte ihn ab. Sie lief ihm nach, bis er das Gelände des Schlosses verlassen hatte. Er war erstaunt, als sie ihn ansprach, aber hörte ihr in Ruhe zu. Und als Adelheid ihm ein Zehnmarkstück als Vorauszahlung gab, versprach er, heute zu kommen, Gunther zu untersuchen und ihm später die passende Medizin zukommen zu lassen.

Etwas verschämt hatte Adelheid noch erklärt, dass niemand wissen dürfe, dass sie ihn bezahle. Sie habe Geld gespart, und das dürfe ihr Vater nicht wissen, sonst würde er wütend werden. Der Arzt solle doch sagen, dass er von der Fürstin geschickt worden sei.

Adelheid war die ganze Zeit unruhig gewesen. Was, wenn die zehn Mark einfach verschenkt waren? Aber als sie ihn nun sah, machte ihr Herz einen Hüpfer. Endlich, bald würde es Gunther besser gehen.

Ohne einen abschätzigen Blick auf die windschiefe Hütte zu werfen, kam der Arzt mit einem freundlichen Lächeln näher, stellte sich als Doktor Vogel vor und reichte Vater die Hand.

»Und Sie müssen Adelheid Schaaf sein, richtig?«

»Genau.«

»Die Fürstin schickt mich und hat mir von Ihrem schweren Schicksal erzählt«, erklärte der Mediziner.

Vater stand nur da, wie zur Salzsäule erstarrt, und wusste nicht, was er tun sollte.

»Kommen Sie bitte. Mein Bruder ist drinnen.« Adelheid wusste nicht, ob jemals ein Fremder die Hütte betreten hatte. Freiwillig lud man niemanden hierher ein. Erstens, weil man kein Geld für

Gäste hatte. Und zweitens, weil es einfach ein beschämender Anblick war.

»Dann schickt die Fürstin Sie tatsächlich, aus lauter Erbarmen?« Vater schaffte es nun doch endlich, etwas zu sagen.

»Ihre tieferen Beweggründe kenne ich nicht. Aber ich wurde vom Schloss geschickt. Jawohl.«

»Und wir müssen Sie sicher nicht bezahlen?«, fragte Vater besorgt. Geld. Immer war Geld der springende Punkt.

»Die Kosten werden übernommen.« Der Arzt lächelte Adelheid Schaaf gütig an und ging dann zur Tür. »Sollen wir?«

Sie traten ein. Adelheids Geschwister schauten den Mann scheu an.

»Das ist ein richtiger Doktor. Er ist gekommen, um deinen bösen Husten zu untersuchen.«

Gunther drückte sich ängstlich hinter Edeltraud. Vater trat vor, legte großzügig zwei Holzscheite in den Ofen und stellte dem Arzt einen Stuhl hin.

»Bitte, nehmen Sie doch Platz.« Er wandte sich an Edeltraud. »Mach dem Herrn einen Kaffee.«

Adelheids jüngere Schwester nickte, schnappte sich den Kessel und lief raus zum Wasserbottich.

»Na, kleiner Mann, wollen wir uns mal ansehen, was da nicht stimmt?«, sagte Dr. Vogel mit milder Stimme.

Als Antwort hustete Gunther richtig tief. Sein typisches Bellen, an das sich hier schon alle gewöhnt hatten.

»Das hört sich schon mal nicht gut an. Komm her. Komm näher. Ich tue dir nicht weh, versprochen. Ich werde nur ein paar kleinere Untersuchungen durchführen.«

Scheu trat Gunther näher. Dr. Vogel drehte den Jungen mit dem Rücken zu sich, holte ein Stethoskop aus seiner Tasche und zog die zwei Pullover und das dünne Hemd hoch.

Adelheid konnte sehen, wie er bei dem Anblick der hervorstehenden Rippen zusammenzuckte. Es war doch sicher nicht das erste Mal, dass er ein so dürres Kind sah.

Er ließ Gunther mehrere Male tief atmen und setzte sein Stethoskop an verschiedenen Stellen an. Dann untersuchte er ihn noch von vorne, untersuchte seinen Mundraum, befühlte seinen Hals. Er fragte Dinge, wie ob Gunther gelegentlich geschwollene Lymphknoten habe, Fieber, Nachtschweiß und ob er ständig hüsteln würde, mit oder ohne Auswurf.

Adelheid beantwortete alle Fragen, so gut sie es konnte. Er stellte weitere Fragen, machte weitere Untersuchungen und drehte sich dann zu Vater und ihr um.

»Es könnte Tuberkulose sein, aber möglicherweise auch eine chronische Bronchitis. Es gibt einen neuartigen Befund, der Allergien heißt. Auch das käme infrage.«

Adelheid runzelte die Stirn. Davon hatte sie noch nie gehört.

»Es ist ein relativ neues Krankheitsbild. Das bedeutet, dass es Menschen gibt, die auf bestimmte Substanzen überreagieren.«

Vater sah ihn irritiert an. »Substanzen? Welche Substanzen denn?«

»Alles Mögliche. Manchmal sind es Pollen von Gräsern, oder von Apfelblüten. Oder schimmelige Lebensmittel. Oder Schimmel an den Wänden. Sie sagen, er hätte es vor allem im Winter sehr stark?«

Vater nickte.

»Möglicherweise hat er eine Allergie gegen Schimmel. Das kommt schon mal in altem Heu vor.«

Adelheids Vater nickte. Natürlich, altes, durchgelegenes, feucht gewordenes Heu in den Matratzen. Das wäre eine Erklärung.

Der Arzt sah sich um und war sich wohl im Klaren darüber, dass er nicht darüber sprechen musste, die Wohnsituation zu verbessern. Oder mehr Lebensmittel anzuschaffen.

»Hier vor Ort kann ich den Unterschied allerdings nicht klären. Er müsste gründlich untersucht werden, und ein eventueller Auswurf müsste unter dem Mikroskop angeschaut werden.«

Vater lachte trocken auf. In seinen Augen erledigte sich eine Antwort darauf von allein.

»Wo könnte man ihn denn richtig untersuchen?«, fragte Adelheid nach.

»Ich würde ihn in die Heilanstalt für Tuberkulose schicken. Nach Hohenlychen, in die neue Kinderheimstätte. Die kennen sich mit allen Atemwegserkrankungen sehr gut aus. Selbst wenn der kleine Gunther keine Tuberkulose hat, würden sie es dort feststellen können und ihn mit entsprechender Medikation wieder nach Hause schicken.« Der Blick des Arztes wechselte zwischen Adelheid und dem Vater.

Vater wusste natürlich nicht, was er dazu sagen sollte.

Adelheid sprang ihm bei. »Und gibt es nicht eine Medizin, die Sie ihm aufschreiben können? Vielleicht könnten wir ja ein wenig davon kaufen, wenn es ganz besonders schlimm ist.«

»Nun, solange ich nicht sicher weiß, was es ist, würde irgendeine Medizin nicht helfen. Deswegen müsste man das ja gründlich untersuchen.«

Vaters Schultern hingen noch tiefer als normalerweise. Adelheid konnte ihm ansehen, wie leid es ihm tat. Sein Sohn war krank. Sie wussten noch nicht einmal, wie schwer krank er war, und was er hatte. Und er war nicht imstande, dagegen etwas zu unternehmen. Mit Blick darauf, dass in diesem Jahr schon zwei Familienmitglieder gestorben waren, fiel Vater dieses Eingeständnis bestimmt besonders schwer.

Adelheid stellte sich so, dass der Vater ihren Gesichtsausdruck nicht sehen konnte. »Die fürstliche Hoheit, die Fürstin, hat sie nicht gesagt, sie käme für die Kosten auf?«

Der Arzt blickte sie überrascht an. Für einen Moment war er irritiert von ihrem Gesichtsausdruck, mit dem sie ihm zu vermitteln versuchte, dass er das bejahen sollte. Dann schien er begriffen zu haben.

»Ich müsste natürlich noch einmal mit ihr reden, aber doch, ja, ich glaube, so etwas in der Art hat sie in Aussicht gestellt.«

»Dass sie meinem Sohn eine Untersuchung in einer richtigen Klinik bezahlt?«, stolperte es aus Vaters Mund. Seine Ungläubigkeit war mehr als offensichtlich.

Noch mal machte Adelheid dem Arzt mit ihrem Gesichtsausdruck klar, dass es so sein würde. Sie hatte zwar keine Ahnung, wie viel so etwas kosten konnte, aber schließlich hatte sie noch über zweihundert Mark. Das sollte doch wohl reichen.

»Krankenhäuser und Stifte haben sogenannte Freibetten. Das sind von reichen Gönnern, meistens aber Gönnerinnen, gespendete Krankenhausaufenthalte. Ich kann Ihnen natürlich noch nichts versprechen. Aber ich werde mich darum kümmern«, sagte der Arzt nun, stand auf und packte seine Gerätschaften wieder ein. Er streichelte Gunther aufmunternd über den Kopf. »Das wird schon wieder.«

Adelheid sah ihn an. Menschen wie er hatten eine Zuversicht, die sie sich nicht leisten konnten. Normalerweise. Aber jetzt vielleicht doch. Es kam darauf an, welche Kosten auf sie zukämen.

»Ich begleite Sie noch hinaus«, sagte sie und ging mit dem Doktor vor die Tür. Sie gingen ein Stück des Weges, dann blieben sie stehen.

»Wie viel würde das kosten? So ein Heilaufenthalt?«

»Es kommt ein bisschen darauf an, was er nun wirklich hat. Welche Medizin er nehmen müsste, welche Anwendungen er bekommen würde. Und natürlich, wie lange es dann dauert.«

»Ja, aber so ungefähr.«

»Ehrlich gesagt, weiß ich es auch nicht genau, aber es könnten schon an die zwei- oder dreihundert Mark werden.«

»Ich verstehe.« Alles Geld, was sie hatte, oder noch mehr. Sie dachte nach. Mit so viel hatte sie nicht gerechnet, aber sie kannte sich mit so etwas ja auch nicht aus.

»Ich weiß nicht, ob es in Hohenlychen Freibetten, also kostenlose Plätze für weniger Begüterte, gibt. Und ob ein Platz frei wäre.«

»Und die nehmen tatsächlich Kinder aus armen Familien auf und man muss nichts zahlen?« Erstaunt blickte Adelheid zu ihm hoch.

»Es gibt nicht viele dieser Freibetten. Passen Sie auf, ich werde mich erkundigen. Ich würde Ihnen dann einen Brief zukommen lassen, ob es möglich wäre, Gunther unter diesen Umständen aufzunehmen. Oder was es sonst ungefähr kosten würde, wenn Sie selber zahlen müssten.«

»Das wäre sehr freundlich. Bitte erkundigen Sie sich. Dann werde ich mich bei Ihnen melden.«

Er schenkte ihr noch ein aufmunterndes Lächeln und ging. Adelheid schaute ihm nach. Das wäre ja noch besser. Wenn Gunther den Aufenthalt in einer richtigen Klinik mit guten Ärzten und spezieller Medizin bezahlt bekommen würde. Aber sie sollte sich nicht zu viel Hoffnung machen. Dennoch, die Aussicht darauf, dass ihr kleiner Bruder eine Chance darauf hatte, endlich geheilt zu werden, stimmte sie freudig. Sie würde es nicht zulassen, dass er auch noch starb.

Und ihr Vater hatte diese Erklärung geschluckt. Wenn sie den Aufenthalt selbst zahlen musste, würde er einfach nichts davon erfahren, wenn der Aufenthalt nicht mehr als zweihundert Mark kostete. Alle Extras, die sie zu Weihnachten für ihre Familie geplant hatte – ein Paar gebrauchter Schuhe, Wollpullover –, rückten in unerreichbare Ferne. Trotzdem, damit Gunther nicht auch noch starb, würde sie all ihr Geld hergeben.

8. Dezember 1907

»Und macht dir das nicht Mut?« Arthur war so freundlich und brachte Hedda nach der Versammlung zum Bahnhof. Das hatte er schon beim letzten Mal getan, und es hatte sie sehr gefreut. Und er hatte sie gefragt, ob sie wiederkommen werde. Nun fragte er sie nach ihrer Reaktion auf die neuesten Meldungen. »Nicht nur in Norwegen dürfen Frauen seit diesem Sommer auf Kommunalebene wählen. Das ist immerhin ein erster Schritt in die richtige Richtung. Und es wird immer weitergehen, glaub mir. Auch in Deutschland.«

Hedda hatte ihm zwar erklärt, dass sie sich erst einmal nur informieren wolle. Aber Arthur fand immer wieder neue Argumente dafür, wie richtig und wichtig es war, sich mehr zu engagieren und für seine Rechte zu kämpfen.

»Du glaubst wirklich, der Kaiser würde es uns Frauen erlauben zu wählen? Dann wärst du noch naiver als ich«, sagte Hedda und lachte.

»Du wirst schon sehen. Morgen wird über den Gesetzentwurf abgestimmt, ob die Frauen demnächst politischen Vereinen beitreten dürfen. Und auch, ob sie Parteien beitreten dürfen. Was glaubst du, was die SPD dann für einen Zulauf haben wird?«

»Das glaube ich erst, wenn es so beschlossen ist. Außerdem, was habe ich von der SPD?«

»Im Königreich Sachsen fordern sie tatsächlich die Einführung eines allgemeinen, gleichen, direkten und geheimen Wahlrechts für alle Bürger ab zwanzig. Und für alle Bürger heißt: auch für die Frauen.«

»Wie gesagt: Das glaube ich alles erst, wenn es so weit ist.«

»Du bist zu schicksalsergeben!«

»Ich sehe nur den Tatsachen ins Auge.« Sie waren nun am Bahnhof angekommen. »Du siehst doch, was bei uns passiert. Nichts wird besser. Die beiden Dienstboten, die gerade verurteilt wurden, weil sie weggelaufen sind. Mit der Peitsche geschlagen. Und doch werden sie verurteilt und nicht etwa der Gutsherr und sein Sohn, die sie verprügelt haben. Eine Schande ist das!«

»Ebendeswegen müssen wir doch kämpfen. Damit genau das nicht mehr passiert.«

Hedda trug einen Packen Zettel, den sie an ihrem nächsten freien Sonntag in Neuruppin verteilen wollte. Das wäre der vierte Sonntag im Monat. Dann gab es hier sowieso keine Versammlungen. Sie sollten sich nun verabschieden, damit sie ihren Zug nicht verpasste.

»Also, dann sehen wir uns in vier Wochen, am 5. Januar wieder?«, fragte Arthur erwartungsvoll nach.

Er war ein netter Kerl, höflich, gebildet und zuvorkommend.

Gut aussehend. Und anders als Wolfram Neumann wusste er sich zu benehmen. Aber dass er an ihr interessiert war, machte er schon deutlich. Wobei Hedda manchmal vermutete, dass er sie nur für die Sache gewinnen wollte.

»Ja, wenn nichts dazwischenkommt.«

»Was sollte denn dazwischenkommen?«

Herrje, im Schloss war so viel Unruhe in den letzten Monaten gewesen. Da könnte immer mal was dazwischenkommen.

»Vielleicht muss ich mit jemandem tauschen. Oder wir bekommen hohen Besuch und ich muss meinen freien Nachmittag verschieben.«

Bisher hatte sie es geschafft, die genaue Auskunft, wo sie arbeitete, zu umschiffen. Er arbeitete in Charlottenburg in einer größeren Villa mit fünf Dienstboten bei einem Unternehmer. So viel wusste sie bereits. Aber das war auch nicht wirklich viel detaillierter, als was sie gesagt hatte. Im Löwenberger Land bei einem Grafen. Das musste reichen.

»Ich muss jetzt gehen. Sonst verpasse ich noch den Zug.«

Er sah sie eigentümlich an. Für einen Moment dachte sie, er wolle sie küssen. Doch stattdessen stupste er sie leicht mit der Hand am Oberarm, lächelte charmant und verabschiedete sich.

Hedda ging ins Bahnhofsgebäude und drehte sich an der Tür noch ein letztes Mal um. Er stand noch immer da und schaute ihr nach. Doch, er war an ihr interessiert. Oder?

Diese Treffen hier in Berlin waren pures Lebenselixier. Genau so stellte sie sich ihr Leben in Amerika vor: frei und gleichberechtigt. Mit Menschen, die nicht duckmäuserisch waren. Mit Menschen, die sich mehr vom Leben erwarteten.

Als der Zug anfuhr, fühlte sie die Zettel in ihrer Tasche, die sie zusammengerollt hatte. Für einen Moment ging ihr das Bild durch den Kopf, wie sie ihrer früheren Hausherrin begegnete und ihr einen dieser Zettel gab. Die Frau würde wild werden. Nein, eine bessere Idee war es, vor dem Haus zu warten, ob die arme Seele, die jetzt für diese bösartige Frau arbeiten musste, herauskam. Das arme

Ding brauchte auf jeden Fall diesen Zettel, damit sie besser über ihre Rechte Bescheid wusste.

* * *

»Du kommst aber spät. Wo warst du?«

Hedda kannte die Stimme. Doch das konnte nicht sein. Edgar war Tausende von Kilometern weit weg, in Deutsch-Südwestafrika. Aber als sie sich nun umdrehte, stand er vor ihr.

»Ich hatte gehofft, dich an deinem freien Sonntag zu erwischen. Man hat mir gesagt, du hättest heute frei und wärst nach Berlin gefahren. Was hast du da so lange gemacht?« Es klang vorwurfsvoll.

Der ältere ihrer beiden Brüder stand leibhaftig vor ihr, am Bahnhof von Löwenberg.

»Edgar ... Was machst du hier?« Überrascht ging sie auf ihn zu und umarmte ihn.

Er erwiderte ihre Umarmung halbherzig. »Wieso treibst du dich noch so spät abends alleine herum?«

»Da haben wir uns fünf Jahre lang nicht gesehen, und das ist das Erste, was du mich fragst?«, sagte sie halb lachend, halb empört.

»Eine Frau sollte um diese Zeit nicht mehr alleine unterwegs sein.«

»Ich war nicht alleine in Berlin. Ich treffe mich dort mit Freunden.«

»Mit Freunden? ... Männern?«

»Nein, mit Männern und Frauen. In einer Gruppe. Ganz harmlos.« Besser, sie erzählte ihm nichts von den politischen Versammlungen. Wer weiß, wie er dann reagieren würde. Und ganz sicher erzählte sie ihm nichts von Arthur, obwohl er doch die besten Manieren hatte. Auf jeden Fall bessere als ihr Bruder.

»Aber nun sag schon, was machst du hier? Und wieso hast du nicht geschrieben, dass du kommst? Ich hätte dich doch erwartet.«

»Ich bin sehr kurzfristig abgereist. Vermutlich ist der Brief an dich mit dem gleichen Schiff gekommen wie ich.«

Sie sah sein Gesicht im Schein der Bahnhofsvorplatzlaterne. Er sah nicht gerade glücklich aus. Oder war er wegen ihres Ausflugs unglücklich?

»Nun guck nicht so. Was glaubst du, was man hier macht, wenn man auf dem Land lebt? Ich bin doch immer allein unterwegs.«

»Ausgerechnet Berlin. Da ist es doch besonders gefährlich. Und teuer zudem.«

»Ich fahre vierter Klasse. Außerdem kann ich jetzt mein Geld für die Sachen ausgeben, die ich will. … Aber nun erzähl du endlich: Wieso bist du hier? Kommst du ganz zurück? Wie geht es Lothar, und wie geht es Onkel Jost?«

»Es könnte besser gehen. Eine Farm zu führen, ist wirklich anstrengend. Das Geld verdient sich nicht von allein.«

»Ich muss zurück. Bringst du mich noch zum Schloss? Dann können wir uns noch etwas unterhalten.«

»Natürlich bringe ich dich.«

Sie hakte sich bei ihm unter. »Wo wohnst du?«

»Hier in Löwenberg, in einer kleinen Pension.«

Hedda nickte, während sie auf der Chaussee den Weg Richtung Schloss einschlugen. »Wenigstens ist jetzt der Krieg gegen die Eingeborenen zu Ende.«

Edgar gab ein unbestimmtes Geräusch von sich.

»Etwa nicht?«, fragte Hedda überrascht nach. »Hier in der Presse hört man nichts mehr.«

»In der Heimatpresse liest man bestimmt nur das, was die Menschen über die Schutzgebiete erfahren sollen.« Edgar schaute sich nur um. Es war schon dunkel, und sie sahen gerade so die Straße vor sich. In der Ferne leuchteten ein paar Lichter. In die Richtung mussten sie.

»Ich dachte, Mutenga, der Schwarze Napoleon, ist tot.«

»Morenga heißt er. Jacob Morenga. Und ja, er ist tot.«

»Du bist nicht zufällig hier, um dir die zwanzigtausend Mark abzuholen, die der Kaiser auf seinen Kopf ausgesetzt hat?«, witzelte sie.

»Schön wär's.« Edgar seufzte tief. Es klang ehrlich, und auch ein wenig besorgt.

»Was ist? Läuft es nicht gut?«

»Wie gesagt, es ist ziemlich anstrengend, eine Farm in Afrika zu führen. Jemand, der noch nicht dort war, kann sich keine Vorstellung davon machen.«

Das war schon wieder eine ausweichende Antwort. »Wenn es nicht der Schwarze Napoleon ist, was ist dann los? Ich habe in den letzten Jahren viel Schlimmes gelesen, die Überfälle auf die Farmen. Die Angriffe auf die Eisenbahnlinien und die Handelsstationen. Aber ich dachte, mit der Schlacht am Waterberg läge das Schlimmste hinter euch.«

»Ja. So ist es auch.«

»Also gibt es keine Angriffe und Überfälle mehr?«

»Es gibt weiterhin Aufstände. Von anderen Volksgruppen«, gab er pampig zurück.

»Ist es deswegen? Kommst du wegen der Kämpfe zurück, wegen der Überfälle?«

»Nein. Ich komme gar nicht zurück.« Edgar ließ sich mit der Antwort zu viel Zeit, als dass sie ihm geglaubt hätte. »Trotzdem, alles ist so schwierig. Da sind ja auch noch die Hitze und der Wassermangel. Man kann die Brunnen gar nicht tief genug buddeln. Immer wieder versanden sie. Oder werden absichtlich zugeschüttet, von den Eingeborenen. So genau kann man es meistens nicht sagen.«

»Sag mir, wie geht es Lothar und Onkel Jost? Ist was mit ihnen?«

»Nein. Nichts ist mit ihnen«, antwortete Edgar unwirsch. »Es geht Lothar und Jost gut. Sie sind nicht in irgendwelche Kämpfe verwickelt worden«, sagte er nun abschließend, als wollte er dieses Thema nicht weiter verfolgen. Dafür, dass sie sich so lange nicht gesehen hatten, war er auffällig ungehalten mit ihr.

»Gut. ... Das ist gut. ... Dann erzähl mir doch jetzt etwas.« Sie wusste immer noch nicht, wieso er hier war. Hatte er einen bestimmten Grund, oder wollte er einfach nur mal wieder Deutschland sehen? »Wolltest du mal wieder in der Heimat Weihnachten feiern?«

»Ja, genau.«

»Und wie läuft es auf der Farm? Sind eure Ernten gut? Was baut ihr noch mal alles an?«

»Kartoffeln und Kürbisse, ein bisschen Mais. Letztes Jahr haben wir ein paar Karakulschafe gekauft, um sie zu züchten.«

Hedda war mit ihrem Latein am Ende. Anscheinend war es nicht möglich, eine längere Antwort aus ihm herauszubekommen. Offensichtlich wollte er nicht über die Farm sprechen. Aber sie war neugierig.

»Und wie ist die Arbeit? So, wie du es dir vorgestellt hast?«

»Es geht so.«

»Ich dachte, es müsste himmlisch sein, sein eigener Herr zu sein.«

»Die Farm gehört immer noch Onkel Jost.«

»Ja, aber ... Himmel, willst du nicht mit mir reden oder kannst du nicht?«

»Du bist ganz schön aufmüpfig geworden in den letzten Jahren«, sagte er erstaunt.

»Seit ich zwölf war, muss ich mich um mein eigenes Schicksal kümmern. Mir hat niemand geholfen.« Ein leiser Vorwurf schwang in ihren Worten mit.

Doch Edgar war damals, als ihr Vater gestorben war, auch erst siebzehn Jahre gewesen. Er machte eine Ausbildung in der Schusterei ihres Vaters, genau wie der jüngere Bruder. Als der Vater an einem Herzinfarkt starb, mussten sie alle ihre Mutter unterstützen. Edgar fing in der Schusterei des ehemaligen Konkurrenten an. Die Ausbildung konnte er nicht mehr beenden. Lothar, der Mittlere, kam als Hilfe in einer Bäckerei unter. Aber Hedda traf es mit zwölf wohl am schlimmsten. Sie wurde in die Ferne geschickt und fing als Hausmädchen an. Sie alle hatten sich ihre Zukunft anders vorgestellt. Die beiden Jungs konnten wenigstens zu Hause wohnen bleiben. Sie aber hatte Tangermünde verlassen müssen.

Anscheinend wirkten ihre Worte. »Du hast ja recht. Du bist erwachsen geworden. Eine richtige Frau. Und eine attraktive dazu.«

Hedda schubste ihn neckisch, während sie weiter in Richtung Schloss gingen.

»Ich arbeite nicht mehr auf der Farm«, platzte es plötzlich aus Edgar heraus. »Also nicht mehr voll. Wann immer ich kann, arbeite ich bei der Eisenbahn. Sie bauen eine Bahnverbindung, um das Land zu erschließen.«

Als ihre Mutter vor Jahren gestorben war, waren die Brüder auf die Farm ihres Onkels gegangen.

»Dann läuft es nicht so gut auf der Farm?« Es war dunkel, und sie konnte kaum sehen, wie er den Kopf schüttelte. »Und Lothar?«

»Der ist noch bei Onkel Jost. Aber es ist schwierig. Sehr schwierig. Es ist eine magere Erde. Da wächst nichts so wie hier. Es regnet monatelang nicht, und wenn, dann ist der Boden so ausgetrocknet, dass der meiste Regen oft einfach abläuft. Und dann die Eingeborenen ...«

»Machen sie Schwierigkeiten?«

»Manchmal weiß ich nicht, ob sie gezielt Schwierigkeiten machen oder ob sie im Grunde genommen faul sind. Oder ob es vielleicht einfach nur nicht ihre Lebensweise ist.«

Sie blieben kurz vor der Parkmauer des Schlosses stehen. »Bleibst du noch ein paar Tage hier? Oder was hast du überhaupt vor?«

»Ich muss nach Tangermünde, ein paar Dinge für Onkel Jost regeln. Bankgeschäfte und so.« Es klang nicht gerade begeistert.

»In zwei Wochen hab ich wieder meinen freien Nachmittag. Aber ich könnte fragen, ob ich tauschen kann. Oder vielleicht so mal ein paar Stunden abends freikriege ...«

»Morgen reise ich ab. Und dann ... Ich werde in vierzehn Tagen wiederkommen. Vielleicht schaffst du es ja, dich für ein paar Stunden über Weihnachten freizumachen. Das wäre wunderbar.«

»Das kann ich versuchen. Ein paar freie Stunden müssten möglich sein. Im Moment gibt es bei uns nicht mehr so große Feiern und nicht mehr so viele Besucher.«

»Das kannst du mir dann alles in Ruhe erzählen. Aber eins noch ...« Er griff in seine Manteltasche und holte ein Stück Papier hervor. Es war ein Foto.

Ein Foto von einem Mann, mehr konnte Hedda bei diesem Licht nicht erkennen. »Wer ist das? Ist das Onkel Jost? Oder Lothar?«

Nein, Lothar konnte es nicht sein. Der Mann hier schien eher dick zu sein.

»Das ist unser Nachbar, Gottfried Mommsen. Weißt du noch, wir haben dir geschrieben. Mommsen sucht eine Frau. Und er hat das Foto von dir gesehen und ist ganz begeistert.«

»Aber ich habe doch schon geschrieben, dass ich kein Interesse habe.«

»Er ist gut betucht. Seine Farm ist mehr als doppelt so groß wie die von Onkel Jost. Und er hat zwei eigene Wasserquellen. Er überlegt sogar, sich bald ein Auto anzuschaffen.«

Wenn das mal nicht verführerisch klang, dachte Hedda ironisch. Dann schaffte er sich jetzt also eine Frau an, und ein Auto. Aber nicht mit ihr.

»Stell dir vor, du müsstest nie wieder selber putzen und nie wieder selber waschen. Nur kochen müsstest du, gute deutsche Küche. Darauf besteht Gottfried. Aber außer Kochen müsstest du überhaupt nicht mehr arbeiten. Und du könntest dir schöne Kleider leisten, und gute Schuhe. Hüte.« Edgars vager Blick ging zu ihrer Mütze.

Ja, schöne Hüte würde sie sich gerne leisten können. »Edgar, ich will wirklich nicht …«

Ihr Bruder drückte ihr das Foto in die Hand. »Schau ihn dir gut an, bis ich wiederkomme. Und überleg es dir genau. Er hat mir Reisegeld für dich mitgegeben. Du könntest dir schon jetzt schöne Sachen kaufen. Du könntest dir hier sogar schon dein Hochzeitskleid kaufen.«

Himmel, der hatte es aber eilig. Aber nein … Afrika, die Hitze, die Moskitos, die Eingeborenen, überhaupt, das fremde Land und die wilden Tiere. Abgeschieden auf einer einsamen Farm, das war nichts für sie. Sie träumte vom Trubel einer Großstadt.

»Ich weiß, du glaubst, dass es für mich außerordentlich verführerisch klingt. Aber das tut es nicht.«

»Nein!«, sagte er barsch. »Du musst dir das gut überlegen, Hedda. So eine Gelegenheit bekommst du kein zweites Mal im Leben! Er ist wirklich sehr, sehr reich.«

So sollte ihr Zusammentreffen nach über fünf Jahren wirklich enden? »Ich überleg es mir«, sagte sie versöhnlich.

»Ja. Gut.« Es klang überaus erleichtert. »Du machst das Richtige. Glaub mir, du bekommst kein besseres Angebot mehr.«

Vermutlich sah Edgar in der Dunkelheit nicht, wie sie ihre Augenbrauen hochzog. Das war jetzt nicht gerade ein Kompliment. Hatte er nicht gerade noch gesagt, wie attraktiv sie geworden sei?

»Dann darf ich dich also am 22. Dezember mittags hier erwarten?«

»Ja. Unbedingt«, sagte sie entschieden. So oder so – natürlich würde sie nicht nach Neuruppin fahren und Zettel verteilen, wenn ihr Bruder nur für kurze Zeit hier war. »Ich halte mir den 22. auf jeden Fall frei. Und ich werde fragen, ob ich nicht die eine oder andere Stunde über Weihnachten ausnahmsweise freibekommen kann. Die Mamsell hat sicher Verständnis dafür, wenn du nur kurz aus Afrika da bist.«

»Vielleicht bist du dann ja schon nicht mehr auf ihr Wohlwollen angewiesen.«

Sie wollte keinen Streit. Sie hatten sich so lange nicht gesehen, und sie hatten jetzt keine Zeit, noch länger darüber zu reden. Deshalb sagte Hedda einfach: »Ja, vielleicht.«

Sie umarmten sich zum Abschied, und Edgar ging. Vorsichtig steckte Hedda das Foto in ihre Manteltasche. Dorthin, wo die Rolle mit den Zetteln war. Und schon waren all ihre Pläne über den Haufen geworfen. Sie würde in zwei Wochen nicht nach Neuruppin fahren und die Zettel verteilen. Und vielleicht konnte sie auch am 5. Januar nicht zur Versammlung nach Berlin fahren. Je nachdem, wie lange sie über Weihnachten freibekam, würde die Mamsell verlangen, dass sie dafür ihren freien Nachmittag tauschte. Keine Ahnung, wie der Mann auf dem Foto bei Licht aussah, aber er konnte keinesfalls so gut aussehen wie Arthur.

Mitte Dezember 1907

Dieses Mal sollte Budde mit nach Berlin fahren. Was Viktor als sehr ungerecht empfand. Hatte er nicht beste Dienste geleistet? Und wusste Opitz nicht, dass er deutlich verschwiegener war als der zweite Diener? Es war einfach nur eine weitere Boshaftigkeit von Opitz. Seit sie die Beweise aus seinem Panzerschrank entwendet hatten, ließen seine Gemeinheiten nicht nach. Viktor verabscheute den Kerl zutiefst. Sein Verhalten schnürte hier allen die Luft ab. Würde man ihn abservieren, wäre das die Lösung für viele seiner Probleme. Aber wenn nicht einmal der Fürst ihn entließ, obwohl er ihn belog und seinen Wein trank – wie sollte Viktor da gegen ihn angehen?

Sich eine andere Stelle zu suchen, würde derzeit schwierig werden, solange diese unselige Geschichte nicht abgeschlossen war. Doch allmählich verließ ihn seine Geduld, sich noch jahrelang diesem Untier aussetzen zu müssen.

Viktor stieg die Dienstbotentreppe hinunter und hörte, wie die Köchin an der Hintertür lautstark mit einem Händler debattierte. »Da wird ja der Hund in der Pfanne verrückt. Sie können mir doch nicht erzählen, dass das guter Bohnenkaffee ist.«

»Nur weil er etwas preiswerter ist, muss er doch nicht schlecht sein«, verteidigte der Mann sich.

»Dann lassen Sie mich probieren. Ich lasse mich nicht betuppen. Ich merke, wenn Bohnenkaffee mit Bucheckern oder anderen Dingen gestreckt ist.«

»Ach na ja, wir müssen ja keine Geschäfte machen. Ich weiß dann fürs nächste Mal Bescheid.«

Viktor hörte, wie die Tür laut ins Schloss fiel und Frau Möckel schnaufend den Flur durchquerte. »Glaubt dieser Kerl wirklich, er kann mich an der Nase herumführen?«, schimpfte sie.

»Wer war das?«, schnauzte Opitz sie an. Er hatte das Gespräch wohl mit angehört und fing sie auf dem Flur ab.

»Nur ein Händler, der mir gestreckten Bohnenkaffee verkaufen will.«

»Woher wissen Sie das?«

»Weil er den Kaffee zu billig angeboten hat.«

»Wollen Sie mir etwa sagen, Sie haben gerade ein gutes Angebot ausgeschlagen und kaufen für die Herrschaften lieber teuren Bohnenkaffee ein?«

Frau Möckel drückte ihre geballten Fäuste in die Hüfte. »Wenn eine Sache zu schön ist, um wahr zu sein, dann ist es ziemlich wahrscheinlich auch genau so!«

»Wenn ich Sie dabei erwische, wie Sie einen guten Handel ausschlagen, um möglicherweise mit einem bekannten Händler, der Ihnen Courtage gibt, Geschäfte zu machen, dann wissen Sie, was ich tun werde.«

Jetzt, da Viktor wusste, dass Opitz sie schon einmal dabei erwischt hatte, wusste er diese Worte natürlich zu deuten.

Doch Frau Möckel war ihm nun nicht mehr ausgeliefert. Und sicher war sie klug genug, den gleichen Fehler nicht noch einmal zu machen. »Ja. Das wissen wir beide. Wäre der Kaffee gut gewesen, dann hätte er mich ihn sicherlich probieren lassen.« Schnaubend drehte sie sich um und marschierte in die Küche. Eine Demonstration ihrer neu gewonnenen Freiheit.

Auch wenn Opitz nun die Mamsell, die Köchin und den Stallmeister nicht mehr erpressen konnte, Schwierigkeiten machte er ihnen immer noch. Gestern hatte Moritz sich mal wieder eine Backpfeife eingehandelt, nur weil er nicht schnell genug zur Seite gesprungen war, als Opitz den Flur durchquert hatte. Moritz hatte wohl am meisten unter dem Butler zu leiden. Aber letztlich traf es sie alle. Deshalb beneidete er Diedrich Budde, mit nach Berlin fahren zu dürfen. Dort konnte er den Launen des Butlers wenigstens ein paar Tage entgehen.

»Und Sie? Haben Sie im Speisesaal schon abgeräumt?«, raunzte Opitz ihn nun an.

»Ja, Herr Opitz. Das habe ich gerade erledigt.«

»Und ist die Bibliothek aufgeräumt?«

»Das habe ich direkt danach gemacht«, sagte Viktor stoisch.

»Was stehen Sie dann hier noch dumm rum? Gehen Sie in die Nordische Halle und rücken die Möbel zurecht.«

»Selbstverständlich! Sofort.« Am liebsten hätte Opitz ihn kuschen lassen wie einen räudigen Hund. Trotzdem blieb Viktor beständig höflich und zurückhaltend. Selbst wenn er angeschrien wurde, so wie gestern Abend.

Opitz hatte ihn in der Anrichtekammer vor dem Speisesaal angemeckert, weil er nicht schnell genug die Suppenterrine geholt hatte. Obwohl sie gerade erst mit dem Speiseaufzug hochgekommen war. Seine Stimme war laut gewesen, obwohl im Saal nebenan bereits die Herrschaften saßen. Lautstarke Auseinandersetzungen durften keinesfalls in den Räumen der Herrschaften zu hören sein. Das wussten alle im Haus. Doch Opitz verlor immer öfter wegen Kleinigkeiten die Beherrschung. Viktor fragte sich, wie lange der Fürst und die Fürstin das noch mitmachen würden.

Umgehend machte er sich auf in Richtung Nordische Halle. Als er dort ankam, sah er, wie Adelheid Schaaf den Steinboden putzte. Solange sie putzte, konnte er ohnehin nicht die Möbel gerade rücken.

»Hallo, Fräulein Schaaf. Was glauben Sie, wann Sie hier fertig sind?« Obwohl er es nicht brauchte, siezte er sie. Einfach aus Nettigkeit.

Erschrocken blickte sie auf. Sie hatte ihn wohl nicht kommen hören. »Höchstens noch zehn Minuten. Wir haben schon durchgefegt und alles sauber gemacht. Ich wische nur noch schnell feucht durch«, erklärte sie, obwohl man das ja sah.

Sie schaute ihn merkwürdig an. War irgendwas, was er nicht mitbekommen hatte? Wollte sie ihn etwas fragen? Mittlerweile kannte sie sich ziemlich gut aus hier im Schloss.

»Herr Novak, wo wir gerade mal alleine sind«, fing sie an.

»Ja?«

»Ich wollte Ihnen etwas mitteilen.« Es klang geheimnisvoll. »Wenn Sie wohl kurz die Türe schließen könnten?«

Mit ungutem Gefühl kam er ihrer Bitte nach und trat näher. Ging es um diesen einen Abend, an dem sie sich verbündet hatten? Ihm wäre wohler, wenn darüber nie wieder ein Wort verloren würde. Andererseits war das etwas, was ihn auf ewig mit Adelheid Schaaf und Hedda Pietsch verbinden würde.

»Was gibt es denn?«, fragte er mit leiser Stimme.

»Ich wollte Ihnen etwas sagen. Über Herrn Opitz.« Es klang skeptisch, so als wäre sie sich nicht sicher, ob sie weiterreden sollte.

Er aber war nun hellhörig. »Reden Sie nur.«

»Ich weiß nicht, wie ich es sagen soll, aber … Herr Opitz spricht nicht gut von Ihnen.«

Sofort war er alarmiert. »Was genau meinen Sie? Was sagt er denn?« Mit Mühe konnte er noch seine Stimme kontrollieren.

»Ich habe es nur durch Zufall mitbekommen, wie er der Mamsell sagte, Sie würden in letzter Zeit schludrig arbeiten.«

Was? Das sagte er? Was jeder Grundlage entbehrte. Höchstens gab er sich in letzter Zeit noch mehr Mühe. Opitz verbreitete also noch mehr Lügen über ihn. Aber wusste die Mamsell es nicht besser? Sicher wusste sie, was sie von Opitz' Reden zu halten hatte. Oder? Und was, wenn nicht? Würde sie in einer ungünstigen Stunde diesen Eindruck gegenüber der Fürstin äußern? Würden sich dann die Lügen von Opitz gegenüber dem Fürsten und der Eindruck der Fürstin zu einem unguten Gebräu mischen?

»Ich habe es nur zufällig mitbekommen. Ich habe nicht gelauscht oder so«, verteidigte sie sich. »Und ich weiß, dass das nicht stimmt. Herr Opitz lügt«, erklärte sie nachdrücklich. »Und bestimmt weiß die Mamsell das auch.«

Viktor nickte nur, dabei standen ihm die Haare zu Berge. Es war nett, dass sie das sagte. Aber was sie glaubte, war vollkommen unwichtig. Wichtig war, was der Fürst und die Fürstin glaubten. Und die Meinung des Kammerdieners war vielleicht auch noch wichtig. Und eventuell noch die des Kutschers, weil er oft mit dem Fürsten unterwegs war. Keine Ahnung, ob sie dann miteinander sprachen. Doch mit Herrn Hartwich hatte er seit diesem unangenehmen Gespräch in der Küche in Berlin kaum ein weiteres Wort gewechselt.

Adelheid Schaaf hatte also zufällig etwas mitbekommen. Wer wusste schon, wie oft Herr Opitz bereits Lügen über ihn verbreitet hatte? Ganz sicherlich war es nicht das einzige Mal gewesen. Ein dicker Kloß setzte sich in seinem Hals fest. »Zur Mamsell also. Und ... haben Sie sonst noch etwas mitbekommen?«

»Ja ...« Es schien ihr äußerst unangenehm zu sein.

Konnte es noch schlimmer werden? »Nur raus mit der Sprache.«

»Ich hoffe, Sie halten mich nicht für ... vorwitzig.«

Viktor sah sie überrascht an. »Was meinen Sie damit?«

»Es ist nur, weil ... Also ein paar Tage vorher, da hat er gesagt, ... also mir hat er gesagt, dass ... dass Sie nicht so anständig seien, wie Sie gerne vorgeben würden.«

»Wie bitte?«, entfleuchte es entrüstet Viktors Lippen.

Adelheid Schaaf schaute beschämt auf den Boden. »Weil ... ich soll mir keine Hoffnung machen ... bei Ihnen. Ja, das hat er mir gesagt ... als ich oben den Flur geputzt habe. Ich ... ich wollte es Ihnen so schnell wie möglich sagen. Ich habe nur darauf gewartet, dass ich Sie allein antreffe.«

Viktor nahm einen tiefen Atemzug. Was genau sollte er jetzt davon halten? Opitz ließ sich also schlecht über ihn aus. An allen möglichen Stellen, sogar bei Adelheid Schaaf, die in der Hierarchie ja vollkommen unwichtig war.

»Ich weiß wirklich nicht, warum er mir das gesagt hat«, entschuldigte sie sich ausweichend.

Stimmt, das war auch eine interessante Frage. Daran hatte er jetzt gar nicht gedacht. Hatte Opitz etwa bemerkt, welche Blicke er Adelheid Schaaf gelegentlich zuwarf? Hatte er gemerkt, dass sie sich recht gut verstanden? Besser als mit den meisten anderen hier im Schloss?

»Machen Sie sich keine Gedanken darüber. Ich weiß, was er damit beabsichtigt. Er hätte es am liebsten, wenn hier jeder gegen jeden kämpft. Dann könnte er sich ins Fäustchen lachen. Er will mich nur schlechtmachen, damit Sie mich nicht mögen. Ich wette, irgendjemandem gegenüber hat er auch schon abfällig von Ihnen gesprochen.«

»Wirklich?« Das schien sie hart zu treffen, denn sie wurde schlagartig fahl im Gesicht. »Wissen Sie etwas Genaues? Was sagt er denn?«

Himmel, würde sie gleich in Ohnmacht fallen? Hatte sie so große Angst? Vermutlich ja. Vermutlich hing an ihrer Stellung und ihrem Lohn noch viel mehr Elend als bei ihm.

»Nein, ich habe nichts mitbekommen. Aber ich denke, dass es seine Taktik ist. Ich denke, dass er alle gegen alle aufwiegeln will. Damit sich niemand mehr sicher sein kann. Damit wir alle gegeneinander arbeiten.«

»Glauben Sie?«

»Da bin ich mir absolut sicher.« Was allerdings Opitz' Äußerung der Mamsell gegenüber anging, das war noch einmal eine ganz andere Kategorie. »Machen Sie sich keine Sorgen. In seinen Augen sind Sie viel zu unwichtig. Da hat er ganz andere im Visier.« Mich zum Beispiel.

Sehr beruhigt sah sie nicht aus, dennoch verließ Viktor die Halle. Er für seinen Teil musste sich erst einmal beruhigen. Spielte Opitz gerade jeden gegen jeden aus? Oder steckte bei seiner Lüge über Viktor mehr dahinter? Wollte er ihn abstrafen, weil Viktor in letzter Zeit nicht mehr bereit gewesen war, seine Fehler und Unzulänglichkeiten zu decken? Oder wollte er ihn gar loswerden?

Das durfte er nicht zulassen. Wenn er rausgeschmissen wurde, ausgerechnet jetzt, wo diese ganzen unschönen Dinge den Ruf von Schloss Liebenberg überschatteten, würde er so schnell nicht wieder eine entsprechende Stellung finden. Und jeden Tag, den er suchen musste, verlor er wertvolles Geld. Er hatte doch nicht so eisern gespart, nur um jetzt aus der Laune des obersten Dieners heraus an seine Rücklagen gehen zu müssen. Nein, er musste sich etwas überlegen. Etwas Cleveres.

Vielleicht sollte er damit anfangen, gegenüber Adelheid Schaaf nicht mehr so höflich zu sein. Besser, er würde sie ab sofort wieder duzen. Und ihr genauso reserviert begegnen wie den anderen Dienstboten. Nicht, dass ausgerechnet noch sie darunter leiden musste, dass Opitz ihm eins auswischen wollte.

Höchst beunruhigt lief er durch die Räume, zurück Richtung Dienstbotentreppe. Jetzt sprach Opitz anderen Dienstboten gegenüber schon schlecht von ihm, erzählte sogar der Mamsell Lügen. Träufelte den anderen süßes Gift in die Gedanken. Er musste etwas unternehmen. Wenn Opitz nun schon so offensiv gegen ihn vorging, konnte das fatale Folgen haben.

Auf dem Flur angelangt, kam ihm ausgerechnet der Haushofmeister entgegen. Opitz trug ein Tablett. Vermutlich brachte er der Fürstin oder einer der Komtessen gerade etwas. Seine Launen und seine Mäkeleien schienen dem obersten Diener alles abzuverlangen. Seit Wochen schon lief er beständig mit hochrotem Kopf herum. Und er wirkte so müde, als würde er seine Arbeit nur noch mit äußerster Anstrengung bewältigen können.

Opitz hatte ihn noch nicht gesehen, denn er schritt mit gesenktem Blick in Richtung Bibliothek. Viktor sah das Unglück kommen. Er hob seine Füße nicht mehr hoch genug, blieb an der Ecke eines Teppichs hängen und stolperte. Eine Tasse, mit was auch immer darin, kippte über den Rand des Tabletts und zerschellte laut auf dem Steinboden.

Das war seine Gelegenheit. Seine Möglichkeit, die Situation zu beruhigen, vorerst wenigstens. Viktor reagierte schnell. Er eilte zu Opitz hin, der noch gar nicht so recht begriffen hatte, was passiert war, und kniete sich zu den Scherben.

»Herr Opitz, lassen Sie nur. Ich mache das schon.« Vermutlich würde sein Kopf explodieren, wenn er sich jetzt auch noch bücken musste.

»Ja, räumen Sie auf«, sagte er barsch. Opitz stand wie erstarrt vor ihm.

Die Tür der Bibliothek ging auf, und die Fürstin stand im Türrahmen. »Was ist denn das für ein Lärm?«

Ihr Blick wechselte zwischen Opitz und ihm.

»Es tut mir außerordentlich leid. Ich bin wohl über einen Teppich gestolpert«, sagte Viktor rasch. Und warf Opitz einen schnellen Blick zu.

»Ja. Genauso ist es. Machen Sie das hier sauber und holen Sie eine frische Tasse Tee aus der Küche«, sagte Herr Opitz fast tonlos.

»Aus welchem Porzellanservice war das Stück?«, fragte die Fürstin spitz.

»Nur aus unserem normalen Tafelgeschirr«, gab Opitz zurück.

»Na, immerhin keins von den guten. Passen Sie beim nächsten Mal besser auf.«

»Natürlich, Eure fürstliche Hoheit«, sagte Viktor ergeben. Hatte sie bemerkt, dass Opitz noch immer das Tablett in den Händen hielt?

Die Fürstin schüttelte leicht empört ihren Kopf und schloss die Tür wieder.

Viktor hatte nun alle Scherben aufgesammelt und stand auf. »Herr Opitz ...«

Der schaute ihn mit eigentümlichem Blick an. Als wüsste er nicht genau, was hier eigentlich gerade passierte.

»... ich wollte Ihnen nur sagen, dass ich in letzter Zeit vielleicht etwas unaufmerksam war. Meiner Mutter ging es nicht gut, und ich war mit meinen Gedanken wohl zu oft woanders. Es wäre mir sehr daran gelegen, wenn wir unser früheres gutes Verhältnis wiederherstellen könnten.«

Seine Worte und seine Schuldübernahme waren ein klares Friedensangebot. Würde Opitz es ausschlagen?

Opitz sah überrascht aus. Sein Gesicht war hochrot, und er atmete schwer.

»In letzter Zeit ist so viel Unruhe hier im Haus, und ich würde nur ungerne einen ungenügenden Eindruck meiner Arbeit hinterlassen.«

»Sie haben Angst, sich im Moment nach einer anderen Stelle umschauen zu müssen, was?« Opitz sah Viktor abschätzig an. »Ja. Na ja. Dann lassen wir es gut sein für dieses Mal. Und schicken Sie ein Mädchen hoch, das hier aufputzt.« Er drückte ihm das Tablett in die Hand, drehte sich um und ging.

Seine Worte klangen, als hätte er Viktor gerade einen großen

Gefallen getan. Und schon hatte der Butler wieder Oberwasser. Aber genau das hatte Viktor bezweckt. Er sollte sich sicher fühlen. Er sollte glauben, Viktor würde kuschen.

15. Dezember 1907

Vater würde Gunther nach Hohenlychen begleiten. Alle waren unfassbar aufgeregt. Edeltraud und Gundula standen mit Adelheid auf dem Bahnsteig. Gunther weinte in Adelheids Armen.

»Ach, mein Herz. Es wird dir da so viel besser gehen. Es gibt ganz viele Kinder dort, mit denen du spielen kannst. Bestimmt haben die da richtiges Spielzeug. Und überleg mal: ein eigenes Bett, nur für dich.«

»Ich will nicht alleine schlafen«, schniefte der Sechsjährige laut.

»Du schläfst ja auch nicht alleine. Da ist ein großer Saal, voll mit Jungs wie dir. Bestimmt hast du links und rechts von dir Betten stehen, in denen andere Jungs in deinem Alter schlafen. Und weißt du was? Die fühlen sich alle so alleine wie du. Und alle sind sie froh, wenn sie einen Freund wie dich finden können.«

Adelheid redete sich den Mund fusselig, aber so recht kamen ihre Worte nicht bei ihrem kleinen Bruder an. Der wollte zwar allzu gerne mit dem Zug fahren, aber nicht um den Preis, dass der Vater alleine wieder zurückfuhr.

»Und gutes Essen gibt es auch. Denk dir – jeden Tag drei Mahlzeiten.« Der Arzt hatte gesagt, dass Gunther auf jeden Fall aufgepäppelt werden musste. Und dort sollte es ordentliche Portionen geben.

Gunther hatte einen kleinen Beutel mit den wenigen Sachen, die er mitnehmen musste. Anni, das Spülmädchen, war so freundlich gewesen, sich gebrauchte Kinderkleidung von ihrer Tante schicken zu lassen. Natürlich musste Adelheid die bezahlen. Aber wo sonst hätte sie die benötigte Kleidung bekommen?

Vorhin hatte Adelheid ihm zwei kurze Hosen, zwei Paar dicke Strümpfe, einen Wollpullover und eine dicke Jacke mitgebracht.

Und er bekam gebrauchte Schuhe, hohe Schuhe aus echtem Leder. Gunther wäre beinahe geplatzt vor Glück. Da hatte er ein paar Minuten aufgehört zu weinen, so stolz war er gewesen. Für ihn war es wie ein vorgezogenes Weihnachtsfest. Aber tatsächlich würde er dieses Jahr Weihnachten ohne seine Familie feiern müssen.

Dr. Vogel hatte den kurzfristigen Aufenthalt auf Hohenlychen arrangiert. Der Umstand, dass die meisten Familien ihre Kinder erst nach Weihnachten und Silvester in die Heilanstalt schicken wollten, spielte ihnen in die Hände. Es waren etliche Plätze frei. Die medizinische Versorgung würde Gunther dort sogar umsonst bekommen. Nur für Unterbringung und Essen musste Adelheid etwas beisteuern. Dreißig Mark für sechs Wochen. Das war viel Geld, aber sie gab es gerne. Vater und die anderen wussten natürlich nichts davon. Sie dachten nach wie vor, sie hätten alles der Güte der Fürstin zu verdanken.

Über Templin würden die beiden nach Hohenlychen fahren. Adelheid hatte Vater Geld gegeben, damit er sich die Billetts leisten konnte. Alles auf Geheiß der Fürstin, so hatte sie ihm gesagt. Gunther hatte sie heimlich Geld zugesteckt. Eine Mark in Groschen. Auf das Geld müsse er besonders gut aufpassen, hatte sie ihm eingeschärft. Am besten, riet Adelheid ihm, am besten solle er es irgendwo aufbewahren, wo niemand es finden könne. In seinen Stiefeln, oder in der Matratze. Am besten aufgeteilt an mehreren Stellen, sodass jemand, der die Münzen fand, nicht alles klauen konnte.

Vater würde schon heute Abend wieder zurückkommen. Edeltraud hatte ihm die Haare und den Bart gestutzt, so gut es eben ging. Man konnte nun nicht sagen, dass er sich den Sonntagsanzug angezogen hatte, denn so etwas besaß er nicht. Aber er hatte das Beste angezogen, was die Kleidertruhe hergab. Schon lange hatte Adelheid ihren Vater nicht mehr mit einem so klaren Blick gesehen. Er schien sogar aufrechter zu stehen.

Es zerriss ihr das Herz, ihren Bruder so heulen und schniefen zu sehen. Der Zug kam, und Gunther klammerte sich noch stärker an Adelheid fest. Sie hob ihn hoch.

»Pass auf: Wenn wir uns wiedersehen, bist du endlich gesund. Und bestimmt hast du dann auch zugenommen. Wer weiß, vielleicht willst du bei all dem guten Essen gar nicht mehr zurückkommen.« Sie versuchte sich an einem aufmunternden Lächeln.

Vater nahm den Beutel und stieg ein. Adelheid hob Gunther direkt auf die Plattform. Vater nahm seine Hand und musste ihn regelrecht in den Waggon zerren. Vierter Klasse, was sonst sollte sie ihrem Vater erklären? Aber dass sein Sohn nun für sechs Wochen in eine Klinik kam, das war schon was.

Die Schwestern winkten dem Zug nach. Adelheid sah noch lange das verheulte Gesicht, das sich an die Scheibe presste. Als würden sie sich nie wiedersehen. Der Zug verschwand dampfend in der Ferne.

»Kommt. Lasst uns gehen. Ich habe eine Überraschung aus dem Schloss mitgebracht.«

Sofort sprang ein glücklicher Ausdruck auf die Gesichter ihrer Schwestern. Edeltraud trug Mutters Schuhe, und Gundula trug Edeltrauds. Beide Paare waren zu groß und vorne mit Zeitung ausgestopft. Adelheid dachte daran, dass sie beide zu Weihnachten neue Schuhe bekommen sollten. Anni würde sich auch darum kümmern. Wie Adelheid vor Kurzem erst erfahren hatte, besaß Annis Tante einen Gebrauchtkleiderladen. Sie saß somit an der Quelle. Noch diese Woche sollte ein Paket mit drei Paar Schuhen ankommen. Und eventuell auch mit einem Wintermantel für Edeltraud, falls die Tante etwas in der passenden Größe dahatte.

Anni fragte nicht, woher Adelheid das Geld dafür hatte. Ihr war es egal, denn sie bekam von allen Verkäufen ein paar Pfennige ab. Adelheid musste nur aufpassen, dass die anderen nichts von ihren Geschäften mitbekamen. Bei den Sachen für ihren Bruder hatte sie sich damit rausgeredet, dass sie das Geld in Zukunft abbezahlen würde. Denn woher sonst sollte sie so viel haben? Doch die Geschichte mit den Schuhen und dem Mantel würden sie heimlich abwickeln. Das war einfach nicht glaubhaft, dass jemand so weit in Vorlage gehen würde. Anni bekam Geld und würde schon deshalb den Mund halten.

Eine Überraschung aus dem Schloss klang verführerisch, und die Schwestern beeilten sich. Adelheid hatte im Krämerladen Kekse gekauft. Richtige, echte Kekse. Natürlich würde sie sagen, dass die Köchin ihr die mitgegeben hatte. Vater würde nicht gutheißen, dass sie Geld für Süßigkeiten ausgab.

Ihr Leben schien zu einer einzigen Lüge zu werden. Alle log sie an – ihren Vater, ihre Geschwister, Hedda, die anderen Dienstboten. Ein Platz in der Hölle war ihr gewiss. Schon allein wegen dem Brief, den sie verkauft hatte. Aber vielleicht war auch die ganze Geschichte mit der Hölle gar nicht so sicher, wie die Geistlichen das immer behaupteten. Diese Überlegung stammte auch von Hedda.

So oder so sollte sie besser vorsichtig sein und ihre Gefühle und Geheimnisse noch besser verstecken. War es purer Zufall gewesen, dass Herr Opitz sie auf Viktor Novak angesprochen hatte? Sie solle sich besser keine Hoffnung machen. Herr Novak sei nicht so anständig, wie er vorgab. Das sagte Herr Opitz ihr beinahe im Vorbeigehen. Zuerst fühlte sie sich ertappt. Dachte, ihre sehnsüchtigen Blicke hätten sie verraten. Aber als sie gehört hatte, wie Opitz der Mamsell gesagt hatte, der erste Diener würde in letzter Zeit schludrig arbeiten, war ihr der Verdacht gekommen, dass es gar nicht um sie und ihre Gefühle ging, sondern Herr Opitz generell gerade dabei war, Viktor Novak schlechtzumachen.

Adelheid verlebte mit ihren Schwestern einen so entspannten Nachmittag, wie sie ihn schon lange nicht mehr gehabt hatte. Als sie am Abend zum Schloss zurückging, erwartete sie eine männliche Gestalt im Schatten eines Baumes auf der Chaussee zum Schloss. Verdammt, hatte sie nicht gesagt, dass er hier viel zu auffällig sei?

»Herr Sibelius, guten Abend.«

»Guten Abend, Fräulein Schaaf. Keine Angst, ich habe mich sehr unauffällig bewegt. Ich komme diesmal wegen einer unangenehmen Geschichte.«

Als wäre er jemals wegen einer angenehmen Geschichte gekommen, dachte Adelheid. Sie traten beide in den Schatten des Baumes.

»Ich mach's kurz. Wir sind nun auf der Fährte des Mannes, der in dem Brief erwähnt wird. Tatsächlich betrifft der Umstand, der dort genannt wird, sogar zwei Personen. Aber der eine will nicht aussagen, und der andere ist nicht auffindbar. Und der Prozess gegen Herrn Harden beginnt bereits morgen. Wir sind in Kalamitäten.«

»Kalamitäten? Ich verstehe nicht ganz.«

»Wir befinden uns in einer Notlage. Zudem geht es Herrn Harden im Moment gesundheitlich sehr schlecht. Ich wollte noch einmal nachfragen, ob Sie weitere Informationen haben.«

Das Foto! Aber das würde sie nicht rausrücken. »Wieso können Sie die Informationen aus dem Brief nicht einfach vor Gericht verwenden?«

»Sie wissen vielleicht nicht, wie so ein Gerichtsverfahren abläuft. Wir würden den Brief ungern dem Gericht vorlegen, schließlich müssten wir erklären, woher wir ihn haben. Und das würde nicht nur Sie, sondern auch uns in Erklärungsnot bringen. Deswegen wollen wir direkt mit dem Zeugen aufwarten. Aber das Gericht will diesen bestimmten Zeugen nicht zulassen.«

»Aha.« Es war also so, wie Hedda ihr erklärt hatte. Auch vor einem hohen Gericht ging es nicht immer gerecht zu. Umso wichtiger war, dass sie das Foto zu ihrer eigenen Sicherheit behielt.

Sie überlegte. »Das Einzige, was ich sagen kann, ist, dass im Moment sehr viele Briefe nach München und Wien rausgehen. Und auch viele Briefe von dort zurückkommen. Ich habe es zufällig mit angehört. Die Diener sprachen vor drei Tagen darüber. Einer hatte sich gewundert, weil doch der Prozess in Berlin stattfindet.«

»Ach ja?«, sagte Sibelius erfreut. Als hätte er gerade etwas sehr Wichtiges erfahren. »Das ist ja spannend. Eulenburgs alte Wirkungsstätten. Bestimmt versucht er, dort Spuren zu verwischen.«

»Zu den Inhalten kann ich Ihnen wirklich nichts sagen.«

Sibelius nickte wohlwollend. Anscheinend war das schon mal hilfreich. »Sehen Sie, genau so etwas ist eine sehr wichtige Information für uns.« Er griff in seine Hosentasche und zog ein Fünfmarkstück heraus.

Verschreckt drehte Adelheid sich um. Wenn sie nun jemand hier beobachtete! Hastig nahm sie die Münze und steckte sie in ihre Rocktasche.

»Wir bitten Sie dringlichst, uns zu kontaktieren, wenn Ihnen weitere Dinge zu Ohren kommen. Wirklich dringlichst. Herr Harden würde sich äußerst spendabel zeigen.«

»In Ordnung. Aber ich muss sehr vorsichtig sein.«

»Natürlich. Natürlich«, sagte er beflissen. »Sie wissen ja, wie Sie mich kontaktieren können.«

»Ja, ich weiß.« Jetzt hatte sie sogar Briefpapier und könnte einen Brief schreiben. Nur abgeben müsste sie ihn persönlich. In die ausgehende Post des Schlosses konnte sie ihn nicht geben.

»Am liebsten wäre uns, Sie würden wieder telefonieren. Im Moment zählt jeder Tag.«

»Dazu müsste ich nach Oranienburg fahren. Vom Schloss aus geht das unter keinen Umständen.«

»Wie auch immer, nun wissen Sie Bescheid.«

Er verabschiedete sich höflich, und Adelheid war froh, dass er nicht den Trampelpfad zurück ins Dorf nahm, sondern sich durch die Büsche schlug.

Zehn Minuten später betrat sie nachdenklich das Schloss. Die Berliner brauchten dringend weitere Informationen. Dringend. Hätte sie ihm doch das Foto anbieten sollen? Bestimmt wäre es jetzt unglaublich viel wert. Aber das durfte sie nicht riskieren. Es war ihr Schutz davor, selbst vor Gericht landen zu können.

Sie ging hinein, und noch ganz in Gedanken lief sie der Mamsell in die Arme.

»Gut, dass du kommst. Bring das oben zu Herrn Theurich. Der Ärmste hat nicht einmal Zeit zum Essen.« Die Mamsell hatte seit ein paar Tagen Probleme mit dem Ischias. Sie war wohl froh um jede Stufe, die sie nicht laufen musste. »Du findest ihn in der Schreibstube des Privatsekretärs. Und beeil dich, es gibt gleich Abendessen.«

In der Hand hielt sie ein Tablett mit einem dampfenden Teller Suppe und zwei beschmierten Broten, das sie in den Speiseaufzug stellte. Adelheid lief die zwei Treppen hoch und öffnete die Türen des Speisenaufzugs. Mit dem Tablett in der Hand eilte sie den Gang entlang. Hoffentlich sah niemand sie. Statt ihrer weißen Schürze trug sie ihre alten Schuhe und den Mantel.

Leise klopfte sie an der Schreibstube. Nichts rührte sich. Sie klopfte noch einmal und öffnete die Tür. Der Tisch war verwaist, aber es sah so aus, als würde jemand daran arbeiten. Sie stellte das Tablett auf dem Schreibtisch ab, auf dem ein angefangener Brief lag.

Von nebenan, aus dem Arbeitszimmer des Fürsten, klang leise eine Stimme. Sie schlich zur geschlossenen Tür und legte ihr Ohr an das Holz. Das war nicht der Kammerdiener, sondern der Fürst höchstselbst. Und der telefonierte.

»Nein, nein. Es geht mir gesundheitlich besser. ... Ja, meine Abfahrt wird gerade vorbereitet. ... Sicher. Nein, es war gut, dass ich mich im letzten Prozess gerechtfertigt habe. Damit haben wir nun endgültig allen Lästermäulern einen Riegel vorgeschoben. Es wird schon alles gut gehen. ... Aber nein, mein liebster Tütü.«

Tütü, der Fürst telefonierte mit dem Mann, von dem er den Brief bekommen hatte!

»Reg dich nicht auf. Mach dir keine Sorgen. Dieses Mal werde ich vor Gericht erscheinen und ...«

Adelheid hörte Schritte. Sofort schnellte sie zurück zu dem Tablett und tat so, als würde sie es gerade erst hinstellen. Die Tür ging auf, und Kammerdiener Theurich erschien.

»Ach, endlich. Ich komme vor Hunger um.« Er bedachte Adelheid mit einem dankbaren Nicken und setzte sich.

»Guten Appetit«, sagte Adelheid und verließ die Schreibstube.

Der Fürst würde für Tütü vor Gericht erscheinen und aussagen. Dann musste Graf von Moltke Tütü sein?! Heute Abend, wenn Hedda noch arbeiten musste, war die beste Gelegenheit für sie, schnell einen Brief zu schreiben. Wann sie ihn abschicken könnte, wusste sie noch nicht. Aber besser, sie war vorbereitet. Vielleicht gab es ja wieder ein funkelndes Fünfmarkstück dafür.

Kapitel 8

22. Dezember 1907

Hedda hatte sich extra beeilt. Sie würde Edgar vorschlagen, mit dem Bus nach Neuruppin zu fahren und sich dort in ein Café zu setzen. Außerdem konnte sie ihm in der Stadt ein Weihnachtsgeschenk kaufen, wenn sie mal zehn Minuten alleine hatte. Hoffentlich hatte er in Tangermünde alles zu seiner Zufriedenheit erledigen können und war besser gelaunt, wenn sie ihn nun wiedersah. Es war wirklich bedauerlich, wie er sich benommen hatte. Da hatten sie sich so lange nicht gesehen, und er hatte praktisch die ganze Zeit nur geschimpft und war unzufrieden gewesen. Bestimmt steckte mehr dahinter. Bestimmt würde er ihr alles erzählen, wenn sie nur ein paar Stunden Ruhe hatten.

Gerade erst Anfang Dezember hatten die Zeitungen in aller Ausführlichkeit von den Zuständen im Kongo-Freistaat berichtet. Der Teil des Kongo, der bisher im Privatbesitz des belgischen Königs gewesen war, war ganze fünfundsiebzig Mal größer als Belgien selbst. Der belgische König hatte das Land nach und nach erworben und es sich auf der Kongo-Konferenz von 1884 als Privatbesitz der belgischen Krone zusprechen lassen. Seit mehr als zwei Jahrzehnten beutete er die immensen Bodenschätze und die Menschen aus und war so zum reichsten Monarchen Europas geworden. Aber die Gräueltaten, die die Weißen an den Eingeborenen verübt hatten, mussten so schrecklich und brutal gewesen sein, dass die belgische Regierung sich genötigt sah einzuschreiten. Das Land Belgien hatte in diesem Monat offiziell die Kolonie vom König übernommen. Was Hedda da gelesen hatte, machte ihr Angst. Was, wenn es in Deutsch-Südwestafrika ähnlich zuging? Sie hatte ja schon so einiges über den Maji-Maji-Aufstand in Ostafrika gelesen. Über hunderttausend Eingeborene sollten dort gestorben sein, vor allem an Hunger. Ähnlich wie in Deutsch-Südwestafrika. Dort gab es seit 1904 anhaltende Aufstände der Herero und Nama. Wenn man die Menschen nur lange genug ausbeutete, dann wehrten sie sich. Und Hedda wollte verdammt sein, wenn sie zu dem Zeitpunkt dort war, wenn das Morden losging. Nein, sie würde nicht eine Nacht die Augen zubekommen. Was halfen ihr da afrikanische Dienstboten?

Sie verabschiedete sich in der Leutestube und ging. Draußen brauchte sie einen Regenschirm, denn es regnete seit Tagen wieder öfter. Eigentlich hätte schon Schnee liegen sollen, zwei Tage vor Weihnachten. Aber von der sonst üblichen weißen Pracht war nichts zu sehen. Stattdessen war es ungewöhnlich mild. Es war so lau draußen, dass die ersten Bäume schon angefangen hatten, Knospen zu treiben. Er war einfach ein ungewöhnliches Jahr, in jeder Hinsicht.

Edgar wartete vor dem Tor auf sie. Er stand im Regen und hatte nicht einmal einen Regenschirm dabei.

»Hallo, Schwesterherz.«

»Hallo. Nun lass dich aber mal bei Licht anschauen«, begrüßte sie ihn. Edgar war älter geworden. Im leicht gebräunten Gesicht hatten sich Spuren eingegraben. Spuren, die nichts Gutes verhießen. Eine Narbe zog sich durch die rechte Augenbraue. Bestimmt gab es eine aufregende Geschichte dazu. »Hast du da mit einem Löwen gekämpft?«, fragte sie lustig, während sie über die Narbe strich.

»Nä«, sagte er einsilbig.

Also war er heute nicht besser gelaunt. Sie hakte sich wieder bei ihm ein und nahm ihn unter den Schirm. »Ich habe mir gedacht, wir fahren mit dem Bus nach Neuruppin und gehen dort Kaffee trinken.«

»Dir sitzt das Geld aber sehr locker.« Wieder war da der vorwurfsvolle Ton.

»Na, hör mal. Es ist ja nicht so, als würden wir uns alle Monate sehen können. Dass mein Bruder mich besucht, ist doch was Besonderes!«

»Hm«, kam es leise zurück.

»Ich hab mich die ganzen zwei Wochen so sehr auf dich gefreut. Euer Brief ist mittlerweile auch angekommen.«

Der Brief hatte sie allerdings gar nicht so sehr gefreut. Alle drei, Edgar, Lothar und Onkel Jost, hatten ihr praktisch nur von der Nachbarsfarm vorgeschwärmt. Und von diesem Gottfried irgendwas. Dessen Foto im Hellen betrachtet, hatte bei ihr allerdings den entgegengesetzten Effekt gehabt, als die Brüder beabsichtigten. Der Nachbar war bestimmt doppelt so alt wie sie. Er sah jetzt nicht hässlich aus, aber alles andere als gut. Eher wirkte er herrisch. Etwas in seinem Blick erinnerte sie an Herrn Opitz. Da käme sie ja vom Regen in die Traufe. Nein danke. Noch bevor er etwas zu dem Inhalt des Briefes sagen konnte, redete sie schnell weiter.

»Du musst mir unbedingt ausführlich erzählen, wie Weihnachten in Afrika gefeiert wird. Stimmt es, dass es da jetzt Sommer ist?« Das war doch nicht zu glauben.

Edgar nickte. »Ja, jetzt ist die heißeste Zeit dort unten. Wenn man Pech hat und keinen guten Brunnen, dann verdorren einem die Felder.«

»Habt ihr denn dann überhaupt Weihnachtsbäume?«

Edgar brachte zum ersten Mal überhaupt so etwas wie ein Lachen zustande. »Nein, Tannen oder so was in der Art kennen die dort nicht. Wir haben sowieso keinen Baumschmuck. Uns fehlt eben die zarte Hand einer Frau, die sich um so etwas kümmert.«

»Und was macht ihr dann? Stellt ihr eine Palme auf?«

»Quatsch. Gar nichts. Wir haben einfach ein paar Tage frei. In den ersten zwei Jahren sind wir nach Grootfontein gefahren, in die nächste Stadt, wenn man sie so nennen will. Und haben dort in einem Hotel mit anderen Deutschen Weihnachten gefeiert. Die hatten da einen Busch dekoriert, und es gab richtigen Braten und Rotkohl und Klöße mit Soße.«

»Ach wirklich. Und die anderen drei Mal? Habt ihr da zu Hause gefeiert?«

»Hm, ... ein bisschen.« Wieder war da dieses Ausweichen.

»Nicht gefeiert? Gab es denn etwas Besonderes zu essen?«

»Nein.«

»Wer kocht überhaupt bei euch? Habt ihr noch diese Engländerin, von der Onkel Jost mal gesprochen hat? Die für ihn gekocht hat?«

Edgar schüttelte den Kopf.

»Hm, ja, das englische Essen hat Onkel Jost wohl nicht so geschmeckt, was? Wer kocht denn dann jetzt für euch? Oder hast du etwa Kochen gelernt?«

»Wir haben da so einen Boy. Der kocht und hält auch das Haus sauber, und waschen tut er auch.«

»Und schmeckt sein Essen denn?«

»Nä. Nicht so richtig.«

»Wieso sucht ihr nicht nach einer deutschen Dienstbotin? Ich lese ständig in den Zeitungen die Stellenanzeigen für Hilfen auf den deutschen Farmen.« Und nicht nur Stellenanzeigen, sondern meistens direkt Heiratsanzeigen. Warum auch sollte man eine Frau für etwas bezahlen, wenn eine Ehefrau die gleiche Arbeit umsonst verrichtete. Und einem noch dazu das Bett wärmte?

»Na ja, es gibt sehr viele Farmer, die suchen. Der koloniale Frauenverein bemüht sich auch, die Suchenden zu unterstützen. In Keetmanshoop gibt es ein Heim für Dienstbotinnen, die dort unterkommen, bis sie eine passende Stelle gefunden haben. Eine erfahrene Dienstbotin wie dich würde man dort mit Kusshand empfangen.«

Irgendwie geriet ihr Gespräch immer wieder auf dieses eine Thema: dass sie mit nach Südwestafrika kommen sollte. Das schmeckte ihr gar nicht. »Nun erzähl doch mal was von euch. Wie läuft es auf der Farm? Habt ihr auch Hühner und Kühe?«

»Wir haben ein paar Hühner, aber nur zur Selbstversorgung. Und sogar zwei Kühe.«

»Dann macht ihr also richtige bäuerliche Arbeit, ja? Muss ich mir das wie ein Landgut vorstellen?«

»Eher nicht. Du kannst dir nicht vorstellen, wie die Arbeit mit den Eingeborenen ist. Das ist nicht zu vergleichen mit Deutschland. Und der Boden ist so viel trockener. Es sind einfach ganz andere Zustände als bei uns.«

»Du hast gesagt, du hilfst immer mal wieder beim Eisenbahnbau. Dann gibt es nicht genug Arbeit bei euch?«

Edgar ging ein paar Schritte stumm neben ihr her. Sie liefen wortlos weiter Richtung Bahnhof in Löwenberg, weil von dort der Bus nach Neuruppin fuhr. Die unbeantwortete Frage hing wie ein dreckiger Vorhang zwischen ihnen.

Plötzlich sagte er: »Hast du dir das Foto von Mommsen jetzt mal angeschaut?«

Jetzt war es Hedda, die einsilbig blieb. »Ahm.«

»Was sagst du jetzt? Willst du dein Leben als Dienstbotin aufgeben und eigene Dienstboten haben?«

»Das klingt natürlich verführerisch«, gab sie vage zurück, »aber ich will wirklich nicht in Afrika leben.«

»Aber das ist doch gar nicht mehr Afrika. Das ist doch jetzt Deutschland. Und mit jedem Jahr, was vergeht, wird es mehr und mehr Deutschland.«

»Na also, da hast du's doch. Noch ist es nicht Deutschland.«

»Aber was hält dich ab?«

So, wie sie Edgar nun erlebte, war er sicherlich nicht daran interessiert, Näheres über ihre Träume von Amerika, von einem Leben in der Großstadt, von freien Menschen und Wahlmöglichkeiten zu hören. Es war ja nun nicht so, als wenn Frauen in Amerika das Wahlrecht hätten, aber dennoch schienen sie dort deutlich mehr Freiheiten zu genießen als hier.

»Es ist einfach nicht das, was ich mir für meine Zukunft wünsche«, sagte sie bestimmt.

»Du wirst heiraten und Kinder kriegen. Was willst du denn sonst noch?«

Mehr, ich will viel mehr vom Leben, dachte Hedda. »Also, zunächst mal will ich nicht einen herrischen Mann heiraten, der mehr als doppelt so alt ist wie ich«, platzte es nun endlich aus ihr heraus.

»Du bist dumm, wenn du Gottfried Mommsen ablehnst. Er kann dir alles bieten, was immer du willst.«

Hedda blieb stehen und sah ihn direkt an. »Freiheit? Wird er mir Freiheit bieten?«

»Du musst nicht putzen und nicht waschen. Das ist doch Freiheit für eine Frau.«

Hedda seufzte. »Dann hast du also in Afrika dein Glück gefunden?«

Edgar antwortete nicht. Stattdessen ging er weiter.

Hedda holte auf. »Also, nun erzähl mir endlich, was los ist. Ich bin doch nicht doof. Irgendwas stimmt doch nicht.«

Edgar blieb wieder stehen. »Du hast recht. Etwas stimmt nicht. Jede Menge stimmt nicht. Onkel Josts Farm geht den Bach runter. Da haben nicht mal die Schwarzen Schuld daran. Wir hatten erst viel Pech mit dem Wetter, und dann … Onkel Jost ist nicht gerade ein begnadeter Bauer.«

»Oh, das tut mir wirklich sehr leid. Deswegen musst du also bei der Eisenbahn Geld verdienen.«

»Ja, und Lothar hilft mittlerweile auf der Farm von Gottfried Mommsen aus. Damit wir es uns überhaupt noch leisten können, die Farm zu halten. Onkel Jost tut, was er kann, aber das ist nicht viel.«

»Dann verkauft die Farm doch. Und kommt wieder zurück. Vielleicht findet ihr jemanden, bei dem ihr eure Ausbildung zum Schuster weiterführen könnt. Und dann macht ihr zusammen eine Schusterei auf, du und Lothar.«

»Als würde man hier auf uns warten.« Nun blieb er wieder stehen und sah Hedda ins Gesicht. »Was glaubst du, wieso ich hier bin? Um Weihnachten in der Heimat zu feiern? Für solche Spinnereien habe ich gar kein Geld. Ich war in Tangermünde bei der Bank. Weil mich da wenigstens noch jemand kennt. Und Onkel Jost auch.«

»Ihr wollt euch Geld leihen?«

Edgar nickte. »Die Banken in Windhuk und Swakopmund geben uns kein Geld mehr.«

»Kein Geld mehr? Das heißt, ihr habt euch dort schon Geld geliehen?«

Wieder nickte Edgar.

»Und jetzt versucht ihr es hier? Und, hat es geklappt?«

»Nein, und deswegen musst du unbedingt mitkommen.«

»Wieso? Mit dem bisschen, was ich gespart habe, kann man wohl kaum eine Farm retten.«

»Das nicht. Aber sobald du Gottfried Mommsen geheiratet hast, leiht er uns, was wir brauchen. Und dann dürften wir auch seine Wasserquelle mitbenutzen.«

Abrupt blieb Hedda stehen. Sie machte große Augen. Jetzt war ihr klar, was hier lief. Sie sollte verschachert werden an einen Mann, damit Onkel Jost und ihre Brüder eine Farm weiterführen durften, die sie gar nicht betreiben konnten.

»Ihr seid ja wahnwitzig. Das mache ich auf keinen Fall.« Edgar schaute sie so wütend an, dass sie schnell weitersprach. »Ich komme nicht mit. Unter keinen Umständen.«

»Natürlich wirst du das. Vater lebt nicht mehr, und damit bin ich dein Vormund.«

»Du bist nicht mein Vormund!«

»Natürlich. Ich bin dein ältester Bruder.«

»Das gilt aber nicht mehr seit der Einführung des Bürgerlichen Gesetzbuches vor acht Jahren. Ich bin volljährig. Ich kann nun über mich selbst bestimmen.«

»Das ist Kokolores. Diese neumodischen Gesetze sagen nichts. Aber ich sage, du heiratest Gottfried Mommsen.«

»Niemals!«

»Ich habe schon unsere Rückpassage gebucht. Am 25. Januar geht unser Schiff, ab Hamburg.«

Hedda sagte nichts mehr. Das gab es doch gar nicht. Im Leben hätte sie nicht mit dieser Wendung gerechnet.

»Wenn du es nicht machst, dann bist du schuld, wenn Onkel Jost die Farm verkaufen muss.«

»Ich habe die Farm nicht runtergewirtschaftet, das wart schon ihr drei«, spie sie wütend aus.

Edgars Hand schoss hoch und schlug ihr ins Gesicht. Heddas Kopf flog zur Seite. Sie war nicht mehr geschlagen worden, seit sie diesen schrecklichen Haushalt in Neuruppin verlassen hatte. Da hatte sie sich vorgenommen, sich nie wieder von irgendjemandem schlagen zu lassen. Und jetzt kam ihr Bruder und tat so, als hätte er jedes Recht dazu.

Sie drückte ihren Rücken durch und funkelte ihn wutsprühend an. »Wenn euer Nachbar eine Sklavin haben will, dann soll er doch eine von den schwarzen Frauen nehmen. Von mir aus kann er sich auch eine Dienstbotin in diesem Heim für Dienstbotinnen suchen. Ich werde nicht mitkommen.«

»O doch. Du wirst.«

»Und wie willst du mich zwingen?«

»Ich habe die Verfügungsgewalt über dich.«

»Mein Arbeitgeber hat die Verfügungsgewalt über mich. Du kannst dich ja gerne mit ihnen anlegen.« Was für eine Schande. Da dachte sie, ihr Leben würde allmählich besser werden, da kam ausgerechnet ihr Bruder und wollte alles noch viel schlimmer machen.

»Ich werde dich zwingen.«

»Wie denn? Willst du mich verschleppen und gefesselt auf das Schiff verfrachten? Glaubst du, Gottfried Mommsen wird froh sein über eine Frau, die sich weigert, bei der Hochzeit Ja zu sagen? Oder sein Bett mit ihm zu teilen?«

»Er wird dir schon beibringen, was du darfst und was nicht.«

»Also, wenn mir noch das letzte bisschen Information fehlte, was mich dort erwartet, dann hab ich das nun.« Hedda presste ihre Lippen zusammen. Es hatte überhaupt keinen Zweck, mit ihm zu reden. Gar keinen. Er sah nur seinen eigenen Vorteil. Sie war ihm völlig egal. Sie drehte sich um und schlug den Weg zurück zum Schloss ein.

»Komm sofort wieder her!«, bellte er.

Nicht antworten. Antworte einfach gar nicht mehr. Rede nicht mehr mit ihm. Die Tränen schossen ihr in die Augen. Er war doch ihr Bruder. Aber was für ein Bruder! Einer, der sich keinen Deut darum scherte, welches Leben sie sich vorstellte. Was sie für Wünsche hatte. Das alles nur für eine heruntergewirtschaftete Farm, die vermutlich in wenigen Jahren sowieso verkauft werden würde. Wenn Onkel Jost und ihre Brüder die Farm bisher nicht führen konnten, dann konnten sie das auch nicht in zwei Jahren oder fünf.

»Komm sofort wieder zurück!«, schrie er nun.

Hedda ging einfach weiter. Was für eine Schande. So sehr hatte sie sich darauf gefreut, mit ihrem Bruder ein paar Stunden zu Weihnachten verbringen zu können. Sie war zwar nie alleine, aber gerade zu solchen Anlässen wie Weihnachten fühlte sie sich doch einsam. Adelheid konnte ihr manchmal leidtun, und doch hatte sie etwas Wertvolles – sie hatte noch Familie. Hedda hatte niemanden mehr. Zumindest hatte sie bisher noch ein wenig Familie auf dem Briefpapier gehabt. Das würde sich jetzt vermutlich erübrigen.

Sie hörte seine Schritte und wurde schon herumgerissen. Er packte sie am Oberarm. »Du kommst mit nach Afrika. Ich bestimme das so.«

Ihr Blick lag ruhig auf ihm. Sie bewegte sich keinen Millimeter, weder vor noch zurück. Was wollte er jetzt machen? Sie nach Löwenberg zerren? Und dann? Direkt nach Hamburg bringen und dort vier Wochen auf sie aufpassen, um sie dann gefesselt auf ein Schiff zu bringen? Das war lächerlich.

Genau das ging ihm auch gerade auf. »Du kannst ja noch arbeiten, bis Mitte Januar. Dann hole ich dich ab, und wir fahren nach Hamburg. Dort kannst du noch alles einkaufen, was du für Afrika brauchst. Am 25. geht unser Schiff.«

Hedda sah ihn einfach weiter an. Sie würde nicht mit ihm darüber diskutieren. Es hatte überhaupt keinen Zweck.

»Nun sag endlich was.«

Sie sagte nichts.

»Also wirst du nun freiwillig Mitte Januar mit mir mitkommen?«

Ganz leicht schüttelte sie ihren Kopf. Er packte sie noch fester am Oberarm. Es tat weh, aber Hedda sagte nichts.

»Ich zwinge dich, so oder so.«

»Willst du etwa ins Schloss einbrechen?«

»Nach Vaters Tod bin ich dein Vormund geworden.«

Was noch vor 1900 gestimmt hatte. Heute galt ein anderes Recht, zumindest auf dem Papier. »Dann klag doch deine Rechte ein. Du kannst ja dafür das Geld benutzen, das dir Mommsen gegeben hat, um mich zu kaufen.«

Edgars Mund zuckte. Keine Ahnung, was er sagen wollte. Aber offensichtlich fand er nicht die richtigen Worte. Sie wartete, ob da noch etwas kam. Doch es kam nichts mehr. Jetzt riss sie ihren Arm aus seiner Umklammerung, blieb noch kurz stehen, um zu schauen, ob er sie noch mal festhalten wollte. Was natürlich lächerlich war. Denn sie konnten hier ja nicht ewig stehen. Dann drehte sie sich um und ging. Das war es also mit ihrer Familie gewesen.

23. Dezember 1907

Für den erschöpften Eulenburg wurden Stärkungsmittel, Kaviarbrötchen und eine halbe Flasche Sekt in den Saal getragen.

Sekt und Kaviarbrötchen! Beides konnte Fürst zu Eulenburg dann in einem eigens für ihn in den Saal gebrachten Lehnstuhl genießen. Schließlich war er ein kranker Mann. Genau so hatte es gestern und vorgestern in der *Berliner Morgenpost* gestanden. Viktor wusste nicht, was er davon halten sollte. Wenigstens hatte der Fürst sich ein zweites Mal unter Eid von allen schrecklichen Vorwürfen freigesprochen. Der Prozess, den der ehemalige Stadtkommandant Graf Kuno von Moltke gegen den Publizisten Maximilian Harden wegen Beleidigung angestrengt hatte, war letzte Woche in die zweite Runde gegangen.

Frau Lily von Elbe, die im ersten Prozess gleichermaßen anstößige wie fragwürdige Aussagen gemacht hatte, wurde nun für nicht glaubwürdig erklärt. Schlimmer noch, für hysterisch. Hofrat Kistler, der frühere Privatsekretär des Fürsten, war ebenfalls vernommen worden, natürlich zugunsten des Klägers. Maximilian Harden selbst erlitt nach Beendigung des Tages beim Verlassen des Saales einen Schwächeanfall. Auch ihm ging es körperlich nicht gut.

Noch während des ersten Prozesses Moltke gegen Harden hatte man Stimmen gehört, dass man sich nicht mehr von solch sittlich verkommenen Subjekten regieren lassen wolle. Der Verfall der Sittlichkeit war plötzlich in aller Munde. Aber nun kippte die Stimmung wieder. Jetzt, da Justitia ihre Zuneigung änderte und den Kläger und seinen fürstlichen Freund mit ihrer Güte bedachte, kam es Viktor immer mehr wie ein Schmierentheater vor. Vor zwei Monaten war Karl Liebknecht als Hochverräter zu eineinhalb Jahren Festungshaft verurteilt worden für seine antimilitärische Schrift für die Jugendabteilung der SPD. Ohne Lehnstuhl, ohne Kaviarbrötchen und ohne Pardon.

Viktor wusste selbst nicht, was er noch glauben sollte. Immer öfter musste er seinem Vater recht geben. Justitia war blind, und zwar auf beiden Augen. Blind und dumm und vor allem klassenbewusst. Selbst wenn der Fürst und sein Freund unschuldig wären – ein solches Gewese zu machen, Zeugen zu diffamieren und vermutlich unter Druck zu setzen, kam ihm nicht recht vor.

Halb wütend, halb verwirrt sortierte er die weißen Kragen und Manschetten des Fürsten aus. Welche waren noch gut, welche nicht? Die, die er aussortierte, würden Opitz, er und Budde zu Weihnachten geschenkt bekommen. Als hätte er je Gelegenheit, außerhalb seines Dienstes weiße Krägen und Manschetten zu tragen.

Er würde sie trotzdem annehmen und seinen Schwestern Ricarda und Theodora mitbringen. Bestimmt konnten sie die Stücke an einen Gebrauchtkleiderladen verkaufen. Immerhin waren solche Dinge teuer. Kaufte man sie neu, kostete ein Kragen mindestens fünfunddreißig Pfennige. Die besseren sogar noch mehr. Und die hier waren natürlich von ausgezeichneter Qualität. Wenn er genug zusammenbrachte, konnte Ricarda am Ende fünf oder sechs Mark damit verdienen. Das bedeutete Essen für immerhin ein paar Tage.

Er schalt sich, dass er nicht früher auf die Idee gekommen war. Adelheid Schaaf hatte über Anni gebrauchte Kleidung für ihren kleinen Bruder bestellt. Das erst hatte ihn auf die Idee gebracht.

Es trotzte ihm Bewunderung ab, wie Adelheid ihr Schicksal trug. Irgendwie hatte sie es geschafft, einen Arzt aufzutreiben, der für ihren jüngeren Bruder einen Platz in einer Heilklinik gefunden hatte. Es gab immer einige wenige Plätze, die von mildtätigen Stiftungen oder adeligen Damen aus Mildtätigkeit finanziert wurden, sodass einige wenige der Ärmsten behandelt werden konnten. Die Kunde, dass eine solche Gnade ihrem Bruder zuteilgeworden war, hatte sich vom Dorf bis ins Schloss verbreitet. Seiner Mutter würde ein Heilaufenthalt in einer solchen Lungenklinik sicherlich auch guttun. Allerdings war das undenkbar. Sie war mit jemandem verheiratet, der wegen Majestätsbeleidigung im Gefängnis gewesen war. Damit war jedes Mitleid hinfällig.

Überhaupt, Adelheid Schaaf. Was sie da gesagt hatte – dass Opitz ihr geraten habe, sich von ihm fernzuhalten. Sie hatte nicht nur Mut bewiesen, es ihm zu sagen. Die Art, wie sie es gesagt hatte, legte nahe, dass etwas dran war.

Immer öfter verlor er sich selbst in detailreichen Vorstellungen, wie es wäre, Adelheid Schaaf näherzukommen. Wie es sich anfühlen würde, sie in den Arm zu schließen. Manchmal, versteckt in der nächtlichen Dunkelheit, sann er darüber nach, wie ihre Lippen schmecken würden. Wie verrückt er war.

Vielleicht hatte auch er sich verraten, und Herr Opitz hatte gemerkt, dass er Adelheid immer wieder interessierte Blicke zuwarf. Vielleicht aber hatte Opitz auch gemerkt, dass sie das Gleiche tat. Immer wieder hatte er den Verdacht, dass sie ihn genau beobachtete. Immer wieder hatte er es abgetan, weil Adelheid Schaaf auch die anderen sehr genau beobachtete. Doch die Vorstellung, dass sie

Gefühle für ihn hegte, gefiel ihm. Ihm ging es nämlich ähnlich. Kein Wunder, immerhin war sie wirklich attraktiv. In den letzten Wochen schien sie aufzublühen. Sie versuchte, etwas aus sich zu machen. Viktor hatte bemerkt, dass sie nun gepflegte Fingernägel hatte. Vielleicht hatte sie von ihrer Mutter eine Nagelfeile geerbt. Er musste sich mehr Mühe geben, jegliche Gefühle zu unterdrücken. Darin war er schließlich seit Jahren geübt.

Opitz betrat die Weißwäschekammer. »Wo ist denn Budde? Sollte er oben in der Bibliothek nicht längst fertig sein?«

»Ich bin hier gleich durch.« Er zeigte auf die zwei Pappkartons, in die er die guten und die nicht mehr ganz so guten Krägen und Manschetten sortiert hatte. »Dann kann ich gerne schauen, wo er ist.«

»Ja, tun Sie das.«

Seit Viktor dem obersten Diener ein Friedensangebot gemacht hatte, war ihr Verhältnis besser geworden. Nicht gut, aber gut war es nie gewesen. Nur wieder besser. Schon verließ Opitz die Kammer schnaubend.

Viktor schaute noch die letzten Manschetten durch und ließ zwei Pappkartons auf dem Tisch stehen. Die anderen brachte er in die Kleiderkammer des Fürsten. Danach begab er sich hinunter zur Bibliothek. Budde war weder dort noch in einem der Salons. Viktor durchstreifte die Nordische Halle und ging wieder runter in die Dienstbotenetage. Auch in der Leutestube und in der Stiefelkammer wurde er nicht fündig. Ob Budde kurz in seinem Zimmer etwas erledigte?

Viktor nahm immer zwei Stufen auf einmal. Er wollte sich beeilen und nicht zu lange weg sein. Wenn Budde nicht in der Leutestube war und eine der Herrschaften klingelte, war keiner der Diener anwesend.

Oben im Männerflur lief Viktor an seinem eigenen Zimmer vorbei und klopfte an der Tür von Budde. »Diedrich, bist du da?«

Er hörte ein Geräusch, aber es klang nicht nach einem »Herein«.

»Diedrich, du musst runterkommen. Herr Opitz sucht dich.«

»Ich … kann nicht.«

Wie, er konnte nicht? Was sollte das denn heißen? Viktor klopfte noch mal lauter, legte seine Hand auf die Türklinke und drückte sie herunter.

Budde saß mit aufgeknöpftem Hemd auf der Bettkante. Er hatte seine Livree ausgezogen, Manschetten, den Kragen – alles beiseitegelegt, und wischte sich mit einem Handtuch über das Gesicht. Schon heute Morgen hatte er merkwürdig bleich ausgesehen. Überhaupt, in den letzten Tagen hatte er kränklich gewirkt.

»Was ist mit dir? Bist du krank?«

Budde schaute hoch. Seine Augen waren rot, als hätte er sie lange gerieben oder geweint. »Ja … krank.«

Viktor öffnete die Tür ein wenig mehr. »Hast du Herrn Opitz Bescheid gesagt?«

Sein Kollege schüttelte den Kopf. »Nein, ich … Es geht schon wieder. Ich komme sofort.« Mühsam stand er auf, aber schwankte so stark, dass er sich an dem Bettgestell aus Metall festhalten musste.

Viktor schaute ihn skeptisch an. War das eine Erkältung oder eine Grippe? »Das Beste wäre wohl, wenn du im Bett bleibst. Ich geh und schicke Opitz hoch.« Dienstboten konnten nicht einfach ohne Erlaubnis krank sein. Der oberste Diener oder die Mamsell mussten sich genau anschauen, ob ihre Untergebenen simulierten oder ob sie tatsächlich krank genug waren, um nicht arbeiten zu müssen.

»Nein, ich komme gleich. Sag Opitz nichts. … Bitte!«

Viktor schaute ihn verwundert an. Es sah Budde gar nicht ähnlich, krank zu sein. Und es sah ihm nicht ähnlich, trotzdem arbeiten zu wollen. Und schon gar nicht sah es ihm ähnlich, Viktor um etwas zu bitten.

»Sieht nicht so aus, als solltest du dich den Herrschaften nähern.«

»Ich fühl mich nur … ein wenig schwach. Bestimmt geht es gleich vorbei.« Er ließ das Bettgestell los und fingerte an den Knöpfen seines Hemdes herum. Die Finger zitterten stark.

Viktor konnte sehen, wie er dabei leicht wankte. »Du bist krank. Das Beste ist, wenn du dich ins Bett legst. Nicht, dass du hier noch alle ansteckst. Dann wäre Herr Opitz nämlich richtig aus dem Häuschen. Stell dir vor, du steckst jetzt noch den Fürsten an.« Dem ging es ohnehin seit Wochen schlecht. Gnade dem Diener, der ihm jetzt noch zu all seinem Leid eine Erkältung oder gar eine Grippe anschleppte.

»Ich werde niemanden anstecken. Da bin ich mir sicher.« Schwach ließ Budde sich aufs Bett fallen und griff nach dem Hemdkragen. Er sah fahl aus, und er schwitzte. Sein Hemd wirkte vollkommen durchnässt. Auf seiner Stirn lag ein matter Glanz.

»Ich sag Herrn Opitz jetzt Bescheid. Und Frau Möckel, dass sie dir eine Kraftbrühe hochbringen lässt.«

»Nein!«, sagte Budde nachdrücklich. »Ich komm runter. Sofort. Gib mir nur … Gib mir zwei Minuten.« Er stand auf und griff nach seiner Livree. Doch dann plötzlich knickten ihm die Knie weg, und er rutschte langsam an der Bettkante zu Boden. Unten angekommen, schlug er die Hände vor dem Gesicht zusammen. Und schluchzte.

Viktor hätte nie geglaubt, dass er sein Lebtag je so einen Anblick sehen würde. Budde, der mutige Soldat. Budde, der tapfere Held. Der ganze Kerl, der keine Schwäche zeigen durfte. Budde schluchzte wie ein kleiner Junge. Er, der immer große Schlachten schlagen wollte. Er, dem nichts über Tapferkeit und Mut und Willensstärke ging.

Viktor trat ins Zimmer und schloss die Tür hinter sich. »Was ist los?«, sagte er gedämpft.

Diedrich Budde schüttelte den Kopf, noch immer die Hände vor dem Gesicht.

»Irgendwas ist doch.« War er etwa so krank, dass er sterben musste? War er irgendwann beim Arzt gewesen und hatte eine heikle Diagnose erhalten? Jetzt erst ging ihm auf, dass Budde sich schon länger merkwürdig verhielt. Im Grunde, seit er von seinem Ausflug nach Berlin am Sedantag zurückgekommen war. Seit dem Tag, als er, Hedda Pietsch und Adelheid Schaaf Opitz den Panzerschrank ausgeräumt hatten.

Hatte sich an diesem Tag etwas für den zweiten Diener geändert? Wurde Budde auch von Opitz erpresst? Aber das ergab ja keinen Sinn. Bei Buddes Eintrag hatte nichts Interessantes gestanden. Und es gab auch keine weiteren Unterlagen zu ihm, so wie bei der Köchin die verräterischen Quittungen oder die Zeitungsausschnitte zum Sohn des Stallmeisters.

Warum also war Budde so panisch, Opitz könnte sein Unwohlsein mitbekommen? In letzter Zeit hatte er bemerkt, dass Budde manchmal sehr lange Zeit auf dem Abtritt verbrachte. Erst jetzt fiel Viktor auch auf, dass Budde sich des Öfteren an seinem Hals herumdrückte. Fieber und geschwollene Lymphknoten konnten auf alles Mögliche hindeuten. Andererseits, das Wetter war im Moment außergewöhnlich lau.

»Also, du sagst mir jetzt, was los ist. So oder so muss ich runter und Herrn Opitz Bescheid geben. Du kannst so nicht zu den Herrschaften gehen.«

Wieder fing Budde an zu jammern. »Es ist ... nicht ansteckend.«

Viktor verlor langsam die Geduld. Was sollte er denn nun tun? Opitz Bescheid sagen? Das wollte Budde partout nicht. Ihn hier noch lange vor sich hin jammern lassen, konnte er nicht zulassen. »Niemand ist in der Leutestube. Wenn jetzt jemand klingelt, kriegen wir beide ein Problem. Also, was willst du?«

Budde schaute auf, als hätte Viktor ihn wachgerüttelt. »Diese blöde Dirne ... Ich ... ich will einfach nur wieder gesund werden.«

Was immer das nun bedeuten sollte. »Also schön. Dann sag ich jetzt unten Bescheid, dass es dir nicht gut geht.«

Viktor ging hinaus. Er hörte noch, wie Budde ihm nachrief, dass er gleich runterkomme, aber das hatte er ja schon gesagt.

Blöde Dirne. Prostitution war verboten. Aber natürlich blühte dieses Gewerbe, auch oder gerade im Schatten der polizeilichen Aufsicht. Hatte also eine Prostituierte ihm sein Geld abgeknöpft? Ihn bestohlen? Oder nein, hatte sie ihm ein böses Geschenk mitgegeben? Ha! Natürlich! Schlagartig wurde Viktor klar, was es sein konnte: Budde war bei einer Dirne gewesen, und nun hatte er eine Krankheit. Das konnte allerlei bedeuten, von einigen Wochen Unwohlsein bis hin zu einer tödlichen Krankheit. Vielleicht hatte er sich Filzläuse geholt. Oder gar die Krätze? Beides Krankheiten, für die er umgehend entlassen würde, wenn es herauskam. Deshalb machte er so einen Aufstand.

Bei normalen Läusen oder Flöhen wurden die Dienstboten für ein paar Tage isoliert. Freunde machte man sich damit nicht, aber es kam immer wieder vor. Gerade nach Besuchen bei den Verwandten. Aber Filzläuse, das war der Beweis für unsittliches Verhalten. Das wurde nicht geduldet.

Er ging hinunter. Was also sollte er Herrn Opitz sagen? Unten im Flur trat der gerade aus der Leutestube heraus.

»Der Fürst hat geklingelt. Und hier unten ist niemand. Was für ein Sauhaufen ihr doch seid!« Er sah wütend aus.

»Ich gehe sofort.« Viktor drehte sich um und wollte schon die Treppe hoch.

»Was ist denn nun mit Budde? Wo treibt der sich rum?«, blaffte Opitz.

»Es geht ihm nicht gut. Ich denke, er hat … sich eine Erkältung eingefangen«, beendete Viktor die Erklärung. Was wusste er schon?

»Und da geht er einfach auf sein Zimmer? Ohne mir Bescheid zu geben? Das wird ihm …«

Man hörte Schritte von oben. Budde kam herunter, sich mit einer Hand an der Wand abstützend. Sein Hemd saß unordentlich, genau wie seine Livree. So hätte man ihn selbst bei bester Gesundheit nicht zum Fürsten vorgelassen.

»Herr Opitz, … es geht schon. Ich …« Plötzlich knickten ihm die Beine weg, und er ließ sich ganz langsam auf eine Stufe nieder. »Ich … kann … sofort …«

»Sie gehen hoch zum Fürsten«, befahl Opitz Viktor. »Und Sie hoch ins Bett. Und gnade Ihnen Gott, wenn Sie jemanden angesteckt haben.«

Moritz kam gerade herunter, links und rechts die leeren Blechschütten für die Kohlebriketts. Er warf Budde einen neugierigen Blick zu und lief weiter. Kaum dass er an Viktor vorbei war, hatte er sich eine von Opitz gefangen.

»Alle trödeln hier rum. Keiner arbeitet anständig. Was sollen denn die Herrschaften denken?« Und noch mal schlug er nach dem Hausburschen, der schon seinen Kopf eingezogen hatte. »Troll dich«, rief er Moritz hinterher.

Der verschwand hinten im Flur, vermutlich im Kohlenkeller. Der Arme. Moritz hatte unter Opitz wohl am meisten zu leiden, obwohl er in der Regel kaum Anlass gab. Viktor schämte sich, dass er sich so elegant, aber feige aus der Affäre ziehen konnte, während Moritz weiterhin alles abbekam. Wenn er nur wüsste, wie sie diesen herrischen, brutalen, verkommenen Mann loswerden konnten. Aber was immer Viktor sich auch ausdachte – solange der Fürst an Opitz festhielt, konnten sie gar nichts machen. Den Aufstand proben, hatte Hedda Pietsch mal gesagt. Aber das war nur ihrer Fantasie entsprungen. Sie wusste genau wie er, dass sie keine Chance hatten.

31. Dezember 1907

Letztes Jahr hatte Adelheid bereits ein Weihnachtsfest auf dem Schloss erlebt, aber dieses war ihr erstes Weihnachten mit den Herrschaften im Hause. Adelheid hatte es sich anders vorgestellt. Zumindest nach dem, was die anderen so erzählt hatten. Gerda hatte in den höchsten Tönen von den Essensgelagen geschwärmt, die hier auf dem Schloss stattfanden. Die Gästezimmer waren belegt, die Söhne kamen und ebenso andere Familienmitglieder. Nach den Weihnachtsfeiertagen reiste die Verwandtschaft ab, und eine ganz andere Art Gäste kamen. Theaterdirektoren, Künstler, Sänger, Wahrsagerinnen, Opernschauspieler. Und darunter ein paar Politiker, die mit dieser illustren Truppe ein paar leichte Tage genossen.

Lydia hatte damit geprahlt, welch erhabene Gäste sie schon bedient habe. Was so natürlich gar nicht stimmte. Als früheres Hausmädchen hatte sie gar keinen Kontakt zu den Besuchern, sondern schürte höchstens stillschweigend morgens in ihren Schlafzimmern das Kaminfeuer. Zudem kamen weitaus häufiger männliche Gäste als weibliche. Sodass es eher Moritz war, der den hohen Besuchern morgens das Feuer schürte. Aber gesehen hatte sie natürlich schon viele Persönlichkeiten, deren Namen man sonst höchstens in den Zeitungen und Gazetten las. Wie auch immer: Die Zeit um den Jahreswechsel herum musste immer viel los gewesen sein. Berge von Essen wurden herangekarrt. Helfer aus dem Dorf bestellt, die Wäscherinnen wussten Bescheid, was auf sie zukam.

Aber bei Adelheids erstem Weihnachtsfest auf dem Schloss war die Familie verreist, und sie hatten nur in einem reduzierten Kreis der Dienerschaft gefeiert. Dieses Mal nun waren die Herrschaften da, aber es herrschte weiterhin bedrückte Stimmung.

Adelheid war sowieso nicht so erpicht darauf, Gäste im Haus zu haben. Sie hatte immer Angst, dass sie einem von ihnen in die Arme lief. Und außerdem, die Bettpfannen der erhabenen Besucher stanken genauso wie die der Dienstboten. Da gab es keinen Unterschied.

Heute Abend gab es Bowle für die Bediensteten. Für die, die noch nicht großjährig waren, wie sie, nur ein Glas, hatte Frau Möckel schon gesagt. Aber Adelheid freute sich trotzdem darauf. Vorher gab es ein leckeres Essen, erst ein Sechs-Gänge-Menü für die Herrschaften, die nur zwei Verwandte über den Jahreswechsel zu Besuch hatten. Und dann würden auch die Dienstboten etwas Besonderes zu essen bekommen. Selleriesuppe, gebackenen Aal und selbst gemachten Dresdener Weihnachtsstollen als Nachspeise.

Adelheid hatte zu Hause lieber nichts davon erzählt, was sie zu Weihnachten gegessen hatte. Sie wollte ihren Vater und die Schwestern nicht neidisch machen. So sehr hatten sie sich über ihre neuen gebrauchten Schuhe gefreut. Edeltraud trug nun einfach den Wintermantel von Mama, der beinahe auf dem Boden schleifte, so viel zu groß war er. Aber ihr war das egal. Gundula hatte den alten Mantel von Edeltraud übernommen, weshalb sich Adelheid dieses

Geld sparen konnte. Deshalb hatte Adelheid für Vater eine gute gebrauchte Drillichhose erstanden. Sie habe sie von einem der Diener geschenkt bekommen, behauptete sie. Und die drei Paar neuen gebrauchten Schuhe, die die drei bekamen, die habe sie von ihrem heimlich gesparten Geld für Botengänge bezahlt. Was wusste Vater schon, wie es auf dem Schloss zuging und für was man Geld bekam?

Noch nie hatte Adelheid auch nur einen Pfennig Trinkgeld von irgendjemandem bekommen. Gerda und Lydia rissen sich immer um die Botengänge, und sie wussten auch, wieso. Aber nun besaß sie Geld im Überfluss. Es kam ihr immer noch vollkommen unwirklich vor. Sie hoffte, dass Vater nun mit den besseren Schuhen und einer nicht mehr überall geflickten Hose bei der Arbeitssuche mehr Glück hatte. Das ausgegebene Geld war auf jeden Fall gut angelegt. Am liebsten hätte sie ihrer Familie das gesamte Geld überlassen. Aber wie sollte sie das erklären?

Wie schade, dass sie immer noch nichts von ihren Brüdern gehört hatte. Und auch wie bedrückend. Hoffentlich ging es ihnen gut. Hoffentlich hatten sie es irgendwo gut angetroffen und verdienten ausreichend Geld, um sich wenigstens über Wasser zu halten.

Als sie auf ihre Stube zurückkam, saß Hedda auf dem Bett und schaute sich Modezeitschriften an. Seit gut einer Woche war sie merkwürdig stumm. Und auch merkwürdig schreckhaft. Sie hatte Adelheid erzählt, dass sie sich mit ihrem Bruder gestritten habe. Aber bald wäre er wieder weg, zurück nach Afrika, und Hedda würde sich eben einsam fühlen. Scherzhaft hatte sie Adelheid vorgeschlagen, sie könnten doch zusammen nach Amerika auswandern. Diesen Witz machte sie immer wieder. Manchmal hatte Adelheid den Eindruck, Hedda würde sich gar nicht trauen, alleine nach Amerika zu gehen. Andererseits wusste das Stubenmädchen so viel besser Bescheid über die Welt als sie. Es war nicht an ihr, so etwas zu beurteilen.

»Hattest du keine Lust rauszugehen? Es ist zwar endlich kalt, aber die Luft ist ganz klar. Genau richtig für einen schönen Spaziergang.«

»Nein. Keine Lust. Ich hab es mir hier gemütlich gemacht.«

Heute, am letzten Tag des Jahres, war nicht viel zu erledigen. Die Böden wurden heute nicht geputzt. Die Zimmer wurden nur aufgeräumt und das Nötigste gereinigt. Seit dem Mittagessen hatten sie mehr oder weniger frei. Martha Petzold kümmerte sich um die Wünsche der zwei Komtessen, und die Mamsell um die Fürstin und ihre Besucherin.

Komisch, dass Hedda gar nicht vor die Tür wollte. Sonst genoss sie jede freie Minute, die sie außerhalb des Schlosses verbringen konnte. Hier drin sei sie nur eine Dienstbotin, aber außerhalb des Schlosses sei sie ein Mensch, hatte sie Adelheid mal erklärt.

»Schau mal, ist das Kleid nicht wunderschön?« Sie zeigte Adelheid ein Bild von einem eleganten Prinzesskleid mit Dekolleté nach der neuesten Mode.

Adelheid lachte auf. Von solchen Kleidern zu träumen, lag viel zu weit außerhalb ihrer Vorstellungskraft. Aber Hedda interessierte sich für Mode. Auch etwas, um das sie ihre Stubenkameradin beneidete – sie erlaubte sich Träume, als hätte sie das gleiche Recht wie die Komtessen. Träume von schöner Mode und Reisen über den Ozean.

»Dafür bräuchte ich dann aber natürlich auch das passende Korsett, eins, das mir eine Sans-Ventre-Linie macht«, wandte Hedda seufzend ein. In den letzten Jahren war eine neue Kleidermode entstanden, die den Bauch kaschierte und die Hüften nach hinten drückte. Bequem sah es nicht aus. Und keinesfalls eignete es sich zum Arbeiten.

»Stattdessen kann ich mir nicht mal ein bürgerliches Schneiderkostüm leisten«, redete sie weiter. »Weißt du, so eins mit Bolero oder einen Paletot. Das fände ich ja schon *très chic*.«

Très chic, sehr elegant, das sagten die Komtessen ständig, und Hedda machte sie gerne nach. Adelheid lächelte mild. Sie war noch lange nicht so weit, sich solche Träume zu erlauben. Ihre Träume waren so viel kleiner als Heddas. Statt Amerika wünschte sie sich, sie könnte mal nach Berlin fahren. Und statt schöner Kleider würde es ihr schon reichen, wenn sie einen ordentlich dicken Wintermantel bekäme.

Heute oder morgen würde sie noch einen Brief an Gunther schreiben. Zu Weihnachten hatte er bereits einen Brief von ihr bekommen, und in der Woche davor auch. Damit er sich nicht so einsam fühlte. Damit er wusste, dass man zu Hause an ihn dachte. Natürlich wusste sie, dass er noch nicht lesen konnte. Und leider konnte er ihr auch nicht zurückschreiben. Dennoch würde sie eine Briefmarke beilegen, sodass er vielleicht mit der Hilfe einer Angestellten eine Postkarte schicken könnte. Ihre Gedanken kreisten beständig um ihren kleinen Bruder. Im Grunde genommen um alle ihre Geschwister, aber bei Edeltraud und Gundula wusste sie ja Bescheid. Und Friedel und Bernhard waren alt genug, um auf sich selbst aufzupassen.

Bevor sie zu ihrer Familie gegangen war, hatte sie noch kurz in die Zeitungen geschaut, die nach dem Mittagessen schon wieder runtergekommen waren. Noch lief der Prozess. Aber nun schienen alle Zeugen vernommen zu sein. Die Berichterstattung war bei einigen Zeitungen schon nicht mehr auf der Seite eins zu finden. Im Moment wurde vor allem der Geisteszustand der ehemaligen Ehefrau von Graf Kuno von Moltke diskutiert. Weitere Zeugen ergingen sich plötzlich in vagen Erklärungen, dass sie falsch verstanden worden seien. Und der Staatsanwalt forderte vier Monate Gefängnis für Herrn Harden.

Sie fragte sich, was da schieflief. Konnte Herr Harden mit dem Brief doch nichts beweisen? Oder konnte er nur nichts damit anfangen, weil der Brief an den Fürsten gerichtet war und er nicht wusste, wer Tütü war? Aber Herr Sibelius hatte ja bereits gesagt, dass der eine Zeuge nicht aussagen wolle, ein zweiter nicht aufzufinden sei.

Adelheid wunderte sich, dass ihr diese Geschichte so viel Unbehagen bereitete. Natürlich, es sollte eigentlich ihre Rache an der Fürstin sein. Auch, wenn es noch kein abschließendes Urteil gab, war die Situation sehr bedrückend für die ganze Familie, aber das war sie auch schon lange gewesen, bevor sie den Brief verkauft hatte. War das nun ihre Rache? Fühlte sie sich nun befriedigt? Es blieb ein schales Gefühl.

Immerhin, sie hatte damit sehr viel Geld verdient. Vielleicht sollte ihr das viele Geld ausreichend Genugtuung sein. Andererseits, zweihundert Mark gegen das Leben ihrer Mutter – das war nichts. Und das Baby wäre sicherlich auch nicht gestorben, wenn Mama es hätte stillen können. Sie hatte nicht das Gefühl, dass sie sich in ausreichendem Maße gerächt hatte. Nicht, solange das Fürstenpaar nicht sein Gesicht verlor. Welches Elend hatte der Tod der Mutter über ihre ganze Familie gebracht!

Sie zog sich um, legte die bessere Kleidung an. Gleich würden sie alle zusammen das letzte Mahl des Jahres einnehmen. Sie freute sich schon sehr auf das Festmahl.

»Ich geh schon runter. Kommst du auch?«

»Nur noch die paar Seiten. Dann komme ich.« Hedda war natürlich schon umgezogen für das Festessen.

»Meinst du, ich soll meine Schürze anziehen? Also müssen wir jetzt noch arbeiten? Oder eher nicht?«, fragte sie für einen Moment verunsichert.

Hedda schaute auf. Tatsächlich überlegte sie einen kurzen Moment, dann sagte sie: »Nimm deine Schürze doch einfach mit. Und wenn doch noch mal was ist, kannst du sie dir schnell anziehen.«

Eine gute Idee. Adelheid griff nach ihrer Schürze und rollte sie zusammen. Hedda würde vermutlich erst kurz vor dem Essen kommen. Unten lief man immer Gefahr, doch noch eine Aufgabe zugeteilt zu bekommen. Im Gegensatz zu ihr konnte sie sich auch gut mit sich selbst beschäftigen. Adelheid dagegen konnte es kaum ertragen, irgendwo alleine zu sein. Sie war gerne mit Menschen zusammen, und je mehr Leben in der Bude war, desto mehr gefiel es ihr. Sie freute sich sehr auf heute Abend, auf die Bowle, und bestimmt würden auch wieder Gesellschaftsspiele gespielt. Und vielleicht spielte dieses Mal sogar Viktor Novak mit. Das fände sie herrlich. Dabei direkt neben ihm sitzen zu dürfen, würde sie etwas mit diesem schrecklichen Jahr versöhnen.

Zu Weihnachten hatten sie das Kamerun-Spiel gespielt, ein Kartenspiel mit Personenkarten von Eingeborenen und Deutschen und zusätzlichen Ereigniskarten. Die Eingeborenen Kameruns konnten entweder folgsame Unterstützer der Deutschen oder böswillige Aufwiegler und Diebe sein. Adelheid spielte aber lieber Brett- oder Würfelspiele.

Voller Vorfreude stieg sie die Hintertreppe hinunter. Direkt auf dem nächsten Absatz begegnete sie Herrn Theurich. »Ach, Adelheid. Hier. Den kannst du bitte ausleeren. Bringst du ihn mir dann hoch?« Er drückte ihr den Papierkorb aus dem Zimmer des Privatsekretärs in die Hand. Briefe, sehr viel zusammengeknülltes Papier, ein halb gegessener Apfel und leere Tintenfässer lagen darin.

»Natürlich, Herr Theurich. Das mache ich sofort.« Sie nahm den aus Weide geflochtenen Korb und ging weiter runter.

Doch dann plötzlich fiel ihr etwas ein. Briefe, von wem wohl? Umschläge – mit Adressen von wichtigen Menschen. Und zusammengeknülltes Papier, vermutlich die Briefbögen, auf denen der Fürst Herrn Theurich die Briefe diktiert hatte. Und er hatte sie ins Reine übertragen müssen. Vielleicht waren sogar einige Briefe dabei, die der Fürst selbst angefangen und dann verworfen hatte.

Verdammt, das war ihre Gelegenheit. Noch einmal verdammt: Wieso war sie nicht früher auf diesen Gedanken gekommen? Der Papierkorb in der Schreibstube musste eine wahre Fundgrube sein. Bloß, hier auf der Hintertreppe konnte sie sich die Sachen nicht in Ruhe anschauen. In der nächsten Etage sah sie um die Ecke ins Vestibül. Niemand da.

Da es nicht mehr lange dauern würde, bis sie zu Abend aßen, hatten sich die Herrschaften vermutlich schon im kleinen Salon versammelt. Oder sie würden es jeden Moment tun, um dann gemeinsam in den Speisesaal zu gehen.

Gab es einen Raum, der jetzt sicher nicht betreten würde? Für alle Fälle breitete Adelheid ihrer Schürze über dem Korb aus, durchquerte das Vestibül und eilte zum abseits gelegenen Jagdsaal. Hier würde sich sicherlich niemand blicken lassen. Nicht um diese Uhrzeit, und nicht zu dieser Jahreszeit.

Sie betrat den Jagdsaal, dessen Wände geschmückt waren mit Trophäen und Waffen. Sie war selten hier, aber immer, wenn sie den Raum betrat, bewunderte sie diese schöne türkische, mit roten Korallen geschmückte Flinte an der Wand. Ein Ahne des Fürsten hatte sie von einem türkischen Gesandten geschenkt bekommen, vor ewigen Zeiten. Aber heute hatte sie dafür keinen Blick. Es war schon düster, es würde nicht mehr lange dauern, bis es ganz dunkel war. Aber Licht anschalten durfte sie nicht. Das war zu riskant. Also trat sie nah an eins der großen Fenster und fing an, einzelne Papiere aus dem Korb zu holen.

Das meiste erschien ihr uninteressant. Sie wusste natürlich nicht, wonach sie suchte. Wenn jetzt nicht explizit der Name *Harden, Prozess* und *Staatsanwalt* zu lesen sein würde, dann würde sie vermutlich auch wichtige Hinweise übersehen.

Ein Umschlag war vom Geheimen Justizrat Lämmel in Neuruppin. Den Namen kannte sie, da der Rechtsanwalt gelegentlich ins Haus kam. Das könnte natürlich auch ein Hinweis auf den Prozess sein – Justizrat. Sie nahm sich eines nach dem anderen die zerknüllten Papiere vor. Viele waren angefangene Briefe, die fast durchgehend mit Weihnachts- oder Neujahrswünschen zu tun hatten. Sie hatte schon ein gutes Dutzend dieser Briefe durch, als sie noch etwas fand. Es war ein Brief, der an den Herrn Justizrat Wronker in Berlin gerichtet war. Der Fürst hatte ihn geschrieben, Dutzende Male etwas durchgestrichen, hinzugefügt und ziemlich geschmiert. Vermutlich hatte Theurich den Brief noch mal in schöner Handschrift abgeschrieben. Und es ging darum, wie weit der Justizrat mit seinen Ermittlungen gegen Maximilian Harden und dessen Verteidiger Bernstein war. Also drehte der Fürst den Spieß nun um und bereitete eine Klage gegen seinen Widersacher vor? Ob Harden das wusste?

Nirgendwo hatte sie gelesen, dass ein weiterer Prozess in Planung sei. Aber natürlich hatte Adelheid nicht die Zeit, jede Zeitschrift, die hier ins Haus kam, gründlich zu lesen. Sicher bekam sie nicht alles mit. Und vielleicht wusste die Presse selbst noch nichts davon. Das hier war auf jeden Fall etwas, was sie Herrn Sibelius mitteilen sollte.

Sie tat alles wieder zurück in den Papierkorb und verließ den Jagdsaal. Gerade, als sie über den Flur ging, kam Budde ihr entgegen. Er war ein paar Tage krank gewesen, doch nun ging es ihm anscheinend besser. Bleich sah er allerdings immer noch aus.

»Adelheid, was machst du denn hier?«

Wie vorhin hatte sie ihre Schürze über den Korb geworfen. Es war nicht wirklich zu erkennen, was darunter war. »Ich sollte noch was wegräumen«, sagte sie etwas patzig. Und hoffte, dass er nicht bemerkte, wie rot sie geworden war. Oder dass er, wenn er es bemerkte, dachte, sie wäre immer noch furchtbar wütend auf ihn. Was sie war. Schließlich hatte er dafür gesorgt, dass sie letztes Jahr quasi in den Kaiser hineingelaufen war. Und deshalb degradiert worden war.

»Wenn du runtergehst, dann sag Frau Möckel Bescheid, dass wir die Suppe gerade aufgetragen haben.«

»Mache ich«, sagte Adelheid und ging weiter. Sie sputete sich, lief bis zur Treppe, stieg dann in normalem Tempo hinunter. Sie sagte kurz in der Küche Bescheid, lief dann durch bis zur Waschküche und verteilte den Abfall in die jeweiligen Kästen. Das Papier kam in den Ofen. Danach brachte sie den Weidenkorb wieder hoch in die Schreibstube des Privatsekretärs.

»Was hat denn da so lange gedauert? In der Kammerstube wartet man schon auf mich.« Theurich hatte wohl auch Hunger.

»Ich musste noch schnell in der Waschküche was erledigen«, redete Adelheid sich raus. Manchmal fragte sie sich, ob sie überhaupt noch einen einzigen Satz herausbrachte, der keine Lüge beinhaltete.

Sie würde auf jeden Fall nachher noch einen Brief schreiben, einen an Gunther, und noch einen an den Privatdetektiv. Bestimmt bekam sie morgen noch mal eine halbe Stunde frei, um ihre Briefe wegzubringen.

4. Januar 1908

»Und, werden Sie Herrn Mahlzahn besuchen?«

»Ja, wir treffen uns in Tiergarten«, sagte Constanze mit spröder Stimme und nickte unterwürfig. Sie traf Hugo das erste Mal wieder, seit dieses Missgeschick passiert war.

Die Atmosphäre, die nun zwischen ihr und Ruth Mandelbaum herrschte, war nicht mehr annähernd so gelöst und freundschaftlich wie vor dem unseligen Vorfall.

Als Constanze der Witwe die warme Milch mit dem Aspirin ans Bett gebracht hatte, hatte diese sie mit absichtsvollem Schweigen bestraft. Die ganze Nacht lag Constanze also wach und fragte sich, ob es ihre letzte Nacht in diesem so wunderbar weichen Bett sein würde. Am nächsten Morgen war sie zwar hundemüde, aber sehr früh aufgestanden. Sie hatte schon in der Küche gesessen, als die Köchin hinunterkam, um den Ofen anzufeuern.

Verwundert, aber auch glücklich darüber, dass jemand anderes diese Arbeit bereits erledigt hatte, setzte sich die ahnungslose Frau zu Constanze und trank mit ihr eine Tasse Kaffee. Sie merkte, dass irgendetwas war. Doch Constanze sah sich nicht in der Lage, darüber zu sprechen. Sie hatten es verbockt. Sie hatten es richtig gründlich verbockt. Zudem schämte sie sich, dass nun Frau Mandelbaum, und vermutlich auch die Köchin und das Dienstmädchen, wussten, dass sie sich einen Mann aufs Zimmer geholt hatte. Das stellte ihren ganzen Charakter in ein fragwürdiges Licht.

Am liebsten hätte sie Hugo den Kopf gewaschen, dass er nicht besser aufgepasst hatte. Nichts hätte passieren müssen, wenn er nicht so dämlich gewesen wäre und mit der Schulter das Bild heruntergerissen hätte. Aber was sollte sie über vergossene Milch lamentieren? Passiert war passiert, und nun würde das Urteil über sie gefällt.

Am nächsten Morgen hatte Ruth Mandelbaum fürchterlich mit ihr geschimpft. Wie sie sich erlauben könne, sie derart an der Nase herumzuführen? Dass sie ihr vertraut habe. Dass sie Constanze für klüger gehalten habe, als nachts in ihrem Haus Herrenbesuch zu empfangen. Ob sie sich nicht im Klaren darüber sei, was das für Auswirkungen haben könne? Wenn das nun jemand mitbekommen hätte! Als würden nicht alle darauf lauern, ihr, einer alleinstehenden Frau, einer Jüdin, dann noch bekanntermaßen eine gute Freundin des im Moment meistgehassten Mannes Deutschlands, etwas andichten zu können. Man könne sie für Kuppelei zur Verantwortung ziehen! Auf ewig würde ihr der Ruf einer *Schlummermutter* nachhängen.

All das, musste Constanze zugeben, hatten sie nicht bedacht. Und all ihre Versuche, sich zu verteidigen, scheiterten kläglich. Dass es überhaupt das allererste Mal gewesen sei, das Hugo bei ihr habe übernachten wollen. Und das auch nur, weil sein Zimmer in der Männerherberge derart unzumutbar sei. Dass er einfach nur mal eine Nacht habe durchschlafen wollen. Außerdem, sie wollten heiraten, sobald ihre finanziellen Möglichkeiten es zuließen.

Dieses Argument machte Ruth Mandelbaum allerdings eher wütend, da Constanze ihr nichts von diesen Plänen mitgeteilt hatte. Wenn Constanze dann in einem halben Jahr einfach verschwinde, dann stehe sie also wieder alleine da. Dann müsse sie von vorne anfangen und sich eine neue Gesellschafterin suchen. Constanze konnte sich nur tausend Mal entschuldigen.

Sie war schon in der Erwartung, dass sie nun ihren Rausschmiss mitgeteilt bekam. Eine Stelle zu wechseln, nachdem man erst wenige Monate dort gearbeitet hatte, machte keinen guten Eindruck. Doch dann verlief alles ganz anders. Ruth Mandelbaum ließ sie schwören, dass Herr Mahlzahn nie wieder unangekündigt das Haus betreten würde. Und zu einem derart unsittlichen Unterfangen schon mal gar nicht. Ja, sie war sogar bereit, Herrn Harden nichts von dem Fauxpas zu erzählen. Aber nur aus Rücksicht auf ihn und seine derzeit angespannte Situation. Aber sollte jemals noch die kleinste Unannehmlichkeit vorfallen, dann müsse Constanze mit ihrer sofortigen Kündigung rechnen.

Die Last, die Constanze von den Schultern fiel, war enorm. Sie durfte bleiben, in ihrem warmen, weichen Bett. Sie würde weiterhin eine Stellung haben, hier in Berlin, wo auch Hugo weiterarbeiten konnte. Und sie beide konnten weiterhin gutes Geld verdienen.

Noch am gleichen Abend hatte sie Hugo geschrieben, und hatte mittlerweile auch einen Brief von ihm zurückerhalten. Wie leid es ihm tue, was da passiert sei. Und wie sehr er sich die Schuld dafür gebe. Und wie froh er sei, dass alles doch noch gut verlaufen sei. Außerdem wollte er sich dringend nach einer neuen Herberge umschauen, denn so ging es für ihn wirklich nicht weiter. Möglicherweise hatte er schon etwas gefunden.

Das würde sie gleich erfahren. Gut vermummt gegen die Kälte, verließ sie die Villa im Grunewald und ging zur Bahn. Natürlich würde sie heute recht früh und vor allem allein wieder nach Hause kommen. Keinesfalls wollte sie den Eindruck erwecken, sie würde einen liederlichen Lebenswandel führen.

Es war Samstag, und Ruth Mandelbaum hatte heute nichts vor. Da sie aber morgen zu einem Konzert gehen wollte, auf das Constanze sie begleiten sollte, hatte sie ihr heute freigegeben. Sie würde sich mit Hugo in der Stadt treffen, denn er hatte wenig Lust, auf seinem so lauten wie ungemütlichen Zimmer zu bleiben.

Er war schon ganz durchgefroren, als sie endlich am Kronprinzenzelt im Tiergarten ankam. Wäre es Sommer, würden sie für zehn Pfennige mit einer Gondel über die nahe gelegene Spree nach Moabit setzen können, bei Bier und Quetschkommodenmusik. Aber im Winter fuhren keine Gondeln.

»Warum bist du nicht schon hineingegangen?«, fragte Constanze ihn, während sie sich verhalten begrüßten.

»Ein bisschen frische Luft tut mir gut.« Er nahm sie beim Arm und führte sie hinein. Drinnen in der Gaststätte standen Reihen mit Stühlen und Tischen. Es war nicht besonders voll. Sonntagnachmittags fand man hier keinen freien Platz mehr, egal, wie das Wetter draußen war. Sie setzten sich und bestellten zwei Bier und Hackepeter.

»Noch mal, es tut mir so leid. So sehr. Ich könnte mit dem Kopf gegen die Wand rennen, wenn ich mir überlege, wie dämlich ich war.«

Constanze legte eine Hand auf Hugos. »Ist ja noch mal gut gegangen. Bestimmt wächst schnell Gras über die Sache. Aber schade ist es schon. Ich hatte so ein herzliches Verhältnis zu Frau Mandelbaum.«

»Einfach nur gut, dass du weiterarbeiten darfst. Und dass sie nicht einmal Herrn Harden was davon erzählt.«

»Meinst du, es hätte ihn gestört?«

Hugo zuckte mit den Schultern. »Ich weiß nie so recht, woran ich bei ihm bin. Manchmal denke ich …«

»Was?«, fragte Constanze interessiert nach.

Er schüttelte den Kopf, als wollte er ihre Frage abwehren. »Du hast es sicher schon gehört, oder?«

»Ja. Es steht ja in allen Zeitungen. Harden wurde zu vier Monaten Haft verurteilt. Ich kann es kaum glauben!«

»Preußische Justiz eben. Eigentlich beweist das Urteil nur, dass Harden mit allem recht hat. Nun ja, vielleicht nicht mit allem. Aber auf jeden Fall damit, dass der Kaiser sich zu sehr in Dinge einmischt, die ihn nichts angehen.«

»Du meinst, hinter dem zweiten Prozess steht der Kaiser höchstpersönlich?«

Wieder zuckte Hugo mit den Schultern. »Plötzlich findet der Staatsanwalt, die ganze Geschichte sei doch von öffentlichem Interesse. Plötzlich findet der Richter, dass hinter verschlossenen Türen verhandelt werden muss. Plötzlich soll die Hauptzeugin hysterisch sein. Und plötzlich wollen etliche Zeugen ihre frühere Aussage so nicht verstanden wissen. Ich finde, das stinkt.«

»Und was passiert jetzt mit Harden?«, fragte Constanze bekümmert nach. Die Antwort war bedeutsam, denn daran hing seine Stellung. Hugo war schließlich nicht in der Redaktion der *Zukunft* angestellt.

»Harden legt natürlich Revision ein. So lange bleibt er erst einmal auf freiem Fuß.« Wieder schüttelte er auf so merkwürdige

Weise seinen Kopf. »Er ist vollkommen erledigt. Es ist fraglich, ob er den neuen Prozess körperlich überhaupt durchstehen wird. Aber was bleibt ihm übrig? Wieder und wieder betont er, dass er diese Prozesslawine ja niemals beabsichtigt habe.«

»Was hatte er denn gedacht, was passieren würde, wenn er solche Artikel schreibt?«

Hugo beugte sich über den Tisch. Seine Stimme nahm einen verschwörerischen Ton an. »Nun, offensichtlich gab es schon früher mal Kontakt zwischen Harden und Eulenburg. Da ging es darum, dass der Fürst sich aus dem politischen Geschäft zurückzieht!«

»Wann?«, fragte Constanze überrascht.

»1902, als er preußischer Botschafter in Wien war. Sein Abgang war wohl doch nicht ganz so freiwillig, wie er es immer darstellt.«

»Oh. Das wusste ich gar nicht.«

»Woher auch. Es war abgemacht, dass Eulenburg sich ins Private zurückzieht. So habe ich Herrn Harden gestern verstanden. Und genau das hatte er mit seinen Artikeln beabsichtigt. Aber nun scheint die ganze Sache wieder hochzukochen.«

»Wieso? Der Fürst bekleidet doch kein öffentliches Amt mehr.«

»Aber er hat immer noch maßgeblich Einfluss auf den Kaiser. Das behauptet jedenfalls Friedrich von Holstein, laut Harden.«

»Ach, Friedrich von Holstein, die ehemals graue Eminenz aus dem Auswärtigen Amt steckt dahinter? Der wurde doch letztes Jahr entlassen.«

»Genau deswegen ja. Denn genau an dem Tag im Mai, an dem der Kaiser das Rücktrittsangebot von Holsteins unterschrieben hat, hat er wohl mit dem Fürsten zu Eulenburg gefrühstückt. Holstein ist überzeugt, dass Eulenburg hinter seiner Entlassung steckt.«

»Rücktrittsangebot? Aber dann wollte Holstein doch zurücktreten?!«

»Eher nicht«, erklärte Hugo. »Anscheinend war das eines seiner üblichen Spielchen. Er hat sich wohl für unersetzlich gehalten und ständig Rücktrittsangebote geschickt, wenn er sich mal wieder mit etwas durchsetzen wollte. Und einmal hat der Kaiser dann eben seinen Willi daruntergesetzt.«

»Und jetzt glaubt Holstein, Eulenburg sei an seiner Kündigung schuld. ... War das etwa die Geschichte aus dem letzten Mai, als Eulenburg sich mit Holstein duellieren wollte?«

»Genau«, bejahte Hugo. »Laut Harden schwört Eulenburg zwar, dass er nichts damit zu tun hatte. Aber dieser Holstein scheint extrem skeptisch, ja fast schon paranoid zu sein. Und außerordentlich nachtragend. Im Mai letzten Jahres hat Holstein plötzlich Kontakt mit Harden aufgenommen. Er hat von äußerst brisanten Informationen geredet, in deren Besitz er sei. Vorher konnten die beiden sich nicht leiden. Harden ist auch heute noch sehr vorsichtig, was Holstein angeht.«

»Der Fürst hat einmal gesagt, Holstein habe die Augen einer Hyäne. Er hatte wohl lange Jahre mit ihm Kontakt, aber so recht mochte er den Mann nicht.«

»Holstein muss ein unangenehmer Zeitgenosse sein. Es wird gemunkelt, dass er Kartei führt über praktisch jeden wichtigen Mann in Berlin und anderen Regierungssitzen. Er soll einen ganzen Panzerschrank voll mit Geheimakten haben. Wer hat eine Affäre, wer uneheliche Kinder? Wer hat Schulden oder kann seine Kredite nicht zurückzahlen? Wer geht zu Prostituierten, und wer hat sexuellen Kontakt zu Männern? Holstein kennt jedes schmutzige Detail der Politiker, der Militärs und anderer namhafter Herren.«

»Eine Sündenkartei also?«

»So kann man es auch nennen. Er hat eine dicke Akte über Moltke, und eine noch dickere über Eulenburg. Und er scheint gewillt, den gesammelten Schmutz über sie auszugießen. Ganz langsam, damit die Qual auch recht lange dauert.«

Jetzt ging ihr endlich ein Licht auf. So lange schon hatte sie sich gefragt, was der Auslöser für diese ganze Unruhe war. »Deswegen diese ganze Geschichte? Wegen eines harmlosen Frühstücks?«

»Weißt du, ob es wirklich so harmlos war?«

Constanze sah sich gezwungen, ihren Kopf zu schütteln.

»Holstein will sich rächen und lässt Harden aus seiner Quelle schöpfen.«

»Das hat er sicher gerne getan«, sagte Constanze sarkastisch. »Harden muss den Kaiser wirklich hassen.«

»Er hasst nicht den Kaiser. Er hasst seinen Regierungsstil. Und noch mehr hasst er, dass die falschen Leute Einfluss auf den Kaiser nehmen.«

»Oje. Und dann hab ich Harden noch gesagt, dass der französische Botschaftsrat Lecomte im vorletzten November auf Schloss Liebenberg auf den Kaiser getroffen ist. Das muss natürlich seine schlimmsten Vorstellungen beflügelt haben.«

Ihre Biere und Teller wurden gebracht. Hugo verteilte Salz und Pfeffer auf seinem Hackepeter. »Harden geht gegen Moltke, Eulenburg und Lecomte ja nur vor, weil sie einen seiner Meinung nach schlechten Einfluss auf den Kaiser haben. Und doch, je mehr ich von Herrn Harden mitbekomme, desto mulmiger wird mir. Irgendwas ist da, was mir nicht gefällt.«

»Was meinst du?«

»Kann ich noch nicht genau sagen«, erklärte Hugo. »Ich beobachte das noch, will mir erst endgültig ein Urteil bilden. Aber ich hab so ein Gefühl, dass Hardens und vor allem Holsteins Politik beziehungsweise die Absichten, die dahinterstecken, etwas sind, was ich nicht unterstützen möchte.«

Fast gleichzeitig griffen sie zu ihren Händen. Sie wussten beide, wie schwierig es dann werden würde. Seine Stellung hing an Maximilian Harden, und ihre an einer guten Freundin von Harden. Constanze fühlte sich, als hätte sie keine Wahl, als in den sauren Apfel zu beißen.

Kapitel 9

19. Januar 1908

Edgars Schiff ging erst in sechs Tagen. Sicher lauerte er heute draußen auf sie. Seit vier Wochen nun schon hatte Hedda das umfriedete Gelände des Schlosses nicht mehr verlassen. Das war lächerlich! Und doch, seit ihrer letzten Begegnung hatte sie regelrecht Angst vor ihm. Noch am gleichen Abend hatte sie blaue Flecken am Arm gehabt, so fest hatte er sie gepackt. Ein paar Tage später kam ein Brief, in dem er sich entschuldigte, dass er so grob gewesen war. Aber nach wie vor bestand er darauf, dass sie mit ihm mitkommen müsse. Seine Forderung war ganz klar. Heute wollte er sie abholen, mit Sack und Pack. Hedda war kreuzunglücklich. Würde sie nicht von alleine draußen erscheinen, würde er irgendwann sicherlich klingeln. Dann müsste sie allen hier erklären, was vor sich ging. Dass ihr eigener Bruder sie zwingen wollte, mit nach Afrika zu kommen, um sie gegen ihren Willen zu verheiraten, war beschämend.

Es war ihr unerträglich zu wissen, dass sie mit ihrer Weigerung ihre letzten verbliebenen Familienmitglieder vor den Kopf stieß. Fortan wäre sie mutterseelenallein auf der Welt. Das schmerzte sie außerordentlich.

Seit Tagen schon überlegte sie, ob sie zur Hintertür gehen sollte oder bis vorne zum schmiedeeisernen Tor. Doch davor hatte sie tatsächlich Angst. Nach dem, was beim letzten Mal passiert war, hielt sie es nicht für ausgeschlossen, dass er sie einfach wegzerrte. Also nein, sie würde warten, bis er an der Hintertür klingelte. Dann würde es unangenehm werden, für ihn, für sie, und alle würden es mitbekommen. Hoffentlich machte er keinen Aufstand.

Sie hatten gerade zu Mittag gegessen, und eigentlich begann nun ihr freier Nachmittag. Wie schon vor zwei Wochen ärgerte sie sich maßlos, dass sie sich hier im Schloss regelrecht versteckte. Die Decke fiel ihr auf den Kopf. All die Modejournale, die Fräulein Maiwald ihr gegeben hatte, hatte sie schon dreimal durchgesehen. Nun wusste sie nichts mehr mit sich anzufangen.

Auch die Zettel, die sie von der letzten Dienstbotenveranstaltung mitgenommen hatte, lagen unberührt in ihrer Nachttischschublade. Anfang Februar würde sie wieder nach Berlin fahren, würde dann aber zugeben müssen, dass sie die Zettel nicht verteilt hatte. Doch die ganze Geschichte mit ihrem Bruder war ihr so unangenehm, dass sie eigentlich nicht darüber sprechen wollte. Vielleicht sollte sie einfach sagen, dass sie Zettel verteilt habe, und es eine Woche später tatsächlich tun.

Für einen kurzen Moment fragte Hedda sich, was Edgar wohl dazu sagen würde, dass sie auf solche Dienstbotenversammlungen ging. Sicher hatte er für so etwas kein Verständnis. Wie er für so viele Dinge offensichtlich kein Verständnis hatte. Hedda nahm sich einen älteren Rock und ging hinunter in die Leutestube. Dort würde sie eine Naht an dem Rock ausbessern und darauf warten, dass es klingelte.

Adelheid war ganz erstaunt, als sie sie dort sah. »Bleibst du heute wieder hier?«

»Ja. Mir ist es draußen einfach zu kalt.«

Adelheid nahm die Antwort einfach so hin. In manchen Dingen war sie wirklich vollkommen arglos. Lydia Keller dagegen warf Hedda einen skeptischen Blick zu. Sie besserte einige Strümpfe der Herrschaften aus. Natürlich, Lydia wusste, dass Hedda sich in den letzten Wintern niemals hatte abhalten lassen rauszugehen, nur weil es kalt gewesen war oder zu regnerisch oder stürmisch. Bei Wind und Wetter hatte sie ihre freien Nachmittage immer woanders verbracht.

Noch immer hatte sie Lydia die Geschichte mit dem Seidenpapier nicht vergeben. Beziehungsweise, sie hatte sie nicht vergessen. Ganz sicher war es Absicht gewesen. Und Lydia Keller hatte einen langen

Atem. Seit dem Vorfall war Hedda extra vorsichtig. Noch war kein weiterer *Unfall* vorgekommen. Aber Hedda glaubte einfach nicht, dass Lydia sich zurücklehnte und darauf wartete, dass sie zwangsläufig in ein paar Jahren in der Stubenmädchenhierarchie höherrücken würde. So geduldig war sie nicht. Vermutlich lag ihre momentane Zurückhaltung nur darin begründet, dass sie selbst gemerkt hatte, dass sie noch vieles als Stubenmädchen zu lernen hatte. Aber ewig würde diese Zurückhaltung nicht dauern.

Als es klingelte, zuckte sie zusammen. Das war er jetzt bestimmt. Das war Edgar, der sie holen wollte. Das Spülmädchen ging zur Hintertür und öffnete. Ganz wie sie vermutet hatte, streckte Anni keine Minute später ihren Kopf durch die Tür.

»Fräulein Pietsch, Sie haben Besuch.«

Ihre Hände zitterten, als sie ihren Rock und das Nähzeug auf den Tisch legte. Sie ging zur Hintertür und öffnete sie wieder. Da stand er – Edgar.

»Hallo«, sagte sie schlicht.

»Ich komme, um dich mitzunehmen.«

»Du weißt, dass ich nicht mitkommen werde. Ich habe es dir schon gesagt.«

Sie sah das wütende Funkeln in seinen Augen. Ihm war klar, dass er sie hier nicht einfach packen und fortzerren konnte. »Du musst mitkommen. Du musst einfach.«

Stumm schüttelte sie den Kopf.

»Du wirst daran schuld sein, wenn wir unsere Farm verkaufen müssen.«

Wollte sie dieses Gespräch wirklich noch einmal führen? Er würde es nicht einsehen. »Nein. Offensichtlich kann man dort eine Farm führen, wenn man so geschickt ist wie Herr Mommsen. Also liegt es nicht in meinen Händen, ob ihr die Farm verliert oder nicht.«

»Du bist so …« Mit blanker Wut in den Augen trat er einen Schritt näher.

Hedda hatte ihre Hand noch immer an der Tür. Sie war bereit, sie jeden Moment zuzuschlagen.

»Ich sage das noch einmal. Du gehst jetzt hoch, packst deine Sachen, und in zehn Minuten will ich dich hier unten sehen.«

Sie räusperte sich. Es kostete sie Mühe, ihre Stimme nicht zu erheben. »Sonst was?«

»Sonst ... Es wird dir leidtun. Fürchterlich leidtun.«

»Dass es dir überhaupt kein Problem bereitet, deine Schwester so zu verschachern, das ist wirklich bitter. Ich bin für dich nur ein Preis, den ihr verhandelt habt. Lernt man das in Afrika, dass man Menschen kaufen und verkaufen kann, ja?«

Er sah sie an. Seine Augen zuckten, als wollte er sich vergewissern, dass das hier alles gerade wirklich passierte. »Dann soll ich also Onkel Jost sagen, dass wir dir egal sind?«

Hedda holte tief Luft. »Sag Onkel Jost doch einfach, dass mir euer Wohl so viel bedeutet, wie euch mein Wohl bedeutet.« Sie musste sich zusammenreißen, dass sie die Tür nicht vor seiner Nase zuschlug. Er sollte den letzten Schritt machen. Er sollte gehen. Sie würde hier ausharren, denn sie war im Recht.

Die schreiende Stille zwischen ihnen währte länger. Hedda fühlte sich unwohl. Und sie fühlte sich um ihr Glück betrogen.

Für einen Moment sah es so aus, als wenn Edgar sie überwältigen wollte. Er sah an ihr vorbei, blickte in den Flur und schätzte wohl ab, ob eine solche Aktion erfolgreich sein könnte. Doch anscheinend entschloss er sich dazu, nichts zu unternehmen. Das war auch das Beste. Sie hätte Zeter und Mordio geschrien. Wenn nicht einer der männlichen Diener sie hören und retten würde, dann sicherlich jemand aus den Ställen. Vielleicht sogar Wolfram Neumann. Aber ihr wäre es lieber, sie würde bei niemandem in der Schuld stehen.

Das Schweigen dehnte sich aus. Sie maßen sich mit ihren Blicken. Irgendwann merkte sie, dass Edgar aufgab. Er gab auf, weil er wusste, er hatte verloren. Sie würde nicht mitkommen. Er musste mit leeren Händen nach Afrika zurückkehren.

»Dann bist du ab sofort nicht mehr meine Schwester«, sagte er.

»Ach, war ich denn vorher deine Schwester? In den letzten Wochen hatte ich das Gefühl, ich wäre nur eure Zuchtsau.« Harte

Worte, so hart wie die Forderung, die Edgar stellte. Sie wusste, das bedeutete den Bruch zwischen ihnen beiden.

Ein letztes Funkeln schoss aus seinen Augen, dann drehte er sich um und ging endgültig. Laut rief er erneut: »Es wird dir noch leidtun.« Nur, um das letzte Wort zu haben.

Hedda gönnte es ihm. Sie wartete an der Hintertür, sah ihn verschwinden. Dann erst schloss sie die Tür. Hier im Flur versuchte sie verzweifelt, ihre Tränen zu unterdrücken. Weg, nur weg. Sie wollte irgendwo alleine sein. Sie lief zur Hintertreppe, sah durch den Schleier ihrer Tränen, dass jemand herunterkam. Sie wechselte die Richtung, ging den Flur entlang, um eine Ecke herum. Sie riss die Tür der Stiefelstube auf. Budde saß am Tisch und putzte ein Paar Schuhe. Noch bevor er sie entdeckte, schloss sie die Tür und lief weiter, lief um die nächste Ecke und weiter. Hier hinten am Ende des Flurs lagen der Vorratsraum, der Kühlkeller, der Eiskeller und der Weinkeller. Allesamt waren sie verschlossen. Nur die Tür zum Kohlenkeller war niemals abgeschlossen. Sie öffnete sie, drückte sich hinein und lehnte sich mit dem Rücken an die Tür.

Nun brachen die Tränen unkontrolliert aus ihr heraus. Sie versuchte, leise zu weinen, aber ein ums andere Mal bahnten sich laute Schluchzer ihren Weg heraus. Sie hatte ihren Bruder verloren, und vermutlich nicht nur ihn, sondern auch Lothar und Onkel Jost. So sehr hätte sie sich gewünscht, ihnen helfen zu können. Aber nicht um diesen Preis.

Sie bedauerte sich selbst, dass sie ihrer Familie nicht genug wert war, sie nicht mit dem erstbesten Kerl zu verheiraten. Die Briefe aus Afrika würde sie schmerzlich vermissen. Aber noch mehr würde sie das Gefühl vermissen, eine Familie zu haben. Jetzt war sie wie eine Waise, vollkommen allein auf der Welt.

In ihrem Rücken spürte sie etwas. Jemand wollte die Tür öffnen. Sie trat zur Seite, drehte sich weg und rieb sich schnell die Tränen aus dem Gesicht.

»Na, na, na. Was ist denn so schlimm? Lass mich dich trösten.«

Hedda erstarrte. Opitz schloss die Tür, öffnete seine Arme und hatte sie schon an sich gezogen. Sie versuchte, sich aus seiner Umklammerung zu befreien.

»Nein, nicht. ... Bitte ... Lassen Sie mich.« Sie versuchte, seine Hände abzuwehren, die schon nach ihrem Po grapschten. »Bitte ... Nein ... Nicht!«

»Sei leise!« Sein Veilchenatem benebelte sie.

»Nein ... Hilf...!« Schon unterbrach eine Hand auf ihrem Mund den Hilferuf. Mit der anderen zog er ihren Rock hoch.

Zwar hatte sie seine Hände an den Handgelenken gefasst, aber er war stärker. Er drehte sie um und presste sie mit dem Kopf gegen die schmutzige Wand. Nun hatte er nur noch eine Hand auf ihrem Mund, mit der anderen nestelte er an seiner Hose herum.

Hedda wollte schreien, wollte um Hilfe rufen, versuchte, sich von der Wand abzustützen und ihn nach hinten zu schieben, aber alles nützte nichts. Ihrem Mund entfleuchten nur merkwürdige Geräusche. Ein Greinen, nicht einmal laut. Halb schluchzte sie, halb rang sie nach Atem. Endlich schaffte sie es, sich wenigstens umzudrehen. Just in diesem Moment ging die Tür auf.

Moritz trat ein, arglos zwei Kohleschütten links und rechts in den Händen. Es dauerte einen Moment, bis er merkte, dass da noch jemand war. Laut fielen die Kohleschütten zu Boden. Sein Mund öffnete sich, aber auch er brachte keinen Ton hervor. Hedda sah Panik in seinen Augen.

Das war ihre Chance. Sie schubste Opitz zurück, riss die halb geöffnete Tür auf und schlitterte auf den Flur. Sie lief immer weiter, lief die Hintertreppe hoch und blieb erst auf dem Absatz neben dem Vestibül stehen. Für einen Moment brachte sie es fertig, an Moritz zu denken. Würde Opitz ihn wieder verprügeln? Moritz hatte sie gerettet, das war das Einzige, was sie denken konnte. Moritz hatte sie vor dem Schlimmsten gerettet.

Wo sollte sie nun hin? Allein auf ihr Zimmer? Besser nicht. Raus aus dem Schloss? Das ging auch nicht, nur für den Fall, dass Edgar noch dort auf sie lauerte. Was sollte sie nur tun? Es gab keinen Ort auf dieser Welt, wo sie wirklich in Sicherheit war.

Januar 1908

Irgendwas war vorgefallen. Gestern Abend hatte eine merkwürdige Stimmung bei Tisch geherrscht. Moritz hatte ein blaues Veilchen und sich geweigert, darüber zu sprechen. Opitz sah aus, als würde er jeden Moment explodieren. Und Hedda Pietsch hatte sich zum Abendessen entschuldigen lassen.

Viktor war sich vollkommen sicher, dass etwas vorgefallen war. Vielleicht hatte Hedda Pietsch versucht, Moritz vor einer weiteren Prügelattacke des Butlers zu schützen. Es war nichts rauszukriegen, und es war natürlich auch nicht ratsam, irgendjemanden direkt darauf anzusprechen.

Heute Morgen hatte Hedda Pietsch wieder mit ihnen gefrühstückt, war allerdings merkwürdig wortkarg gewesen. Die ganze Zeit über hatte sie nur auf ihren Teller gestarrt und kaum etwas gegessen. Als sie nach dem Brot gegriffen hatte, hatte Viktor gesehen, wie ihre Finger zitterten. Im Grunde genommen, fiel ihm nun auf, war sie schon seit Weihnachten merkwürdig schreckhaft. Und an ihren freien Nachmittagen war sie weder nach Neuruppin noch nach Berlin gefahren. Gestern Abend hatte er mitbekommen, wie Liesel und Anni sich in der Küche leise darüber unterhalten hatten, dass der Bruder von Fräulein Pietsch Stunden zuvor da gewesen sei. Man wusste nicht genau, über was sie sich gestritten hatten, aber sie hatten sich gestritten. Fräulein Pietsch hatte danach geweint. Also hatte Hedda Pietsch auch eine Familie, die ihr Schwierigkeiten bereitete. Wieso auch sollte es nur ihm so gehen?

Heute Morgen war es dann Herr Opitz gewesen, der sich entschuldigen ließ. Er sei wohl auch erkältet und habe sich vermutlich bei Budde angesteckt, hatte er heute Morgen zu Viktor gesagt, als der bei ihm geklopft hatte. Hundsmiserabel sah er aus. Allerdings, so wie es aus der fast geschlossenen Tür seines Zimmers herausduftete, war Viktor sich sicher, dass er schlicht gesoffen hatte. Seine Augen waren rot und ganz trüb, sein Gesicht noch aufgedunsener als normalerweise.

Viktor fragte sich, ob er sich noch immer am Wein des Fürsten vergriff. Dazu gehörte nun schon eine Menge Unverfrorenheit. Aber zuzutrauen war ihm das. Ganz offensichtlich gab es ja einen Grund, warum der Fürst Herrn Opitz weiterhin die Stange hielt. Seiner Meinung nach hätte er schon dreimal Grund gehabt, den obersten Haushofmeister zu entlassen. Aber er durfte bleiben. Und weiter saufen. Vermutlich hatte Opitz gestern einfach zu viel billigen Fusel getrunken.

Nach dem Frühstück hatte er mitbekommen, dass Hedda Pietsch sich mit der Mamsell in ihren Dienstraum zurückgezogen hatte. Was immer auch geschehen war, war offensichtlich nichts, was für alle Ohren bestimmt war.

Viktor hatte also heute das Oberkommando. Die Feiertage und auch der Beginn des neuen Jahres hatten sich im Schloss dahingeschleppt, als hätte man eine riesige Käseglocke über sie gestülpt. Körperlich geschwächt, war der Fürst nun auch geistig abwesend. Anders konnte man es nicht nennen. Oft starrte er ins Leere, oder er fing Sätze an, die er dann nicht beendete. Lebendig wurde er nur, wenn die Post kam. Dann schien er für einen Moment erregt, nur um dann häufig genug enttäuscht in sich zusammenzusinken, wenn er die Adressaten auf den Umschlägen durchsah. Er wartete auf einen bestimmten Brief. Und der kam nicht.

Viktor brauchte keine Fantasie, um zu wissen, von wem er einen Brief erwartete. Über Jahrzehnte hatte sich der Fürst im Glanz des höchsten Fixsterns gesonnt. Hatte im fremden Licht selbst so hell gestrahlt. Doch nun, wo ihm dieser Abglanz verwehrt wurde, sah man, dass sein eigenes Licht nicht so hell war. Es war alles nur der Widerschein eines helleren Sterns gewesen.

Für einige Tage nach der Verurteilung Hardens hatte Viktor den Eindruck gehabt, es ginge dem Fürsten besser. Er schaffte es tatsächlich, morgens aufzustehen und einen einigermaßen normalen Tagesablauf zu absolvieren. Wobei, über Wochen nur im Schloss zu verweilen, so gut wie keine Gäste zu empfangen, keine Einladungen mehr zu bekommen und sich mit der Außenwelt nur noch über

Briefe zu verständigen, das war ja nie der normale Alltag für den Fürsten gewesen. Nicht, seit Viktor hier arbeitete.

Die Vormittagspost war gerade gekommen, und es oblag Viktor, sie oben zu verteilen. Er sah sie durch. Frau Möckel und auch Anni bekamen jeweils einen Brief, der Rest ging nach oben. Viktor wusste, die Fürstin saß zusammen mit den Komtessen im Porzellanzimmer. Den Fürsten hatte er zuletzt in der Bibliothek gesehen.

Fünf Briefe hatte er zu verteilen, einen für die Fürstin, zwei für die Komtessen und zwei für den Fürsten. Mit den Briefen auf dem Silbertablett ging er zunächst ins Porzellanzimmer, wo er tatsächlich die Fürstin mit ihren Töchtern antraf. Keine der drei Frauen sah glücklich aus. Viktor fragte sich, was er noch alles nicht mitbekam in diesem Haus. Waren sie immer noch unglücklich über die Entscheidung ihrer Schwester? Oder über den Schatten, der seit Monaten über dem Schloss lag? Schließlich war der Mann, der den Fürsten in aller Öffentlichkeit so beschämend beleidigt hatte, doch gerade verurteilt worden.

»Eure fürstliche Hoheit.« Er hielt der Fürstin das Tablett hin, verbeugte sich.

Sie nahm den Brief aus Stockholm, ohne sich zu bedanken. Auch die Komtessen erhielten jeweils einen Brief.

»Schon wieder ein Brief von Lycki«, schnaufte Alexandrine.

Die nun bürgerliche Tochter durfte sich hier nicht mehr sehen lassen. Sie war nicht mehr erwünscht. Viktor konnte nur vermuten, dass der Brief von ihr ein Bettelbrief war. Vielleicht wollte sie ihre Schwester überreden, ihre Eltern dazu zu bringen, dass sie wieder im Kreise der Familie aufgenommen wurde. Vielleicht bat sie aber auch um Geld, wenn nicht für sie, dann wenigstens für ihren kleinen Sohn. Soweit Viktor es wusste, hatte die Fürstin ihren Enkel noch nie gesehen. Es gab anscheinend nicht eine einzige Familie, in der es keine Zwistigkeiten, Schwierigkeiten und schmerzliche Streitereien gab.

Komtess Viktoria hatte ihren Brief hastig aufgerissen. Sie las und schluchzte empört auf. »Wenn ich Lycki in die Finger kriege …« Sie beendete den Satz nicht. Früher waren ständig Briefe für sie angekommen. Nun wurde die Post auch für sie rar. Dennoch schien es, als könnte sie sich nicht daran gewöhnen.

»Was ist denn, mein Herz?«, fragte die Fürstin mitfühlend.

In diesem Moment ging die Tür auf, und die Mamsell trat ein, mit sorgenvoller Miene. Sie ging zum Sofa, auf dem die Fürstin gerade ihren Brief öffnen wollte. Mit gesenkter Stimme sprach sie die Hausherrin an.

»Euer Gnaden, dürfte ich Sie wohl um eine Unterredung ersuchen?«

Die Fürstin schaute überrascht auf. »Worum geht es denn?«

Der Blick der Mamsell lief für einen Moment zu Viktor. »Es wäre ein heikles Thema. Ich bin mir sicher, Euer Gnaden würde es wohl auch vorziehen, es unter vier Augen zu besprechen.«

Die Fürstin schaute überrascht und seufzte. Heikle Themen hatten sie in letzter Zeit schon zur Genüge behandeln müssen. Schließlich erhob sie sich. »Folgen Sie mir.« Gemeinsam mit der Mamsell verließ sie den Raum.

Viktor zog sich zurück, um dem Fürsten seine Briefe zu bringen. Er bekam noch mit, wie sich die jüngste Komtess darüber beschwerte, dass sie schon wieder eine Ausladung erhalten hatte. Offensichtlich hatte sie sich mit einer Freundin treffen wollen. Die aber schrieb, sie sei in den nächsten Monaten indisponiert. Niemand wusste so recht, ob man sich mit ihnen nicht mehr treffen wollte, weil ihre Schwester einen Bürgerlichen geheiratet hatte – das Wissen davon war mittlerweile einmal quer durch die Berliner Gerüchteküche gewandert. Oder ob man sich mit ihr nicht mehr treffen wollte, weil ihr Vater in diesen unschönen Skandal verwickelt war. Letztendlich war es einerlei – sie wurden gemieden. Sie alle wurden gemieden.

Viktor ging rüber in die Bibliothek, wo der Fürst vor dem knisternden Kamin saß. Ein Buch auf seinem Schoß aufgeschlagen, darüber ein mehrseitiger Brief ausgebreitet, starrte er in die Flammen.

»Euer Durchlaucht, die Morgenpost.«

Der Fürst erschrak, als hätte Viktor sich angeschlichen. Was nicht der Fall gewesen war. Hastig schob er die Briefseiten zusammen und steckte sie unter das Buch. Als müsse er sie vor dem Diener verstecken. So ein verhuschtes Verhalten hatte Viktor noch nie bei ihm beobachtet. Erst jetzt griff er zu den beiden neuen Briefen, die ihm auf dem Silbertablett präsentiert wurden. Wieder war da für einen kurzen Moment die Erwartung in seinen Augen zu sehen, und sofort die Enttäuschung. Wieder war kein Brief mit dem kaiserlichen Siegel gekommen. Er las die Absender, schüttelte den Kopf und pfefferte einen der Briefe ungelesen ins Feuer. Den anderen legte er beiseite, als hätte er gerade keine Kraft, ihn zu öffnen.

»Kann ich noch etwas für Sie tun? Darf ich Ihnen vielleicht einen Kaffee bringen?«

»Nein danke.« Er schien schon wieder in Gedanken versunken, als er sich doch noch mal daran erinnerte, dass Viktor neben ihm stand. »Doch, Sie könnten mir die pelzgefütterten Pantoffeln holen. Mir ist ein wenig kühl.«

»Sehr gerne.«

Viktor wollte sich gerade schon zurückziehen, als er weitersprach. »Dr. Genrich hat mir erzählt, wie gut Sie sich in Berlin geschlagen haben. An dem Tag, an dem wir ungebetenen Besuch hatten. Ich wollte Ihnen schon länger dafür danken.« Der Fürst sah ihn mit eindringlichem Blick an. Als wäre da noch mehr, etwas Wichtiges, Bedeutsames, das er sagen wollte. Doch er blieb stumm. Viktor hielt den Blickkontakt aufrecht, auch wenn ihm immer unwohler dabei wurde.

»Stets zu Diensten«, erwiderte Viktor nun.

Erst jetzt sprach der Fürst weiter. »Ich schätze es sehr, wenn meine Untergebenen loyal sind. Außerordentlich sogar. Für mich ist es die höchste Tugend eines Dieners.« Er betonte das mit Nachdruck.

Sollte er nun den Fürsten fragen? Die Frage, die ihn seit Monaten umtrieb. Wieso der Fürst dann noch an Herrn Opitz festhielt? Trotz seiner offensichtlichen Inkompetenz? Trotz seiner Betrügereien?

Doch just in diesem Moment ging die Tür auf. Viktor trat sofort einen Schritt zurück, wandte sich ab. Die Fürstin war hereingekommen. Sie sah müde aus, erschöpft. Ihr Blick ging zu Viktor.

»Würden Sie uns wohl für einen Moment alleine lassen?«

»Natürlich.« Viktor machte ihr Platz und verließ die Bibliothek. Etwas ratlos stand er im Vestibül. Verdammt. Das war der Moment gewesen. Seine Chance. Wie dumm, dass ausgerechnet jetzt die Fürstin gekommen war.

Auch sie hatte sehr besorgt ausgesehen. Was immer die Mamsell ihr anvertraut hatte, Viktor konnte nur Vermutungen anstellen. Hatte Hedda Pietsch sich an die Mamsell gewandt, damit die Prügelei von Opitz aufhörte? Sicher stammte Moritz' blaues Veilchen von Opitz. Aber Frau Reineke bekam doch selbst mit, wie Opitz Moritz malträtierte. Sie hätte auch ohne ihr Zutun schon längst mit der Fürstin oder dem Fürsten reden können. Natürlich wollte im Moment niemand den Fürsten mit Kleinigkeiten behelligen, nicht in seiner derzeitigen Verfassung. Und doch, langsam überstiegen Opitz' Ausfälle jedes Maß. Vielleicht war ja heute der Tag, an dem das Fass übergelaufen war. An dem der Fürst Nägel mit Köpfen machte und Opitz entließ. Ein Gedanke, der Viktor erfreute.

Hinter der Mauer des Vestibüls stellte Viktor das silberne Tablett an seinen Platz und lief hinunter in die Stiefelstube. Er hatte die Pantoffeln gestern erst ordentlich gebürstet, und sie standen noch unten. Viktor griff nach den Pantoffeln, als er die Stimme der Mamsell hörte. Sie war schon wieder unten.

»Herr Budde soll im Dorf ein Telegramm aufgeben«, sagte sie an Viktor gewandt. »Aber ich kann ihn nirgends finden.«

Viktor hatte ihn gerade nicht in der Leutestube sitzen sehen, und bei den Herrschaften konnte er nicht sein. Da kam er ja gerade her. »Ist er nicht hier unten?«

»Nein. Ich dachte, er wäre oben«, entgegnete die Mamsell.

»Ich sage ihm Bescheid.« Viktor schaute sich unten um, ging nach oben durch die Nordische Halle, schaute kurz in den Blauen Salon und in den Speisesalon, um dann weiter die Treppe hochzusteigen zur Mansarde.

»Budde?« Er klopfte an seiner Stubentür.

Von innen war etwas zu hören, als wäre etwas runtergefallen. Viktor öffnete die Tür. Budde saß angezogen auf seinem Bett und warf schnell die Decke über irgendetwas.

»Diedrich, du musst ins Dorf, ein Telegramm aufgeben. Ich muss zum Fürsten.« Er tat so, als hätte er nicht gemerkt, dass Budde etwas vor ihm verheimlichen wollte.

Buddes Blick lief erst hilflos durch den Raum, dann gab er sich einen Ruck. Er schaute ihn an, doch blieb sitzen. »Ja, gleich.«

»Jetzt, sofort«, forderte Viktor ihn auf.

»Ich komme in einer Minute«, antwortete Budde gereizt. Es war dermaßen offensichtlich, dass er etwas vor Viktor verstecken wollte. Dieses ganze Schloss steckte von oben bis unten voller Geheimnisse. Voller Lügen, voller bösartiger Gerüchte und voller Geheimnisse.

»Kannst du mir mal sagen, wieso du hier oben bist?«

»Ich wollte nur kurz was holen.«

»Kurz? Die Mamsell hatte dich schon gesucht.« Das brachte den gewünschten Effekt.

»Ich ... Mir ist immer noch nicht ganz wohl.«

»Hm ... Beeil dich!« Viktor schloss die Tür. Aber statt nun nach unten zum Fürsten zu gehen und ihm die Pantoffeln zu bringen, hatte er eine Idee. Leise zog er sich zurück in sein Zimmer. Keine Minute später hörte er, wie Budde sein Zimmer verließ. Die Tür ging auf und schloss sich wieder.

Viktor wartete kurz und schlich rüber in Buddes Zimmer. Das Bett war nun leer geräumt. Er schaute sich um. Ihm war schon unwohl bei dem Gedanken, dass er heimlich in Buddes Zimmer eindrang, und er wollte nicht damit anfangen, Schubladen und Schränke zu öffnen.

Einer Eingebung folgend, öffnete er die Klappe zum Kanonenofen. Alle Dienstboten waren schon seit fünf Stunden auf den Beinen. Der Ofen war mittlerweile ausgegangen. Obendrauf, auf den Kohleresten, lag eine Schachtel. Vorsichtig steckte Viktor seine

Hand durch die Öffnung, damit er sich nicht schmutzig machte. Er holte eine Pappschachtel hervor.

Graue Quecksilbersalbe stand auf der Pappschachtel. Quecksilber – dann hatte Budde die Franzosenkrankheit! Erschrocken ließ er die Packung fallen. Er starrte auf die Packung, als hätte er einen abgehackten Zeh in der Hand gehabt. Syphilis – das war eine schwere Diagnose.

Deswegen war Budde in den letzten vier Monaten so wenig widerspenstig gewesen. Deswegen hatte Viktor das Gefühl, dass er nicht mehr um seine Stelle buhlte. Mit einer solchen Diagnose war man mehr mit sich selbst beschäftigt als mit einer Zukunft, die plötzlich in den Sternen stand. Bei vielen konnte es gut gehen, aber immer wieder hörte man auch von Leuten, die es hart traf. Nach dem Fieber und den geschwollenen Lymphknoten traten Geschwüre auf, manchmal sogar im Gesicht. Andere bekamen Haarausfall. Einige Unglückliche bekamen alles auf einmal. Wenn man zu den ganz Unglücklichen gehörte, dann wurde man schwachsinnig, wenn nicht von der Krankheit, dann vom giftigen Quecksilber, mit dem man die Krankheit behandelte. Es gab kein anderes Heilmittel. Viktor schmiss die Schachtel zurück in den Kanonenofen. Nun wusste er über Budde Bescheid.

Sofort ging er in die Badestube der Herren, wusch sich zweimal die Hände und brachte endlich die Pantoffeln zum Fürsten. Die Fürstin hatte die Bibliothek schon wieder verlassen. Viktor hätte seinen Wochenlohn dafür gegeben zu erfahren, worüber sie gesprochen hatten.

Anschließend ging Viktor hinunter in die Leutestube. Er würde hier warten, bis es wieder klingelte. Oder bis Budde aus dem Dorf wiederkam. In spätestens einer halben Stunde musste er oben im Salon den Tisch für das Mittagessen decken.

Was bedeutete seine Entdeckung? Dass Budde keine ernsthafte Konkurrenz mehr war – das bedeutete es. Im Gegenteil: In dem Moment, in dem Budde ihm krumm kam, würde er sein Geheimnis ausplaudern. Der zweite Diener war also darauf angewiesen, in

Zukunft gut mit Viktor auszukommen. Budde konnte sich schon mal nicht mehr zwischen ihn und sein Ziel, Butler zu werden, stellen.

Aber wollte er wirklich noch so lange warten? Hier, in diesem Haus? All die Lügen, die Prügel, die Hetzereien gegeneinander. Loyalität sei für ihn die höchste Tugend, hatte der Fürst gesagt. Dann war Opitz aus einem unbekannten Grund wohl sehr loyal dem Fürsten gegenüber. Sonst hätte er schon längst seinen Hut nehmen müssen. Wenn er bisher bleiben durfte, dann vermutlich auch noch die nächsten Jahre.

Viktor fühlte sich hier nicht mehr wohl. Lange hatte er gedacht, besser könne er es nicht treffen. Aber nun war er sich nicht mehr so sicher. Bestimmt könnte er irgendwo in einem kleineren Haus unterkommen. Dann wäre er eben alles in einem – Haushofmeister, Butler und oberster Diener, vielleicht sogar Kammerdiener. Was allerdings bedeutete, dass man längere Arbeitszeiten hatte und mehr zu tun. Und vermutlich weniger Lohn. Auf jeden Fall bedeutete es einen Abstieg. Trotzdem, es war sicher nicht verkehrt, die Augen aufzusperren. Bis er den Tisch decken musste, blieb ihm noch etwas Zeit. Er holte sich die drei Tageszeitungen von gestern. Hinten gab es immer Annoncen.

Unter der Rubrik *Verlangte männliche Personen* stand nicht viel. Ein Kassenbote wurde gesucht, ein jüngerer Mann wurde als Lehrling für eine Gärtnerei gesucht und ein Schuhverkäufer. Es gab zehnmal so viele Stellenanzeigen für Dienstmädchen. Überhaupt, wäre es richtig, sich auf eine Anzeige zu bewerben? Die Stellenbeschreibungen waren drei, höchstens vier kurze Zeilen lang. Wenn überhaupt, wusste man gerade, in welches Stadtviertel man kam. Ansonsten wusste man nichts – wie war die Bezahlung, wie viele Menschen lebten in dem Haushalt, und wie viele andere Dienstboten gab es? Wäre es nicht viel besser, eine Stellenvermittlungsagentur einzuschalten, um vorher alle Angebote auszusieben, die für ihn ohnehin nicht infrage kamen? Aber nein, die nahmen nur gutes Geld, um einem anzubieten, was immer sie hatten. Ihnen war es egal, ob er eine gute Stelle finden würde. Es wäre schade um sein sauer Erspartes.

Gerade lief Adelheid an der Leutestube vorbei, wie immer einen Putzeimer in der Hand. Ihr Anblick versetzte ihm einen Stich. Wollte er das Schloss wirklich verlassen? Viktor schnaufte tief durch. Gut möglich, dass ihm eines Tages keine Alternative blieb. Aber Adelheids Gesellschaft würde ihm fehlen. Mehr als das, wenn er ehrlich war.

Sie wenigstens jeden Tag sehen zu können, mit ihr am Tisch zu essen, war immerhin etwas Gemeinsames. Verließ er das Schloss, verließ er auch sie, und damit all die Möglichkeiten, die er sich in seinen Tagträumen ausmalte.

26. Januar 1908

»Hätte ich mir jetzt kleiner vorgestellt«, sagte Constanze mit in den Nacken gelegtem Kopf.

Sie standen vor der Fassade des Haupteingangs der fünfstöckigen Hackeschen Höfe, direkt gegenüber dem Hackeschen Markt.

»Na ja, mit acht Innenhöfen kann das nicht klein sein. Und in Berlin wird in die Höhe gebaut. Aber das Besondere hieran ist ja gerade, dass auch die in den Hinterhöfen liegenden Wohnungen genug Licht und Sonne bekommen. Sie sind nach dem Konzept der Lebensreform-Bewegung gebaut worden«, erklärte Hugo ihr.

»Einfach formidabel. Vorne Büro und Gewerbe, ein paar Fabriketagen und nach hinten raus dann die Wohnungen. Da müsste man sich einmieten können. Mitten in Berlin, und doch abgeschieden vom Rummel. Können wir uns bestimmt nicht leisten.«

»Wohl kaum. Da müssen wir uns schon etwas anderes suchen«, bestätigte Hugo. »Eine Wohnung mit Balkon, einem richtigen Bad, einer Innentoilette und Zentralheizung … Ich will gar nicht wissen, was das kostet.«

»Und wir müssten vorher heiraten.« Ein Thema, was sie seit Jahren vor sich herschoben. Für eine gemeinsame Wohnung musste man verheiratet sein. Aber wollte Constanze weiterarbeiten, musste sie ledig bleiben. Bisher wartete Hugo verständnisvoll. Aber der Vorfall in der Villa hatte ihnen beiden vor Augen geführt, dass sie nicht mehr lange getrennt voneinander leben wollten. »Na gut, wo wir schon beim Träumen sind. Lass uns gehen.«

Sie brauchten nicht lange, dann standen sie vor dem erst vor wenigen Monaten eröffneten Filmtheater in der Münzstraße.

»Pritzkows Theater lebender Photographie«, las Constanze über dem Eingang. Hugo zahlte für sie beide vierzig Pfennige, und sie gingen in den Saal, der größer war als jeder Saal, den Constanze bisher betreten hatte.

Es gab schummriges Licht im Raum, einige Leute standen auf, andere setzten sich. Die Filme liefen in Dauerschleife. Am Rand entdeckte Constanze eine mechanische Orgel, deren Seiten geschmückt waren mit zwei riesigen Posaunenengeln. Davor saß der Mann, der den Film mit Musik begleiten würde. Er bekam gerade ein frisches Bier gebracht. Sie setzten sich auf zwei freie Plätze.

Oben auf der Leinwand flackerte Licht ohne ein richtiges Bild. Die Spule in der Dauerschleife lief wohl gerade wieder von vorne an. In Leipzig waren Hugo und Constanze mal in einem Ladenkino mit vermauerten Fensterfronten gewesen und auf dem Rummel in einer Schaubude mit einem Wanderkinematografen. Das hier wirkte schon auf den ersten Blick sehr viel fortschrittlicher.

»Was wird denn gegeben?«, fragte Hugo einen Mann eine Reihe weiter vorn.

»Köpenick«, sagte der maulfaul.

Vorletztes Jahr waren drei Filme über den Hauptmann von Köpenick produziert worden. Das Thema war einfach ein Schlager. Die beiden hatten aber noch keinen der drei Filme gesehen.

»Ich kann mich noch erinnern, wie die Nachricht von der Köpenickiade im Schloss eingeschlagen hat«, flüsterte Constanze. »Der Fürst war höchst amüsiert, während die Gnädigste extrem pikiert war.«

Der Film fing an. Mehrere Zwischentitel erklärten, dass man sich im Berlin des Jahres 1906 befinde. Der Klavierspieler haute derweil mächtig in die Tasten. Auf der Leinwand wackelte ein hagerer alter Mann über einen Marktplatz, ärmlich gekleidet, hungrig auf etwas zu essen schielend, kam er schließlich zu einem Stand, der alte Kleidung verkaufte. Der Mann sah sich um und entdeckte dann eine gebrauchte Uniformjacke. Ein Lächeln glitt über das magere Gesicht.

Hugo beugte sich zu ihr rüber. »Fürst zu Eulenburg ist nicht so ein Militarist, oder?«

»Gar nicht. Er bevorzugt das Zivile.«

»Aber seine Frau ist da anders?«

»Sie richtet sich eigentlich immer nach ihm. Aber auf das Militär lässt sie nichts kommen.«

»Wie ist er so zu seiner Frau? Also, ich meine, im Licht der Anklage betrachtet, muss man sich ja die Frage stellen, ob es nicht im Verhältnis zu seiner Frau etwas Auffälliges gibt.«

»Sie ist eine graue Gans, die sich aus dem Politischen raushält. Oft scheint sie schon mit der Führung des fürstlichen Haushalts überfordert.«

»Aber geistig voll zurechnungsfähig?«

»Natürlich! Wie kommst du denn auf solch absurde Gedanken?«, gab Constanze empört von sich.

»Na, weil das Gericht beim zweiten Prozess gegen Harden die Aussage der ehemaligen Ehefrau von Kuno von Moltke doch genau mit diesem Argument zu Fall gebracht hat. Sie leide an Hysterie und sei deshalb nicht zurechnungsfähig.«

»Das war ja abzusehen!«, entrüstete Constanze sich trotzdem. Es war bekannt, wie viele Männer sich mithilfe dieser Diagnose ihrer Ehefrauen entledigten, wenn sie sie satthatten. Auch unbequeme Frauen wurden kurzerhand als unzurechnungsfähig abgestempelt.

»Obwohl die Journalisten dem Prozess nicht beiwohnen durften, schlägt nun die gesamte Presse auf die arme Frau ein«, erklärte Hugo leise. »Plötzlich gilt sie als der Auslöser der Misere ihres Ex-Mannes.

Lily von Elbe sei hysterisch, sie sei tolldreist und natürlich nicht bei Sinnen. Das schreiben nun alle Blätter.«

»Und dass ihr Mann, ein hoher preußischer General, sie verprügelt hatte und sie zurückgeschlagen hat? Dass ihr Mann verzückt an den Taschentüchern anderer Männer riecht? Dass Kuno von Moltke mit seinen Aussagen alle Ehefrauen im Kaiserreich beleidigt hat? Was ist daraus geworden?«

»Alles vergessen und vergeben. Nun dreschen alle öffentlich und ungestraft auf Lily von Elbe ein. Und natürlich auf ihren jüdischen Handlanger Harden. In etlichen Blättern wird darüber debattiert, ob die ganze Kampagne gegen die Freunde des Kaisers nicht einfach nur eine jüdische Verschwörung sei.«

»Ja, so etwas Ähnliches hat Ruth Mandelbaum auch schon erzählt.«

Auf der Leinwand stieg der nun als Hauptmann ausstaffierte Alte aus einem Zug, der auf dem Bahnhof Köpenick hielt. Gelächter zog durch den Saal. Es war aber auch urkomisch, was sich damals zugetragen hatte.

Hugo brachte seine Lippen ganz dicht an Constanzes Ohr. »Du kennst ja die Geschichte von Krupp, 1902. Als die Italiener Alfred Krupp wegen Unzucht mit jungen Männern auf seinem Urlaubsdomizil in Capri aus dem Land werfen wollten, weil er seine unseligen Geschichten wohl deutlich übertrieben hatte, wurde seiner Frau klar, dass an der ganzen Sache tatsächlich mehr als nur ein Funken Wahrheit dran war. Damals hatte sie sich Hilfe suchend an den Kaiser gewandt. Und was meinst du, was der Kaiser gemacht hat?«

Constanze zuckte mit den Schultern.

»Er hat es seinem guten Freund Alfred gesteckt. Und was hat Krupp gemacht? Seine Frau in eine psychiatrische Klinik in Jena einweisen lassen.«

»WAS?«, sagte sie eine Spur zu laut. Der Mann vor ihnen drehte sich verärgert um. Sie lächelte ihn beschwichtigend an. Aber in ihrem Inneren brodelte es. Oh, das war mal wieder so typisch. Die hohen Herren brachen die Regeln, wie sie wollten. Andere hohe

Herren hatten diese Regeln aufgestellt. Doch gelten sollten sie nicht für ihresgleichen, nur für andere, für alle nicht so hochgestellten Persönlichkeiten und natürlich für alle Frauen. Ja, wenn die sich mal nicht an die Regeln hielten, da schützte auch eine hohe Geburt sie nicht vor dem gesellschaftlichen Abstieg.

Im Film betrat der falsche Hauptmann gerade das Rathaus. Stumm sah man ihn mit den anderen Männern sprechen, die alle vor ihm buckelten. Eilig wurden Boten losgeschickt, und ein weiterer Mann, der auf der zwischengeschobenen Texttafel als Bürgermeister tituliert wurde, kam herein, sprach ebenfalls mit dem Alten und verneigte sich dann so tief und vehement, dass es zu befürchten stand, er würde sich nie wieder erheben können. Einige Besucher im Saal brüllten vor Lachen.

Sie lehnte sich zu Hugo rüber und flüsterte: »Unfassbar. Wo sind sie denn hin, die Artikel über die Riechfläschchen? Über die Ohnmachtsanfälle des preußischen Generals. Über die Kaviarbrötchen des Fürsten? Das ist doch alles passiert.«

Moltke hatte während der Gerichtsverhandlungen wiederholt sein Riechfläschchen benutzt, um sich vor Ohnmachten zu schützen. Einmal hatte er gar seinem ohnmächtig werdenden Kontrahenten Maximilian Harden damit wieder auf die Beine geholfen.

»Während des ersten Prozesses hat sich doch die militaristische deutsche Presse von Moltke abgewandt«, sprach sie weiter. »Bei dem vielfachen Gebrauch der Riechfläschchen sähen sie sich außerstande, General Moltke gegen den ihm gemachten Vorwurf, er sei zu weibisch, zu verteidigen. Und nun ist alles fortgewischt mit einem Streich? Nun sind es wieder wir, die Frauen, das schwache Geschlecht, das natürlich am geistigen Vermögen krankt? Pfui Teufel.«

»Psst«, mahnte der Mann aus der Reihe vor ihnen. Und auch seine weibliche Begleitung warf ihnen böse Blicke zu. Constanze presste demonstrativ ihre Lippen aufeinander.

Hugo deutete auf die Leinwand: »Wenn alles, was beim Militär schiefläuft, nur so harmlos wäre wie der Kerl da oben.«

Auf der Leinwand ließ sich der Hauptmann von Köpenick derweilen das Geld aus der Stadtkasse vorzählen. Der Bürgermeister und der Verantwortliche der Stadtkasse wurden von Polizisten bewacht in eine Kutsche nach Berlin gesetzt. Kurz darauf war der falsche Hauptmann wieder am Bahnhof und genehmigte sich unter dem johlenden Zuspruch der Zuschauer ein kühles Bier.

Fast den ganzen Januar über war Hugo damit beschäftigt gewesen, für Herrn Harden die deutsche Presse zu sichten und ihm zu berichten, wer die schlimmsten Widersacher waren. In den letzten Tagen nun hatte er in Potsdam ausgeharrt, um jemanden zu finden, der ihm über die Militärprozesse gegen Major zu Lynar und Generalleutnant Graf von Hohenau berichten würde. Auch sie wurden der Homosexualität beschuldigt.

Die Verhandlung war nicht öffentlich. Nur geladene Angehörige des preußischen Militärs durften dem Verfahren beiwohnen. Doch niemand wollte reden. Alle schwiegen sich aus. Das Thema war einfach zu brisant. Zudem konnte einen einfachen Soldaten eine harmlose Plauderei mehr als seinen Rang kosten. Es konnte ihn seine körperliche Unversehrtheit kosten.

Hinter verschlossenen Türen hatte das Kriegsgericht der 1. Gardedivision vor drei Tagen noch am späten Abend das Urteil gesprochen: Graf Wilhelm von Hohenau, der Onkel des Kaisers und für etliche Jahre sein Flügeladjutant, wurde vom Vorwurf der »widernatürlichen Unzucht« freigesprochen, da ihm die vorgeworfene »Schmutzerei« nicht bewiesen werden konnte. Zwar befand man, dass es durchaus Hinweise auf Verfehlungen unsittlicher Natur gebe, die aber nicht die Merkmale des Paragrafen 175 aufwiesen. Anders lag der Fall beim Gardemajor Graf zu Lynar. Dieser wurde wegen Missbrauchs der Dienstgewalt in sechs Fällen zu einem Jahr und drei Monaten Gefängnis verurteilt. Mit Tränen in den Augen habe Lynar das Urteil angenommen, so hieß es, und sei anschließend sofort in die Arrestzelle gebracht worden.

Beiden haftete nun der Ruf an, homosexuell zu sein. Constanze hatte es bei keinem der beiden Männer geahnt. Nun musste sie sich fragen, ob sie nicht auch beim Fürsten falschlag.

Im Film verhafteten gerade ein gutes Dutzend Polizisten den alten Mann bei einem ausgiebigen Frühstück. Der Alte sah nun deutlich besser gekleidet und wohlgenährter aus. Als Zwischentext kam die Ansage: *Der Hauptmann von Köpenick ist gefasst!* Ja, da hatte die preußische Justiz sich mal richtig Mühe gegeben. Aber hier lag auch das Vergehen klar auf der Hand.

Anders beim Militärprozess der beiden Offiziere. Die unselige Geschichte um Hohenau und Lynar war auch deshalb so pikant, weil diese beiden Männer bekanntermaßen langjährige Freunde des Fürsten und von Kuno von Moltke waren.

Als der Film wieder von vorne anfing, standen sie auf und verließen den Saal. »Was machen wir jetzt?«

»Lass uns zu Abend essen. Ich hab auf dem Hinweg was gesehen. Und ein kühles Bier könnte ich auch vertragen.«

Hugo setzte sich schon in Bewegung. Sie gingen ein paar Meter, und Constanze blieb vor einer Annonciersäule stehen. Große Plakate warben auf der runden Säule für das Vergnügen bei den Terrassen am Halensee, ein Vergnügungspark, der gerade erweitert wurde. Einige Attraktionen gab es schon. Obwohl Constanze nicht wusste, ob sie sich wirklich trauen würde, die neue Wasserrutschbahn runterzurutschen, dachte sie doch, dass sie in ihrem ganzen bisherigen Leben nur gearbeitet hatte. In letzter Zeit hatte Constanze oftmals das Bedürfnis, sich einfach dem Vergnügen hinzugeben und ihr hart erspartes Geld einzusetzen. Jetzt, da ohnehin fraglich war, ob sie jemals eine Gouvernantenschule eröffnen konnte.

Sie gingen in die Bierschwemme Alt-Berlin und nahmen Platz an einem der halb besetzten Tische. Es war laut, es war verraucht, aber Constanze genoss den Trubel. Sie hatte einen freien Tag und konnte einfach tun und lassen, was sie wollte. In Liebenberg war es schwer gewesen auszubrechen. Weiter als bis nach Neuruppin oder Oranienburg war sie meistens nicht gefahren, weil sie nie einen ganzen freien Tag gehabt hatte. Berlin gefiel ihr mehr, als sie geglaubt hatte. Es ging hier so herrlich rummelig zu. Es schien ein so ganz anderes Berlin zu sein als das, das sie während ihrer wenigen freien

Stunden erlebt hatte, wenn die Komtessen auf ihren Bällen gewesen waren und sie heimlich hinausgehuscht war.

Hugo ging zur Theke, um etwas zu holen. Constanze zog die *Berliner Morgenpost* von vorgestern heran, die jemand auf einem Stuhl hatte liegen lassen. Natürlich wurde darin über das Verfahren gegen Lynar und Hohenau durch das Militärgericht berichtet.

> Derartige Vergehen gegen die Dienstgewalt sind von schlimmster Wirkung, denn es untergräbt die Disziplin mehr als alle sozialdemokratischen Hetzereien. … Wenn der Sohn eines preußischen Prinzen freigesprochen wird, weil ihm »nur Verfehlungen unsittlicher Natur« zur Last gelegt werden können, und wenn der Schwager eines regierenden Fürsten wegen Sittlichkeitsverbrechen ins Gefängnis spazieren muss, dann ist das geeignet, den Respekt vor der »Blaublütigkeit«, vor einem »hohen Adel deutscher Nation« bei der bürgerlichen Kanaille gründlich auszurotten.

Der Respekt vor der Blaublütigkeit – tja, wie sollte man die aufmüpfigen Massen noch in Schach halten, wenn dieses angebliche Naturgesetz der gottgegebenen Ordnung den Bach runterging? Wenn es sich schon selbst als reine Farce entlarvte? Doch selbst jetzt noch, überführt und verurteilt, gaben die adeligen Herren weiter den anderen die Schuld – den Frauen, den Juden und den Sozialdemokraten. *Sozialdemokratischen Hetzereien* … Reine Ablenkungsversuche. Empört warf sie das Blatt zurück auf den freien Stuhl. Manches Mal, dachte Constanze, manches Mal war sie geneigt, die Sozialdemokraten für die einzige vernünftige politische Macht im Land zu halten.

Hugo kehrte zurück, zwei dicke Humpen Bier in der einen Hand und in der anderen zwei Teller balancierend. Constanze stand schnell auf und half ihm. Er hatte Rollmops und Buletten mitgebracht und setzte sich ausgerechnet auf den Stuhl mit der Zeitung.

Mit leichter Ironie in der Stimme sagte er: »Sie haben's nicht besser verdient, als meinen Allerwertesten zu spüren. Ich finde es sehr unangenehm, was da gerade alles hochgespült wird. Gerade wird tüchtig auf die Juden eingeschlagen. Harden war Jude. Magnus Hirschfeld, der sein viel besprochenes Gutachten über die angebliche Homosexualität von Moltke abgegeben hat, ist Jude. Dabei war sein Gutachten eher eine nachdrückliche Forderung, die Bestrafung der Homosexualität aufzuheben. Falls Moltke nun doch homosexuell sei, so solle man doch endlich einsehen, dass das etwas Normales sei. Aber selbst er ist nun in der Beurteilung Moltkes zurückgerudert. Was ihm nichts hilft. Es werden schon Flugblätter verteilt mit dem Schlagwort: *Die Juden sind unser Unglück.*«

»Das wird Harden nicht gefallen.«

»Oh, dem gefällt gerade sehr vieles nicht. Das kannst du mir glauben«, stellte Hugo fest und biss herzhaft in eine Bulette.

»Das glaub ich dir«, sagte Constanze und nahm sich einen Rollmops. Er roch nicht mehr so ganz frisch. Typisch, dachte sie. Der Fisch stinkt ja bekanntlich vom Kopf her. Und wer war der Kopf des Ganzen? Genau – der Kaiser.

Sie griff nach der Zeitung. »Steh mal auf.«

Hugo erhob sich, und sie zog die Zeitung hervor.

»Wir sollten vielleicht mal bei den Annoncen schauen, was man hier in Berlin für eine kleine Wohnung zahlen muss.«

»Dann willst du mich also endlich ehelichen?«, fragte Hugo verschmitzt nach.

Constanze zuckte mit den Schultern. »Ehelichen würde ich dich lieber heute als morgen. Das weißt du doch.«

»Aber …?«

»Ach komm. Wir haben schon tausend Mal darüber gesprochen. Wir heiraten, wenn wir es uns finanziell leisten können.«

Hugo sah sie ernst an. »Und wenn wir das nie können?«

Constanze presste die Lippen aufeinander. Er hatte ja recht. »Lass uns wenigstens noch den Ausgang dieser ganzen Geschichte abwarten. Wenn ich bei Frau Mandelbaum kündige, sollte wenigstens einer von uns beiden eine sichere Stelle haben.«

Hugo lächelte sie zärtlich an. »Ist das ein Ja?«

Nun endlich musste Constanze auch lächeln. »Es war doch nie ein Nein. Es war immer ein Ja, aber später.«

26. Januar 1908

Frau Möckel zählte. Jedes Messer musste hundertmal über den Schleifstein gezogen werden. Das Messerschärfen machte ihr keinen großen Spaß, aber immerhin konnte sie währenddessen sitzen.

Adelheid steckte ihren Kopf durch die Tür und verabschiedete sich. Viktor Novak blickte auf und gab ein sprödes »Schönen Tag noch« von sich, aber sein Blick war freundlich. Eine seltene Geste, die kaum jemand anderem zuteilwurde. Beschwingt verließ Adelheid das Schloss.

Sie freute sich schon, denn heute, an ihrem freien Nachmittag, sollte Gunther wiederkommen. Hoffentlich hatte sich der Einsatz ihres Geldes gelohnt. Hoffentlich ging es ihm endlich gut. Zur Feier des Tages kaufte sie etwas mehr im Krämerladen. Wie immer brachte sie Grundnahrungsmittel mit – Brot, Kartoffeln, einen großen Beutel Haferflocken, eine Büchse Margarine, einen Topf Schmalz, ein Päckchen Salz und ein kleineres Päckchen mit Zucker.

Ausnahmsweise gab es auch acht Eier. Und ein Glas mit Liebig's Fleischextrakt. Daraus würde Edeltraud mit den Kartoffeln eine gute Suppe zustande bringen. Außerdem kaufte sie die billigste Seife. Beim letzten Mal hatte sie gesehen, dass sie kaum noch etwas hatten. Und ohne Kernseife konnten Edeltraud und Gundula keine Wäsche waschen.

Jetzt, bei dem kalten Wetter, war es ohnehin mühevoll, die Kleidung zu reinigen. Das Wasser aus dem nahe gelegenen Bach war extrem kalt. Und sie konnten es sich nicht leisten, nur für warmes Wasser zu heizen. Auf dem Herd, mit dem sie auch die Hütte heizten, stand immer eine Blechschüssel mit Wasser. In dem warmen Wasser wurde die schmutzige Wäsche eingeweicht, ob nun geheizt wurde oder nicht.

Schwer bepackt ging sie den verschneiten Weg zur Hütte. Vater hatte schon heute Morgen nach Templin und weiter nach Hohenlychen fahren wollen, um Gunther abzuholen. Vielleicht waren sie ja schon wieder zurück. Draußen trat sie sich die Schuhe ab und öffnete die Tür. Drinnen war es ungewöhnlich warm. Was hieß, es war nicht so bitterkalt wie draußen. Schnell schloss sie die Tür. Edeltraud stand am Herd und rührte in einem Topf. Es roch nach Rüben.

»Adelheid«, sagte sie erfreut.

Gundula stand auf und umarmte sie.

»Ist Vater mit Gunther noch nicht da?«, fragte Adelheid.

»Nein. Aber sie kommen bestimmt bald. Vater ist heute sehr früh los.«

Adelheid stellte sich an den Tisch und packte aus.

»Eier, da wird Gunther sich aber freuen«, sagte Gundula. Auch ihre Augen blitzten erfreut auf. »Und sogar Zucker!«

Adelheid schaute in den Topf. Rüben und Zwiebeln in etwas Wasser. »Hier, tu einen Löffel davon mit rein. Und ein wenig mehr Wasser.« Sie reichte Edeltraud die Büchse mit dem Fleischextrakt. »Und schneid noch zwei Kartoffeln rein.«

Gundula setzte sich sofort hin und nahm sich das Messer. Ganz vorsichtig, um bloß nicht zu viel abzuschneiden, schälte sie die Kartoffeln. Kaum dass sie sie klein geschnitten hatte, hörten sie Stimmen.

Adelheid riss die Tür auf. Ihr kleiner Bruder kam angerannt.

»Gunther, mein Kleiner. Mein Schatz.« Schon lagen sie sich in den Armen. Nach etlichem Herzen gab Adelheid ihren kleinen Bruder frei. »Na sag mal, du bist ja richtig gewachsen.«

Er strahlte sie an. »Wir haben sooo viel zu essen bekommen«, sagte er glücklich. Dann lag er in Edeltrauds Armen, und dann in Gundulas, die ihn fast nicht mehr loslassen wollte. Er sah proper aus, normal genährt. Sein Mäntelchen saß eng, und er war gewachsen. Ganz offensichtlich hatten sie ihn ordentlich aufgepäppelt in nur sechs Wochen.

»Guten Tag, Vater«, grüßte Adelheid. Sie schaute ihn an. Auch er sah gut aus. Offensichtlich hatte Edeltraud mehr Geschick dabei, ihm die Haare und den Bart zu stutzen. Er trug seine neue Hose, und auch seine neuen Schuhe. Wie viel so etwas ausmachen konnte, wunderte Adelheid sich. Er sah wie ein anderer Mann aus.

Vielleicht war es das, was ihre Geschwister immer an ihr bemerkten, die guten Kleider, die gekämmten Haare, ihre saubere Kleidung. Nicht, dass einer von ihnen beiden vornehm gewirkt hätte, aber doch nicht mehr ganz so abgerissen wie früher.

»Noch ein paar Minuten und es gibt Essen«, verkündete Edeltraud stolz.

Sie gingen alle hinein und machten es sich gemütlich. Sie hatten nur vier Stühle, aber Gunther war mit einem Platz auf Adelheids Schoß zufrieden. Gundula verteilte die Blechteller und die Löffel auf dem Tisch.

»Nun erzählt aber mal. Wie war es?«

»Toll. Ich kann das Alphabet.«

»Was? Du kannst jetzt schon lesen?«

»Nur die Buchstaben.«

»Aber hör mal. Das ist doch schon gut!« Die meisten Kinder brauchten ein oder zwei Schuljahre, bis sie wenigstens alle Buchstaben auseinanderhalten konnten. Was natürlich auch daran lag, dass die meisten nicht regelmäßig zum Unterricht kamen. Viele mussten mithelfen, bei der Ernte, beim Kühe- oder Gänsehüten, oder wenn die Eltern auf dem städtischen Markt etwas verkauften. Oder wie sie, die immer ihrer Mutter hatte helfen müssen, wenn wieder ein neues Kind gekommen war. Niemand achtete wirklich darauf, dass die Kinder jeden Tag zur Schule gingen.

»Und was ist mit deinem Husten? Ist er weg? Hattest du nun Tuberkulose?«

Gunther schüttelte den Kopf. »Nö.«

»Ja und, was war es dann?«

Er zuckte mit den Schultern. Adelheid schaute Vater fragend an.

»Ich konnte mit keinem Arzt sprechen, aber die Schwester hat gesagt, dass der Husten bedingt wurde durch seinen schlechten körperlichen Zustand. Und dass es etwas gibt, das seine Brun… seine … ähm, Brom…«

»Seine Bronchien?«, half Adelheid aus.

»Genau, dass irgendwas sie reizt.«

»Und was?«

»Entweder der Kohlenstaub vom Heizen. Oder zu viel Staub. Vermutlich aber am ehesten Schimmel. So was eben.«

»Und was können wir da jetzt machen?«

Wieder sah er sich in der Hütte um. »Die Frau riet mir, wir sollten schauen, ob wir nicht umziehen können. In eine bessere Wohnung.« In seiner Stimme lag Bitterkeit. Eine Bitterkeit, die besagte, dass er an ein so großes Wunder nicht glaubte.

Adelheid schaute sich um. Wenn sie doch nur einen Weg finden könnte, ihrer Familie noch mehr zu helfen. Wenn sie doch nur einen Weg finden könnte, ihnen das Geld zukommen zu lassen, ohne dass sie ihre heimlichen Machenschaften verraten würde.

»Gibt es Muckefuck?«, fragte Vater.

Noch etwas, was Adelheid auffiel. Sie hatte in der Hütte und auch draußen keine einzige Flasche Bier gesehen – weder eine leere noch eine volle.

»Ich hatte letzte Woche gut zu tun«, sprach er weiter. »Ich hab bei einem Zimmermann mithelfen können. Von dem Geld konnte ich ordentlich Holz und Kohle kaufen. Das reicht bestimmt für zwei Wochen. Und das hab ich alles nur meiner schönen neuen Hose und den guten Schuhen zu verdanken.«

Das war ein Lob. Sie hatte es richtig gemacht. Genauso war es: Mit einem besseren Aussehen bekam man eine bessere Arbeit. Von der Arbeit konnte man sich Essen kaufen und sah nicht mehr halb verhungert aus. Und bekam wiederum bessere Arbeit.

Und auch Edeltraud und Gundula konnten nun gleichzeitig in die Schule gehen, weil beide eigene Schuhe hatten. Ja, allmählich wurde es besser. Adelheid schaffte es, genug Essen ranzuschaffen, und sie würde noch mehr Kleidung besorgen. Bald kam auch

Gunther in die Schule. Sie alle würden fleißig lernen, und in zwei oder drei Jahren konnte auch Edeltraud irgendwo arbeiten gehen. Dann wäre endlich die allerschlimmste Zeit vorbei. Es war Zeit, sich ein bisschen Hoffnung zu erlauben.

Es klopfte, und die Tür ging auf. Überrascht drehten sich alle um. Friedel und Bernhard standen vor der Tür. Fast viereinhalb Monate hatten sie nichts von ihnen gehört, und nun waren sie zurück.

Adelheid sprang auf. »Friedel? Ja, wie seht ihr denn aus?«

Der Blick des Bruders ging zum Herd. »Habt ihr was zu essen?«

Auch Bernhard schien durch alle hindurchzusehen und trat einen Schritt weiter in die Hütte. »Hm, das riecht gut.«

Sie sahen abgemagert aus, erschreckend abgemagert. Ihre Gesichter wirkten eingefallen, an den Händen stachen die Knöchel hervor.

»Kommt, setzt euch.« Vater drückte seine Söhne auf die Stühle. »Edeltraud, tu den Jungs ordentlich was drauf. Ich kann nächste Woche wieder zum Zimmermann.« Er selbst setzte sich auf einen Holzklotz, den er näher an den Herd schob.

»Menschenskinder, ihr seht ja verlottert aus. Und ihr stinkt!« Vater meinte es sicher nicht böse, aber es stimmte.

»Esst erst mal, und dann gebt uns die Kleidung. Gundula, hol frisches Wasser vom Bach. Die Jungs müssen sich gleich ordentlich waschen«, bestimmte Adelheid.

Edeltraud konnte die gefüllten Teller nicht mal auf den Tisch stellen, so schnell fielen sie über die Suppe her. Sie verputzten ihre Portionen in Windeseile. Adelheid schmierte noch zwei Stullen, dick mit Schmalz drauf. Erst da fiel Friedel endlich was auf.

»Sagt mal, ist hier der Wohlstand ausgebrochen, seit wir weg waren?« Während er in die Stulle biss, sah er Gunther überrascht an. »Und du, wie siehst du denn aus? Was ist denn mit dir passiert?«

»Er war über sechs Wochen zur Kur, zur Erholung, in der Heilanstalt Hohenlychen«, erklärte Vater stolz. »Ich hab ihn gerade heute abgeholt.«

Friedel gingen die Augen über. Essen, Schuhe, Heilanstalt. Neidisch blickte er auf die neuen Schuhe – vom Vater, von seinen Schwestern, von seinem kleinen Bruder. Aber er sagte nichts, denn er war vollauf mit Essen beschäftigt.

Es war Bernhard, dem es auffiel. »Wo ist denn das Baby, Maria?« Fragend blickte er von einem zum anderen. Es wurde ganz still.

»Sie ist gestorben, … Ende Oktober«, sagte Adelheid mit einem leichten Vorwurf in ihrer Stimme. Wenn ihre Brüder geblieben wären, dann … Ach, vermutlich wäre die Kleine so oder so gestorben.

Vater wollte wohl nicht darüber sprechen und machte Edeltraud ein Zeichen, dass sie die beiden Teller noch mal auffüllen sollte. Und dann auch für alle anderen.

»Morgen können wir Bratkartoffeln machen, mit Rühreiern«, sagte Edeltraud frohgemut. Selten genug, dass man in dieser Behausung wusste, was man am nächsten Tag auf den Tisch brachte.

Adelheid war selig. Was gab es Besseres, als seine Familie glücklich zu machen? Das Risiko einzugehen, hatte sich gelohnt.

»Und nun erzählt mal, wie es euch ergangen ist«, forderte Vater sie auf. »Wart ihr in Berlin? Habt ihr dort Arbeit gefunden?«

Die beiden Brüder warfen sich einen unheilvollen Blick zu. Bernhard schüttelte den Kopf.

Friedel sagte: »Es war hart. Wirklich hart.«

Und so sahen sie auch aus. Noch abgemagerter als vorher. Wenn es so schlimm gewesen war, dass sie lieber in diese elendige Tagelöhnerhütte zurückkehrten, dann mussten sie wirklich harte Zeiten erlebt haben.

Adelheid hatte eine Idee. Jetzt, wo die Brüder zurück waren und der Vater in der Nähe Arbeit fand. »Ich hab diese Woche in der Zeitung gelesen, dass sie noch beim Kanalbau Leute suchen.«

»Welcher Kanal?«, fragte Friedel sofort.

»Na, der Finowkanal, hier bei Liebenwalde, ist doch zu klein für die großen Schiffe. Darum bauen die einen neuen.«

»Du meinst den Großschifffahrtsweg von Berlin rüber nach Stettin?«

Adelheid nickte.

»Wir gehen direkt morgen früh nach Eberswalde.« Friedel sah seinen Bruder an.

Der schaute zu Adelheid. »Krieg ich noch eine Stulle?«

»Ja, sicher.« Sie war glücklich.

Im Gedanken erweiterte sie die Liste der Sachen, die sie kaufen musste. Eine richtige Schere, mit der man die Haare besser schneiden konnte, zwei weitere Stühle und eine Bratpfanne standen als Nächstes darauf. Aber nun würde sie sich erst einmal um Schuhe für Friedel und Bernhard kümmern.

Schade nur, dass Vater wusste, dass sie in Berlin keinen Erfolg gehabt hatten. Sonst wäre es ein Leichtes für sie gewesen, Friedel etwas Geld in die Hand zu drücken. Er hätte behaupten können, dass sie es dort verdient hätten. Aber jetzt ging das nicht mehr. So halb verhungert und abgerissen, wie sie aussahen.

Trotzdem, Stunden später verließ sie ihre Familie frohgemut. Das erste Mal seit Mutters Tod hatte sie das Gefühl, dass es bergauf ging. Als sie ins Schloss zurückkam, zog ein verführerischer Duft durch die untere Etage. Ihr Magen knurrte. Wie viel weniger angsteinflößend war dieses schreckliche Gefühl, wenn man sicher sein konnte, dass man gleich etwas zu essen bekam. Und nun konnte sie sogar sicher sein, dass auch ihre Familie über die Runden kommen würde, fürs Erste wenigstens. Gunther war endlich genesen. All ihre Lügen hatten sich gelohnt.

2. Februar 1908

Direkt am Tag nach Opitz' Übergriff war Hedda zur Mamsell gegangen. Sie hatte ihr geschildert, was vorgefallen war. Dieses Mal sagte Frau Reineke nicht, ihr seien die Hände gebunden. Dieses Mal versprach sie Hedda, mit der Fürstin zu reden. Niemand erwähnte die Rückgabe der erpresserischen Beweismittel – Hedda nicht und auch die Mamsell nicht. Ob sie inzwischen bereits mit der Fürstin geredet hatte, wusste Hedda nicht. In den letzten Tagen hatte sie auf ein Zeichen gewartet, gebangt und gehofft. Doch passiert war bisher nichts. Keine Verkündung, dass Herr Opitz seine Stelle räumen musste. Nicht einmal ein Hinweis darauf, dass er vom Fürsten gescholten worden war und nun ein paar Tage mit eingezogenem Kopf herumlief. Ihrer Meinung nach war die Mamsell entweder nicht bei der Fürstin gewesen, oder aber die Fürstin hatte nichts unternommen.

Umso erleichterter war sie, endlich wieder mal aus dem Schloss herauszukommen. Es fühlte sich an wie ein lang ersehntes Aufatmen. Bis auf den kleinen unseligen Ausflug mit ihrem Bruder, der so abrupt geendet hatte, hatte sie Liebenberg seit fast zwei Monaten nicht mehr verlassen. Aber jetzt konnte sie endlich fort, weg vom Schloss. Endlich weg von Opitz, dem sie penibel aus dem Weg ging.

In Richtung Kohlenkeller musste sie ohnehin so gut wie nie. Da gingen nur die Köchin oder die Unterköchin hin, oft begleitet von den Küchenmädchen. Ging sie nach oben in die Herrschaftsräumlichkeiten, prüfte sie, ob Opitz in der Nähe war. Ohnehin war hier eher nicht mit einem Übergriff zu rechnen. Der Fürst, die Fürstin und die Komtessen bewegten sich in den Räumen, ohne anzuklopfen. Auch der Kammerdiener und die Zofe waren hier öfter anzutreffen. Wenn Opitz sie hier in eine Ecke drängte, ging er damit ein großes Risiko ein. Auch begab sie sich nicht mehr alleine in ihre Schlafkammer, sondern wartete immer darauf, dass Adelheid ebenfalls mit ihrer Arbeit fertig war.

Überhaupt, sie benahm sich so auffällig vorsichtig, dass Martha sie schon gefragt hatte, was denn eigentlich los sei. Hedda hatte das abgetan. Sie sei nur nervlich zerrüttet wegen des Streits mit ihrem Bruder. Dass Martha unter den Übergriffen des Butlers zu leiden hatte, glaubte sie nicht. Das erste Stubenmädchen schien gänzlich arglos. Wenn sie sich über Opitz beschwerte, dann immer nur über seine üble Laune, oder sie machte Andeutungen, dass er mal wieder zu tief ins Glas geblickt haben könnte.

Endlich hatte Hedda wieder einen freien Nachmittag und konnte das Schloss verlassen. Und es war der erste Sonntag im Monat, also ein Tag, an dem sich die Dienstboten wieder in der Berliner Gaststätte versammeln würden. Eigentlich hatte sie nach Neuruppin fahren wollen, um die Zettel zu verteilen, aber danach war ihr nicht. Sie wollte endlich unter Leute, andere Gesichter sehen, scherzen, frei durchatmen.

Am Stettiner Bahnhof stieg sie aus und ging die paar Minuten bis zur Eckkneipe. Sie trat ein und ging direkt durch ins Hinterzimmer. Leise öffnete sie die Tür, denn die Versammlung hatte schon angefangen. Wie bei ihrem letzten Besuch waren die langen Tische gut besetzt. Wieder saßen deutlich mehr Frauen als Männer dort. Sie erkannte einige Gesichter wieder und suchte nach Arthurs.

Wie so viele, warf er einen kurzen Blick nach hinten, um zu sehen, wer gekommen war. Als er sie erkannte, erhellte sich sein Gesicht. Er machte eine kleine Bewegung mit dem Kopf, die bedeutete, sie solle zu ihm rüberkommen. Sie quetschte sich zwischen den Stuhlreihen durch und kam direkt vor ihm zum Sitzen.

»Hallo, Hedda. Ich habe gehofft, dass du heute kommst«, begrüßte er sie freundlich.

»Natürlich. An einem der ersten zwei Sonntage sollte ich ja freihaben.«

Selma Pöter, das Hausmädchen, das sie noch vom letzten Treffen kannte, war auch da. Sie saß zwei Stühle weiter, machte aber jetzt ihrem Stuhlnachbarn Zeichen, ob sie tauschen könnten. Leise setzte sie sich neben Hedda.

»Wie schön, dass du dir freimachen konntest. Und? Wie war es in Neuruppin? Hat sich jemand für unsere Zettel interessiert?«

Was sollte Hedda jetzt antworten? Sie war ja noch gar nicht dazu gekommen, die Zettel zu verteilen. Andererseits war es ihr wichtig, bei den netten Gleichgesinnten einen guten Eindruck zu hinterlassen. Wiederum wollte sie nichts von ihrem Bruder erzählen. Das war ein sehr unangenehmes Thema. Deswegen entschloss sie sich, vage zu bleiben: »Es ging so«, log sie.

Arthur zog die Augenbrauen zusammen. Sein Blick wirkte skeptisch, dann richtete er ihn zurück nach vorne und hörte zu. Oben auf dem Podium sprach wieder eine ältere Frau.

»... haben einen großen Erfolg zu verbuchen, dass derart viele Bürger und Arbeiter auf die Straße gegangen sind. Um den 10. Januar rum haben wir in vielen Städten Preußens Demonstrationen gegen das Dreiklassenwahlrecht erlebt. Ein gutes Vorzeichen für die Wahl im Juni.« Sie holte tief Luft. »Ich war in der Nähe, als Kanzler Bülow aus dem Auto stieg und die Massen ihm unsere Forderungen zuriefen. Mit gesenktem Kopf ging er dahin. Man kann uns nicht mehr lange ignorieren. Man kann unsere Forderungen nicht mehr ignorieren. Dennoch will ich nicht verhehlen, dass noch ein langer Kampf vor uns liegt. Aber auch kleine Schritte in die richtige Richtung bringen uns voran.«

»Ein verdammt langer Weg«, tönte es von der anderen Raumseite.

Die Rednerin nahm den Einwurf auf. »Das stimmt. Das ungleiche und indirekte Dreiklassenwahlrecht, das nicht nach Anzahl der Köpfe, sondern nur nach Steueraufkommen geht, ist unfassbar ungerecht. Obwohl aus der ersten Klasse nur ungefähr vier Prozent der Wahlberechtigten kommen, erhalten sie gleich viele Wahlmänner wie wir in der dritten Klasse mit zweiundachtzig Prozent der Wahlberechtigten. Und obwohl es fast aussichtslos erscheint, dass die Parteien, die für die Änderung des Wahlrechts sind, überhaupt in das preußische Abgeordnetenhaus einziehen können, müssen wir weiterkämpfen. Nur wenn wir Parteien wie die SPD im Abgeordnetenhaus haben, die sich für unsere Anliegen interessieren, nur dann haben wir überhaupt eine Chance auf gesetzliche Änderungen. An oberster Stelle steht natürlich unsere Forderung nach Abschaffung der Gesindeordnung. Deshalb ist auch für uns die Abschaffung des Dreiklassenwahlrechts so wichtig. Bei gleichen Wahlen hätten unsere Stimmen viel mehr Gewicht. Aber wenn wir alle zusammenstehen, dann werden wir gewinnen – früher oder später.«

Zusammenstehen – Hedda musste wieder daran denken, dass sie

gemeinsam mit Adelheid und Viktor Novak etwas geschafft hatte, was sie alleine nie zustande gebracht hätte. Aber das war nur ein kleiner Schritt gewesen und zeigte bisher keine Wirkung. Außer, dass Opitz wütender und aggressiver geworden war. Und bestimmt hatte er sich schon wieder ein neues schwarzes Büchlein zugelegt. Wenn sie nur wüsste, warum die Fürstin nichts unternahm. Offensichtlich interessierte sie das Schicksal der weiblichen Bediensteten keinen Deut.

Offensichtlich brauchten auch sie einen langen Atem. Aber die Idee der Solidarität würde sie nicht so einfach abtun. Sie konnte nur hoffen, dass etwas Gutes daraus erwachsen würde.

Als sie als Zwölfjährige in einem fremden Haushalt hundert Kilometer von ihrem Zuhause als Dienstmädchen angefangen hatte, war sie gänzlich wehrlos gewesen. Zwar musste sie in den nächsten Jahren hart arbeiten, aber bis sie zu dem älteren Ehepaar kam, war sie keinerlei männlichen Übergriffen ausgesetzt. Als dann dort der Sohn aus der Kadettenanstalt zurückkam, lernte sie zum ersten Mal eine weitere Schattenseite ihres Berufes kennen. Zu ihrem Glück war der Bursche zwar frech, aber noch grün hinter den Ohren. Sie hatte Schlimmeres verhindern können und rechtzeitig eine neue Stelle gefunden.

Irgendwie war in ihr der Glaube gewachsen, dass sie sich schon durchschlagen würde. Dass es schon immer irgendwie gut gehen würde. Doch seit dieser Geschichte im Kohlenkeller war diese Überzeugung ins Wanken geraten. Natürlich könnte sie auch jetzt wieder eine neue Stelle suchen, aber sie wollte nirgends anders hin. Der Fürst bezahlte gut, es gab immer reichlich zu essen, und das harte Los einer Dienerin teilte sie sich mit vielen anderen. Geteiltes Leid war halbes Leid. Sie mussten es hinkriegen, dass Opitz seinen Platz räumen musste. Nur wie? Irgendetwas oder irgendwer schien ihn zu schützen.

Arthur lächelte wieder zu ihr hinüber. Eine warme Welle lief durch ihren Körper. Das war auch so eine Sache, die Geschichte mit Arthur. Sie sah ihn heute doch erst zum dritten Mal. Und doch hatte sie schon jetzt das Gefühl, da wäre etwas zwischen ihnen. Mehr, als ihr lieb war. Und doch wieder …

Als die Sitzung nach mehreren Rednerinnen und Rednern und einigen Ankündigungen von Bildungsabenden, Treffen in anderen Städten und Ähnlichem zu Ende ging, gingen sie zu dritt hinaus. Vor der Gaststätte blieben sie stehen. Selma hatte wohl die Eingebung, dass sie stören könnte, denn unter der Nennung eines Grundes, der sehr nach Vorwand klang, verabschiedete sie sich eilig.

»Wir könnten hier noch etwas trinken, wenn du noch nicht zurückmusst.«

»Gerne. Ich habe noch etwas Zeit bis zum letzten Zug.«

Sie gingen wieder hinein und setzten sich an einen Tisch in der Ecke.

Nachdem sie beide einen Tee bestellt hatten, fragte Arthur: »Was denkst du über die ganze Geschichte?«

Wie schon bei ihrem letzten Gespräch wusste Hedda nicht so recht, wie sie ihn einordnen sollte. Interessierte sie ihn nur als Genossin, als Mitkämpferin für eine gemeinsame Sache? Oder doch auch als Frau?

»Was meinst du mit ›die ganze Geschichte‹?«

»Na ja, die Idee vom Zusammenschluss aller Dienstbotenvereine zu einem Zentralverband. Dann wären wir schlagkräftiger als gelegentliche Treffen von einzelnen Vereinen.«

»Du meinst eine Gewerkschaft? Ich denke, wir dürfen keine Gewerkschaft gründen. Verbietet die Gesindeordnung nicht genau solche Koalitionen?«, fragte Hedda nach.

»Ja, das stimmt. Deswegen soll es ja auch erst mal nur eine Dachorganisation aller Vereine geben.«

»Kommt drauf an, ob die dann auch Mitgliedsbeiträge wollen. Und ob ich mir das leisten kann.«

»Das kannst du sicherlich, denn wir verdienen ja alle nicht gerade Unsummen. Wenn sich das niemand leisten könnte, dann bräuchte man ein solches Unterfangen erst gar nicht zu beginnen.«

Sie nickte zustimmend. Da hatte er sicherlich recht. Plötzlich wirkte er ein wenig nervös, was sie überraschte. Er machte sonst immer so einen überzeugenden, selbstsicheren Eindruck.

»Ich wollte dich etwas fragen, … wegen dem Verteilen der Zettel.«

Oje, ein unangenehmes Thema. »Ja?«

Er wischte mit einem gebrauchten Bierdeckel über die abgegriffene Holzplatte. Hin und her, bis er sich endlich entschloss weiterzureden. »Ich bin am 22. Dezember nach Neuruppin gefahren. Und hab dort gewartet, wo die Busse aus Löwenberg ankommen. Ich hatte gedacht, es wäre für dich … von Vorteil, wenn du die Zettel nicht alleine verteilen müsstest. Weil es doch dein erstes Mal war.«

»Oh, ja. Ich …« Erwischt. Er hatte sie bei einer Lüge erwischt. Was würde er jetzt von ihr denken? Sie sahen sich erst das dritte Mal, und dann schon so was. Sie wusste nicht, was sie nun sagen sollte.

»Du warst gar nicht in Neuruppin, Zettel verteilen, oder?«, brach er nach längerem Schweigen die Stille.

Hedda schüttelte ihren Kopf. »Ich habe unangekündigten Besuch bekommen, von meinem Bruder. Er lebt in den Kolonien.«

»Warum hast du das nicht gleich gesagt?«

»Weil es mir unangenehm war, zugeben zu müssen … Ich hatte doch so vollmundig behauptet …«

»Schon gut. Ich hätte mich einfach nur gefreut, dich zu sehen.«

»Ach ja?«

Er starrte auf den Bierdeckel, und sie wusste nicht so recht, was sie nun sagen sollte.

»Und warst du nur da, um mir beim Zettelverteilen zu helfen?«

Nun hob er seinen Kopf, und sie blickte direkt in seine nebelgrauen Augen. »Nein. Natürlich hätte ich dir geholfen. Aber ich fahre weiß Gott nicht für jedes Stubenmädchen zwei Stunden durch die Gegend, um Zettel zu verteilen.« Nun grinste er sogar.

Und auch auf Heddas Gesicht erschien ein Lächeln. Also doch! Es ging ihm also tatsächlich um ihre Person und nicht nur um eine Mitkämpferin für die gemeinsame Sache.

Kapitel 10

Mitte Februar 1908

Ich wünsche Ihnen einen schönen Sonntag«, sagte Adelheid Schaaf, mit diesem gewissen Ton in der Stimme.

Viktor lernte langsam, ihre verschiedenen Stimmlagen zu deuten. Sie hatte eine warme, wenn sie von ihrer Familie sprach. Eine neutrale, wenn sie sich mit anderen Dienstboten unterhielt. Eine alarmierte, sobald sie mit Lydia Keller Worte wechselte. Wenn Adelheid mit Hedda Pietsch sprach, war ihre Stimme so ähnlich wie die für ihre Familie. Aber sobald sie mit ihm sprach, lag immer eine gewisse Nervosität darin.

»Danke. Und Ihnen wünsche ich einen ruhigen Tag.« Viktor hatte heute seinen freien Nachmittag, sie nicht. Für einen Moment fragte Viktor sich, ob er wohl auch eine eigene Stimmlage für Fräulein Schaaf hatte. Eine eigene Gefühlslage für sie hatte er auf jeden Fall. Da war ein Gefühl von Verbundenheit, das er noch nie bei einer Frau gehabt hatte. Doch ob er nun in Liebenberg blieb oder woanders anfangen würde – dieses Gefühl hatte in seinem Leben keine Berechtigung.

Er beeilte sich, nach Löwenberg zum Bahnhof zu kommen. Dort stieg er in den nächsten Zug nach Berlin, dann ging es weiter nach Brandenburg. Als er nach fast zwei Stunden auf dem Bahnhofsteig stand und sich Richtung Stadt wandte, sah er oben auf dem Marienberg das Wahrzeichen von Brandenburg – die Bismarckwarte. Rechts von ihm lagen die riesigen Brennabor-Werke mit ihren hohen Schloten. Sie stellten Fahrräder her und waren europaweit bekannt für ihre Kinderwagen. Seit wenigen Jahren bauten sie auch

Automobile, auf Bestellung. Brandenburg war natürlich nicht Berlin, aber auf den Straßen ging es sehr geschäftig zu. Dem Eindruck nach war das Leben hier mehr von Produktion und Wirtschaft geprägt als von der Politik und dem Adel. Der Schleusenkanal und die Ober- und Unterhavel, die die Stadt durchflossen, verlichen ihr dennoch eine luftige Atmosphäre.

Er lief los in Richtung Stadt. Am Steintor überquerte er den Schleusenkanal und war bereits auf der Steinstraße mit ihren hohen herrschaftlichen Häusern angekommen. Stadtpalais, würde man in Berlin dazu sagen. Nun war er in der Neustadt, die auf einer Havelinsel lag.

Lange brauchte er nicht bis zur gesuchten Hausnummer. So groß, wie das Gebäude war, musste es sich um einen größeren Hausstand handeln. Und das bedeutete immer mehrere Dienstboten, was meist von Vorteil war.

Das Tor war geschlossen, weswegen er an dem Portal klopfte. Kurz drauf erschien eine abgehetzt wirkende Dienstbotin.

»Ja, bitte?«

»Ich komme mich vorstellen, als Diener. Ich wollte hinten durchs Tor gehen, aber es war geschlossen. Nur deshalb habe ich an der Vordertür geklopft.«

»Jaja. Ist schon gut. Kommen Sie einfach rein.« Sie schien froh, dass sie nicht bis hinten zum Dienstboteneingang hatte laufen müssen. »Ich werde Sie sofort melden.«

Sie machte einen freundlichen Eindruck, war in ihren Vierzigern, und Viktor dachte auf Anhieb, dass man mit ihr bestimmt gut auskommen würde.

Vorne bei der Eingangstüre ließ sie ihn stehen und hetzte hinfort. Eine Tür fiel ins Schloss. Keine Minute später schoss sie schon wieder heraus und hielt ihm die Tür auf.

»Gehen Sie einfach durch den Salon und hinten rein ins Arbeitszimmer. Sie können es nicht verfehlen.« Schon lief sie in den hinteren Bereich des Hauses, dann eine Treppe hinunter.

Er tat, wie sie gesagt hatte, und durchquerte einen kleinen, übervollen Salon. Er trat an die dahinterliegende, offen stehende Tür und klopfte leise am Holzrahmen.

»Da sind Sie. Kommen Sie, kommen Sie.« Ein älterer Mann saß hinter einem enormen Schreibtisch, der schon fast die Hälfte des Raumes einnahm. An den Seiten überall Schränke, Akten, Bücher und Kladden. Auf den ersten Blick erkannte man, das war kein Adeliger, der von seinem Landgut lebte, sondern jemand, der eine Fabrik leitete. Notfalls auch mit seinen eigenen Händen. Eine Spielzeugfabrik, wie Viktor bereits wusste.

Der Mann selbst lehnte sich in seinem wuchtigen Holzstuhl zurück und wies auf einen Polsterstuhl vor dem Schreibtisch. Er hatte ein massiges Gesicht und einen noch massigeren Körper. Sein grauer Backenbart war kaum gestutzt. Ein wenig erinnerte er Viktor an Tirpitz, den Marineadmiral. Nur dass er nicht ganz so bärbeißig aussah.

»Herr Gernhardt, herzlichen Dank für Ihre Einladung. Mein Name ist Viktor Novak, wie Sie vermutlich bereits wissen.«

Schon vorne an der Eingangstür hatte er sich seinen Mantel ausgezogen, die Mütze abgenommen, aber niemand hatte sie ihm abgenommen. Es war eindeutig, dass hier im Haus ein männlicher Diener fehlte. Er setzte sich und nahm seine Sachen auf den Schoß.

Der alte Mann nickte und paffte mit einer dicken Zigarre gewaltige Rauchschwaden in den kleinen Raum. Auf Liebenberg wurde nur in wenigen Räumen geraucht, und fast nur, wenn Besuch da war. Dann konnte es schon mal am Abend sehr verräuchert werden, aber ansonsten war in allen Räumen immer gute frische Luft. Aber wenn es nur das sein würde, daran würde er sich gewöhnen.

Der Alte schaute ihn genauestens an. Nun klappte er eine große Kladde zu, die vor ihm auf dem Schreibtisch lag, und griff nach einem Brief, seinem Brief. »Sie haben lange Jahre Erfahrung, … haben sich hochgearbeitet. So was gefällt mir. … Sie schreiben, dass Sie sich nach einer anderen Stelle umsehen. Weshalb, möchte ich natürlich wissen.«

Natürlich hatte Viktor nicht seine Adresse auf Schloss Liebenberg angegeben, sondern die Rückantwort postlagernd angefordert. Er wollte vermeiden, einen schlechten Eindruck zu hinterlassen. Nur zu gut wusste er, dass das Schloss Liebenberg und sein Hausherr gerade in aller Munde waren. Und ebenso wollte er vermeiden, dass Opitz tatsächlich einen Antwortbrief auf eine Bewerbung in die Hände bekam.

Die Stellenannonce hatte er nur durch Zufall gefunden. Sie war in einem Provinzblatt abgedruckt gewesen. Die Zeitschrift, die er in Löwenberg in einem Laden gefunden hatte, war schon zwei Wochen alt gewesen. Eine Nacht hatte er darüber geschlafen, dann hatte er sich entschlossen, es einfach einmal zu versuchen. Nur, damit er wusste, ob er sich überhaupt entscheiden konnte, Schloss Liebenberg zu verlassen.

»Es ergeben sich bei meinen Herrschaften gerade einige Umbrüche in ihrem Lebensstil. Ohne in die Tiefe gehen zu wollen, kann ich sagen, sie werden in nächster Zeit wohl mit weniger Dienstboten auskommen müssen. Daher fand ich es ratsam, mich frühzeitig nach etwas Neuem umzuschauen.«

Das war weder gelogen, noch hatte er zu viel verraten.

»Das Haus, in dem Sie arbeiten – wie groß ist es?«

»Sehr groß. Zusammen mit dem Haushofmeister sind wir vierzehn Dienstboten. Dazu kommen noch ein Kammerherr und eine Kammerzofe. Bis vor wenigen Monaten gab es auch noch einen Privatsekretär und eine Gouvernante, aber die sind bereits fort.« Diese Erklärung hörte sich doch außerordentlich schlüssig an.

»Das ist wirklich ein sehr großer Hausstand. Dann gehen Sie also, weil Sie befürchten, in Kürze gekündigt zu werden.«

Viktor nickte.

»Und wieso werden Sie gekündigt und nicht einer der anderen?«

»Tatsächlich weiß ich nicht, wer gekündigt werden wird und wie viele letztendlich bleiben dürfen. Nur wollte ich mein Glück selbst in die Hand nehmen.«

»Das ist löblich. Sehr löblich. Und in Ihrer jetzigen Stellung sind Sie Diener?«

»Erster Diener, direkt unter dem Haushofmeister. Deshalb habe ich auch gelegentlich schon Butlerdienste und andere Tätigkeiten, die nur vom obersten Diener ausgeführt werden, erledigt. Zugleich habe ich auch für die Söhne des Herrn ab und an als Kammerdiener fungiert, und ich habe die Herrschaften auf Reisen begleitet.«

»Reisen werden Sie bei mir kaum erleben. Wenn überhaupt, dann geht es vielleicht mal nach Magdeburg, Berlin, Rostock oder Schwerin. Hamburg oder Stettin besuche ich noch viel seltener. Meistens fahre ich allerdings alleine und miete mich in einem Hotel ein.«

»Wenn ich fragen darf, welche Tätigkeiten würde eine Stellung hier im Haus umfassen?« Irgendwie schien es hier im Haus außergewöhnlich ruhig. Der Fassade nach hätte er gedacht, hier wohne eine große Familie, ein Ehepaar mit Kindern, eventuell sogar mit Enkeln oder weiteren Verwandten.

»Na ja, was eben so anfällt. Sie wären gleichzeitig mein Kammerdiener, der Butler, aber müssten auch körperliche Arbeiten ausführen, wie sich um die Kamine zu kümmern.«

Um die Kamine kümmern – bedeutete das, dass er sie auch säubern musste, Holz und Kohle schleppen?

»Können Sie mit Pferden umgehen?«, fragte der Mann.

Tatsächlich hatte Viktor wenig Erfahrung, was Pferde anging. »Ich kann eine Kutsche lenken, wenn Sie das meinen.«

Der Mann machte große Augen und wirkte leicht erstaunt. Natürlich wusste Viktor, dass ein Kutscher sich auch immer um die Pferde kümmern musste. Und um den Stall.

Der Fabrikbesitzer sprach weiter: »Und gelegentlich, ein, zwei Mal im Jahr, wenn wir die neuen Modelle ausliefern, dann ist jede Hand gefragt. Da müssen alle mit anpacken. Selbst ich stehe dann mit in der Fabrik, wenn die Fuhrwagen beladen werden.«

Sein skeptischer Blick lag auf Viktor, was nicht verwunderlich war. Viktor war zwar jung und körperlich gut in Form, aber er wirkte eher kultiviert als jemand, der sich mit Tätigkeiten eines Fabrikarbeiters abgab. Viktor merkte, dass hier wohl ganz andere Tätigkeiten von ihm verlangt würden.

»Waren Sie schon mal im Gefängnis oder sind verhaftet worden?«

»Nein«, gab Viktor wahrheitsgemäß zu. Dass er als Kind mehrmals von Schutzpolizisten verfolgt worden war, nachdem er Äpfel oder andere essbare Sachen geklaut hatte, musste er ja nicht unbedingt erwähnen.

»Ich zahle sechsundzwanzig Mark den Monat, bei Kost und Logis. Und wenn Sie gut und vor allem fleißig sind, jedes Jahr eine Erhöhung um zwei Mark.« Er beäugte Viktor kritisch und schien über etwas nachzusinnen. »Wenn Sie mögen, können Sie sich einmal im Haus umschauen, und dann noch mal wiederkommen und mir Ihre Entscheidung mitteilen. Und ich werde die Zeit nutzen, meine Entscheidung gründlich zu überdenken.«

Ein Mann von schnellen Entschlüssen, dachte Viktor. Nur, als der nun aufstand und den Meter zur Wand ging, um zu klingeln, wirkte er behäbig. Kurz darauf erschien die abgehetzte Dienerin.

»Führen Sie den Herrn einmal durchs Haus, nicht durch alle Räume, aber er soll einen Eindruck bekommen, was ihn hier erwarten würde.« Dabei paffte er wieder fette Rauchwolken ins Zimmer. Ohne sich weiter zu verabschieden, wandte er sich wieder seiner Kladde zu.

Sechsundzwanzig Mark im Monat, das wäre ein Wochenlohn von sechs Mark und fünfzig Pfennigen. Das waren mehr als zwei Mark weniger pro Woche, als er jetzt bekam. Damit schied die Stelle eigentlich schon aus. Und dazu noch Kohlen schleppen, Pferde striegeln, den Stall ausmisten und alle paar Monate Kisten schleppen – seine Entscheidung war schon gefallen. Doch da er nun schon mal hier war, konnte er sich doch das Haus wenigstens ansehen.

»Kommen Sie, hier entlang.« Die Frau ging vor und führte ihn durch ein paar der unteren Salons. Alle Räume waren höchstens halb so groß wie der kleinste Salon auf Liebenberg. Die Wände waren zugestellt mit dunklen Mahagonimöbeln. Es war eng, dunkel und biedermeierlich. Etwas, was ihm gar nicht gefiel.

»Gib es hier eine Bibliothek?«, fragte er die Frau, die in Windeseile vor ihm hertrabte, als sie in Richtung Hintertreppe ging.

»Nein, alle Bücher sind im Arbeitszimmer des gnädigen Herrn.«

Viktor folgte ihr auf einer schmalen, steilen Holztreppe hinab in den Keller. Der Keller war wirklich ein Keller, und kein Souterrain. Hier gab es keine Fenster, die Tageslicht einließen. Die Wände waren gekalkt, aber von Ruß und Rauch vergilbt.

»Wenn ich fragen darf, wie viele Dienstboten arbeiten hier im Haus?«

Jetzt blieb sie tatsächlich stehen und drehte sich zu ihm um. »Ich bin die Einzige. Bis jetzt. Ich koche, ich putze das Haus, räume auf, im Moment erledige ich auch noch alle weiteren Tätigkeiten. Nur die Wäsche wird jede Woche rausgegeben.«

Jetzt war ihm klar, warum sie so abgehetzt aussah. Und warum die Räume, die Flure und auch alles andere keinen sonderlich geputzten und polierten Eindruck machten. Eine Person alleine konnte das niemals schaffen.

»Und wie viele Menschen leben hier im Haus?«

»Nur Herr Gernhardt. Die Gnädigste ist schon vor acht Jahren verschieden. Gelegentlich bekommt er Besuch, entweder von alten Freunden oder Geschäftspartnern, und nur selten von seiner Tochter mit der Familie. Die leben im Rheinischen, und es ist ein ziemlich weiter Weg hierher.«

Ein riesiges Haus, das weitgehend leer stand. In dem nichts los war. Keine Operettenabende, keine privaten Theateraufführungen, niemand, der zwischendurch Klaviersonaten übte. Das ganze Haus verströmte eine altbackene, muffige Atmosphäre. Der Geruch harter Arbeit eines vermutlich aus dem kleinbürgerlichen Milieu aufgestiegenen Fabrikbesitzers quoll aus jeder Mauerritze.

Viktor stand unten im Keller und schaute sich um. Auch hier waren die Räume eher klein. Die Küche bestand nur aus einem einzigen Raum. Nebenan war eine kleine Stube mit einem Tisch und sechs Stühlen. Die hiesige Leutestube. Alles sah etwas lieblos aus. Nur wenige Stickereien hingen an den Wänden.

Die Frau ging weiter und öffnete zwei Türen, in die sie hineindeutete. »Hier bewahren wir die Schuhe auf, die Koffer und derlei Dinge. Und hier auf der anderen Seite das Silber.«

Viktor riskierte einen Blick in beide Räume. Wenigstens würde man hier nicht tagelang Silber putzen müssen, so viel war schon mal klar. Er trat einen Schritt zurück.

»Soll ich Ihnen noch oben die Mansarde zeigen? Dort sind die Schlafgemächer der Dienstboten.«

»Ich glaube, das erübrigt sich«, antwortete er so höflich wie möglich.

Ein Schatten der Enttäuschung flog über ihr Gesicht. Sicher hätte sie es gerne gesehen, möglichst bald Hilfe zu haben. In der Küche auf dem Tisch hatte Viktor ein halb gerupftes Huhn gesehen. Auch, wenn ihr Arbeitgeber nicht besonders anspruchsvoll schien, so musste sie doch jedes Mal laufen, wenn es klingelte, die Post oder Lieferanten kamen oder ihr Herr sonst irgendetwas wollte. Und jedes Mal die Arbeit unterbrechen, die sie gerade erledigte.

»Schade. Letzte Woche hatten wir einen jungen Burschen hier, der hätte die Stelle genommen. Aber Herr Gernhardt wollte ihn nicht. Er hat ein gutes Auge für gute Leute. Ich wette, wenn Sie die Stelle wollten, würden Sie sie bekommen.«

»Es tut mir sehr leid. Aber es ist einfach nicht das, was ich suche.«

Sie seufzte laut auf und ging vor ihm wieder die steile Treppe hoch. Mit einem enttäuschten Lächeln auf dem Gesicht begleitete sie ihn bis zum kleinen Salon. »Dann wünsche ich Ihnen noch viel Glück auf der Suche nach einer geeigneten Stelle.«

»Danke. Und Ihnen viel Glück auf der Suche nach einem geeigneten Diener.«

Wieder zeigte sie ein kurzes Lächeln, dann verließ sie ihn und ging zurück zu ihrem Huhn. Die Tür zum Salon stand noch auf, und die Tür zum Arbeitszimmer war nur angelehnt. Wieder klopfte er und öffnete die Tür.

Herr Gernhardt mit seinem mächtigen Backenbart sah hoch, blickte ihn an, legte seinen Füllfederhalter zur Seite und sagte: »Liege ich richtig in der Annahme, dass Sie nach etwas anderem suchen?«

»Da haben Sie recht.«

»Das habe ich mir gedacht. Es ist besser, wenn eine Arbeit und derjenige, der sie ausführen soll, zueinander passen. Sie sind bestimmt ein guter Diener, aber Sie passen nicht hier auf die Stelle.«

»Da liegen Sie vollkommen richtig. Ich danke Ihnen allerdings für die Möglichkeit, mich zu empfangen.«

»Sie sind ein sehr höflicher Mensch und haben Manieren. Sie achten auf Ihr Äußeres und auf Ihre Worte. Sie sehen aus wie jemand, der loyal sein kann. Aber ich möchte so ehrlich sein und Ihnen nicht vorgaukeln, dass Sie hier nur Tabletts durch die Gegend tragen würden. Gäste habe ich nämlich nur selten.«

»Eigentlich schade, bei einem so schönen großen Haus.«

Herr Gernhardt presste die Lippen aufeinander und nickte zum Abschied. »Ich wünsche Ihnen alles Gute.«

»Ihnen auch. … Ich finde selbst raus.« Viktor ging.

Nun wusste er also, was er erwarten konnte, wenn er sich eine neue Stelle suchen würde. Obwohl ihm der Fabrikant durchaus sympathisch gewesen war, würde er es hier im Haus nicht aushalten. Und es war gar nicht mal die körperlich anstrengende Arbeit. Nein, was er an Liebenberg mochte, waren die liberale Einstellung, die Freisinnigkeit und die Kultiviertheit. Natürlich war das nicht sein Leben, aber er konnte es wenigstens von den Zuschauerplätzen aus genießen.

Am meisten, das wurde ihm gerade klar, würde er die große Bibliothek vermissen. Ihm blieb zwar nur wenig Zeit zum Lesen, aber es war sein Lebenselixier. Müsste er nicht für Leander vorsorgen und hätte er sich leisten können, als junger Mann eine Ausbildung zu machen, dann hätte er sicherlich Buchdrucker oder Buchbinder gelernt oder etwas Ähnliches, etwas, das mit der Herstellung von Büchern zu tun hatte.

Außerdem, und das wurde ihm gerade noch mal sehr bewusst, würde er auch die einzige reelle Chance, jemals Haushofmeister in einem Schloss zu werden, aufgeben, wenn er Liebenberg verließ. So eine gute Stellung bekam man kein zweites Mal im Leben. Eine Anstellung bei einem reichen Industriellen wie Gernhardt wäre da schon das Beste, auf das er hoffen durfte.

Er trat auf die Straße hinaus und war enttäuscht. Wären etwas mehr Herrschaften im Haus, und damit auch etwas mehr Diener, und würde er mehr verdienen können, dann hätte er sich gerne für die Stelle entschieden. Und dennoch tauchte ein Gefühl von Erleichterung auf. Merkwürdig.

Statt sich direkt wieder Richtung Bahnhof zu wenden, ging er die Straße weiter. Selten genug hatte er Gelegenheit, mal etwas anderes zu sehen. Die Steinstraße brachte ihn direkt mitten in die Neustadt, bis zu einem beeindruckenden Rathaus.

Ein junges Pärchen schlenderte ungehörigerweise Hand in Hand über den davorliegenden Platz. Das könnte er sein, er und Adelheid. Wenn er nicht seine Familie hätte, und sie nicht die ihre. Er merkte, dass da etwas Neues war. Eine Möglichkeit. Eine ferne Zukunft, ein Wunsch, der nicht mit seiner Familie zusammenhing. Das erste Mal erlaubte er sich überhaupt solche Gedanken und verwarf sie nicht gleich wieder. Nun wurde ihm plötzlich bewusst: Dieses Gefühl der Erleichterung hing mit Adelheid Schaaf zusammen. Wenn er seine Stelle aufgab, dann gab er auch sie auf.

Er drehte sich um und ging wieder zurück Richtung Schleusenkanal. Er würde den nächsten Zug nehmen, dieses Mal tatsächlich in Charlottenburg aussteigen, um noch einen kurzen Besuch bei seiner Familie zu machen. Eigentlich hatte er keine rechte Lust dazu, aber es lag praktisch auf dem Weg. Und alle freuten sich immer, wenn er etwas Geld mitbrachte.

25. März 1908

»Ist Ihnen auch warm genug?«, fragte Constanze fürsorglich.

Sie und Ruth Mandelbaum waren mit einer Kraftdroschke zu den Terrassen am Halensee gefahren. Obwohl die Witwe noch immer verschnupft wirkte über Constanzes Vertrauensbruch, hatte sie überraschend angekündigt, mit ihr zum Kurfürstendamm zu fahren. Vor dem Vorfall hatte Constanze einmal ihr Interesse an dem Vergnügungspark geäußert. Die Terrassen waren eine riesige, ums Eck gebaute, mehrstöckige Gastronomie mit Aussicht auf den Vergnügungspark. Von beiden Flügeln des Gebäudes aus sah man direkt auf den Halensee. Es dauerte, bis die ältere Dame die Treppen bezwungen hatte, aber nun endlich saßen sie an einem schönen Fensterplatz und schauten hinaus.

Der heutige Kurfürstendamm war vor kaum mehr als zwanzig Jahren eine Spargellandschaft gewesen, nur ein paar Felder und Wiesen, hatte Ruth Mandelbaum ihr noch in der Droschke erzählt. Dann habe man damit angefangen, die Straße zu einem Prachtboulevard auszubauen. Heute war der Kurfürstendamm dicht bebaut. Sie waren an einer Radfahrlehrbahn vorbeigefahren, und etwas weiter die Straße runter war sogar eine Radrennbahn. Auch waren sie an dem berühmten Café des Westens vorbeigefahren. Die Straße war absichtsvoll besonders breit geplant worden; über fünfzig Meter lag die eine Häuserzeile von der anderen entfernt. Reichskanzler Bismarck hatte sich damals noch höchstpersönlich von dem Vorzeigeprojekt überzeugt.

Mittlerweile hatte sich der Kurfürstendamm zu einem trubeligen Treffpunkt der Stadtbevölkerung entwickelt. Und auch hier, in der Speisewirtschaft, war ein einziges Kommen und Gehen. Obwohl es mitten in der Woche war und nicht mal besonders schönes Wetter, war viel los. Dutzende Kellner eilten von Tisch zu Tisch. Sie bestellten Kaffee und Torte.

»Angefangen hat alles mit dem Wirtshaus Halensee, einem beliebten Gartenlokal für Ausflügler«, führte Frau Mandelbaum weiter aus. »Sogar Fontane hat es in einem seiner Romane erwähnt, ich glaube, in *Frau Jenny Treibel*. Vor ein paar Jahren dann wurde es um- und ausgebaut, und das Ergebnis sehen Sie hier.«

»Es ist ja wirklich gigantisch groß.« Constanze war beeindruckt. Das mehrstöckige Gebäude war im rechten Winkel erbaut, und beide Gebäudeflügel zogen sich in die Länge. Die Lokale fassten Hunderte Menschen, wenn nicht sogar mehrere Tausend. So groß hatte Constanze sich das nicht vorgestellt.

»Sie müssen mal im Sommer hierherkommen. Da finden Sie kaum noch einen freien Stuhl. Dann ist der Platz übersät mit Menschen, hier oben, und da unten, wo man sich vergnügen kann, sowieso.«

Constanze sah hinunter. Es war eine weitläufige Parkanlage, die um den Halensee gebaut worden war. Überall, so schien es wenigstens, waren Bauarbeiten für weitere Attraktionen in Gang.

»Und sie bauen immer weiter. Später soll es hier mal alles geben, also wirklich alles. Sie bauen bald eine Wasserrutsche, direkt in der Nähe der Shimmy-Treppe.«

»Was ist denn eine Shimmy-Treppe?«, fragte Constanze interessiert nach.

»Die Stufen der Shimmy-Treppe bewegen sich, sodass man darauf nicht stehen bleiben kann. Vorbild dafür, was bald Luna-Park heißen soll, ist der Vergnügungspark in New York, in Coney Island«, erklärte die alte Dame weiter und drehte sich zum Fenster. »Hier soll mal alles stattfinden – Konzerte, Theater, Aufführungen, Boxkämpfe, Revuen, Kabarett und, und, und.«

»Berlin ist wahrlich vergnügungssüchtig. Das hat man in Leipzig immer behauptet. Und siehe da: Es stimmt«, entgegnete Constanze erheitert.

Ein Kellner kam und stellte ihre Bestellung auf dem Tisch ab. Daneben legte er einen Zettel mit einer Ankündigung. Constanze nahm den Zettel und las: »*Deutsche Flotten-Schauspiele*. Die bringen hier richtige Schiffe ins Wasser? Nicht nur so ein paar kleine Bötchen?«

Ihr Gegenüber lachte. »Sie bauen hölzerne Modelle von echten Kriegsschiffen. Damit stellen sie dann Seeschlachten nach. Manches Mal explodieren sogar einige der Schiffe. Als wären sie mit richtigen Kanonen beschossen worden.«

Constanze schüttelte den Kopf. Was es nicht alles gab.

»Einen herrlichen guten Tag, die Damen.«

Erstaunt drehte Constanze sich um. Hugo stand vor ihr. Überrascht sprang sie auf, konnte noch im letzten Moment an sich halten, ihn nicht zu umarmen. Sie war so überrumpelt, dass sie ihm tatsächlich die Hand hinhielt. Sofort zog sie sie zurück. Das war ja lächerlich. Sie brauchten Frau Mandelbaum keine Komödie mehr vorzuspielen. Constanze atmete tief durch und sah von Hugo zu ihrer Arbeitgeberin. Ihr war klar, dass das kein Zufall sein konnte. Zwar hatte sie mit Hugo bereits über die Terrassen am Halensee gesprochen, und dass sie sich doch dort mal treffen sollten, aber das lag Wochen zurück.

»Wie …? Woher …?«, stotterte sie nun dennoch.

»Frau Mandelbaum hat mich netterweise eingeladen, dazuzukommen.« Er nahm die Hand der älteren Dame und hauchte einen Kuss darauf.

»Sie sind mir ja ein richtiger Galan. Mir ist schon bewusst, dass Fräulein Maiwald es mit Ihnen gut angetroffen hat.«

Hugo zog einen Stuhl zurück und setzte sich dazu. Bisher war er noch nicht wieder in der Grunewalder Villa aufgetaucht. Constanze wollte jede Erinnerung an den Eklat vermeiden. Beide schauten die ältere Dame nun gespannt an. Sie heckte doch einen Plan aus.

»Ich habe mich natürlich sehr über Ihren Brief gefreut, und doch …«

»Und doch wissen Sie nicht, warum ich Sie hierherbeordert habe.« Frau Mandelbaum lächelte so zuckersüß wie verschmitzt. Als hätte sie besonderes Vergnügen an ihrem eingefädelten Coup. »Ich wollte Sie wissen lassen, dass ich zwar immer noch nicht gutheißen kann, was vorgefallen ist. Aber ich will Ihnen beiden auch nicht länger gram sein. Ich bin schon so betagt. Ich möchte meine restliche Lebenszeit nicht mit kindischen Vorhaltungen vergeuden.« Sie wandte sich an Constanze. »Fräulein Maiwald, Sie haben sich nun lange genug mit Ihrem schlechten Gewissen getragen.«

»Es tut mir wirklich, wirklich sehr leid. Und ich …«

»Fräulein Maiwald«, sie legte Constanze eine Hand auf die ihre, »ich glaube, Sie haben sich jetzt hundert Mal entschuldigt. Und ich bin wirklich zu alt, um meine Zeit damit zu verbringen, es mir das hundertundeinste Mal anzuhören. Wir können die Sache damit einfach abschließen. Ich weiß ja, dass Sie Besserung gelobt haben.«

Constanze nickte beklommen. Ruth Mandelbaum war eine bemerkenswerte Dame, die sie schon mehrmals überrascht hatte. Dass sie ihr so einfach vergab, damit hätte sie allerdings nie gerechnet.

»Und was Sie angeht, Herr Mahlzahn«, wandte sich die alte Dame nun an Hugo, »denke ich, dass Sie durchaus ernste Absichten hegen. Ich fände es nur sehr entgegenkommend, wenn Sie mir Fräulein Maiwald noch etwas länger überlassen würden.«

»Wir würden gerne heiraten, aber im Moment steht es ohnehin noch nicht zur Diskussion«, entschuldigte sich Hugo.

Eine unangenehme Stille entstand, bis Frau Mandelbaum wiederum das Wort ergriff. »Also, haben Sie denn nun etwas gefunden, wo Ihre Nachtruhe weniger gestört wird?«

»Ich habe etwas gefunden, aber bedeutend besser ist es nicht. Ein wenig. Also es ist sauberer, und vielleicht ein wenig ruhiger, jedoch auch teurer. Aber noch immer kann ich keine Nacht durchschlafen.«

»Das überrascht mich. Ich sehe doch jeden Tag Anzeigen in der Zeitung mit Angeboten für Logierzimmer.«

»Da mögen Sie wohl recht haben. Aber viele sind für Damen. Bei denen für Herren habe ich mir die Zimmer von zwei oder drei dieser Annoncen angeschaut. Nun weiß ich, wenn es Logierzimmer heißt, dann sind damit meistens Zimmer für ältere Herren gemeint, die eine feste Pension beziehen. Und oft genug sind Frühstück oder gar Mittag- und Abendessen verbindlich dabei. So was suche ich nicht. Ich brauche keine familiäre Anbindung.«

»Ach, das war mir gar nicht klar.«

»Es ist wirklich schwierig, hier in Berlin etwas zu finden, was gut, aber erschwinglich ist.«

Ruth Mandelbaum nickte mitleidig. »Ja, es herrscht wohl Wohnungsnot. Sie Ärmster. Umso erfreulicher, dass Sie sich heute für uns frei machen konnten. … Ich bin so lange schon nicht mehr richtig ausgegangen. Und als Fräulein Maiwald vom Halensee sprach, dachte ich mir, es wäre Ihnen vielleicht auch lieber, wenn wir uns das nächste Mal zu dritt sehen, uns nicht in der Villa treffen. Ich meine, ... wie bei unserem letzten unseligen Zusammentreffen. Aber davon nun genug. Erzählen Sie. Was gibt es Neues? Ich sehe Maximilian gar nicht mehr. Er scheint schwer beschäftigt. Ich mache mir große Sorgen. Was ist mit seinem Einspruch gegen das Urteil? Ich könnte es nicht ertragen, wenn er wieder ins Gefängnis müsste.«

Stimmt ja, dachte Constanze. Maximilian Harden war bereits mehrere Male wegen Majestätsbeleidigung im Gefängnis gewesen.

»Herr Harden ist just dieser Tage nach München abgereist«, erklärte Hugo.

»Ach ja, erzähl!«, forderte Constanze ihn auf. »Was will er dort?«

»Herr Harden bedient sich einer außerordentlich cleveren List, wenn ich es so ausdrücken darf. Anders kommt er eben nicht zu einem gerechten Prozess.«

Beide Frauen starrten ihn an auf der Suche nach Erklärungen.

Hugo fuhr fort: »Wir wissen ja alle, wie der letzte Prozess gegen Herrn Harden ausgegangen ist. Nur sein Einspruch gegen das Urteil verhindert, dass er sofort ins Gefängnis abgeführt wird.«

Hugo sah Constanze an, und dann Frau Mandelbaum. Die tätschelte nun seine Hand. »Machen Sie es nicht so spannend. Erzählen Sie, erzählen Sie uns alles.«

Ein Kellner kam und nahm Hugos Bestellung auf. Sobald er damit fertig war, beugte Hugo sich über den Tisch und senkte seine Stimme. »Ich kenne nicht die genauen Details, da ist Herr Harden äußerst vorsichtig. Aber was ich weiß, ist, dass er in den Besitz eines Briefes gekommen ist. Eines Briefes mit kompromittierendem Inhalt. Dieser Brief führte ihn an den Starnberger See. Dort hat der Fürst schon lange eine Villa.«

»Eine sehr schöne Villa, wie ich sagen muss. Ich habe die Familie einmal dorthin begleitet«, erklärte Constanze.

Ihr Verlobter nickte. »Der Privatdetektiv, der sich dort umgehört hatte, hat Kenntnis erlangt von einigen höchst interessanten Dingen. Es gibt nicht nur einen Mann, der in dem Brief erwähnt wird, sondern sogar einen zweiten, und über beide kursieren wilde Gerüchte. Beide sollten Näheres zu dem sagen können, was Moltke und Eulenburg zur Last gelegt wird. Harden wollte die zwei bereits im letzten Verfahren als Zeugen aufrufen lassen. Doch das Gericht hat sie nicht zugelassen.«

»Wieso nicht?«, fragte Ruth Mandelbaum empört.

»Der eine, der Milchhändler Riedel, muss wohl ein windiger Hund sein. Er war schon etliche Male im Gefängnis. Und der andere, Herr Ernst, ein Fischer, hatte bei seiner ersten Befragung durch den Bürgermeister ausgesagt, dass es nichts zu sagen gebe. Dass all die Gerüchte nur Blödsinn seien. Und daher sah das Gericht keinen Anlass, sie extra aus Bayern anreisen zu lassen. Ihre Berufung als Zeugen wurde verweigert.«

»Aha. Und worum geht es bei dieser Zeugenaussage?«

»Darüber kann ich nur Vermutungen anstellen. Ich weiß nur so viel, dass Herr Harden sich Großes von ihrer Aussage verspricht.« Hugo lehnte sich zurück und schaute sich um. Er wollte sichergehen, dass niemand seine Worte mitbekam. Erst dann sprach er weiter. »Herr Harden weiß ja nun, dass er hier in Berlin, oder überhaupt in Preußen, nie ein gerechtes Verfahren bekommen wird. Und deswegen hat er sich etwas einfallen lassen. Einen geradezu tollkühnen Plan.« Wieder hörte er auf zu reden, denn sein Kaffee und sein Stück Torte kamen. Nachdem der Kellner weit genug weg war und Hugo einen Schluck Kaffee genommen hatte, sprach er weiter. »Er hat einen befreundeten Redakteur einer bayerischen Zeitung beauftragt …« Plötzlich stockte er, sah sich noch einmal verstohlen um und sagte dann in einem verschwörerischen Ton: »An dieser Stelle sollte ich noch mal unterstreichen, dass das alles unter uns bleiben muss. Es ist ein großes Geheimnis und muss es auch bleiben. Zumindest vorerst.« Er sah die beiden Frauen scharf an, bis sie beide nickten.

»Also, Herr Harden hat diesen befreundeten Redakteur Anton Städele dazu angestiftet, etwas Ungehöriges gegen ihn zu behaupten. Öffentlich, in einem Artikel in seiner Zeitung. Der ist vor zwei Tagen erschienen. Da ja nun alle Welt gerade auf Herrn Harden eindrischt, fällt es nicht weiter auf, wenn eine weitere Zeitung ihn denunziert. In dem Artikel behauptet Städele, Fürst zu Eulenburg habe Maximilian Harden eine Million Mark gezahlt, damit er in den Prozessen seine wirklichen Beweise nicht auf den Tisch legt.«

»Bitte? Eine Million Mark Schweigegeld? So viel hat der arme Fürst doch gar nicht«, sagte Constanze lachend.

»Darum geht es ja auch nicht. Der Artikel ist vor ein paar Tagen erschienen. Nun darf Herr Harden sich offiziell beleidigt fühlen und gegen Städele klagen, vor einem bayrischen Gericht. Deshalb ist er gerade in München.«

»Oh, eine abgekartete Geschichte«, sagte Ruth Mandelbaum eine Spur zu laut.

Hugo nickte, legte aber einen Zeigefinger auf den Mund. »Genau. Nun kann er einen Prozess führen im Hoheitsgebiet des bayerischen Königs, unter den Augen der bayerischen Justiz, weit weg von der preußischen Gerichtsbarkeit und dem Einfluss des Kaisers.«

»Er hätte sich wohl keinen besseren Zeitpunkt aussuchen können. Der Kaiser ist für lange Wochen weg«, ergänzte Constanze.

»Wie ich Maximilian kenne, ist das kein Zufall«, erklärte Frau Mandelbaum. »Er hat sicher mit dem Artikel gewartet, bis Seine Majestät auf seiner angekündigten Mittelmeerreise ist und Urlaub im Lustschloss der einstmaligen Kaiserin Sisi macht.«

»Verstehe ich das richtig: Dann will Herr Harden in Bayern einen Prozess führen, damit die beiden Zeugen endlich vor Gericht geladen werden und aussagen müssen?«

»Genau darum geht es ihm«, bekräftigte Hugo.

Die Witwe schüttelte unwirsch ihren Kopf. »Was für ein Glück, dass Maximilian so ein Fuchs ist. Er wird das schon hinkriegen. Nicht auszudenken, er müsste wieder ins Gefängnis! Das würde er nicht mehr überleben. Wie gut, dass er diesen Brief bekommen hat.«

Constanze fiel etwas ein. »Dieser Brief, von wem war er noch gleich?«

»Ich weiß es nicht. Als Herr Harden darüber sprach, hörte es sich für mich so an, als sei es ein alter Brief, der an den Fürsten gerichtet war«, erklärte Hugo.

»Wie kommt er denn da dran?«

Hugo zuckte mit den Schultern. »Herr Harden hat mir nicht erzählt, woher er den Brief hat. Ich weiß nur, dass jemand ihm, also dem Fürsten, diesen Brief geschrieben hat.«

»Dann muss er in der Obhut des Fürsten gewesen sein. Dann ... kommt er aus dem Schloss.« Für einen kurzen Moment dachte Constanze darüber nach, ob Augusta diesen Brief vielleicht zu Geld gemacht hatte. Aber so dumm konnte selbst die ehemalige Komtess nicht sein, ihren Vater, ihre ganze Familie derart in die Bredouille zu bringen. Oder doch? Nein, sicherlich hatte niemand aus der Familie diesen Brief weitergegeben.

»Willst du damit sagen, jemand von den Dienstboten hat den Brief entwendet?«, fragte Hugo nach.

Constanze zuckte mit den Schultern. »Herr Harden muss einen Spitzel im Schloss gefunden haben. Jemanden, der oder die Beweise an sich nimmt und sie Harden zuspielt.«

»Verkauft. Herr Harden hat den Brief wohl teuer erkauft, so wie er sagte«, erklärte Hugo.

Das goldblonde Hausmädchen, Adelheid Schaaf, fiel ihr sofort ein. Ihren Namen hatte sie an Herrn Harden weitergegeben. Sie hatte zwar kaum etwas mit ihr zu tun gehabt, doch machte die Kleine einen reichlich naiven Eindruck. Auch, wenn sie wütend auf die Fürstin war – war sie wirklich zu etwas so Abgebrühtem fähig? Einen alten Brief des Fürsten erst stehlen und dann an einen Unbekannten aus Berlin verkaufen? Nein. Das konnte sie kaum glauben. Wer ihr da viel eher in den Sinn kam, und sowohl Gelegenheit als auch finanzielle Motive hatte, war jemand ganz anderes: Edmund Jaroljmek, der ehemalige Privatsekretär des Fürsten. Er hatte jahrelang Zugang zur privaten Post des Fürsten gehabt. Hatte er sich einige Briefe angeeignet, in der Voraussicht, sie eines Tages einsetzen zu können? Und nun, da er bestimmt wütend war, weil er trotz Heirat mit der Fürstentochter keinen Zugang zur Familie mehr bekam, weil sich sein Traum von einem herrschaftlichen Leben auf dem Schloss nicht erfüllte, hatte er sie eingesetzt? Adelheid Schaaf oder Edmund Jaroljmek – hätte Constanze einen Wochenlohn verwetten sollen, sie wüsste, auf welchen der beiden Namen sie ihren Einsatz setzen würde.

Für einen Moment sannen sie alle über die Neuigkeiten nach, als Frau Mandelbaum noch etwas anderes einfiel.

»Herr Mahlzahn, ein weiterer Grund, warum ich Sie eingeladen habe, ist folgender. Ein Bekannter von mir, Herr Steffens, ein Witwer, wohnt nur etwa fünfzehn Minuten von mir entfernt. Er ist wohl gerade in finanziellen Kalamitäten. Ich könnte ihn fragen, ob er schon mal daran gedacht hat, einen Untermieter aufzunehmen. Sein Haus ist deutlich kleiner als meines, und er hat auch nur einen Diener und eine Zugehfrau, die ein paar Mal die Woche kommt. Aber sicher ist es dort ruhiger. Sehr ruhig sogar, würde ich annehmen. Hätten Sie daran Interesse?«

Constanze machte große Augen, und auch Hugo schien überrascht von dem Angebot.

»Das wäre ganz wunderbar. Wir ... haben Ihre Freundlichkeit gar nicht verdient«, sagte Hugo mit belegter Stimme.

Constanze wusste, wieso er so zurückhaltend war. Wenn diese Gerichtsverfahren vorbei wären, wollten sie heiraten. Das hatten sie nun beschlossen. Sie waren Mitte dreißig. Wenn sie noch eine Familie gründen wollten, konnten sie sich nicht mehr ewig Zeit lassen. Das würde bedeuten, sie würde Frau Mandelbaum verlassen müssen. Deshalb kam sie sich bei jeder netten Geste und jedem Gefallen schäbig vor.

»Ich werde mich bei Herrn Steffens gerne für Sie verwenden, wenn Sie beide mir etwas in die Hand schwören.« Ruth Mandelbaum forschte in ihren Gesichtern nach Bestätigung, die sie auch bekam.

»Nie wieder schleicht sich einer von Ihnen beiden in die Unterkunft des anderen. Sie werden weder Herrn Steffens noch mich einer derartigen Unmöglichkeit aussetzen.«

»Natürlich nicht«, bestätigte Constanze umgehend. Und auch Hugo gab sein Ehrenwort.

15. April 1908

»Vergessen Sie bitte nicht, dass wir morgen zum Abendmahlgottesdienst gehen. Bis dahin sollten alle Arbeiten erledigt sein, die die Räumlichkeiten der Herrschaften und ihrer Gäste betreffen«, mahnte Herr Opitz an, während er die Morgenpost verteilte. Dann hob er die Mittagstafel auf.

Adelheid fragte sich, ob sie wie im letzten Jahr nun wieder jeden Tag in die Kirche musste. Am Palmdonnerstag und am Ostersamstag hatten sie abends, und an Karfreitag, Ostersonntag und Ostermontag in die Vormittagsandacht gemusst. Wenn sie einfach nur dort hätten sitzen müssen, wäre es ja wunderbar gewesen. Doch all die Arbeit, die liegen blieb, musste nachgeholt werden, weshalb sie später ins Bett kamen. Und da Gäste im Haus gewesen waren, mussten sie ohnehin schon früher aufstehen.

Übermorgen war Karfreitag, aber im Gegensatz zu letztem Jahr, als nicht nur alle sechs Kinder mit Familie oder Freunden und weiteren Verwandten gemeinsam im Schloss Ostern gefeiert hatten, blieb es dieses Jahr sehr ruhig. Die zwei jüngeren Söhne des Fürsten würden kommen, aber alleine. Der älteste Sohn, der jetzt, da das nur wenige Kilometer entfernt liegende Seehaus beinahe fertig ausgebaut war, immer öfter hier mit seiner kleinen Familie vorbeischaute, würde ebenfalls anreisen.

Mindestens einmal die Woche rätselte Hedda darüber, wann es wohl zu den ersten Entlassungen kommen würde. Auch Martha Petzold und Viktor Novak hatten sich schon dazu geäußert. Hedda befand, dass das ein Zeichen der Unschuld des Fürsten sei, dass er niemanden entlasse. Offensichtlich ging er doch davon aus, dass sich diese ganze unselige Geschichte bald beruhigt hätte und es in Wochen oder Monaten wieder ganz normal hoch hergehen würde auf dem Schloss. Was sollte man da jetzt auf die Schnelle gut eingearbeitete Dienstboten entlassen? Also behielten alle ihre Stellung. Zu leiden hatten wohl am meisten die Dorfbewohner, die nicht mehr stundenweise zur Unterstützung ins Haus geholt wurden, und auch die Waschfrauen, die deutlich weniger zu waschen hatten. Hier im Haus aber gab es immer genug zu tun.

Heute musste Adelheid sich um die fünf Toiletten kümmern. Zwei lagen oben in der Mansarde und waren für die Dienstboten. Die würde sie erst später putzen, und auch nicht ganz so gründlich. Doch die drei Porzellanschüsseln für die Herrschaften musste sie gründlich reinigen und auf Hochglanz polieren.

Eine Toilette lag im Familientrakt auf der ersten Etage, eine im Gästetrakt auf der ersten Etage und die dritte auf dem Parterre. Sie musste sie nicht nur putzen, sondern auch den Urinstein vom Porzellan entfernen, ohne es zu verkratzen. Eine diffizile Angelegenheit, aber mittlerweile war Adelheid darin geübt. Obwohl sie hier in den Genuss einer im Haus liegenden Toilette kam, hasste sie diese Arbeit.

Ihre Familie ging noch auf den Donnerbalken, eine nur durch eine hohe Hecke begrenzte Grube, vor der ein niedriger Holzbalken aufgebockt war. Ein Stück Blech lag notdürftig festgezurrt über der Hecke, sodass man bei Regen oder Schnee nicht vollkommen dem Wetter ausgesetzt war, aber viel half es nicht. Im Winter hielt es nicht die Kälte und im Sommer nicht die Fliegen ab. Was gäbe sie dafür, wenn ihre Familie eine Behausung hätte, in der sie wenigstens einen richtigen Abtritt nutzen könnten.

Als sich die Versammlung in der Leutestube nun auflöste und jeder an seine Arbeit ging, lief Adelheid in die Waschküche. Sie holte die Flasche mit Essigessenz vom Regal und griff sich den unansehnlichen Bimsstein. Sie nahm noch eine Schüssel mit für die alten Lappen. Die Tür ging auf, und Anni schlüpfte herein.

»Ich hab jetzt die richtige Größe«, sagte sie und hob einen Stoffbeutel hoch.

Adelheid hatte sie gebeten, bei ihrer Tante nach möglichst guten und möglichst preiswerten Männerschuhen zu fragen. Liesel räumte vermutlich gerade den Tisch ab, und Anni hatte ein paar Minuten Zeit. Erst, wenn das gute Geschirr von oben runterkam, würde sie mit dem Spülen beginnen.

Am liebsten würde Adelheid ihr sagen, dass sie das doch am Abend erledigen sollten, aber sie wollte Anni nicht verärgern. Die kramte in dem Beutel nach den Schuhen und stellte sie auf dem Boden ab. Adelheid nahm jeden Schuh einzeln in die Hand und prüfte genauestens die Qualität. Natürlich waren sie nicht so gut wie ihre Stiefel, die mal der Komtess gehört hatten. Aber es war echtes Leder, kein Pressleder. Und vorne herum war das Leder dick, was wichtig war, wenn man sie beim Arbeiten tragen wollte.

Das waren wirklich gute Schuhe, dachte Adelheid zufrieden. Laut sagen wollte sie es aber nicht, sonst würde Anni bestimmt mehr Geld verlangen.

»Und wie viel verlangt deine Tante dafür?« Es ging um Geld, immer ging es um Geld.

»Für jedes Paar Schuhe will sie vier Mark haben«, sagte Anni nun mit belegter Stimme. Adelheid wusste sofort, dass sie log.

»Vier Mark? Das kann ich mir nicht leisten. Das ist viel zu viel.«

»Ein neues Paar Herrenschuhe kostet dreimal so viel.«

»Ja, genau. Ein neues Paar.« Sie nahm die vier Schuhe in die Hände und drehte sie um. »Schau, die muss man doch direkt noch besohlen lassen, so abgetragen sind sie schon.«

Anni verzog ihren Mund. »Also willst du sie nicht?«

Adelheid überlegte. Die Schuhe sahen gut aus, und ihre Brüder waren Schlimmeres gewohnt. Sie würden gut und gerne noch mehrere Monate mit diesen Sohlen herumlaufen. Obwohl es natürlich besser wäre, sie sofort zu besohlen.

»Das ist fast doppelt so viel, wie ich für die Schuhe für meinen kleinen Bruder gezahlt habe.«

»Das waren ja auch Kinderschuhe. Die waren nur halb so groß, und sie müssen auch nicht so viel aushalten.«

Was sollte sie sagen? Sollte sie versuchen, mit Anni zu handeln?

»Ich hab schließlich auch noch das Porto für das Paket zu tragen«, ergänzte das Spülmädchen.

Adelheid schaute auf. »Hattest du nicht gesagt, dass das im Preis deiner Tante mit drin wäre?«

Anni druckste herum. »Nein, … Also, du kannst das Paar für drei Mark und fünfzig Pfennige bekommen.«

Adelheid schaute sich die Schuhe noch mal ganz genau an. »Sagen wir, drei Mark pro Paar.« Sie sah Anni fest in die Augen und merkte, wie die junge Frau nachgab.

»Also gut, drei Mark. Aber dann bekomme ich die versprochenen fünfzig Pfennige dafür, dass ich mich drum gekümmert habe.«

»Ja, natürlich bekommst du die«, sagte Adelheid schnell. Sie wollte Anni nicht vergraulen. Die Sachen ihrer Tante waren gut, und im Grunde waren sie auch nicht zu teuer.

Die Tür ging auf, und die Mamsell trat ein. Sie hatte den Mund schon geöffnet und wollte etwas sagen, als sie stutzte. Für einen Moment schaute sie sich nur die Szene mit den beiden Frauen und den zwei Paar Schuhen an.

»Annis Tante hat wieder etwas aus ihrem Gebrauchtkleiderladen geschickt. Die Schuhe sind für meine Brüder«, erklärte Adelheid eilig und wollte sie schon zurück in den Beutel stecken.

Anni huschte derweil aus dem Raum, als hätte sie etwas Verbotenes getan. Dabei hatte das hier nur wenige Minuten gedauert. Eigentlich war nichts dabei, aber die Mamsell schien doch etwas merkwürdig zu finden. Zumindest besagte das ihr Blick.

Hinter ihr kam nun auch Viktor Novak zur Waschküche herein. Wie immer interessierte er sich kaum für das, was die anderen taten. Er warf Adelheid einen kurzen Blick zu, taxierte die Schuhe und war mit der hinaushuschenden Anni direkt im Bilde. Er ging zu dem Regalfach mit den Bürsten und kramte darin herum. Vermutlich wollte er einige Mäntel ausbürsten.

Die Mamsell räusperte sich. »Adelheid, du bringst doch noch dein Geld zu deiner Familie, oder?«

Adelheid nickte nur stumm, sie ahnte, dass etwas Unangenehmes auf sie zukam.

»Nun wundere ich mich doch sehr, dass du letztes Jahr kein Geld hattest, dir ordentliche Schuhe zu kaufen. Und jetzt kommen alle vierzehn Tage Dinge für dich an, die du dir plötzlich leisten kannst.«

Das Blut schoss Adelheid in den Kopf. Aufgeflogen! Das war das Einzige, was sie denken konnte. Jetzt war sie aufgeflogen. Jetzt würde alles rauskommen. Sie öffnete ihren Mund und stotterte. »Das sind alles nur gebrauchte Sachen.«

Mamsell Reineke schnaufte laut auf. »Das weiß ich doch. Aber letztes Jahr konntest du dir für dich selber keine gebrauchten Schuhe leisten. Wieso kannst du es jetzt?«

Normalerweise war Adelheid schnell im Denken. Doch gerade schien jeder vernünftige Gedanke blockiert. Das war ihr schlechtes Gewissen, das sich querlegte. Nichts kam über ihre Lippen, gar nichts.

»Schuhe! Anscheinend hat jeder aus deiner Familie neue Schuhe bekommen. Woher hast du das Geld?« Die Stimme der Mamsell klang anklagend. Natürlich gehörte es zu ihren Aufgaben zu kontrollieren, ob auch alles mit rechten Dingen zuging. Und wenn eine Dienstbotin oder ein Dienstbote plötzlich nur so mit dem Geld um sich warf, dann musste man vorsichtig sein. »Also rede endlich.«

»Mein Vater hat mehrere Male gute Arbeit gefunden. Und meine Brüder waren in Berlin und haben dort verdient. Ich besorge die Sachen nur für sie.«

»Sie sind zurück?«

»Vorerst.« Es klang vage. Sicher kam sie in die Hölle für so viele Lügen. Irgendwie brachte sie trotzdem noch ein harmloses Lächeln zustande.

Die Mamsell schüttelte ihren Kopf, sagte dann: »Also gut. Wenn du oben an den Toiletten für die Dienstboten dran bist, dann putz auch heute schon die ganzen Badestuben.« Sie drehte sich um.

»Und vergiss nicht, dir den Schmutzkittel überzuziehen.« Und weg war sie.

»Jawohl, Mamsell«, rief Adelheid ihr noch hinterher. Meine Güte, war sie erleichtert. Sie hatte gedacht, dass es nicht auffallen würde. Sie hatte gar nicht mitbekommen, dass die Mamsell von den anderen Kleidungsstücken und Sachen wusste. Aber so war das vermutlich hier im Schloss: Noch die kleinste Information machte die Runde. Sie sollte besser achtgeben. Nicht, dass man dachte, sie würde Geld stehlen!

Belastet von neuen Sorgen, suchte sie eine freie Stelle im Regal, wo sie den Beutel mit den Schuhen hineinschob. Dann griff sie wieder zu der Essigessenz, dem Bimsstein und der Schüssel. Mit einem letzten Blick auf Viktor Novak, der noch immer bei den Bürsten stand und etwas suchte, verließ sie den Raum.

Auf der Hintertreppe begegnete sie Lydia Keller. Die kam gerade mit einem Staubwedel in der Hand die Treppe hinunter. Sie sah auf den Bimsstein und wusste sofort, welche Aufgabe Adelheid nun zu erledigen hatte. Ihr höhnischer Blick sagte alles. Jetzt musste Adelheid all die unangenehmen, die schmutzigen und ekligen Aufgaben erledigen. Und sie durfte mit dem Staubwedel und den Poliertüchern arbeiten und machte sich kaum noch die Hände schmutzig.

»Und sei bloß gründlich bei uns in der Badestube«, mahnte sie Adelheid, als sie an ihr vorbeiging.

Adelheid hätte ihr am liebsten die Flasche mit der Essigessenz an den Kopf geworfen. Sie beruhigte sich mit dem Gedanken, dass alles so viel besser geworden war, seit sie hier arbeitete. Und dass das allein das Wichtigste war, dass sie hier weiterarbeiten konnte.

Gunthers Husten war zwar ein wenig zurückgekommen, aber insgesamt ging es ihm viel besser. Und nach Ostern, wenn das neue Schuljahr anfing, würde er auch endlich den halben Tag aus der Hütte sein.

Ihre älteren Brüder hatten sich beim Kanalbau vorgestellt, nur leider war der Weg von Liebenberg dorthin zu weit. Da die Arbeitsstelle über vierzig Kilometer entfernt war, konnten sie auch nicht laufen. Die Baustelle lag nun einige Kilometer hinter Eberswalde, und sie hätten sich dort in einer Unterkunft einmieten müssen. Dann wäre kaum noch etwas vom Lohn übrig geblieben. Und da gerade die Erntesaison anfing, wollten sie es hier vor Ort versuchen.

Im Erdgeschoss begegnete ihr Hedda, die gerade mit benutzten Tischdecken aus dem Vestibül zur Hintertreppe trat. Als sie Adelheid sah, fragte sie: »Weißt du, wo Lydia schon wieder steckt?«

»Sie ist mir gerade auf der Treppe begegnet, mit dem Staubwedel.«

Hedda stöhnte auf. Vermutlich hatte Lydia schon wieder irgendetwas nicht gemacht, was ihr aufgetragen worden war.

»Sie hört immer weniger auf mich oder auf Martha. Martha war schon zweimal bei der Mamsell wegen ihr, aber irgendwie fruchtet das nicht.« Hedda schüttelte ihren Kopf. »Aber die Mamsell scheint ja hier im Haus sowieso nicht viel zu sagen zu haben«, sagte sie mehr zu sich selbst als zu Adelheid. Mit diesen ominösen Worten ließ Hedda sie stehen und ging die Treppe hinunter.

Adelheid brachte ihre Sachen in die hinterste Ecke, wo man eine Toilette angebaut hatte. Sie stellte die Dinge dort auf den Boden. Jetzt brauchte sie noch warmes Wasser und den Schmutzkittel. Eilig lief sie die Treppe hinunter und ging zurück zur Waschküche. Die Tür stand einen Spalt offen.

Als sie den Raum betrat, standen Herr Opitz und Viktor Novak dort. Der Diener stand hinter dem Tisch, mit merkwürdig hängenden Schultern. Er wirkte irgendwie schuldig. Oder eingeschüchtert. Oder verängstigt.

Opitz erklärte ihm gerade, dass bei einer der alten Rüstungen, die im Torturm standen, mal wieder der Handschuh abgefallen war. Und nicht zum ersten Mal. Viktor sollte ihm dabei helfen, eine zusätzliche Befestigung mit Draht zu montieren, damit es nicht wieder vorkommen würde. Dann ging der Butler hinaus.

Adelheid packte sich einen Blecheimer, ging rüber zum Herd und goss das warme Wasser aus dem Kessel in den Eimer. Ihre

Hände flatterten, wie immer, wenn sie allein mit Viktor in einem Raum war. Sie warf ihm einen verstohlenen Blick zu. Er starrte regungslos zu ihr hinüber, merkwürdig bleich und verkrampft, als wäre irgendetwas vorgefallen. Hatte Opitz ihn gerade wieder angeschnauzt? Danach hatte es sich eigentlich nicht angehört. Sag was, dachte sie. Aber wie so oft fiel ihr nichts Gescheites ein. Sie schaffte es gerade noch, ihn anzulächeln.

Er starrte sie weiter an. Als würde er darauf warten, was sie tat. Oder als würde er darauf warten, dass sie endlich verschwand. Adelheid hielt den Blechkessel unter den Wasserhahn und füllte Wasser nach.

»Novak! Verflucht! ... Wo bleiben Sie denn?«, tönte es vom Flur her. Opitz war der Einzige, der nichts von seinem Lohn abgeben musste, wenn er fluchte. Jetzt tauchte sein quadratischer Kopf noch mal im Türrahmen auf. »Jetzt sofort.«

Endlich bewegte Viktor Novak sich, irgendwie staksig, als wäre er eine Holzpuppe. Er folgte Opitz auf den Flur. Es wirkte merkwürdig.

Adelheid hievte den vollen Kessel zurück auf den Herd und ging um den Tisch herum, um sich einen der Schmutzkittel vom Haken zu nehmen. Da sah sie es, ein Stück Papier. Es lag etwas verdeckt von den unteren Streben des Tisches auf dem Boden. Sie bückte sich danach. Das war ein Brief, ein Brief an Viktor Novak.

Wieso lag der Brief hier auf dem Boden? Wieso hatte Novak ihn nicht aufgehoben, bevor er den Raum verlassen hatte? Hatte er ihn absichtlich fallen gelassen, als Opitz den Raum betreten hatte? Hatte er ihn in Ruhe lesen wollen und war dann von Opitz gestört worden? Der den Brief nicht entdecken sollte? Schon einmal hatte Opitz von dem Diener verlangt, seine Korrespondenz zu lesen.

Sollte sie ...? Natürlich sollte sie das nicht machen. Man las nicht die Briefe von anderen Leuten. Doch ihre Neugierde war größer als ihre Zurückhaltung.

Lieber Viktor, du ahnst es wahrscheinlich, aber wie immer muss ich dich jetzt schon wieder nach etwas Geld fragen. Mama, Papa und auch Ricarda liegen mit hohem Fieber im Bett. Es geht ihnen schlecht. Leander und ich halten uns tapfer, obwohl auch uns die Grippe erwischt hat. Aber zur Suppenküche schaffen wir es nicht mehr. Deshalb muss ich dich nun dringend bitten, uns etwas von dem Gesparten zukommen zu lassen. Vater wollte nicht, dass ich dich frage. Aber nun geht es ihm sehr schlecht. Na ja, du weißt ja, wie stolz er ist. Und ich mach mir große Sorgen …

Adelheid stutzte. Sein Vater? Hatte Hedda ihr nicht erzählt, dass Viktor Novak nur noch seine Mutter habe? Hatte Liesel ihn nicht letztens etwas zur Witwenpension seiner Mutter gefragt, eine Frage, die er merkwürdigerweise nicht hatte beantworten können? *Und Vater, na ja, du weißt ja, wie stolz er ist.* Dem Briefinhalt nach schien es, als wäre sein Vater sehr wohl noch am Leben. Wieso verleumdete er ihn? Wieso log Viktor Novak über seinen Vater? Schämte er sich für ihn?

16. April 1908

Der Brief war weg. Jemand hatte ihn an sich genommen. Das war das Einzige, an was Viktor denken konnte. Wie oft schon hatte er Ricarda eingeschärft, den Vater nicht zu erwähnen. Aber der Brief war von Theodora, die ihm bisher noch nie geschrieben hatte. Vermutlich, weil Ricarda selbst krank im Bett lag. Wenn sie wenigstens Vater nicht erwähnt hätte. Wenn sie wenigstens … Ach, es half doch alles nichts. Er musste nun rauskriegen, wer den Brief an sich genommen hatte. Dringend.

Viktor schaute hinauf zum runden bunten Kirchenfenster über dem Altar. Bei morgendlichen Gottesdiensten fiel Licht hindurch, doch jetzt lag alles im Dunkeln. In der Schlosskirche Liebenberg war es kalt, außergewöhnlich kalt für Ostern. Draußen lag der Geruch von Schnee in der Luft. Es war Palmdonnerstag, weswegen der Abendmahlgottesdienst besonders lang war. Auf der linken Seite der Kirche saßen die Frauen, und er saß rechts bei den Männern. Alle sahen vollkommen verfroren aus.

Als endlich das Ende des Gottesdienstes gekommen war, war er einer der Ersten, der sich erhob. Draußen vor der Kirche rieb er seine Hände aneinander. Gefrorener Raureif lag auf den Blättern der Büsche und Bäume. Er schaute an der Kirche hoch. Ende des 19. Jahrhunderts war sie ausgebrannt, bis auf die Mauern aus Feldsteinen war alles erneuert worden. Immer mehr Menschen strömten aus dem Eingang, die meisten eilten direkt weiter in Richtung Dorf.

Diedrich Budde trat neben ihn. Auch er rieb sich seine Hände und stampfte verfroren mit den Füßen. Er schniefte, als hätte er schon wieder eine Erkältung. Viktor aber wusste, dass er das häufig machte und gar nicht krank war.

Natürlich war er krank, aber er hatte eine ganz andere, viel schwerwiegendere Krankheit. Seit seiner Entdeckung beobachtete er Diedrich Budde heimlich und wartete darauf, ob sich die ersten äußerlichen Anzeichen der Syphilis zeigten – kleinere Geschwüre, fahle Gesichtsfarbe, Fieber oder auch die ersten Hinweise auf Schwachsinn. Wobei, soweit Viktor wusste, würde das noch dauern. Und vielleicht blieb Budde ja davon verschont.

Auf jeden Fall war er in den letzten Monaten deutlich umgänglicher geworden. Er drängelte sich nicht mehr vor, schien sich mit den Aufgaben zu begnügen, die Opitz ihm zuteilte, und wirkte ansonsten relativ teilnahmslos. In seiner momentanen Verfassung war er auf jeden Fall keine Konkurrenz mehr für Viktor. Was aber nichts hieß. Wenn der Fürst anfangen würde, Leute zu entlassen, dann konnte es ihn trotz alledem treffen. Wenn es nicht unabdingbar notwendig werden würde, dann würde Viktor auf Schloss Liebenberg bleiben.

Endlich hatten sich die Wogen geglättet. Zwar fand man noch vereinzelte Artikel, in denen die Namen Moltke, Eulenburg und

Liebenberg auftauchten. Aber im Wesentlichen waren es hämische Kommentare gegen Harden und wegen seiner, der Presse nach zu Recht verdienten, Verurteilung.

Viktor erwartete, dass nun bald wieder Normalität einkehren würde. Der Fürst würde wieder reisen, die Gäste würden wieder zahlreich auf Liebenberg logieren, es würden wieder große Feste gefeiert, und vielleicht würde schon im November der Kaiser wieder zur Jagd auftauchen. Und Viktor würde noch ein paar Jahre unter Opitz und seiner Trinksucht zu leiden haben, aber dann, irgendwann, hoffentlich selbst oberster Diener werden.

Wenn, ja, wenn er sich nicht solche Dummheiten wie gestern erlaubte. Eigentlich war alles normal gewesen. Herr Opitz hatte vor dem Mittagessen die Post ausgeteilt, und für ihn war ein Brief von seiner Familie dabei gewesen. Es musste also etwas Dringendes sein. Nur deswegen war Viktor in die Waschküche gegangen, um schnell über den Inhalt zu fliegen. Nachdem die Haus- und Stubenmädchen die Utensilien für ihre Arbeit, mit der sie sich in den nächsten paar Stunden beschäftigen würden, geholt hatten, hatte er eigentlich gedacht, ein paar ruhige Minuten zu haben. Was für ein fataler Fehler!

Kaum dass er den Brief geöffnet und die ersten zwei Absätze gelesen hatte, ging die Tür auf. Panik ergriff ihn. Panik, weil Theodora von Vater schrieb. Er hatte keine Zeit mehr, den Brief unauffällig wegzustecken, weswegen er ihn einfach auf den Boden fallen ließ. Er war sich sicher, dass Opitz nichts von dem Brief gesehen hatte, als er mit ihm redete.

Und selbst das wäre kein Problem gewesen, wenn nicht dummerweise Adelheid Schaaf dazugekommen wäre. Sie hantierte herum, während er darauf wartete, seinen Brief ungesehen aufheben zu können. Und dann war Opitz noch einmal hereingekommen, hatte ihn mit sich hinausbeordert. Als er eine Stunde später wieder in der Waschküche gewesen war, war der Brief verschwunden.

Er hoffte, ja, flehte den Himmel an, dass das Hausmädchen ihn an sich genommen hatte und nicht etwa jemand wie Lydia Keller. Die würde aus der kleinsten Verfehlung Kapital schlagen. Der Inhalt konnte eine Katastrophe für ihn auslösen. Die Dienerschaft wusste nicht viel über ihn, aber er arbeitete seit fast sechs Jahren hier. Zu dem wenigen, was er über sein Privatleben erzählt hatte, gehörte, dass sein Vater tot war. Und dass seine Mutter verwitwet war. Und einmal, vor Jahren, als es im Verlauf eines Tischgespräches merkwürdig gewesen wäre, nicht auf eine direkte Frage zu antworten, hatte er erzählt, sein Vater habe in einer Druckerei gearbeitet. Sonst hatte er kein Wort über ihn verlauten lassen.

Wenn nun herauskam, dass sein Vater noch lebte, gäbe es sicherlich unangenehme Nachfragen. Herr Opitz würde ahnen, dass er einen Grund für seine Lüge hatte, und nachforschen. Und dann käme alles heraus: dass sein Vater Gymnasiallehrer gewesen war und heute arm und mittellos und ein ehemaliger Zuchthäusler. Und wenn dann noch herauskam, was der Grund für diesen rapiden gesellschaftlichen Abstieg war, dann wäre der bestmögliche Ausgang der Geschichte vermutlich noch der, dass Herr Opitz mit dem Material über Viktors Betrug seine Kartei der Verfehlungen erneut aufbauen könnte. Wenn er ihn nicht direkt entließ und wegen dem gefälschten Gesindebuch anzeigte.

Also musste er herausbekommen, in wessen Besitz sich sein Brief nun befand. Um Schlimmeres zu vereiteln. Am besten wäre es, Budde hätte ihn genommen. Gegen ihn hatte er etwas in der Hand. Dann stand ein Geheimnis gegen ein anderes. Er musste rauskriegen, ob er gestern nach der Mittagstafel in der Waschküche gewesen war. Und ob er etwas gefunden hatte.

»Ganz schön kalt, was?«, sprach er ihn nun an.

Budde nickte zustimmend und wollte ihn gerade verlassen, um ins Haus zu gehen.

»Haben die Herrschaften gestern nach dem Mittag eigentlich was gewollt?« Der zweite Diener war gestern dran gewesen, den Herrschaften im Salon aufzuwarten.

Budde blieb stehen. »Wie meinst du das?«

»Nach dem Mittag. Warst du noch mal unten?«

Irritiert schüttelte Budde den Kopf. »Wieso fragst du?«

»Ich dachte, ich hätte dich in der Waschküche gesehen. Und hab mich nur gefragt, ob was passiert ist. Ob was runtergefallen ist, und du was zum Aufkehren oder Putzen geholt hast.«

Nun schaute der zweite Diener ihn verärgert an. »Nein. Mir ist nichts runtergefallen. Und auch sonst ist nichts kaputtgegangen. Unterstell mir nichts, was nicht wahr ist«, blaffte er Viktor an.

»So meinte ich das gar nicht. Ich dachte, den Herrschaften wäre etwas runtergefallen.«

»Wie kommst du nur darauf?«

Viktor zuckte mit den Schultern. »Wir haben ja alle unsere kleinen Geheimnisse.«

Buddes Augen weiteten sich. Ihm wurde gerade klar, dass Viktor hinter sein Geheimnis gekommen sein könnte. Für einen Moment wirkte er, als hätte Viktor ihn geschlagen. »Was genau meinst du damit?«, fragte er in alarmiertem Tonfall.

»Nichts Spezielles. Nur, dass ... es nicht so dramatisch wäre. Nur das.« Oje, er musste vorsichtig sein, dass er sich da nicht in die falsche Richtung verrannte. Er hatte Budde nicht nur angedeutet, er könnte von seinem Geheimnis wissen. Zugleich hatte er angedeutet, dass er selbst ein Geheimnis hatte.

Buddes Mund presste sich zusammen. Man konnte ihm ansehen, dass die Gedanken durch sein Gehirn rasten. Wusste Viktor über ihn Bescheid? Und wenn ja – was würde er für sein Schweigen verlangen? Oder wollte er gar nicht schweigen? Seine Augen wichen Viktors Blick aus. »Nichts Spezielles. Wirklich?«, fragte Budde nach.

»Ja, nichts Spezielles. Und dachte nur ... Da hab ich mich wohl vertan.«

Einen Moment blieb er noch mit gesenkten Schultern stehen, dann verließ Budde ihn. Viktor sah ihm nach. Was er sagte, war richtig. Hier hatte anscheinend jeder sein eigenes Geheimnis. Die Mamsell hatte eins, die Köchin, der Stallmeister, er selbst. Mit Hedda Pietsch und Adelheid Schaaf hatte er ein gemeinsames Geheimnis. Und Opitz? Der hatte sicherlich direkt mehrere.

Die Menschengruppe vor der Kirche wurde kleiner. Die meisten waren schon zum Tor hinausgeströmt, nach Hause, in die geheizte Stube. Und nun sah er Adelheid mit ihrer Familie zusammenstehen, ein wenig abseits, gemäß dem Platz, den sie in der Dorfgemeinschaft einnahmen. Adelheid zeigte gerade den Inhalt eines Beutels. Vermutlich waren die gebrauchten Schuhe darin. Alle schienen ganz aufgeregt vor Freude.

Ihr Vater habe mehrere Male gute Arbeit gefunden, hatte sie gestern erklärt. Offensichtlich war er darin deutlich geschickter als sein eigener Vater. Der hatte es beinahe aufgegeben, sich irgendwo vorzustellen. Und Adelheids Brüder hatten Geld aus Berlin mitgebracht. Die Glücklichen. Ricarda und Theodora fanden nur selten Arbeit und verdienten als Frauen ohnehin weniger. Und Leander durfte nicht arbeiten. Er musste lernen, den ganzen Tag lernen.

Das also war Adelheids Familie. Er hatte sie sich noch nie so recht angeschaut. Der Vater, die zwei großen Brüder, zwei Schwestern und der kleine Junge, der sich an Adelheid drückte. Ganz nebenbei streichelte sie ihm über den Kopf. Als würde sie das immer machen.

Sie war ein herzlicher Mensch, jemand, der sich um andere kümmerte. Sie schien ohne Falschheit zu sein, mit einem guten Herzen. Sie trug Verantwortung für ihre Familie, war fleißig, und was ihn am meisten beeindruckte – sie schien schlau zu sein. Rasend schnell hatte sie sich eingelebt, stellte immer wieder intelligente Fragen, und in den letzten paar Monaten hatte er ab und an beobachtet, dass sie Zeitung las. Nicht irgendwelche Modejournale, sondern die Tageszeitungen. Erstaunlicherweise interessierte sie sich für das, was in der Welt passierte. Sie war ungebildet, aber ganz und gar nicht dumm. Ein ungeschliffener Diamant.

Auch die paar Mal, die er mit Hedda Pietsch und ihr zusammen seinen Coup geplant und durchgeführt hatte, hatte sie die richtigen Fragen gestellt und die richtigen Dinge zu bedenken gegeben. Im Grunde, und das musste er frank und frei zugeben, hatte sie sich in dieser Situation als mutiger als er bewiesen. Insgeheim hegte er eine gewisse Bewunderung für sie. Auch das machte sie so anziehend, nicht nur ihr attraktives Äußeres. Jetzt sagte sie noch etwas zu ihren Schwestern und verabschiedete sich.

Sie kam in seine Richtung. Ihre sonst elfenbeinfarbene Gesichtshaut war gerötet von der Kälte. Sie sah ihn an, und ein schüchternes Lächeln erschien auf ihrem Gesicht. Was sie noch hübscher machte.

»Ganz schön kalt, was?«, sagte Viktor wieder und schüttelte unmerklich den Kopf. Fiel ihm nichts Besseres ein?

»Sehr. Ich bin ganz durchgefroren«, sagte Adelheid, scheinbar erfreut darüber, dass er sie angesprochen hatte. Sie blieb stehen und sah ihrer Familie nach. Der kleine Junge winkte ihr, und sie winkte zurück.

»Ich glaube, ich habe Ihnen nie gesagt, wie leid es mir für Ihre Familie tut. Also, der Tod Ihrer Mutter, ... und des Babys.«

Ein Schatten legte sich über ihr Gesicht. »Danke.«

»Es muss wirklich schwer für Sie sein.«

»Ja, ist es. Ich will nur, dass es meiner Familie gut geht. Das ist mein höchstes Ziel«, sagte sie.

Meins auch, dachte Viktor. Es gab so vieles, was sie hätten teilen können. Ihre Sorgen, ihre Nöte, das Aufgeben ihres eigenen Lebens zum Wohle der Familie.

Adelheid sah sich überrascht um. Nun standen sie ganz alleine vor der Kirche. Alle anderen waren bereits gegangen. Sie machte eine Bewegung, als wollte sie gehen.

Sollte er sie nicht einfach direkt fragen? Immerhin hatte er auch etwas gegen sie in der Hand. Er wusste, dass sie den Panzerschrank ausgeräumt hatte. Zwar war er daran beteiligt gewesen, aber es sollte sie trotzdem einigermaßen abschrecken. Sofort fand er seinen Gedanken schändlich. Sie erpressen, damit sie nicht ihn erpresste. Dabei hatte sie sich keinen Vorwurf zu machen.

»Fräulein Schaaf, ich habe gestern etwas verloren. Mir ist wohl ... in der Waschküche ...«

Da nickte sie schon. »Ihren Brief? Ich bin gestern nicht dazu gekommen, ihn zurückzugeben.«

Erleichterung strömte durch seine Adern. Immerhin, sie hatte den Brief gefunden. »Dann, könnten Sie ihn mir bitte … wiedergeben?«

Nun setzten sie sich gemeinsam in Bewegung Richtung Dienstboteneingang.

»Ich bringe ihn runter, sobald ich oben in meinem Zimmer war.«

Viktors Gedanken überschlugen sich. Besser, sie machte das nicht vor den Augen anderer. Es würde merkwürdig aussehen, wenn sie ihm einen Brief gab.

»Ja, das wäre nett. Könnten Sie ihn wohl direkt holen?«

Wenn sie überrascht über seine Bitte war, ließ sie es sich nicht anmerken. »Natürlich.«

Wenige Minuten später stand er auf dem Absatz vor der Treppe, die hoch in die Stuben der Bediensteten führte. Er war ihr nachgegangen. Lydia Keller, Martha Petzold, die Mamsell und die drei Küchenhilfen waren schon wieder bei der Arbeit. Die Köchin war gar nicht in der Abendmesse gewesen, weil sie für Karfreitag viel vorzubereiten hatte. Hier oben auf der Treppe, wo niemand sie sah, würde er sie abfangen.

Er brauchte nicht lange zu warten, da kam sie schon die Treppe herunter. Angespannt ging er ihr entgegen, sodass sie sich auf der Hälfte der Stufen trafen. Sie blieb stehen und zog den Umschlag aus ihrer Rocktasche.

Es machte den Eindruck, als ahnte sie, dass er keine Beobachter wollte. Viktor war sofort alarmiert. Hatte sie ihn gelesen, den Brief? Sicher hatte sie ihn gelesen. Zog sie die richtigen Schlüsse?

»Bitte sehr.«

Sie reichte ihm den Brief, und er steckte ihn sofort tief in seine Hosentasche.

»Danke.« Doch dann platzte es aus ihm heraus. Er musste es wissen. »Haben Sie ihn gelesen?«

Sie sah ihn erschrocken an. »Nein, … nur den Anfang«, gab sie dann zu. »Ich musste doch wissen, von wem er war«, erklärte sie mit belegter Stimme.

Er glaubte ihr nicht. Sollte er ihr das sagen? »Es ist nur ein Brief von meiner Familie, an mich.« Natürlich an ihn. An wen denn sonst? Sie stand eine Stufe über ihm. Ihre Gesichter waren nur zwei Handbreit voneinander entfernt. Noch immer waren ihre Wangen rot von der Kälte. Er konnte ihren Duft riechen.

»Das habe ich mir gedacht. ... Ich wusste nicht, dass Ihr Vater noch lebt. Ich dachte, Ihre Mutter sei Witwe.«

Er starrte sie an. Verdammt. Verflixt. Verteufelt! Er musste was tun. Was sagen. Sie verpflichten, den Mund zu halten. Sie durfte diese Information auf keinen Fall hinausposaunen. Niemand durfte von seiner Lüge erfahren.

»Aber so ist es ja umso erfreulich...«

Er packte sie, zog sie an sich und drückte seine Lippen auf ihre. Erst war sie zu überrascht, um zu reagieren. Ihre Augen wurden riesengroß, doch dann spürte er, wie ihre Lippen weicher wurden. Als würde sich ihr Mund entspannen. Und sie drückte ihn nicht fort.

»Adelheid, das wollte ich schon so lange tun. So lange«, sagte er. Und in diesem Moment ging ihm auf, dass es stimmte. Es war nicht gelogen. Er wollte sie schon sehr lange küssen. Wenn auch nicht aus diesem falschen Grund.

Sie sagte nichts. Doch er spürte, wie sie ihre Hände auf seine Haare legte.

»Adelheid.« Er kam sich schäbig vor. »Lass das alles unser kleines Geheimnis sein. Dieser Kuss, der Brief, einfach alles.«

Als wäre sie von der Idee ganz begeistert, nickte sie. »Ja, unser Geheimnis.«

Sie wusste genauso gut wie er, dass Liebschaften unter den Dienstboten verboten waren. Sie würde nichts sagen – nicht über den Kuss, nicht über sie beide und damit nichts über den Brief.

»Du darfst es auch nicht Fräulein Pietsch sagen.«

Adelheid nickte, obwohl Hedda Pietsch deswegen bestimmt keine Probleme machen würde. Sie hörten Schritte von oben, die sich der Treppe näherten. Viktor ließ Adelheid abrupt los und strich ihr mit einer letzten zärtlichen Bewegung über die Wange. Dann lief er leise die Stufen hinunter.

Aus dem Treppenhaus hörte er zwei Stimmen. Adelheid hatte wohl begriffen, dass sie, wer auch immer da kam, aufhalten musste. Vermutlich war es Gerda Altvater. Als er vorhin hochgegangen war, war sie ihm als Einzige nicht begegnet. Und wieder bewunderte er, wie blitzgescheit Adelheid war. Sicher hielt sie das andere Hausmädchen lange genug auf, damit er in Ruhe von der Treppe, die zu den Frauenstuben hochging, verschwinden konnte.

Er lief den Gang entlang, den Brief in der Tasche. Gerade deswegen musste er vorsichtig sein. Sie war scharfsinnig. Sie konnte eins und eins zusammenrechnen. Wenn sie nun doch möglicherweise damals einen Teil seines Telefonats mit angehört hatte, würde sie ihm auf die Spur kommen.

Er spürte noch immer ihre Lippen auf seinen. Diese Lippen, die etwas spröde waren. Und doch so gefühlvoll geküsst hatten.

23. April 1908

»Was für ein Aprilwetter. Erst stundenlang Regen, dann Hagel und dann dieser furchtbare Schnee. So spät im Jahr. Und jetzt wieder Regen.«

Hugo zog sich sofort den nassen Mantel aus, und Constanze hängte ihn weg. Sie begrüßte ihn persönlich an der Haustür, und da sonst niemand in der Nähe war, gab sie ihm schnell einen Kuss. Mehr wollte sie nicht riskieren. Es war das erste Mal seit diesem unseligen Vorfall, dass er wieder in der Villa war.

Gemeinsam betraten sie den Salon, in dem Ruth Mandelbaum schon saß. Hugo begrüßte sie freundlich und sah sich um. Er entdeckte einen Strauß Weidenkätzchen, an denen bunte Ostereier hingen. »Oh, Sie feiern Ostern?«

»Ein wenig«, sagte Ruth Mandelbaum mild. »Ich will mich ja den Gepflogenheiten des größten Teils der Bevölkerung nicht entziehen.

Aber sagen Sie es nicht meinen jüdischen Mitmenschen. Nicht alle heißen meine kulturelle Assimilation gut.« Sie grinste bei ihren Worten verschmitzt.

»Wir haben allerdings auch ein bisschen Pessach gefeiert«, erklärte Constanze. »Dieses Jahr hat es sich ja mit Ostern überlappt. Wir haben nur Mazzen gegessen, kein normales Brot. Wir haben viel Kartoffeln mit Zwiebeln und Petersilie gegessen, und nur Geflügelfleisch.«

»Und ich habe fünf Abendgebete hier in der Nachbarschaft besucht. Wir haben ja leider noch keine eigene Synagoge in Grunewald. Damit sollten nun alle lästernden Zungen beruhigt sein«, erklärte Ruth Mandelbaum.

Der Nachmittagstee und etwas Gebäck standen schon bereit, und Constanze goss allen eine Tasse ein.

»Sie wissen, warum ich Sie eingeladen habe?«, fragte Ruth Mandelbaum Hugo.

»Ich denke mir, dass Sie Details über den Münchner Prozess wissen wollen. Herr Harden ist ja gerade wieder in aller Munde.«

»So ist es. Aber natürlich wissen die Zeitungen keine Hintergründe. Wir vergehen vor Anspannung. Reden Sie schon. Reden Sie!«, stachelte die Witwe ihn an. »Ist Maximilian endlich aus dem Schneider?«

Seit Tagen gab es kein anderes Thema. Nicht in den Zeitungen, und nicht bei ihnen in der Villa. Die Zeitungen überschlugen sich geradezu vor Sensationsmeldungen. Mittlerweile war die ganze Affäre international. Die hiesige Presse zitierte aus Artikeln von europäischen Zeitschriften. Ja sogar in amerikanischen Zeitungen fanden sich Berichte über die »Causa Eulenburg«.

»So viel wissen wir schon mal, dass Herr Harden den Redakteur Städele wegen Verleumdung angeklagt hat. Wegen dieser einer Million Mark, die er angeblich von Eulenburg als Schweigegeld bekommen hat. Aber jetzt, was ist im Prozess geschehen? Wir wollen die Details«, sagte Constanze fordernd.

»Das Amtsgericht befasste sich zunächst mit den Formalien.« Als

Hugo Frau Mandelbaums Hand sah, die eine wegwischende Bewegung machte, wusste er, er musste direkt zum Wesentlichen kommen. »Der Münchner Richter wollte die Presse ausschließen. Doch der Rechtsanwalt, Max Bernstein, hat explizit darum gebeten, in der Öffentlichkeit zu verhandeln. Danach wurden die ersten Zeugen vernommen. Und anders als in Berlin hat man die wichtigsten beiden Zeugen dieses Mal zugelassen: Den Milchhändler Georg Riedel und den Fischer Jakob Ernst.«

»Sind das die beiden, die Maximilian schon gerne in Berlin zur Zeugenaussage gehabt hätte, die das Gericht aber nicht geladen hat?«, fragte Frau Mandelbaum nach.

»Genau die beiden. Die bayrische Justiz tickt offensichtlich anders als die preußische.« Hugo holte noch mal tief Luft. »Riedel war als Erster dran. Und der sagte aus, er wisse genau, dass Eulenburg diese ›Schmutzereien‹ betrieben habe.«

»Also wirklich, ein Milchhändler. Und ein Fischer«, warf Constanze ein. »Woher sollten ausgerechnet ein Milchhändler und ein Fischer wissen, was ein Fürst so treibt? Mit so jemandem haben sie doch nie im Leben Kontakt.«

»Aus diesem Grund hat das Gericht Riedel auch erst nicht geglaubt. Überhaupt, er hat sehr viele Vorstrafen und einen unsteten Lebenswandel. So etwas macht sich nicht gut für einen Zeugen vor Gericht.« Hugo sah sie beide mit einem merkwürdigen Gesicht an. Er sprach nicht weiter, aber hob eine Augenbraue. Es dauerte einen Moment, dann wurde Constanze die Antwort bewusst.

»Ha!«, rief sie zu laut aus. »Sie können nur davon wissen, was ein Fürst so treibt, wenn er es mit ihnen getrieben hat!«

»Die Schmutzereien?«, fragte Frau Mandelbaum überrascht. »Mit einem Milchhändler? Und einem Fischer? Ein Fürst!?«

»Schmutzereien von derlei Art, die Herr Harden Fürst zu Eulenburg unterstellt?«, fragte Constanze ungläubig nach.

»Genau jene«, bestätigte Hugo ihren Verdacht. »Der Milchhändler Riedel sagte aus, dass er im Jahr 1881, damals war er neunzehn, diese ›Schmutzereien und Lumpereien‹ betrieben habe, mit Eulenburg, in einem Wald am Starnberger See. ... Selbstverständlich glaubte ihm das niemand. Er wurde als Zeuge entlassen, und man rief den Fischer Jakob Ernst hinein.« Hugo machte absichtlich eine theatralische Pause. »Ernst wollte erst nichts von diesen Sachen wissen. Er hat alles abgestritten. Das seien alles nur böse Gerüchte. Doch dann hat Max Bernstein offengelegt, dass Ernst den Fürsten auf Reisen als Kammerdiener begleitet hatte.«

»Ein Fischer ... als Kammerdiener?«

Hugo nickte. »Und nicht nur das. Er hat außerdem zwölftausend Mark als Hypothek für sein Haus bekommen. Nicht vom Fürsten, aber von der Mutter des Fürsten.«

»Zwölftausend Mark?«

»Aus Gefälligkeit, so behauptete er. Und familiärer Verbundenheit. Das alles fand das Gericht wohl auch sehr unglaubwürdig. Doch auch er wurde zunächst als Zeuge entlassen, und man hörte weitere Zeugen.«

»Weitere Zeugen?«

»Eulenburg hat ja lange Jahre in München gelebt, in den Achtzigern. Und offensichtlich gab es da schon Hinweise.«

»Hinweise? Und warum hat sich damals niemand darum gekümmert?«, fragte Ruth Mandelbaum erschüttert nach.

»Der beste Freund des Kaisers? Als preußischer Gesandter am Münchener Hof? Da wollte sich wohl niemand die Finger verbrennen ...«

Hugo knabberte an einem Stück Gebäck, bevor er weiterredete. »Nach der Mittagspause wurde der Fischer Ernst dann ein weiteres Mal hereingerufen. Der Richter hat ihn beschworen, nicht nur vor dem irdischen Gericht, sondern auch vor dem göttlichen keinen Meineid zu leisten. Sie haben ihm richtig zugesetzt. Das hat offensichtlich gewirkt. Und er erzählte, dass es da Dinge gibt, dass da sehr wohl ›Lumpereien‹ vorgefallen sind mit dem Fürsten, die ganz eindeutig unter den Paragrafen 175 fallen.«

»Na also!«, rief Frau Mandelbaum zufrieden aus und klopfte laut auf die weiße Tischdecke. »Wusste ich es doch. Mich überrascht das gar nicht, dass diese Zeugen hier in Berlin nicht zugelassen wurden. Diese kaisertreue preußische Justiz«, schimpfte sie, »immer ist sie auf der Seite der Mächtigen. Da muss der arme Maximilian erst nach Bayern gehen, um Gerechtigkeit zu erfahren.« Empört rümpfte sie ihre Nase.

Hugo sprach weiter. »Danach wurde auch der Milchhändler ein weiteres Mal hereingerufen. Nun glaubte man Riedel offensichtlich. Er berichtete von mehreren Besuchen in der Münchener Wohnung von Eulenburg, der damals ja noch ein Graf war. Unter anderem von einem Besuch 1883, als er gerade Soldat war. Dort wurde er einem Mann vorgestellt, einem Freund von Eulenburg. Vom Gastgeber soll er Geld bekommen haben, zehn Mark, und dann soll der Fürst, also der Graf, seine Wohnung verlassen und ihn mit diesem Mann allein gelassen haben. Dieser Mann forderte dann von ihm ...« Hugo wusste wohl nicht, wie er in Anwesenheit von Damen weiterreden sollte. »Er wollte ihn zu einem schmutzigen Geschlechtsakt verleiten. ... Der gröblichsten aller homosexuellen Handlungen.«

Für einen Moment herrschte Stille.

»Das fiele dann auch noch unter Kuppelei«, unterbrach die ältere Dame schließlich die andächtige Gesprächspause.

Doch Constanze schlug hart auf die Tischplatte, als wäre ihr etwas sehr Wichtiges eingefallen. »Dann hat der Fürst also tatsächlich einen Meineid geschworen!«

»Er hat sogar zwei Meineide geschworen, wenn ich richtig mitgezählt habe«, sagte nun auch Ruth Mandelbaum.

»Genauso ist es«, bestätigte Hugo. »Den ersten Meineid hat er in dem Prozess Bülow gegen Brand geleistet, und den zweiten im wiederaufgenommenen Prozess Moltke gegen Harden.«

»Zwei Meineide! Das wird wie eine Granate einschlagen«, prophezeite Ruth Mandelbaum vergnügt.

»Selbstredend hat Herr Bernstein es sich nicht nehmen lassen, noch einmal die beiden Aussagen von Fürst zu Eulenburg vorzutragen. Er wollte auch vor Gericht diesen Meineid belegen. Nur darum ging es ihm schließlich – vor einem Gericht den Meineid feststellen zu lassen.«

»Natürlich, jetzt schwenkt die ganze Presse wieder um. Jetzt sind plötzlich alle gegen Eulenburg. Und sicher sind alle glücklich, über eine solch große Sensation berichten zu können.«

»Ja, jetzt sind sie wieder alle auf Maximilians Seite!«, sagte Frau Mandelbaum bitter. »Die Presse hat so sehr auf uns Juden eingeschlagen, dass es mir schon vorkam, als wäre ich mitten in die Dreyfus-Affäre geraten.«

Hugo wollte seine Erzählung noch abschließen. »Nachdem das nun alles geklärt war, hat Anton Städele seine Beschuldigung gegen Herrn Harden zurückgezogen. Der Richter hat einen Vergleich vorgeschlagen. Das aber hat Bernstein abgelehnt. Wie zu erwarten, wurde Städele verurteilt – zu einem Zwangsgeld von hundert Mark. Städele muss sämtliche Kosten tragen, und er muss eine Stellungnahme von Herrn Harden in seiner eigenen Zeitung abdrucken.«

»Was Städele sicher mit Begeisterung tun wird. Und ich nehme an, Herr Harden begleicht alle ihm entstandenen Kosten?«

»Davon ist auszugehen«, bestätigte Hugo.

Ruth Mandelbaum klatschte begeistert in die Hände. »Berlin wird kopfstehen! Und der Kaiser ist sicher mehr als froh, immer noch Urlaub auf Korfu zu machen und nicht in Berlin oder gar München zu sein. Mehr als froh. Aber das Wichtigste ist: Maximilians guter Ruf ist wiederhergestellt, der als Ehrenmann und der als Journalist.«

Allerdings, dachte Constanze. In Gedanken versunken, sah sie sich um. Sie erblickte die Ostereier und dachte an die Mazzen. Ruth Mandelbaum hatte ihr einige Dinge erklärt, die sie vorher noch nicht gewusst hatte.

»Beim Pessachfest gedenken die Juden ihrer Befreiung aus der ägyptischen Knechtschaft und hoffen auf Erlösung durch das baldige Kommen des Messias. Und ich glaube, Herr Harden gedenkt nun der Knechtschaft der kaiserlichen Berater und wartet auch auf einen Messias. Nur wer soll das sein, frage ich mich?«

Mandelbaum sah sie verwirrt an. Auch Hugo wusste wohl nicht, was sie damit sagen wollte.

»Na ja, jetzt fallen also Eulenburg und seine Liebenberger Tafelrunde weg. Wer wird jetzt an deren Stelle rücken, an die Stellen der engsten Berater des Kaisers? Der scheint doch recht leicht zu beeinflussen zu sein.«

Weder Hugo noch Frau Mandelbaum wussten darauf eine Antwort. Stumm nahmen sie sich noch Tee und Gebäck. Und Constanze musste an Goethes Zauberlehrling denken: *Herr, die Not ist groß! Die ich rief, die Geister … Werd ich nun nicht los.* Welche Geister und welcher Geist würden die Lücke füllen, die Eulenburg und seine Tafelrunde nun hinterließen? Was würde diese unausweichliche Neubesetzung für Deutschland bedeuten? Dann dachte sie an das Schloss und die Dienstboten. Was würde der Meineid ihres Arbeitgebers wohl für sie bedeuten?

»Ach, Herr Mahlzahn. So ganz eigennützig habe ich Sie gar nicht herbestellt«, hob Frau Mandelbaum an. »Ich habe mit Herrn Steffens gesprochen, und obwohl er zunächst skeptisch war, hat er sich doch bereit erklärt, dass Sie ihn einmal aufsuchen dürfen. Danach wird er entscheiden, ob er Sie als Untermieter aufnehmen wird.«

Hugo schaute hocherfreut. »Wunderbar! Ich werde umgehend mit ihm Kontakt aufnehmen.«

Constanze wusste, wie froh Hugo sein würde, wenn er endlich eine vernünftige Bleibe fand. Er war schon vollkommen übernächtigt. So kannte sie ihn gar nicht. Und doch meldete sich sofort ihr schlechtes Gewissen wegen Frau Mandelbaum. Es würde ihr sehr schwerfallen, sie irgendwann zu verlassen.

Kapitel 11

28. April 1908

Irgendwas war wieder. Die düstere Stimmung kroch zurück ins Schloss. Allmählich griff die mittlerweile geradezu hysterische Nervosität aller auch auf Hedda über. Seit gut einer Woche fuhr Diedrich Budde jeden Morgen und jeden Abend mit dem Zug nach Oranienburg, um dort die neuesten Presseblätter zu holen. Herr Hartwich holte ihn dann jedes Mal am Löwenberger Bahnhof ab, damit er schnellstmöglich den Stapel frisch gedruckter Zeitschriften ins Schloss bringen konnte. Die übergab er noch aus der Kutsche heraus an Herrn Theurich, der vor dem Portal wartete. Noch bevor der Diener die Kutsche verlassen hatte, war der Kammerdiener schon auf dem Weg ins fürstliche Schlafgemach. Als ginge es um Sekunden, dachte Hedda anfangs verwundert.

Der Fürst schien kränker als je zuvor. Zweimal täglich rückte Dr. Genrich an, um die Schmerzen des Fürsten mit Morphiumspritzen ruhigzustellen. Und den hohen Herrn direkt dazu. Die Dosis reichte immer bis zu den Abendblättern, und abends bis zu den Morgenblättern. In der kurzen Zeit, in der der Fürst ansprechbar war, beriet er sich mit seinem Rechtsbeistand, dem Geheimen Justizrat Lämmel, der ansonsten in der Bibliothek saß und arbeitete.

Es hatte einige Tage gedauert, bis bei den Dienstboten durchgesickert war, was los war. Anscheinend stand zu befürchten, dass nun der Fürst höchstpersönlich in einem Prozess angeklagt wurde. Grundlage waren einige Zeugenaussagen, die in einem Prozess in München gemacht worden waren. Dieser Maximilian Harden schien im Moment mit allem und jedem vor Gericht zu stehen. Er war es, gegen den Graf Kuno von Moltke schon zwei Beleidigungsprozesse geführt hatte. Harden war schließlich verurteilt worden. Mit der Urteilsverkündung Anfang Januar war endlich wieder Ruhe im Schloss eingekehrt. Eine trügerische Ruhe, wie sich nun herausstellte.

Denn ebenjener Harden hatte just selbst einen Beleidigungsprozess in München geführt, in dem es zu aufsehenerregenden Zeugenaussagen gekommen war, die den Fürsten höchstpersönlich betrafen. Und plötzlich war die Hysterie im Schloss wieder aufgeflammt, schlimmer als je zuvor. Wenn das wahr war, was in München ausgesagt worden war, dann hätte der Fürst eine Falschaussage unter Eid gemacht. Das war keine Kleinigkeit.

Da der Fürst nicht in der Lage war, beantwortete Justizrat Lämmel in den ersten Tagen auftauchenden Journalisten deren Fragen – auf seine Weise, und mit seiner Wahrheit. Bis er damit aufhörte, weil es überhandnahm. Nun lungerte die Presse außerhalb des Schlosses herum und sprang jeden an, der das Gelände verließ. Selbst die Lieferanten wurden gestoppt und ausgequetscht. Einige Fotografen hatten sich sogar mit ihren sperrigen Holzkästen hingestellt und lichteten durch die Stäbe der Schlosstore oder über die das Schloss umgebenden Mauern hinweg das Gebäude ab in der Hoffnung, einen Blick auf den Fürsten oder sonst jemanden zu erhaschen.

Die Stallburschen und auch die Gärtner hatten Befehl, jede unberechtigte Person vom Gelände zu eskortieren. Und die Küchenmädchen hatten nun die zusätzliche Aufgabe, den Dienstboteneingang zu bewachen, dass sich bloß niemand einschleichen konnte. Das gesamte Schloss und alle, die darin lebten, standen kopf.

Herr Opitz und Mamsell Reineke waren vollauf damit beschäftigt, über die Flure zu rennen, um eilig Medizin oder Riechfläschchen oder anderes zu holen. Viktor Novak war dazu abgestellt worden, Justizrat Lämmel zu unterstützen, gleich in welcher Weise – ob er nun einen Kaffee wollte, ein Telefongespräch nach Berlin angemeldet werden musste oder er mit einem dringenden Telegramm ins Dorf geschickt wurde. Er wich ihm praktisch nicht von der Seite.

Sie alle hatten strikte Anweisung erhalten, mit der Presse kein Wort zu reden. Sie durften ihnen nicht mal Guten Tag sagen. Verließen Budde oder Novak das Schlossgelände, dann nur in der Kutsche. Und am Tor stand ein Stallbursche, um es umgehend wieder zu schließen und darauf zu achten, dass niemand unbemerkt das Gelände betrat.

Novak hatte gestern Abend erzählt, dass die Journalisten im Dorf jeden befragten, der sich auf die Straße wagte. Frau Lehmann hatte, nachdem sie bereits etliche Männer des Ladens verwiesen hatte, nun abgeschlossen. Wollte man einkaufen, musste man an der Tür zum Krämerladen klopfen.

Im Schloss wurde gerade jede Hand gebraucht. Diedrich Budde bediente die Fürstin und die Komtessen, aber Martha war es, die die Umschläge gegen die Kopfschmerzen bereitete, den Komtessen die Beine höher lagerte und Kissen in den Rücken stopfte oder andere Sonderwünsche der nervösen Frauen bediente.

Justizrat Lämmel belegte ein Gästezimmer, und auch für Dr. Genrich war ein Gästezimmer hergerichtet worden, wenn er gelegentlich über Nacht blieb. Lydia Keller und Hedda kamen aus dem Arbeiten gar nicht mehr heraus. Auch die Hausmädchen und Moritz rannten in einem fort, um Frischwasser, Holz und Kohle hochzubringen und alles sauber zu halten. Einmal am Tag badete der Fürst, um seine schmerzenden Beine zu lindern. Also mussten Unmengen an warmem Wasser hoch- und Schmutzwasser wieder runtergebracht werden. Man sah nur noch über die Flure hetzende Gestalten.

So wie es aussah, wusste Hedda nicht, ob sie ihre nächste Verabredung mit Arthur absagen musste und wann sie wieder nach Berlin fahren konnte. Mitte Februar hatte sie sich mit Arthur an ihrem freien Nachmittag in Neuruppin verabredet, und sie hatten gemeinsam die Zettel verteilt. Hedda hatte ihm das Haus gezeigt, in dem sie als junge Frau eine so schreckliche Zeit gehabt hatte, und sie hatten sich über ihre schlimmsten Erlebnisse als Dienstboten ausgetauscht. Sie wusste nun, dass Arthur seit sieben Jahren bei einem Besitzer eines Walzwerkes in Charlottenburg arbeitete.

Anfang März und Anfang April hatten sie sich in Berlin bei der Versammlung der Dienstboten getroffen. Und zwischendurch hatten sie sich in Oranienburg verabredet, da es für beide auf dem halben Weg lag. Hedda fragte sich, was aus dieser Sache, ihren Treffen, bei denen sie sich jedes Mal ein Stück näherkamen, werden sollte. Beim letzten Mal hatte Arthur ihre Hand gehalten und sie beim Abschied auf die Wange geküsst.

Immer mehr lag es ihr auf der Seele, mit Arthur über ihre Amerikapläne zu sprechen. Sie hatte ihm zwar mitgeteilt, dass sie darüber nachdachte, aber wie ernst es ihr wirklich war, in ein freies Land zu gehen, wusste er noch nicht. Mittlerweile war ihr ohnehin klar, was Arthur antworten würde. Er würde sich ganz sicher dafür starkmachen, dass sie hier ein freies, oder wenigstens ein freieres Land bekämen.

Arthur hatte ihr davon berichtet, was Mitte März in Berlin los gewesen war. An zwei Tagen hatte es wieder große Demonstrationen für eine Änderung des preußischen Dreiklassenwahlrechts gegeben. Schließlich drängte es, stand doch im Juni die nächste Wahl des Preußischen Abgeordnetenhauses an. Arthur selbst hatte keine Zeit gehabt hinzugehen. Aber er wusste alles, was in den Tageszeitungen geschrieben worden war. Die Polizei war dazwischengegangen und hatte viele Teilnehmer verhaftet, vor allem Sozialdemokraten, die diese Demonstrationen organisiert hatten. Hedda hatte ihm angemerkt, wie gerne er auf die Demonstration gegangen wäre. Arthur war zwar kein Hitzkopf, doch in seinen politischen Ansichten war er strikt demokratisch. Und er würde alles in seiner Macht Stehende tun, um auf friedlichem Weg eine Änderung herbeizuführen.

Es war keine zehn Tage her, da hatten sie sich wieder getroffen. Wieder in Oranienburg. Da erst hatte sie ihm davon erzählt, dass der Besuch ihres Bruders nicht besonders angenehm gewesen war.

Dass er sie in die Kolonie hatte verschleppen wollen. Dabei flammten die Kämpfe und die Angriffe auf die deutschen Farmer wieder auf. Keine Ahnung, wie lange ihre Brüder und ihr Onkel die Farm noch halten konnten. Arthur hatte ihre resolute Entscheidung befürwortet. Es sei schließlich ihr Leben, und sie habe selbst darüber zu bestimmen.

Was sie Arthur nun ebenfalls verraten hatte, war, wo sie arbeitete. Der hatte durch die Zähne gepfiffen, als er das hörte. »Da muss ganz schön was los sein bei euch«, hatte er gesagt. Es sprach für ihn und seine professionelle Diskretion, dass er sie nicht weiter mit Fragen bedrängte. Außer, dass er sagte: »Ich hab noch am Bahnhof zwei Herren gehört, die sich darüber unterhielten, dass der Fürst schon tot sei. Sie haben eine Selbsttötung vermutet.«

Hedda hatte lachen müssen, bis zu dem Punkt, an dem Arthur ihr erklärt hatte, dass es vermutlich noch eins der harmloseren Gerüchte war, die derzeit in Berlin um Eulenburg und die ganze Geschichte kreisten. Sogar die *Volksstimme,* ein Blatt der Sozialdemokraten, sah sich genötigt, den Tod des Fürsten zu dementieren. Von den wirklich derben Gerüchten würde sie sich besser keins anhören.

Bestimmt wusste der Fürst über die üblen Gerüchte Bescheid, dachte Hedda. Plötzlich kamen wieder mehr Briefe, und noch mehr gingen raus, und es wurde viel telefoniert. Nun waren die Tage hektisch, es gab keinen normalen Ablauf, und ständig bekam sie neue Aufgaben zugeteilt. Niemand hatte auch nur eine ruhige Minute.

Hedda sehnte sich danach, heute Abend in ihr Bett zu fallen. Immerhin würde sie sich nun für ein paar Minuten setzen können. Die Mamsell hatte den Gong geläutet, und das Mittagessen stand auf dem Tisch.

Schon vor drei Tagen hatten Herr Opitz und Frau Reineke verkündet, dass der Gong zum Mittagessen im Moment nur zur reinen Information diente. Normalerweise mussten alle Diener ihre Aufgaben beenden und zu Tisch kommen. Aber im Moment war es einfach nicht möglich. Man aß mit den anderen, wenn es gerade ging. Wenn es Wichtigeres gab, dann aß man eben früher oder später.

Hedda ließ sich erschöpft auf ihren Stuhl sinken. Viktor Novak fehlte, aber die Köchin füllte schon ihre Teller. Es musste schnell gehen. Niemand achtete so recht auf den anderen, alle waren vollauf damit beschäftigt, möglichst schnell möglichst viel zu essen, bevor man zur nächsten Aufgabe gerufen wurde.

Herr Opitz verkündete, dass der Fürst wach sei und nach dem Mittagessen direkt ein warmes Bad nehmen wolle. Sofort stand Liesel auf, um in der Küche noch mehr warmes Wasser aufzusetzen. Moritz stöhnte leise, denn das Badewasser hochzuschleppen, fiel in seinen Aufgabenbereich.

»Ich habe mit der Fürstin gesprochen«, erklärte Mamsell Reineke, »und wir dürfen leider keine Hilfe aus dem Dorf holen. Unter den jetzigen Umständen wollen die Herrschaften verständlicherweise strikt vermeiden, Außenstehende im Haus zu haben.« Doch dann erklärte sie überraschenderweise: »Gerda und Adelheid werden dir deswegen mit dem Badewasser helfen, Moritz. Es soll ja gleich schnell gehen.« Sie nickte Opitz kurz zu, hatte sie sich doch über seine Befehlsgewalt hinweggesetzt. Doch er schien es für eine gute Idee zu halten und sagte nichts.

Adelheid saß Hedda gegenüber und machte nicht gerade ein begeistertes Gesicht. Aber sie würde nichts sagen, und sie würde sich nicht beschweren. Das tat sie nie, nicht mal, wenn sie allein waren in ihrer Schlafstube.

Gestern Abend hatte Hedda dort ihren Unmut darüber bekundet, dass sie so viel arbeiten mussten und trotzdem nicht mehr Geld dafür bekamen. Weil alles teurer wurde, vor allem Fleisch, aber alle Lebensmittel, und auch das sonstige Leben, bekamen viele Menschen Teuerungszulagen – die Reichsbeamten, die Postbeamten, die Eisenbahner. Auch in anderen Branchen gab es Lohnzuwächse. Nur sie, sie bekamen natürlich nicht mehr Lohn, hatte Hedda geschimpft. Adelheid hatte da schon im Bett gelegen, zustimmend genickt, aber ansonsten weiter nichts gesagt.

Nach dem Essen machte Hedda sich daran, in der Bibliothek aufzuräumen, solange Justizrat Lämmel oben beim Fürsten war. Normalerweise mussten Budde und Novak das machen, doch die waren anderweitig beschäftigt. Martha war oben bei den Komtessen, die sich nun, da Besuch im Hause war, wieder frisieren ließen. Die Tür ging auf, und Lydia kam herein.

»Moritz oder die Hausmädchen haben Wasser auf der Treppe verschüttet. Du sollst es bitte schnell aufwischen«, sagte sie und setzte nach. »Sofort.«

Hedda drehte sich um. »Wieso machst du es nicht selbst, wenn es so eilig ist?«

»Ich kann nicht. Ich soll zu Herrn Opitz kommen.«

»Seit wann erteilst du mir die Aufgaben? Wer hat das überhaupt angeordnet?«

»Herr Opitz selbst. Und nun beeile dich, sonst rutscht noch jemand aus«, sagte sie in schroffem Ton. Und als Hedda nicht sofort reagierte, sagte sie: »Jetzt sofort!« Und ging.

Hedda war stinksauer. Die Einzige, die sich hier in dem nervösen Treiben wohlfühlte, schien Lydia Keller zu sein. Als würde sie es genießen, wie die anderen laufen mussten. Dabei hatte auch sie viel zu tun. Und doch ... In letzter Zeit nahm sie sich wirklich viele Frechheiten heraus. Wäre die Situation nicht so chaotisch, wie sie gerade war, dann hätte Hedda sich schon längst bei der Mamsell über sie beschwert. Aber offensichtlich nutzte das ohnehin nichts. Hatte die Mamsell sich bei der Fürstin über Opitz beschwert? Hatte sie ihr erzählt, was der Haushofmeister tat? Sie wusste es nicht. Aber sie wusste, dass sich überhaupt nichts geändert hatte.

Schnell schob sie noch zwei Polsterstühle an die richtige Stelle und verließ die Bibliothek. Kurz vor ihr durchquerte die Mamsell das Vestibül von der anderen Seite. Sie schien sie gar nicht zu bemerken und eilte zur Hintertreppe. Noch bevor Hedda diese erreicht hatte, sah sie, wie die Mamsell fiel. Sie versuchte noch, sich an den Mauern der engen Treppe abzustützen, da war es schon geschehen. Brachial landete sie auf den Stufen, einen Feudel zwischen ihren Füßen, der sich dort verklemmt hatte.

»Mamsell Reineke«, rief Hedda aufgeregt. Unten an der Treppe tauchten die Gesichter von Lydia und Herrn Opitz auf.

Mit schmerzverzerrtem Gesicht hielt die Mamsell sich die Seite und wimmerte leise. Lydia nahm den Feudel weg und reichte ihr eine helfende Hand. Doch die schlanke Frau konnte sich kaum bewegen. Tränen schossen ihr in die Augen. Sie musste große Schmerzen haben. Sie jammerte laut, hielt sich die Seite, schien aber auch am Kopf verletzt zu sein und an den Schultern. Es dauerte, bis sie sich mit Lydias Hilfe endlich in eine einigermaßen aufrechte Position gebracht hatte. Quer auf den Stufen liegend, schluchzte Mamsell Reineke laut auf.

Die obersten drei Stufen waren feucht. Hedda stieg vorsichtig die ersten vier Stufen hinab und blieb auf der Treppe stehen. Irgendetwas kam ihr komisch vor. Mit dem Finger ging sie über eine feuchte Stelle. Das war nicht nur Wasser, das war seifiges Wasser. Als wenn jemand sehr viel Schmierseife in Wasser aufgelöst hätte, viel mehr, als man zum normalen Putzen bräuchte.

Unten sammelte sich schon das Küchenpersonal, aber Opitz schickte die Neugierigen mit einer barschen Handbewegung weg. Hedda wollte gerade etwas sagen, als sie Opitz' Stimme hörte.

»Das ist Ihre Schuld, Fräulein Pietsch. Warum haben Sie den Feudel auf der nassen Treppe stehen lassen?«

»Wie bitte …?«

»Ich hab es dir doch vorhin gesagt«, ergänzte Lydia.

Hedda starrte sie an. »Du hast mir doch gerade eben erst vor einer Minute gesagt, dass ich runterkommen soll. Und ich bin sofort gekommen.«

»Das ist gelogen. Ich hab Sie doch vorhin mit dem Feudel hier durch den Gang zur Treppe gehen sehen«, behauptete Opitz lautstark. »Das ist Ihre Schuld.«

Die Mamsell, noch immer wimmernd auf den Stufen liegend, sah anklagend zu ihr hoch.

Ihre Kopfhaut vibrierte. Eiswasser rann plötzlich durch ihre Adern. Was sollte das werden? »Aber das … das stimmt doch gar nicht. Ich komme geradewegs aus der Bibliothek. Lydia war eben erst bei mir, vor einem Moment, und ich …«

»Fräulein Keller ist die letzten fünf Minuten mit mir in der Silberkammer gewesen und hat mir geholfen«, erklärte Herr Opitz mit einem empörten Unterton. »Nachdem sie Ihnen Bescheid gegeben hatte.«

Hedda schaute von Herrn Opitz zu Lydia und zur Mamsell. Ihr Herzschlag raste. Von oben hörte sie Schritte. Adelheid kam ihr mit zwei leeren Blecheimern entgegen. Vermutlich hatte sie gerade einen Teil des Badewassers nach oben gebracht.

»Adelheid, hast du hier Wasser verschüttet?«

Sofort zog das blonde Hausmädchen den Kopf ein. »Nicht, dass ich es bemerkt hätte.« Sie blieb oben vor dem Treppenabsatz stehen.

»Und Moritz und Gerda?«

Verschüchtert zog Adelheid die Schultern hoch. »Als ich gerade hochgegangen bin, habe ich nichts gesehen.«

»Wann …?«, weiter kam Hedda nicht mit ihrer Frage.

»Was soll das? Ich weiß genau, wann ich Fräulein Keller hochgeschickt habe, wann sie wieder runtergekommen ist und dass ich Sie danach mit dem Feudel hab hochgehen sehen«, bellte Opitz nach oben.

»Aber ich hab doch gar nicht … Das Wasser hier ist ganz seifig und rutschig. Wieso sollte ich …«

»Jetzt ist es aber gut. Wir helfen erst einmal Frau Reineke in ihren Raum. Fräulein Pietsch, Sie gehen und holen den Doktor runter. Und danach will ich Sie in meinem Raum sehen«, befahl Opitz wortstark.

Er reichte der Mamsell eine Hand, die sie ergriff. Doch als er sie hochzog, schrie sie auf und ging sofort in die Knie. Er musste sie praktisch in die Aufrechte hieven. Lydia half ihm. Gemeinsam stützten sie Mamsell Reineke, während diese jammernd und schluchzend über den Flur hinkte.

Hedda stand wie angewurzelt da. Adelheid schaute sie mit großen Augen an. Ihr war wohl bewusst, dass gerade etwas vor sich ging.

Leise flüsterte Hedda ihr zu: »Opitz lügt. Und Lydia auch. Ich war das nicht. Ich war nicht mit dem Feudel hier oben. Und fühl mal, wie seifig das ist!«, forderte sie Adelheid auf und ging ein paar Stufen weiter runter.

Adelheid kam vorsichtig am Rand der feuchten Stufen hinunter und blieb neben Hedda stehen. Auch sie ließ nun ihre Finger über die Schmiere laufen und nickte ihr zu. »Warum auch solltest du mit einem Feudel hier wischen? Das ist ja gar nicht deine Aufgabe!«, flüsterte sie.

»Die wollen mir was anhängen!« Gänsehaut lief über ihren ganzen Körper. Lydia Keller und Herr Opitz hatten sich gegen sie verschworen. Das würde nicht gut ausgehen für sie, gar nicht gut ausgehen. In ihren Ohren rauschte das Blut.

Sie hatte doch geahnt, dass Lydia Keller mit ihren Intrigen nicht aufhören würde. Das war nun das Ergebnis. Vielleicht hatten sie gar nicht die Mamsell treffen wollen. Vermutlich hatte sie selbst hier hinunterfallen sollen. Hatte Lydia sie deswegen aufgefordert, so schnell runterzukommen? Hatte der Anschlag eigentlich ihr gegolten? Tatsächlich hätte sie sich ein Bein oder eine Hand oder sonst was brechen können. Die einfachste Möglichkeit für Lydia, in der Hierarchie der Stubenmädchen aufzusteigen.

Adelheid stellte ihre leeren Eimer über und unter die Unfallstelle, damit nicht noch jemand darauf ausrutschen würde. »Ich mach das schnell sauber«, bot sie an.

Hedda nickte ihr dankbar zu. Mit hölzernen Schritten ging sie wieder hoch und fand sich plötzlich im Vestibül wieder, kopflos ins Nichts starrend. So durfte man sie nicht sehen. Sie musste nachdenken, dringend nachdenken. Die Bibliothek war gerade noch leer gewesen. Eiligen Schrittes lief sie dorthin und schloss hinter sich die Tür.

Was sollte sie nun tun? Welcher Ausweg blieb ihr noch? Wenn die beiden es wirklich schafften, ihr die Sache in die Schuhe zu schieben, dann würde sie sicherlich ebenso degradiert, wie Adelheid degradiert worden war – bestenfalls.

Mit einem Mal fing ihr ganzer Körper an zu zittern, und ihre Knie wurden weich. Sie konnte nicht anders und ließ sich auf eines dieser herrschaftlichen Polstermöbel sinken. Nur einen Moment, dachte Hedda, nur für einen Moment. Sie musste sich wieder fangen. Musste wieder einen klaren Gedanken fassen, musste über ihre panische Kopflosigkeit siegen.

Opitz hatte Hedda genau das angeboten. Sie könne erstes Stubenmädchen werden, und für Martha Petzold würde man schon eine Lösung finden. Sah so seine Lösung aus? Hatte er schon damals den Plan gehabt, Martha so aus dem Weg zu schaffen?

Zudem, Opitz hatte sie in seinen Raum beordert, und die Mamsell war außer Gefecht gesetzt. Was erwartete sie, wenn sie gleich in seinen Raum ging? Würde er ihr wieder seine Hilfe anbieten, gegen entsprechende Gegenleistung? Oder gab er sich nun mit Lydias Dienstleistung zufrieden?

Hedda sollte sich gut überlegen, wie sie diese Sache am geschicktesten anging. Wer konnte ihr noch helfen, in dieser kritischen Situation? Als Erstes sollte sie die Mamsell überzeugen, dass sie nichts mit der Sache zu tun hatte. Das wäre schon mal der erste Schritt.

Plötzlich hörte sie hinter sich eine Stimme. »Ich muss doch wohl bitten!«, polterte die Fürstin, die auf der anderen Seite der Bibliothek hereingekommen war, in empörtem Ton.

Hedda sprang auf und versuchte, sich zu entschuldigen. Doch die Fürstin sprach ohne Umschweife weiter.

»Verstecken sich hier in der Bibliothek und machen es sich gemütlich, während die anderen die ganze Arbeit alleine machen. Wie unverfroren! Das will ich nicht noch einmal sehen. Sie sollten wissen, dass ich mich bei der Mamsell über Sie beschweren werde. Sie wird dann die richtige Bestrafung für Sie bedenken. Und nun raus hier … raus! Arbeiten Sie gefälligst für unser gutes Geld.«

Hedda nickte stumm und ergeben und zog sich schnell zurück. Draußen musste sie sich erst einmal gegen die Mauer lehnen. Noch immer zitterte ihr Körper. Vor zehn Minuten war alles noch in Ordnung gewesen, und nun lag ihr ganzes Leben in Scherben. Wie konnte das nur so schnell passieren? Konnte die Katastrophe noch größer werden? Wohl kaum.

Mit langsamen Schritten ging sie zur Hintertreppe und stieg sie hoch. Sie musste noch den Doktor holen. Auch, wenn sie sich eigentlich gar nicht in der Lage dazu sah. Sie ging hinauf.

Moritz kam ihr mit leeren Eimern entgegen. Er hatte bestimmt noch nichts mitbekommen. Erschrocken sah er sie an. Vermutlich konnte man in ihrem Gesicht ablesen, dass etwas passiert war. Sie wollte ihm etwas sagen, aber es ging nicht. Stumm stieg sie weiter hoch, schlich in Richtung des Schlafgemachs des Fürsten und klopfte leise.

»Herein!«, kam es von drinnen. Es war die Stimme des Arztes.

Hedda öffnete die Tür, und der Fürst stand splitternackt im Raum. Viktor Novak reichte ihm gerade den Morgenmantel.

»Äh …«

»Was macht denn ein Weib hier?«, schimpfte der Fürst erbost.

Erschrocken zog sie sich zurück und schloss die Tür. Wer hätte das gedacht? Die Katastrophe konnte anscheinend doch noch größer werden.

Die Tür ging auf, Viktor Novak trat heraus und schloss sie hinter sich. »Was machen Sie denn hier?«

Die Schlafgemächer der Herren waren für die Dienstbotinnen tabu. Moritz war für die Kamine zuständig, Budde und Novak, Opitz und natürlich der Kammerdiener erledigten alle anderen Arbeiten. Nur geputzt wurde von den Hausmädchen, und auch nur, wenn einer der Männer die Räume vorher kontrolliert hatte. Die Frauen hatten hier drin absolut nichts zu suchen. Selbst die Fürstin betrat nur in Ausnahmesituationen das Schlafzimmer ihres Mannes. Aber all das war ihr entfallen. In ihrer Panik. In der Taubheit. Ihr Gehirn war wie gelähmt.

»Der Doktor … Er soll runterkommen. Bitte. Mamsell Reineke ist die Treppe hinuntergestürzt.«

Novak machte große Augen, nickte aber und verschwand sofort nach drinnen. Einen Moment später ging die Tür wieder einen Spalt auf. »Er kommt, sobald der Fürst in der Wanne sitzt.«

Hedda nickte ebenfalls. Und ging. Die Treppe runter, die mittlerweile geputzt und trocken war. Kurz starrte sie auf die Stufen, die vorhin noch verschmiert gewesen waren. Adelheid hatte alles gründlich gereinigt.

Sie ging hinunter, um eine Ecke und blieb vor der offenen Tür der Mamsell stehen. Die lag mehr auf ihrem Stuhl, als dass sie saß. Jemand hatte einen Schemel geholt und ein Bein darauf gelagert. Lydia hockte neben ihr und redete auf sie ein. Als sie Hedda in der Tür sah, stand Lydia auf, bedachte die Mamsell mit einem letzten bedeutungsvollen Blick und drängte sich mit einer siegesgewissen Miene an Hedda vorbei.

»Mamsell Reineke, ich wollte Ihnen nur versichern, ich trage keine Schuld …«

»Fräulein Keller hat mir erzählt, dass Sie sich bei ihr über mich beschwert haben. Und dass Sie unzufrieden sind mit Ihrer Stelle als zweites Stubenmädchen. Bestimmt glauben Sie, ich hätte mich nicht für Sie eingesetzt. Ich kann Ihnen versichern, ich war bei der Fürstin. Und wenn die Fürstin und der Fürst in dieser Sache nichts unternehmen, dann kann ich es auch nicht ändern. Sich aber derart an mir zu rächen …«

»Aber nein. Das würde ich doch nie …«

»*Die wird schon noch sehen* – das haben Sie zu Fräulein Keller gesagt. Sie hat es mir vorhin erzählt, wusste aber natürlich nichts weiter damit anzufangen. Nur dass Sie das gestern gesagt haben, nachdem ich Sie beide oben im Schlafzimmer von Komtess Viktoria verlassen habe.«

»Mamsell Reineke, nein! … Ich … würde doch nie …«

»Jetzt raus hier. Bevor Sie noch mehr Unheil anrichten«, stöhnte die Mamsell.

Plötzlich stand Lydia wieder draußen und wies Dr. Genrich in den Raum.

»So, dann wollen wir uns das mal ansehen.« Er stellte seine große lederne Arzttasche neben den Stuhl und beugte sich über die Mamsell. »Fräulein Keller, kommen Sie her und helfen Sie mir. Und Sie schließen bitte die Tür«, richtete er sich an Hedda. »Ich muss Frau Reineke nun gründlich untersuchen.«

Hedda blieb nichts anderes übrig, als beiseitezutreten. Mit unverhohlener Schadenfreude ging Lydia an ihr vorbei. Das durfte doch alles nicht wahr sein! Der Himmel stürzte über ihr ein, und Lydia Keller ergötzte sich an ihrem Unheil.

Hedda drehte sich weg, ging um eine weitere Ecke und blieb vor der Tür von Herrn Opitz stehen. Sie spürte ihren Körper kaum noch. Nicht die Müdigkeit, nicht die Panik, nichts mehr. Sie wagte es nicht zu klopfen. Und tat es dann doch.

»Herein!«, kam von innen die barsche Aufforderung.

Hedda öffnete die Tür und trat ein.

»Schließen Sie die Tür.«

Ihr Herz sackte in ihre Schuhe. Um Himmels willen. Bitte nicht. Bitte, bitte nicht!

Er forderte sie nicht zum Sitzen auf, blieb aber selbst auf seinem Stuhl. Genugtuung stand ihm ins Gesicht geschrieben. Für einen Moment kostete er ihren erbarmungswürdigen Anblick aus, bevor er sprach.

»Das ist keine kleine Verfehlung. Sie wissen, dass über die Dienstbotentreppe alle zwei Minuten jemand hoch- und runtergeht. Einen Feudel dort stehen zu lassen, noch dazu voller Schmierseife, das kann ich nicht mehr als Vergesslichkeit oder Unachtsamkeit durchgehen lassen. Das ist schon ein sträfliches Vergehen. Ich werde es mit der Fürstin besprechen müssen, aber ich sage Ihnen direkt: Wenn es nach mir geht, würde ich Sie noch heute vor die Tür setzen.«

Endlich kam etwas Leben in ihren Körper zurück. »Ich habe nichts getan. Ich habe weder den Feudel dort hingestellt noch dort Schmierseife verschüttet. Sie wissen das. Sie wissen das ganz genau.«

Abrupt stand er auf und baute sich vor ihr auf. »Ich sag Ihnen, was ich weiß! Ich habe Sie dort mit dem Feudel raufgehen sehen.

Sie, und niemand anderen. Und Fräulein Keller war mit mir unten in der Silberkammer. Das werde ich vor dem Fürsten und der Fürstin beschwören, unter Eid, wenn es nötig wird.«

Ihr Mund wurde ganz trocken. Sie wollte etwas sagen, wusste aber, dass jedes Wort umsonst sein würde. Das also war Opitz' Rache für ihre Weigerung, sich mit ihm einzulassen. Offensichtlich war Lydia bereit, diesen Preis zu zahlen. Sie hatte ihr Preisgeld hoch verhandelt. Die beiden hatten sich gegen sie verschworen, hatten schnell noch die Mamsell gegen sie aufgehetzt, und zu allem Unglück hatte die Fürstin sie gerade dabei erwischt, wie sie sich einfach auf ihren Polstermöbeln eine Pause gegönnt hatte. Und sie hatte den Fürsten nackt erwischt. Hedda wusste, sie war verloren!

29. April 1908

Mittlerweile lagen bei allen die Nerven blank. Die Mamsell hatte einen komplizierten Bruch am Oberschenkel oder an der Hüfte. So genau wusste man es noch nicht. Auf jeden Fall war sie noch gestern nach Eberswalde ins Auguste-Viktoria-Heim gebracht worden. Zuvor hatte Adelheid auf ihre Weisung hin einige Sachen eingepackt und ihr später gemeinsam mit Martha Petzold in die Kutsche geholfen.

Hedda war vollkommen durch den Wind. Gestern beim Abendessen hatte sie so gut wie nichts runtergebracht, und als sie endlich später beide auf der Stube gewesen waren, hatte sie praktisch nur geweint. Sie brachte kaum ein vernünftiges Wort heraus. Musste sie auch nicht, denn Adelheid wusste ja Bescheid, was vor sich ging. Natürlich glaubte sie ebenso wie Hedda, dass das eine abgekartete Geschichte war. Ein wenig Erfahrung hatte Adelheid selbst schon mit Herrn Opitz. Und bei Lydia Keller war sie sich sicher: Mehr als jedem anderen hier im Haus traute sie Lydia eine solch perfide Aktion zu.

Hedda hatte ihr gestern mit wenigen Worten zu verstehen gegeben, dass sie sich sehr vor Opitz in Acht nehmen müsse. Und dass er ihr selbst schon die Stellung von Martha Petzold angeboten habe. Ihre Warnung nahm Adelheid dankbar entgegen, ungeachtet der Tatsache, dass sie sich sowieso ständig in Acht nahm.

Und vor wenigen Minuten war Hedda nun zu Herrn Opitz hereingerufen worden. Obwohl sie eigentlich keine Zeit dazu hatte, rannte Adelheid ständig zur Waschküche, als müsste sie dort irgendetwas holen. Und ging dann immer weiter und schaute um die Ecke, ob Hedda schon wieder herausgekommen war. Doch die ließ auf sich warten. Irgendwann konnte Adelheid es nicht weiter verzögern. Sie müsste hoch und das Vestibül putzen.

Nervös schaute sie ständig zu der Öffnung, durch die die Dienstboten in den Herrschaftsbereich traten. Zehn Minuten später erschien endlich Heddas Gesicht, bleich wie eine gekalkte Wand. Adelheid nahm den Putzfeudel und den Eimer in die Hände und ging zu ihr. Sie versteckten sich hinter der Wand, direkt beim Speiseaufzug.

Adelheid schaute sie neugierig an. »Was ist? Bist du jetzt auch wieder ein Hausmädchen?«, flüsterte sie.

Hedda schüttelte ihren Kopf, Tränen brachen hervor. Sie brauchte einen Moment, um sich zu sammeln. »Ich muss ... gehen.« Mehr brachte sie nicht raus.

»Wie bitte? ... Gehen? ... Aber wohin denn?«

Hedda versuchte, ihre Schluchzer runterzuschlucken, und schüttelte nur den Kopf. »Ich kann jetzt nicht. Ich schreib dir alles.« Sie riss Adelheid an sich. »Ich muss hoch, packen. Ich muss in einer halben Stunde das Schloss verlassen haben.«

»Aber das darf doch nicht wahr sein!«

Hedda schluckte wieder, wollte etwas sagen, konnte aber nicht. Dann ließ sie sie unten stehen. Benommen ging Adelheid zurück ins Vestibül und putzte weiter. Damit hatten sie nicht gerechnet, weder Hedda noch Adelheid. Sie beide hatten geglaubt, dass Hedda zum Hausmädchen degradiert würde. Und weniger Lohn bekäme.

Und nun das? Das durfte nicht wahr sein! So einen großen Triumph hätte sie Lydia Keller nicht zugetraut. Bestimmt hatte sie sich mit Opitz eingelassen. Alleine hätte sie das niemals durchbekommen. Aber wenn der Haushofmeister auf ihrer Seite stand, dann war es aussichtslos für die anderen.

Adelheid putzte das Vestibül wirklich sehr langsam und sehr gründlich. Es hatte keine Viertelstunde gedauert, da hatte Hedda schon wieder am Durchgang gestanden. Jetzt drückten sie sich noch mal, und Hedda versicherte ihr, dass sie ihr schreiben würde. Unter einem falschen Namen natürlich.

»Unbedingt. Sobald du eine neue Stelle hast, können wir uns ja treffen, irgendwo. Vielleicht in Oranienburg. Oder wo du willst. Wenn es nicht zu weit weg ist«, versprach Adelheid.

»Vielleicht schreibe ich dir ja aus Amerika«, sagte Hedda lächelnd, obwohl ihr schon wieder die Tränen kamen.

Adelheid lächelte aufmunternd zurück, aber sie glaubte nicht, dass ein Brief aus Amerika käme. So oft hatte Hedda ihr erzählt, dass sie noch ein paar Jahre sparen müsse, bevor sie überhaupt daran denken könne, ihre Ausreise zu planen. Adelheid wünschte ihr alles erdenklich Gute.

»Pass auf dich auf. In vielerlei Hinsicht. Sei immer auf der Hut. Ich …« Wieder brach Heddas Stimme. »Ich muss noch nach unten, meinen Lohn holen, und mein Gesindebuch. Dann bin ich weg.« Sie drückte Adelheid sogar einen Kuss auf die Wange, dann lief sie die Treppe hinunter.

Obwohl sie eigentlich genug zu tun hatte, stellte Adelheid sich an ein Fenster neben dem Eingangsportal. Zu ihrer großen Verwunderung wartete vorne die Kutsche mit Herrn Hartwich. Nur wenige Minuten später erschien Hedda mit ihren zwei Reisetaschen, die er ihr hineinstellte. Er war sogar so höflich, ihr in die Kutsche zu helfen. Aber Adelheid war klar, dass diese Kutschfahrt nicht aus Höflichkeit erfolgte, sondern nur dem Umstand entsprang, dass man vermeiden wollte, dass sich eine verärgerte Dienstbotin vor der draußen lauernden Presse lästerlich über die Vorgänge im Inneren des Schlosses auslassen könnte. Dabei hätte Hedda das bestimmt nie gemacht. Vermutlich würde Herr Hartwich Hedda bis nach Löwenberg zum Bahnhof bringen und sicherstellen, dass sie dort unbelästigt in einen Zug einsteigen konnte. Es war alles so ungerecht, so furchtbar ungerecht.

Adelheid hoffte, dass sehr bald ein Brief von ihr ankäme. Die Schlafstube hatte sie nun wieder für sich allein. Wohl war ihr dabei allerdings nicht. Sie würde Heddas Rat beherzigen und nachts abschließen, auch wenn das wegen der Feuergefahr verboten war. Ebenfalls hatte Hedda ihr schon gestern eine Warnung für Martha Petzold mit auf den Weg gegeben. Sie war nun die Nächste, die Lydia Keller im Weg stand.

Nun war also ihre engste Verbündete im Schloss fort. Und das ausgerechnet zu einem Zeitpunkt, zu dem Adelheid dringender als jemals zuvor eine gute Freundin gebraucht hätte. Viktor Novak hatte sie geküsst. Das brachte ihr ganzes Weltbild ins Wanken. Sie wusste überhaupt nicht, was sie davon halten sollte. Das hatte sie mehr als gefreut, und ihr Herz hatte den ganzen Tag aufgeregt gehüpft. Selbstverständlich wusste sie, dass sie vor den anderen Dienstboten nichts sagen und nichts zeigen durfte. Doch so freudig erregt sie war, so ängstlich war sie gleichzeitig.

Solange Viktor Novak ein aus der Ferne angehimmelter Traum gewesen war, hatte sie sich die märchenhaftesten Dinge vorstellen können. Doch plötzlich war das alles ganz nahe gerückt. Ihre bisher irrwitzigen Vorstellungen, mit denen sie ihre Tagträume ausgeschmückt hatte, waren nun zum Greifen nah. Das machte ihr mehr Angst, als sie es sich hätte vorstellen können.

Die ersten zwei Tage war sie wie in einer Wahnvorstellung herumgelaufen, glücklich, manchmal grinsend wie ein Honigkuchenpferd, und doch so angespannt wie nie zuvor. Sie hatte sich sehr zusammenreißen müssen, Hedda nichts zu verraten. Am liebsten hätte sie über nichts anderes gesprochen. Während Hedda schnell einschlief und sie ihren regelmäßigen Atem hörte, stellte sie sich ungehörige Dinge mit Viktor Novak vor.

Der allerdings schien sehr darauf zu achten, dass er sich und seine Gefühle nicht verriet. Zwar schien er ihr nervöser als sonst. Aber vielleicht kam ihr das auch nur so vor, weil sie selbst so extrem nervös war. Überhaupt waren gerade alle im Haus irgendwie nervös, ob man nun in die Dienstbotenetage schaute oder in die Räume der Herrschaften.

Es dauerte vielleicht noch einen Tag länger, bevor sie zum ersten Mal diesen merkwürdigen Eindruck hatte: Vermied Viktor es absichtlich, mit ihr in einem Raum alleine zu sein? Nicht, dass es sonst oft vorgekommen wäre. Bei so vielen Menschen im Schloss und ihren sehr unterschiedlichen Aufgaben kam es ohnehin selten vor, dass sie gemeinsam und allein in einem Raum waren.

Wie versprochen hatte sie Hedda nichts von dem Kuss erzählt. Was ihr sehr schwerfiel. Aber mit jedem Tag mehr, der ins Land ging, hatte sie das Gefühl, dass ihr kleines Geheimnis nicht nur für die anderen geheim war. Anscheinend war es so geheim, dass sie sich selbst nicht mehr daran erinnern sollte.

Nichts passierte mehr. Kein Blick, keine heimliche Berührung auf der Treppe, und schon gar nicht ein weiterer Kuss. Einmal war sie oben allein im Lesezimmer der Fürstin gewesen, als die Tür aufging und Viktor hineinkam. Doch als er sah, dass sie alleine war, machte er nicht etwa Anstalten, ihre Nähe zu suchen. Stattdessen wies er auf den Flur, legte seinen Zeigefinger vor den Mund und ging wieder. Anscheinend war dort draußen jemand, und Adelheid sollte sich nicht verraten. Doch als sie auf den Flur getreten war, hatte sie niemanden gesehen.

Vierzehn Tage lag ihre innige Begegnung nun zurück. Seitdem war nichts mehr passiert. Adelheid war sich nicht schlüssig darüber, was sie davon halten sollte. Zudem wurde sie abgelenkt durch die neueste Aufregung, die wieder durch das Schloss zog. Natürlich wusste sie erst nicht Bescheid, was los war. Aber dann, drei oder vier Tage später, las sie es in einer Zeitung.

Herr Harden hatte nun anscheinend den Mann, der in ihrem verkauften Brief erwähnt wurde, als Zeugen vor ein Gericht gebracht. Nicht hier in Preußen, nicht in Berlin, sondern in München. Und obwohl niemand wirklich Zeit dazu hatte, Zeitung zu lesen, schaffte Adelheid es doch jeden Tag, einige der Zeitschriften nach Artikeln über ihr Schloss und ihren Schlossherrn zu durchsuchen. Herr Theurich, der Kammerdiener, hatte einmal einen ganzen Packen Zeitungen auf dem Flur abgelegt. Und bevor Viktor oder Herr Budde sie fortschaffen konnten, hatte Adelheid einfach zwei beliebige Zeitungen vom Stapel geklaut. Und sie später verschwinden lassen.

Einmal hatte Anni eine Zeitung unten in Empfang genommen, die wohl so dringend gewesen war, dass man sie persönlich ins Schloss lieferte. Keine Minute später hatten sie zu fünft um eine Zeitung herumgestanden und einen Artikel gelesen, bis Opitz sie laut schimpfend auseinandergetrieben hatte. Jeder wartete nun auf die neuesten Enthüllungen.

Selbst Martha Petzold, die sich sonst für Klatsch und Tratsch zu schade war, sammelte nun bei den Komtessen die auf den Boden gepfefferten Zeitungen ein, nachdem die Fürstentöchter sie gelesen und sich anschließend heulend auf ihre Betten geschmissen hatten.

Mittlerweile wussten alle im Haus, was los war. Man merkte geradezu, wie sich die Gerüchte und das Getuschel durch die gesamte Dienstbotenetage fortpflanzten. Mit jedem Tag wurde es schlimmer. Bei Herrn Budde schienen die Nerven besonders blank zu liegen, denn dreimal fuhr er Anni, seine Cousine, lautstark an wegen geringster Kleinigkeiten.

Der Fürst und Hausherr von Schloss Liebenberg hatte möglicherweise einen Meineid geleistet. Adelheid fragte sich, wie schwerwiegend das vor Gericht war. Und wie schwerwiegend es war, wenn man zwei Meineide geschworen hatte.

Hedda hatte ihr noch mal eindringlich geschildert, was die Folgen eines solchen Meineids sein könnten. Bisher hatten die Anschuldigungen gegen den Fürsten nur haltlos im Raum gestanden. Bisher war es eine Glaubensfrage gewesen, ob man nun eher den beleidigenden Aussagen eines jüdischen Journalisten folgen wollte oder dem Wort eines preußischen Fürsten, der im Deutsch-Französischen Krieg für König und Vaterland sein Leben riskiert hatte.

Doch der Münchner Prozess änderte alles. Nun ruderten alle Zeitungen zurück und gaben öffentlich zu, dass man unter den Eindrücken der neuesten Zeugenaussagen Herrn Harden durchaus unrecht getan habe. Und natürlich die ehrenvollen Bekundungen des besten Freundes des Kaisers plötzlich in einem vollkommen andersgearteten Licht dastanden.

Auch Adelheid wusste nicht mehr, wo ihr der Kopf stand. Dass es nun so viel zu tun gab, kam ihr gerade recht. Abends fiel sie todmüde ins Bett und schlief traumlos. Doch dieser perfide Trick, mit dem Hedda reingelegt worden war – am liebsten wäre sie schreiend zur Haustüre rausgelaufen. Es war einfach zu viel.

Wieder fielen ihr die Worte ein, die die Mamsell ihr damals mitgegeben hatte, als sie im Schloss angefangen hatte: *Kind, du glaubst vielleicht, du hast Glück. Aber es kommt eine schwere Zeit auf dich zu. Eine sehr schwere.* Und so war es. Sie war für diese Welt nicht geschaffen. Dieses Lästern, diese Intrigen, diese Bösartigkeit. Ständig in Alarmbereitschaft sein zu müssen, beständig das Schlimmste zu erwarten, niemandem vertrauen zu dürfen, machte sie mürbe. Allmählich fragte sie sich sogar, ob der Kuss von Viktor Novak auch nur ein Trick gewesen war.

Der Essensgong zum Mittagessen ertönte. Adelheid hatte schon gewaltigen Hunger. Es war allerdings ein anderer Hunger als früher, wo sie oft nicht gewusst hatte, wann sie die nächste karge Mahlzeit bekam. Heutzutage hatte sie keine Angst mehr, wenn sie Hunger hatte. Als sie in die Leutestube kam und sich setzte, sah sie Heddas leeren Stuhl. Ein Stich ging durch ihre Eingeweide, und direkt noch ein zweiter, als Viktor Novak zur Tür hereinkam und sich setzte, ohne sie auch nur eines kurzen Blickes zu würdigen. Jetzt fühlte sie sich wieder so einsam und verlassen wie an ihrem ersten Arbeitstag.

Lydia kam als Letzte. Bestimmt hatte sie absichtlich gewartet, damit alle sehen würden, auf welchen Platz sie sich nun setzte. Auf den Stuhl von Hedda. Nun war sie das zweite Stubenmädchen. Adelheid hätte ihr am liebsten den Teller mit der heißen Suppe ins Gesicht geschüttet.

Noch bevor alle anfingen zu essen, stand Herr Opitz auf. »Aufgrund der gestrigen Vorfälle hat Fräulein Pietsch das Schloss verlassen und ihren Dienst quittieren müssen. Die Fürstin hat so entschieden.«

Die Fürstin, von wegen, dachte Adelheid. Natürlich war es ein großes Unglück gewesen, dass die Fürstin Hedda ausgerechnet gestern auf einem der Polsterstühle erwischt hatte. Aber das alleine war kein Grund für eine Kündigung, genauso wenig, wie es der Unfall gewesen wäre, so unselig er auch immer war. Zumindest musste die Fürstin denken, dass es ein Unfall gewesen war.

»Ich hoffe, das ist für Sie alle ein Ansporn, besonders gründlich und verantwortungsvoll Ihre Aufgaben zu erledigen«, erklärte Opitz. »Ich werde mir nun etwas überlegen müssen, wie wir die Mamsell und ein fehlendes Stubenmädchen ersetzen können. Ich habe Herrn Hartwich bereits Bescheid gesagt, dass er sich um eine zusätzliche Kraft aus dem Dorf bemühen soll. Sie wird hier wohnen, zumindest für die nächste Zeit. Sie wird aber nicht fest angestellt.«

Gerda Altvater blickte Adelheid düster an. Sie wusste, was Gerdas Blick zu bedeuten hatte: Es fing schon an mit der Reduzierung der Dienstboten. Wäre alles normal, würde man sich sofort nach einem Ersatz für Hedda umschauen. Und vielleicht sogar nach einem Ersatz für die Mamsell.

Nach dem Mittagessen verteilte Herr Opitz wie immer die angekommene Morgenpost. Adelheid war mehr als erstaunt, als er ihr einen Brief hinhielt. Das konnte unmöglich schon ein Brief von Hedda sein.

An Fräulein Schaaf, adressiert von einem *Fräulein Agathe Müller,* stand auf dem Umschlag. Sie kannte keine Agathe Müller, da war sie sich sicher. Sie runzelte wohl etwas zu deutlich ihre Stirn, denn Herr Opitz fragte aufmerksam:

»Sie bekommen ja eigentlich nie Post. Von wem ist er?«

Ihr Blick huschte merkwürdigerweise kurz zu Viktor hinüber, der sie aufmerksam ansah. Doch sobald er ihren Blick bemerkte, drehte er sich um und ging. In dem Moment wurde ihr klar, dass es bei ihrem Kuss um den Brief gegangen war. Er hatte sie geküsst, als sie ihn etwas zu dem Brief gefragt hatte.

»Adelheid?!«, forderte Herr Opitz seine Antwort ein.

»Ja, ich … Er ist … von einer entfernten Verwandten meiner Mutter. Ich musste nur kurz überlegen, weil wir eigentlich so gut wie nie Kontakt hatten.« Sie holte Luft für ihre nächste Lüge. »Ich nehme an, sie hat erst jetzt vom Tod meiner Mutter erfahren. Das denke ich mir zumindest«, sagte sie vollkommen unschuldig und steckte den Brief nonchalant in ihre Rocktasche. Eigentlich verblüffte es sie, wie leicht ihr mittlerweile die größten Lügen über die Lippen kamen.

»Ach so.« Opitz ließ sie stehen und ging hinaus.

Nach einem kurzen Moment war die Leutestube leer. Alle verteilten sich im Haus. Gemeinsam mit Gerda putzte sie das herrschaftliche Treppenhaus, damit es möglichst schnell ging. Adelheid wischte feucht durch, und Gerda ging sofort mit einem trockenen Lappen hinterher. Wurden die Treppen geputzt, konnten die Herrschaften in dieser Zeit nicht hinunter oder hinauf.

Erst als sie fertig waren und Adelheid mit dem dreckigen Putzwasser nach draußen lief, um es auszuschütten, war sie zum ersten Mal alleine. Draußen versteckte sie sich hinter einem der Büsche und griff nach dem Brief. Sie hatte tatsächlich keine Ahnung, wer Agathe Müller sein könnte.

Der Brief war von der Reichspost in Berlin abgestempelt. Doch als sie den Brief nun hastig öffnete, verschlug es ihr die Sprache. Es war ein Brief von Herrn Sibelius! Ja, war denn der Mensch wahnsinnig! Ihr zu schreiben!

Schon in der ersten Zeile schrieb Herr Sibelius, ihm sei natürlich bewusst, dass er ihr nicht schreiben solle, aber es gehe um eine dringende Angelegenheit. Um eine äußerst dringende Angelegenheit!

Dem Brief lag ein etwas kleinerer Umschlag bei. Es war der Brief, den sie Herrn Harden verkauft hatte. Das Blut schoss ihr in die Adern. Ihr wurde abwechselnd heiß und kalt. Was machte der Mensch nur?! Er brachte sie in Teufels Küche!

Sibelius schrieb, es komme bald ein Kommissar, der das Schloss durchsuchen werde. Und sie solle den Brief bitte so deponieren, dass der Kommissar ihn finden müsse. Im Umschlag lag überdies ein Zwanzigmarkschein.

Adelheids Herzschlag raste. Den Brief wieder zurücklegen? Wieso das denn? Natürlich, damit der Kommissar selbst einen Beweis finden würde. Doch wie sollte sie das denn bitte schön machen? Sie erfuhr doch in der Regel nur von Besuch, wenn er bereits im Haus war. Wie stellte der Privatdetektiv sich das vor? Und dann – zwanzig Mark. Was, wenn sie den Brief in der Gegenwart von jemand anderem geöffnet hätte?!

Eilig stopfte Adelheid das Geld und Sibelius' Brief zurück in den Umschlag. Aber als sie nun unten zum Dienstboteneingang hineinkam, kam ihr schon Liesel entgegengelaufen.

»Da sind Männer gekommen. Fünf Männer, drei davon Kriminalbeamte, und ein Arzt, und ein Richter. Alle aus Berlin.«

»Ein Kriminalkommissar?«

»Drei Kriminalbeamte. Ob einer ein Kommissar ist, weiß ich nicht. Denk dir, ein Richter, hier im Schloss, und nicht als Gast!«

»Und was wollen sie hier?«

»Erst einmal befragen sie den Fürsten nur«, flüsterte Liesel. »Und der Arzt soll wohl seinen gesundheitlichen Zustand untersuchen. Noch sind sie im großen Salon. Opitz wollte ihnen aufwarten, wurde aber rausgeschickt. Und ich soll dir sagen, dass wir nun alle ganz leise sein und uns zurückziehen sollen. Niemand von uns soll zu sehen sein. Opitz, Budde und Novak stehen bereit, falls etwas ist. Aber die Fürstin hat ganz klargemacht, dass jede rausfliegt, deren Nase sie nur sieht. … Das wollte ich dir sagen.«

»Danke«, murmelte Adelheid nachdenklich. Sie ging zurück in die Waschküche und machte dort den Putzeimer sauber.

Kriminalbeamte, dann war doch bestimmt ein Kommissar dabei. Und sie würden das Schloss durchsuchen? Oder aber nur den Fürsten befragen. Herrje, was für ein Elend, dass sie rein gar nichts von den Geschäften der hohen Herren wusste. Und jetzt war nicht mal Hedda da, um ihr was zu erklären. Was sollte sie nun machen? Den Brief offensichtlich irgendwo hinlegen? Übernachteten die Herren vielleicht hier? Dann könnte sie den Brief einfach jemandem aufs Kopfkissen legen. Aber bestimmt war das auch wieder eine kindische Idee. Gerade in der jetzigen Situation durfte sie sich keinen Fehler erlauben, nicht den kleinsten.

30. April 1908

Gestern Abend war Hedda in Moabit in einer Damenpension untergekommen. Heute Vormittag hatte sie direkt als Erstes ein Sparbuch bei einer Genossenschaftsbank eröffnet, damit sie nicht all ihr sauer Erspartes ständig mit sich herumtragen musste. Schließlich war das etwas mehr als ein Jahreslohn. Sie hatte die Nacht kaum geschlafen, so groß war ihre Angst um ihr Geld.

Danach erst war sie zum Büro des Dienstbotenverbands gegangen und hatte dort gewartet, bis es am Nachmittag öffnete. Sie wusste ja schon, dass dort Beratungsgespräche angeboten wurden. Doch wie sich nun herausstellte, vermittelten sie keine Stellen. Oder nur, wenn sie durch Zufall davon wussten. Sie berieten die Dienstbotinnen und Dienstboten in rechtlichen Fragen oder boten ihnen Begleitung an, wenn sie bei der Polizei etwas anzeigen wollten – unterschlagenen Lohn oder übermäßige Züchtigung, und vor allem natürlich, wenn es zu unsittlichen Übergriffen gekommen war.

Hedda musste also doch zu einer der teuren Dienstbotenvermittlungen gehen. Immerhin hatte man ihr eine Liste mit Adressen von Vermittlungsbüros gegeben, die eine offizielle Konzession besaßen. Die offiziellen Büros nahmen natürlich deutlich mehr Vermittlungsgebühr als die inoffiziellen. Dort zahlte man nur eine oder zwei

Mark, aber bekam auch oft die schlechteren Stellen. Die Stellenvermittlungen verdienten daran, das Personal möglichst oft zu vermitteln. Also war ihnen gar nicht daran gelegen, die passende Kraft für den richtigen Haushalt zu finden. Denn sobald die Hausherrin oder die Hausmädchen kündigten, konnten sie für eine weitere Vermittlung wieder Geld kassieren. Das war keine gute Aussicht.

Was man ihr im Verbandsbüro leider nicht gegeben hatte, war die Adresse von Arthur in Charlottenburg. Da sie noch nicht offiziell Mitglied sei, sei das leider nicht möglich, hatte man ihr gesagt, und sofort angeboten, eine Mitgliedschaft einzugehen.

Doch es war schon Ende April. Also würde sie Arthur vermutlich am Sonntag, also in drei Tagen, ohnehin bei der Versammlung treffen. Deshalb sparte sie sich das Geld. Sicher war die Versammlung sowieso der beste Ort, um sich nach einer guten neuen Stelle zu erkundigen.

Tatsächlich hatte Hedda im schmalen Bett der billigen Pension darüber nachgedacht, ob sie nicht nach Tangermünde zurückgehen sollte. Dort war sie immerhin aufgewachsen. Sie vermisste die prächtigen Fachwerkhäuser, die schmuckvolle Fassade des Rathauses, die roten Backsteintürme, auf denen Störche brüteten, und sie vermisste den abendlichen Spaziergang an der Elbe. Doch heute lebten in Tangermünde keine Verwandten von ihr mehr. Und sollten ihre Brüder wider Erwarten doch zurückkommen, wären sie sicher nicht gut auf Hedda zu sprechen. Nein, sie setzte besser darauf, dass sich hier in Berlin weitaus mehr große Häuser mit mehreren Dienstboten fanden. Denn eins stand fest: Als Alleinmädchen würde sie nie wieder irgendwo anfangen. Lieber ging sie in eine Fabrik.

So stand sie am späteren Nachmittag vor einem Hauseingang, über dem ein Blechschild verkündete, *Gesinde-Vermietungs-Bureau*. Sie trat in den Hausflur und sah dort schon drei junge Frauen stehen. Alle waren jünger als sie.

»Hallo«, begrüßte sie sie. »Ist das Büro noch geöffnet?«

Eine nickte und sagte: »Wir warten hier nur auf unsere neuen Madames.«

»Dann wünsche ich Ihnen viel Glück«, sagte Hedda und trat durch eine große dunkle Tür in eine Art Wartesaal. Dort saßen mehrere Frauen auf schlichten Holzbänken. Ein einziger Mann war dabei. Am Kopfende des Raumes gab es eine Art Schalter, hinter dem eine ältere Dame saß. Davor standen vier Frauen. Hedda stellte sich an. Es dauerte, bis die vorderste Frau überhaupt fertig war und sich auf eine der Bänke setzte.

Die Nächste rückte auf. Hedda sah sich um. Sie hätte erwartet, dass irgendwo Preistafeln hingen, was die Vermittlung kosten würde. Schließlich gab es gravierende Unterschiede. Natürlich musste man als erfahrene Kraft wie eine Kammerzofe oder Köchin deutlich mehr Vermittlungsgebühr bezahlen, als wenn man den Dienst als Alleinmädchen antreten wollte. Sie holte schon mal ihr Gesindebuch heraus, ihre Passkarte und ihren Entlassungsschein. Den brauchte sie, damit man nicht glaubte, dass sie mitten im Jahr aus dem Dienst entlaufen war.

Sie ärgerte sich maßlos. Im Gesindebuch hatte sie nun einen schlechten Eintrag. Als letzten Racheakt hatte Herr Opitz es sich nicht nehmen lassen, ihr eine mittelmäßige Arbeitsmoral zu bescheinigen, und dazu noch geschrieben, dass sie entlassen worden sei, weil sie einen sehr großen Fehler begangen habe. Darunter konnte sich eine neue Hausherrin alles vorstellen, sogar eine sittliche Verfehlung mit dem Hausherrn.

Bis sie endlich dran war, hatten sich schon wieder drei Frauen hinter ihr angestellt. Hinter dem Schalter saß eine ältere Dame mit einer schweren Brille auf der Nase, die ihr ständig herunterrutschte. Nun schaute sie auf, blickte Hedda prüfend an und fragte: »Als was?«

Viele Umstände wurden hier wohl nicht gemacht. Hedda schob ihre Papiere rüber und sagte: »Ich war zuletzt in einem großen Haushalt angestellt, mit über einem Dutzend Dienstboten, und ich war zweites Stubenmädchen.«

»Wieso haben Sie den Dienst verlassen?«

»Ich hatte Ärger mit dem Haushofmeister.« Sie zögerte kurz und schob dann in einem doppeldeutigen Ton hinterher: »Die übliche Art von Ärger, die man mit Männern haben kann. Deswegen habe ich auch einen schlechten Eintrag in meinem Buch.«

Sie konnte es genauso gut auch direkt sagen, wie es war, bevor die Frau den Eintrag selbst las. Doch die schaute gar nicht auf das Gesindebuch.

»Ich hab nichts für Stubenmädchen.«

»Gar nichts?«

Sie schüttelte den Kopf und sagte: »Im Moment werden nur Alleinmädchen gesucht. Oder eine Köchin. Haben Sie daran Interesse?«

»Nein. Auf keinen Fall«, antwortete Hedda wahrheitsgemäß.

Die Frau schob die Unterlagen zurück und neigte ihren Kopf. »Die Nächste.«

»Nein, ich ... Warten Sie. Und wenn jetzt wieder was reinkommt?«

»Sie können natürlich die Vermittlungsgebühr für Stubenmädchen bei mir bezahlen. Sie beträgt sechs Mark. Dann können Sie jeden Tag kommen und nachfragen, ob es etwas gibt.«

»Ich muss die Vermittlungsgebühr zahlen, bevor ich eine Stelle habe?«

Die ältere Dame nickte. »Wir tragen Sie in eine Liste ein, in der alle infrage kommenden Interessentinnen geführt werden.« Sie sagte das in einem Ton, als wäre sie es leid, es zum tausendsten Mal zu wiederholen. So, als wüsste sie schon, was nun käme. Wieder schob sie ihre Brille hoch.

»Und wie viele Stubenmädchen wären dann vor mir auf der Liste?«

»Fünfundzwanzig, dreißig ungefähr. Wenn Sie noch Bedenkzeit brauchen, machen Sie bitte den Platz frei und stellen sich wieder hinten an.«

»Noch eine Frage«, schob Hedda schnell hinterher. »Wie viele Stellenangebote für Stubenmädchen kommen am Tag rein?«

»Höchstens eine am Tag, wenn überhaupt. Jetzt machen Sie bitte den Platz frei.«

Hedda trat zur Seite. Jetzt hatte sie so lange gewartet, und das war das Ergebnis. Betrübt setzte sie sich auf eine der Holzbänke. Was sollte sie jetzt tun? Sechs Mark, dafür musste sie sonst gut zwei Wochen arbeiten. Und es war nicht einmal sicher, dass sie überhaupt eine neue Stelle kriegen würde. Zumindest nicht in den nächsten drei oder vier Wochen. Wollte sie sich das wirklich leisten?

Sie schaute sich um. Es gab nicht einen einzigen Menschen hier im Raum, der glücklich aussah. Nicht einen. Die Arbeit als Dienstbotin war beschwerlich und hart. Und obwohl ständig Alleinmädchen gesucht wurden und es an Dienstboten mangelte, war es sehr mühsam, eine bessere Stelle zu ergattern. Die Leute waren geizig und wollten am liebsten für unendlich wenig Geld unendlich viel Arbeit verrichtet haben. Es war schon fast wie auf einem Viehmarkt.

Für einen winzigen Moment schoss ihr der Gedanke durch den Kopf, jetzt nach Amerika zu gehen. Jetzt kam der Sommer, das Wetter war günstig, und die Überfahrten wären ruhig. Aber nein, sie hatte kaum mehr Geld zusammen als für die Anreise. Wenn es dann dort nicht so klappte, wie sie es sich vorstellte, dann hatte sie nicht einmal die Möglichkeit, nach Deutschland zurückzukehren. Und was wusste sie schon über Amerika? *Little Germany* in New York hörte sich natürlich wunderbar an, aber ob sie dort leichter eine Arbeit finden würde, die ihr gefiel und ihr genug zum Leben brachte, wusste sie nicht.

Sie verließ das Vermittlungsbüro, ohne sich angemeldet zu haben. Voller Inbrunst wünschte sie Herrn Opitz und Lydia Keller die Pest auf den Leib. Sie hatten dafür gesorgt, dass sie nun ohne Anstellung und ohne Hoffnung auf eine gute Stellung mutterseelenallein in Berlin war und nicht wusste, womit sie nächste Woche ihren Lebensunterhalt verdienen würde. Am liebsten hätte sie ihnen Rache geschworen, doch das war vergebene Liebesmüh. Vermutlich würde sie weder den einen noch die andere jemals in ihrem Leben wiedersehen. Und doch brannte ihre Wut auf die beiden lichterloh.

* * *

In der nächsten Nacht in ihrer Pension hatte Hedda einen Einfall. Wieso fragte sie nicht einfach Constanze Maiwald? Die wusste sehr genau, wie ungerecht man auf Schloss Liebenberg behandelt wurde. Und sie hatte ihr schon einmal geholfen, eine gute Stellung zu bekommen. Zudem wusste Fräulein Maiwald, dass sie entgegen dem Eintrag im Gesindebuch sehr wohl fleißig war und gute Arbeit leistete.

Es war doch nicht so abwegig, dass sie oder ihre Arbeitgeberin einen Hausstand wussten, der nach einem guten Stubenmädchen suchte. Fräulein Maiwald hatte ihr erzählt, dass sie nun im Grunewald arbeitete, dort, wo viele Villen standen. Vermutlich wäre dort auch kein Haushalt mit mehr als drei Dienstboten zu finden, aber wenn andere Dienstboten mit im Haus waren, war die schwere Arbeit immer viel leichter zu ertragen.

Als sie nach einem kargen Frühstück, das im Pensionspreis beinhaltet war, zum Postamt gehen wollte, um ihren Brief an Fräulein Maiwald abzugeben, war auf der Straße mehr los als an den vergangenen Tagen. Aber es waren nicht die Bürgersfrauen und die Kaufmannsleute, die über die Straßen eilten, sondern bevorzugt Arbeiter und Arbeiterinnen. Einige hielten Plakate in den Händen. Sofort fiel Hedda ein, was los war. Natürlich, heute war der 1. Mai. Vermutlich würde die ganze Innenstadt bevölkert sein mit Menschen, die demonstrierten – für bessere Arbeitsrechte, für höheren Lohn, für Absicherungen im Krankheitsfall oder nach Unfällen. Und wie sie auf den Plakaten auch sehr schnell erkennen konnte, war wohl ein Schwerpunkt die Forderung nach einer Reform des preußischen Dreiklassenwahlrechts.

Der Weg zum nächsten Postamt war nicht so weit, dass sie nicht einen kleinen Umweg machen konnte, um sich die Demonstrationen einmal leibhaftig anzuschauen. Immerhin wollten wohl auch einige von der Dienstbotenversammlung mitmarschieren.

Sie lief einigen Plakatträgern hinterher, aber eine große Demonstration entdeckte sie nirgendwo. Immer mehr von diesen Menschen waren auf der Straße, aber sie schienen nicht alle das gleiche Ziel zu haben. Hedda folgte mal diesen, mal jenen und hatte sich irgendwann heillos verlaufen. Sie wusste überhaupt nicht mehr, wo sie war und wie sie zur Pension zurückgehen musste.

Sie kam an einer Gastwirtschaft vorbei, in die viele Leute hineinströmten. Männer, Frauen, sogar einige Kinder. Kurz blieb sie stehen. Über dem Eingang hing eine große Stoffbahn, auf der etwas geschrieben stand. Die Sozialdemokraten riefen zur Versammlung der Metallarbeiter auf. Also gab es gar keine Straßendemonstrationen, fragte Hedda sich gerade, als sie von hinten angesprochen wurde.

»Hedda, was machst du denn hier?«

Überrascht drehte sie sich um. Vor ihr stand Arthur. Verblüfft schüttelte sie den Kopf und lachte befreit. »Arthur, was für ein Zufall.«

»Was tust du hier? Willst du zu dieser Versammlung?«

»Nein, ich bin rausgeworfen worden in Liebenberg. Und ich wollte eigentlich nur einen Brief an eine Bekannte aufgeben, aber dann war so viel los auf der Straße. Ich war neugierig. Und nun habe ich mich verlaufen.«

»Du bist rausgeworfen worden?«

»Ja, das ist eine längere Geschichte. Aber was machst du denn hier? Ich dachte, du arbeitest in Charlottenburg.«

Arthur schaute sich um, ob jemand sie beide beobachtete. Mit gesenkter Stimme erklärte er: »Das tue ich auch. … Aber mein Arbeitgeber besitzt doch ein Walzwerk. Darin sind Metallarbeiter beschäftigt. Vielleicht weißt du es nicht, aber die meisten Fabrikbesitzer in Berlin, und überhaupt im ganzen Kaiserreich, drohen den Leuten, die auf die Versammlungen und vor allem auf die Demonstrationen gehen, mit Aussperrung.«

»Mit Aussperrung?«

»Na, sie dürfen für eine bestimmte Zeit lang nicht mehr arbeiten. Und verdienen dann natürlich kein Geld. Manche Arbeitgeber werfen die Leute ganz raus.«

»Was?«, fragte Hedda empört.

»Deshalb liegen nun mein Arbeitgeber und einige seiner leitenden Angestellten hier in der Nähe auf der Lauer, um sich zu notieren, wer hier heute reingeht.«

»So was Gemeines tun die?«

»Jedes Jahr. Und es wirkt. Jedes Jahr werden es weniger Menschen, die sich an den Maifeiern beteiligen.«

Hedda seufzte beklommen.

»Ich kenne zwar keinen von den Arbeitern, aber ich muss meinen Arbeitgeber trotzdem in die Stadt begleiten. Ich muss dafür sorgen, dass es genug zu essen und zu trinken gibt für ihn und seine Leute. Natürlich finde ich es beschämend, aber es gehört nun mal zu meiner Stellung dazu.«

»Ich dachte, am 1. Mai wären immer große Demonstrationen auf den Straßen.«

Arthur schüttelte seinen Kopf. »Erst am Nachmittag. Und eigentlich sind Aufläufe und Demonstrationszüge verboten. Natürlich kommt es trotzdem dazu. Deshalb solltest du dich in Acht nehmen und heute Nachmittag nicht mehr auf der Straße sein. Das kann sehr unschön werden. Jetzt schon sieht man mehr Polizei auf der Straße, aber heute Nachmittag wird es ein riesiges Aufgebot geben. Und die Polizei wird bewaffnet sein, mit Gewehren. Manchmal schießen sie auf die Demonstranten. Oder sie verprügeln sie, und es werden wahllos Leute verhaftet, die zufällig gerade in der Nähe sind. Es wird ganz sicher kritisch. Bis dahin solltest du aus der Innenstadt von Berlin weg sein.«

Sie nickte. Das wäre noch die Krönung ihres Unglücks, wenn sie jetzt verhaftet würde.

»Aber nun erzähl du schnell, ich hab nur ein paar Minuten. Mein Arbeitgeber erwartet mich in ein paar Minuten mit einem

Berg Stullen und Buletten zurück. Wieso musstest du auf Liebenberg aufhören?«

»Es ist wirklich … Es war eine abgekartete Sache. Ein anderes Stubenmädchen hat sich mit dem Haushofmeister gegen mich verbündet. Und mir einen wirklich bösen Unfall in die Schuhe geschoben, damit sie meine Stellung bekommt.«

»Ach herrje.«

»Vorgestern haben sie mich auf die Straße geworfen. Ich dachte, in Berlin hätte ich die größten Chancen, in ein größeres Haus mit mehreren Dienstboten zu kommen. Ich war gestern bei einer Vermittlungsstelle, aber viele Hoffnungen haben sie mir nicht gemacht. Sucht ihr in eurem Haus nicht noch jemanden?«

Arthur schaute sie mit einem so netten Ausdruck an, dass sie wusste, dass ihm das gefallen würde. Doch dann sagte er: »Leider nein. … Aber ich kann unsere Köchin fragen. Die kriegt viel mit, wenn sie auf dem Wochenmarkt andere Köchinnen trifft. Wo kann ich dich denn erreichen?«

»Ich kann dir die Adresse von der Pension geben, aber ich hoffe, dass ich dort nicht allzu lange bleibe.«

Arthur wurde langsam unruhig. Vermutlich musste er wirklich weiter. »Und sehen wir uns am Sonntag?«

Hedda nickte. »Ja, natürlich, unter dem Vorbehalt, dass ich da nicht schon eine neue Stelle angetreten habe. Dann kann ich sicher nicht gleich am ersten Sonntag freimachen.«

»Natürlich nicht. Pass auf, ich geb dir meine Adresse, und du sagst mir Bescheid, wohin es dich verschlagen hat, falls ich dich nicht mehr in der Pension erreiche.«

»Eine gute Idee.«

Arthur zog einen kleinen Block und einen Bleistift aus seinem Jackett hervor.

»Du solltest aufpassen, dass man dich nicht für einen Journalisten hält«, witzelte Hedda. Wer trug denn schon Bleistift und Block mit sich herum?

»Mein Arbeitgeber bellt mir gerne zwischendurch irgendwelche

Aufträge zu. Ich habe mir angewöhnt, eine Liste zu führen, damit ich wirklich nichts vergesse.«

»Ganz der beflissene Kammerdiener.«

»Genau, der bin ich. Zumindest, wenn ich bei ihm im Haus bin. Und was ich sonst noch bin, das weiß er nicht.«

»Was bist du denn sonst noch?«

Er schaute sie etwas skeptisch an, doch dann schien er sich zu etwas entschlossen zu haben. »Mitglied der Sozialdemokraten.«

Hedda machte große Augen. Es gab nicht wenige Dienstmädchen, die bei dieser Aussage direkt in Ohnmacht gefallen wären. Die Sozialdemokraten kamen direkt hinter dem Teufel. Viele hatten Angst vor diesen Leuten und sahen in ihnen das Verderben schlechthin.

»Und? Was sagst du jetzt?«

Hedda lachte wieder. »So leicht machst du mir keine Angst.«

Arthur machte ein zufriedenes Gesicht. »Und genau das gefällt mir so an dir.«

5. Mai 1908

Gleich war er also dran. Viktor war nervös, wie alle hier im Schloss. Herr Opitz war gerade aus der Vernehmung gekommen, etwas bleich im Gesicht. Heute Morgen war wieder eine Kommission des Berliner Gerichts angerückt, in aller Früh, und hatte den Fürsten vernommen. Und jetzt, nach dem Mittagessen, sollten alle Bediensteten des Schlosses befragt werden.

Theurich war vor Opitz befragt worden, mehr als eine ganze Stunde lang. Natürlich, der Kammerdiener konnte am ehesten etwas wissen. Niemand arbeitete so eng mit dem Fürsten zusammen wie er. Er stand jederzeit zum persönlichen Dienst bereit und begleitete ihn auf seinen Reisen.

Ein Richter und ein Kriminalkommissar aus Berlin saßen im kleinen Salon, bei ihnen ein Protokollführer, so viel hatte Theurich den anderen noch berichtet, dann war er nach draußen gegangen, um eine Zigarette zu rauchen. Das tat er so gut wie nie. Schon daran konnte Viktor erkennen, wie sehr ihn das alles mitnahm. Als Kammerdiener geriet er mehr als jeder andere hier im Haus in Verdacht, etwas zu wissen. Oder schlimmer gar – selbst so einer zu sein, so ein Homosexueller.

Vor vier Tagen, am 1. Mai, war eine Voruntersuchung des Berliner Gerichts eingeleitet worden. Nur einen Tag später erhob das Gericht Anklage gegen den Fürsten. Vollkommen unerwartet stand auch schon am gleichen Samstagmorgen die Gerichtskommission vor der Tür, bestehend aus vier Personen: dem Landgerichtsrat Schmidt, einem Gerichtsarzt, dem Kriminalkommissar sowie einem Protokollführer.

Der Gerichtsarzt hatte den Fürsten untersucht und festgestellt, dass er nicht transportfähig war. Seine Neuritis und die chronische schmerzhafte Gicht machten ihm zu sehr zu schaffen. Also war er eine halbe Stunde lang im Bett vernommen worden. Man hatte noch das Zimmer und die angrenzende Kleiderkammer durchsucht, aber nichts Belastendes gefunden, und war unverrichteter Dinge wieder nach Berlin zurückgekehrt.

Am Sonntag war die fürstliche Standarte vom Dach eingeholt worden. Die Fahne mit dem fürstlichen Wappen wurde normalerweise eingeholt, wenn der Fürst nicht auf dem Schloss weilte. Viktor war nicht ganz klar, was das also bedeuten sollte, denn schließlich war der Fürst nicht verreist. Wollte der Fürst auf diesem Weg die Presse in die Irre führen? Oder schlimmer: Wollte er mitteilen, dass es keinen Fürsten mehr im Schloss gab? Stand etwa zur Debatte, dass neben der Rückgabe des Schwarzen Adlerordens auch der Titel zurückgegeben wurde? Davon hatte Viktor noch nie etwas gehört.

Nun war also wieder eine Gerichtskommission im Haus. Dieses Mal kamen sie mit zusätzlichen Kriminalbeamten, die gerade das gesamte Schloss durchsuchten. Der Fürst hatte sich zur Vorsicht zu dem Justizrat Lämmel noch den bekannten Berliner Verteidiger

Wronker hinzugenommen. Ein Mann, der mit allen Wassern gewaschen war. Alles deutete darauf hin, dass es nun wirklich ernst wurde.

Ernst für den Fürsten, und damit auch für seine Dienerschaft. Vielleicht hätte er doch die Stellung in Oranienburg annehmen sollen. Vielleicht war das die letzte freie Stelle gewesen, zu der er eingeladen worden war. Viktor arbeitete seit über sechs Jahren beim Fürsten. Und die nun in aller Öffentlichkeit bekannt gewordenen Vorwürfe würden ein falsches Licht auf ihn lenken – den Abglanz des sittlich verdorbenen Fürsten. Alle würden sich fragen, ob er wirklich all die Jahre nichts bemerkt haben wollte. Nun war es zu spät, um sich eine andere Stelle zu suchen. All seine Träume zerbarsten. Er hätte sofort gehen müssen, doch nun musste er hierbleiben, für immer, unter Opitz' Befehlsgewalt.

Außer natürlich, der Fürst müsste ins Gefängnis, dann würden hier Köpfe rollen. In wenigen Monaten würde der älteste Sohn mit seiner kleinen Familie in das einige Kilometer entfernte Seehaus ziehen. Die beiden anderen Söhne würden nach ihrem Studium vermutlich auch nicht mehr hier einziehen. Und die Fürstin allein mit den beiden Töchtern bräuchten nicht über ein Dutzend Helfer.

Neben den beruflichen, also finanziellen Sorgen musste er sich natürlich auch die Frage stellen, in was für einem Haus er arbeitete. Stellten sich die Vorwürfe als berechtigt heraus, und den Anschein machte es von Tag zu Tag mehr, dann hatte der Fürst sie all die Jahre belogen. Hatte all die Jahre ein Doppelleben geführt und den respektablen Namen Liebenberg in den Dreck gezogen.

Im gesamten Kaiserreich wusste man Bescheid über die Vorwürfe. Ob Viktor sich nun bei einem Fürsten, einem Grafen, einem Industriellen oder gar in einem großbürgerlichen Haushalt bewarb – jeder würde wissen, woher er kam. Unwillkürlich musste er an dieses anzügliche Grinsen denken, das der Zeuge in der Berliner Stadtwohnung ihm beim Abschied zugeworfen hatte. *Sie scheinen Ihrem Dienstherrn ja aufs Innigste ergeben zu sein* – das hatte er gesagt. Und genau das würden doch alle anderen ebenfalls denken. Und er hatte nichts in der Hand, um das Gegenteil zu beweisen. Nicht nur deshalb hoffte Viktor inbrünstig, dass sich diese Beschuldigung wegen doppelten Meineides als falsch herausstellte.

Was ihm Hoffnung machte, war die Tatsache, dass die Staatsanwaltschaft bisher auch nach den Münchener Zeugenaussagen keinen Haftbefehl ausgestellt hatte. Das war doch ein deutliches Zeichen, dass man keine wirklich überzeugenden Beweise hatte.

Allerdings empörten sich die ersten Zeitschriften darüber, dass diese Verschleppung ein deutliches Zeichen der feudalen preußischen Justiz war. Den besten Freund des Kaisers schonte man eben, obgleich es nun der ehemals beste Freund des Kaisers war.

Der Fürst selbst hatte seinen einstigen Glanz verloren. Er kam nun gar nicht mehr aus dem Bett. Dr. Genrich hatte erklärt, dass er zu all dem Übel nun noch eine Erkältung hatte und vereiterte Stirnhöhlen. In den letzten Tagen hatte Viktor drei Mal täglich kochendes Wasser und eine Porzellanschüssel mit Eukalyptus-Tropfen an die Tür gebracht. Der Fürst schwor auf Dampfbäder. Viktor selbst hatte das Schlafgemach seit Tagen nicht mehr betreten. Theurich nahm ihm alles an der Tür ab. Es schien ganz so, als wollte der Fürst niemanden mehr sehen. Als wollte er sich vor der Welt verstecken. Und vielleicht sogar vor seinem eigenen Gewissen. Obwohl er so krank war und reichlich Schmerzmittel nahm, trank er jeden Tag eine ganze Flasche Portwein.

Selbst seine Frau musste betteln, um überhaupt zu ihm vorgelassen zu werden. Die Komtessen versteckten sich in ihren Zimmern, beschämt über das, was über ihren Vater öffentlich wurde. Heute waren sie nicht einmal mehr zum Essen heruntergekommen, aß doch die Fürstin der Höflichkeit halber mit den Berlinern am Tisch. Sie war es auch gewesen, die die Küche angewiesen hatte, nicht zu opulent aufzutischen. Man wolle hier keinen falschen Eindruck erwecken. Der Protokollant und weitere angereiste einfache Kriminalbeamte hatten mit den Dienstboten zusammen in der Leutestube gegessen. Ein Umstand, der bei allen Beklemmungen hervorrief. Schließlich stellten diese Männer gerade das Schloss auf den Kopf. Ganz besonders gründlich schon waren heute Vormittag das fürstliche Schreibzimmer und das verwaiste Bureau des Privatsekretärs sowie die Bibliothek durchsucht worden. Die Polizei im Schloss, die Presse vor dem Schloss – ganz Liebenberg glich einem Hexenkessel. All diese Umstände gereichten nicht gerade dazu, dass Viktor dem Verhör entspannt entgegensah. Dabei hatte er doch nichts zu verbergen. Zumindest nichts, was den Gerichtsrat und den Kommissar gerade interessierte.

Der Protokollant, ein grau gekleideter Herr mit ebenso grauen Haaren und unauffälligem Gesicht, in dem das Interessanteste schon seine Brille war, rief ihn in den kleinen Speisesalon.

Dort, wo sonst die fürstliche Familie in kleinem Kreise speiste, saßen die zwei Vertreter der Justiz auf der einen Seite. Landgerichtsrat Schmidt, wie er sich vorstellte, wies auf einen Stuhl, der genau gegenüber vor ihnen beiden stand. Der Protokollant nahm tatsächlich am Kopf Platz, was eine Ungehörigkeit war. Dort saß immer der Schlossherr, oder die jeweils höchste Person bei Tisch. Als wäre die gottgegebene Ordnung außer Kraft gesetzt.

»Sie sind Herr Viktor Novak, der erste Diener hier im Schloss?«

»Jawohl, so ist es.«

»Sie sind seit 1902 im Dienst des Fürsten?«

»Ja«, erklärte Viktor. Sollte er ein genaueres Datum nennen? Sollte er sagen, dass etliche Dienstboten im Herbst 1902 eingestellt worden waren, weil da der Fürst seinen Botschafterposten in Wien aufgegeben und seinen Wohnsitz nach Liebenberg verlegt hatte? Er wusste nicht genau, wie ausführlich er werden sollte, und wollte den Fürsten nicht durch irgendeine Bemerkung in Bedrängnis bringen.

Kommissar Nasse, wie er Viktor vom Richter vorgestellt worden war, blätterte durch einige Akten. Er sah ihn kaum an. Doch war er es, der ihn ansprach.

»Wir wissen ja nun alle, warum wir hier sind. Deshalb können wir auch direkt zur Sache kommen. Haben Sie jemals etwas beobachtet, was die Vorwürfe, der Fürst habe sich gegen den Paragrafen 175 schuldig gemacht, unterstützt?«

Auf diese Frage hatte Viktor sich natürlich vorbereitet. Er befand, dass er zu diesem Thema rein gar nichts zu sagen hatte. »Nein«, erklärte er mit fester Stimme.

Der Kommissar schaute kurz mit skeptischem Blick auf, dann senkte er seinen Kopf wieder zu den Akten.

»Sie haben also in den ganzen sechs Jahren niemals den Fürsten in einer intimen Situation mit einem anderen Mann beobachtet?«

Himmel, was war das denn für eine Frage? Über solche Themen sprach man doch nicht. Und schon gar nicht mit Menschen, die man nicht kannte. Viktor merkte, wie er anfing zu schwitzen. »Nein, niemals.«

Für einen Moment schoss ihm durch den Kopf, dass die beiden Herren ja wohl hoffentlich nicht planten, die Dienstbotinnen mit derlei unsittlichen Angelegenheiten zu konfrontieren. Oder doch? Dann sollte man sich besser schon mal auf Ohnmachten vorbereiten.

Der Richter stellte noch eine Frage, dann wieder der Kommissar, und so wechselten sie sich ab. Manches Mal klangen sie harmlos, und mal dachte Viktor, sie wollten ihn in eine Falle locken. Wieder war der Richter dran.

»Duzen Sie sich mit dem Fürsten? Oder haben Sie sich jemals mit dem Fürsten geduzt?«

Was für eine absurde Frage! »Bitte? ... Nein, natürlich nicht!«

»Haben Sie jemals mitbekommen, dass Kammerdiener Theurich sich mit dem Fürsten geduzt hätte?«

Viktor wollte fast auflachen. »Nein!«

Der Kommissar sah ihm seine Belustigung wohl an. »So abwegig ist das nicht.«

»Außer der Familie duzt niemand den Fürsten«, entgegnete Viktor wahrheitsgemäß.

»Haben Sie noch Herrn Georg Kistler persönlich kennengelernt? Der ehemalige Privatsekretär hat ja 1902 den Dienst beim Fürsten quittiert.«

»Nein, ich kenne Herrn Kistler nur dem Namen nach.«

»Mit Herrn Kistler soll sich der Fürst geduzt haben«, erklärte der Kommissar und sah ihn scharf an. »Finden Sie es nicht mehr als ungewöhnlich für einen Fürsten, sich mit seinem Privatsekretär zu duzen?«

Viktor war so überrascht, dass er nur mit seinem Kopf nickte.

»Und finden Sie es nicht auch bemerkenswert, dass Herr Kistler den Zeugen Fischer Jakob Ernst am Starnberger See besucht haben soll, um ihn dazu zu bringen, nicht gegen den Fürsten auszusagen?«

Viktor lief es heiß und kalt den Rücken runter. Wenn das wahr war ... Seine Bejahung war mehr ein Krächzen als eine Antwort.

»Was ist mit dem Bruder des Fürsten – Friedrich zu Eulenburg?«

»Was wollen Sie da von mir wissen?« Viktors Stimme hatte alle Kraft verloren.

»Kennen Sie ihn persönlich?«

»Ich habe Rittmeister Friedrich zu Eulenburg vielleicht zwei- oder dreimal hier im Hause gesehen. Er kommt nicht oft zu Besuch.«

»Und wissen Sie mehr über ihn?«

»Nein.«

»Rittmeister Friedrich Eulenburg musste 1898 seinen Abschied aus dem Garde-Kavallerie-Regiment nehmen. Wegen der gleichen Vorwürfe, die man nun gegen den Fürsten erhebt. In einer vorhergehenden Befragung hat der Fürst einem Kollegen von mir, Kommissar Tresckow, erklärt, dass er der Meinung sei, dass viele der ihm gemachten Vorwürfe nur einer Verwechslung mit seinem Bruder zugrunde liegen. Können Sie sich das vorstellen?«

Viktor schluckte. »Tatsächlich gibt es da eine gewisse Ähnlichkeit.« *Er wäre ja nicht der Erste aus der Familie ...* hatte Herr Hartwich ihm in Berlin erklärt. Aber mehr hatte er nicht gesagt, und Viktor hätte niemals weiter nachgefragt.

Als wäre der Kommissar nicht zufrieden, fragte er in barschem Ton: »Weiterhin bestreitet Fürst zu Eulenburg jegliche Schuld. Er hat Kommissar Tresckow höchstpersönlich sein Ehrenwort als preußischer Fürst gegeben, keine homosexuellen Handlungen vollzogen zu haben. Würden Sie dem Glauben schenken?«

Viktors Augen weiteten sich. Glaubten die beiden etwa, er würde sich gegen seinen Brotherrn aussprechen? »Unbedingt!«

Der Richter griff nun neben sich, legte einige vergilbte Hefte auf den Tisch und schob sie zu ihm rüber. »Kennen Sie diese Literatur?«

Viktor zog die Bücher, die zu einem Paket verschnürt gewesen waren, zu sich heran und sah sich die Umschläge an. *Graf Edgar Wedel* stand auf dem Packpapier in der Schrift des Fürsten. »Nein.«

»Es ist ... ich sage es frank und frei – Homosexualliteratur.«

Viktor sagte nichts. Niemand hatte eine Frage gestellt. Aber er hätte auch nicht antworten können, denn er war zu sehr damit beschäftigt, seinen Atem unter Kontrolle zu bringen.

»Das Paket mit den Büchern wurde hier in der Bibliothek hinter einigen anderen Büchern gefunden.«

Viktor öffnete vor Staunen den Mund. Hinter den Büchern, als hätte sie jemand extra versteckt. Sehr verdächtig. »Aber es steht doch ein fremder Name drauf.«

»In der Tat. Kennen Sie Graf Edgar von Wedel – Zeremonienmeister und königlicher Kammerherr?«

»Ich denke, er war schon mal zu Besuch im Schloss. Wohnt er nicht im Prinzessinnenpalais?«

»Genau dort. Und dort veranstaltet er Teekränzchen der ganz eigenen Art.« Der Kommissar grinste süffisant.

Viktor mochte ihn nicht. Anscheinend genoss er es, sensationslüsterne Häme von sich zu geben. »Nun, dann haben Sie doch Ihre Antwort. Die Bücher gehören ihm.«

»Vielleicht, vielleicht auch nicht. Die Frage ist aber doch, warum liegen sie dann hier in Liebenberg?«

Darauf wusste Viktor nichts zu antworten.

»Also, Sie würden unbedingt ausschließen, dass Ihr Fürst derart veranlagt ist?«, fragte der Richter, und es klang abschließend.

Viktor bejahte das. Selbst, wenn er es hätte verneinen wollen: Was glaubten die denn, was er sich für Freiheiten herausnehmen konnte?

»Wir danken Ihnen für Ihre Aussage.«

In dem Moment klopfte es, und der Protokollant stand auf. Er ging zur Tür, hielt kurz Zwiesprache mit einem anderen Kriminalbeamten und kam zurück.

»Herr Borchert ist nun da.«

Borchert? Wer zum Teufel war denn nun wieder Borchert?

»Dann lassen Sie uns zuerst mit ihm sprechen«, schlug der Richter seinem Berliner Kollegen vor. »Dann können wir ihn direkt noch dem Fürsten gegenüberstellen und machen später mit der Befragung der Dienstboten weiter.«

Der Kommissar wandte sich an Viktor, der gerade nicht wusste, was er nun tun sollte. »Sie sind entlassen. Herzlichen Dank.« Schon schob er eine Akte beiseite und las die nächste.

Viktor stand auf, verabschiedete sich höflich und ging hinaus. Da brachte der graue Protokolleur gerade einen Mann herein. Jetzt erkannte Viktor ihn. Der Mann war früher mal Tischler gewesen und für alle möglichen Arbeiten hier ins Schloss beordert worden. Wurde er auch verdächtigt, homosexuell zu sein? Oder wieso wurde er hier vorgeführt?

Kraftlos stieg er die Dienstbotentreppe hinab. Die letzten zwanzig Minuten hatten ausgereicht, um ihm klarzumachen, dass es schlecht aussah für den Fürsten. Und sein Schicksal war unseligerweise mit dem des Fürsten verquickt.

Normalerweise war es keine Frage, was er zu tun hatte. Seine Aufgaben ergaben sich fast immer aus den jeweiligen Umständen. Aber das hier waren keine normalen, keine bekannten Umstände. Er wusste nicht einmal, ob die Dienstboten überhaupt die Räume betreten durften, die gerade durchsucht wurden. Martha Petzold kümmerte sich, so gut es ging, um die Fürstin und die Komtessen, die sich in ihre Privaträume zurückgezogen hatten. Theurich wartete wohl wieder dem Fürsten auf. Viktor aber wusste nicht, was er nun tun sollte. Ein wenig kopflos blieb er mitten im Gang stehen. Am besten würde er Herrn Opitz fragen, was er nun tun sollte.

»Räumen Sie in der Bibliothek auf. Das wird Sie den restlichen Nachmittag beschäftigen, und vermutlich auch noch den Abend«, wies der ihn brüsk an, als er den Haushofmeister in seinem Raum aufsuchte. Vor Opitz stand ganz offen ein volles Glas Wein. Dieses Mal konnte Viktor es ihm nicht verdenken. Er hätte ebenfalls gut etwas vertragen können, was seine Nerven beruhigte.

»Sehr gerne.«

Viktor stieg wieder hoch und ging in die Bibliothek. Sie war leer. Er ließ seinen Blick über die Regale gleiten. In fast allen Regalreihen gab es Lücken. Bücher waren herausgenommen und unachtsam auf dem Boden gestapelt worden. Andere türmten sich in wagemutigen Stapeln auf den Sesseln. Vermutlich waren viele Bücher zudem falsch einsortiert worden. Es würde eine Heidenarbeit werden, aber eine, die Viktor mit Hingabe erledigen würde.

Die Bibliothek von Schloss Liebenberg fasste über zwölftausend Bücher. All diese Tausende von Büchern waren der Zugang zu unendlichem Wissen, zur Weltliteratur – wo sonst würde ihm so etwas geboten? Er seufzte laut auf, ausnahmsweise. Es wurde immer unwahrscheinlicher, dass der Fürst aus dieser Geschichte mit weißer Weste hervorgehen würde.

Umsichtig zog er zwei Teetischchen direkt vor die Regale und fing an, die auf dem Boden liegenden Bücher dort zu sortieren. Er war noch nicht weit gekommen, als die Tür aufging und Adelheid hereinkam, einen Feger und ein Kehrblech in der Hand.

Als er sie sah, wurde ihm bewusst, dass es nicht die Bücher waren, die er am meisten vermissen würde, wenn er oder sie oder wenn sie beide ihre Stellung hier verlören. Und gerade deswegen hatte er sofort ein schlechtes Gewissen. Er hatte sich ihr gegenüber nicht gerade ritterlich verhalten.

»Herr Novak.« Sie blickte vorsichtig um sich und sagte dann: »Viktor.« Eine Aufforderung lag darin, und auch eine Bitte.

Er hatte Adelheid aus einem Moment der Panik heraus geküsst.

Aber es hatte ihm sehr gefallen. Und er hätte es gerne noch einmal getan. Doch nachdem die Panik einmal abgeebbt war und er seine Gefühle wieder im Griff hatte, wusste er, es durfte kein zweites Mal passieren.

Stattdessen hatte er sich in den letzten Tagen wie ein Feigling verhalten. Er war ihr aus dem Weg gegangen, wann immer es möglich gewesen war. Hatte ihre Nähe gemieden, selbst wenn andere dabei gewesen waren. Bis auf eine kleine Situation hatte er mit keinem einzigen Blick angedeutet, dass da etwas zwischen ihnen gewesen war. Etwas sehr Schönes, etwas, was er sich jeden Abend im Bett als Erinnerung hervorholte. Aber es durfte nicht sein, nicht für ihr Glück, und auch nicht für seins. Und nicht für ihr beider Unglück. Viktor hätte sie niemals küssen dürfen. Er hatte ihr damit ein Versprechen auf etwas gegeben, was nicht eintreten durfte. So gerne er es auch wollte.

Deshalb sagte er jetzt auch nichts und schaute sie nur an. Würde er etwas sagen, dann müsste er sich entschuldigen. Entschuldigen für sein Verhalten der letzten zwölf Tage.

Er hatte bemerkt, wie verzückt Adelheid anfangs gewesen war. Als würde sie auf Wolken schweben. Doch mit jedem weiteren Tag hatte sie gemerkt, dass der Anschein des zärtlichen Kusses sie betrog.

»Fräulein Schaaf, was gibt es denn?«, versuchte er, so abgeklärt wie möglich zu erwidern. Er sah den Schmerz in ihren Augen.

»Ich wollte mit Ihnen über … unser Geheimnis sprechen.«

Viktor schluckte. Über welchen Teil des Geheimnisses?

Sie rückte ein paar Schritte vor und straffte ihre Schultern. »Ich glaube, Sie haben mich nur geküsst, um mich abzulenken. Stimmt meine Vermutung?«

Wenn er gedacht hätte, der Richter und der Kommissar hätten ihn vorhin schon schwer in die Bredouille gebracht, dann war das nichts gegen die Angst, die nun in ihm aufbrandete. Wieder bewies Adelheid ihm, wie schlau sie war. Nicht gebildet, aber unfassbar schlau.

»Wie kommen Sie darauf?«, antwortete er mit belegter Stimme.

Statt direkt auf seine Frage zu antworten, erklärte sie: »Sie verhalten sich immer so komisch, wenn Sie Briefe bekommen. Ich weiß nicht, ob es den anderen auffällt, aber mir fällt es fast immer auf. Und als ich Sie nach Ihrem Vater gefragt habe, haben Sie Angst bekommen. ... Stimmt's?«

Viktor stand nur da, noch ein Buch in der Hand, und wusste nicht, was er sagen sollte. Er durfte diese Frage nicht mit Ja beantworten, aber er war auch nicht in der Verfassung, sie zu verneinen.

»Ich habe Fräulein Pietsch nach Ihrer Familie gefragt. Und sie hat mir bestätigt, dass Sie immer sagen, Ihr Vater wäre tot.«

»Sie haben Fräulein Pietsch da mit hineingezogen?« Eine heiße Welle flutete durch ihn hindurch. Immerhin war Hedda Pietsch nicht mehr im Schloss beschäftigt und konnte kein Unheil mit dem Wissen anrichten. Aber Adelheid Schaaf konnte es.

»Keine Sorge, ich habe sie ganz unauffällig gefragt. Sie weiß ja, dass ich Ihnen ... zugeneigt bin.«

Viktor holte tief Luft. Adelheid Schaaf durchschaute ihn. Sie war hinter sein Geheimnis gekommen. Zumindest ahnte sie etwas. »Fräulein Schaaf, ... Adelheid. ... Ich bin mir sicher, dass du als Einzige hier im Haus verstehen wirst, dass man sich manchmal für seine Familie schämt. Auch für seinen Vater.« Er trat an sie heran, und vollkommen unbeherrscht griff er nach ihrer Hand. Er zog sie zum Mund, und beinahe hätte er sie wieder geküsst. Hastig ließ er sie wieder los und schüttelte den Kopf, als könnte er den ganzen Albtraum einfach abschütteln. Seine eigenen Geheimnisse über seine Familie, die verwerflichen Taten des Fürsten, seine Gefühle für Adelheid, sein verbocktes Leben, all seine Lügen. Die vielen Lügen, die sich in den langen Jahren seiner Arbeit hier in den Mauerritzen festgefressen hatten. Er war es so leid.

»War der Kuss ernst gemeint? Oder war das nur ein Spiel mit meinen Gefühlen?«, fragte sie nach.

So viel Courage hätte er Adelheid gar nicht zugetraut. Er war überrascht, dass sie das einfach so offen fragte. In manchen Dingen war sie derart naiv, dass sie einem Kleinkind glich. In anderen Dingen sprach die fehlende Bildung aus ihr. Und doch fand ihre schlichte Natur immer wieder ungeahnte Wege, sich durch diese fremde, komplizierte Welt hindurchzukämpfen. Was sollte er ihr jetzt antworten?

»Adelheid, das mit uns beiden, das darf nicht sein …«

Ausgerechnet jetzt klopfte es. Die beiden schauten zur Tür, stumm, nicht in der Lage zu antworten. Schon schwang die Tür auf.

»Hier bist du!«, sagte Gerda Altvater. »Ich suche dich schon.« Dann stutzte sie und sah die beiden an. Sie standen viel zu nahe beieinander. Viktor versuchte unmerklich, von Adelheid abzurücken.

»Ich wollte nur kurz vor dem Kamin aufkehren«, erklärte Adelheid schnell.

Es klang wie eine Ausrede, aber überraschenderweise reagierte Gerda Altvater nicht darauf, sondern ging zu einem der Fenster und schaute vorsichtig durch die Gardinen. »Herr Opitz hat gerade mitgeteilt, dass das Schloss ab sofort unter der Bewachung von Kriminalbeamten steht.«

»Aber gestern haben doch auch schon Männer draußen gestanden«, erwiderte Adelheid.

»Gestern haben sie nur beobachtet«, erklärte Gerda wissend. »Ab sofort aber darf niemand mehr rein oder raus. Sie stellen sogar Schilder auf, Warnhinweise! Es ist nun verboten, das Schloss zu betreten!«

Adelheid und Viktor sahen sich an, und als hätten sie sich abgesprochen, gingen sie ebenfalls zu den Fenstern. Und tatsächlich, dort draußen sah man Männer, die sich am Jägertor und am Löwentor aufgestellt hatten. Und vermutlich wurden auch alle anderen Ausgänge oder Bereiche kontrolliert. Schließlich wäre es für jemanden, der sich auskannte, ein Leichtes gewesen, über den Parkausgang in den Wald zu gehen, um sich dort von einer Kutsche abholen zu lassen.

»Sie haben die ganze Herrschaft Liebenberg sperren lassen. Zutritt haben nur noch Leute, die anliefern und die Post bringen.

Sogar hinten der Kaiserweg in den Wald ist mit Warntafeln versehen worden. Der Stallmeister war gerade da und hat uns Bescheid gegeben«, erklärte Gerda aufgeregt.

»Was meint ihr? Ob sie den Fürsten wirklich verhaften?«, fragte das erste Hausmädchen besorgt.

Viktor schaute Adelheid mit einem düsteren Blick an. Sie erwiderte diesen Blick, denn sie hatte verstanden: Wenn es wirklich so weit käme, dann wären sie verloren.

8. Mai 1908

»Ich muss runter, die Dose mit dem Bohnerwachs ist leer.« Gerda Altvater stand umständlich auf und drückte ihre Knie durch. Die Böden zu bohnern, war eine unfassbar anstrengende Aufgabe. Nicht schwierig, nur sehr mühsam.

Adelheid bereitete den Flurboden vor, damit er frisch gebohnert werden konnte. Erst einmal musste sie mit verdünnter Seifenlauge und Wurzelbürste das alte Bohnerwachs gründlich entfernen, bevor Gerda das neue Bohnerwachs mit einem Tuch auftragen und ordentlich polieren würde.

Normalerweise, so hatte Gerda ihr erzählt, wurden die Böden zwei Mal im Jahr gemacht, wenn die Herrschaften außer Haus waren. Eigentlich immer im Februar, wenn die Familie zur Ballsaison in Berlin weilte, und im Oktober, bevor der Kaiser zur Jagd kam. Doch dieses Jahr waren sie nicht gefahren, und es sah auch nicht so aus, als würden sie über die Sommerfrische wegfahren oder andere Reisen unternehmen. Die Reinigung des Flurbodens war längst überfällig. Deshalb rutschten sie nun beide im Gästetrakt auf den Knien herum.

»Brauchst du nicht auch neue Seifenlauge?«

»Nein, noch nicht«, antwortete Adelheid.

Gerda machte ein enttäuschtes Gesicht und ging dann alleine los. Adelheid ahnte, ihr war bange, derzeit hier oben alleine über die Flure zu gehen. Es war im Moment aber auch wirklich Unvorstellbares im Schloss los. Die Nerven aller waren bis zum Zerreißen gespannt.

Rund um das Schloss bewachten Kriminalpolizisten alle Zugänge und Ausgänge. Seit Tagen stand das Schloss kopf. Theurich, Herr Opitz und auch Viktor Novak waren befragt worden, bis jemand Fremdes erst dem Richter und dem Kriminalkommissar, dann dem Fürsten gegenübergestellt worden war. Noch wusste niemand so recht, was der Mann ausgesagt hatte. Allerdings hatte Martha Petzold ihr im Vertrauen erzählt, dass die Fürstin einen heftigen Anfall der Hysterie erlitten hatte, nachdem sie abends kurz mit ihrem Mann gesprochen hatte.

Herr Opitz und auch die Köchin kannten den Mann – ein Tischler, der hier früher gearbeitet hatte. Adelheid hatte das kaum interessiert. Viel zu sehr war sie damit beschäftigt gewesen, dieses obszöne Foto mit dem Fürsten und einem anderen Mann und das viele Geld, das noch übrig war, zu verstecken. Schon als der Kommissar bei seinem ersten Besuch eine Durchsuchung der Räumlichkeiten des Fürsten angeordnet hatte, war sie beinahe selbst in Hysterie verfallen. Ihr Herz hatte so heftig geschlagen, dass sie dachte, sie müsse jeden Moment ohnmächtig werden. Bei der erstbesten Gelegenheit hatte sie das Foto und das Geld aus dem kaputten Sekretär herausgeholt und in ihrem Zimmer versteckt. Aber natürlich wusste sie, dass das keine gute Idee war, nur fiel ihr auf die Schnelle nichts Besseres ein. Das Foto steckte sie fürs Erste in ein altes Modejournal, das Hedda ihr dagelassen hatte. Es waren noch gut hundertsechzig Mark übrig, das meiste davon in Münzen. Sie wickelte den Beutel in ihr Wolltuch ein und stopfte dieses in ihren Kopfkissenbezug.

Abends im Bett hatte sie überlegt, alle Beweisstücke in einen Beutel zu stecken und im Kohlenkeller unter dem riesigen Haufen Kohle zu vergraben. Aber auch das schien ihr nicht wirklich sicher zu sein. Was, wenn Moritz durch Zufall darauf stieß? Zudem hätte der Vorgang länger gedauert, und sie hätte sich sehr schmutzig gemacht. Sie konnte nicht ausschließen, dabei erwischt zu werden.

Nein, eine bessere Lösung musste her. Außerhalb des Schlosses war sie nicht mehr unbeobachtet, weil rundherum die Kriminalpolizisten und auch noch einige wenige Journalisten herumlungerten. Also musste es ein Versteck im Schloss sein. Schließlich hatte sie das Foto in einen kleinen Pappkarton getan, in dem ihre Leinenstücke lagen, die sie mit schmaleren Leinenstreifen um die Taille band, wenn sie ihre Monatsblutung hatte. Sie konnte nur hoffen, dass im Falle einer Überprüfung der Dienstbotenstuben der entsprechende Mann davor zurückschrecken würde. Das Geld hatte sie wohl oder übel zurück in den Sekretär gebracht. Wenn man es schon fand, sollte es wenigstens nicht auf ihrer Stube gefunden werden. Denn weg wäre es dann so oder so.

Und obwohl die Kriminalpolizei das Schloss wirklich auf den Kopf gestellt hatte, war das einzige Zimmer der Dienstboten, das durchsucht worden war, das von Kammerdiener Theurich gewesen. Zumindest vorerst.

Später an dem besagten Abend waren auch noch Diedrich Budde, die Köchin, die schon sehr lange hier auf dem Schloss arbeitete, und auch Herr Hartwich befragt worden. Gerade den Kutscher hatte man sehr ausgiebig befragt. Schließlich wusste er über alle möglichen Reisen des Fürsten bestens Bescheid. Erst spät am Abend hatten die Männer das Schloss verlassen.

Nach zwei Tagen war der Spuk vorbei, wenigstens fast. Nur draußen hielt die Polizei noch Wache. Das Schloss aber durften sie nicht mehr betreten. Und das Mittagessen im Schloss war für die Beamten ebenfalls gestrichen. Das hatte der neue Verteidiger des Fürsten, Justizrat Wronker, direkt veranlasst. Justizrat Lämmel selbst blieb auf dem Schloss und unterhielt telefonisch den Kontakt zu dem berühmten Berliner Justizrat. Und auch Dr. Genrich, der in Liebenwalde wohnte, schlief nun hier.

Vor drei Tagen hatte es einen unschönen Zwischenfall gegeben, als man Frau Lehmann, die Krämersfrau, daran hindern wollte, bestellte Lebensmittel zum Schloss zu bringen. Einer der Stallburschen hatte es mitbekommen und war zur Hintertüre gekommen, um der Köchin Bescheid zu geben.

Frau Möckel schritt energisch zur Tat. Draußen am Tor sprach sie erst höflich mit den Polizisten, doch als diese die Durchfahrt von Frau Lehmann mit ihrer vollgepackten Karre verweigerten, lief sie zu Hochform auf und beschimpfte die Männer. Ob man sie hier verhungern lassen wolle? Derart angegangen, ließen die Polizisten sie durch. Allerdings nicht, bevor sie sich nicht vergewissert hatten, dass zwischen den unzähligen Konservendosen, Kisten mit Gemüse und anderen Dingen nicht etwas versteckt war, was der Fürst auf keinen Fall bekommen sollte. Wobei niemand so recht wusste, was das sein könnte.

Ansonsten herrschte zwei Tage lang eine lähmende Stille. Wie eine heiße, stinkende Teerschicht flossen die Stunden träge durch das Schloss.

Nur einmal hatte Adelheid eine kleine Aufregung mitbekommen, als die beiden Fürstentöchter heulend und sich die Haare raufend auf ihre Zimmer gestürmt waren. Anni hatte ihr nachher erzählt, was der Grund gewesen war. Diedrich Budde war wohl gerade dabei gewesen, den Damen Tee zu servieren, als die Fürstin ihren Töchtern verkündete, dass die Starnberger Villa verkauft werden würde. Diedrich Budde steckte es seiner Cousine, und Anni hatte es dann allen anderen erzählt.

Diedrich Budde, Viktor Novak, Herr Opitz und auch Herr Theurich waren schon mal mit in Bayern gewesen, um den Herrschaften in ihrer Villa am See aufzuwarten. Martha Petzold war beim letzten Mal dabei gewesen, aber durch die Flucht der dritten Fürstentochter hatte sie keine besonders angenehme Erinnerung an diese Tage. Obwohl sie es schade fand, weil die Starnberger Villa wirklich sehr schön gelegen sein sollte.

Abends bei Tisch war es sogar Gesprächsthema gewesen, und Herr Opitz hatte es nicht unterbunden. Überhaupt schienen ihm im Moment die Fäden aus den Händen zu gleiten. Die Mamsell lag immer noch in Eberswalde und würde dort auch noch länger bleiben. Man hatte nun festgestellt, dass sie einen komplizierteren Hüftbruch hatte. Der Arzt hatte über Monate gesprochen, bis sie wieder arbeiten könne. Und während Martha Petzold verzweifelt die Augen verdreht hatte, hatte Lydia sich kaum verhohlen gefreut.

Lydia Keller war zwar jetzt zweites Stubenmädchen, aber sie konnte ihren Triumph kaum genießen, denn ohne Hedda an ihrer Seite musste sie doppelt so viel schaffen. Aus dem Dorf durfte nun niemand mehr aushelfen, auch nicht stundenweise. Und ob es je dazu käme, dass wieder ein drittes Stubenmädchen eingestellt würde, war fraglich. Aber auch bei Adelheid fiel mehr Arbeit an. Martha Petzold vertrat nun die Mamsell und gab ihr Bestes. Sie versuchte, die Aufgaben der Haus- und Stubenmädchen gerecht zu verteilen. Trotzdem, die Arbeit schien überhaupt nicht mehr aufzuhören. Tatsächlich wusste Adelheid nicht, ob sie abends so müde war, weil sie so viel arbeitete, oder weil die ganze Situation sie so schrecklich mitnahm.

Völlig in Vergessenheit geraten war, Gunther zum Schulanfang etwas Besonderes zu kaufen. Sie war das letzte Mal vor Ostern zu Hause gewesen. Am Sonntag war Friedel gekommen, um ihren Wochenlohn abzuholen. Das war aber auch schon der einzige Kontakt zu ihrer Familie. Niemand wollte diesen Spießrutenlauf mit den Polizisten und den Journalisten mitmachen. Und auf gar keinen Fall wollte Adelheid gerade jetzt dadurch auffallen, dass sie Geld für Dinge übrig hatte, das sie eigentlich gar nicht haben durfte. Vater und ihre Geschwister mussten eben mit ihrem Lohn und dem, was sie selbst verdienten, auskommen.

Doch im Moment war ihre Situation unkritisch, da ihre Brüder und auch Vater alle paar Tage Arbeit auf den Feldern fanden. Die erste Heuernte hatte angefangen, und nun ging es los, dass sie bis in den Herbst hinein immer wieder etwas verdienen konnten.

Vielleicht war es dem Umstand geschuldet, dass es ihrer Familie gerade einigermaßen gut ging, dass Adelheid sich zum ersten Mal Gedanken über ihr eigenes Glück machte. Dass sie sich erlaubte, darüber nachzudenken, was sein könnte.

Viktor Novak hatte offensichtlich ein Geheimnis. Sein Vater lebte, und er verschwieg es. Sie wusste nicht, was der Grund dafür war. Er hatte angedeutet, dass er sich für ihn schämte. Und dass sie wohl mehr als jeder andere hier im Schloss das verstehen könnte.

Außerdem hatte er gesagt: *Das mit uns beiden, das darf nicht sein,* bevor sie von Gerda Altvater gestört worden waren. Sie war wirklich im schlechtesten Moment gekommen. Wenn Adelheid wenigstens noch drei oder vier Minuten mit Viktor alleine gehabt hätte. Sie wusste zwar nun etwas mehr, aber keine ihrer wirklich drängenden Fragen war beantwortet: Hatte er sie wirklich nur geküsst, um sie abzulenken? Steckte in diesem *Das mit uns beiden, das darf nicht sein* nicht auch das Zugeständnis, dass von seiner Seite aus da etwas war? Als er ihre Hand genommen hatte, war das außerordentlich zärtlich gewesen. Das musste doch etwas bedeuten.

Doch all diese Tagträume über was sein durfte und was nicht, waren am gestrigen Tag mit einem Schlag vom Tisch gewischt worden. Am Morgen war wieder eine kleine Delegation auf dem Schloss aufgetaucht. Sie hatten dem Fürsten den offiziellen Haftbefehl überreicht. Ein Paukenschlag! Natürlich hatten die Dienstbotinnen erst beim Mittagstisch davon erfahren. Herr Opitz hatte seine liebe Mühe, die Ruhe wiederherzustellen. Selbstredend war das für alle eine äußerst bedrohliche Situation, wenn der Brotherr verhaftet wurde.

Was nun weiter geschehen würde, hatte Diedrich Budde Herrn Opitz gefragt. Er hatte erklärt, dass der Gerichtsarzt festgestellt habe, dass der Fürst nicht transportfähig sei. Aber auf die Nachfrage von Viktor Novak, was das denn nun für sie bedeute, wusste Opitz schon keine Antwort mehr.

Über Stunden passierte nichts, doch dann kam eine weitere Delegation, und zwar mit zwei Zeugen, die ins Schlafzimmer des Fürsten gebracht wurden.

Martha Petzold hatte mitbekommen, dass die beiden tiefstes Bayerisch sprachen, von dem sie rein gar nichts verstehen konnte. Über mehrere Stunden waren die Bayern mit dem Richter und dem Kommissar im Schlafzimmer des Fürsten gewesen, und danach noch mal im Speisesalon, wo sie ihre Aussagen zu Protokoll gaben. Einzig die Information darüber, dass die beiden vom Starnberger See kamen, war durchgedrungen.

Adelheid war es gründlich leid, dass sie immer bis zum nächsten oder übernächsten Tag warten mussten, bis sie in einer Zeitung lesen konnten, was hier nur wenige Meter weiter hinter geschlossenen Türen passierte.

Dann war Herr Opitz plötzlich in aller Eile abgereist, nach Berlin, so hieß es. Niemand wusste, was er dort wollte, aber er war im Auftrag des Fürsten unterwegs. So ein geschwätziges Abendessen hatte Adelheid noch nie erlebt. Viktor Novak vertrat zurzeit Herrn Opitz, sagte aber kaum etwas. Und Frau Möckel, die als Dienstälteste auch ein Wörtchen mitzureden hatte, war selbst viel zu neugierig, um den Befürchtungen und Vermutungen der Dienerschaft Einhalt zu gebieten.

Fest stand, die Kriminalbeamten wollten den Fürsten mit nach Berlin nehmen, aber solange er so krank war, würde das nicht passieren. Und nun warteten natürlich alle gespannt darauf, was weiter geschehen würde. Ein Kriminalbeamter war im Schloss geblieben und hatte das Schlafzimmer des Fürsten über Nacht bewacht.

Heute Morgen waren wieder Männer aus Berlin angereist. Sie brachten die unschöne Nachricht mit, dass das Gericht die Aussetzung des Haftbefehls trotz des schlechten Gesundheitszustandes des Fürsten ablehnte. Es bestehe Verdunkelungs- und Fluchtgefahr. Dr. Genrich hatte laut geschimpft, und selbst der Gerichtsarzt hielt den Transport des Fürsten für lebensgefährlich. Das war nun der letzte Stand der Dinge. Wieder wusste niemand, wie es nun weitergehen würde. Alle machten sich die größten Sorgen, und jede Minute verrann so langsam wie eine ganze Stunde. Während ihrer eintönigen Arbeit verfingen sich Adelheids Gedanken in den immer gleichen

Problemen. Die Präsenz der Polizei hatte bei ihr Beklemmungen ausgelöst.

Der Fürst hatte sich in Sicherheit gewähnt, genau wie sie. Auch sie hatte geglaubt, ihr würde schon niemand auf die Schliche kommen. Doch nun lag ein Haftbefehl gegen den Fürsten vor, und anders als er würde sie ihren Kopf nicht aus der Schlinge ziehen können, wenn man ihr auf die Spur kam. Erst jetzt war ihr so recht bewusst geworden, welch großes Risiko sie eingegangen war. Das, was nun dem Fürsten blühte, könnte auch ihr blühen – Verhaftung und Gefängnis! Von Herrn Hardens Privatdetektiv hatte sie nach seinem überraschenden Brief nichts mehr gehört. Sibelius hatte sie aufgefordert, den Brief so zu deponieren, dass einer der Polizisten ihn finden konnte. Doch nachdem sie eine Nacht darüber geschlafen hatte, hatte sie einen Entschluss gefasst. Noch am gleichen Morgen hatte sie den Brief verbrannt. Jetzt konnte ihr niemand mehr nachweisen, dass sie damit irgendwie in Verbindung stand. Den Brief gab es nicht mehr, also gab es auch nichts, was beweisen würde, dass diese Information aus dem Schloss herausgesickert war. Natürlich konnte sich Herr Sibelius denken, dass sie derzeit keinen Brief an ihn aufgeben konnte. Und würde er sie später danach fragen, dann würde sie einfach behaupten, sie habe den Brief deponiert und er sei am nächsten Tag fort gewesen. Realistischerweise wäre es auch genauso gelaufen, wenn sie den Brief tatsächlich irgendwo sichtbar versteckt hatte.

Adelheids Knie taten weh, die Handgelenke schmerzten schon, und trotzdem hatte sie das Gefühl, dass sie kaum einen Meter vorankam mit der Arbeit. Sie musste dringend eine Pause einlegen. Obwohl sie sich mehrfach gefaltete Leinentücher unter die Knie gelegt hatte, taten sie nach zwei Stunden Bohnern einfach weh. Sie stand auf, lief ein wenig herum und schockelte ihre Beine aus.

Gerda kam wieder hoch, eine große Dose Bohnerwachs in der Hand. Sie sah aufgebracht aus und blieb vor Adelheid stehen.

»Es sind schon wieder Männer gekommen. Kriminale.«

»Und was wollen sie dieses Mal?«

»Sie wollen den Fürsten jetzt doch nach Berlin bringen«, sagte Gerda fassungslos.

»Ich dachte, das darf er in seinem Zustand nicht. Haben die Ärzte das nicht verboten?«

Gerda zuckte mit den Schultern. »Frau Möckel hat vorhin noch ein Essen für ihn vorbereitet. Nun ist er fertig für den Transport. Gerade wird das Automobil vorgefahren.«

»Was? Nein!?«, sagte Adelheid, nun auch aufgebracht. Oft genug hatte sie mit Hedda darüber gesprochen, welche Folgen dieser Skandal für die Dienerschaft haben könnte. Dass der Fürst verhaftet und verurteilt werden würde, war immer das schlimmste Szenario gewesen, so schlimm, dass Hedda es sich nicht hatte vorstellen können.

»Und jetzt?« Sofort war Adelheid klar, dass sie die Falsche fragte. Gerda Altvater war nicht so verschlagen und böse wie Lydia Keller. Mittlerweile verstanden sich die beiden Frauen ganz leidlich. Aber Gerda war nicht besonders klug. Was sie dachte, war immer von anderen vorgekaut.

Und so sah Gerda sie erwartungsvoll an. Wie immer würde sie nichts alleine entscheiden. »Sollen wir runtergehen?«

Adelheid überlegte. »Es kann ja nichts schaden, mal gucken zu gehen.«

Sie nahmen die Putzutensilien vom Boden hoch, denn man konnte die Sachen nicht einfach so im Flur stehen lassen. Auch, wenn hier gerade niemand vorbeikam. Und auch, wenn weder Herr Opitz noch die Mamsell derzeit im Schloss waren. Sie liefen hinunter, und noch bevor sie ins Souterrain gehen konnten, winkte Liesel ihnen vom Vestibül aus und verschwand im kleinen Salon. Die Tür stand weit offen. Man hörte aufgeregte Stimmen.

Adelheid und Gerda ließen die Bohnersachen auf der Hintertreppe stehen und liefen durch das Vestibül. Das Küchenpersonal hatte sich an zwei Fenstern postiert und schaute wenig verhohlen durch die Gardinen. Unter normalen Umständen eine Unverfrorenheit.

Adelheid trat zu Liesel. »Wo sind denn die anderen?«, fragte sie Anni.

Die nickte in Richtung des Vorplatzes, wo Diedrich Budde und Viktor Novak gemeinsam mit Herrn Theurich und Herrn Hartwich gerade dem Fürsten von einer Trage herunterhalfen.

»Sie haben ihn runtergetragen«, erklärte das Küchenmädchen. »Dabei ist er ohnmächtig geworden«, flüsterte sie unnötigerweise. Niemand der Herrschaften war noch im Haus. Die Fürstin stand mit ihren Töchtern ums Auto herum. Neben ihr stand Herr Opitz, der wohl endlich zurückgekehrt war. Sie unterhielten sich aufgeregt.

»Die Fürstin glaubt, dass ihr Mann die Fahrt nach Berlin nicht überlebt!«, sagte Frau Möckel mit Sorge in der Stimme.

Tatsächlich sah die Fürstin aus, als würde sie gleich zusammenbrechen. Erst jetzt bemerkte Adelheid, dass sich wohl das halbe Dorf hinter dem Jägertor versammelt hatte. Die Kunde, dass der Fürst nun wohl doch nach Berlin gebracht wurde, hatte sich schnell umgesprochen. Bauern, Pächter, die Frauen und sogar die Kinder hatten sich dort versammelt, als wollten sie ihrem Lehnsherrn noch ein letztes Geleit geben. Aus ihrer Familie konnte Adelheid allerdings niemanden erkennen.

»Wo sind Fräulein Petzold und Fräulein Keller?«, fragte sie.

»Die packen, für die Fürstin. Herr Hartwich bringt sie gleich nach Berlin.«

»Dann kommt der Fürst nun wirklich ins Gefängnis?«

Frau Möckel, die sie gehört hatte, schüttelte den Kopf. »Nein, er wird in die Charité gebracht und dort bewacht.«

Plötzlich sahen sie Moritz, der mit einem großen Stapel Wolldecken um die Ecke kam. Er wartete, bis der Fürst das Benz-Automobil bestiegen hatte, und reichte Dr. Genrich, der ebenfalls zugestiegen war, die Decken. Dann verschwanden alle Diener außer Herr Opitz nach drinnen.

Die Fürstin wirkte aufgelöst wie noch nie. Ihre beiden Töchter sahen nicht besser aus. Der Fürst saß im Automobil, krank und schwach und vermutlich bis auf die Knochen erschüttert.

Der verräterische Brief, den sie Herrn Harden verkauft hatte, hatte seine Wirkung entfaltet. Diese beiden Bayern, die gestern gekommen waren, waren vom Starnberger See. Also hatte Herr Harden diese Information letztlich doch gegen den Fürsten einsetzen können. Und alle anderen Puzzleteile fielen nun an ihren Platz. Endlich ging es der Fürstin und ihrer Familie so schlecht, wie es Adelheids Familie mit dem Tod der Mutter ergangen war. Natürlich nur fast, denn niemand aus der fürstlichen Familie war gestorben.

Grimmig schaute sie hinunter zu den Gestalten. Ja, da also war ihre Rache, stellte Adelheid mit missmutiger Genugtuung fest. Die Rache, die sie sich so lang erträumt hatte. Es fühlte sich nicht im Mindesten so befriedigend an, wie sie geglaubt hatte. Im Gegenteil: Plötzlich tat es ihr sogar leid, dass es so weit gekommen war. Aber nun war es zu spät für Reue.

Zwei weitere Männer bestiegen das Automobil, und es fuhr los. Die Damen unten sahen dem Wagen nach. Doch für sie hier oben wurde es Zeit, aus dem Salon zu verschwinden. Adelheid sah gerade noch, wie Herr Opitz der Fürstin den Arm anbot, um sie ins Schloss zu geleiten, da scheuchte Frau Möckel alle eilig hinaus. Die anderen gingen runter. Gerda nahm das Bohnerwachs und die Tücher und ging hoch.

»Ich hol mir schnell noch warmes Wasser«, erklärte Adelheid und stieg mit ihrem Blecheimer hinter Liesel und Anni hinunter. Doch sie ging nicht in die Waschküche, sondern in die Stiefelstube. Ganz wie sie vermutet hatte, war Viktor Novak dabei, Schuhe des Fürsten rauszusuchen.

Er blickte auf, als er sah, dass sie die Stiefelstube betrat und die Tür hinter sich schloss. Erwartungsvoll schaute er sie an. Auch er sah bleich um die Nase aus und blieb stumm.

Adelheid wollte das Gespräch fortführen, das vor drei Tagen von Gerda unterbrochen worden war. Und bisher hatte sie noch keine Gelegenheit gefunden, mit ihm weiterzureden. Eigentlich war das ebenfalls ein ungünstiger Moment, aber sie befürchtete, dass Viktor Novak wieder mit nach Berlin reiste. Dann konnte es unter Umständen Wochen dauern, bis sie ihn wiedersah. So viel Geduld hatte sie nicht. Vielleicht würden sie sich sogar nie wieder sehen, wenn es für den Fürsten nicht gut lief und es zu Entlassungen kam. Und etwas musste sie unbedingt vorher in Erfahrung bringen.

»Viktor.« Der Vorname kam ihr kaum über die Lippen. »Ich ... wollte noch mal auf unser Geheimnis ... auf uns zu sprechen kommen.«

»Ja?!«

Er machte es ihr wirklich nicht leicht. »Du ... hast gesagt, das zwischen uns, das darf nicht sein.«

Er nickte nur.

»Also ist da was, ... zwischen uns?«

Viktor Novak starrte sie an, als hätte sie zwei Köpfe. Sag was. Nun sag schon was, flehte Adelheid. Sie machte sich hier doch heillos lächerlich. Und er hatte die Macht, ihr diese Lächerlichkeit zu nehmen. Er musste nur Ja sagen. Doch er tat es nicht.

»Der Kuss ...«, hob sie an, da unterbrach er sie endlich.

»Der Kuss war nur vorgeschoben. Sie haben recht – ich wollte Sie nur ablenken. Bitte verraten Sie niemandem, dass mein Vater noch lebt. Denn wenn ... Wenn dieses kleine Geheimnis auffliegen würde, hätte es große Konsequenzen. Sogar ... Dann würde vermutlich als Folge auch unsere kleine gemeinsame Aktion an dem Panzerschrank von Herrn Opitz auffliegen.« Er sah sie mit starrem Blick an. Aber seine Augen blinzelten unentwegt. »Und das wollen Sie sicher nicht!«

Adelheid war wie vor den Kopf geschlagen. Er drohte ihr! Wie konnte er nur? Was hatte überhaupt das eine mit dem anderen zu tun? Und wieso war er ihr so böse?

»Ich verstehe.« Sie sah ihn an, und alles Hoffen und Sehnen war mit einem Mal ausgelöscht. Er also auch. Er war genauso wie alle anderen hier im Schloss.

Ohne ein weiteres Wort ging sie hinaus, schloss die Tür und ging bis zum Ende des Flurs. Ihr Atem versagte. Sie griff sich an die Brust, in der es plötzlich schmerzhaft stach. Sie fühlte sich, als müsste sie gleich sterben. War das etwa Gottes Strafe dafür, dass sie sich so bösartig an der Fürstenfamilie gerächt hatte?

Es dauerte einige Minuten, bis sie sich beruhigt hatte. Ihre Gedanken wurden wieder klarer. Niemand hier im Schloss war wirklich aufrichtig. Niemand hier im Schloss war ihr zugetan, nicht mehr, seit Hedda fort war.

Aber dass ausgerechnet Viktor Novak sie auf eine derart hinterhältige Weise belügen und in die Irre führen würde, das hätte sie niemals vermutet. Er hatte sie betrogen, um ihr Glück, um ihr Vertrauen. Hatte ihr wie all die anderen gezeigt, dass sie nur eine dumme Gans war. Sie wünschte ihm die Pest an den Hals. Genau wie all den anderen, die im Schloss lebten. Mehr noch sogar.

Novak hatte ihr sogar gedroht. Hatte sie eingewickelt, ihr Vertrauen erschlichen, sie geküsst, ihr Hoffnung gemacht – und nun vor den Kopf geschlagen und ihr gedroht! Eine heiße Wut lief durch ihren Körper. Also gab es niemanden, auf den sie sich verlassen konnte. Dann gab es aber auch niemanden, auf den sie Rücksicht nehmen musste. Irgendeine schlecht bezahlte Arbeit würde sie immer irgendwo finden. Mit fehlendem Geld und harter Arbeit kannte sie sich besser aus als alle anderen hier im Schloss.

Die Prozesse

Weil in diesem Buch so viele Prozesse und Klagen eine Rolle spielen, hier eine kleine Auflistung, damit Sie den Überblick behalten.

- 1. Juni 1907 – Selbstanklage von Fürst zu Eulenburg: Verfahren wird wegen Mangel an Beweisen eingestellt.
- 23. bis 29. Oktober 1907 – 1. Prozess Moltke gegen Harden wegen Ehrbeleidigung: Harden wird freigesprochen. Moltke legt Revision ein.
- 6. November 1907 – Prozess Reichskanzler Fürst von Bülow gegen Adolf Brand wegen Verleumdung: Brand wird verurteilt.
- 16. Dezember 1907 bis 3. Januar 1908 – 2. Prozess Moltke gegen Harden wegen Ehrbeleidigung: Harden wird verurteilt und geht in Revision.
- 21. bis 23. Januar 1908 – Militärprozesse gegen Rittmeister zu Lynar und Generalleutnant Graf von Hohenau: Hohenau wird freigesprochen, Lynar verurteilt, beide verlieren ihre militärischen Ränge.
- April 1908 – Eingefädelter Prozess Harden gegen Münchener Redakteur Anton Städele: Städele verliert, wie vorher abgesprochen.
- 7. Mai 1908 – Voruntersuchung wegen Meineids wird gegen Eulenburg eröffnet; zugleich wird das Urteil gegen Harden kassiert.
- 29. Juni 1908 – Anklageerhebung gegen Eulenburg wegen doppeltem Meineid; siehe Band 3 – *Hinter dem goldenen Schatten.*

Nachwort

Der Eulenburg-Harden-Skandal und die Prozesse um Graf von Moltke sind im Wesentlichen so verlaufen, wie es im Roman beschrieben wird. Auch das Kaviarbrötchen und der Sekt, die Fürst zu Eulenburg in einem der Prozesse zur Stärkung gereicht werden, sind belegt. Generalmajor Kuno von Moltke, Maximilian Harden und andere politische Figuren existierten wirklich. Natürlich musste ich den Inhalt und die einzelnen Vorkommnisse des Skandals straffen. Im Roman finden sich aber auch einige Originalzitate aus der damaligen Presseberichterstattung. Man kann also gut nachvollziehen: Die Affäre um Fürst zu Eulenburg und seine Liebenberger Tafelrunde brachte den deutschen Kaiser, seine Regierung und das so stolze deutsche Militär arg in Bedrängnis und gab sie der Lächerlichkeit der damaligen Öffentlichkeit preis. Etwas, was man heutzutage nur noch schwer nachvollziehen kann.

Kommissar Hans von Tresckow, der damals in Berlin für Verfehlungen nach Paragraf 175 zuständige Kommissar, hat in seiner Publikation *Von Fürsten und anderen Sterblichen – Erinnerungen eines Kriminalkommissars* geschrieben, dass »das Militär in Potsdam und Berlin ganz verseucht (von Homosexuellen) gewesen sein soll«. Obwohl sein Buch erst 1922 erschienen ist, habe ich dieses Zitat hier etliche Jahre früher mit hineingenommen, weil Tresckow schon 1908 persönlich mit den Anklagen gegen zu Eulenburg und Moltke und weiteren Beschuldigten befasst war und in Berliner Polizeikreisen maßgeblichen Einfluss auf die Wahrnehmung und den Fortgang der Untersuchungen hatte.

Homosexuelle Handlungen waren damals strafbar und fielen unter den Paragrafen 175. Zum Verständnis des damals geltenden Rechts hier einmal der Wortlaut des § 175. »Die widernatürliche Unzucht, welche zwischen Personen männlichen Geschlechts oder von Menschen mit Tieren begangen wird, ist mit Gefängnis zu bestrafen; auch kann auf Verlust der bürgerlichen Ehrenrechte erkannt werden.«

Die Männer (es wurden gelegentlich auch Frauen nach § 175 verurteilt) verloren ihre Freiheit und auch Ansehen und Ehre in der damaligen Gesellschaft.

Ich möchte betonen, dass, wenn im Roman von *perversen Neigungen* oder *Abartigkeiten* die Rede ist, oder wenn Homosexuelle in einem rein negativen Licht gezeichnet werden, dies nicht meiner persönlichen Überzeugung entspricht. Einmal bildet es die tatsächlichen historischen Vorkommnisse und deren öffentliche Bewertung ab. Zum anderen fand sich diese Haltung in der Mehrheit der Gesellschaft wieder. Zwar ging es damals in Berlin einigermaßen liberal zu, und die ersten homosexuellen Menschen – namentlich erwähne ich hier Magnus Hirschfeld – fanden sich in Gruppen zusammen, um gegen homophobe Diskriminierung zu kämpfen. Doch es waren die ersten kleinen Vorstöße der Bewegung. Auch die internationale Vorreiterstellung Berlins darf nicht darüber hinwegtäuschen, dass weder die Presse noch die Gesellschaft oder die Vertreter der Regierung und deren Institutionen liberal oder vorurteilsfrei gewesen wären.

Ganz im Gegenteil. Ohne diese damals vorherrschende Meinung darzustellen, ließen sich der ganze Skandal und seine politische Brisanz überhaupt nicht erklären. Dieser Skandal, der so immens war, dass er nicht nur im Deutschen Reich selbst, sondern weltweit für Aufregung sorgte, konnte schlechterdings nicht aus einer liberalen und fortschrittlichen Gesellschaft heraus entstehen. Folglich wurde der Paragraf 175 auch erst 1994 aus dem Gesetzbuch gestrichen, also fast neunzig Jahre später.

Die korrekte, und damit in vielen Teilen unschöne, Darstellung des Skandals ist deshalb so wichtig, weil diese Hexenjagd, diese Schmutzkampagne, letztendlich eine maßgebliche Stellschraube für die unheilvolle Entwicklung der deutschen Geschichte war. Aber dazu dann mehr im folgenden Band.

Der Fürstin oder den Komtessen, historischen Persönlichkeiten, lege ich mitunter Aussagen in den Mund, die historisch nicht verbrieft sind. Über die Eulenburg-Frauen gibt es so gut wie keine

Quellen. Bei allen historischen Persönlichkeiten habe ich mir in ihrer Beschreibung die künstlerische Freiheit herausgenommen, um den Roman ausreichend zu dramatisieren. Die Aussagen des Fürsten bei Gericht finden sich allerdings wie hier aufgeführt in historischen Dokumenten und zeitgenössischen Artikeln.

Ich muss noch ein paar andere Umstände erwähnen: Im Jahr 1945 brannte beim Angriff durch die russischen Streitkräfte das Archiv von Schloss Liebenberg ab. Deshalb ist kaum historisches Material erhalten. Das Schloss selbst wurde in den 2000er-Jahren entkernt und umgebaut. Die Innenausstattung, ja nicht einmal die Raumaufteilung entsprechen noch den damaligen Gegebenheiten. Man kann also heutzutage nicht mehr auf den Spuren der Dienstboten durch das Schloss wandeln. Bei vielen Details im Roman habe ich mich deshalb an das historisch Wahrscheinlichste gehalten.

Eine Anmerkung noch: Wem es aufgefallen ist – im heutigen Berlin gibt es eine Kaiserin-Augusta-Straße, aber nicht in Berlin-Tiergarten. Die frühere Kaiserin-Augusta-Straße existierte von 1874 bis 1933 und heißt heute Köbisstraße.

Großer Dank geht an Jan Bejsovec von der DKB-Stiftung, der mit mir eine äußerst interessante historische Führung rund um und auf Schloss Liebenberg gemacht hat.

Mein großer Dank geht ebenfalls an all die, die mir den Rücken stärken, und an meine hilfreichen Kritikerinnen und Kritiker: meine Lektorin Christine Steffen-Reimann vom Droemer Knaur Verlag, meine Außenlektorin Dr. Clarissa Czöppan, meine Agentin Leonie Schöbel und an meine treuen Testleserinnen Esther Rae, Regina Seitz und meinen Mann Dr. Peter Dahmen. Größter Dank geht auch an Rainer Ackermann, meinen persönlichen Kaiserzeitspezialisten, der immer wieder wertvolle Informationen und Material zu all meinen Fragen ausgräbt.

Auf meiner Homepage www.hanna-caspian.de werden Sie über alle Neuigkeiten und Neuerscheinungen auf dem Laufenden gehalten. Und ich freue mich immer riesig, wenn ich in den Weiten des Internets auf Buchrezensionen stoße. Herzlichen Dank an dieser

Stelle an alle, die sich die Mühe machen. Es ist der Applaus für uns Autorinnen.

Einstweilen wünsche ich Ihnen bestes Lesevergnügen, Spannung und gute Unterhaltung mit meinen Geschichten von der Geschichte.

Ihre
Hanna Caspian